2016 年

山东大学新闻中心

山大日记

Diary in Shandong University

主　编　李建军　李平生

副主编　张　青　李　欣　孙宜山

山东人民出版社

国家一级出版社　全国百佳图书出版单位

山大日记

Diary in Shandong University

荣誉证书

HONORARY CREDENTIAL

山东大学党委宣传部、新闻中心：

贵部门的工作案例《山大日记》荣获2015年度全国高校网络宣传思想教育优秀作品推选活动

特等奖

教育部中国大学生在线　　全国高校校园网站联盟

二○一五年十二月

《山大日记》获首届全国高校网络宣传思想教育作品特等奖（狄鹤 摄）（参见9月30日日记　孟帅）

2016 中美创新创业大赛暨青岛高新区金苹果计划项目征集活动决赛开幕（杨云雷 摄）
（参见 3 月 15 日日记　夏媛媛，4 月 8 日日记　曹磊，4 月 9 日日记　孙倩）

山东大学 2016 年本科生毕业典礼暨学位授予仪式（杨云雷 摄）（参见 6 月 23 日日记　丁冉）

山东大学获第二届“留动中国”全国总决赛季军（参见 6 月 24 日日记　敖德玛）

山东大学中美科技创新国际产业园启动仪式（杨云雷 摄）（参见7月22日日记 张佳琦）

2016年教师节暨优秀教师表彰大会（刘梦冬 摄）（参见9月9日日记 孙丽霞）

山东大学新闻传播学院成立（刘梦冬 摄）（参见 9 月 14 日日记 倪万）

青岛校区迎接新生（陈婉玉 摄）

青岛校区启用暨 2016 年新生开学典礼（杨云雷 摄）

（参见 9 月 16 日日记 张欣，9 月 17 日日记 谭金欣，9 月 18 日日记 孙先正，9 月 24 日日记 姜舒天）

“情归家园”山东大学庆祝建校 115 周年校友三十年文艺晚会（贾宁远 摄）（参见 10月 15 日日记　闫玲）

山东大学举办首届齐鲁青年科技论坛暨第九届“海洽会”海外博士山大行活动（杨云雷 摄）（参见 10月 17 日日记　霍刘杰）

首届山东论坛开幕（刘梦冬 摄）（参见 10 月 21 日日记 孙卫国，10 月 22 日日记 田杨）

山东大学捧获 2016 全国创青春大赛优胜杯（南东周 摄）（参见 11 月 20 日日记 陈祥华）

序　言

岁月流转，光阴如箭，“山大日记”四岁了。

2016年，在国家宏大叙事的背景中，有太多的事情值得我们细细梳理、追忆。这一年，习近平总书记关于新闻舆论工作及网络安全和信息化工作的讲话与指示，为新闻宣传工作者指明了方向；全国高校思想政治工作会议的召开，翻开了我国高等教育事业发展的新篇章；高校科研管理新政策的出台使创新驱动和科技成果转化进入快车道。这一年，中国媒体融合进一步加快，“中央厨房”“全媒体平台”“智慧融媒体”等正由概念走向现实。这一年，在全国高校加快深化教育教学改革、“双一流”建设不断推进的大背景下，山东大学锐意进取，出台了《山东大学事业发展“十三五”规划纲要》及系列专项改革方案，青岛校区正式启用，学校进入ESI前1%学科达到15个……

这一年，“山大日记”也取得了阶段性的成果，荣获2015年度全国高校网络宣传思想教育优秀作品特等奖，成为全国高校创新网络思想政治教育、丰富优秀网络文化产品供给、促进高校网络文化建设的典范。

这一年，“山大日记”继续在366个平凡的日子中聆听、记录、传递着山大人的声音。它以小见大，用细腻的触角触摸着国家和社会改革进步、学校事业发展在师生员工心灵深处引发的余韵回响；它因应变化，在媒体行业变革中一面坚守着内容为王、责任至上的初衷，一面以多种创新方式散播着山大人身上特有的文化芬芳；它动静有常，时而活泼开朗，时而静水流深，以丰富多彩的表达方式勾勒着山大人在时光中行走的印记。在这个精彩纷呈、人来人往的舞台上，有人留下故事，有人汲取能量，有人安放记忆，有人记录成长，有人书写责任，有人收获坚强……“山大日记”始终是通往山大人心灵世界的一扇明亮的窗。

这一年，我们坚守，我们记录，我们也满含期待。我们期待着，“山大日记”能发挥出独属于它的“蝴蝶效应”，于历史间行而有风；期待着此时此地、此情此景，你于字里行间汲取的温度与力量，不仅惠及当下，更能扎根于心，在未来的某时某刻，成为你成功与幸福的活水源泉……

目　录

2 月

3月

4月

5 月

6 月

7 月

8 月

10 月

11月

12 月

1 月 1 日　星期五　晴

外语学院本科生 · 刘　洋

按照传统，在西方国家，每年新年伊始，大家都会做一个新年计划（new year's resolution），希望自己在新的一年里能够有所突破，有所进步。

今天早上，本想一觉睡到自然醒。可是，一想到今天是 2016 年的第一天，我还是在 7 点前挣扎起床，拿出昨天新买的笔记本，神圣而虔诚地写下了自己的新年计划。末了，在笔记本的扉页上，还写下了自己最喜欢的四个字“学贵有恒”。

古人云：“凡事预则立，不预则废。”今年我已经大三了，马上就是一名准毕业生了，就业、继续求学等不同的选择不再像是遥不可及的名词。看着身边的学长学姐们一个个要么保送到自己心仪的学校，要么意气风发地拿到了自己希冀已久的工作 offer；学弟学妹们一个个朝气蓬勃地积极参加各种兴趣社团，在各式各样的舞台上尽情展示自己；即将毕业的我，却面临着前所未有的学业和学生工作的压力。

学业压力。大学四年，第一年懵懂无知，还未从应试考试的模式里走出来，大学生活已经过去了一个学期；第四年，要么风风火火地奔走于形形色色的宣讲会而疲惫不堪，要么安安逸逸地坐等研究生新求学生涯而优哉游哉，不知不觉竟也迎来了毕业典礼。所以满打满算，大学真正用于学习上的黄金时间也就只有两年。大三比起大二更需要有质的飞跃，英语不再是单打独斗的听说读写，而是换成了融会贯通的高级英语。从未动手写过论文的我们，竟也不得不硬着头皮进行论文写作，开始用批判的思维去分析前人的研究成果，进而升华凝练形成自己的见解。突然的转变，让我有些措手不及。

学生工作的压力。出于对学生工作的热爱，我选择了继续留在学生会。从开学迎新到新生军训，从新生才艺大赛到迎新晚会，从体育文化节到宿舍风采大赛，这半年大大小小的活动，从赛前到赛场再到赛后总结，只要有时间，每一项工作我都会全程参与。虽然有时会疲于应对，有时也想胡乱应付，但是真正做的时候，自己还是拼尽全力，只为不留遗憾。

回首2015，正如归有光在《项脊轩志》里说的那样："多可喜，亦多可悲。"展望2016，希望自己能像范仲淹在《岳阳楼记》里说的那样："不以物喜，不以己悲。"希望家人朋友一切安好，即将毕业的学长学姐们都能如愿以偿，也希望母校繁荣昌盛，更加美好！

作者：外语学院2013级本科生　刘　洋

1月2日　星期六　晴

社会调查课本科生·付晓彤

社会调查课程终于结课了，而我们小组的课堂展示也在所有成员的努力下顺利完成。

通过这次"大学生幸福感"的社会调查，我感悟到很多，收获了很多。一百多天的社会调查，忙碌又充实；我们团队齐心协力，不断克服困难，善始善终。看到社会调查的成果展示，我的脑海中涌现出社会调查从开始到结束的一幕幕场景，温暖又幸福。

在大家的一致认可下，我们选了"积极心理学视角下大学本科生幸福感现状及影响因素分析——基于山东大学的实证研究"作为我们社会调查课的主题。在查阅相关资料后，我们意识到这个选题实施的难度，但我们想挑战自己，做一次完美的社会实践。怀着这样的初心，我们开始了"幸福感"的社会调查。在查阅文献、实地考察等准备工作完成后，我们调整、完善了选题；在设计调查阶段，我们反复斟酌，确定使用苗元江教授的量表。同时，经过多次修改完善，我们设计出校内校外两套问卷。带着沉甸甸的问卷，我们开始了实地调研。我负责山大中心校区。白天上课，晚上赶到中心校区发问卷，在宿舍楼与自习室之间来回奔跑，不断调整年级、专业、男女比例，虽然过程有些累，但看到同学们在问卷上写下“设计得很好”“你们辛苦了”“加油”等字样时，我的内心非常激动，所有这些辛苦都是值得的。在对山大心理咨询中心的老师进行访谈时，我更深入地了解了如何提升大学生的幸福感。同时，在课堂上，老师不断给予我们指导。在老师的帮助、鼓励下，我对社会调查有了更浓厚的兴趣。

一百多天是漫长的。选题、抽样、设计问卷、写计划书、实地调查、数据分析、成果展示……每一个过程都历历在目。任何一个环节都十分重要，为了做好每一步，我们会阅读大量资料，定期开会讨论，不断发放问卷，一起熬夜输入数据……有时真的会很累，但一想到我们最初的约定、最初做社会调查的那份热情，我便满血复活，干劲十足。通过不断的坚持，我们一步一步稳扎稳打，每当看到阶段性的成果时，我都会在心里说：不忘初心，善始善终。当累了的时候，人们很容易将就。殊不知，一两次的将就便会导致结果的不完美。我希望我们的社会调查是完美的，是有技术含量的，是融入了我们的汗水与欢笑的。因此，每个过程我都不想松懈。

一百多天是短暂的。从开始到结束，我有太多舍不得。在社会调查成果展示课上，看到我们小组最后的视频，我的眼眶瞬间湿润。大家一路走来，相互帮助，这个过程十分美好。记得我们一起在院楼地下室开会，一起在物理楼整理数据、吃盒饭，一起学习 SPSS 数据分析，一起熬夜输入数据，我们配合默契，合作愉快。一开始，由于不太熟，我们像普通同事一样，只是简单地一起工作；到了最后，我们像家人一般无话不说，一个眼神就能交流。小组八个人，各有所长，都在为“幸福感”努力付出，大家相互帮助，有了问题一起解决，所以我们并不害怕困难，整个调查过程都是充满活力、充满欢声笑语的。老师的鼓励和帮助给我们增加了很多信心。看到老师轻而易举地就帮我们解决了问题，我们心生崇敬，同时也告诫自己：好好学，需要学的知识还有很多。很幸运、很开心和大家一起做社会调查；也很高兴能在大学期间上社会调查课，我喜欢这样的上课氛围，喜欢这样的讲课方式，谢谢老师一直给予我们帮助和支持。

通过这次社会调查，我收获了知识，收获了友情，锻炼了能力。虽然我们的社会调查还有不足，但我相信：纵使前进的路上布满荆棘坎坷，仍需不忘初心，满怀热情，善始善终。

作者：政管学院2014级本科生　付晓彤

1月3日　星期日　晴

厦门国际马拉松赛参赛者・屈飞强

昨天上午我参加了厦门国际马拉松赛（简称“厦马”），这是我第一次参加厦马，也是我的第五个全程马拉松。虽然过去了一天，但昨天比赛的见闻、艰难和感动依然挥之不去，令人回味无穷。

我和几个跑友五点多就起床，经过简单的洗漱就拼车前往赛场。赛前，我换上了协会同学给我设计的写有“山东大学马拉松爱好者协会”的会衫，让跑友给我拍了一张和会旗的合影，终于能在马拉松赛场上展现我们山大人的风采了！

八点准时鸣枪，熙熙攘攘的人群开始慢慢地往前跑，当CCTV-5的直播直升机飞过来时，大家欢呼雀跃，争抢着出镜。路边的观众和啦啦队很热情，大声地喊着加油。比赛中能得到别人的加油助威，陌生人也会向你投来赞许和鼓励的眼神，让你充满斗志、充满力量，这是我喜欢马拉松的一个很重要的原因。一路上的欢呼声、加油声，再加上适宜的跑步环境，我轻松地跑完了前10公里。途中一个读EMBA的师兄看到我的会衫过来打招呼，会衫起作用了！当时成立山东大学马拉松爱好者协会，一个很重要的原因就是希望在全国各地马拉松赛场上能有我们山大人的身影，通过协会这个平台让更多的校友找到组织。凡我在处，便是山大。

跑到12公里左右，对面22公里折返路段，黑人第一军团就迎面而来，他们快速从我们身边跑过。我的目光也从选手移到了对面的海景。厦马赛道被誉为中国最美的马拉松赛道。赛道为环岛折返赛道，很大一部分赛道能看到海景，放眼望去，海上有很多帆船，有如千帆竞发，甚是壮观。赛道上的选手不正像这竞发的帆船，显示出勃勃的生命力吗？

伴随着加油声，我跑到了26公里处，担心的事情终于还是来了。由于这学期事情繁多，没怎么系统地训练，跑量远远不够，再加上有点儿轻微感冒，所以跑前压力一直很大，想着25公里后身体肯定会有反应。但是看了下时间感觉这次还挺有希望跑出个人最好成绩的，放弃又心有不甘，咬咬牙坚持吧，不艰难就不叫马拉松了，就这样一直给自己鼓励。看到有观众伸出手我就和他们过去拍掌，希望从他们那里获得力量。就这样艰难地跑到37公里处，这给我增加了不少信心，因为这意味着剩下的5.195公里就进入我最熟悉的最基本的5公里模式了，即使再难，5公里也不长嘛。然而，这次的最后5公里简直就是梦魇。

一公里有多长，那要看你是在马拉松前37公里跑还是在最后5公里跑。

跑过了37公里，双腿已完全不是自己的了，只能机械地迈步，不一会儿就抽筋了，但停下来去拉伸时感觉整个身体都不受控制了，像要倒了一样。所以接下来的5公里遇到抽筋我就强咬着牙，不去拉伸，更不去走，生怕一走就给自己找到放弃的借口，很可能就跑不下来了，只是稍微放慢了一点儿速度。看到公里数的标志，自己觉得要多兴奋就有多兴奋，跑过38公里，心里默默盼着39公里的标志。这一公里怎么这么漫长啊，太煎熬了，就这样煎熬地跑过39、40、41、42公里，就剩最后195米了，看到就在前面的终点门，我非常激动，但就在这最后195米我竟然又一次严重抽筋，拉伸不起作用，站都站不稳。不管了！

这最后195米我爬也要爬到终点，我忍着强痛慢慢跑向终点，最后净成绩应该是3小时52分多，刷新了我的个人最好成绩。

虽然参加过好几次马拉松了，但这次一路的艰辛和成功的喜悦使我真正体会到了马拉松的魅力。“挑战自我，超越极限，坚忍不拔，永不放弃”的马拉松精神将永远激励着我前行。

作者：政管学院2015级硕士研究生　屈飞强

1月4日　星期一　霾

能动学院本科生·孔祥杰

元旦小长假结束了，2016年的第一个周一来临了，这样想想也很有趣——借着2016年的东风，昨天是今年第一个周日，今天是今年第一个周一……但其实今天只是一个普通的周一。每到岁末年初，便更加觉得时光飞逝，新的一年简单粗暴地挤走了旧的一年，让人猝不及防。填日期的时候还会习惯性地写上“2015”，然而今天已经是2016年的第四天了。

早上，我被宿舍里此起彼伏的闹钟吵醒，匆匆起床。雾霾浓重的清晨格外阴冷。照惯例，一个面包作为早餐，我在去教室的路上就能解决掉。走到教学楼下就看到了教室里的灯光——很多人已经先我而至了。今天的高数是本学期最后一次课了，听得也比往日认真得多。下了课和其他三个舍友一起走出教室，我问那两位LOL二人组：“你们俩去哪儿，宿舍吗？”“该去图书馆了，都要考试了。”其中一位笑着说道。我推开两道门进入图书馆，在一楼预订了位子，来到图书馆四楼靠窗的座位坐下，窗外便是先志大道，模糊却又清晰……

想起几个月前我带着家人的嘱托踏着先志大道来到山大，那天，微雨；想起高三，深夜躺在床上，憧憬着大学，然后被自己感动，那夜，无眠；想起自己进入大学前对自己的承诺，那时，坚定。进了大学，竟然都变淡了。抬头环视整个阅览室，被坐得满满当当的，好多熟悉的面孔都在其中。我知道，我不是一个人，不是一个人彷徨，不是一个人努力，不是一个人梦想。习大大说，只要坚持，梦想总是可以实现的，我相信。我相信，追风筝的人脚步永不停息。我更相信，不负初心，方得始终。

不知不觉一天又要过完了，令我欣慰的是，今天没有虚度，明天充满希望。

作者：能动学院2015级本科生　孔祥杰

1月5日　星期二　阴

WCBA志愿者·刘文娜

今天是WCBA（中国女子篮球联赛）第三轮比赛举行的日子，山东队对阵河南队。说实话，作为一名山东大学的学生，我真的无比开心。由于WCBA在中心校区举办，我争取到了负责宣传工作的志愿者岗位。

作为一名文字宣传志愿者，我已经跟了山东队主场的十一场比赛，每场比赛我都会写成新闻稿，对山东队的队员们也写出了感情。之前山东队曾主场赢过河南队，因此我对此场比赛也是充满了期待。

我早早坐在最佳观球点的文字记者席中，看着山东队与河南队进行赛前热身，内心还是澎湃无比。国歌声音缭绕，国旗徐徐飘动，比赛开始了。河南队首先夺得球权并获一篮板球，这让我为山东队捏了一把汗。好在山东队全场开花，在首节给河南队来了个“下马威”，领先河南队7分。在比赛中，山东队开场多次犯规且投篮命中率较低，使得河南队将比分反超。我的心也随之纠结了起来。因为山东队此前出现过被反超后没扳回比分的情况，所以我担心她们因此一蹶不振。不过通过事实来看，我多虑了。第三节结束后，山东队将比分缩减至2分。现场氛围掀起了小高潮。比赛末节中，我如小鹿在怀，心随着山东队七上八下。在离比赛结束还有3分钟时，山东队反超河南队。随后，双方比分胶着，而在距比赛结束还有30秒时，山东队犯规，赠河南队两次罚篮机会。在河南队队员罚篮时，我是有点儿私心吧，在心里碎碎念，希望河南队不要进球。可能是众多人的意志集中在了一起打动了上帝，河南队两罚未中。球权归为山东队后，我的女神——5号王思雨一篮板一罚篮又将比分扳回。最后几秒，我屏气凝神地看着球员间的一举一动，就在河南队在山东队的联防下投篮未中后，距比赛结束仅1秒，河南队又致命犯规，山东队两罚一中，最终山东队以86：83的比分战胜了河南队。全场沸腾，观众纷纷起立欢呼，我也融入大家的呐喊声中，欢呼着，雀跃着。

在赛后新闻发布会中，山东队主教练马刘斯与球员代表15号杨衡瑜来了一个胜利击掌。而这一路下来，我看着山东队这支年轻的队伍从开始进攻的犹豫不决到现在的灵活果断，从防守的空缺到严实的联防，这种不断进取不断进步、失败后不断爬起来的精神一直让我铭记于心。我也希望，未来的路上我自己也可以做得更好。Give Me Five！

作者：体育学院2014级本科生　刘文娜

1月6日　星期三　阵雪

能动学院本科生·刘　斌

不知从什么时候开始，只顾着麻木地向着目标奔跑，却忘记回头看看自己的足迹，直到昨天无意间在山大网站首页看到“山大日记”这个栏目，看到每天都有人通过日记和自己的心灵对话，我才恍然察觉，自己已经太久没有用纸笔探寻过内心，也太久没有通过日记的形式反省自我了，突然就有了写日记的冲动。

早上醒来，看到手机屏幕上“阵雪”的天气预报，我拉开窗帘，发现窗外的雪不断地飘着，绿化区已被覆盖得白茫茫一片，道路上却仍是玄色。有位舍友昨晚去了通宵自习室，他说，有三十多个人陪他一起冲刺备考。我忍不住在脑海里想象这个画面，竟然感觉仿佛回到了高三。转眼2016年到来了，高三已然成为彼时，但我们在大学里、在为期末冲刺的这一个月、在一间间宽敞明亮的教室里，又找回了在家乡、在为高考准备的几个月、在那间堆满了书的小教室里一起拼搏的气氛。

紧张的复习结束后，也就意味着学期将尽，报到时自己在白玉兰路徘徊的景象却仿佛发生在昨天。我曾经和山大还有其他高校许多大三、大四的学长、学姐有过交流。他们都说，大学四年一晃即过，还没来得及细细体会就坐上了大学青春的末班车，无论有没有准备好都必须在下一站下车。听着他们的回忆或是分享，我心里顿生一种不安，每个人进入大学时都怀有满腔抱负，想在大学收获多彩的经历，迎接自己的未来。但是四年之后际遇迥异，有人被安逸与怠惰消磨了意志，有人则收获了自己的成功。我不想做前者，所以一路上时时提点自己就成为必要，这也是促使我写下这篇日记的原因。

青年之文明，奋斗之文明，也与境遇奋斗，与时代奋斗，与经验奋斗。故青年者，人生之玉，人生之春，人生之华也。愿每一个山大学子都能不忘初心，固守心灵热土！

作者：能动学院2015级本科生　刘　斌

1月7日　星期四　晴

《好兵张楠》观众·于　鑫

“我们的国家会有千千万万个张楠，我们的祖国会有千千万万的好兵！”深夜，这句话一直萦绕在心头。

雪后初霁，山东大学全体国防生有幸观看了由武警山东总队带来的话剧《好兵张楠》。话剧《好兵张楠》讲述了张楠烈士一生立志从军、建功军营、索马里维和直至壮烈牺牲的英雄事迹，生动地展现了其成长历程中感人至深的战友情、父母情、姐弟情，展示了一个热血青年成长为祖国忠诚卫士的心路历程，其坚定的信念、为国奉献的精神感染了在场的所有人。

作为一名国防生，经常会有人开玩笑地问我："你说，你当兵的，如果有一天真的派你去打仗的话，你会害怕么？如果有一天，真的派你去维和的话，你会去么？你敢去么？"面对这些问题，我有时会不知道该如何回答，有时我会想，我也是血肉之躯，我也有自己的父母、亲戚、朋友，他们也希望我平平安安地陪在他们身边，凭什么非得我去呢？可是我实在也无法想出一个理由来说服我自己，凭什么我可以不去呢？

作为一名军人，作为一名国防生，为祖国守边，为人民站岗，这就是我们的选择。我们的战友张楠说得好："要坚持自己的选择，这就是军人的魂。无论走到哪里，干什么，都要守住这个魂。我们要当一辈子的兵！我们要当一个好兵！"

当看到张楠覆盖着鲜艳的五星红旗回到祖国的那一刹那，我的眼泪夺眶而出。"爸爸妈妈！当年的我，身穿着光荣的军装离开祖国，今天的我，覆盖着庄严的五星红旗回家，你们应该为我感到骄傲啊！"作为一名军人，时刻准备为祖国、为人民奉献一切，有时我觉得这离我很远，但是这一次，我感觉离我好近好近。在被张楠感动的同时，我的信念也更加坚定，我也要做一名和张楠一样的好兵，也要做一名对得起自己选择的好兵！

作为一名山东大学的国防生，作为一名中国人民解放军的后备军官，我们时刻准备着，为了成为一名有灵魂、有本事、有血性、有品德的新一代革命军人，我们还有很长的路要走。作为一名毕业国防生，还有不到半年的时间就要离开母校，和前辈们一样，到祖国各地工作。也许我还年幼，也许我还稚嫩，也许我还不够成熟。

但是！

请祖国相信，我们军人永远不会退缩，因为我们心中有国，身后有家。

请祖国检验，我们 200 万人民子弟兵会为了人民的幸福生活，勇敢地面对一切！

请祖国放心，中国一定会有千千万万个张楠，中国一定会有千千万万的好兵！

作者：文学与新闻传播学院2012级本科生　于　鑫

1月8日　星期五　晴

医学院本科生·何　山

今天终于考完了！这一学期无疑是最累的一个学期，从十月份开始，各路考试蜂拥而至呀！内科、外科、妇科、儿科、精神病学、神经病学、全科医学、传染病学……数不清的考试以每周一门的速度向我们袭来，但是最终我们还是挺了过去，交上了一份令自己满意的答卷。

在考试结束之后，我更想向学弟学妹们分享我的学习经验，回顾艰辛的考试之路，我深感成绩优异的基础是勤奋、良好的习惯和超强的自制力。

勤奋是医学学习的根基。医学课程向来以量大著称，一本专业书通常有几十万字，对于常人而言很难单纯以考前突击达到理想成绩。日积月累的研读无疑是真正读透知识的重要方法，所以成绩优异的同学在考前至少把书研读了3遍。

习惯成就优秀。首先养成每日复习的习惯，不管今天如何繁忙也要拿出时间翻看专业书。初学时，我也总是抱怨书本的晦涩难懂，但是要坚信“书读百遍，其义自见”，任何初学者第一遍读专业书时都是被虐得很惨，但是学霸的成功就在于第一遍时静下心来逐字逐句地理解，把不明白的知识一点点地查明白，最终融会贯通。其次养成总结的习惯，随着学习的深入，我发现掌握知识一定要建立框架体系。内、外、妇、儿等各学科的实质就是教会如何诊断和治疗各种疾病，对于疾病的理解我们应从发病机制、病史、临床表现、实验室检查、辅助检查、治疗等7大方面去综合看待。发病机制就是对病理生理方面的研究，病理生理我们在大三时都曾学过，如果没读懂一定要重新翻原来的课本，当你了解的疾病种类越多，你就会发现它们之间既存在很多的相似又有各自的不同，抓住它们的共性与特异性形成知识体系网是很有必要的。

自制力差是很多同学考试失败的根本原因。考试周复习讲究的是一个“静”字，我们最好到自习室学习，远离手机和电脑，多看书，少看 QQ 和微信，实在累了就跑步或是午休。千万不能边上网边玩手机，否则效率会大打折扣，也浪费了大量的时间。成功的人士一定是在关键时刻管得住自己的人！

最后祝鏖战考试周的同学们能高效学习，通过勤奋、习惯、自制力的力量战胜各路考试！

作者：医学院 2012 级本科生　何　山

1 月 9 日　星期六　晴

土建学院本科生·孙华琛

又是一个暖阳。倒不是在吐槽雾霾天，而是因为多日未在白天活动了。

自从通宵自习室开放后，我就与大部分人的生活颠倒，倒像是“吸血鬼”了：白天入眠，夜晚活动。可能与自身的“夜猫子”属性有关，我在晚上的效率明显比白天高，因此经常是在星光下走进通宵自习室，在黑夜渐退、朝阳未升的月光下回到宿舍，然后一觉睡到日落。也不知是幸运还是不幸，因为今天有考试，讲学堂与教学楼被封，这让我这只“夜猫子”不得不回到了宿舍，难得享受了一次早睡。

骤然破坏生物钟的结果是很严重的。我与闹钟奋斗了半个小时后才挣扎着滚下床，洗漱完后跑到图书馆才发现几乎没位置了，好不容易找到一个，就赶紧坐下开始学习。为避开用餐高峰期，我十点半就去吃饭了，走出图书馆的那一刻被明媚的阳光狠狠地闪到了眼。走在路上，感受着迎面而来的清冷却并不刺骨的轻风，那阳光洒在脸上，在这冬日里仍是感觉一阵暖意，竟自出了神。

多日的通宵固然效率高，却是弊大于利。各种身体不适的感觉都开始出现，整个人也没有了以往的精气神。以前只当是未适应罢了，直到今日再见暖阳，才恍然醒悟。学习是要注重方法的，不单纯是指效率最高，还要以不伤身为前提。每个人都有最适合自己的学习时段，但时间段比较晚并不是让自己通宵的理由。以我自身为例，我在一点左右效率最高，到三点左右几乎就没有什么学习能力了，但仍然强撑着不让自己休息，这是很错误的做法，不仅伤身，而且强行扭转了自己的生物钟，毕竟上课或考试都是在白天。

一日之计在于晨。日出而作，日暮而息。人类是在白天活动的动物，本就不该把生命全交付给夜晚。把生命留给阳光吧！在白天学习、工作，不只为自己，也为不辜负那一缕等待你的朝阳！

作者：土建学院 2015 级本科生　孙华琛

1 月 10 日　星期日　晴

《老炮儿》观影者·王璐婷

我们老了，但还没有老透；

我们燃烧过，但还有没燃烧完的部分；

把它烧透吧。

在匆匆忙忙的考试周，还是抽空去看了《老炮儿》这部在同学之中好评如潮的电影。不是为李易峰和吴亦凡的颜值，只是为六爷带给人的那份感动。

电影的最后，六爷手持军刀再次在冰湖上站起身，向着对岸狂奔起来，每一步都铿锵有力，像坚实的鼓点，敲打在人的心上，令人震撼。六爷，也成就了人生中的一次壮烈燃烧。

《老炮儿》这部电影像一把钥匙，打开了每个人记忆匣子里那一本泛黄的日记，讲述了一个昔日也曾兄弟成群、风光无限的六爷，却不足以和钱权堆砌起来的新势力较量。是啊，六爷现在也风光尚存，他能在一条小胡同里指点江山，路见不平一声吼，游走自如，但他不知道，胡同外面的世界是一片他不知道的、新的世界。现在的年轻人活得恣意、迷失，他们及时行乐，靠着家里提供的便利为所欲为，他们不懂像六爷一样的父辈恪守了一生的江湖规矩，他们甚至能随随便便地给六爷一个耳光。

让人倍感心酸的是六爷为晓波奔走筹款的过程，人情冷暖、世态炎凉被放在那一方屏幕之中，老百姓面对现实生活的无奈亦令人唏嘘不已。

这部电影与其称之为震撼，倒不如说是令人心碎。一个为了救儿子而一路隐忍、受辱于小辈也没有轻易动手的老江湖，就在你面前固执着、脆弱着、无助着，怎能不让人动容。此刻哪里还有那个意气风发的冯小刚，只剩下一个为儿子操碎心的张学军。

最后，我们也都明白，六爷的最后一搏不仅仅是为了儿子，也是为了自己，就像那只终于挣脱牢笼的鸵鸟，六爷也要使自己的生命更加绚烂、没有遗憾。

那日清晨，除了北京的寒气，还有的是深埋依旧的血性，老炮儿内心的火花在广袤苍凉的寒天里迸发，成就了自身最后的燃烧。

作者：文学与新闻传播学院 2014 级本科生　王璐婷

1 月 11 日　星期一　雪

留俄学生春晚演员·郭寒湫

国内的同学或许还在考试周的焦虑与奋斗中并进，身在俄罗斯的我已经结束了“寒假”，并两度“庆祝”新年：一次是在俄罗斯普希金俄语学院为中国学生举办的新年联欢会上客串主持人，一次则是今晚在中国驻俄罗斯大使馆 2016 年中国留俄学生春节联欢会上表演。能够在异国以一种特别的角色经历与祖国的团聚，我心中的感动与幸福交织绵延。

上午 10 点，我们便乘车去使馆，从学校到使馆并没有很远，但需要先坐小巴（俄罗斯特有的一种小型公交，随叫随停），然后再换乘公交，事实上这也是我们一个月来为了排练走台每周末必走的路线，说是自己在俄罗斯最熟悉的路线一点儿也不为过。在使馆教育处驻地等待所有演员和工作人员到齐，我们便一同出发到使馆主领馆，中国驻俄罗斯大使馆是他国驻俄最大的使馆，单是远远观去，就可窥探一二。走在使馆内部的红地毯上，我很想驻足拍张照片留念，但想到距离正式表演只有数小时，便抑制住有些激动的心情，抓紧准备最后的彩排。

“来，我再帮你整理下头发。”身后传来小伙伴的声音，我赶紧停下舞蹈动作，正了正衣服，一切准备就绪后，轻轻走向后台。虽然自己多多少少也有过一些登台表演的经验，但在异国他乡这是第一次。当我们从后台屏幕的小孔中，看见驻俄大使李辉先生及夫人伴着音乐入场时，在后台的演员们也不禁跟着台下热烈的掌声轻轻拍起手来。这掌声不仅是对他们的欢迎，更是与对大使所代表的祖国母亲间的勾连。

演出进行得很顺利，虽然不免紧张，但之前偶尔夹带着些许抱怨情绪的场场彩排派上了用场，动作、台词都成了下意识的反应，大脑中唯一记得的就是保持最美的笑容。这场晚会于我而言更有另一层纪念意义，我意外地成为两个节目的演员：其一是曾经在网上很火的七朵组合的中国风舞蹈《咏春》，因其中一名同学临时回国，负责的同学临时拉我“救场”；其二是我们自编自演的情景剧《相亲相爱过新年》。所以当穿着高跟鞋跳完舞，大家纷纷舒了一口气时，我还停留在紧张的情绪中，抓紧时间换衣服，减淡妆容，为下一个节目做准备。直到《难忘今宵》的音乐结束，各位领导与演员合影的相机“咔咔”声渐渐消失，我才真正放松下来。

演出结束后，使馆在大厅为观众及演员们准备了自助餐。尽管是站着吃东西，但并没有减弱大家的好心情，不远处李辉先生在和同学合影，我也上前排队，收获了一张宝贵的合照。

坐在返程的车上，窗外还在飘着雪花，我的内心却几多温热。想起这一个月来，我们每次都排练到很晚，翻箱倒柜来回“折腾”，只为搭配出最有舞台效果的衣服，四处求借演出道具，如今一切都画上了句点。正如我们在节目中说的那样，一个人在异国他乡求学难免感到孤单，但只要有爱有关怀，我们就是相亲相爱的一家人。

家国的概念在这一刻竟变得如此明晰珍贵。

作者：外语学院2013级本科生　郭寒湫

1月12日　星期二　晴

“山大日记”学生编辑·董玉红

打开QQ空间、朋友圈，是各个专业学生的碎碎念。晚十点，趵突泉校区图书馆预约已满，舍友正在商讨明天去千佛山校区上自习的事情。刚刚有人分享了一张蓬头垢面且配字“妈，我学医回来了”的图片，我们相视而笑。

我尚能直面惨淡的人生，能正视淋漓的鲜血；但，我难以直面邮箱和后台空无一稿的荒芜。

整个晚上，都在为“山大日记”约稿。

“考试周哪有工夫，审计课本534页。”

“我就没看过‘山大日记’。”

“放过我，下学期一定写。”

“我不是雷锋。”

“还要复习。”

……

意料之中，情理之内：那么多人在线聊天，却没有时间写日记，更何况逛完 QQ、微信这些社交软件后还要忙于应对考试。但是更多的时候，我们忘了询问自己，到底是真忙，还是一味地逃避？我内心惴惴不安。这种惴惴不安，大概来自高科技产品对人们思想的绑架。随时浏览手机早已成为很多人的生活习惯，手机更改变了我们的生活习惯。我们有时间刷微信、刷微博、看空间，却总是以没有时间为由推掉大大小小的事情。内心深处对生活美好的渴望，也就随年月流去，随白发老去。劳累之后，我们下意识的放松动作是掏出手机低头刷屏。于是，打字代替笔墨，碎片阅读代替深阅读，140 字的说说或微博更是代替了传统的日记。

想到这里，我觉得我未免可笑：约不到稿子就伺机报复谈手机的危害。可是环顾图书馆里的其他人，学累之后无一例外拿出手机来“放松”。我打开右手边刚从快递小哥那里取来的笔记本，写下所思所想。长时间接触手机，盗取了我对生活的热忱。

刚入大学的这几个月，突然没了父母、老师的束缚，恣意玩乐，反而没有想象中无拘无束的快乐感。后来我把手机放在宿舍里，想玩手机时就去图书馆翻书看。在书中，我有幸寻觅到另一种人生。最近喜欢季羡林先生的作品，今天找到了他的一本散文，看《医学化学》疲倦时翻一下，妙趣横生。无意间翻到一本关于大脑研究的书，好生喜欢、羡慕身为医师的作者，我暗暗立誓朝这个方向努力。

而读“山大日记”，读学长学姐精彩的故事，读长者的无私奉献，读同龄人的自我剖析，远比虚无缥缈的网络更加真实。听到诸如“就没看过‘山大日记’”这样的话语，身为日记小编的我，失落感顿生，但又心生期待：希望更多的山大人在结束一天的生活后能写写自己的一天，“山大日记”能得到更多山大人的关注，让“山大日记”既是长河巨浪，又涓滴可饮。

人要在真正重要的事情中成长。于无声处听惊雷，于迷茫里见真知，于繁杂中觅静心。

最后，祈祷我余下的四门考试都能顺利通过。

作者：医学院 2015 级本科生　董玉红

1月13日　星期三　晴

外语学院本科生·郭笑雪

从雪国俄罗斯回到祖国的怀抱已经有五天了，却还是过着黑白颠倒的日子。人在异国总是分外想念故乡，想念故乡的味道，还有故乡的人。还好，在东北最美的冬季，我回来了。

不知是因为长大了还是出于羞涩，我总是难以表达自己的情感，尤其是对最亲近的家人。土生土长的东北一家人好像难以直接说出对彼此的爱，行动上却从未迟缓。在外求学的一个学期，我总会和爸妈通话、视频，闲聊两句。但是有一次，直到现在我也无法忘记。那天莫斯科天气特别晴朗，国内少有的蓝天让初来的我们异常欣喜，于是我们相约出门游玩。异国风情吸引了我们全部的注意力，美轮美奂的教堂、颜值爆表的萌娃，都会让我们惊喜一番。一路拍照留念直到手机没电，最后精疲力尽的我坐上回学校的地铁，到了宿舍倒头就睡。

因为愉快的游玩经历，整晚的睡眠出奇得好，但早上我一打开手机，疯狂的震动声让我睡意全无，原来是爸妈的五十多次来电、十来条短信和数不清的微信。我马上打过去电话，接通后妈妈听到我的声音居然哭了出来，平静下来的她开始“教训”我。原来那天妈妈看到了莫斯科地铁站发生爆炸的新闻，非常担心我，在如此焦急的时刻，我却一直没有回复消息。明白事情因果后的我突然心里一阵酸楚，因为贪玩，忘了家里还有一直记挂我的家人。从那之后，我哪怕再忙也会报句平安，让相差五个小时、心心念念着我的人儿安心入眠。

昨晚赖着和妈妈一起睡，窗外是一轮象牙白的明月。妈妈突然说：“这一辈子能有几次像这样和妈妈一起睡觉啊！”多亏了黑暗，要不然妈妈就会发现我又偷偷流泪了。亲情和家人永远是我们内心最柔软的一块，一碰便温柔了全世界。

在外遇到烦心事，一想到家里总是有人愿意在深夜给我做一碗面，冰冷的世界总有一盏小桔灯是属于我的温暖，就觉得所有的跌跌撞撞、磕磕绊绊都没什么，勇敢往前冲，因为会有人说：“孩子，饿了吧？回家爸妈给你做好吃的。”

作者：外语学院2013级本科生　郭笑雪

1 月 14 日　星期四　晴

口腔医学院本科生 · 张凯莉

轰轰烈烈的考试周对于医学生来说就像一场“浩劫”，众所周知，每一位医学生除了每天的课业压力大，每到考试周考试压力同样大。趵突泉校区的自习室通常是一“座”难求，好多同学即使起个大早也很难找到一个合适的座位。好在这个学期的考试基本在今天结束了，只剩下一科“毛概”了，我总算可以松口气了。打了个电话想约好友一起庆祝一下这来之不易的轻松，但得知她们仍旧在为考试周奋战着。想起好久没有给家里打电话了，不知道调皮的弟弟最近学习怎么样，妈妈是否每天还在为生活中的烦琐小事操心劳累，爸爸是否还在辛苦奔波……

来到济南求学已经三年了，五年的医学生涯也已经过去大半了，记得前几天在网上看了一个恶搞的段子：“如果你的朋友好久没联系你了，有三种情况，第一种，他消失了；第二种，他学医了；第三种，他期末考试。如果他既学医又期末考试，那么你就当他消失了吧。”看完不禁觉得心酸，想想上次给家里打电话还是很久之前了，妈妈每次打来电话也只是匆匆说两句就结束了通话，“忙、忙、忙”，竟然也成了我挂在嘴上打断妈妈嘘寒问暖的理由。想到这里，我拨通了电话，整理了一下心情，故作调皮地说：“妈，在忙什么呢？”“孩子，最近看天气预报，济南天气虽然晴但气温都不高呢，可千万要多穿衣服，学习任务重，要好好吃饭，别为了准备考试不好好休息，累坏了身体，这几天你忙，妈妈不敢给你打电话，怕影响了你……”我刚说一句话，电话那头的妈妈早已迫不及待地说了起来，语速很快显然是怕耽误我的时间，我的心情愈发沉重了。“妈，我们的考试已经差不多结束了，再考一科就可以回家陪您了。”妈妈听后，语速也渐渐放慢，如同往常一样和我聊起了家常，虽然每次都是差不多一样的话题，无非是家里情况很好、弟弟学习很认真之类的话，但总感觉永远也聊不完，小小的手机连接的是母女间即使远隔千里也心连心的亲情。

放下电话，看了看身边的同学，似乎也很久没有和那些亲密的朋友联系了。现在的我们更喜欢通过朋友圈、QQ 空间、微博来了解远方的朋友的状态，即使在同一个宿舍，面对面坐着，也会在朋友圈下互评，你一句我一句，低着头看不清对方的表情。之前有一篇生活新闻，描述了在一场为老人祝寿的寿宴上，老人看到孩子们有的低头玩手机，有的在拍照摆造型发朋友圈。原本应该热热闹闹的寿宴，可老人实在高兴不起来。网络，作为时代发展的产物，既给我们的生活带来了极大的便利，也给我们的生活带来了许多负面的影响，比起现实的交流，我们似乎更喜欢虚拟的看不见表情听不见声音的网上交流，可是，这样真的拉近了我们之间的距离吗？还是打个电话吧，如果可以，还是见个面吧。最传统的交流方式，也许是最适合我们的。

窗外，是济南少有的蓝天。大家行色匆匆地从一个考场奔到另一个考场，可否停留一下脚步，欣赏这蓝天白云；可否放下案头的试卷，给家人、朋友打一通电话？世界虽大，别忘了为什么出发。

作者：口腔医学院 2013 级本科生　张凯莉

1 月 15 日　星期五　晴

药学院本科生・李晨煜

有人说，爱上一座城是因为城中住着某个喜欢的人。林徽因说："其实不然，爱上一座城，也许是为城里的一道生动风景，为一段青梅往事，为一座熟悉老宅。"一年没有回家了，明天就要回家了，可是要离开时，总忍不住回眸看看它——济南。

济南城没有我之前想象的繁荣，也没有和家乡一样的蓝天白云，但是山大确实是我大学的归宿。和蔼的书记，在他的指导下进步；笑意盈盈的李冬老师，总有着满满的正能量；漂亮的导员嵩迎姐，在她的关心下成长；从生活、学习各方面给予我们帮助鼓励的学长学姐们；一直陪伴在身边的哥们儿姐们儿；还有一群可爱的同学们。药学院这个大家庭，老师们是家长，而我们这些子女就在家长的呵护下成长。

不得不说，嵩迎姐是我在大学非常佩服和感动的人。嵩迎姐是众所周知的女神导员，三个字形容：高大上！（气质高冷，性情大气，颜值上档次！）所以我很多时候还是比较害怕导员的，可能是女神姐姐气势太强了吧，总害怕自己做错事情。

早晨，还没有从睡梦中醒来，就碰到嵩迎姐来查宿舍，幼小的心脏扑通扑通地狂跳，虽然我已经考完了这学期自己的课程，但仍然生怕导员的批评。可接下来的事情是我所没有想到的。导员随手拿来身边的板凳，坐在我的床旁，问我考试情况。简单的聊天后，她又问问我下学期有什么打算，并且给我说了一些自己应该注意的地方。

可能是心再次被触动了吧，一次、两次、三次……每一幕都历历在目。

记得大一刚来的时候，要准备校区迎新晚会，初来大学的我真的是一头雾水，因为总负责老师的苛刻，我哭得特别伤心，偌大的操场好似只剩下孤单的我，不知道何去何从。导员来询问我详情，并且让我冷静应对突发情况，最终我擦干眼泪，圆满地完成了自己的任务。她教会我了大学第一课：学会适应。

在大一上学期国庆节期间，导员到我们所有的宿舍进行交流，关于生活、学习上的种种问题都可以跟她聊聊。那阵子记得导员专门找我谈了一次话。当时还没有进行考试，面对自己基础差的情况、本觉得自己努力能不挂科就不错了的情况，她让我知道一旦挂科，对自己心里也会产生一定影响，比如会越来越不主动学习。导员给我敲醒警钟：努力学习。

大一上学期结束，导员让我们每个人回去写自己的总结和展望，并且开玩笑说这是大家的寒假作业。不知道大家怎么做的，但是我是认认真真地想了很久，思考了很久，大概用了一个星期才写完，并且在以后的每一个学期我都如此，我希望自己不要离自己之前预定的轨道偏离太远，也不希望自己迷失方向。细心的导员让我懂得：反思、总结、计划。

大一下学期，我想组建一个社团，导员没有拒绝，也没有同意，可能是觉得我的很多考虑不周到吧。面对繁重的课业压力、忙碌的课余生活，我早已无力再去组建这个社团。意气用事的我，不能平静下来，甚至有和导员理论的心情，最终……我拖着沉重的步子走出了办公室。到了晚上，待自己心态平和很多后，给导员写了一封为自己的语气道歉的邮件。很快，嵩迎姐给我了回复，我知道她很忙，但是她看到邮件后第一时间就给我回复，并且在她给我的回复中，我看到的是老师对我的殷切期待，是老师对我的鼓励。那时候我明白了：三思后行。

大二上学期，注定是一个一波三折的学期。每一次都歇斯底里，几近崩溃，导员一直给我鼓励，让我勇敢地走下去。那天我很无助，也不想给爸妈打电话倾诉，也不想给同学倾诉，认为倾诉也只是给他们徒增烦恼。我到现在都不知道为什么导员会在那个时候给我打电话，也许是上帝派来拯救我的吧。当时看到她的电话，我不知道接还是不接，最终，我接起了电话，努力控制自己的感情，我实在说不出来一个字，当听到导员的声音，我就忍不住地哭了……听见我的哭声，我可以听出来导员心慌了，当时就非常感动。导员说："晨煜，你在哪儿呢？先别哭了……你先回办公室，我在办公室等你。"我哽咽了："张老师，这都很晚了，也下班了，您别等我了，我回去还要好一会儿呢。""没事儿，你快回来，吃点儿东西再过来……我一直在办公室等你。"真的感觉自己挺对不起导员的，我是个个性很强的姑娘，但是个性总会给导员带来好多的麻烦，真的谢谢导员一直不嫌弃我，直到今天，导员也没有放弃我。那次我知道了：有目标，虽然困难重重，但是自己一步一个脚印好好走就好！

今天的谈话让我想起了之前的一幕幕。导员很忙，或许和我们沟通也不会特别多，但是她无时无刻不在关心着每一个同学。谁说大学的老师不会和高中老师一样有责任心？我想那真是大错特错。

感谢这座城，无论它是晴天或是雾霾，它都载着我满满的记忆；感谢山大，无论它好或者不好，它都是我的大学生活；感谢药学院，无论你在校还是毕业，它都是你的家；感谢嵩迎姐，无论优秀或者不优秀，我们都是她的弟弟妹妹！

作者：药学院 2014 级本科生　李晨煜

1 月 16 日　星期六　晴

文学院本科生·刘　茜

结束完昨天的 Web 课程期末考试，我心里的一颗大石头也总算落地，尽管接下来的一周还有两门考试。可能你会觉得奇怪，一个即将进入毕业班的大三学生，怎么会去考计算机技术基础，当然，这对一个转专业的学生来说，不足为奇。我很庆幸自己能够在这一学期结束之后，为大一需要补修的全部课程画上一个圆满的句号。

进入考试周，我相信我们身边都会有这么几类人：整天泡在图书馆准备接下来的考试，还有整天宅在宿舍过着“醉生梦死”的生活……都说大学是个小社会，每个人都在其中扮演着不同的角色。我们处在一个相对自由的环境中，选择如何生活，应该是个人自由，不过，我们为什么不让自己过得更有意义呢？

这几天，由于在学校里找不到合适的自习室，我选择了待在学校西门外的麦当劳店里上自习。很开心，和我有相同想法的同学很多。一天坐下来，尽管身边的人走了来、来了走，不过，我们真的不难发现，还是有很多人抱着一摞厚厚的书籍资料，在一个安静的角落里埋头苦读的。其中，令我印象最为深刻的是两个外国小伙，他们和很多外国来的留学生一样，在人群中总是那么显眼，但我注意到他们，仅仅是因为他们坐在我旁边的座位上。一开始，他们彼此互不打扰，各忙各的，不过一会儿，我偶尔听到他们好像在为某个问题辩论，只怪自己英文水平太差，听了半天也没大听懂他们说的是什么。不过，我被他们那种能感染旁人的热情所吸引，作为学生，不应该就是这样吗？不懂就问，想做就做，趁着年轻。

可能正是由于心底的这种“不安分”因素，在即将补完大一所落下的课程后，我又选择“启程”，去另一个地方，体验不同的人生。

下周离开学校，再回来就是大四了。话说回来，还是有一点儿小心酸呢！因为我报名参加了下学期去韩国中央大学的交流项目。我知道，肯定有很多同学有疑问，都大三了，还能出去吗？我想说，当然能！趁着大学四年还没结束，抓紧大学的尾巴，去多体验一下也未尝不可。毕竟，过了这四年，就再没有下一个四年了。过了这段青春，大学就只能用来怀念了。

我们需要不同的经历来充实我们的大学生活，我想，像我这样大学三年换三个地方上学的人，也没其他人了。只希望现在“沉醉”在各种考试中的同学们，能够在复习之余留一点儿时间去思考——我，对现在的我，满意吗？

接下来的考试，你准备好了吗？

作者：文学与新闻传播学院 2013 级本科生　刘　茜

1 月 17 日　星期日　阴

公卫学院本科生・王若薇

今天是格外不寻常的一天，既是考试周的结束，也是寒假生活的开始。

生理考试于今日落幕，对于考试周的最后一门考试，我已经准备了整整两周。两周以来每天的朝五晚十，去自习室不带手机，这已经成为医学生在考试周的共同生活习惯。因为考试周自习室人满为患，而图书馆的离开时间又不能超过一个小时，所以我只能中午回寝室睡 20 分钟然后再匆匆地赶回图书馆。晚上躺在床上，脑子里满满的都是传导机制牵张反射动脉血压，梦中都是一个个名解，半夜忽然醒来脑子里首先出现的也是那一个个名解。140 个名解 30 个大题，听起来可能并不觉得有多困难，但当你真正开始去记忆时就会发现这原来并不是那么简单。今天刚刚背了 10 个名解，明天再看的时候就像是和陌生人见面，一股挫败感油然而生，但我还是在一次又一次的打击和挫败中努力记忆。医学生都是一个个勇敢的战士，在一场场战争中磨炼，只为了取得最终的胜利。

在这之前，我总是想到我们高中时学习到的知识大部分已经还给了老师，那么高考带给我们的究竟是什么，难道高考真的没有意义么。在这个忙碌的考试周，我似乎找到了答案，高考之于我们不仅仅是一个通往大学的门路，更多的是让我们掌握了适合自己的学习方法，培养愈挫愈勇的精神和勇气，帮助我们在接下来的漫长的学习生活中更好地前进。这已经是我们最大的收获了。

美好的寒假生活已经开始了，我也制定了美美的旅行计划。紧张的学习生活后，值得拥有一场心灵的旅行。

作者：公卫学院 2014 级本科生　王若薇

1 月 18 日　星期一　晴

法学院本科生 · 黄春林

跨进 2016，我想，最不能让我忘记的一件事就是山大陪我度过的第一个生日。

十八岁的时候，我来到了山大。跋涉一千六百多公里，从东南沿海的“海滨邹鲁”来到了有着厚重文化底蕴的齐鲁大地，带着对济南大明湖的期待，还有对山大的憧憬，我就这样开始了我的大学新生活。

时间过得真的很快。昨天是腊八节，兴隆山下着小雪。早起出门，口中哈出的热气，混着飘下的雪。回想起来，这是我来济南也是我人生中看到的第三场雪吧。不由得想起“瑞雪兆丰年”，总归是下雪让人心情舒坦些，至少能够安慰自己摆脱了“醇厚”的雾霾。

考试周忙于复习，不经意间才想起自己的生日。坊间都说每个人的十九岁生日的公历和农历会重合，可我的公历和农历生日却差了一天。从一月十八日到一月十九日。更巧的是，生日撞上了考试周，十九日还有法制史考试！

原以为会平平淡淡、悄无声息地过完生日，这个和考试碰到一块儿的生日。但是远处抑或是身边的惊喜还是温暖了我，尤其在寒冷的北方。零点一过，收到各种各样的祝福讯息。早起打开手机，又是满满的刷屏祝福。中午回宿舍，看见宿管阿姨的桌子上有一个大大的蛋糕，我还纳闷，看着上面的小字条真的写着我的名字，那瞬间心中暗喜。晚上回宿舍，进门是舍友的大惊喜。又是一个大大的蛋糕，这是一个精心准备的生日，即使明天还有考试。

“独在异乡为异客，每逢佳节倍思亲。”小时候就背得不能再熟的古诗到现在才有深刻体会。答题纸上古诗鉴赏的情感分析，真不是空洞的、虚无的。唯有体验，唯有经历，才能理解，才能深刻。

又想起几个月前军训时的某个夜晚，在工训中心旁的水泥路上，在教学楼一楼的车库中，在昏黄的路灯下，在微凉的山风中，学会的那首《我的山大我的家》。想必，四年后，我们也会有那样的心情吧。

山大陪我度过了第一个生日，也还会有第二个、第三个、第四个，也还会继续和考试周碰一块儿。然而遇上就遇上了吧，生日的祝福、同学间的温暖，不得不说，这也是很好的考前祝福。希望我们都有一个理想的成绩吧。

感谢这个冬天里给我带来温暖的所有人，无论新朋还是旧友。

有人情味儿的山大，会让人更加喜欢。

作者：法学院 2015 级本科生　黄春林

1 月 19 日　星期二　晴

体育学院本科生・盛希林

今天，养了三个月的风信子终于开花了，拉开窗帘，淡淡的粉红色花蕊在阳光下散发着淡淡的香气。窗外，阳光很好，天空很蓝，心情很好。

中午，软件园的好友打电话说，下午考完试请我吃饭。美女相约，自当奉陪，况且还有免费的晚餐，哈哈。就这样，我骑着单车从兴隆山出发了。

一直觉得，骑车或是步行，是最好的出行方式，不是为了响应低碳环保，而是这样能更好地思考。当我们习惯了快节奏的生活，骑上单车，去看看这座城市，一个下午，去寻找慢节奏的生活，去看看这个城市的边边角角，看看那些普通人的生活。是时候出去走走了，看看外面的世界，那些挣扎在人生路上的人们，或许就是四年后的我们。我在红灯前停下，看着行人从我身边匆匆走过；我骑着单车前行，突然觉得人是一种奇怪的生物，有些事，我们不想做，却做了，做了一生，有些事，我们想做，却没做，一生没做。我停下车子，软件园，到了。

软件园果然名不虚传，圆形建筑是最为明显的标志，看起来高大又气派。转转校区，逛逛街，回想自己的大学生活，就这样快结束了，一路走来，收获很多，成长很多。

美味的晚餐，愉悦的气氛，朋友之间总是有聊不完的话题。吃到了想念好久的馄饨，这样熟悉的味道，让我感受到了家的味道。想来，明天就要回家啦，真是既期待又幸福。

晚上九点，在软件园悠扬的钟声中，我踏上了归程。同样的路，却又是不同的景。天幕之上，一弯银月勾勒光芒，霓虹灯照亮大地，蔓延到天边。这是一个繁华的城市，我是这座城市的过客，擦肩而过，我相信，我也会成为这座城市的风景。

我在车流中小心翼翼地前进，看到了寒风中交警们笔直的身影，这种敬业精神神圣不可亵渎。渐渐远离闹市，世界都静了下来，我的心也随之宁静下来，仿佛整个世界只剩下我自己，月光勾勒出山的影子，透着淡淡的神秘气息。出行，一辆单车和一双脚，足够了，再远的路，终要踩在脚下。在这个复杂的社会，简单的生活就好。

人常说，人生就是一场旅行。是啊，一场旅行，只需要一辆单车、一双脚，没必要那么复杂，简单着，便快乐着。

作者：体育学院 2015 级本科生　盛希林

1 月 20 日　星期三　晴

政管学院本科生·张梦琨

今天上午我参加了第二外语——德语的期末考试，本来应该和其他科目一样可以轻松应对，但我心里十分不平静。

作为一个双学位、五年制的大三学生，考试周我有 9 门必修课考试，其中 3 门开卷，6 门闭卷。从十二月底，我就开始一路埋头苦干，背过 31 页约 4 万字的亚太政治概论课堂笔记，看过中英文比较政治学文献，在满文里找过语言学考试的规律。虽然很辛苦，但眼看着一切就快结束，以往的成绩也还算理想，于是越来越盲目乐观。在今天上午考德语的时候，恶果终于来了。

距离德语考试还有四天的时候，第一天，我看了 300 多章的小说，效率高得出奇，不禁沾沾自喜。第二天，我心不在焉地复习了德语考试之后的两科，一天也就这么过去了。终于，我开始意识到德语考试之前需要看 7 个单元的课文和语法，同时复习 6 套试题，背 6 篇作文，对于一个学德语才两个学期的人来说是多大的任务！但我的侥幸心理肆意滋生，复习思路越来越粗，德语课文也不仔细看，只看中文翻译，对没弄明白的语法，也是囫囵吞枣。两天时间，加上昨夜到 2 点的“努力”，甚至有那么一刹那，我都有点儿被自己的“精神”感动了。

但试卷发下来，匆匆一浏览，我立马就不自在了，有几道大题十分陌生。我匆匆把会做的题目写完，开始琢磨剩下的部分。凭借零星的记忆，连蒙带猜地做完了选词填空，答阅读时心里弹幕横飞：“三短一长选一长、三长一短选一短”……

考完之后，内心还是无法平静。侥幸，也许能帮我如愿，但是这种如愿是危险的。我应明白自己所做之事的意义并且当勤恳对待，而不是消极地应付。我告诉自己，犯错后的反省比模糊的暗自庆幸更珍贵，应该以正确的心态看待、对待余下的两科考试，希望自己吸取这个教训，在未来的一段日子里能更踏实。

在这复习的紧要关头，记下自己的心路，与诸君共勉。

作者：政管学院 2013 级本科生　张梦琨

1 月 21 日　星期四　晴

药学院本科生·傅相蕾

每一天的日子，都是平凡而又特殊。今天，亦是这样。上午十点三十分，伴随着大一上学期最后一门考试——无机化学考试的结束，这个学期也就真正地接近了尾声，我习惯性地总是愿意在最后收拾一下思绪，这次也不例外。

若说一个大转折点，今年 2015 级的我们就是这样。6 月份后，各奔东西，无论是带着欢喜还是不情愿，都来到了一个要生活许多年的城市。我的选择，是从不远处的青岛，来到济南这座不陌生但亦不熟悉的城市。一个人，一座城，总会有故事延续。

我说过我会感谢，感谢在济南认识的每一个人。我很敬佩辅导员李冬老师，竭尽全力地规束着刚入大学的我们一颗颗躁动的心，字里行间给我们方方面面的指引，让我们学会做好每一件事情，我想我会受益好多。感谢同一高中又同为山大人的学长学姐以及同学们，在山大正是因为有了你们，才体会到了强烈的亲切感。还有偶然遇到的知心朋友们，你们的热情和亲切渐渐融化着我略有冷漠的性情。我刚刚花了好长的时间整理了班级半年来的各种资料，有通信录，有照片，有视频，有文字……每一个点滴，都在触动记忆，脑海中回放着半年来的一个个片段。一个班级，从创建到形成一个“家”，也着实不易。这里，大概将是我四年的时光中最值得感激和珍惜的。

其实最终，还是要谈谈自己半年来懂得了什么。学习这件事情，我一直觉得很重要，我愤青式地反感考前突击复习，但我并不是一个可以把学习当作生活的全部的人，我缺少这种胆识和魄力，所以之后的路，也许需要向现实低头，某些方法很重要，不用过高地追求些什么，心安就好。前进的路上，总会看到一些让你“怦然心动”的人，从他们身上我也在去思考自己到底应该追求些什么。身边的众多朋友都心系一个独一无二的科比·布莱恩特，他们可以为了一场比赛翘课、熬夜，可以在苦痛的日子里让他来激励自己熬过去，可以每天为他写一段文字并配上不同的组图……这也许就是一种兴趣所在。一个人的坚持，在此处展示得淋漓尽致。大学这个广阔的天地，我们都需要去寻找并坚持自己的兴趣，忙碌于各种活动、剩下的时间静静地看书不应该再是生活的全部，我的羽毛球拍、网球拍也许不一定非要寒暑假才掸掸灰尘拿出，若真正的喜欢，每个周末，都会挤出时间来活动。一场说走就走的旅行，一不小心，也可以发生。旅行的过程有最美的景，可以拍出最美的图片。何必每天都过得理性至上，活得随性也是甚好。

未来的路无限长，尾声之后，又是新生活的钟声。每一个山大人，带着收拾好的心情，继续 fighting！

作者：药学院 2015 级本科生　傅相蕾

1 月 22 日　星期五　雪

双代会工作人员·王成龙

晚上 10 点半，布置完明天会场的我踏出明德楼。呼吸着干冷而清新的空气，困意全无，甚至忘记了一天的疲倦，蹦蹦跳跳起来，继而愉快地和雪地来了次亲密接触。抬手看看，Apple Watch 告诉自己这一天过得有多“惨”。表盘上各项爆表的健身数据表明这又是忙碌的一天。

今天上午 9 点，山东大学第三届一次教代会暨第十八次工代会在科学会堂开幕。作为会议中心的一员，我有幸参与其中，负责大会主席台的布置及十三个分会场的相关服务工作。

其实，会场相关准备工作在拿到议程表的那一天就开始了。针对会议密集、会场分散、参会人数多等情况，我们在孙主任的带领下召开了协调会，明确了个人分工。由于会场主要集中在明德楼，音响设备调试工作基本以我为主力。前期调剂冲突会议、网上会议系统预订、恢复未启用的老会议室、征调各个楼的话筒、桌椅、茶杯……为保障多个会场同时正常运转，会议中心同志全员上阵。搬桌抬椅、提壶抱杯，穿梭于各个会场；整齐划一地摆放各类会议用品和材料……每一个会议中心的同志都投入了极大的热情迎接大会的召开。

前期的充分准备让今天的工作有条不紊。整个团队一扫放假前的慵懒，迅速进入状态。开幕式结束后是五个分会场的讨论，我奔走于各个会场之间、充当“螺丝钉”的同时，还兼顾省委省政府领导慰问院士、历城区委走访两个活动的相关服务工作。幸得和同事们共同努力，各项活动得以顺利进行。

下午会议结束后，我草草地吃了几口盒饭，便来到工会厅做晚间的会前准备。为满足主席团代表 47 人轮流发言的需求，我将工会厅的话筒增至 8 路 12 支。会前认真地检查调试、会中为每位发言人掌控调音，把细节做到极致。当姑娘们刷杯子刷到手软时，当疲倦、困意来临时，大家相互鼓励、打气，用坚持和微笑圆满完成了今天的工作。

这就是我的双代会的一天，也是每个会议中心同志的一天，也是一年来无数个加班办会的缩影。有幸见证学校努力推进世界一流大学建设，并参与其中，我感到无限光荣。

看着今天消耗的卡路里，我决定叫个外卖痛快地吃一顿。有的时候，我们都需要些“垃圾食品”。

作者：党委、校长办公室工作人员　王成龙

1 月 23 日　星期六　晴

双代会青年教师代表・钟耀华

今天是极寒低温天气。据报道，这是四十多年来最冷的一天。不过，今天阳光明媚，晴空万里，蓝天白云，一扫多日来笼罩在济南上空中阴沉沉的雾霾。

今天正在召开山东大学第三届教代会暨第十八次工代会。作为一名青年教师，我有幸被选为代表参加这样的盛会，既感荣幸，又怀忐忑。荣幸的是有机会全面了解学校发展过程的规划与蓝图，有机会现场聆听校长报告和座谈讨论发展规划问题。忐忑的是自己能否真正做好代表，能否传达好教师们对学校发展的关心和建议。

零下十几度的天气，注定了清晨马路的冰冻易滑和驾车的慢行再慢行。为了赶在八点前到达会场，我比平时早一个小时起床，原本二十分钟的车程用了一个小时才到学校。科学会堂济济满堂，气氛热烈。听取报告、分组讨论、投票表决，满满的一天下来，收获颇多。校长报告展示了过去几年学校取得的辉煌成绩，提出了存在的突出问题和未来发展思路与重点工作。通过系列报告，我也了解了代表提案情况、学校财务状况以及学校“十三五”规划提要。尤其是座谈会上，各位代表针对学校发展的问题积极发言，直面问题，切中肯綮，充分发扬了建言献策的作用。代表们提出的问题和建议特别让作为年轻教师的自己受益匪浅。“十三五”规划怎样落地、管理服务效能怎样提升、青岛校区如何布局启动等等，讨论的每一项都事关学校发展的关键环节。自己也融入其中，针对青年人才培养怎样落实、产学研合作怎样推动等方面提出了建议。紧凑的会程节奏把一天的时间不知不觉间就变短了。

今天是不一样的，天气极冷又万里晴空；今天是不一样的，学校集中筹划未来共谋发展；今天是不一样的，自己深受启发更获益匪浅。

作者：生命学院教师　钟耀华

1 月 24 日　星期日　晴

赴澳旅行学生·孟启炜

1 月 24 日，在告别了紧张而繁忙的考试周之后，我坐上了飞往澳洲的班机。满怀着激动和喜悦，我彻夜未眠。早上 10 点多，我所乘坐的航班安全在布里斯班国际机场着陆。

一下飞机，我就被眼前的景色惊呆了。蔚蓝色的天空万里无云，到处都是青翠的树木，远近飘来各种花卉的清香。

坐上去市中心的 sky bus，一路上都有热情的当地人和我聊天。一个澳洲老爷爷非常有趣，我刚上车他就十分热情地和我打招呼。我用不太流利的英语，与他交流我初到澳洲的意外和激动，以及对于澳洲的新奇感。眼前的这位老爷爷已经在布里斯班住了近 50 年。他向我讲述了布里斯班近年来的发展和变化，并邀请我去他家坐坐。虽然我们的语言略有不通，但老少两人聊得非常开心。最后，老爷爷还表达了他对中国的向往，并希望有生之年可以来中国看一看。

来到澳洲的第一天，我一直奔波在路上，既有因语言不通而交流不畅时着急的满头大汗，也有遇到善意帮助时的感动和欣喜。如果做个总结的话，应该说还是很顺利很开心的。一个人来到异国他乡，我感受到了一种不一样的情怀与生活方式。

夜已深，窗外满天繁星，静谧的星空下不时传来阵阵蟋蟀的喧闹声，希望明天一切顺利！

作者：环境学院 2014 级本科生　孟启炜

1 月 25 日　星期一　晴

伯克利交流学生・童若琰

世界那么大，我想去看看。

五个月前，我带着这样的心情踏上了飞往旧金山的航班。今日，细细沉淀下来，颇有感悟。

伯克利是旧金山湾里的一个安静的小镇。亚洲面孔很多，外国人以中、韩为首（似乎韩国人更多一些），典型的美国人反倒比想象中的少。美国并没有给我带来什么冲击感。要说有什么让我一时难以适应的，该是汽车礼让行人的习惯：我让车先过，车却要我先过，弄得怪不好意思的。

语言是开始生活的第一关。虽然本地人会条件反射性地对外国人放慢语速，但是未曾听说的习惯说法和过多的信息量依然会造成不理解甚至是误解；自己想表达的意思又总是超出语言考试的情景范围。于是，接下来的四个多月，我只好活在对自己英语水平的谴责之中了。

伯克利的校园面积很大，树多，绿地多，建筑松散，风格迥异。依山还建有实验室和植物园。图书馆很多，大小不一。除了学校的几座大图书馆，几乎每个学院都有一个自己的小图书馆（对所有学生开放）。

在伯克利，每个图书馆都会有固定的、称职的图书管理员管理图书、为学生提供帮助。管理员负责的不仅是借书、还书、索书这样的机械工作，如果需要，管理员还会在了解学生的需求后给出阅读建议。学院有固定的资源管理员，无论电子或纸质，还是数据库或文献，只要有需要，他们都会为你指出详细寻找方向。数据库图书馆，可以预约管理员进行一对一指导，解决数据查找上的疑难问题；亦有研究生助教开办的基础程序语言、常用专业软件课程。

闲散的时光总是短暂的。开学自然要变得忙碌，奔走于很多课程之间，尝试不同的口味，筛选出自己喜欢的，或者期望着自己赶快从某门课的“等待名单”上排到位子。

课堂英文教学没有给我造成很大的困扰。唯一需要适应的是来自世界各地的口音；讲台上的教授们都会竭尽全力提高声音、吐字清楚，部分未能跟上的内容也完全可以依靠板书或者幻灯片补救；与课程的真实内容比起来，语言实在算不得困难。当然，外国学生，特别是不够了解西方生活的，会在文化上吃点儿亏；交流生们通常享受不到教授们在课上讲的玩笑话。

office hour 对我来说算是个新鲜事。在国内，我更倾向于直接在课堂上提问，或是下课立刻在教室里向教授请教。在美国，本科生的课常常有一百人以上，除了有创意值得讨论的问题，很少有人在课上举手；课后不论教授还是学生也都不会在教室多做停留，若不是十万火急的问题，统统留给 office hour 或者电邮来解决。第一次踏入教授的办公室，我暗暗吃惊竟然会有如此多的学生赶在这两个小时里问问题，一两个问题，加上排队的时间，花了我几十分钟。我却丝毫不可惜这点儿时间，反而为如此不善交际的自己能勇敢地独闯教授办公室感到高兴。

若说我这四个月里有什么糟糕的东西，那么有且仅有高级计量（博一）这门研究生课程。不仅数学知识跟不上、思维速度跟不上，编程作业还让我摸不着头脑。几乎每次作业，都是“磨”出来的。然而这门课让我意识到了自己的瓶颈，让我更清楚地再次认识自己，也让我和一起上课的其他中国同学结下了深厚的友谊。

在正式的学期里，我的生活范围大概就是家、学校、食堂，三点一线，平凡单调。然而一如我在前面讲的，世界那么大，还好我去看看。大千世界，每个人看到的都是万花筒中一个不同的组合方式。于我，出去走走，看得更多的是自己，而不是感受某些人口中的花花世界；越看越能感受到自己的渺小，越看越能变得成熟、消磨锐气。不是每个人的经历都会变成人生的奋斗目标或是感人至深的心灵鸡汤，也不是每个人都会觉得外面的世界很新奇。看了，才知道自己眼中的世界到底是什么模样。

作者：经济学院2013级本科生　童若琰

1月26日　星期二　多云

政管学院本科生·柳　馨

一场雪，让本该考完试就飞奔回家的自己不得不滞留了几天。但是也正好，可以在火车上写下一些不长不短的文字，算是告慰自己与山大相伴的一年半的时光。

在整理电脑里的文件时，凑巧看到了自己在大一上学期思修课上写过的一篇题为《大学四年规划》的文章。看着自己一年半前的畅想，不禁觉得当初看起来枯燥的思修作业其实也充满了可爱，那时列下的“过英语四级”“过计算机二级”“学双学位”等等目标也都一步一步得到了实现。

回顾在山大陪伴下的这一年半时间，每一个阶段都不一样。走过的路虽不如白岩松所说“回望中的道路总是惊心动魄的”，但也总是充满惊喜，充满改变。

一年半前，来到一个新的学校和城市，文艺一点儿说是“站在青黄不接的路口，茫然失措”，不过更喜欢用萨特的一句话形容当时的心境：“如果我说我们对它既是不能忍受的，又与它相处得不错，你会理解我的意思吗？”如果有时光机，面对着一年前的自己，也许会看到一个会花很多时间伤春悲秋的女孩，那时有漫长的孤独需要独自面对，也可能是离家徒增的烦恼，总爱在日记里写下类似“白玉兰路”“星空”这些有些“矫情”的意象和文字。

但是渐渐地，当自己真正成为山大的一部分时，当初的躁动融化殆尽，我们听到了越来越多的讲座，接触到了越来越多优秀的学长学姐，更加感受到了自己的渺小。当进入大二的时候，老师推荐的一本又一本的书放在自己面前，越发感觉到了自己的无知和应该努力的意义。

所幸自己虽不是最优秀的那个人，但也从未停下自己的脚步，这也许就是大学教会我的第一件事。回想起来，和学生会部门里的小伙伴热烈讨论，在辩论场上舌战群儒，还有那一次又一次的社会调查，从酷暑难耐的济南到“凄风苦雨”的德州，再到风景如画的苏州，每一站都有新的朋友，每一次都会获得新的意义。对于自己的专业课，也由抗拒到接受再到现在能感受到它的趣味和可爱。

又想起了自己在《大学四年规划》最后写下的文字：“不过想象自己四年后应该会变得更加优秀，知道了论文范式懂得了学术规范，写得了文案策划当得了翻译主持，拉得了赞助弄得清财务，也是一件蛮好的事情。”山大的你、我、他，不都是在为一个更好的自己而努力着么？

过去的一年半就像此刻火车穿过隧道一样呼啸驶过，说着要在“象牙塔”里“学会现实”的我们，其实从未放弃去做一些代价高昂而遥远的梦，我们也在大学里不断寻找新的意义，不断找到更明亮的自己。

我在归家的火车上写下不长不短的文字，比起记录，更像是用日记喃喃自语。这一年半感谢山大，感谢有你。

作者：政管学院 2014 级本科生　柳　馨

1 月 27 日　星期三　晴

回高中母校宣讲学生·陶　敏

25 日凌晨才到达兰州，没有多少休息时间，我便投入紧张的宣讲前期准备工作当中。从组队到设计海报，再到联系母校，团队的十名小伙伴认真而饱含热情，只为能将我们的山东大学完美地呈献给学弟学妹们，给他们作填报志愿的指导。

宣讲时间定于27日下午6点，但不到3点，团队便在西北师大附中门口的咖啡厅集合完毕，开始进行宣讲演练。我们热烈地讨论着宣讲的每一处细节，即使是幻灯片的色调，也要调试到最完美的比例。队长一遍又一遍演习着流程，负责解答咨询的队友们整理好充分的资料，以应对学弟学妹们的任何提问。这是我们进入大学后的第一次社会实践活动，我们为做到最好而全力以赴！

宣讲地点定于教学楼三楼多功能大厅，与山大同期宣讲的还有中南大学、华中科技大学、东南大学及南开大学。进入会场，我们便动身布置现场，拉好横幅，张贴海报，然后将山大各个校区的精美明信片摆在展台上，并将招生指南整齐地放在学弟学妹们易拿到的地方，万事俱备，只等学弟学妹们的到来了。

我们是第三个上台宣讲的，从学校概况、师资力量、专业特色、校园环境到山大的衣食住行等，在短暂的十分钟里，我们尽量全面详尽地将山大这所“985”“211”百年名校呈现给学弟学妹们。虽然偌大的会场并没有坐满，但大家听得非常认真，让我们这些宣讲人很是欣慰。进入咨询解答环节，各个学校展台前都围满了人，学弟学妹们被山大各个校区迷人的风景与标志性建筑照片吸引而来。他们最关注的还是分数线问题，毕竟在高考的战场上，分数就是发言权！山东大学的数学系、物理系、经济系及临床等院系或专业在全国享有盛誉，也得到很多学弟学妹们的青睐。每个学校的知名校友对本校有很大的宣传力量，当很多同学了解到莫言、闻一多、童第周、梁实秋等名人是山大校友时，我们能感觉到他们对山大的崇敬之情又增了几分。

宣讲进行了一个小时便结束了，回想自己高三时坐在台下听着学长学姐们的讲解，幻想着自己也能获得这样的机会，时至今日，也算是圆梦了。我们宣讲团队的队员们，来自不同的专业、不同的校区，甚至在此之前互不熟悉，但是我们一起合作立项、宣讲、工作，常常在QQ上讨论到熄灯。一起走过的路是快乐而充实的，我们彼此互相感激和信任！我们有个共同的名字：山大的西北师大附中人。

作者：药学院2015级本科生　陶　敏

1 月 28 日　星期四　多云

口腔医学院本科生 · 张纯溪

转眼之间，距离考试结束离开济南，已经过去了将近一周的时间。作为大四的七年制学生，我们在山大的日子，已经过去了一半。在与她相处的三年半时间里，欢笑与泪水浸染了青春的画卷。此时，当我坐在沙发上望向窗外逐渐暗下的天光云影，耳边回荡的是那句“我的山大我的家”，心中涌动的是与山大邂逅的一幕幕……

初次与她相见，是在自主招生的时节。寒冷挡不住高三学生的热情，山大热情接纳了全国各地的莘莘学子。理综楼前候考的学生和家长们排起了长队，干净整洁的校园让我有久违的归属感，学校附近的小竹林餐厅有一股家的温馨。虽然没有通过面试，但半年后，我幸运地跨过高考的门槛，执着地出现在山大的校园里。时至今日，我仿佛仍能够闻到清晨操场上的青草香，看到飞机在知新楼上的天空中划出数道白线，在一片绿油油的军训服中间等待地下一层餐厅的麻辣烫出锅。医学物理学的老师从同学们的眼睛中搜寻着答案，近代史老师的气质总是令我流连于课堂。夏有蝉鸣冬有雪，严寒酷暑我们与山大一同走过，而知新楼的自习室，永远是我的最爱。

我们从中心校区的 12 号楼大包小包跌跌撞撞地来到了西校的 5 号楼。如果说中心校区是西装革履的公司董事，那么西校则是“犹抱琵琶半遮面”的古典女郎。早在高考前，临床七年制的学姐制作的宣传片在高三的班级里引起了不小的轰动。因此，斗拱飞檐、古木参天，这样的景象在我来到这里之前，就已经一饱眼福。在西校，我们将完成剩下 6 年的生命探索。给我印象最深的，并非课堂本身所给我的，而是山大所提供的丰富的机会，使我能够从书本走向现实，将我所掌握的知识，在现实中得到验证。

本学期的内外科见习，于我而言，是一笔宝贵的人生财富。当我们真正穿上白大褂，走进医院的大门，来到患者的身边，倾听他们的诉求时，从某种意义上来说，我们真正开始领悟医生这一职业的神圣。从每天的例行查房，到带教老师的病例讲解，到介入手术室外的观察学习，我们每次都能收获满满。与此同时，白衣天使的劳累，我们也得以感同身受。但是，救死扶伤是医生的天职，既然已经选择了这个职业，风雨再大，也要乘风破浪，继续前行。

打开客厅的灯，思绪重新回到现实。山大，得之我幸，青春有你。剩下的三年半，我们一起走。

作者：口腔医学院2012级本科生　张纯溪

1月29日　星期五　多云

“山大视点”微信编辑·高远荻

寒假已经过去一周。现在想起来，在忙乱的考试周里，我所记得的“大事”日期，除了各科考试时间，还有每个周五。今天也是周五，那就说说我与周五的故事吧。

在大多数同学的心目中，周五一般是让人感到放松和愉悦的。在一周工作日的最后一天，大家终于可以暂时放下手头繁杂的工作，享受一些轻松惬意的时光。只不过，这样的周五，于我而言，好像是很久之前的事情了。

大二上学期伊始，我加入了“山大视点”。说来也巧，最开始我选择的是“山大视点”小组和微信小组，其中，微信小组是在小伙伴的劝说下，抱着“去学习学习新技能”的想法加入的。从试用期开始，我就被安排在周六推送微信，而我习惯在周五提前把微信编辑好。大概就是从那个时候，我开始了与周五的故事。故事一步步发展，逐渐地，我便“死心塌地”地留在了微信小组。

记得刚开始的每个周五，吃过午饭，我便开始整理和编辑搜集到的微信素材。从选择卡片的样式、搭配颜色到文字撰写与配图，每一步都走得艰难，经常一做就是九个多小时。有的时候，也会因为翻来覆去地改但还是没有达到想要的效果而失落很久；有的时候，也会因为没有思路而抱着电脑直接睡去；有的时候，也会因为手头堆积的事情太多而心烦意乱。但是每当我看到令自己满意的成品时，便会由衷地觉得这些付出都是值得的。也正是因为这些“痛苦的”周五，我才会有勇气报名参加新媒体运营大赛——一个自己从来没有想过会去参加的比赛，也因此拥有了另一段宝贵的经历。

回想刚刚“熬过”的考试周，我“迫使”自己的大脑记住了每科考试的日期，同时也清楚地记住了每个周五。周五做微信，周六发推送，已经在不知不觉间成了一种习惯。当然，在习惯的养成中，少不了小伙伴的帮助、耐心与理解，我们一起讨论，互相帮助，在点滴中一起成长，相信我们的用心付出，终会有所回报。

也许“微信推送”这项技能，对我以后的发展方向不会有直接的或者显而易见的帮助，但我仍然对收获的这项小技能、这段时光、这种成长心存感激。

“山大视点”微信，继续约。

作者：生命学院 2014 级本科生　高远获

1 月 30 日　星期六　晴

能动学院本科生·崔　颖

回家已经一个星期了，我每天晚上都在爸妈的带动下一起看最近很火的一部翻拍的电视剧《搭错车》，今天终于将整部剧追完了。这部电视剧频频戳中我的泪点，在大结局时我的眼泪更是止不住地流了下来，内心滚动着的情感促使我打开笔记本将自己的所思所感记录下来。

在我连歌词中的字都认不全的孩童时代，脑海中却有着这样一段熟悉的旋律——“酒干倘卖无，酒干倘卖无……”却始终不知道何意。今天终有机会能够认真完整地将电视剧看一遍，儿时有关那首歌的丝丝记忆全都翻转了出来。一个与电视剧内容似乎没有太多关系的名字《搭错车》，或许就是这样，作品的名字起得越晦涩、越含糊，就越能引起人们的好奇和关注。“酒干倘卖无”是一句闽南语，是收酒瓶时喊的话，大意是谁家有旧酒瓶，可以卖给我啊。

影片刻画的主要是社会底层人物的生活景象。哑父无法言语，收养了一个弃婴，未婚妻却因此离家出走。没有沟通能力的他，每天只能活在社会的底层。骑着三轮车走街串巷收罗那些饮光的酒瓶，空闲的时候就敲打瓶瓶罐罐，那旋律便是“酒干倘卖无，酒干倘卖无……”那些生活在底层的人们往往是多灾多难的，无形中像是遭到社会的遗弃一样。哑父用自己的血汗钱将音色出众的女儿小美供上了大学，但小美的亲生母亲出现了。两鬓斑白的老父亲得知自己身患喉癌晚期后，为了女儿的未来，他将小美还给她的亲生母亲。哑父面对空空四壁，郁郁度日，暗自惆怅。所幸的是哑父在最孤苦无依的时候，还有那些街坊邻居，给了哑父无微不至的照顾，简单质朴，令人为之动容。哑父的身体一天不如一天，等到小美回来时，他已经躺在了病床上。他的一生都奉献给了他人，只为他人生活得更好。

人们常说父爱如山，大爱无言。哑父用他无言的举动诠释了最伟大的父爱，无声却无比沉重。在生活中总是有不尽如人意的地方，彼此包容一点，多为对方想一想，也就没有什么无法原谅了。我不会在你困苦的时候抛弃你，你也不会在我困苦的时候抛弃我。这样的邻里乡情多么淳朴，多么令人向往。在漫漫人生路上，有多少人踏上了另一条与此前生活完全不同的道路。当真正等到让人感到遗憾的事情发生时，在懊恼中、在悲伤中再回过头去看看走过的路，我想小美会后悔和生母回到美国。如果早就料到，她情愿与爸爸在酒瓶撑起的简陋瓦房里，简单且快乐地生活着。但是等到小美回来时，原来居住的房屋已经变成了废墟，只剩下黄土与瓦砾，还有无处安放的记忆，那种如同经历洗劫的记忆，是情感摧毁后的空白。

在《搭错车》这部电视剧中，有着太多意外的生离死别，有着太多不知对错的人生抉择。“没有天哪有地，没有地哪有家，没有家哪有你，没有你哪有我”，“多么熟悉的声音，从来不需要想起，永远也不会忘记”，“酒干倘卖无，酒干倘卖无……”故事到此就戛然而止，终究是别人的生活、他人的选择，电视剧结束了，但我们还要继续我们的生活。我想，我们唯一能做到的，就是把握现在，珍惜眼前。

作者：能动学院 2013 级本科生　崔　颖

1 月 31 日　星期日　阴

蒲公英支教队员·杜新婷

还记得前几日，老济南落下了一场大雪，驱散了最浓的霾，送来了最强的寒潮。终于，老舍笔下的济南的冬天就要写尽了，而江西的天空中那一片星星的故事才正要开始——山东大学蒲公英支教团满天星队奔赴江西遂川黄坑乡周园村，开始书写他们和孩子们的故事了。

支教第一天，队员们在黄坑乡周园村等待着孩子们的到来。清楚地记得首先来报名参加的是李纹和福清，活泼开朗的性格，极有礼貌的待人方式，让队员们印象深刻。孩子们如初升太阳般明媚，见到他们，队员们真心感到欢乐与开心，当天破冰活动很顺利。支教第二天，支教队员才得空好好看了看周园村周围的自然环境。微雨轻雾山间小溪，白墙黛瓦炊烟人家，这是黄坑乡的冬天，冷而不寒。蒲公英满天星队在去往黄坑乡的漫漫支教路上踏歌而行，冷的是手，但赶赴支教地点的双脚暖得冒汗；僵的是脸，但看到孩子们的笑脸时，队员们的笑容暖得可以融化冰雪。记得昨天，还是一双双害羞又躲闪的眼睛，一个个问几遍都不说话的女孩子，一夜功夫，姐妹也认起来了，话也说不完了，向队员们瞥过来的眼神也更加大胆了。一天的支教活动结束，排成一队队撑着大伞的孩子们瑟缩走在路边，满天星队的大哥哥姐姐们举着小伞张开胳膊呵护着叮嘱着，小豆豆们一个个蹦蹦跶跶回了家，支教队员们却伫立在路边，满怀不舍。

如今，支教活动结束了，心中有许多的话说不完，借此写下给周园村孩子们的一封信：

告别了大雪纷飞的济南，我们跨越黄河、长江，来到细雨连绵的江西，只为与你们相见。

早上赶路的困乏在你们跑过来抱住我们的那刻便烟消云散。晨读声中，你们把古诗唱成一首首动听的歌；折纸课上，你们把彩色的纸片做成天鹅的模样；实验课上，你们为了柠檬火山而惊呼不已。其中，我们看见了你们无忧的笑容、灵动的眸子，那正是属于少年的你们，最美丽的样子。

我们都很喜欢周园村，这里远离喧嚣，没有污染，青山横郭，白水绕城，是一片没有被现代工业改造过的纯净乐土，就连吸进肺里的空气都是滋润新鲜的，你们能够在这里长大是件幸福的事情，但这不并不意味着你们要一辈子在这里度过。我们的祖国幅员辽阔，有凝重而又张狂的北方，有婉约而又悠扬的南方；有灯似霓虹夜似昼的繁华都市，也有炊烟袅袅半亩方塘的乡隅小镇；有朱红瓦釉里黄的古风建筑，也有笔直挺拔的摩天大楼。这万种风情，倘若你不肯走出去，是断然无法领略到的。

世界很大，你们的眼光也需要放得长远，但路需要你们一步步地走。

这就需要你们遵守我们一起做的约定，要好好念书孝顺亲人。兴宁，我们拉钩说好要听妈妈的话不许打架的；美玲呢，有没有帮妈妈扫扫地择择菜；还有俞

宁，不和女孩子好好相处的男孩子可不是一位合格的绅士……

短短几天，流逝得飞快，又到了说再见的时候。经此别离，再见不知是几时。最后一次点名，听到可要答到哦：

李堂威、俞毅、俞勇、俞宁、俞树林、李艳、李彤、李纹、彭福清、邱美玲、俞莉莉、俞兴宁、俞世豪、俞欢欢、邱玲、俞婷婷、俞晓雯、邱雨欣、俞娜、邹盈、李永亮

最后，预祝新年快乐，学习进步，阖家美满！

山东大学蒲公英支教团满天星队

2016 年 1 月 31 日

作者：政管学院 2014 级本科生　杜新婷

2 月 1 日　星期一　晴

政管学院本科生·刘蒙露

街边行色匆匆的赶路人，耳边此起彼伏的鞭炮声，都在提醒着我们，今天是小年。

准备好东西，我和爸妈一起到奶奶家包饺子过节。还没等我们走到奶奶家门口，门就开了，透过门缝，我看到正弯着腰向外张望的奶奶。我发现奶奶有个“特异功能”，那就是每次她都能准确地知道我和爸妈什么时间来看她。妈妈告诉我，因为奶奶经常站在客厅的窗边向外望，每当我们走进她视线的时候，她就会跑去把门打开，站在门口等着。

今天奶奶的气色看起来比上一次我来看她的时候要好些，她还特地穿上了那件平时很少穿的暗红色外衣。“进来吧，面都和好了。”奶奶用沾着面粉的手擦了擦额头上的汗珠。

我们四个坐在一起包着饺子。妈妈总是嘲笑我，说从我手中诞生的饺子太丑，她总要拿过来再捏几下，给“先天不足”的它们“整整容”。奶奶这个时候就会站出来为我说两句话“挺好的，挺好的”，也不停下手里的活儿。爸爸在旁边一边擀饺子皮一边看热闹，指着一个塞满馅的圆滚滚的饺子，说它像我。

一盘盘饺子出锅后，我和爸爸争着要先替大家尝尝味道。我率先用筷子夹起一个饺子塞进嘴里，却被烫得一直捂着嘴，吐也不是咽也不是。爸妈只顾在旁边哈哈大笑，还是奶奶第一时间为我倒了一杯凉水。一边吃着，我们四个人玩起了“帮饺子找妈妈”的游戏，判断哪一个饺子出自谁手。“这个肯定是你的，那么丑，还露馅……”妈妈看着我，又一次笑得合不拢嘴。

今天是“辞灶”，现在的我们很少懂得这些节日真正的起源和意义，现在的我们也很少会按照传统的习俗把这样的节日规规矩矩地过一遍。尽管如此，我们对节日还是会有儿时的那种不可抑制的盼望。对我来说，它最大的意义就是把全家人聚到一块儿，安安心心地吃一顿饭，轻轻松松地聊一会儿天。在这个时候，忘掉工作，忘掉学业，忘掉琐事，全身心地当一回奶奶、父母、女儿，真正去享受“团圆”二字背后的幸福。

临走的时候，奶奶又像往常一样，一定要我们带点儿东西回去。她把剩下的饺子都小心地装起来，塞给了妈妈：“你们早上急，没时间做饭，拿回去吃。”

夜色中，我们慢慢往回走，很悠闲，很安宁。我知道，奶奶就在窗户旁边望着离开的我们，一直望着，直到我们变成远处的一个黑点为止，直到她热切的目光找不到我们为止。就像，妈妈每次在窗边，望着要离家的我一样。

作者：政管学院2014级本科生　刘蒙露

2月2日　星期二　晴

口腔医学院本科生 · 文　超

偶然一瞥日历，才发现我在家已经一周有余了。“懒惰”和“困倦”两个家伙藏匿在家里的每一个角落，时刻寻找着它们的目标。特别是在有“自然冰箱”美誉的呼伦贝尔，它们更是屡屡得逞。动辄零下四十多度的气温让我不得不宅在家里做一只笼中的小鸟，和家里干燥的空气做着无声的抵抗。

终于，旗里新闻带来了好消息，这几天天气回暖，而且晚上有旗里的春节联欢晚会。兴奋之余，也勾起了我的些许回忆。要说旗里的春晚，这已不是第一届了。印象中的节目无非是歌舞为主，器乐为辅，而且凸显民族特色，并不能迎合当下年轻人的审美。因此小时候的我也没有太大的兴趣。自从奔赴他乡求学后，民族感、家乡情日益浓厚，我对这份草原文化有了别样的感情。特别是在外碰到烦心事时，我便放几首耳熟能详的悠扬的草原歌曲来放松心情，仿佛听着音乐自己就踏上了这片辽阔土地。因此，这次晚会，对我而言有更大的吸引力——我已经好久没有真真切切地接触这种文化的熏陶了。

晚上，吃过香喷喷的饺子之后，我们一家人就全副武装好奔赴晚会现场了。本以为不会有很多人，一路上便优哉游哉，到了之后才发现大厅已经座无虚席，有人搬来小凳子，有人干脆就站在后面，这和几年前的情形大有不同了。“大”厅虽然不大，但是给人一种一大家子人一起过年的氛围，碰见许久未见的老熟人唠几句家常，无疑为这寒冬增添了几分温暖。

整场节目主要由乌兰牧骑的艺人表演，可谓精彩纷呈。鄂温克三姐妹合唱的蒙古歌曲，时而高亢时而低缓，和音部分堪称完美；器乐合奏十分悠扬，马头琴悠扬的曲调配上呼麦，让人陶醉其中；孩子们的节目最有趣，一脸童真的孩子们穿着各式各样的蒙古袍，手拉着手唱歌、跳舞，时而挥鞭飞奔，时而点头和奏，有一位年龄尚小的孩子帽子没系好，跟着音乐点头时，帽子总是会掉，他不时扶一下帽子的样子简直憨态可掬；男青年们的挥鞭舞蹈步幅奔放，舞艺精湛，把蒙古汉子热情勇敢的一面展现得淋漓尽致，让我有了这才是“如假包换”的蒙古舞蹈的感悟；临近结尾，一首《莫日格勒河》曲风悠扬，唱入人心。回家后我一心想下载，可惜网上没有这般好听的版本。

这次的春晚真的是没有白来，真希望能把这些精彩瞬间牢牢记在心中，想家的时候，这些回忆就能温暖我的心房。

作者：口腔医学院2013级本科生　文　超

2月3日　星期三　阴

红树林参观者·陈　奕

昨天晚上，吃坏了的肚子警告我不要乱动，但又想到和别人的约定，还是要尽力去完成。今天早上，我拖着疲乏的身子，难得在八点前起了床，吃了酱油稀饭，坐上或者说是躺上了车，开始了旅程。

到了漳江口红树林自然保护区科研宣教中心，负责接待我们的工作人员带着我们在展馆里先简单了解了几种树种、鸟类和海产。工作人员说，那些鸟儿很少见，一年只来待几天吃一吃附近滩涂里的水产就走了，真是贪吃的鸟儿，想必红树林附近的水产一定很好吃，不然鸟儿怎么会对它们“情有独钟”呢？

小小的展馆里有着许许多多的知识，粗粗看一遍的我迫不及待地想出去看长在海里的红树林到底是什么样子，脑子里一边想着，一边不知不觉就跟着工作人员走到了一条红树林科研栈道。走进栈道，那些神奇的红树就伸手可触了。先见到的是果实形状奇怪的秋茄，据工作人员介绍，这些奇怪的果实会掉下去插在地上生根发芽，它们的成活率与受到的光照等条件有关系。它的根也是很奇怪的板状根，要有一定年纪的树才能很明显地看出来。走了一百米左右就遇到了第二种红树——白骨壤。一开始看到它的时候，心里想：“欸？这棵树长得不一样？”多走几步发现这种树好像没有像秋茄那样自成一片，而且它肥而圆润的叶子被虫子咬得千疮百孔，与叶子上几乎没什么洞的秋茄形成鲜明对比。易受虫害、生长得没有秋茄高，也难怪它们生长得很艰难。我还是挺喜欢这种树的，在阳光的照射下，它的树叶中透着生命的顽强和美丽的颜色，枝干脆弱却不停地生长，这是南方的树的美好与骨气啊。沿着栈道快到海边时，遇见了今天的第三位主角——桐花树。它长得实在是太朴实了，开着白白的没什么特色的花，不香，叶子也是中规中矩的大圆叶。这样的叶子、这样的花在南方的陆生花中很常见，但是它们长在了不怕咸的红树上，就有了特别的意义。工作人员说，它的小小的月牙形种子可乘着海水到达不同的地方生长，秋茄也是，其他红树也是。他们进行的人工干预就包括找到飘过来的不属于本地原生的红树并把它们除去，如木榄这种侵略性很强的树种。走到拥有开阔视野的滩涂边，我们看到了工作人员说的分地管理。在用绳子隔起来的界限外，有渔民在收获泥蚶。近处，滩涂上有许许多多的小洞，每一个洞里面都有个小生命，可能是弹涂鱼、小螃蟹或者蛏这样的贝类。要不是因为栈道太高，我们真的很想下去看看洞里面的小家伙是不是活蹦乱跳的、水灵灵的，是不是看起来很好吃。

我们慢悠悠地走着，在栈道边偶遇了叶子呈锯齿状的老鼠簕，还有漂洋过海而来的木榄。慢慢绕回去，在与工作人员闲谈之中得知，红树林之所以有个“红”，是因为它的枝干里有单宁酸，所以被破坏的时候断面是红的。走在红树林中，人会觉得空气清新舒畅，是因为红树比陆生植物能吸收更多的碳，所以红树林就是天然的氧吧，怪不得在红树林中走了那么长一段路的我胃没有难受起来，人也觉得精神了一些。树渐渐地高了起来，到我们的脑袋那么高，一下子遮蔽了阳光，我们到了树龄比较大的地方。工作人员说，他们平时的工作就是平衡红树林的生态，不让它过度扩大范围，也不让它们被渔民们越圈越小；他们也会去别的地方交流、种树，因为红树林湿地有天然的净化功能，在别的地方有时候也是需要的。在济南待了半年的我还是比较喜欢家乡的，因为这里有绿绿的树，有蓝天，空气质量好，还种得出红树……

在这样轻松的氛围里，我们还见到了长在树上的红蚂蚁巢。小时候在科教频道上看过，红蚂蚁是挺有攻击性的肉食性或捕食性蚂蚁，虽然它肯定打不过我……还是快点儿走吧。

参观完科研栈道后，我们在红树林边的一家大排档里吃了午餐，除了鲜，我不知道还有什么语言能形容红树林边上这些得天独厚的海鲜的味道。

在车上，我又迷迷糊糊地睡了一觉，下午被带去了天福茶博物馆，虽然是人工的，但设计得简洁，富有自然趣味。发小说今天此行让她神清气爽。我也觉得今天是充实且有意义的一天。

作者：环境学院2015级本科生　陈　奕

2月4日　星期四　晴

读书思考者·孙　玉

今天，重温了王尔德的童话故事《夜莺与玫瑰》。正如王尔德自己曾说过的："有些作品很有耐性，长时间以来也没被了解，原因是这些作品为一些还未有人提出的问题给出了答案，这些问题在答案出现了很久以后才出现。"爱情，便是这个故事里仁者见仁、智者见智、常读常新的主题。

故事很简单，一位男学生因采不到心爱的姑娘所要求的红玫瑰而黯然神伤，满脸愁苦。善良、不谙世事的小夜莺看到男学生为了心爱的姑娘痛哭流涕，就断定男学生是真正的有情人，因而义无反顾地爱他、帮助他，愿意以生命为代价，用自己的鲜血换得冬夜里红玫瑰的盛开。结局很悲惨，教授的女儿无情地拒绝了男学生，选择了有钱有权的大臣的侄子。失意的男学生将红玫瑰掷在街心，任凭车轮碾压……

每次看完这个故事，都会心痛很久，为小夜莺的单纯与牺牲、为少年的愚蠢、为教授女儿的虚荣无情……随着年龄的增长、经历的丰富，这次看完，又有了新的感触。曾看过这样一句话："能为一朵玫瑰寻死觅活的人必然也能冷淡地将玫瑰抛弃。可惜夜莺不懂，如同它不懂复杂的人心。"单纯的小夜莺为着根本不知道自己是谁的男学生付出了它的生命，只为成全它所爱的人的爱情。以今人的视角来看，小夜莺是无可救药的浪漫主义者，一直有着崇高的爱情信仰。小夜莺坚信“爱比翡翠还珍重，比玛瑙更宝贵，珍珠宝石买不到它”。它爱上男学生只是因为男学生给了它关于真爱的幻想，小夜莺坚信男学生是有情人，便义无反顾地爱他、帮助他，哪怕男学生根本不知道自己的存在。然而男学生与教授的女儿都是极其现实的人，这注定是一个爱情悲剧。

我一直很质疑男学生的爱情，与其说他爱教授的女儿，不如说他只是在爱自己。被教授的女儿拒绝后，他的第一反应是认为女孩无情无义，枉费了自己的专情与付出。若是真正的爱情，又怎会计较得失呢？男学生的爱是自私的，他最爱的还是他自己。相比之下，小夜莺才是最懂得爱的角色。男学生幼稚、愚蠢，天真地以为红玫瑰就是爱情的象征，采到红玫瑰就能得到爱情。可是，如果爱情可以用红玫瑰换来的话，其他东西也同样可以换来爱情，这一点，他的圣贤书中并没有写。教授的女儿是我一直以来最憎恶的角色。她根本不爱男学生，却偏要刁难他，冬季里怎么会有红玫瑰呢，这无理的要求也令善良的小夜莺丧生。当男学生实现了女孩的要求，女孩又不愿兑现承诺。女孩可能只是喜欢被人追求的感觉，对她而言，真爱远没有金钱、地位更具诱惑力，所以最终还是无情地将男学生抛弃。

仔细思索过后，又为男学生感到惋惜，一直以来都没有感受到小夜莺真挚的爱。也更加感慨，你喜欢的人也喜欢你，该是多么幸福的一件事。我们也要珍惜对我们付出真爱的“小夜莺”。

作者：政管学院2013级本科生　孙　玉

2月5日　星期五　晴

孤儿院义工 · 孙伟洪

孤儿，这个词以前对我来说只出现在文艺作品里面，今天却真切地“躺”在我面前。是的，“躺”在我面前。因为这些孤儿很多都不能走路，只能躺在床上或坐在轮椅上。

今天我来到了位于河南汝州的“觅非播舍”，一家民办孤儿院，专门收养残障的孤儿。寻找被世界看作非正常的孩子，并为他们播种爱的家庭，这就是“觅非播舍”的含义。

到“觅非播舍”之前，我已经知道这里的孩子们很多是有身体残疾包括智力障碍的，但是当我进入房间，看见这些“不同寻常”的孩子时，我还是一下子愣住了。他们大多三四岁，有的头很大，是脑积水者；有的五官扭曲，是偏瘫者；有的下巴上挂着长长的口水，眼神没有焦点，是智力障碍者；有的手脚被绑在床上却冲着我嘿嘿笑，跃跃欲试要扑向我，是多动症者。我心里一下子开始怀疑自己到底有没有足够的爱心来服侍他们。于是我小心地伸出手去握住一个看起来比较温柔的孩子的手，他轻轻地反握住我，抬头冲我天真地笑。我的担忧立马就被他的笑容消解了，我轻轻地抱起他，感受爱的重量。我感觉自己被他们接纳了。是的，不是我接纳他们，而是他们接纳了我。他们是这么纯真，完全没有意识到自己曾被遗弃，他们愿意接纳素不相识的我，愿意毫无防备地向我敞开。我开始融入孩子们的世界，抚摸每一个孩子，让他们体会被爱的感觉。

“觅非播舍”的创办者是一对基督徒夫妇，丈夫Stephen是美国人，妻子新玮是中国人。他们因为信仰的缘故觉得自己的天职是照顾中国的残障孤儿，于是在八年前创办了“觅非播舍”。从一无所有到现在设备齐全，他们得到了很多基督徒的奉献与支持。去年，新玮因癌症去世，Stephen在痛苦中依旧坚强地支撑着“觅非播舍”。这里的孩子很多都是从垃圾桶里面捡回来的，他们因为生来残疾而被亲生父母遗弃。“觅非播舍”的孩子们都叫Stephen“爸爸”，叫新玮“妈妈”。Stephen和新玮尽了最大的努力让每一个孩子接受治疗。也有不少孩子被一些美国家庭领养，过上了幸福的生活。但是几乎没有中国家庭领养这些孩子，一是因为中国的领养法的限制，二是因为中国人一般都不想要残疾的孩子。正如“觅非播舍”的康复师Lily所说：“这些孩子最大的问题不是他们没有手没有脚，不是他们脑瘫，不是他们智力障碍，不是他们有自闭症。有这些问题的人在家人的帮助下依旧可以很好地生活。最大的问题是，他们是孤儿。”

在“觅非播舍”一天下来，我做了喂饭、刷牙、洗脸、换尿布、陪伴玩游戏等工作。我发现我在这里并不是在付出，而是在收获。我在这里完全不用考虑平时的俗事，只用专心地去爱这些孩子，在爱他们的时候，我的心也得到了医治。我之前以为我会一直为孩子们感到怜悯和心疼，但并没有。在这里，孩子们有爸爸的关心，有叔叔阿姨的悉心照料，有全国各地的义工们陪伴看望，他们虽然曾被遗弃，但现在被更多的人疼爱。他们是幸福的。

作者：外语学院 2012 级本科生　孙伟洪

2 月 6 日　星期六　晴

政管学院本科生・高天依

在自己还小的时候，过年心心念念的是新衣服、红包和团圆饭，有了这些，新年才能圆圆满满。后来条件好了，每天都可以去离家很近的商场购物，衣橱里也有了不同风格的衣服；零花钱很多，不再把红包当作压箱底的珍宝藏着；附近有不同风味的餐厅，交通也比较发达，想聚聚的时候就可以把亲朋好友叫出去吃一顿，对团圆饭的期许越来越低。这些让人感觉年味儿越来越淡了，越来越怀念自己穿新衣服拿着红包和小伙伴炫耀、全家在一起吃美味团圆饭的时候了，再也不见当年的热忱了。但是今年感觉不一样了，我的年味儿又回来了。

今年大二了，也是一名二十多岁的青年了，我和家人对自己的要求都提高了不少，过年的各种事项基本上都是全程参与，能自己动手的就不劳烦家人。首先就是置办年货，花生、开心果等干鲜果品还有糖果这些都是自己一手包办，蔬菜肉类这些列了单子经过妈妈同意并修改之后再采购，大包小包的东西双手都拿不过来。这次我准备用新菜色丰富年夜饭，所以特地去学了几样炖菜，还学会了不同形状的饺子的包法，希望能够在年夜饭上一展身手。然后就是准备礼物和红包了，往年都是等着叔叔阿姨的红包，今年也终于轮到我发红包了。给每个孩子包好红包以后，假期打工的钱也就剩下不多了，钱包虽然瘪了，但想想收到红包的宝宝们会和自己收到红包一样开心，就觉得很值得。手里拿着这些红包，不知怎么竟生出一种沉甸甸的使命感。

让我印象最深刻的事情，就是刚才和妈妈一起敬天敬地了。家里的习俗是除夕男人出去祭祖，女人留在家里蒸包子敬天敬地，来感谢上苍和祖先对家庭的庇佑，祈求来年顺顺利利。以前都是妈妈做好包子以后自己敬，这次我和妈妈早早起来一起进行。仪式很简单，动作也傻傻的，但心里被过去一年家庭收获的幸福感和未来的期许装满，让平时不屑一顾的仪式也多了几分神圣，多了几分对于家庭的责任。总是吐槽过年的习俗都变了，年味儿越来越淡，但是现在看来是平常对年俗太多的忽略，其实它的力量一直会渗透到骨子里，因为那是对于亲人的情感的一种表达与寄托。以前总是等着家里人准备好年货，完成年俗，所以一年一年对于年的韵味越来越厌烦。等自己参与进来才发现年味儿更浓了，同时也感觉到了肩头的责任。新的一年，我会付出更多。新年快乐，平安吉祥。

作者：政管学院 2014 级本科生　高天依

2 月 7 日　星期日　晴

软件学院本科生・黄豪杰

日上三竿，鼾声渐无，方才睁开第一眼。我戴上眼镜，手机翻遍，慵懒地更衣，即使除夕也不例外。考试周前千盼万盼着回家，回了家后又无所事事开始想念校园，相信这是许多大学生假期生活的真实写照。归家不久的我，开始想念学校里有节律的生活，想念每天在食堂歪着脑袋和众人一起挑选午餐的生活，想念和室友关于每日见闻的唠嗑生活，想念午睡醒来夹本书便和朋友组成一队去教室占座的生活。洗把脸，打起精神的我，看了看春晚节目单，又感觉演员名字是那样地陌生，一连串的诧异，让我感觉自己仿佛是隐居山中的樵夫，许久不问世事。

我知道我失去了什么，我失去了儿时过年的乐趣。而这份乐趣的缺失，也许是因为年味儿变味儿了吧？那年味儿是怎么变了的呢？我的感觉是，我们的过年越来越缺乏人际交流！

不知道从什么时候开始，打开微信，打开QQ，大家见面的第一句话就是：谁有敬业福啊？谁和我换福啊？千篇一律。而今晚，支撑很多人看春晚的动力，可能就是为了集齐五福的那最后一张福卡。见到长辈们，他们也与时俱进，不再发实体红包，而是QQ红包、微信红包、支付宝红包。

我开始反思，在羊年的最后一天反思：这个寒假我最快乐的是什么？这个寒假，我参加了两场同学聚会。第一场，和高考班的同学们回访母校，合影留念。第二场，和竞赛班的同学们一起吃烤肉，一起K歌，互问往事。我感觉这是我寒假里过得最有意义的两天了！

我还记得，一场同学会后，高中时的好友陪我步行回家。一路上，我们走得很慢很慢，畅聊往昔。我跟他说："你知道么，我今天发现，和同学们玩足球大战好有意思啊！还有狼人游戏。"他说："对啊，那是因为你在跟人玩啊。"当时不觉其妙，现在回想，却是一语中的。跟人玩的游戏，才能真正乐在其中，留有余味。而面对虚拟的网络世界，我们更多时候得到的只是一种短暂的快乐、精神上的麻醉吧？我们习惯了在网络上互相交流，而到了现实世界却又变得缄口不言。

于是乎，我就这么想通了，然后，也想拿出我的诚意。我收到了一些视频祝福，看到了更多人的诚意。其实大家都是想做出变化的，只是需要一个过渡期。我们的交往相处应该有更多的真诚与温情，是人与人的交往，而不是人与手机、电脑的交往。

希望做出改变，下一年！也就是从明天起！

作者：软件学院2014级本科生　黄豪杰

2月8日　星期一　晴

护理学院本科生·叶　艺

今天是新年第一天，昨天我们全家人一起度过了开心愉快的大年夜。几天前家里的大人们就开始为年夜饭做准备，贵州人的年夜饭桌上总是少不了各种各样丰富美味的家乡菜肴，如贵州特有的熏制的腊肉、香肠，象征年年有余的清蒸鱼，还有国酒贵州茅台……一道道菜浸透着浓郁的中华传统风味，凝聚了全家人团圆幸福的情感！

传统的年夜饭要吃一整夜，我们从下午四点一直吃到了晚上八点，大家畅谈、总结一整年的收获与遗憾！大人的麻将声、孩子的玩闹声、响亮的鞭炮声奏出一支支新年序曲，这就是我们的中国年。春节是中国最传统、最重要的节日，除夕是指每年农历腊月的最后一天的晚上，“除夕”中的“除”字是“去、易、交替”的意思，“除夕”的意思是“月穷岁尽”，人们都要除旧迎新，有旧岁至此而除、来年另换新岁的意思。春节期间的活动都是以除旧迎新、消灾祈福为中心，希望来年能有更棒的运气！

守岁也是传统，大家一起熬夜，所以今天我睡了一个懒觉。下午，迎来了我们家的“新年文艺娱乐联欢会”。这个联欢会不仅是全家人交流娱乐的机会，也是我们“家文化”建设的契机，每个人都总结了自己一年的收获和对未来一年的展望，互相了解，父母了解我的成长，我理解父母的辛劳。我们还举行了小型的文娱表演和游戏活动，一整个下午大家都在欢笑中度过！

今年的春节让远离家乡读书的我十分感动，因为我感受到了久违的家乡的温暖，贴春联、看春晚、发红包、看舞龙……我希望能在传统节日中对中国文化有更深的了解，也希望全家人健健康康，在猴年都能实现自己的愿望！

作者：护理学院2014级本科生　叶　艺

2月9日　星期二　晴

新年登山祈福者·高锐琪

匆匆吃完饭，我们一家人就坐上车，踏上了往南岳衡山祈福的旅途。新年上衡山给“老爷”拜年，是很多湖南人过年的一大传统。于我，却是第一次。往年过年，我总是以各种借口逃避，说到底是不喜欢四五个小时的舟车劳顿。今年，我是实在好奇，因此毫不犹豫地坐上车，开始我新年的第一趟旅程。

天刚蒙蒙亮，我们就到达了衡山脚下。近几年，家乡变化确实很大，高速公路的修建缩短了旅程的时间，让这次旅程变得更加舒适。天光还未启，在夜色笼罩之下，南岳不显威严，倒是平添了几分青山绿水的温婉。最先看到的就是南岳的山门，类似于古代牌坊的制式，很是气派。作为一个在济南上学的孩子，近水楼台先得月，我曾有幸去过东岳泰山。不得不说，北方的山峰比南方的山峰大气挺拔，而南方的山峰，深藏于丘陵之中，少了些巍峨，却因山势变化，而多了一份奇特之感。

天气已经渐渐转暖，山风也没了往常冬日里的那份凛冽，只余下微微的凉意。一路上，一家人说说笑笑，话里话外都洋溢着新年的喜悦，不一会儿，我们就到了大庙的门前，准备进行此次短途旅程最重要的一项活动——祈福。我在长辈的“指导”下，举起手中的拜香，跨过高高的门槛，走进了大庙中。

此时，庙里已经完全被熙熙攘攘的人群填满，我也算真正认识到衡山祈福对于大多数家乡人的重要意义。大家将手中的拜香举过头顶，闭上眼，在心中默默许下心愿，之后慢慢跪下，在“老爷”（老子）像前拜三拜，仪式就算完成了。人们在心中许愿时的表情平静而安详，再多的不快仿佛都已经是去年的事，眉目间都是过年的喜悦，我猜他们的心中一定都是对新的一年崭新的希望。南岳衡山确实不负盛名，庙宇众多且香火鼎盛，庙中石柱上大多刻有时代久远的经文，而庙中的神像和佛像也很庄严。此刻，我感觉自己既是一个虔诚的香客，又完成了游客的“使命”，不管是哪种身份，我想我都是不虚此行的。

逛完所有的大小庙宇以后，我们一家人就缓步慢行开始下山。一边欣赏山间的美景，一边回想这一路的所见所闻，此时，我真真切切地感受到了新年的到来，就在我们在庙宇中许下心愿的那一刻，我就猛然间感受到了新的一年已经到来了。我由衷地感谢这一次旅程，它让2016年以一种特别的方式来到我的身边，让我能带着满满的美好期许，和前来祈福的人们一起，迎接2016年的崭新生活。

作者：政管学院2013级本科生　高锐琪

2月10日　星期三　晴

数学学院本科生·李永清

正所谓："爆竹声中一岁除，春风送暖入屠苏。"看完95%的观众都满意的春晚，放掉一捆又一捆的烟花，我们在不知不觉中就度过了寒冬，回首一年前的今天，是否有种"光阴似箭，岁月如梭"之感？

今天要回姥姥家，姥姥家在农村，都是田地，没有高大的建筑物，一眼望去，天地如垂帘，望到的尽头，便是一条直线，天空湛蓝，凉风过面，虽然没有山川长河，却让我觉得，这便是北国风光！

回到姥姥家，最热闹的就是十多个人围着一张桌子，喝酒的喝酒，吃肉的吃肉，还有什么比这更闲逸舒坦的呢？长辈们吃口花生米，嘬两口小酒，尝两片肉，再扯扯天南海北，看着他们脸上的神情，快活赛过神仙。毕竟，"浮生长恨欢娱少，肯爱千金轻一笑"啊，快乐既然短暂，就让我们尽力地挽留。一年只有这么一回的大团聚，我们就应该多多享受，及时珍惜！

半年回一次家的我，也越来越少地去经历这种亲戚聚会的场景，在外我们虽然已是成人，但在家中，我们永远是孩子！我们在这欢快的节日里，依旧可以去偷吃磨好的豆沙，依旧可以提前尝尝切好的肉片，依旧可以买一堆双响炮，想着法儿去“轰炸”。但是，这仅限于在家的我们……

沉浸于现在的欢乐，也应该远瞻未来。作为一名看了春晚的大学生，我想我们正值青春韶华，更应该努力前行！我们在学校的一举一动，既关系着自己的前途，也关系着国家的命运，虽然未来困难重重，但是，我们应“鹰击长空”，敢于面对！最后，引用《西游记》中的一句话共勉：“强者为尊该让我，英雄只此敢争先。”

作者：数学学院 2013 级本科生　李永清

2 月 11 日　星期四　晴

山大赴西班牙瓦伦西亚大学交换生 · 吕斐斐

正月初四。

太平洋西岸，春节期间的走亲访友还没有结束，欢度佳节的喜悦仍在沸腾。

地中海西岸，新学期已开始十天，渐渐习惯穿梭在不同肤色的人群之间。

自从考试周结束到现在的日子感觉就像一个梦，一个长长的、美妙的又跌宕起伏的梦。

第一次过年没有回家，第一次踏上异国的土地，第一次算着时差和家人视频，第一次和一群相识不久的同胞建立如此深厚的感情……来瓦伦西亚才两周多，我就已经经历了许多难以忘怀的第一次。

离乡背井本已不易，在春节前还没来得及和家人见上一面就远赴地球的另一端尤其不舍。好在我并不寂寞，八个山大人一直相互帮助，一起摸索这个陌生的城市，一起完成交换学习的手续，一起在除夕包饺子、看春晚，一起暴走，一起欢闹，一起惊讶，一起吐槽。一起度过的时光早已将三个月前素未谋面的我们紧紧拧在一起。

随着生活渐入轨道，我也慢慢习惯了这个城市，习惯了这里每天明媚的阳光、湛蓝的天空，习惯了下午三点多吃午饭，习惯了陌生但温暖的笑脸，习惯了上学路上大大小小的咖啡厅，习惯了课堂上老师飞快的语速和此起彼伏的敲击键盘声。虽然对于这个城市而言，我最终只是一个过客，但现在我正以当地居民的方式去融入她，“入乡随俗”，感受她的热情，把握她的脉搏，抚摸她的历史，亲吻她的潮汐，尽情去享受当下。

一开始到完全不一样的环境中，心里不免有些紧张和茫然，但好在除了小伙伴还一直有天使出现。学校里的老师都非常亲切，考虑到语言障碍就一遍遍地解释各项手续和步骤；山大的老师也在过年期间抽出时间解决我选课的事情；课上陌生的同学会热情地坐到身边聊天，还主动借给我课堂笔记；在家里和舍友做中西餐一起分享并调侃着各自的国家，实在有趣；大街上，人们有问必答。晚上十点一人在街上漫步相当安全，因为那是晚餐时间，人们三五成群相约在露天咖啡馆，西班牙的夜生活才刚刚开始。

说不想家是骗人的，当然还想家乡的美食，尤其是当自己思索着下一顿饭菜着落的时候。身在异乡，连春晚也觉得分外好看，食堂的饭菜也格外可口，关于故土的一切都被印上了美好的字眼。对于“每逢佳节倍思亲”有了深切的感受，也更能做到对家人报喜不报忧。

上周末，有幸体验到在城市华人区举行的新春庙会，有各种关于中国文化的小摊位，有舞龙舞狮、中华武术的游行和烟花表演。人山人海、人头攒动，到场的不仅有华人，更多的是来凑热闹的当地人，人们对中国的传统节目都赞不绝口。我当时的心情十分激动，除了深切地为中华文化感到自豪，还有这浓浓的年味带来的乡情。互不认识的人因为华夏儿女这同一个身份相互聊天，弥补了不能回家过年的遗憾。后来山大的小伙伴们一起包饺子、看春晚、准备年夜饭、抢红包，过年的习俗一样也没落下。这个年过得热闹而有趣。

这一切是一个梦吗？是，因为一切都美得不真实；不是，因为一切都在自己脚下。

作者：外语学院2013级本科生　吕斐斐

2 月 12 日　星期五　晴

赴美调研团成员·赵天伦

今天按国内的时间算应该还是大年初五吧，不过，我们可是一天年假都没有休。这个寒假，我参加了学校组织的为期 21 天的赴美社会调研团，年也是在美国过的，而今天，正是我们所有调研活动结束并做最后展示的一天。

我们的行程被安排得很紧张，昨天上午还有课，只有一下午准备的时间，今天便要做展示。我们小组的题目是公益组织和志愿者服务，因我是政管学院公共管理专业的，这个主题算是跟我的专业相关，却也是几个题目中最难办的一个。我们小组每个人昨天都熬到很晚，或者说，直接熬到了今天！

因为压力大，一晚上的梦都是有关迟到的，直到早上醒来还觉得整个人都昏昏沉沉的，就这样迷迷瞪瞪地去了学校，路上还在背着串词。这是我第一次用纯英文来做一个课题展示，而且准备时间这样短，还是用手机做的幻灯片，头痛程度便可想而知了。

第一小组是公共安全，几个男生上来，没有幻灯片，而是直接演了一出戏，大家笑得前仰后合，老师也给了极高的分数，这让我们后面的几个小组手心里都捏了一把汗。第二、第三小组都是幻灯片加短剧，效果也还不错。我们是最后一组，说实话根本没有心思去认真听其他小组的演讲，只盼望着自己时上去时不要出什么差错。

终于轮到我们了，我没有准备太多的稿子，只列了个提纲，竟然说了 20 分钟。我分别从美国社区教堂、社区学校、社区医院、社区养老院、社区图书馆等几个方面，来阐释中美非营利组织的不同之处。因为准备的还不够充分，整个过程都特别紧张。好在下来之后大家的反馈还都不错，我们所有人也都得了 A，我们的课程终于圆满完成了！

经过了一下午的节目准备，晚上的文化之夜算是一个告别晚会，我们所有人都邀请了寄宿家庭的家人来参加。这是一个美式特色的晚会，每个家庭都带了一两样大盘的食物过来和大家分享，六七个家庭凑起来，就有很多个菜了。像自助餐一样，每个人拿自己想吃的东西，我和舍友都吃得超级饱。

吃完之后便是正式的演出，大家唱歌跳舞演奏乐器，真是八仙过海各显神通呢！我也小试牛刀，演奏了一首陶笛曲《故乡的原风景》，献给所有这些天来照顾我、帮助我的人。最后大家一起上去唱歌跳舞，晚会在热闹愉快的氛围中结束。我们也都给任课老师送了礼物，跟他拥抱告别，表达对他的感激之情。

回到家后，我一边收拾行李，一边回忆着这些天的点点滴滴。这些日子里，见到了美国帅帅的消防员哥哥、炫酷的警察叔叔、充满爱心的志愿者和工作人员、风趣幽默的老师以及我的寄宿家庭。这些天来，虽然跟家庭成员有语言交流障碍，有矛盾误解，但总的来讲她们待我很好，也努力地去让我尽可能体验美国人的生活。所以，真的很感激。感谢这些天的所有事、所有人。明天就要离开洛杉矶去往旧金山，离开我们的老师和寄宿家庭。不过，期待精彩继续！

作者：政管学院2013级本科生　赵天伦

2月13日　星期六　小雨

赴台湾旅行者·谢　瑶

不知是进入大三后正式和体育课说再见从而身体素质急速下滑，还是高空气流不稳定造成机身持续颠簸，我人生中的第一次晕机就这样悲惨地发生了。尽管UNI AIR的机餐从外观、搭配和数量上都可以称得上所经历过的最丰盛的一顿，但对于晕机的我而言，空气中弥漫的食物味道却成了压死骆驼的最后一根稻草。在这两个小时的飞行里，与我相伴的只有眩晕、心脏的不适和紧紧捏在手里的环保纸袋。

因此，当飞机终于降落在台中市清泉岗机场时，我的内心溢满脱离苦海的雀跃。双脚踏上坚实土地的刹那，由于呕吐和眩晕导致的无力与不适似乎在瞬间退散，心情好到爆棚。清泉岗机场是一个军用、民用合体的机场，不是一个大机场。机场不大的好处是航班少、人也不多。但尽管如此，历经层层关卡走出机场的时候，夜幕也已经降临。台中正飘着小雨，空气湿润，却用不着打伞。虽然只穿了一件大衣，但已经足够抵挡北回归线上的冬夜。黄色的出租车整整齐齐地排成两列，前后灯在蒙蒙细雨中晕成了一个个柔和的光团。

温润，是我对台湾的最初感觉。

当然，促成我这一感觉的还有我们的台湾导游。我们常说台湾最美的风景是人，说到“温润”这个词也会联想到君子翩翩温润如玉的形象，但我们的台湾导游在身材和气质上完全不符合这个定义。她是一位48岁胖乎乎的大妈，笑起来的时候只能看见两排白白的牙齿，眼睛躲在圆脸上两条细小的缝中。初见时着实被吓了一大跳，因为这与我以往所遇到过的纤细苗条、年轻貌美的导游小姐在我心中所树立的形象真的是大相径庭。但她说着一口典型特色的台湾腔，自始至终带着特别真诚和温和的笑容，具备着台湾人普遍的温润、友善的品质。她说，她在当了二十年的幼儿园老师后，自己创业开补习班，但教得好的人不一定能够经营得好。历经一年的亏损后，她意识到是放弃的时候了，因此又重新学习了一年，考了导游证和领队证，开始了一份新的工作。她的耐心与微笑，以及对于生活的态度，可能在之前的岁月中得到了与常人不同的磨砺。她也对我们说一直激励着自己做一个不一样的导游。

车子在台中的夜里飞驰，这是初到宝岛的第一天。街上的行人和车辆都很少，竖着的霓虹灯灯牌挂在街道的上方，密密麻麻的。Seven Eleven便利店和全家便利店每隔一段路就会冒出来一家。那些我们熟悉的台湾品牌——宝岛眼镜、台湾贡茶、50岚也都真实地活跃在这片土地上。从这一点而言，我们的生活彼此并没有相差太多。

作者：政管学院2013级本科生　谢　瑶

2 月 14 日　星期日　晴

能动学院本科生・王子曼

今天是一年一度的《感动中国》播出的日子。记得从初中到高中，每年学校都会组织大家一起观看。那时候，同学们更多是为了积累素材，为考试作文积累案例，而现在距离高中毕业已经三年了，这个习惯也一直延续到现在。不同的是，随着年龄的增长，对《感动中国》的理解也不仅仅停留在精神层面上的感动，更多的是对自己成长道路的反思和对社会责任的理解。

这次《感动中国》给我印象最深的是阎肃老师，就在录制节目的时候，老先生还只是昏迷，没想到就在节目播出的前两天，老先生就永远离开了。

阎肃老师是一位非常优秀的艺术家，创作了很多诸如《敢问路在何方》《我爱祖国的蓝天》等人们耳熟能详的音乐作品。节目中播放了他生前走基层走部队巡演的视频，特别是年纪大了以后还到环境恶劣的边防哨所，和官兵们一起包饺子过年，在零下二十几度的军营里坐在小马扎上作词。我想，正是这些经历给了他作词的灵感，更给了他为人民写一辈子词的决心。

阎肃老师说的一句话让我感触颇多，他说，自己没什么了不起，一辈子就会一件事，就是为部队将士们写词、为人民写词。话语淳朴，背后却是一个文艺兵坚持了一辈子的事情。很多事看似不大，但是日子越久，越能渗透出一个人的坚守和精神。

《感动中国》人物颁奖词这样评价阎肃："铁马秋风，战地黄花，楼船夜雪，边关冷月，这是一个战士的风花雪月。唱红岩，唱蓝天，你一生都在唱，你的心一直和人民相连。是一滴水，你要把自己溶入大海；是一树梅，你要让自己开在悬崖。一个兵，一条路，一颗心，一面旗。"

就在 2015 年的 9 月份，阎肃老师在病倒之前，还在为一个慰问官兵的大型晚会而忙碌，直到病倒被送进医院。在他陷入深度昏迷的几个月里，当儿孙们在他床边为他播放他所创作的歌曲时，他的生理指标会有明显变化，有一次，他还留下了泪水。我想，即使在昏迷中的阎肃老师，在想起他所热爱的事业热爱的人民，听到他为人民写的歌曲时，也是能感知到的。

“一个兵，一条路，一颗心，一面旗。”一件事，能坚持一辈子，就是一个了不起的人。阎肃老师给了我深深的启迪，虽然现在对自己的未来还多少有些迷茫，但无论从事什么，一定要热爱，要甘于奉献，更要坚持。

作者：能动学院 2013 级本科生　王子曼

2 月 15 日　星期一　晴

医学院本科生 · 于嘉琛

春节假期就这样匆匆地过去了，节日的喜庆气氛渐渐被重新开始的忙碌的工作节奏取代。返乡的人纷纷踏上归程的列车，那些有关回家团圆的故事至此落幕，人们等待着下一个除夕夜的到来。

然而，并不是每一段故事都可以被遗忘。今年春节期间，我偶然看到了央视的一则公益广告——《父亲的旅程》。片中的父亲，来自最偏僻的云南山村，为了与在城市里工作的儿子相聚，他一个人提着儿子爱吃的家乡特产，一路奔波辗转来到儿子的城市。然而，在费尽艰难跟儿子相见时，却没有一句埋怨儿子的话。“你要吃什么，爸煮给你。”当这一路上的风霜雨雪、焦急疲惫化成这浅浅的一句话时，我分明感受到了那份不显山露水却又分量十足的父爱。

片中的父亲已经苍老，他大概也已经明白自己与儿子相处的时光正在慢慢流逝。因此，才会这样不顾一切地努力去见一眼久未归家的儿子。拼尽全力去争取可能越来越少的团圆时光。彼时那个高大英武又无所不能的父亲不见了，在大城市绚烂的霓虹灯下，是老父亲如孩童一般怯懦不安的脸。我们每个人都在时光的洪流中渐渐长大，我们眼前的父亲的背影从高大到佝偻，自己也慢慢成了别人眼中的背影。当我们再也不能为过往的遗憾一一买单的时候，彼时的目送就成了眼下的悲凉。

我仿佛还记得寒假从学校回家，还未下车便迫不及待地给父亲打电话，让他去路口接我。当我下车的时候，看见他瑟缩着站在冷风中，风吹乱了他略显稀疏的头发，远远望去竟然显得有些佝偻。远远地，他朝我笑着挥手，许久未见，他仿佛真的老了。

想起许久之前读过的龙应台的《目送》，有句话让我感触良多："所谓父母子女一场，只不过意味着，你和他的缘分就是今生今世不断地在目送他的背影渐行渐远。"诚然，我们无法减慢岁月的脚步，因此就必须抓紧时间享受和父母亲人在一起的时光。要记得，在故乡，总有人愿为你历经万水千山，总有人期待着与你的每次团圆。所以，请不要辜负他们的款款深情。

作者：医学院 2012 级本科生　于嘉琛

2 月 16 日　星期二　晴

公卫学院本科生・朱以敏

北方的 2 月，寒风凛凛，我们山东大学"跃起动力"社会实践团队暂别象牙塔中舒适的生活，带着青年人特有的蓬勃朝气，开始了寒假社会实践之旅。

从最初的趵突泉校区启动仪式，到接下来的兴隆山校区、中心校区、洪楼校区、济南大学等的问卷调查，再到后期的数据整理分析，一切的一切，点点滴滴，从最开始的陌生、尴尬到后来的熟悉、合作，小伙伴们配合得越来越好，活动进展得也越来越顺利。

经过多天的共同努力，我们的团队最终顺利完成了本次社会实践的任务。首先，我们在山东大学各个校区及济南大学、山东师范大学等高校完成了八百多份的问卷调查，随后我们利用专业的软件工具在老师的指导下进行了数据的整理与分析，得出了对大学生体育锻炼现状调查的结论，同时提出了针对大学生体育锻炼的建议。最后，我们通过举办宣传讲座的方式来向在校大学生宣传我们的建议等。

活动中，我们遇到了一些问题。最重要的是问卷调查部分。通过预调查，我们发现有些词语过于专业，非本专业的同学不易理解，于是换成了一些通俗易懂的表述方法。另外，问卷中的问题较多但不能删减，在此前提下，我们把问卷重新进行了排版从而减少被调查者的答题疲劳感，我们也准备了精美的小礼品来提高被调查者的有效答题率。同时，适当的表达技巧可以让同学们更加乐意配合我们的调查……通过一系列的调整，我们更加顺利地完成了调研任务。

在数据的整理分析阶段，需要我们具备很高的专业软件应用能力，于是我们只能边做边学习，虽然速度慢，却掌握了不少新技能。在整个活动过程中，我们也对活动进行了积极的宣传，同时开通了微博和人人的网络平台进行同步宣传，产生了较大反响。在宣讲讲座前，我们还专门印制了传单，通过在校园里分发传单让更多的大学生参与到我们的活动中来。

“千里之行，始于足下。”这次短暂而又充实的社会实践，使我收获良多。人的一生中，学校并不是真正永远的学校，而真正的学校只有一个，那就是社会。

白岩松曾经说过：“人们声称的最美好的岁月其实都是最痛苦的，只是事后回忆起来的时候才那么幸福。”这句话用在这次的社会实践活动中，是再适合不过的了。我还记得在实践活动刚开始时，我们满怀热情地到达自己负责的校区进行问卷调查，一部分同学会因为种种原因拒绝我们的调查，甚至怀疑我们活动的真实性。但我们并没有就此放弃，而是以更加专业的态度向同学说明活动的意义，因此最后我们成功地完成了问卷调查，得到了可供分析整理的数据。这些在社会实践中遇到的问题，我们都通过自己的努力将其一一解决。也许以后我们会遇到很多棘手的问题，但通过这次社会实践总结出的经验教训可以为以后的我们起到关键性的指导作用。我们在实践中发现了真知，在实践中提升了自我。

回望过去的半个多月，无论是幸福还是痛苦，都是我们宝贵的财富。有关于青春，有关于人生，我们都在社会实践中找到了意义。“纸上得来终觉浅，绝知此事要躬行”，社会实践带给我们的不仅仅是历练，更是成长。

作者：公卫学院2013级本科生　朱以敏

2月17日　星期三　晴

医学院本科生・高聿琛

今天是农历正月初十，意味着又一个春节要过去了。

记得除夕夜，守岁，母亲往往会炖肉。自童年起，每一个除夕夜都在电视机旁打瞌睡，伴着屏幕里春晚的红色和四周喜庆的笑声，从朦胧中醒来，房内弥漫着肉香，而母亲永远不困。鞭炮声此起彼伏，睡梦中，年兽只留下一个背影。就这样，年年在这一夜，最喧闹又最安详的一夜，所谓年味，只在此刻。

在感性的传说里，年是只温柔的兽。

而在理性的现实里，年是越来越喜庆、越来越鸡肋的春晚；是烟花爆竹纠结于雾霾天；是不再为追求好吃好穿然后不知道该怎么过的传统节日，而其实很多传统都在断裂；是许多人千方百计赶路奔回故乡，团聚的喜悦里却总有亲情的愧疚，仿佛大家都明白，只在这一夜，空巢不空。

年和这个时代一样，有说不清的尴尬。年兽的背影，其实是一个文明的背影。

农耕时代一去不复返。记得数年前的报纸上说，山东的非农人口首次超过农业人口，而城市化还在推进。工业时代甚至后工业时代来临。而年，从不是抽象的节日，它根源于农业生产，扎根在土地，它纪念农事的收获，又对新一年的农耕做动员。它凝聚的是一群从不离开家乡的人，在祖先的祭礼上，让大家都意识到所有人都有一个共同的祖先，都是一家人。而今，农耕的传统不再，那个传说中被人类驱离的年兽，空留一个尴尬的背影。当亲情的眼泪充斥于各种平台和媒介，年似乎在被塑为一个专门为感恩、感动而存在的节日。

今年我也像以往一样回老家看望爷爷，无意中在爷爷家翻出了从前的老照片。照片里的我稚嫩而矮小，爷爷笑容灿烂，十分硬朗。岁月不饶人，记得多年前在老家的农田，我要小跑着才能跟上爷爷的脚步。而如今，迈出几步之后，却发现身后那个陌生的老人，拄着拐杖，被我超过好远。年复一年，岁月带走的不只是爷爷的青春，也带走了那个充满年味的除夕。由于工作繁忙，加上家庭的原因，全家人已经很久没有团聚在一起过除夕夜了。

是的，社会在发展，时代在进步，这为我们带来了许多，可仿佛也带走了什么，无论如何，请不要让它夺去我们内心中最温暖、最柔软的那份感情。

但愿人长久，千里共婵娟。

作者：医学院2012级本科生　高聿琛

2月18日　星期四　晴

医学院本科生·王　琪

茶山在我家的北边，是我这几天旅行计划的第一站。当大地秃尽最后一抹绿色、在又一轮绿色孕育的时候，正是参观的好时节。

准备了一些水和食物，我们便开车前往茶山。

山路两侧雪白的山花，成片的树林，笔直的针叶松，让人犹如行走在画中一般。同伴们不禁欢呼雀跃，早已忘记了一大早跋涉4个多小时车程的旅途疲惫。一路上，北方粗犷雄奇的群山耸峙，湛蓝的天空点缀着白云，清新的原生态丛林没有一丝的污染，潺潺的溪水清澈透明，欢快地流淌着……一切都显得那样的幽深，那样的原始，那样的宁静，那样的安详，让厌倦了城市喧嚣生活的我们产生了无限的遐想，这不正是梦境中的世外桃源吗？

天公作美，露出了久违的笑容来迎接我们的造访。听说前两天山里刚下了第一场雪，今天的气温却没有想象中的那么低。天气变化多端，经常雾锁深山，湖水也时常被云雾覆盖，看不到天池是正常的事。这里经常云雾弥漫，并常有暴雨冰雹。湖水就犹如镶嵌在群峰之中的一块碧玉。蒸气缭绕时，宛若缥缈仙境；天气晴朗时，峰影云朵倒映碧湖之中，色彩缤纷。因此，能看到它秀丽面容的游客都是幸运的。

和山脚相比，山顶明显让人感觉到微微凉意，周边都是火山灰形成的山，没有任何植被。当棱角分明如蓝宝石一般的天河真真切切地出现在我们面前时，我们被她湛蓝清澈的湖面给震撼了，以至于陶醉其中都忘记了按动手中相机的快门。的确，她比想象中的还要美，轻柔的白云在湖面缭绕，群峰环抱，宛如众星捧月一般壮观。那一汪清水就似一块碧玉，晶莹剔透，真不知是蓝天印染了湖，还是碧湖衬托了天。偌大的湖面，如镜面一般平静，我们凝神屏气都不敢大声喧哗，极力保持着这份静谧，生怕湖面泛起层层涟漪，惊醒了“睡美人”。周围形状奇特的山峦倒映在水中，山水相连，水天一色，这完全是大自然的鬼斧神工雕琢出的一幅巨大的山水画，造就了人间的如此美景，让人窒息，让人心醉，让人留恋。

人们都说能邂逅清晰的山水是缘分。回眸远眺天池，心中顿生无限感慨，大美茶山真的是洗涤心灵的一方净土，虽然只为能够看上她一眼的风景，我们跋山涉水，舟车劳顿，但从此心间永留一缕暖阳，宁静而致远。

作者：医学院2012级本科生　王　琪

2月19日　星期五　晴

政管学院本科生·成蕾蓉

“童年，是梦中的真，是真中的梦，是回忆时含泪的微笑。”我们每一个人都有一个关于童年的梦，这个梦承载了我们的过往和未来、泪水与欢乐。《城南旧事》记录了英子童年的梦与记忆，以儿童的视角展现成人世界的悲欢离合，纪念那愈行愈远的童真。

重温这本初中时就读过的书，感想却有所不同。小时候，读这本书时，满心是对英子的同情；长大后，却钟情于老北京胡同里浓浓的人情味以及孩子世界里的纯真。

孩子眼里的世界是人间四月天，纯粹美好、干净明亮，未含一丝杂质。驼队打头的骆驼脖子上为什么要系一个铃铛？爸爸告诉英子是为了保护骆驼免受狼的侵犯，而在英子看来却不是这样的，系铃铛是为了“增加一些行路的情趣”。对于同一个问题的回答，大人与孩子的想法截然不同。大人秉持自然界“弱肉强食”的规则，聚焦生存的残酷，而孩子却编织了一个美丽的童话。在这个童话世界里，没有杀戮，没有残忍，只有天真，无瑕似美玉，晶莹剔透。孩子的心灵是一滴清水，可以把一缕阳光折射成无数个光束，明亮温暖。相比之下，大人在历经人世的沧桑之后，仅有的一点儿童真随着东流的江水一并逝去，汇成深不可测的海洋、阳光也穿不透的铜墙铁壁。

英子的童年除了真，还充满着善和美。人们都以为惠安馆的秀贞是个疯子，英子却与她做了朋友并结下了深厚的友谊；英子还听小偷讲自己的心事，两人还订下了“我们看海去”的约定。在英子的心里，没有成人世界的恩怨情仇、是非曲直，她始终以单纯的眼光来看这个世界，并且以善良之心温暖着身边的人。英子的心房没有门窗，阳光可以直接照射进来，谁都可以从冰天雪地里走进来，歇一会儿，汲取一点儿温暖。英子的世界，干净淡泊、真善和美，充满人世间的烟火，却无追名逐利之心。

《城南旧事》以淡淡的笔触将英子的童年娓娓道来，一切都像一股缓缓的流水，宁静祥和、淡雅含蓄。一幅又一幅的场景组成了热闹平凡的老北京胡同。这浓郁的老北京味儿又是英子童年欢乐的天堂。

英子的童年是真、善、美的结合，有欢乐、有忧伤，酸甜苦辣、喜怒哀乐，五味杂陈。相较于英子丰富多彩的童年，现在的孩子的童年又是怎样的呢？电脑、手机等高科技充斥着孩子们的童年，迷恋电子游戏、近视、早恋等问题层出不穷，高科技侵蚀了孩子原该真挚、朴实的童年。失却了童真，失却了善美，孩子们不再是单纯的小天使，阳光明媚的笑容从他们仍显幼稚的脸上褪去，他们的想法和做法都已超出了我们的思维。这个世界怎么了？孩子们的世界怎么了？纯净、善良、天真、活泼的“英子们”还能回来吗？

现在孩子的童年还会像英子一样学骆驼咀嚼，思考骆驼脖子上为什么要挂一个铃铛，对世界的一切怀着好奇吗？我们曾有的童真、童心、童梦已一去不复返，毕竟还有“物竞天择，适者生存”的观念。

每读《城南旧事》，都会令我想起那愈行愈远的童真，那段不可复制、无法重新来过的美好。唯愿“英子们”越来越多。

作者：政管学院2013级本科生　成蕾蓉

2月20日　星期六　晴

读书者·郭增川

这个寒假显得短暂一些，所读之书只有周国平和余秋雨的两本散文集，一本是《各自的朝圣路》，一本是《文化苦旅》。这次是细读，因为都是多篇散文合编而成，读时思想的跨越性较大，但读到一定的数量，其风格特质的界限便在脑海里渐渐清晰起来。

周国平以哲学方式运思，娓娓道出内心深处对人生百态的感触，较之其见解之深刻，我更喜爱其语言风格，这种无缘由的喜爱大概是出于其朴实入心；余秋雨则从行走中敛拾灵感，每行于一处，便对与此处相关的小故事字斟句酌、细腻描写，以此为镜鉴，映射出背后整个历史境况。一个是哲学式的反思，将人生悲喜的心理缘由诉诸笔端，关注的是道德伦理；一个是行走中的体悟，旨在从历史的漫步中探寻人文精神之源，为现代人文筑基，渗透的是人文关怀。

我必须要面对并解决的一个问题，就是相较而言我更钟爱于谁，这将有助于我更清晰准确地认识自己。

如果说一个人完整的形象是在其行与思的结合中显现，那么周国平更善于思而非行，而行恰恰是余秋雨创作生命的源泉。如周国平所言他更偏执于这样的观点：散文应成于在大地的行走之中，而不应流于天空的玄思。我倒是感觉周国平意在给我们这样一个提示：不应以散文的硬性标准评价哲学散文。哲学散文无疑也是来源于生活，或者说源于一颗宁静敏感的心灵，其较为准确的定性应该是一个人灵魂生活的体认与感悟，就灵魂层面讲它是高于生活的。这就模糊了两者比较的可能性。我们再来感受行动的力量。假使没有行走，实在难以想象余秋雨的文字会多么索然无味，因为其文章的魅力正是来自于“行者”地理坐标的挪移与错位以及历史文化的纵横穿越，这就使得余秋雨的文字有了生命和力量。他的穿越世界的旅行更可谓是一种艰难的寻找，因为我们难见其措辞中的轻松畅快，而常喟叹其在结文后延绵出的丝丝沉重和悲悯情怀。一言蔽之，两者都很重要，如果非要抉择，我只能说我更衷于周国平个人的气质，我更钟爱用心地生活，始终保持着乐观积极的生活态度。

我们看似把问题归结为“行与思孰重孰轻”的老生常谈的话题了。新年伊始，思想也应前行，我们不能限囿于在哲学运思与行者无疆中进行辩讨，而应着眼于文字背后彰显的个人气质与人文情怀，进而摸索定位自己的人生态度。两位先生身上有我们后辈学不完的知识与涵养，更有学不来的那一番对人生的彻悟和对历史文化的赤诚。当下时代的洪流之中，处处暗藏名利的礁涡，许多人驰逐于物质上的满足，必然会以精神上的滞后为代价。我们应怀有对传统文化的虔心尊崇，在切身探索中反思历史、反思自身，我们也许难有“为生民立命，为天地立心”的抱负，但至少可以独善其身，明晰自己的价值旨归，活出自己的人生态度。

由此，我们只有在思维观念中合理定位这两者，才能以睿哲优雅的泳姿畅游于现实生活的江流之中。在此也盼愿所有的山大亲人们，慎思笃行，所思于行，行中有思，新的一年向自己的梦想更近一步！

作者：马克思主义学院2014级硕士研究生　郭增川

2 月 21 日　星期日　雪

赏雪者·庞　越

每天醒来第一件事是拉开窗帘，因为我一直喜欢窗帘背后的世界——阴天快乐，晴天圆满。今天看到的，居然是满眼白花花如棉絮般的大雪，简直惊喜。雪地把一切都照映得很明亮，就像开着一盏巨大的白炽灯。没有风的呼啸，雪花飘零，格外安静温柔。我趴在窗前看雪，思绪杂糅，看得痴迷了，觉得就这样缓缓地度过时光也不错。虽然从物理学上讲雪和雨的本质是相同的，但下雪带给人的感觉，和下雨完全不同。雪常常是欣喜，是欢乐，有各种各样新奇的玩法；而雨，是低沉，是阴郁，有周身凉飕飕的泥土味道。

吃过饭我马上就和姐姐跑出去玩，一踩下去，雪深到脚踝。我们三步并作两步来到了花园里。一开始还不忍心踩，不忍心碰触平整的表面，咔嚓咔嚓拍照片，后来手机没有电了，两个女汉子便瞬间被打回原形，四处跑来跑去，张牙舞爪地在地上扑腾，用手当铲子捧了一大把一大把的雪搓来搓去，搓得热乎乎的。在空无一人的操场冲着篮球架狂舞，假装寂寞又文艺的小姑娘拍模糊的背影。落地的小鸟大概也是如此吧，叽叽喳喳，蹦蹦跳跳，不亦乐乎。这可是 2016 年第一次见到这么大的雪。

想起小时候有一年除夕，下了足足没过小腿的大雪，我一整晚都亢奋得睡不着觉，天微微明的时候就和弟弟跑下楼在地上打滚儿，真的是打滚儿。人小身子也小，又穿着圆鼓鼓的棉衣，整个人等不及陷进去就开心地要飞起。弟弟在雪堆里埋伏着雪球和我打雪仗，那时的天和现在的天一样白，现在的心情却和那时不完全相同——过了这场雪，又要背上行囊离家求学，身边很多同学朋友已经开学了，年味儿也越来越淡了，又是新的一学期，行李还没有收拾好，看到想要的东西，就会给妈妈叨叨着“这个我走的时候要带走，直接放行李箱里吧”，仿佛家就是旅途回来的休憩之所，远方才是要到达的地方。其实早已经习惯了一个人生活在外地，所有琐碎事情都自己打理，自己做决定，并为所做的事承担责任。

古人常说，月是故乡明。在我看来，雪还是故乡美哟。

作者：文学与新闻传播学院 2013 级本科生　庞　越

2 月 22 日　星期一　多云

香港 CEP 项目参与者 · 隋丰源

临近寒假的时候，我申请参加 EDUA 的 CEP 项目，想来香港参观一下名企换换心情。那时的我并没有对这个项目抱有太多期待，但没想到的是，这次香港之旅对我的影响却如此深远。

在讲这一个周的生活之前，我想问问正在阅读这篇文章的你一个问题：你会为了什么而拼尽全力？

到香港之前，我并没有过为了一件事拼尽全力的经历——即便是高考，我好像也就那样按部就班地过来了。我们的项目导师 Sunshine 说："没有尝试过拼尽全力的人生是不圆满的。"起初我不以为然。然而当一天后我们参观 ADGS Advisory Limited 公司时，接待我们的高级经理的一席话让我瞬间清醒了起来。他说："我不知道什么时候是我事业的巅峰，我不知道我的事业是正在上升期还是下降期，我更不知道今晚我闭上双眼后我第二天天明还能不能睁开双眼。所以，我唯一能做的就只是把我的每一刻当作我的巅峰时刻，以最饱满的热情去度过！"

他的这席话让我看见了一种名为"信念"的东西。

CEP 项目非常辛苦，每晚都有让人感觉做不完的任务等待完成。每天早上我们都得挣扎着爬起来，穿梭在香港的大街小巷去追赶项目的时间安排。更可怕的是我们的导师 Sunshine，一个十足的工作狂，她每天工作近二十个小时，"压榨"自己的同时还"压榨"着我们。她说，她很享受这份工作。她喜欢指导像我们一样的年轻人，让我们走出困惑可以让她实现她的成就感。我想这大概是她的信念。

每个人都得有一个信念，这是鞭策你好好生活的动力源泉。在为期一周的项目活动中，我们逐渐被项目气氛感染，竞争的欲望日渐强烈，一种名为不认输的信念鼓舞着整个团队。

一周时间，来自山大和东莞的16位项目成员都由起初的叫苦不迭变得努力、积极，并且充满求胜欲。我们开始拼尽全力去完成任务并且乐此不疲。

倒数第二天晚上，为了完成最后的项目我们连夜赶工直至三点，大家疲惫难耐却又咬牙坚持。我看到高一的小女孩为了任务通宵写文案，我看到大三的山大学姐担心展示失利而背稿到早上七点。越是被压榨，潜力越迸发。在最后一个任务中，我看到了参与CEP的16位学员最惊人的一面。一度提不起劲的我，那一晚竟没有一点儿倦意。

当项目展示结束时，我看到了每个人最真实的笑容和泪水。我并不清楚我在这个项目中真正学到的到底有多少，但是我清楚，当我看到那个名为“信念”的东西时，我未来的生活开始改变了。

作者：控制学院2014级本科生　隋丰源

2月23日　星期二　晴

医学院本科生·李晨曦

我想念食堂二楼的鸭血粉丝汤了。

醇白浓郁的底汤，表面上浮着薄薄的一层辣油，几块豆腐泡点缀其中，只一闻便觉香气扑鼻。舀了一勺入口，只觉浓浓的汤，伴着少许的韧鸭胗、脆鸭肠、香鸭肝，和着许多薄厚适中的嫩鸭血块，好像顺着勺子一直滑下喉咙，嫩香鲜烫，顿时通体舒畅，全身每一个毛孔都要舒展开来。加上劲道爽滑的粉丝，一口气就能喝上一大碗。

由于对鸭血汤的异常喜爱，我常常在食堂一开门就冲到二楼，成为窗口阿姨的第一个食客，也就看到了她忙碌的全过程。阿姨先把煮粉丝的锅烧上，再把事先熬好的浓汤热起来，然后麻利地拿出鸭胗、鸭肠等食材，把粉丝分成一堆一堆放到笊篱里备用。一切准备就绪，阿姨亲切一笑："吃鸭血汤的同学来刷卡了！"

同学多的时候，阿姨六个煮粉丝的锅同时上阵，第六锅一煮上，第一个正好到了出锅的时间。加上血胗肝肠，舀上辣酱，再加上满满一勺的底汤，一气呵成、麻利迅速，一碗令人看一眼就流口水的鸭血粉丝汤就做好了。

同学少的时候，阿姨得闲，爱和我们聊聊天。"今天来得早啊！""我记得你少要辣椒对吧？""你们学习挺累的吧？"阿姨个子不高，头发一丝不乱，整齐地别在帽子里。从她动作的敏捷程度和头发颜色来看，年纪应该在四十岁左右。也许是长期操劳，阿姨面容有些沧桑，双手粗糙发红，指节微微突出。是啊，食堂工作这么辛苦，站立时间长，起早贪黑，怎么能不让人老呢？但阿姨爱笑、爱聊天，动作麻利不拖沓，让我感觉她和食堂其他的阿姨大叔不一样。阿姨爱笑，而且她的笑不仅在嘴角，也在眼底，在脸上的每一寸皮肤里。这不是被繁杂琐碎的生活折磨的苦笑，不是职业化公式化的冷笑，而是发自内心真诚的笑容。阿姨用笑容让自己自得其乐，同时于无声处感染他人。她没有消极怠工，没有无谓的抱怨。看得出来，她热爱自己的工作，或者说，热爱生活。

曾在南京夫子庙喝过最正宗的鸭血粉丝汤。而让我始终不能忘怀的，却是趵突泉校区食堂二楼那位眼底始终带笑的阿姨，以及她带着乐观和热情做出的鸭血粉丝汤。

作者：医学院 2014 级本科生　李晨曦

2 月 24 日　星期三　晴

福利院志愿者・王湘滔

假期临近尾声，今天做了一件很有意义的事，便是和我的小侄女一起去为社区的孤寡老人们包饺子。虽然算不上什么感天动地的善举，但包含着我和家人的一份爱心。

去探望孤寡老人的想法由舅妈提出，一是为了给他人送去关怀，二来正好为我刚上小学的小侄女上一堂生动的德育课。我平时在学校里也十分乐意参加各种志愿活动，便积极响应了舅妈的号召。于是，一大早我们便前往菜市场，细心地挑选了新鲜的蒜苗和猪肉，也买了面粉、油和各种调料。就这样，我们提着东西来到了社区福利院。这里安顿着十三位孤寡老人，他们无儿无女，而且大多身有残疾。在市政府的帮助下，他们拥有了安身之所。福利院的环境算不上豪华，但绝对是舒适干净。我和小侄女还有福利院的服务人员一起和面、拌馅。别看小侄女年纪小，可是干起活来一点儿也不马虎，虽然这是她第一次包饺子，可包得有模有样。在家里饭来张口衣来伸手的小公主，在这里就像换了个人似的，我当然也要起到榜样的作用。通过和这里的工作人员聊天，我们了解到原来经常会有社会各界的爱心人士为老人们送来食物、衣服以及各类必需品。很多学校也会安排学生们来做一些公益活动。随着社会的进步，越来越多的人参与到奉献爱心的行列中，这种优良的风气正是我们中华传统美德的弘扬，是传统文化在新世纪的彰显。

说笑中，饺子很快就煮好了。热气腾腾的饺子出锅啦！我和小侄女每人端着一盘饺子，亲手送到了老人们的房间里，看老人们吃得香甜，我的心也跟着暖了起来。蒜苗的鲜美伴随着猪肉的香气，美味的饺子正是因为饱含了心意才格外地诱人。等老人们都满意地享用后，我们才坐下来品尝了自己的劳动果实。勿以恶小而为之，勿以善小而不为。今天做的这件小事就像是冬日里的一缕阳光，细微却温暖。帮助他人、关怀弱者真的能让人心更加柔软，希望未来的我仍能保持这份柔软，这个世界也继续以爱拥抱那些需要被温柔相待的生命。

作者：口腔医学院 2014 级本科生　王湘滔

2 月 25 日　星期四　晴

哲社学院本科生 · 钟　浩

后天要归校了，其实还有颇多期待，期待久未见面的同学们，期待下学期焕然一新的课程，期待不一样的风趣老师。

诸多期待之余，还算是做了一件颇有意义的事。奶奶的按键机已经旧极了，爸妈便打算换下 iPhone5 给奶奶用，教老人用智能机的任务就是我的啦。

其实小学没念完的奶奶应该算是半文盲，又加上老花眼，我自然不指望让她玩转社交网络，刷什么微博票圈。智能机与按键机的最大区别无非是一块玻璃屏，再有就是最下方的唯一按键。

提前把音量与字体调到最大，手机最重要的任务是什么？打电话！先教会了奶奶如何解开密码锁屏，我第一个就点开了通信录，找到奶奶原来的手机号，便让奶奶试着拨打。她好奇而又新鲜的眼神，好像当年她带着我第一次踏进幼儿园时我的眼神。

本就不是什么难事，很快她自己的旧手机响了，她却乐呵呵笑着仿佛第一次打电话的孩子。我有些感沛莫名，却还是细致地讲解为什么我打她手机时才会有那个绿色和红色两个电话图标，她拨出电话却只有一个用来挂机的红色图标。

讲到下方的唯一按键，我告诉她如何在屏幕内返回上一界面与单按一下功能键回到手机桌面，她皱着眉头看似略微费解，但很快便明白了。

长按时倒是开启了语音控制，看着我念过自己名字之后，我的手机铃声乍然响起，她居然讶异到眉飞色舞。我长摁着键位再次激活了语音控制，让奶奶叫一声我的名字，谁知她略带方言口音的普通话却激活了我的号码和“妈妈”的号码两个选项。其实这是妈妈的手机，能被妈妈存在手机里的“妈妈”不正是奶奶自己吗？于是当奶奶的手机再次响起时，我们两个都笑了。我笑着，一边纠正奶奶，手机里存什么语音控制就说什么，譬如存的“他爷爷”就不能叫“老钟”。

让奶奶自己按住功能键尝试语音拨号，她却好像用微信似的按住键位直到语音助手激活了还不肯松手，直到把我的名字念完——还不待我纠正这个小问题，我发现奶奶的口音的确是挺难改的，这次出来的可选项居然足足有四条。

最终，被奶奶啧啧称奇的语音功能还是被放弃了。翻着最大号字体的通信录名单时，奶奶说“蛮好，蛮好”的样子，深深地印在了我的心里。

前人栽树，后人乘凉。虽然奶奶没有文化，可是奶奶含辛茹苦一生操劳；虽然她平时俭省得近乎抠门，可那是她省了一辈子省惯了；虽然奶奶老了，可她还是那个为我欢喜为我愁的奶奶，我最亲爱的奶奶啊！

感沛莫名，原来事出有因。

作者：哲社学院 2015 级本科生　钟　浩

2 月 26 日　星期五　晴

政管学院本科生·边　帅

合上书的那一刻，心中五味杂陈，只能感叹一句，平凡的世界，不平凡的普通人……

没有想到在假期的最后几天里，自己竟读完了路遥先生百万字的长篇巨著《平凡的世界》。其实，从初中开始，老师就一直推荐这本书，但因为字数太多，自己也耐不下心来，就一直没读。也忘了是什么缘故让自己重新拾起这本书，本以为自己会“三天打鱼两天晒网”，没想到却被书中的故事深深吸引，被书中一个个鲜活的人物形象所打动。孙少安的老成，孙少平的勇敢，田晓霞的纯真，田润叶的悲情……路遥用他细腻的笔触刻画了社会各阶层普通人们的形象。人生的自尊、自强与自信、奋斗与拼搏、挫折与追求、痛苦与欢乐，纷繁地交织着。书中最让我痛心也最让我感动的是少安与润叶、少平与晓霞之间纯洁而凄美的爱情。少安因出身农家，内心的自卑使他最终错过了润叶；少平与晓霞之间，则因晓霞的离开而走向终结。但孙少平无疑是幸运的，田晓霞的出现让他看到了另一个世界，让他不安于现状，让他敢于孤身一人到黄原闯荡，尽管也是困难重重，最终仍归于平凡，成为一名普通的煤矿工，却让我们看到一个不屈不挠、勇往直前、对美好生活充满向往的孙少平。

洋洋洒洒百万字，描述的是一个平凡人的奋斗历程，一个平凡家庭的奋斗历程，一个平凡人的成长过程，一个平凡家庭的成长过程。正如书中所写："其实我们每个人的生活都是一个世界，即使最平凡的人也要为他生活的那个世界而奋斗。"孙少安和孙少平两兄弟的经历，让我想起了顾城的一句诗："黑夜给了我黑色的眼睛，我却用它寻找光明。"

一本小说，几个人的故事，带给我的是深深的震撼。虽然我对书中描绘的那个年代不太了解，却被书中处于那个年代的人物所感动。我想，书中主人公传递出来的自强不息、依靠自己的顽强毅力与命运抗争的精神正是这本书广为流传的原因。最后，用书中的一句话来共勉：生活不能等待别人来安排，要自己去争取和奋斗；而不论其结果是喜是悲，但可以慰藉的是，你总不枉在这世界上活了一场。

作者：政管学院 2013 级本科生　边　帅

2 月 27 日　星期六　晴

医学院本科生 · 侯竹如

晚风飕飕，初春的夜晚依旧寒意逼人，天空中孤傲的星星闪烁着眼睛，更增添了几分寒冷。对我而言，确实许久没有如此惬意，好久没有这般清闲，静静地坐在广场的长椅上傻傻地发呆了。

刚过十五，月亮还是很亮很圆，皎洁的月光笼罩着热闹的广场。购物归来，穿过泉城广场回学校，听到了一阵优美的乐音，循声而望，是一群老人在跳交谊舞。柔和的音乐，轻盈的舞步，顿时吸引了我们的注意力。提到中国大妈，总会第一个想到广场舞，想到那热闹的喧嚣；而这里的老人们，垂柳荫荫，翩翩起舞，平添了春寒料峭里夜晚的暖意。

灵巧的音响放着音乐，四五对老人正在跳舞，看得出来，熟练的舞步渐渐轻盈。一排排垂柳为它们搭建天然的舞台，尽管初春时节柳枝还在沉睡，夜幕之下，亦未看出任何的违和。点点的荧光闪闪，将柔和的光束打在跳舞的老人们身上，唯美不失风雅。树下，是一排长椅，只有一对老人，小心翼翼地互相牵着手，看着眼前飞舞的裙摆聊着天。我们轻轻地走过跳舞的人群，远远地坐在一旁的长椅上，看不清老人们的神情，只有嘴角那淡淡的微笑，是那般的迷人。

我低声对同伴说："好羡慕他们啊，在这样美的环境里跳舞，太浪漫了。"

同伴把我的手一拽，狡黠地一笑："你怎么知道他们就是夫妻啊？"看着我的白眼，同伴捂着嘴巴直笑。

我转过头，只顾着自己看舞者们默契十足的舞步，优雅地舞出生命的节奏。忽然一阵风刮来，卷起细细的沙土，吹拂起衣衫，而他们的节奏没有受到丝毫的影响，依旧静静地跳着。"什么都不是重要的，舞伴也好，伴侣也好，白发苍苍的他们，可以优雅地在美妙的夜晚翩翩起舞，宁静中带着美好，平和中带着生命的律动，孱弱中带着坚定。"

老人，大多是老态龙钟、步履蹒跚的代名词，他们也许跳得不好，也许没有曼妙的身姿，然而那一颗平和的心态却令我无比地羡慕。

一个人最美的时光莫过于青春年华，然而在最美的时光里，我们大都在追逐着功名利禄，追逐着成功成名。年少就是应该努力夯实自己的基础，努力积累自己的知识、人脉，为之后的路做基石，我们习惯了这样忙忙碌碌，习惯了每日奔波在城市的大街小巷，习惯了施展自己的才华和抱负，而像这样静静地坐在这里，与朋友相依相偎，赏这一轮明月，已仿佛是很久以前的事了。

我们不了解这群老人，如今在这里伴乐而起的他们，也许曾经年少时为梦想付出了艰辛的努力，才换来一世功名，得以安享晚年；也许他们不曾有安详稳定的晚年，但他们依旧可以平和乐观地对待世间的风雨，透出蹉跎一生的智慧。人生路，莫慌张，年少轻狂，也不忘时时停下奔波的脚步，仔细品味人生的韵味，风卷云涌中，依旧不改此心。

作者：医学院 2014 级本科生　侯竹如

2 月 28 日　星期日　晴

考研学生 · 程　超

我的考研生活，始于去年三月。清静的南京，加上孤傲的南大，让人望而生畏，而我，却品出了另一番味道。无论是历史上的六朝古都，还是现今的华东第二城，南京本有资格酒绿与灯红；无论当年的中央大学，还是当今的 C9 名校，南大也有资格高调与张扬。然而，她并没有。

我喜欢南大的校训：诚朴雄伟，励学敦行。在我看来，她做到了。在合并与扩张之风盛行的国内大学界，南大却独树一帜地坚持内涵发展。她分裂成了七所名校，依然屹立于顶尖名校行列，这种自力更生的精神，我渴望在南大找到答案。此外，读经管类研究生是我一直的心愿，企业管理又与我曾经的创业与实习经历相契合。于是，一个“三跨”考研的念头萌生了。

经历了数不清的挫折与坎坷：专业课要自学，英语要适应考研题风，政治要背 5 本，数学要刷 3 遍全书。无数次彷徨，又无数次重新坚定。我把南大照片挂在床头，是它督促我、鼓励我，让我每天凌晨就起床看书，犯困仍坚持刷题。

十月初，早早就填报完了志愿表。不想，当天晚上收到研友电话：“换学校吧，南大招生办说今年企管招生由 26 个变成 6 个了。”我有好多话想说，但，还是没有说出来，登上久别的微信，就这样发了一条朋友圈，然后给家人和好朋友打了几个电话。是夜，无眠。

第二天一早，手机被短信和电话爆满，各种安慰与鼓励纷至沓来。感动之余，我明白了，我并不是一个人在战斗，在我的背后，还有许多关心我、爱我的人。我，并不孤单。登入报名系统，我沉重而又坚决地点击了“报名确认”，便又返回了自习室。

十二月底的济南，冷冷清清。走出济南六中的考场，我不禁长舒了一口气。考研，这个在外人看来极其艰苦的过程，我还是挺过来了。“真是不容易啊！”我对研友说。

最后，我的成绩并不理想。好多人也开导我说，毕竟跨考赶上缩招，做到这样已经很不错了。也有不少人建议我调剂。但我还是放弃了，略微有点儿失望，日思夜想的南大，就这样暂别了。但是生活，还要继续。今年不能行，以后我再杀回来。先找个稳定而且相对轻松的工作，可以不计较报酬。边工作养活自己，边利用业余时间准备再次考研。总之，我的研究生梦想，不会因此而中断。相反，因为这次失利，我对南大、对研究生生活，更加充满向往。正如俞敏洪、马云两位前辈说的那样——“每天叫我起床的不是闹钟，而是梦想。”“梦想总是要有的，万一实现了呢？”

作者：能动学院2012级本科生　程　超

2月29日　星期一　晴

医学院本科生・王珍珍

开学第一天的晚上，我们在宿舍里谈论寒假的经历和见闻，没想到我的学车经历引起了大家的兴趣。

说起寒假学车，往往是一把辛酸泪。由于课业的原因，很多学生都选择在寒暑假学车，不仅要忍受夏天的炎热和冬天的酷寒，而且大量学员扎堆练习，一天下来，真正练车的时间少之又少。我也曾为了那半小时的练车时间，在驾校等待过整整一天。夏天，太阳曝晒，我的脸呈现一黑一白，而冬天要在零下二十度的天气里骑电动车去练车。除了恶劣的天气，教练严苛的教导也让我头痛不已，练习科目二的时候，总是被教练骂得灰头土脸。考试时间定在腊月二十八，偶尔的出错还是让我焦躁不安，不过最后的结果并没有像我担心的那样差，十几天的苦练总算没有白费。看着满分的成绩，想到练车时所受的煎熬，也觉得值得了。

回顾整个学车的过程，我收获了不少。在这个过程中，我慢慢理解到驾车是一件需要极其谨慎的事。就在这个寒假，同样在考驾照的一位高中同学在去驾校的途中遭遇了车祸，不幸身亡，而肇事司机竟然是无证驾驶，一条鲜活的生命就这样断送在一个没有责任心和安全意识的车主手里，令人无限惋惜和悲痛。

考驾照是一件不容易的事情，但更重要的是在我们拿到驾照后，在驾驶车辆的时候能够牢记那些行车规范和注意事项，这不仅是对我们自己的生命安全负责，更是对他人生命安全的尊重。

作者：医学院 2014 级本科生　王珍珍

3 月 1 日　星期二　晴

医学院本科生·方园园

刚刚告别大学生涯的最后一个假期，虽然万般留恋，但还是如期来到学校，开始新学期的学习。开学第一天，我们就走进医院开始见习。第一个科室是妇产科，今天去的是产科。这是我第一次走进手术室，也是第一次目睹新生命的诞生，所以想写点儿东西来纪念一下这不平凡的一天。

上午，我们小组五人一起来到千佛山医院产科示教室找到张老师，他先大概讲了一下产科的基本情况以及产科收治的病人。通过他耐心的讲解，我那激动的心情早已压抑不住了。随后，跟着郭主任开始查房，在与患者沟通的过程中，我深刻地领悟到，作为一名医生应该有耐心和细心，最重要的是让患者感受到被重视，能充分地信任你。

之后，我们换上进手术室的装备，来观看一个怀孕37周的产妇的顺产过程。刚进来时，她已经到了第二产程，宫缩时已经能看到孩子黑黑的头发，在助产医生的指导下，产妇一把一把地使劲儿，一边不停地喊叫着疼，甚至疼得都快哭出声来，这时站在一旁的我也感觉揪心的痛，心里在默默地想着：母亲真的是很伟大呀，她们忍着天下最大的痛，生下可能并不乖巧的我们。在大家的共同鼓励下，孩子终于呱呱坠地，听到孩子哇哇的哭声，手术室里顿时一片欢喜。第一次看到小生命的诞生，感觉自己激动得快要跳起来了。

紧接着是一位怀孕40周的产妇，由于胎儿胎心不稳，担心会发生胎儿窘迫，必须进行剖宫产手术。从麻醉开始一直到手术结束，我都在一丝不苟地细心观看，联想着以前在课本上学的理论知识在临床上是如何应用的，看到严格的无菌操作、娴熟的缝合技能，顿时感觉有了好好学习的动力。所以无论学习任何东西，都应该理论联系实践，这样不仅会增加我们学习的兴趣，还会更好地有助于我们理解。

在产科的这一上午，看到两个新生命的诞生，我感觉生活充满了阳光，未来满是希望。

作者：医学院2012级本科生　方园园

3月2日　星期三　晴

中国银行实习生·林　帆

开学三天了，短暂的假期已经画上句号。25天的实习还来不及回望就已经远去了，思来想去，趁记忆犹新，还是想记录下第一次的实习经历。

我今年大二了，正常情况下离实习尚早，和我一起实习的姐姐和单位里的工作人员也感到些许惊讶。但我认为，学期内多数时间只能和理论知识打交道，与其将余下的时间耗费在吃喝玩乐上，不如趁着假期去实践一番，实践亦是学习的一种方式。实习对于我们来说，任何时候都不算早，也许这是一种对自己负责的态度。

假期开始时，我带着学院的介绍信到中国银行去申请实习机会，自我介绍一番后，人事部的负责人答应让我在银行实习，副行长让我跟着一位年轻有为的老师学习。似乎要重新开启一段新的旅程，我的心里充满喜悦、期盼、激动，伴随着一丝丝的恐慌像杂乱的音符一般跳动。

对于一个完全陌生的环境，需有初生牛犊不怕虎的精神。我的专业——社会学，和银行并没有太密切的关系。在来之前，要达到的目的我也是在心里设想好了的，学习和各种人交流的技巧，体味社会冷暖，舅舅还为我设定了独自卖出 5 万保险的目标。

然而还是应了那句话，梦想很完美，现实很残酷，虽然于我并没有如此夸张。刚刚开始的两天，什么都做不了，只能帮着做一些类似复印、盖章、整理资料的杂活。由于起初自己是带着明确的目的来这个地方的，所以这些看起来无聊的杂活让我十分抓狂，心心念念如何才能从师傅身上学到一些真正有价值的东西。我开口跟他们借专业的书籍，以便我能找出想问的问题，但是被打击说对我没有意义，即使学了也只是冰山一角，事实如此，若要反驳，也稍显苍白无力，只能另辟蹊径。

我开始和大堂经理学习直接接触客人，带着其间遇到的种种问题去询问那里的工作人员。师傅一开始就教我人与人之间关于利益交换的概念，这暗示着和他学习的内容将符合经济人假设的逻辑。渐渐地我开始明白，若想要有所学，必须主动出击。我主动提出和师傅出去见客户、参与贷款申请报告撰写、和顾客交流、营销银行保险产品等等，这一系列活动对我来说都十分新鲜。我十分感激师傅愿意渐渐放手让我自己完成某些业务，并且时常教给我一些工作以及与人交往的经验。

这次实习是一次宝贵的经历，我就像一块饥渴的海绵，拼命地吮吸着成长的甘露。最初实习的目的固然达到了些许，所销售的保险额度也远远超过指定目标，但目标过于宏大，也许需要一生的时间去践行。在这里将近一个月的实习生活，所学到的东西和与工作人员结下的情谊，所有关于那里的记忆，我都要认认真真地珍藏起来。

作者：哲社学院2014级本科生　林　帆

3月3日　星期四　晴

药学院本科生·要潇雅

今天济南的天气很好，晚上下课回来，微风习习，吹在脸上很舒服，仿佛母亲的手在抚摸着，温柔得让人沉醉。

回到宿舍，看到手机上有几十条QQ新消息提醒，打开一看竟然都是母亲发来的语音消息，一条条点开，无非都是一些嘱咐我春天天气干燥多吃些水果的话，可是在那些简单的话语里，我听到的更是一位母亲对求学在外的女儿的一份沉甸甸的爱!

母亲的QQ号还是妹妹在开学的前一天送给她的，文化水平不高的她用文字交流可能还有些障碍，我和妹妹便教她语音聊天。犹记得母亲当时玩起语音聊天时略显笨拙的样子，但是从她的言语中我们还是能感受到她内心的喜悦。母亲那个年代还没有智能手机，虽然现在可能三岁小孩子都会玩的手机对于她们来说就是一个“长满长棘的刺猬”，她们不会完全使用其中的功能，对她们而言，智能手机也只是一个高级的“电话”而已。

也不知我和妹妹是出于什么原因，在开学的前一天突然想教会母亲玩QQ，今天收到母亲的QQ消息便与母亲聊了起来，在讨论组里我和妹妹还有爸妈有一句没一句地聊着，话题虽然没有牵扯到什么大事，可是我却瞬间感觉到了来自远方的至亲的关怀，让我知道，一直以来我并不是一个人在奋斗，我的身边还有亲人!

人人都说孩子与父母之间有代沟，爸妈与儿女之间没有共同语言，更有甚者会出现父子拳脚相向的惨剧，可是我却没有过这样的烦恼。不是我的父母有多通情达理，也不是我是多么乖巧懂事，也许就是彼此之间的信任与心照不宣吧，父母与孩子之间的关系才是世间最没有利益性的关系，没有哪个父母不疼爱孩子，也没有哪个孩子从一开始就不想去尊重生养自己的父母，而造成隔阂的原因就是缺少沟通！你怪自己的父母思想老旧，跟不上时代的潮流，可是你又何曾试图改变父母的想法？你怪父母不理解自己，可是你又何曾给过父母了解你的机会？你宁愿通过网络去跟一些根本不认识的陌生人倾诉，也不愿抽出时间让父母了解你的心事！你宁愿陪一些"狐朋狗友"出去鬼混，也不愿陪陪家里年过半百的父母，出门在外，每天一通简短的电话就是尽孝，电话那头的老母亲知道你一切都好便能睡个安稳觉！

世界上最了解自己的人还是自己的亲人。由于求学在外，我和弟弟妹妹还有爸妈分处四地，但是那种血浓于水的亲情是多远的距离都割绝不开的！

把握当下，多陪陪亲人还是极好的！

作者：药学院2014级本科生　要潇雅

3月4日　星期五　晴

管理学院本科生·王　柯

昨天下午两点，在导员郭超老师的主持下，2014级管理学院的全体同学在董明珠楼召开了新学期的见面交流会。

会前，郭老师就在黑板上写下了一组简单的数据，是2015年会计、国商、营销三个专业的就业、工作、出国的比率。看到这些数据，在座的我们也能想到老师即将要说的内容。果然，会议一开始，郭老师就切入了正题，分析了许多我们在大二下学期必须开始考虑的问题和即将面临的选择。开会前，我带了一本课外书，原本打算在下面偷偷看自己的书，但是老师今天要讲的问题也是困扰了我许久的问题，我渴望得到属于自己的答案，也希望得到老师的建议和指引。在讲的过程中，老师又写了两个词——成长、规划。跟着老师的思路，我也一直在心里默默地反思自己。在这过去的一年半里，自己学到了什么？收获了什么？错过了什么？遗憾了什么？但正如老师说的，不管经历了什么，自己都会得到成长。就比如，大一时候傻乎乎的我并没有很努力地学习，成绩不是很理想，现在想想都觉得非常后悔。所以大二的时候努力了许多，确实，一分耕耘一分收获，这次的成绩终于可以说得过去了。并且，原来学文、最怕数学的我，这次概略论在所有科目中考得最高。我深知，在山大，比我优秀、比我努力的同学有太多太多，这点儿小小的成绩根本算不得什么，但是我比原来的我有所进步了，就证明我成长了。正如我一直相信的一句话，我可以走得很慢，但是我不会退步。

过去的已是过去，我们面临的更重要的是将来。对于这学期、下学期，甚至更远的将来，我们想好了吗？有所规划了吗？有所准备了吗？在我们当中，肯定有不少同学早早地为自己做好了明确的大学规划，说实话我很羡慕他们，但是走自己的路才是最重要的。记得有很多次了，从大一开始，当我们眼巴巴地希望老师们给予我们一些重要的人生抉择建议时，许多老师并没有给出明确的答案，而只是说一句话——适合自己的才是最好的。也许这时候，我不需要把太多的目光放在他人身上，多看看自己，说不定很快就会找到属于自己的答案了。

作者：管理学院2014级本科生　王　柯

3月5日　星期六　阴

德国来访学生接待者·刘田昕

和前两天的阳光明媚形成强烈的反差，早上九点的济南西站雾霭沉沉，格外阴冷，在这样的氛围中面对离别，情绪总会更加复杂。目送着愉快玩耍了三天的德国朋友们拖着行李箱渐行渐远，慢慢消失在人海中，我心里的伤感像开水沸腾的泡沫般翻涌上来，与此同时，脑海中又清晰地浮现出三天以来如彩虹般绚烂鲜活的美好记忆。

我是来自 2014 级外国语学院德语班的刘田昕，负责今年外院德语系对纽伦堡大学来访学生的接待和陪同工作。从 3 月 1 日晚上七点在西站迎接这群金发碧眼、人高马大的帅小伙大美妞们，到今天早上和他们拥抱难舍难分，整整三天的时间，我们都在欢声笑语中度过。

三天的时间很短，可对于 15 个来自德国的“好奇宝宝”来说，这是他们第一次踏上对他们来说无比新奇的东方国家。在陪伴他们的每一刻，我都体验着和他们一样如婴儿新生般的新鲜感。第一次见到周末开放的商场和超市，第一次尝试麻辣烫、烤冷面、大盘鸡，第一次得知山药和柚子的存在，第一次学会剥粽子皮……吃力地操着还不熟练的德语，我尝试着给他们展示一个古老东方国家里的人民生活的点点滴滴。

洪楼教堂里，他们认真地聆听济南天主教近代以来的发展历史；洪楼校园内，他们驻足凝望古色古香的修女楼；大明湖畔他们低头细品乾隆和夏雨荷的爱情传说；趵突泉边，他们惊叹于泉水不会结冰的奥秘；泰山顶上，他们虔诚地烧香祈福……从每一个九点开始的早上，到每一个华灯璀璨的夜晚，济南的标志性地点都留下了我们的足迹。各种古迹景点的悠久历史，数不清的诗词歌赋文人生平，都在我混杂着英语的德语介绍中展现出来；而跟随他们的视角，我也窥见了一幅不太一样的中华画卷。平日里我们熟视无睹的事物，在他们的眼中是那样的神奇和罕见。正是通过他们，我第一次强烈而清晰地意识到：我们拥有着无与伦比的璀璨文明及其无法言说的动人魅力。

三天的时间很短，可也足够让拥有文化差异的年轻人们进行各式各样的狂欢：散布在济南各个角落的愉快游玩小分队，三个小时充斥着中德青春荷尔蒙的 KTV 狂欢，几十号人高声齐唱同一首歌，数不清的空酒瓶和热烈的共舞，泰山上一起分享食物的亲密无间，返程途中双方对政治问题的激烈探讨和思想碰撞……如此种种，都让我强烈地体验到青春特有的快感和激情，即使我们来自不同的国家，对美好事物的追求和无人能敌的青春活力也会让我们的心紧紧地连在一起。

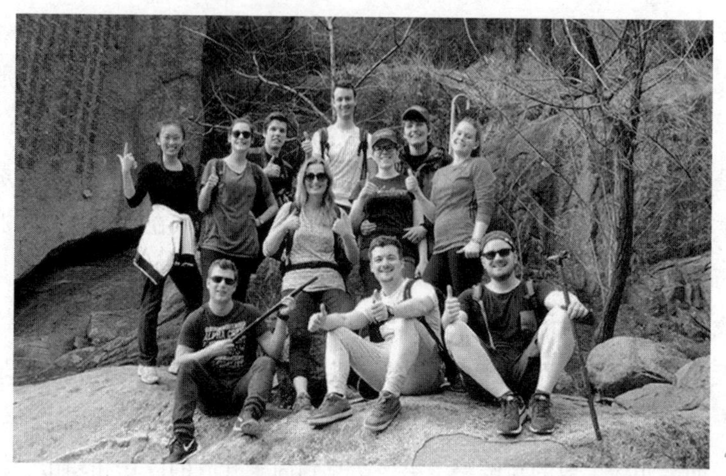

三天的时间很短，现在回想起来却恍若隔世，只有浑身酸疼的肌肉和生疼的嗓子在提醒我这不是一场梦。相伴的美好时光总是太短，天下没有不散的宴席，可是我相信，我们终会再次相遇，中德友谊永远长青。

作者：外语学院2014级本科生　刘田昕

3月6日　星期日　晴

机电产品创新设计大赛参加者·夏　爽

历经半年的山东大学第十一届机电产品创新设计大赛终于在今天落下了帷幕，我们为之辛苦努力的日子却会一直留在记忆里。

说起来也惭愧，作为一名工科生，虽然已经是大三的“高龄”，这却是我第一次参加科技创新比赛。可能是因为我比较懒，也或许是因为对自己所学知识掌握得不自信，进入大学这么久以来，从没有参加过与自己专业有关的比赛。可一转眼已经是大三学生了，那种再不疯狂就老了的感觉扑面而来，怎么也要有一次挑战，所以我在上学期跟着同学一起报名参加了机电大赛。

参加比赛后才知道，原来这其中的过程这么艰辛，开学的第一个周末就显得很忙碌。我以往见到机电产品创新设计大赛成果展示时，对着那些头脑风暴出来的作品暗暗惊叹，却没想到他们背后的付出有那么多。

每一样作品的诞生都是从无到有，我们团队在这半年间付出的努力，在最终展示之前或许只有我们知道。这两天来的经历是我之前从未有过的，评审老师对我们的作品进行点评，或鼓励，或建议，都使我们受益匪浅，也让我们认识到了自身的不足。

参加比赛的初衷，当然是希望拿个好成绩，那么辛辛苦苦做出来的作品，说不盼着得到肯定是假的。但这两天下来，那些犀利的点评、认真的建议，让我们意识到最后的结果其实并不那么重要。我们参加比赛是为了让自己变得更好，并在这些经历中不断成长，我们已经为之付出了最大努力，最后的成绩好坏，能否拿到名次在这些面前都显得轻了。

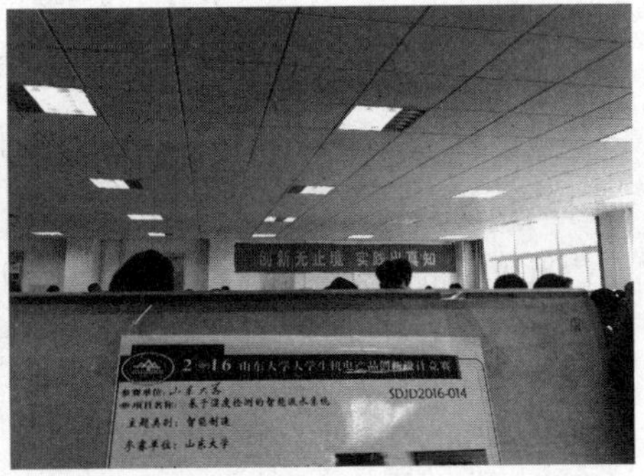

我现在已经大三了，能参加这种比赛的机会真的是错过一次就少一次，参加一次就赚一次。我很庆幸我参加了这次比赛，因为这将成为我大学生涯中不会磨灭的记忆。

作者：能动学院2013级本科生　夏　爽

3月7日　星期一　晴

女生节亲历者·曲　艳

今天是女生节，也是我大学生涯中倒数第二个女生节，与往年不同的是，今年的女生节，我们是在医院度过的。

早上，我们来到儿科病房，在带队老师的安排下，我们分成三个小组，跟随不同的医生，开始儿科的查房。印象中的儿科是喧闹的，此起彼伏的哭闹声，扰得人心烦意乱。而如今看来，并非如此，虽然有些胆小的小朋友一看到我们这群身着白大褂的“医生”就吓得哇哇大哭，但是也不乏许多勇敢的小朋友，不仅帮护士姐姐扶着手板扎针，还认真地说：“没事，我不疼。”还有在病床上支着小桌写字的小学霸……对小孩子没有抵抗力的我瞬间被病房里的小朋友们吸引，原来对儿科的误解，认为儿科工作忙、风险大的顾虑，在看到这群如此可爱的小娃娃后全都打消了，就这么喜欢上了儿科，没有一点点防备。

查完病房，带队老师又集中给我们讲解了病例。从如何问诊，到查体表现，再到实验室检查和用药，老师尽可能全面地向我们讲述了儿科诊病的问题，让我们对儿科有了一个更全面的了解。

当我们带着充实而有些劳累的身体回到教室上课的时候，却惊喜地发现在我们每个人的书桌上都有一支包好的玫瑰花，花上还留着纸条，承载着对每个女生节日的祝福。那一刻，我从心里感到幸福：在医学院真好，在临五二班真好！有这么多贴心的同学真好！

晚上，班长组织了全班同学看电影，不大的影院里几乎被我们班包了场。《叶问3》带给我们许多欢笑的同时，也带给我们许多感动。用叶问的话来说：“最重要的事情，是珍惜身边的人。”

虽然没有横幅，也没有喊楼，但二十三岁的我们，却用如此有意义又温馨的方式，度过了美好的一天。

作者：医学院2012级本科生　曲　艳

3 月 8 日　星期二　晴

三八红旗手 · 曾志英

初春的天气乍暖还寒，上一个礼拜冒了新芽鼓了花苞的春姑娘们又害羞地缩了缩头，仿佛在静待春天的脚步再近一些……今天是第 106 个“三八”国际妇女节，学校举行了妇女节表彰大会，我有幸被评选为“三八红旗手”，接受了学校的表彰。接过李守信书记颁发的荣誉证书，手捧学生送上的鲜花，看着朋友圈满屏的祝福，在万分激动的同时，心里则是暖暖哒。

1984 年，我大学毕业留校，三十多年以来一直从事学生教育管理工作，自己的学生遍布世界各地，从事着不同的工作。一直以来，我在面对学生的时候始终不忘初心，心中担道义，无论遇到什么样的情况，我始终将学生成长放在第一位，不断创新学生工作思路，取得了一项又一项的成绩。今天，我很荣幸被评为“三八红旗手”，这不仅是对女性学生工作者的褒奖，更是对一个老“学工人”的肯定，无论荣誉与否，自己坚信这份事业的价值，坚守这份事业的使命！

荣誉是对过去的总结和肯定，更是对将来的展望和期待。每一次的荣誉都使得自己战战兢兢，因为总感觉我并不是那个最好的，这一次也不例外，“三八红旗手”的称号让我受宠若惊。慢慢地我想明白了，这项荣誉是对像我这样长期默默耕耘在第一线的女性教职工的肯定，同时，这项荣誉更是对我们的期许。今后我们可能在山大的日子进入倒计时，可是我们将始终保持一颗年轻的心，继续在各自的岗位上发挥光和热，做山东大学永远的“老女孩”。

荣誉是学校对女教职工情义的体现，是精神的嘉奖。在整个山东大学，女教职工占据着半壁江山，而在像外语学院这样的单位，女性职工更是达到了七成以上，所以，学校各项事业的发展都离不开我们女性教职工们的鼎力支持和无私奉献。学校每年妇女节期间都会对我们女性的付出进行表彰，并开展各种慰问活动，使得每一位女教职员工共享学校发展的“红利”，也感受到了学校对于我们的浓浓情义。作为山大女教工，感觉棒棒哒！

大自然的智慧就在于它在这个世界上不仅创造了男人，更创造了女人，因为

女人的存在，我们的世界才能更加精彩、更具魔力。新时代的女性，我们是半边天，更应该自立自强、敢于追梦，社会的发展为我们女性实现梦想提供了良机。虽然我们的梦想是整个中国梦的一个细枝末节，可只要我们勇于追梦，便会发现，在逐梦的过程中，每一段经历都是魅力无限、精彩纷呈！

作者：外语学院党委副书记　曾志英

3月9日　星期三　晴

文学院1982级校友·鹿永建

今天是3月9日，打开手机，很多朋友还流连于三八妇女节的欢愉氛围之中，我的心思则仍然很深地沉浸在与李万鹏老师有关的往事里。

2016年3月8日，我经单位领导同意，请假到济南参加李万鹏老师的送别仪式和追悼活动。乘 G121 到济南已经是中午 12：20，出租车司机不太熟悉地点，所以几乎下午 1 点半时，我才下了出租车，疾步走进济南东郊的莲花山殡仪馆。看见同学何思清、刘忠国、严洁、于岸青、常翠音在一个告别厅门口直招手，我快步走过去，严洁同学把我的包接过去并催我说，快去看李老师一眼！！

事后才知，真是最后一眼！再晚一分钟就看不到了。

我跳上台阶跑进去，看到工作人员已经开始往下撤横幅了，不大的告别厅因为只有两三个人而显得空旷，中央的一张窄窄的床上躺着永远睡去的李万鹏老师，他熟悉的面孔比平时更瘦、更黄，而且再也不会、不能像过去那样冲着他的学生微笑，诚恳的眼睛也永远安详地闭上了。

我本想鞠个躬，没鞠，只顾着仔细看老师一眼。马上有人把车推动，往左边推去，我感觉他推得真快！我随之转过身，再看李老师一眼。然后有人就把他推走了，推到门帘后另一个地方。

别了，李老师。

和李老师师生欢愉相谈的人间美景从此不再。

此生得李老师为师，真是人生的福气。

叶涛教授（山东大学文学院学生，中国社科院世界宗教研究所研究员、中国民俗学会副会长兼秘书长）在《李万鹏先生与山大民俗学》一文中，对关于李老师在学术、教学和视学生如子女的事迹有权威详细、感情深沉的记载，是怀念李老师的必读文章。读了之后，我对李老师更加敬仰和钦佩了。

但是，坦率地说，李老师即使没有这么多的学术成就、育人故事，仅仅就他对我们 82 级学生的关心、爱护、指导，就可以丝毫不夸张地说他是一位极其宝贵的仁爱之师。时隔 30 余年，我还记得他瘦瘦脸庞上的那双眼睛，总是那样诚恳地看着你，就像有人描述的像羔羊的眼一样温柔（至少在我们这些学生眼里看来是这样的）。除了把他看作级主任、民间文学的老师，我们还把他当作慈父一样的人。我不知道多少次，心里有难解开的心绪时，不知不觉就跑到他那不甚宽敞的家里去了。师母从来都是笑脸相迎，李老师也是带着笑意看着我，在他家好放松啊。有时也没有什么有深度的交流，但是在他家坐一会儿，随便说几句，心里就好受多了。有时，李老师也不问什么，我想他自己的人生历程中也一定有不少坎坷，他从中学习到的是包容别人、关心别人、陪伴别人、疼爱学生。

我的同学们也经常到李老师家坐坐，心里话也会给他说。有时我甚至会碰到别的同学们在他家里，当着他的面，彼此说些很私密的情感之事，我当时觉得很震惊。现在回想起来，那是因为他们觉得，在李老师家说什么都是安全的。同学们工作之后，继续和他交流，有的同学遇到麻烦还照旧麻烦李老师。

当然，同学们成长之后，李老师也很享受学生们对他的爱。我工作好久之后，有一次在李老师家里，听他特别开心地说："到何思清同学任职的地方搞民间文化方面的工作，何思清像接待老爷子一样接待我。"看他的脸上乐开了花，我听了也很开心，说："那是您应得的待遇啊。师生如父子，这话说的不就是此情此景吗。"于岸青同学回忆起我们82级最后一次同学聚会时，李老师身体已经很不好了。岸青去李老师家接他来参加同学活动，师母担心身体要跟着一起来，李老师坚决一挥手："坚决不用，放心，我的学生一定会把我照顾得好好的。"李老师这种对学生的体贴和信任，真是妙不可言，他真是一个情感丰富的仁爱之师啊！

李老师去世这几天，有的同学远在海外，也在思念中流泪。在东北的刘锐锋同学说，自己的毕业论文还是李老师指导的。工作之后对李老师特别关心的青岛牟家骏同学，在网上晒出和李老师及师母的合影照片、李老师送给他的学术著作和留在上面的"家骏指正"的宝贵笔迹。同学们在网上一起睹物思人，嘱咐家骏"这是一级文物，要保存好哇"。说起李老师对于大家的关心，太多太多，如果都收集起来，也许是一本厚厚的大书！

最近，不断有大学老师、大学生甚至中学生自杀的坏消息，那些可怜之人如果遇到一些仁慈的长者以生命相滋润，也许不会走上绝路。我今天忽然意识到，我们这些李老师的学生能够平平安安一直到今天，可能至少有一部分原因是因为有李老师这位心地善良、善于接纳、心胸宽广、与人为善、助人不倦的仁爱之师在滋润着我们。

在山东大学还有很多可爱的老师很爱我们。今天就只说李老师吧。

虽然阴阳已相隔，我相信，李老师知道他心爱的学生们在不同地方都在品味他的爱、思念他，他的生命因此在延续。当我们以李老师那样诚恳、温柔的眼神看别人时，李老师就在我们的眼神中活着；当我们以他接纳众人的胸怀接纳别人时，李老师就在我们的接纳中活着；当我们像他那样一直到老津津有味研究学问并乐在其中时，他在我们活到老学到老的乐趣中活着；当我们像他那样在待人助人上认真、在索取和利益上豁达时，他就在我们的品格里活着。

此行济南，看了李老师极其短暂的两眼，值了。

出了殡仪馆，得到济南同学极其温暖的接待。同学们在山东工艺美院老校区一个接待室里畅谈到近 4 点，才依依不舍地散去。今年是我们 82 级毕业 30 周年啊。

作者：山东大学文学与新闻传播学院 1982 级学生，新华社国内部重大报道策划中心副主任、高级编辑，中国教育学会家庭教育专业委员会常务副理事长　鹿永建

3 月 10 日　星期四　晴

山东省优秀学生干部答辩者 · 刘运凯

今天是阴历的二月初二。民间传统说“二月二，龙抬头”，是不是传说中的中华民族的伟大象征——龙，真的会在今天抬一抬头呢？也许这也是寓意着什么吧！

今天是一个阳光明媚的日子，隐隐中还能让人感受到一丝丝凉意，也许是漫延的冬季舍不得离开这千年泉城——济南吧！不过，春天的脚步已经悄然临近了，冬日的严寒也已抵挡不住我们为梦想奋斗的热情和信心，我们的目标和希望也正在一步步地完成和实现着。

就在今天，山东大学举行了一年一度的省级优秀学生干部、先进班集体的答辩评审会，我有幸作为学院的唯一一位省优干的候选人参与此次评审会，这也是

我进入大学以来第一次参加学校级别的答辩评审，内心难免有些激动和焦灼。而且今天来到这里参与答辩的都是各个学院出类拔萃的尖子生和佼佼者，有的是学院学生会主席，有的是学院党支部书记，有的是团委副书记，还有的在校学生会主席团工作，更别说那些在班级里担任班长、支书或者其他班级委员了，更厉害的还有些兼任各项学生干部职务的优秀种子选手，在此就不一一罗列了。面对如此强悍的竞争对手团队，再看看自己的简历，未免有些许伤感，倍感压力。

评审会将在9点准时开始，在这之前，我们32位候选人进行答辩前的抽签，我很滑稽地抽到了30，作为倒数第三位上场。此次答辩评审会将以差额选举的方式，从32位候选人当中选出15位作为省级优秀学生干部。现场评委由各个学院分管本科生副书记和学生评委组成，采取网上投票和现场投票的方式，最终按照票数高低取前15位同学。答辩开始，前面展示的同学意气风发、表达流畅、吐字清晰，也很会把握答辩所需时间，可谓是如鱼得水，其精彩的表现令人叹为观止，而且面对评委老师的提问也不显紧张、从容应答，将自己的想法表述得非常清晰，受到当场评委老师和同学们的一致好评。当轮到自己时，紧张的内心更加激烈，缺乏答辩经验的自己，在那3分半的答辩时间内，极力掩饰自己的紧张与焦灼，控制自己的语速，可谓台上之不易，在结束的那一刻才深刻地体会到。

上午的答辩一直到中午12点左右才落下帷幕。通过此次答辩，我个人收获了许多，弥补了许多之前在答辩能力上所欠缺的东西，也从其他候选人身上学到了许多答辩所需的技巧，从这些佼佼者、尖子生、“全能神”身上汲取了许多经验。山大人，人才多如山！

“二月二，龙抬头”，希望在今天大家都抬头向前，加油！

作者：信息学院2013级本科生　刘运凯

3 月 11 日　星期五　晴

小树林支教团成员 · 叶紫蒙

今天是小树林支教团纳新宣讲的日子。作为一名“老树苗”，我和曾经的队友们从洪家楼校区一起坐车来到了南新校区，为云南队的纳新宣讲助威。

来听纳新宣讲的人坐满了讲学堂 109 教室，看来大家对支教还是很感兴趣的。正式宣讲从晚上 7 点开始，一开始播放了一段所有支教队支教情况的视频。视频中那些熟悉的面孔，勾起了我的支教回忆，让我想起了曾经一起渡过难关的队友们，还有那些天真烂漫的孩子们。去年 7 月，我跟随山东大学小树林支教调研团前往云南省玉溪市元江县虹桥小学，开始了为期十天的支教之旅。在元江，支教活动不仅得到了学生家长、学校老师们的大力支持，还得到了元江县团委的重视，为我们提供了较好的授课环境。由于是特长班制，所以每位队友的课程都不一样，除了语文、数学、英语等课程，还有象棋课、电子琴课、手工课和书法课。我教的是舞蹈课，班里有 30 多位小姑娘，来自四个不同的学校。在十天的时间里，我教给了孩子们一支完整的新疆舞，和这些可爱的孩子们一起度过了一个难忘的暑假。时至今日，我依然能记得那一双双好奇的大眼睛和童稚的声音。

宣讲从山东队开始，后面依次是安徽队以及今年新开设的四川雅安夏令营，云南队的宣讲是最后一个。我的队友用回忆的方式回顾了我们支教的整个过程，展示了我们的支教成果，并且提出了一些去云南支教需要注意的事项，希望有志参加支教的同学们能够注意。

其实，支教留给我最美好的回忆不是云南美丽的山山水水，也不是不同于北方的风土人情，更不是多到让人宁愿吃撑着的水果，而是那些美好的片段，孩子们接我们去教室上课的片段，孩子们好奇地问我问题的片段，队友们拿着饭碗等着吃饭的片段，晚上大家围坐在一起开茶话会的片段。这些无可取代的回忆片段共同构成了我生命的一部分，无可取代。我真心希望每个对短期支教感兴趣的同学们都能来参加小树林支教调研团，这是一支优秀的团队，在这里不仅能结识一群豪爽的朋友，还能和一群可爱的孩子们相处，看着他们成长，自己也会感到非常自豪！集体生活会让我们每个人发现自己的不足，但是也会让我们每个人成为更好的自己。

作者：政管学院2013级本科生　叶紫蒙

3月12日　星期六　晴

法语联盟音乐会观众·狄　鹤

昨天晚上，我和班里的几个同学一起去圣昆仑音乐厅看了济南法语联盟举办的音乐会。音乐会开场前，圣昆仑门口就已经排起了一条长长的队伍，想必大家对这场音乐会都十分期待。

进场后，法盟的校长介绍了一下此次活动，演出就开始了。首先上场的是来自加拿大的歌手Felix，他是一个非常有涵养、十分安静的歌手，喜欢弹着吉他唱忧伤的歌曲。今天，他和他的女搭档一起合唱了几首歌，期间还和我们场下的观众进行了互动，不停地和大家打招呼。最为兴奋的是，他用英语对我们说，因为带的乐器太多，所以他没有带太多礼物，只带了3张CD，他将挑选3位观众，只要我们能用法语说“我是Felix”，他就送给我们。法语专业的我们当然更有优势，我们在场下不停地喊“ici，ici，ici（这里）”“moi，moi，moi（我）”，我当时还不停地挥舞自己的双臂。可能是他看到了我特别激动的表情，就指了指我，我便成了场上3位幸运儿之一。在他唱完歌休息的时候，我还过去和他简单地交流了一下。他很贴心，拿过我手中的CD，给我写了几句祝福的话，还在上面画了一个吉他的图案，告诉我要好好学法语，好好练琴，享受人生。当时我心情特别激动，感觉自己学法语的热情又更上了一层。

下半场是来自法国的BABEL乐队，他们特别能带动气氛。主唱真的是拼尽全力和观众互动，他的中文也很棒，观众们最后都兴奋地站了起来，聚集到台下，和乐队一起摇摆。我最喜欢那个 DJ，他的乐感非常强，随着韵律的变化能调换不同的音乐。音乐会结束后，我鼓起勇气上去问他，怎样才能当一个 DJ。他说，你需要不断地花费时间在这上面，不停地练习。的确，没有什么事情不是不努力就能成功的。

这个晚上，我们不停地在说“faire de la photo（拍照可以吗）”“meici beaucoup（太谢谢你了）”“c’est super（太棒啦）”“enchantee（很高兴遇见你们）”。来看音乐会的同学们都特别兴奋，大家都非常开心，我们在一起度过了一个快乐的夜晚。

感谢学校给我们提供了这么好的一个机会，此时此刻的我，学法语的热情比起高考完填报志愿的时候更是高涨了呢。我会更加努力学习法语的！

作者：外语学院 2015 级本科生　狄　鹤

3 月 13 日　星期日　晴

护理学院本科生·李文硕

天色有些许阴沉，却打破不了我周末出去遛遛的惯例。两个人两辆车，穿梭在车来车往的济南大路上。买好水果已过午饭时间，返程也不似来时那般激动欣喜，只有骑行的疲乏和满腹的饥饿感。

路过一个说不上名字的路口，恰巧瞥见“修理”二字，我不由得调转方向，为的是给我新买的二手自行车换个筐。修理摊位上只有一辆不起眼的三轮电动车和一位有些沧桑的老人。趁着他工作的时候，我仔细打量了一下他的手：这是一双饱经风霜的手，布满老茧的大手上还有不少冻伤未愈的痕迹。眼前的情景让我陷入了沉沉的回忆。

直到那抹鲜红刺痛了双眼，我才回过神来，心疼地说道：“大爷，你手弄破了！”

连忙满怀歉意地从书包里拿出手纸。他连连说："不碍事，不疼。"或许是许久没有面对和爷爷一般年龄的老人，或许是出于对他受伤的双手的丝丝心疼，也或许是被他朴实辛劳的模样感染，我转身抹了抹就要夺眶而出的眼泪。有人来给车子打气，我本以为他会收一两块，他却只要五毛……望着他默默装螺丝的身影，我不禁按下快门，希望照片帮我记录下这短暂的相遇和持久的触动。

"别走啊，我还没找你钱呢孩子！""大爷，给我修车都把你手伤到了，多余的几块就当买个创可贴吧。"说这话的时候，我几乎是低着头的，生怕泪水不争气溢出双眸被老人看见。然而无论我怎么劝他别找钱，他还是硬生生将五块钱塞进我的手中……

回来的路上，脑海里满满的都是老人修车的样子，耳畔不断回响老人的话："说好的价，我哪能多要你钱呢！"我不知道这双大手修理过多少破旧的车子，也不知道老人一天会挣多少个五毛钱，更不知道还有多少像我这样的人感动于老人的朴实与执着，执着于那些小小的螺丝，执着于价格不变的承诺。

最是朴实与执着的样子，让人铭记他的美丽。

作者：护理学院2015级本科生　李文硕

3月14日　星期一　晴

政管学院本科生·吴柊磊

不知不觉，新学期已过了三个星期，不禁让人感叹时光易逝。回想起大一大二的岁月，我的心里浮现出美好记忆的同时，也明白了自己将越来越成熟。

今天我接到姥爷的一个电话，说来惭愧，平时时间充裕，却总想不起给亲人打一个电话。去年寒假回家，突然发现姥爷姥姥真的年岁大了，曾经在我蹒跚学步时陪我荡秋千的姥爷，如今下楼时也需要我小心翼翼地搀扶。电话中，他叮嘱我吃好穿好，不要过度劳累，周末和同学们出去玩玩。听了这些话，我很惭愧，我深知自己并不够努力，没有家人期望的那样好。

站在大三这个岔路口，我难免有些迷茫。每个人都用自己的方式努力着，或在熹微的晨光下练习英语发音，或在昏暗的灯光下读专业书籍，或在狭长的走廊里背诵课本。看到他们如此努力，我除了感动，也不免审视自己，我的方向是什么？

身边的朋友都在准备考研或者考公务员，而我却想闯荡，这是我的方向，尽管这并不是家人所期望的。但是我想告诉他们，我不怕累，只怕后悔，而且我需要更加努力。我身边的一些朋友会说，为何要给自己这样的压力，女生总归要回归家庭的，还是走一条稳定的道路为好。但是，我心有不甘，二十岁的我，还有很多时间可以用来努力，还有很多空间让自我提升。有抱负就有希望，也许有时候会很累，但却是真的充实，真的满足。

“勿谓今日不学有来日，勿谓今年不学有来年，日月逝矣，岁不我延。”岁月不会等待任何人，同样也不会亏待任何人。未来的路漫长而艰辛，但只要有目标就不会迷失方向，只要有信仰就会无所畏惧。未来，我来了！

作者：政管学院2013级本科生　吴柊磊

3 月 15 日　星期二　晴

中美创新创业大赛选手・夏媛媛

春风和煦，阳光明媚，早早照进宿舍的阳光预示着美好一天的到来。

今天，我们的团队有幸参加了由山东大学和青岛市人民政府主办的 2016 中美创新创业大赛。我和队友早早来到了比赛现场，现场布置得十分精致。十几分钟以后，三位专家老师依次到场，下午 2：20，答辩正式开始。

我们的项目是“基于耐低温特种硅橡胶的硅橡胶科技公司的创业计划”，在第四个上台。最开始是两个教师组的队伍，从答辩情况看，他们做了十分充足的策划和前期调研，现场的问答环节也十分精彩。我是第一次与老师们的队伍同场参赛，教师队伍展示内容的严谨和别出心裁的创意让台下的我心生佩服，同时也为自己捏了一把汗。学生队伍也不逊色，排版设计，环环相扣，内容十分完整。硅心硅橡胶团队负责答辩的同学经过精心而充分的准备，表现得很是精彩。在答辩环节，我们被问到关于细分市场需求、容量、成本和企业文化等问题，经过前期的查阅资料和了解和定位，我们回答得都比较明确。细心的评委老师发现了我们计划书中关于投资的问题，让我们有些慌神，最终在场的队员给了老师一个答复。虽然有一些瑕疵和缺憾，但是我们并不感到委屈和沮丧，因为这暴露出的正是我们的问题所在——缺乏真正的调研。

之后的几支学生队伍也多多少少存在同样的问题，包装精美、内容完整的计划书背后，多是实际调研和实践的缺乏。

正如其中一位头发花白的评委老师恳切地对大家说的，大学生参加创业，锻炼的是如何去谋划并脚踏实地地经营一家公司，公司不在大，却需要包含我们的想法，而不是单纯把课堂上老师所讲的搬到计划书上来，漫无边际地谈“风投”和“上市”和千篇一律的宏伟篇章。

我认为这位多次坐在大学生创业比赛评委席上的老师讲得很对，我们生活在一个“大众创业，万众创新”的时代，更生活在一个“空谈误国，实业兴邦”的时代。我们大学生有那么多的机会去分析、去策划，但是完美的形式不是我们的初衷，参加比赛也不是最终的目的，最重要的事情是实事求是地去创造，去表达我们的或大或小、或特别或缜密的想法，为自己摸索一条新的道路，为创新创业贡献一点儿年轻的力量！

作者：管理学院 2014 级本科生　夏媛媛

3 月 16 日　星期三　晴

“体育嘉年华”参与者 · 李晓红

上午的课程结束后，我与室友一起在食堂解决了午饭，出来后，看到食堂门口拉了“体育嘉年华”的条幅，一些同学在紧锣密鼓地布置游戏的道具。想起去年我就曾参加过这项活动，有许多别出心裁的小游戏，在一项游戏过关之后会在卡片上盖章，而且可以套圈赢奖品，奖品倒是其次，游戏还是挺好玩的。

这学期又一次看到，我便兴致勃勃地拉着室友参加。围观的同学不是特别多。我先参加的是吹乒乓球的游戏。四个倒满水的杯子，上面浮着乒乓球，要把乒乓球从一头吹到下一个杯子，直到最后一个。听着挺简单，但这个游戏并没有那么轻松——因为乒乓球非常轻，吹得太用力容易把球吹出来。不过我们前面的男生非常厉害，可以一下子直接把球从第一个杯子吹到第四个。我和室友吹了好几下，不是吹不动就是吹掉了地上，还好最后找到了点儿窍门，算是勉强过关。除了这个游戏，还有投飞镖扎气球的小游戏。鉴于我从来没有把飞镖投到靶子上的经验，我果断放弃！旁边类似保龄球的游戏倒是值得一试，用排球击倒 6 个装着半瓶水的矿泉水瓶即过关。不过这个游戏也比想象中的难，这个时候才发现自己有点儿“游戏黑洞”，连着两次都只是击倒了 5 个，我有点儿沮丧，围观同学更是让我略微感到不好意思，第三次我加大了力度，找好角度，击倒了 6 个，总算是证明了自己！我和室友玩了两个小游戏得到了两个印章。这样的活动很好，游戏丰富多样，很有意思，也激励着同学们在课余时间走出宿舍，多活动，多锻炼，很有意义。

大三了，在洪家楼校区的文体活动并不像大一的时候那样丰富，每天除了上课就是看专业书学习，除此之外，还要考虑自己的未来，是考研，还是就业？要不要考公务员？每天食堂、宿舍、教室三点一线，生活难免枯燥，同时还面临毕业的压力，班级的活动也因此几乎没有，所以能在中午的时候参加这些活动，玩玩小游戏，感觉非常有意思，很开心！希望各种社团能多组织一些有趣的活动！这样同学们也能多多参与，既开心，又能得到锻炼。

作者：政管学院 2013 级本科生　李晓红

3 月 17 日　星期四　晴

传统文化课学生·李　钰

这学期初，有一门专业课曾令我疑惑不解：明明是研习科学社会主义思想的专业，为何要开设“中国传统文化”这门课？中国传统文化不已经深入中国社会，外化于行、内化于心了吗？为何还要专门研究？通过今天“中国传统文化”课的学习，我想我开始读懂了开设这门课的深意。

“中国传统文化”课开篇即探讨《论语》，品读、概括其中孔子的思想。想必大多数中国人对于孔子及其创建的儒家学派并不陌生，“学而时习之，不亦说乎”“吾日三省吾身”等《论语》中的名句更是朗朗上口，甚至 2008 年北京奥运会开幕式上表现的诸多礼仪典范都体现了儒家思想。根据口口相传的思想往原生态的古书典籍中寻找时，往往能读出更深厚的意境。

从前，我曾听过“修身、齐家、治国、平天下”的儒家名言，认为儒家重视修养自身。读完《论语》后方知，儒家认为仁人君子不仅要提高自身修养，还要推己及人，做到“己欲立而立人，己欲达而达人”；从前，我只知道《论语》中鲜有谈及农业，认为孔子不重农桑，读完《论语》后方知，孔子希望君子“不器”，即不拘泥于一种特殊技艺的修炼，而应具备优良的综合素质，如此便可广纳贤人；从前，我了解到孔子仕途不顺，晚年还四处漂泊，甚至有性命之忧，所以对他阐述的“为政之道”感到不切实际，读完《论语》后方知，孔子始终保有积极乐观的心态，希望能言传身教，使弟子们做好准备迎接不期而至的致仕“机遇”；从前我认为孔子的思想是为当政者服务的，难免虚无缥缈，读完《论语》后方知，儒家务实，主张“君子欲讷于言而敏于行”。

虽然21世纪的今天已不同于儒家文化诞生的春秋时期，但经典之所以为经典，就在于其精神经时间淘洗更加熠熠生辉。即使在当下，中国正在进行社会主义建设，但弘扬中国优秀传统文化仍是我们高举的一面旗帜。儒家思想中，与友人交而有信、侍父母尽心尽力、为政以德、身体力行、待人宽容、行事中庸等原则，至今仍是亟待我们传承和发扬的优良品德。

不研习中国传统文化，就无法真正领悟其中的精华，无法为“修身”提供规范准则，而自身修养不够，又何来“齐家、治国、平天下”呢？一言以蔽之，做不好自己，便无能力思考国家的未来，更莫谈实现社会主义、解放无产阶级和全人类的理想。因而，中国传统文化不仅为我们从当下的一点一滴做起提供了言行典范，还为我们思考社会提供了境界感悟。

作者：政管学院2013级本科生　李　钰

3月18日　星期五　晴

志愿活动参加者·李雪娇

今天，是我第二次参加“星愿行动”兴隆山图书馆志愿活动。我很喜欢书，特别是各种故事书、记事散文，这也是我参加这个活动的初衷。穿梭在一排排书架之间，闻着一本本书散发出来的书香，我觉得自己好幸福。

上午，我按时到达图书馆，签到，领取任务。我今天的任务就是整理图书，好吧，其实每次的任务都是整理图书。我负责的是三楼的通识图书阅览室，毫不夸张地说，经过上学期的志愿活动，我基本摸遍了三楼所有的图书。我拿着整理图书的木条，一本一本地整理，看着整理后整齐的图书，我觉得心里的小烟花噼里啪啦地都绽放了，我想，这就是成就感吧。

所谓的整理图书，就是将顺序混乱的图书重新排序，将参差不齐的重新摆好。连续整理了两个多小时后，我累得胳膊都快抬不起来了，心情却很愉悦。虽说这里所有的书都不属于我，我却有一种“这片鱼塘被我承包了”的感觉。这学期图书馆三楼的“塘主”，我会一直做下去。

作者：体育学院2014级本科生　李雪娇

3月19日　星期六　晴

科源制药校园游学子·张玉莹

今天是举行开学典礼的日子。应该有这样一个仪式性的开端，才好迎来我们学习的日子。

一大早，大巴穿过山东大学的北门，在大巴车里浮躁的我们突然肃然起敬，看着路上行走忙碌的同学们以及新老交替的建筑物，我内心平静了下来。人生在时间的纵轴上不断地前行着，一所百年大学同样经历着岁月的洗礼。

通过一条幽静的石阶路，呈现在眼前的，是个不大、经历风雨的，却充满怀旧气息的化学院老礼堂。我被这里的古香古色所吸引，这与近处耸立的现代化建筑——知新楼形成了一种鲜明的对比：外面，白墙灰瓦，漆红画栋；里面，则是焕然一新。

在开学典礼上，我们见到了山大网络学院的两位院长。他们的发言让我们了解了山东大学的发展史以及在全国乃至世界排名靠前的几个学科。两位院长对我们参加山大的网络教育给予了鼓励，并为我们颁发了学生证。开学典礼上，老师还对我们的网络教育流程进行了导学，导学老师细致、耐心地讲解了操作步骤，对操作中可能遇到的问题进行了汇总，并一再强调，学习过程中遇到任何问题可以随时打电话询问。

开学典礼结束后，我们在郝院长的带领下，来到了化学院的实验室。实验室里高端的化学仪器和郝院长的认真介绍，让我们大开眼界；各种分子的合成和一些专业的化学反应，让我们由衷钦佩，也激发了我们的求知欲。

中午吃过学校准备的丰盛午餐，我们便开始了山大校园的游览。一位德高望重的老教授，引经据典，把山东大学的起源、校训以及对山东大学有重要影响力的几位校长、教授以小故事的形式进行了详实风趣的讲解，让我们在轻松、愉快的氛围下，既增长了知识，又对山大的发展历史有了系统的了解。

接下来，我们参观了山东大学博物馆，高达 27 层的知新楼直通云霄，楼下绿草茵茵，松柏点缀环绕其间，与建筑物形成一个和谐统一的整体。达 400 余件的文物让我大开眼界。两城文化遗址、丁山遗址、尹家城文化遗址、龙山文化遗址、大辛庄遗址等，如串联在一起的一颗颗璀璨的明珠，勾勒出齐鲁大地源远流长的历史脉搏。

还有一个意外收获，我们有幸看到了山东大学博物馆的镇馆之宝“青铜方壶”。该壶体形扁方，口微敛，长颈稍内束。鼓腹下垂，在器物表面装饰有龙纹、凤鸟纹、蟠龙纹、垂鳞纹、环带纹等多种纹饰，从而使整个器物看起来既古朴庄重，又精美华丽，不愧为我国古代劳动人民勤劳和智慧的完美结晶。

山大的参观活动在不知不觉间很快就结束了。当我们踏着暮色恋恋不舍地走出山大校门时，每个人都受益匪浅。从大家那愈加清澈的灵动双眸中，我看到了一份沉甸甸的责任和一个更加清晰的目标。

作者：继续教育学院科源制药集团员工　张玉莹

3 月 20 日　星期日　晴

济南市图书馆志愿者·刘苏阳

在济南，有个亚洲最大的图书馆，叫济南市图书馆。今天，我以一名志愿者的身份与它邂逅。

清晨，我坐了一个多小时的公交才到达这里，一路上我一直在抱怨市图的偏僻，一点儿也不便利。然而，等我与它接触了一天后，才意识到它的地理位置虽然很偏僻，却丝毫不影响市民们对它的热情。我很惊讶，这里竟然有一种家的感觉。各式各样的小沙发成了家的港湾，一家三口其乐融融地看着自己感兴趣的书；儿童阅读区也有很多爱读书的小朋友；中午，就像野餐一样，一家人围在小桌旁吃着从家里带来的午餐。能在一个到处充满爱的地方待一天，我觉得很幸福。

我们的工作很轻松，早上整理书架，我们组被分配到的是中医养生方面的书架。我不禁感叹道，在学校每天接触医学，到这里还是逃不出医学的魔爪啊。不过，还不错，我一直以来就对中医养生很有兴趣，所以，我就边整理边看书啦。中午 11 点左右，图书馆管理人员来给我们发饭票，没想到还有如此福利。到了下午，我们帮市民用自助机借还书，抽空把书一一归位，并整理整齐。看着市民们脸上满意的笑容，我们也很欣慰。

今天过得很充实，一天下来，收获很多。我想，有时间是应该多来这种地方的，在这里，静下心来，思考人生。未经思考的人生是不值得过的，所以，在悠闲的周末，收拾行装，在市图待上一天，也是一个不错的选择。旁边还建有群艺馆、美术馆，我相信一天下来你定会有所收获！

作者：口腔医学院 2013 级本科生　刘苏阳

3 月 21 日　星期一　晴

五公里夜跑挑战者 · 丁　璇

最近疯狂地爱上了跑步，上周忙着复习专八的时候也没有间断。每天晚上 8: 40 左右，我从图书馆走到操场，热身，在手机计时器“三、二、一”的提示音中，开始与夜色、与跑道的神秘约会。

决定开始跑步的原动力是一张照片，照片中骑自行车的老人，是清华大学机械工程系焊接专业的潘际銮院士。媒体这样描述他：“科研成果价值千亿，却每天骑车上班。”潘老喜欢骑着自行车，带着比他小四岁的妻子李世豫在校园里遛弯、去菜市场买菜。太美的画面！看到它的第一眼我就被深深吸引，开始想象皓首之年的自己，是否也可以像他们一样，有着健康硬朗的身体和依旧年轻浪漫的心。可回到现实，不仅年纪轻轻就成了颈椎病“资深”患者，又发现自己对柳絮过敏会引发鼻炎，对比之下，我当即决定要加强身体锻炼！

跑步可以说是最方便的运动方式了，而且作为国防生的男朋友也经常开玩笑地对我说：“五公里包治百病。”五公里是国防生体能考核的一个重要项目，四百米一圈的操场，五公里也就意味着十二圈半呐！以前的我对于这样的距离是想都不敢想的，但在第一天跑过三公里之后，我发现五公里也不是不能尝试的，于是便有了接下来几天对五公里的挑战。最初几天匀速慢跑成绩在 38 分钟左右；后来渐渐试着加速，突破了 30 分钟；再后来有了男神学长的指导，学着有技巧地加速、控制呼吸，今天晚上的成绩达到了 25 分钟！开心！国防生体能考核的及格成绩是 23 分钟，这就是我接下来的目标！除了速度上的进步带来的快感，每天在夜色中自由奔跑也是对自己的放松，仿佛周围没有其他人，聆听自己的呼吸，感受头上的汗水，脑子里什么也不想，只有不停地向前跑。

现在的我终于理解了那句“五公里包治百病”，而且想添上一句“尤其是矫情”。心情不好的时候，与其嗟叹着明媚的忧伤，还不如去跑几圈，汗出够了，心开阔了，就没那么多鸡毛蒜皮、斤斤计较了。

昨天闺蜜分享给我一句话：“真正的少女心，是就算老去，也不会在儿女的故事里，担任无关紧要的角色，而是依旧经营着自己的风花雪月。”潘院士夫妇不正是在经营着自己的风花雪月吗？我喜欢跑步，喜欢现在自己的状态，立志将来成为一个优雅的老太太！

作者：外语学院 2012 级本科生　丁　璇

3 月 22 日　星期二　晴

“雷锋月”志愿活动参加者·高　健

因为“雷锋日”在 3 月，所以 3 月又被人们叫作“雷锋月”。春风和煦、阳光温暖、春意浓浓的 3 月也确实是一个开展志愿活动的好时候。今天我和班内的几位同学来到了位于济南南部的吴家小学，为孩子们上了两节有关梦想的课。

中午刚刚吃过午饭，我们便带着为孩子们准备的小礼物赶往了吴家小学。初到时，恰逢孩子们上学，他们满心欢喜地一路冲进学校，在操场上三五成群地玩起了各种游戏，充满天真童趣、欢乐的场面让我想起了小时候和一群小伙伴们玩耍时的画面，好怀念。和我同行的几位同学情不自禁地加入小朋友们的游戏，和他们一起打乒乓球、做游戏，一股幸福感洋溢在心间。

快要上课了，我们来到了小学老师为我们准备好的一间教室里，稍作整理，便迎来了一群活泼可爱的二年级的小朋友。他们排着队，有序入座，十分可爱。开始讲课了，我们先给小朋友们播放了《丑小鸭》的动画，可能因为我们和他们差了十多岁，我们童年时耳熟能详的故事对现在的小朋友来说却不太熟悉。播放完动画，我们通过小游戏，让孩子们说出自己的梦想。让我印象最深刻的是一位小朋友说以后能成为一个明星，还给大家跳了一段《小苹果》的舞蹈。最后，我们鼓励孩子们不仅仅要有梦想，还要努力学习、努力实现它，并送上了为孩子们准备的小礼物。

下了课，一群孩子围着我们一起走出了教室，可爱欢乐的表情打动了我们每一个志愿者同学。满怀着对孩子们最真挚的祝福，我们走出学校，回到了山大。希望下次还能有机会去参与孩子们的成长！

作者：管理学院 2015 级本科生　高　健

3 月 23 日　星期三　晴

护理学院外宾接待者 · 周咏春

流利的英文从校史馆如音符般倾泻进了我的耳中，令我难以离开。我知道，我要接待的客人们到了。

今天，我将作为一个引路的志愿者接待来自日本的朋友们。报名参加这个活动时还是很激动的，一来很少见到日本人，二来我也从来没去过校史馆，很想趁机去看看。去之前还小小地给自己普及了一下日语口语，比如“下午好”等一些简单的日常用语。

日本的朋友并没有我想象的那样留两撮胡子或“凶神恶煞”，相反，他们笑容可掬、和蔼可亲，女生们也很清秀，其中不乏几个亭亭玉立者，我对他们投以微笑，他们也对我报以微笑，微笑果然是世界通用的语言。有时觉得很神奇，虽然我们语言不通，但是依旧可以从这笑容中感受到无限的温暖和来自异国朋友的善意。校史馆里记录下了我们趵突泉校区成长的足迹，星星点点，无限绵延。期间，有一个女生拿着在8号楼前照的白求恩雕塑的照片问学长这是谁，学长告诉她“是一个很厉害的医生，救活了很多人……”女生听后赞叹不已，后来又在墙上看见了这名医生，便欢呼雀跃地跟同伴激动地说着些什么，大家都同样流露出敬佩的眼神。我想，是女生将白求恩的故事讲给同伴听了吧。那些令人尊敬的人们，无论你是否来自同一片土地，听了他们的事迹，都会油然而生出同样的感动与敬畏。

伴着鸟鸣，闻着花香，沐浴着阳光，我们散步到了护理学院，从6楼开始往下依次参观心电复苏室、心理疗养室等房间。同行期间，我一直很想跟他们交谈，但总是羞涩于自己匮乏的日语词汇以及一口带着本土味的英语。后来学长跟我说，语言这种东西就要大胆地说。我在心中给自己打了好几次气，才鼓足勇气跟一个女生攀谈起来。她也是大一的，英语不是很流利，等我们两个结结巴巴地将自己的意思表达出来后都笑了，突然有一种跨过了什么似的释怀感，有一种得到了什么似的自豪感，有一种想继续说下去的满足感……

相伴的时光总是短暂的，但是美好的记忆是永存的。谢谢你们的相伴，谢谢其他志愿者的鼓励。我们虽是匆匆过客，但如宫崎骏所言：“人生就是一列开往坟墓的列车，路途上会有很多站，很难有人可以自始至终陪着走完。当陪你的人要下车时，即使不舍也该心存感激，然后挥手道别。”

愿下一次我可以帮忙的不只是引路，愿你们在中国玩得开心，愿两个学校的友谊永驻。我们的交流未完待续……

作者：护理学院2015级本科生　周咏春

3 月 24 日　星期四　晴

班级春游参加者 · 孟令晨旸

三月的春风似乎有着神奇的魔力，她不仅敲开了百花公园里美人梅、白玉兰、樱花等诸多花朵的房门，也牵引着我们 2014 级英政班的小伙伴们与草长莺飞的春天来了一次亲密的相拥。在这清风习习、暖阳熏熏的烟花三月里，我们班在百花公园里与“春姑娘”一起，度过了充实美好的一个下午。

为了让同学们更好地加深对彼此的了解，增进班级凝聚力，这次班级野餐、春游加运动会是班委们精心构思的，就连策划都是改了又改，直到第四遍才定稿。

今天上午下了第二节大课，同学们的分工行动就开始了。有去买午饭的，有去借体育器材的，有去买水果的，大家都特别乐意完成自己分配到的任务，憧憬着下午的活动。到了百花公园，大家一刻也不耽搁地开吃，你尝尝我的，我品品你的，有说有笑，特别热闹，融入其中，觉得心里甜得都要滴出蜜来。

惬意的午餐过后，我们开始了争分夺秒的“英政杯”趣味运动会，仿照综艺节目《跑男》的形式，设计了“奔跑吧，英政！”这个主题。大家分三组完成“猜谜摆拍”“行走呼啦圈”“毽子对传”“指压板大作战”这四组游戏后，真正的重头戏——撕名牌开始。我们以整个百花公园作为游戏场地，开始了紧张刺激的撕名牌体验活动。

纵观全局，同学们在积极参与的过程中不忘互相关心，时常会看到男生把好走的路让给女生、大家互相提醒注意安全的暖心图景。在给队友粘贴名牌这个小细节上，就有形形色色的感动。胶带充裕的队伍会把多余的胶带借给别组的同学，大家你帮我我帮你把名牌贴牢，男生把自己的衣服借给衣服料子不适合粘胶带的女生等等。虽然游戏过程中需要竞争，但大家还是把对彼此的关爱放在了最前头。

回顾今日，我真的为我们班兄弟姐妹们的向心力和团结互爱深深感动：我何其有幸，能与一群这么可爱的人同行！我很庆幸自己有机会在氛围这么好的班级里，与一群同样深爱着自己班级的优秀的人，一起度过人生中最美好的五年时光。

不管他们能不能看到这篇文章，我都想高调地向2014级英政班的小伙伴们表白：爱英政，爱你们！

作者：外语学院2014级本科生　孟令晨旸

3月25日　星期五　晴

美丽中国志愿者·王　娟

一年的时间真快，没有任何察觉，在美丽中国担任梦想导师的一年就这样结束了，和阿梅相互鼓励相互支持的一年也要画上句号了。时间真是个奇妙的东西，去年的现在，我才刚刚和阿梅结束了第一次青涩的谈话，才初识这个坚强勇敢让人不免心生怜爱的姑娘，没想到一年后，我竟成了她张口闭口都会开心叫着的“姐姐”，时刻感受着她点滴的成长。然而时间也太残忍，坦白地讲，我还没有想好怎么离开这个让我心疼的姑娘，她也一定还没有准备好，没有人再静静地听她的小秘密了。这是我最害怕的结果，也是让我最欣慰的结果。我怕她太依赖我，却也怕她很快会忘记我。我开心她离不开我，却也怕终有一天我会慢慢淡出她的生活，等到那天，我怕那种离开会更狼狈、更不舍。

这份证书比我想象中来得还要迟，但对我来说，最好的证书，一直是阿梅的信任和依赖。我还记得阿梅高兴时在电话里一个劲地叫“姐姐”，好像那一刻我就在她的身旁，陪她分享着让她欢乐的一切。我还记得阿梅难过时会在电话里失声痛哭，好像终于找到了一个愿意听她说说心里话、陪她承受生活压力的人。我还记得忙碌的一个月里忘记给阿梅写信，她急着找项目老师要了好多次，以为我发生了什么事，就好像我成了她的亲人。而让我动容并且一直坚持下去的，莫过于这个没有见过母亲的小女孩脸上绽放着的恒久的笑容。

阿梅是一个极其孤独自卑的孩子，从小没有母亲，她有点儿封闭自己。我还清晰地记得第一次通话时那个拒绝与我交流的姑娘，但她如今已是愿意敞开心扉与我聊天的朋友、伙伴。阿梅说，等有一天她考上了清华，要像我一样帮助更多的人。不管是不是豪言壮语，我都为这简单的一句话而感动，因为我知道，我爱她的同时，她也学会了爱别人，而这比我教会她怎么被爱更有意义。我一直觉得，不管是助学还是推动教育，孩子的感恩在其中起着太重要的作用，她学会了感恩，学会了爱别人，才会懂得爱的来之不易，才会为了这份爱付出自己的努力，付出自己的心血。

荣誉证书
CERTIFICATE

兹证明： 王 娟

于2015年2月加入“美丽中国第三期梦想导师”团队，并于2015年2月至2016年2月之间的项目期内，出色完成了作为梦想导师的志愿工作。

特颁此证，以表感谢！

让所有的中国孩子，无论出身，都能享受同等的优质教育！

美丽中国
梦想导师项目组
2016年3月21日

一年结束了，如果要总结一下这一年的经历也好旅程也罢，我只想说一句话：最美在路上。用最初的心加入了美丽中国，又带着最初的热情走完一年的时光，美丽中国教给我的东西依然可以用来帮助别人。这份经历也许不需要什么荣誉来肯定，因为再大的荣誉也比不过让孩子们记住你，并以你为榜样而努力。

作者：护理学院2014级本科生　王　娟

3月26日　星期六　晴

就业双选会学生摄影记者·苏竹勋

当暖意融融的春风吹开校园里的万千花朵时，毕业季的气息也日渐浓烈。今天，2016年春季就业双选会如约而至，作为“山大视点”学生记者团的一员，我再次报名成为一名摄影记者参与其中。

时隔半年，当秋季变为春季，即将毕业的学长学姐们的热情只增不减。面对如潮的应聘者们，即使是大二的我也开始为自己的前程深深地担忧，而他们更是承受着如山的压力。入场前半小时的体育馆外已聚集了很多参会者，企业代表早早入场准备，学生们则认真研究着会场分布。他们在会场分布图上仔细阅读每一个企业的情况，用笔勾选出可能的选择，每一份投出的简历对他们而言都是一个机会，因此他们会慎重选择，将每一个机会都牢牢攥在手里。

记得高中时看电影《致我们终将逝去的青春》中的一幕，郑薇陪陈孝正去招聘会，会场被挤得水泄不通，当时的我只会感叹真热闹。而此时此刻，身处招聘会场中的我，感受到的是来自四周无形的压力。他们手中拿着厚厚一叠简历，认真看着每一个展台的介绍，满怀期待地投出一份简历，在与企业代表的交流中他们丝毫不显松懈。在这激烈的竞争中，他们全力以赴，四年的努力与成长令他们有底气在这里穿梭选择。当未来紧握在自己手里时，我相信他们会展示出最好的自己去迎接最好的未来。

跟随应聘者们的脚步，我观察着他们，捕捉他们专注的态度、认真的神情、与企业代表交流时游刃有余的气度，甚至是在他们严肃神情下难掩的激动与喜悦。镜头记录下他们的身姿，而我读出的也有他们的心情。在就业形势越来越严峻的今天，也许在这里有百里挑一的残酷，但未来的社会正是年轻人的天空，他们终将在职场上谋得一席之地，用知识创造生活。

机会将留给有准备的人，不管是读研还是就业，大学生都应该时刻为自己而准备，丰富、充盈自己。优秀的人能在这样激烈的竞争中脱颖而出，终会无愧于四年的大学青春。祝福每一位在求职战场上摸爬滚打的勇士。

作者：能动学院 2014 级本科生　苏竹勋

3月27日 星期日 晴

双学位辅修生·吴诺敏

每个周日的晚上都最令人叹息，似乎所有轻松的时光都到了尽头，“周一综合征”即将袭来。可是对于连续上了两天双学位课程的我们而言，这却是难得的清闲时刻。

又到了一年一度的转专业、双学位、交流的选择大潮翻涌席卷大一学生生活的时刻了，去年此时的我也是那样地迷茫而不知所措。选择从来不是最难的事情，舍弃才是。像我们这些投身双学位的人就忍痛舍弃了难得的周末悠闲时光，多了在每个考试月不得不比其他同学们多复习的几门课程。

在舍友们沉浸在甜甜的睡梦中而我却不得不硬爬起来去赶最早一班校车的时候，在与斯勒茨基大战几百回合之后灰头土脸的时候，在上学期交流回来不得不补考6门功课的时候……我都想，干脆放弃吧。然而那只是想一想罢了。因为让我坚持下去的理由也有很多，比如那些和我一起坚持下去的同学们，想一想也许会在床上赖掉的一整个上午会有多么无聊，就会觉得这样的日子也是一段绝无仅有的好时光。

双学位可能并不是我最正确的选择，但是这个选择带来的益处有很多。在这个竞争越来越强劲的社会，多增加一些能力，就能减少一些前行路上的坎坷。出于好奇，昨天中午趁着午休的时间，我和同学一起去了就业双选会现场感受气氛。即使是午餐时间，仍有不少学长学姐拿着简历在各个企业的展台前面咨询，有些火爆的国企单位前面还排起了长队。或许我们无法深刻了解他们的心情，但是我们就是处在这个去年大一明年大四的尴尬阶段，也许我们还带着些大一时的憧憬，但是对于寻求未来出路的焦急、担忧仍不可避免地向我们袭来。

记得我曾一度对大学所学习东西的实用性产生怀疑，也和大多数人一样，对未来有着深深的无力感，好在一位好友点醒了我。她说，既然不知道喜欢做什么，不知道做什么是最正确的，那就先做好手头上的事，在前行的路上才会遇到更多的事，见到更多的风景，也才更有机会寻找到最适合的道路。

没错，我们可以选择放弃，却永远不能放弃选择，要对自己的选择负责，这是大学教给我的最重要的一件事，或许已经足矣。

作者：政管学院2014级本科生　吴诺敏

3月28日　星期一　晴

计算机学院本科生·张立芳

一周的疲惫过后，当我躺在这一片黄中泛绿的草坪上时，一切好像都已远去。清明节前济南的春天，到处展现着她的盎然生机。在这个三面环山的郊外小别墅里，各色各样的草木花卉更是让人感到春的气息。

上午九点左右，太阳已升上高空，但还没有正午那种耀眼的光芒。此刻，这样温和的带有一丝凉意的春光，正是我一直在教室里所缺少并渴望着的。小草应该被浇灌过，躺着能感觉到那丝丝缕缕的清凉，我在这样舒适的小世界里自我陶醉，好像要渐入佳境一般。

然而，远处传来的嘈杂声却将我吵醒，微微睁开眼，我才意识到这处别墅是仍在建设中的。附近很宽阔的地方，都在设计范围内，而我所在的小花园只是冰山一角。在十几米的楼房架构上，有那么四五个人，不停地走动着，我开始产生了兴趣，静静地看着……

我不是没见过建房子的，而是见得太多，我想起了我的父亲、我亲爱的父亲。他以前就是这样吧，他说他恐高，可是为了能多挣一点儿钱，他放弃了地上工作，在同样明媚的一个春天的早晨，走上了那条通往高处的梯子，开始了自己的工作。

看着眼前的这些工人们，穿着工作制服，戴着安全帽，此刻我的父亲在做什么呢？前几天从三叔那里得知，父亲最近干活特别累。每次晚上想给他打个电话，他都已早早地睡了。父亲就是这样，再累也沉默不语，然后早早地休息，准备着迎接明天再一次严酷的体力考验。

小时候，父亲在我们孩子眼里甚至有点儿不称职，因为他是那样地沉默，比起我们，他好像更喜欢烟酒。他年轻时上过学，但高考失利后还是回家成了一名地道的庄稼汉。或许从那时开始，没有任何技术的瘦弱的他只能靠着一份坚毅、一份责任，不断工作，支撑起这个家。心中苦闷难解，他只能在寂静的晚上，默默地抽着烟，在那吐出的烟雾弥漫中轻轻地叹气。

有一种爱，它是无言的，是严肃的，在当时往往无法细诉，然而，它让你在过后的日子里越体会越有味道，一生一世也忘不了，它就是宽广无边的父爱。亲爱的父亲，一直劝您找份轻松的工作您却不肯，硬说自己还很年轻。可是岁月不饶人啊，您的黑发已被染成白发，那一道道的皱纹，正是您一生操劳的真实写照。懂了您以后，我一直在默默地祝福着您、爱护着您，正如您一直坚持着的一样。我定会在您未来的生命里为您撑起一片蓝天。

作者：计算机学院2015级本科生　张立芳

3月29日　星期二　晴

日语志愿者·徐子航

在这草长莺飞的三月里，我们迎来了来自日本的客人——和歌山医科大学的师生。孔子曰：“有朋自远方来，不亦乐乎？”我很高兴能够陪同日本的朋友度过这一天，作为日语学习者的我，做日语志愿者自然是义不容辞。平常学的都是教科书上的日语，这次有机会和日本的朋友面对面交流，我很珍惜这次机会。我提前准备了一些有关接待的寒暄词，以备使用。这一天终于来了，我的心里充满期待。

山口老师特别希望亲眼看一看久负盛名的趵突泉，因此我们一行人去了趵突泉风景区。

景区风景秀丽，微风徐徐，春意暖人。春风轻轻抚摸着柳树，嫩绿的枝条在空中婀娜摇摆，好似少女曼妙的身姿。青翠的湖面被风吹起微微的波澜，我们的心也随之轻轻地荡漾着。景区有许多老年人在锻炼身体，还有小朋友在嬉戏玩耍。到处是一片生机盎然的景象。

日本的朋友对中国的文化十分感兴趣，尤其是当看到一位老爷爷拿着巨大的毛笔蘸着水在青石板上练习书法时，他们发出了惊讶的赞叹声，并掏出相机拍下了青石板上苍劲有力的大字。

在交谈过程中，美里同学一直很高兴地教我大阪的方言还有年轻人常用的流行词，例如“萌え系”（“萌系”）“なるへそ”（“原来如此”）等等。能学到教科书以外的一些词语，我感觉十分有意思。夏奈同学兴奋地告诉我，她这一周过得很开心，不会忘记我们对她们的招待。

虽然相识只有短短的两天，但是我们已经建立了真挚的友谊。遗憾的是，时间太短，才刚相识，便要分离。但人生不就是由这样不断的相聚、分离而组成的

吗？我又想起了日本茶道中的一个词——“一期一会”，意思是坐在一起喝茶的机会，或许一生只有一次，所以喝每一杯茶时都要抱着感激的心，格外珍惜，因为下一次与你面对面喝茶的，也许就不再是原来的那个人了，而你所喝到的茶，也不会再是原来的那一杯。因此，每一次相遇的机会都要好好珍惜。

也许以后还有机会相见，中国有这么多美丽的地方，诚挚地欢迎日本的客人有机会再来中国！

作者：外语学院2013级本科生　徐子航

3月30日　星期三　晴

政管学院本科生·于　璞

今天，趁着午后窗外明媚的春光，我拾起席慕蓉的一卷诗集，细细品读，不觉感慨良多，因而写下这篇日记，希望朋友你也能享受春光，品味诗歌之乐。

春天，是读诗的季节。“春水初生，春林初盛，春风十里，不如你。”被压抑了一冬的情感随着冰雪的消融也开始慢慢生发。正如春风吹开了玉兰，也吹开了每个人的心田，人们试着解下厚厚的包裹，用一种好奇而细腻的心情打量这个世界。于是，诗歌——这个最能于细微之处撬开人们心房的精灵，就这样“润物细无声”地潜入了我们的生活。

可惜现代社会大数据、自媒体的飞速发展，大大挤占了人们读诗的时间，我们愈加渴望热闹激烈的文学，而不愿细细品读一份斟酌在字里行间的深情。然而今天，偶然得到的一本席慕蓉诗集却唤醒了我读诗的欲望，也让我收获了许多美好与感动，因此，写下此篇，愿与君共享。

在《祈祷词》一诗中，她大胆地吁求：“请给我一个长长的夏季，给我一段无瑕的回忆，给我一颗温柔的心，给我一份洁白的恋情。”这何尝不是我们很多人藏在心底的愿望，或许只是因为埋藏得太久，就连我们自己，也忽视了它的存在。在《莲的心事》中，她写道：“风霜还不曾来侵蚀，秋雨还未滴落，青涩的季节又已离我远去，我已亭亭，不忧，亦不惧。”以荷喻人，她将一个坚强独立、美丽动人的女性形象描摹得淋漓尽致。在《盼望》里，她说：“那么，再长久的一生，不也就只是，就只是，回首时，那短短的一瞬。”禅意与哲思混合着文学的美感，读来只觉得沁人心脾，让人回味无穷。类似的例子还有很多，席慕蓉笔下的一段话、一个意象乃至一个文字，或许都能在某一时刻引你深思，令你心动。想想看，春风拂面，打开一卷诗集，细品一杯清茶，其中滋味，真可谓“人间有味是清欢”。

据说喜欢席慕蓉诗歌的群体多是女性，这其中又以女中学生和大学生为主。我想这很好理解，因为对爱情的执着追求和赞美与对青春往昔记忆的浅吟低唱构成了席慕蓉诗歌的主体，而这正是最能打动年轻女学生的主题。正如歌德所说：“哪个少男不钟情？那个少女不怀春？这是人类最美妙的天性。”

青葱岁月，年轻的我们愿意沉醉在这样纯粹安宁的世界里，愿意用心捕捉青春的快乐愉悦。我想，这不是对现实的逃避，而是对自然和生命的热爱。因为，只有心中充满爱的人，才能以同样的爱意去回馈这个世界。

作者：政管学院 2015 级本科生　于　璞

3 月 31 日　星期四　晴

“意动计划”组织者・马　宁

猝不及防，春天就这样妖妖娆娆地走过来了。满园姹紫嫣红，处处百花争春。

持续两周的“意动计划”华丽落幕，结束在愚人节的前夜。两周的时间，让我有了太多收获和成长。

“意动”这个名字是一拍脑门想出来的，然而绝非偶然。“意动计划”属于“扶瑶计划”的一个项目，而“扶瑶”则是山东大学唐仲英爱心社的一个独特活动，意在“扶植美玉”、培养唐社优秀的接班人。我们8个人，凑在一起，为了同一个目标，辛苦熬夜，激烈讨论，费尽心思，最终使得在软件园校区的活动有声有色，来自不同学院的68个同学参与其中，从每天早上7:15到7:45的新闻听力时间，到晚上下课之后的体育运动，在锻炼了别人的同时，也增强了自己的组织能力和自律能力。抟扶摇而上者九万里，“意动”带给我的是一段完满而又值得回忆的青春经历。

许多人空怀减肥健身的念头，却无跑步锻炼的意志；许多人一路狂飙在考四级的路上，却败在了“单打独斗”上。意动，带你行动带你飞！

在唐仲英爱心社，很幸运有这样的机会组织并参与其中。意动，带你来行动，“Let us move on”。当初我们是这样宣传的，天气乍暖还寒；现在我们做到了，思绪仍然万千。既有迫于经费压力的辛酸，也有活动进行时的豪情；既有宣传时的无措与羞涩，也有听到参与者感激时的开怀与满足。一路跌跌撞撞、磕磕绊绊，于起伏中成长，于动荡中成事，走到这里，我们都不容易。

仲春令月，树木丰茂，百草滋荣。冰冷的寒冬压垮了多少风流名士，又催生了多少坚毅挺拔之才！历史的长河留不住无病呻吟之作，而满怀心事、满志踌躇、满腹牢骚之名篇俯拾即是。空有心意，难成气候。只有像草木一样，在还是种子时有破土而出的心志，成长时有雪压风摧的准备，春天时有“将冷面笑成花脸”的热情，这样才能成就一方难得的风景。

心之所向，素履以往；念念不忘，必有回响。“意动计划”结束了，你的“人间四月天”才刚刚开始！

作者：文学与新闻传播学院2015级本科生　马　宁

4月1日　星期五　晴

政管学院本科生·吴姿璇

今天是清明节前的最后一个工作日，四月的第一天，仿佛是蓬勃而生的春意软化了凄风苦雨的清明，天气并没有变差，春风和煦，暖意融融。

校园里的人越来越少，随处可见拖着行李箱准备回家过节的同学。不到半天，自习室便宽敞了许多。中午回到宿舍，楼道里空空荡荡，少了些欢声笑语。我一向喜欢宁静独处的环境，可是太过寂静也会让人感到不自在、孤独，甚至害怕。

在这个寂静得不同寻常的午后，我又来到学院的资料室上岗，整理书籍，打扫书架。资料室藏书丰富，除了专业书籍，文、史、哲类都有收藏，主要是为学院老师和科社系研究生准备的，本科生知道借书受限的传统，所以很少在这里出现。

资料室的书架每周要擦一次，我们只能擦掉空书架上的灰尘，却无法擦掉书页上的，除非将它们一本一本拿下来，翻几页，抖几下，当然，这个过程必定是尘土飞扬的。去年我在中山大学交流的时候，听过许云和老师的课，他讲年轻的时候，一直想研究一个方向，出于懒惰迟迟没有动手，后来遇到一位闭架资料室的管理员，管理员正在为藏书生虫子的问题苦恼，求教于许老师，许老师半开玩笑地说："书要经常翻的，你那个资料室长年锁着门，书没人翻、没人看，不生虫子才怪。"管理员大悟，配一把钥匙给许老师，说："许老师，以后这个资料室您随便进，多转转，多翻一翻书。"就这样，在资料室翻了大半年的书，许老师对那个原本陌生的方向已经掌握得了如指掌。

其实，每个人都有惰性，如果不是老师、领导强行下达任务、规定截止日期，我们很少热情主动地去做明知有益却枯燥乏味的事情。然而，在"被迫翻书"的过程中，我们收获的往往比设想的还要多。

有一次擦书架的时候，我突然感到非常可惜，伫立在身前的好像不是落满灰尘的书架，而是一个沉默孤独的新娘。她住在封闭的闺阁中，每个周五，等待我为她梳洗装扮一次。可是，很少有人探访她，她的美丽，从无人欣赏。

资料室可以是安静的，却不该是死寂的。当我拉上重重帘幕，对满屋的藏书说一声再见时，分明听到了一声沉重的叹息。

作者：政管学院 2014 级本科生　吴姿璇

4 月 2 日　星期六　风

马拉松爱好者协会晨跑队队员 · 李芳宇

清明假期，闲坐家中，梳理开学来发生的事情，突然记起，这是加入马拉松爱好者协会晨跑队的第四周，不禁回忆起这一个月的晨跑故事。

仍然记得那天看到晨跑那条微信后瞬间决定要加入晨跑小分队，并迫不及待地交了会费的场景。我逃避了两年半，终于又下定决心要晨跑了。而这一次，我不想偷懒。

其实我之前也跑步，只是在健身之前热热身。曾经也想跟着闺蜜每天早上 6 点去软件园跑步，但我只坚持了 3 天，然后以各种身体不适和有事回家的理由巧妙躲开了。这次，想要晨跑，其实初衷很简单——寒假在台湾打工换宿的日子里，我每天都会吃六顿饭，每晚都抱着薯片看新闻，这让好不容易减掉三分之一个自己的我又长了几斤。

第一天，当闹钟响起的时候，我在想要不要找个理由睡过去，但还好有龙哥陪我晨跑，想到放别人鸽子这种事不太好，就只能硬着头皮起来。第一天晨跑是在软院的篮球场，我跑了 4.6 公里，如果放在健身房，我最多只会跑 4 公里。就是那样一种莫名的骄傲。强哥说过，一周是可以歇一天的，但总觉得软院就我们俩，不能怂。后来，又有了一个月全勤会有大奖的传说，我们就达成协议，走也得走下来。

说到坚持，想到了期间有一次回家。我纠结了整整一个下午，终于赶上了末班车。因为我怕回家了就会在暖和的被窝里死都不肯起床（只要放假回家，我就没吃过早饭）。但那天我自然醒了，还拉上了也中断了好几次晨跑的老爸。老爸在我的鼓励下开始晨跑，而且报了半程马拉松，目前正在紧锣密鼓的训练中。我变成了老妈心中早睡早起的好孩子，终于不用听她天天唠叨我玩手机不睡觉、早上不起床一点儿家事也不做了。

上个周，龙哥去北京面试了，就剩我一个人晨跑了。我有想过要不要跟别人一起跑，这样就不会懈怠，后来想不能靠着别人叫起床。不过，每天醒来我和龙哥还是会督促一下对方赶紧起来去跑步。也还好，我们最终成为晨跑大队里坚持下来的三分之二中的一员。

跑步的这 21 天，让我想起了大一刚骑车的时候，一开始觉得骑到中心好远，后来想可以试着骑到北园，再后来悄无声息地骑回家。而现在，一开始 5 公里，觉得自己好棒，后来 7 公里觉得自己真牛，到了 8 公里就想坚持一下就 10 公里了，再后来去哪里都想我先提前跑过去吧。别人不理解你微信运动上整天暴走的数字，觉得你傻，自己却觉得很牛。我想，这是一只“大三狗”在怀念青春，幻想自己还是“小鲜肉”。

因为跑步，以前不怎么聊天的微信好友，开始在你打卡记录下跟你分析步频啊什么的，还鼓励加油；原本很害怕不知道聊什么的叔叔，却因为都喜欢跑步而且因对方是资深老马而从马拉松赛事谈到体育软文化对国民的影响；一直觉得自己脸大不愿扎马尾的我，顶着大脸到处乱跑却觉得开心；很计较体重计的数字，但更喜欢挥汗如雨的感觉。

四周之后，我每天 23 点前准时睡，早上 6 点不用闹钟就会起床。其实，这不只是为了完成四周全勤的目标，而是想让自己明白，虽然是大三下学期了，在努力找实习的空隙中，我还有机会去做自己想做的事情。

明天还得起来晨跑。山大马协，加油。

作者：软件学院 2013 级本科生　李芳宇

4月3日　星期日　多云

医学院本科生·刘　静

在我很喜欢的一部动漫《未闻花名》中，有一句话是这样说的：“我们总是注意错过太多，却不注意自己拥有多少。”

其实，生活已经处处告诉我。

开学已经第五周，用一个词形容这一周，莫过于“兵荒马乱”，但收获颇多。

今天是清明假期的第二天，按照原来的计划，我和同学一起来到了万达广场处的献血车旁，进行为期一天的志愿服务。这是我第二次参加关于献血的志愿服务，不同于第一次的新鲜，这一次，带给我的更多是感动。阴晴不定的天气，室外温度降低，来献血的人并不多，但所见所闻，足以温暖人心。前来献血的，有妈妈带着孩子一起来的；有的是一家三口；有的老爷爷老奶奶也很想献，但是因为年龄过高不得不放弃；有的是和我一般大的男孩女孩，没有丝毫的犹豫就开始填表。然而让我最有感触的是一个穿着时尚、戴着墨镜的姐姐。听同学说，她总共已经献了十次了。我只看见过这位姐姐一眼，现在再回想起来，不觉肃然起敬。外表的重要性不言而喻，内心的温柔带来的感动却让人久久难以忘怀。

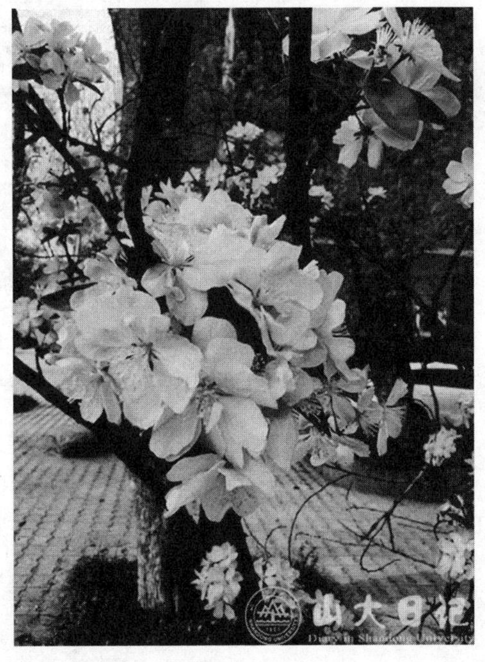

时钟滴滴答答，我的志愿服务也即将结束。广场中一个很可爱的小朋友正在吹泡泡，阳光依旧躲在乌云后，风吹个不停，大大小小的泡泡就这样四散开来，飘得越来越远。我的脑海中突然想起一句话：“心有猛虎，细嗅蔷薇。”即便做不来一蹴而就、惊天动地的大事业，仍旧可以心里怀着简单的愿望，尽一己之力，给他人带去幸福，可以是一次平常的献血，可以是阴霾天里吹出漫天泡泡的微笑，或是温暖的一个拥抱。

在这个济南的春天，这个城市也在不经意间，用几个小时的感动，温暖了我的心，也让我更加坚定，将这份温暖长长久久地传递下去。

雪融化之后是什么呀？有一个很诗意的回答，是春天呀。在这个走走停停的春天，我们经历快乐，也了解挫折，体会感动，也收获幸福。

在课程的繁重与生活的琐事中，何不解放自己的眼睛，多留一些给身边的美好？

作者：医学院2014级本科生　刘　静

4月4日　星期一　晴

生命学院副教授·时永香

清明节是我国传统节日，是祭祖和扫墓的日子。唐代诗人杜牧的诗“清明时节雨纷纷，路上行人欲断魂”，写出了清明节的特殊气氛。

三周前我回老家给母亲庆祝八十寿辰，顺便给父亲上坟，祭拜了祖先。这个假期打算安驻泉城，扫除身上的墓气，清明自己。

感谢上苍厚爱，济南市传统文化研究会肖卫东老师精心设计了趵突泉游学课程，自己有幸成为众多学员中的一个。今天在跟随肖老师游趵突泉的旅程中，感受泉城的源头，体验华夏文明的博大精深，被生生不息的氛围萦绕着，民族气节和宗族魂魄在胸中升腾，心灵的甘泉逐渐掘开而喷涌……

趵突泉被誉为“天下第一泉”，通常人们把它作为一个景点游览。而今天，肖老师首先给我们定向，他认为趵突泉是泉城的“祖庙”和“灵魂”，所以我们怀着虔诚与恭敬，用心瞻仰这座“祖庙”，拥抱这个“灵魂”。在趵突泉边，向池中望去，虽然看不到趵突之象，但三个泉眼清晰可见。就是这泉水造就了泉城，养育着泉城儿女，生生不息……

走进三圣殿，端身正坐的尧、舜、禹三位圣人气宇轩昂，怎能不让人肃然起敬？“天下为公”四个大字道出了男儿的志向，尧、舜、禹“垂儒家道统，开华夏文明”，奠定了中华文化的根基。三圣殿门口的对联“趵突腾飞三泉歌唱尧舜禹，中华昌盛万代长明日月星”，表达了后世人们对尧、舜、禹的敬仰和爱戴。

万竹园，这座兼有江南庭院与北京王府和济南四合院风格的古式庭院，以她特有的神韵和风姿迎接海内外宾客，凭借古朴典雅的建筑展现着华夏文明的博大精深。万竹园中种植的牡丹和梅兰竹菊四君子表达着主人的雅韵气度和高风亮节；嵌于门簪、门头上的吉辞祥语，附在抱柱上的楹联，以及悬挂在室内的书画佳作，更是集贤哲之古训，采古今之名句，或颂山川之美，或铭处世之学，或咏鸿鹄之志，风雅备至，充满浓郁的文化气息，犹如一座中国传统文化的殿堂。

园中景致印象最深的是连接此岸到彼岸的一座石桥，桥下两侧雕刻着八仙，左右各四个。此岸到彼岸虽然很近，但是如果没有桥是万万不能的。每个人一生中会遭遇无数坎坷，因为有贵人相助才迈过一个个沟沟坎坎。怎能不心存感恩呢？从小到大，自己的生命承载了多少关怀和厚爱，如何数得清？感谢父母给予自己生命，感谢恩师启迪智慧，感谢所有帮助过自己的人！

走出万竹园，肖老师带领我们到达此行的最后一站——“五三惨案”纪念区。纪念堂门口的楹联“国耻铭心黜霸崇文昭天下，城汗永志修坛设祭响世情”和石柱上悬挂的刻有“勿忘国耻”的巨大铜钟，表达了中华民族沉痛的哀思和崛起的决心。这是中国的脊梁！站在石柱跟前，伸出右手食指，指端随字体起伏，感受到一股无形的力量在胸中升腾。站在纪念亭中央，我们手拉手围成一圈，闭上眼睛，耳边萦绕着肖老师随身听中播放出的国歌，任凭滚烫的热泪奔涌而出，中华民族团结一致、生生不息的气度涤荡心胸，从内心深处掘开三股清泉，一股是凝聚，一股是兼容，一股是经世致用——修身、齐家、治国、平天下。这三股甘泉“平地忽堆三尺雪，四时长吼半空雷”，源远流长，永不止息……

作者：生命学院副教授　时永香

4月5日　星期二　晴

政管学院本科生·董江龙

清明假期不知不觉间已过去，我收起远望的眼睛，重新回到熟悉的课堂，将一段时光埋入心底。

下午，我从洪家楼校区到中心校区的图书馆借几本书，顺便到大成广场看看。有许多大人带着小孩在广场上玩耍。听着小孩子欢乐的笑声，看着他们尚不稳当地奔跑追逐，我不由自主地想起自己的童年，但是好像又记不起一些比较确切的事情，一时又被孩子们的笑声拉回眼前。童年是我们每一个人的珍贵记忆，因为它是纯净的、无忧无虑的。

茅寒春老师曾经讲过，留住童年唯一的方法是保持一个童心。这样的人是幸福的。社会不断向前发展，我们不断向前人学习经验，只为能够更好地生存下去，人往往寻找那些可望而不可得的东西，仍然保持一颗纯净心灵的人越来越少，而能够意识到大人应该向小孩子学习的人也越来越少了。

有时，我在想，是什么使得我们远离了我们的本色和那本应属于我们的童真童趣？是流逝的时间吗？时间改变一切，时间无情地从指尖滑过，不留痕迹、不留情面地把童真从我们身边夺走。会是各种无形的压力吗？我们常常讲社会的竞争日益激烈，在竞争中，我们彼此暗暗较劲，把全部的心思和精力都投入其中，而淡忘了心底最初的那份童真。我觉得一切都不是，本因在己。

嗯，我们原本就是孩子，还是请继续记住孩子的笑声，让这甜美的笑声陪伴我们健康快乐地成长。

作者：政管学院2013级本科生　董江龙

4月6日　星期三　晴

外语学院本科生·王启凡

结束了在德国半年的交流学习，今天是回到学校的第二天，也是正式上课的第一天。

仰视着济南阴沉发灰的天空，同伴不禁唱起“又回到最初的起点”这一句歌词。即使心里对交流生活怀着出于各种缘由的眷恋，大家还是不需要任何过渡期就将学习与生活调到了“山大模式”。

清晨路过小树林，响于耳畔的还是由不同语言汇成的读书声；走进外院楼，迎面相遇的还是脸上挂着记忆中和善笑容的老师；坐在图书馆的自习室，周围还是伏案埋头学习着、思考着的同学。我还是会按着课表去教室上课，提着水壶去开水房打水，在食堂的窗口前排队等待，一切似乎还是按着原先的轨迹一成不变地运作着。但离开了半年，感受总还是不一样的。

在德国交流的学校是山大的友好学校，在那里，相比于一般的中国交流生，我们更是时时刻刻以山大人的身份被认知和看待。在那里才知道，山大人这个标签对自己多重要，山大的烙印深深地印在身上与心里。因为学校的项目才有出国交流、锻炼自己的机会，也因为是山大人才受到交流学校的尊重与礼遇。同时，在那里我们也努力宣传母校，并用成绩证明了山大学子的优秀。

出了学校，才对“母校就是那个你骂千百遍，却不许别人骂一句的地方”这句话明白得更深切。我想，我还是会时不时吐槽学校，但也一定会更加珍惜在山大的时光，因为我提前明白了，这原来是一个让我有强烈归属感的地方，此时的林林总总都将成为珍贵的却不能再重演的回忆。

作者：外语学院2013级本科生　王启凡

4月7日　星期四　晴

中美创客礼仪志愿者·何蕊恬

今天是4月7号，星期四，阳光明媚而温暖。作为中美创客的礼仪志愿者，带着满满的元气和期待，我们早早地就来到了中心校区的集合点。中午12：30，两辆校巴准时出发，前往青岛。

在中午微熏的春风中，校巴驶出了中心校区。我们看着身后渐行渐远的中心校区建筑，再看看同行的人们，想着此次青岛之行的目的，心中充满了憧憬和期待。刚上车的我们心情既激动又紧张，欢笑声像是要冲破车体直达青岛。然而随着校巴逐渐开离济南，欢声笑语逐渐变得沉静，志愿者们在漫长的车程中逐渐进入了梦乡。偶尔在汽车的颠簸中醒来，透过窗外，看见了一片海。在朦胧的睡意中，看到灰蒙蒙的天空和大海像是相互融合，让人感觉仿佛置身在天空中而不自知。

六个多小时后，我们终于到达了青岛。饥肠辘辘的我们到了酒店办了入住手续，造访了酒店附近的海鲜酒家。吃饱睡足，准备迎接明天的礼仪和主持工

作。这不是我们第一次来青岛，但却是最特别的一次，这次我们肩负着光荣的责任和使命。作为礼仪志愿者，我们的主要工作就是礼仪服务以及迎宾，时时刻刻保持一个良好的精神面貌和优雅得体的举止是对我们最基本的要求。我们也一定不辱使命，把礼仪工作做好。

作者：能动学院 2013 级本科生　何蕊恬

4 月 8 日　星期五　晴

中美创新创业大赛参赛者 · 曹　磊

在五四青年广场散步，在稍有凉意的海边吹海风、看繁华都市的夜景霓虹，对我而言，这是结束一天紧张比赛后最好的放松了。

回到入住的旅馆，坐在案前，如此有意义、有收获的一天需要记录下来。

今天是中美创客决赛的日子。但由于昨晚的严重失眠，略有些寒冷的清晨都无法让我萎靡的精神恢复一些。坐在开往青岛高新区盘古创客空间的大巴上，我一路上昏昏沉沉。但在到达创客空间后，我竟然奇迹般地精神起来，我想这应该归功于创客氛围的感染吧。

决赛的开幕式非常精彩，场面震撼，让人不由地对今天的比赛充满期待。开幕式后，各个团队自行寻找比赛组别和答辩场地。我们一到目的地，便开始加紧温习答辩 ppt，并做了多次计时模拟，大家在一起做事的劲儿一下子上来了。但即使已是胸有成竹，比赛前的等待依然让人焦虑、紧张不安。

候场期间，我们观看了其他团队的作品，感受到了创新的力量，也从中学习到了许多，其中让我印象最深刻的是越疆科技的机械臂，他们独特的创意与自信的表达不仅让我震撼，也让我心中压力倍增，手心里不知何时浸出了紧张的汗水。当听到主持人说"'创优生活'准备上场"时，我立刻深呼吸，进行调整放松。

就在我接过麦克风的那一刻，内心反而平静了下来，自信又回到了我的身上。我对照 ppt 开始答辩，自信满满，如数家珍。

答辩很快结束了，评委老师的意见与提问对于我们作品的改进都非常有帮助，也让我们有了许多新的思考。虽然参加这次比赛最主要的目的是开阔眼界、继续学习，但是，还是期待能有一个好成绩，为学校增光添彩。

作者：能动学院 2015 级硕士研究生　曹　磊

4 月 9 日　星期六　晴

中美创新创业大赛学生记者·孙　倩

我有幸作为山东大学新闻中心的一名学生记者，用镜头和笔见证了本次中美创客论坛暨中美创新创业大赛决赛活动的全过程，震撼与感动之余记录下这次难忘的经历。

今天是活动的最后一天，上午在青岛香格里拉盛世堂召开了中美创客论坛的开幕式，许多重要领导人满怀热忱地发表了致辞，给予中美创客以深切的期望。在“大众创业，万众创新”的号召下，来自国内外的近百支创业队伍齐聚青岛这座美丽的城市，畅谈未来，其乐融融。上午 10 点，我们与社会媒体一同对中美创新创业的三支参赛队伍进行了面对面采访，其中来自山东大学数学学院的石玉峰教授带给我极大的触动，他身上严谨认真的学者气质，让我肃然起敬；坚持本心，不断创新的执着追求，让我心潮澎湃，深受感染。他们的项目主要是基于压缩感知原理的复杂环境下高效影音传输系统，队伍是石教授和另一位来自美国高校的白彧博士共同发起的，由三个国家五所高校的七位专家组成，起因只是两人在闲聊时临时起意，觉得这个原理很有趣也值得研究，团队七人之间有些此前并不认识，却因为一个项目走到一起，为了一个共同的目标而努力。目前这项原理具有极大的创新性和领先性，但是他们并没有因此懈怠甚至故步自封，相反他们还以龟兔赛跑中的兔子失败为例，不断激励自己锐意进取。这种不骄不躁的精神多么难能可贵，值得我们每一个人学习。

当然这次经历中值得记录的故事还有很多。第一天来时长达六个小时的一路颠簸，这几天来熬夜写稿的疲惫焦虑，和老师们一起赶往各个会场的忙碌匆匆，现在想来都是一段又一段美好的回忆。是呀，在这个世界上，有一群人和你在一起，为了一个活动一件事情并肩作战，这种感觉是多么的幸福和踏实。

深夜归来，校园里轰轰隆隆的施工声依旧嘈杂着，心中却是一片宁静，他们又何尝不是一群努力着的人儿呢？

作者：文学与新闻传播学院 2013 级本科生　孙　倩

4 月 10 日　星期日　阴

“两学一做”启动仪式学生党员代表 · 徐明宇

晚上，我们学院举行了学生党员“两学一做”学习教育启动仪式，而我很荣幸作为学生党员代表进行了发言。这次启动仪式使我受益匪浅，因此我第一时间记下了这次难忘的仪式。

这次启动仪式在知新楼B205举行，一入会场，映入眼帘的便是高挂的鲜红党旗，它是那么的耀眼。学院党委副书记齐山华出席并作动员讲话，会议由导员徐姗姗老师主持，辅导员王永军老师宣读了学院在全体党员中开展“学党章党规，学系列讲话，做合格党员”学习教育方案文件。看到台上老师的激情高涨、台下同学们的热烈鼓掌，我的内心也沸腾了起来。

通过这次会议，我知道了“两学一做”学习教育正是我们深入学习、发现问题、针对改正、争做合格党员的良好契机。我们必须深刻认识到此次学习教育的重要意义，并珍惜这次宝贵的学习机会。这次学习教育，将使我们对党的认识更加深刻，理想信念更加坚定，从而能够更好地发挥党员的先锋模范作用，带动更多同学以更高的积极性为实现“中国梦”而不懈奋斗。为此，我们应当付出切实的行动。一是认真学习党章党规，并将尊崇党章、遵守党规作为我们做人做事最基本、最首要的准则；二是认真学习习近平总书记系列重要讲话，以讲话精神武装自身，并将讲话精神作为思想和行动的基本遵循纲领；三是争做合格党员，发挥先锋模范作用，将学习教育的成果体现出来。

我深刻地明白，我们大学生党员肩负的是时代的希望，时代正召唤我们扬帆起航。我们要努力成为一名“讲政治、有信念，讲规矩、有纪律，讲道德、有品行，讲奉献、有作为”的合格党员。仪式上，我在自己的发言中也代表全体学生生党员郑重承诺，我们将以最饱满的热情、最积极的投入、最实际的行动来完成此次“两学一做”的学习。

正如会议强调的，党中央指出“两学一做”学习教育，基础在学，关键在做。我相信，在学院党组织的领导指挥下，我们全体学生党员一定会全力以赴，不辱使命，圆满完成此次学习任务，争做一名合格的共产党员！

作者：经济学院2013级本科生　徐明宇

4 月 11 日　星期一　晴

澳洲“超凡大使”·付　璐

这几天对我而言是十分难忘的。4 月 6 日是 2016 年度澳大利亚南澳州山东省姐妹州省学生大使（第二届“超凡大使”）与媒体见面的日子。几天前，我来到中心校区与众多同学分享了自己的经历和体会。能在山东省和南澳州庆祝结好 30 周年之际被评选为第二届“超凡大使”，我感到十分荣幸。同时，作为一个山大人，我为自己能代表山东省的学生到南澳州首府阿德莱德市进行四周的免费游学体验而感到十分自豪。

去年 10 月份，我在校园内收到了澳大利亚南澳州教育推广署发放的关于选拔第二届“超凡大使”的活动宣传单，当时抱着试一试的心态参加了活动，在网上认真填写并提交了自己想成为“超凡大使”的三条理由，或许我和南澳州及阿德莱德市的缘分就是在那个不经意的一瞬生根发芽的。12 月中旬，我成功入选 20 名候选人之列，之后又提交了自己的英文简历和个人陈述，2 月底又参加了 Skype 网络面试。3 月初，我得知自己成了第二届“超凡大使”。那个时候我正在实验室做实验，当接到南澳州教育推广署打来的电话时，我十分激动，立即放下手中的试剂瓶，大声地喊了一声“Yeah！”因为我盼望这一天已经近 5 个月了，而这天就这么真实地到来了。

在 4 月 6 日媒体见面会之前，这个消息是一直被保密的，所以我没有和周围同学谈起过，但是每天都会想象自己在阿德莱德市会有什么样的体验。我期待和阿德莱德市市长喝下午茶，和考拉有个大大的拥抱，去参观南澳州出色的大学，期待去感受澳洲优美的生活环境，去认识更多有趣的朋友，通过我的社交平台和山东省的学生分享这次游学经历的点点滴滴……

4 月 6 日，我的这些期待变得那么真实，仿佛近在咫尺。当天下午，由澳大利亚南澳州教育推广署主办的“超凡大使，‘南德’体验”——南澳州山东省姐妹州省学生大使甄选活动获胜者宣布会在山东大厦举行。当时，澳大利亚南澳州州长魏杰先生和山东省教育厅总督学孟庆旭为我颁奖，我十分兴奋。随后我用中

英文发表了获奖感言。台下，无论中国人还是澳洲人都在对我微笑，他们眼中满含期待和祝福。当我走在山东大厦的走廊里时，不断有澳洲人走过来和我握手，我在他们的笑容和与他们的交流中也感受到了南澳州人的热情与友好，而且我还认识了很多南澳州的朋友，与他们互相加了微信，这让我对这个暑期的四周游学之旅更加期待。相信这四周的游学体验一定会十分温暖、充实、愉快，终生难忘！

阿德莱德，我来啦！

作者：药学院 2012 级本科生　付　璐

4 月 12 日　星期二　晴

后勤保障部工作人员·张龙云

幼儿园又要组织孩子们游校园了，收到消息，我的心情开始澎湃起来。

孩子入园已经是第三个年头了，每年的这个时候，老师们都会带着孩子们游览大学校园，体验大学文化和大学精神，感受大学不一样的美。小小的身影，手牵着手，欢呼着，雀跃着，前后簇拥着，就这么快乐地长大……

越快乐越短暂。还有两个多月，孩子就要结束幼儿园生活了。孩子不舍，家长留恋。从孩子三岁开始，我们就把那么个小小的人儿交给了山大一幼，交给了美丽温柔的老师。春暖花开三载，六岁的小人儿能唱会跳，有才有爱，还自诩为“将军”。爸爸不在家的日子，宝贝儿子经常给妈妈唱：“爸爸不在家，出门打工了，妈妈别牵挂，宝宝已长大”，“我的好妈妈呀，下班回到家呀，劳动了一天多么辛苦呀……”老师用心教，孩子用心唱，唱得我心里满满的全是幸福和感动。

纵然万般不舍，孩子还是要长大。听说兴隆山校区拟建幼儿园，心里着实兴奋！山大给了青年教职工良好的工作环境和创业平台，幼儿园科研保教的先进理念和一切为了孩子的教育方式又为孩子们保驾护航，免除了青年教职工的后顾之忧，我们得以更加专注地投入工作！衷心祝愿山大越来越好，山大幼儿园越来越好！

作者：后勤保障部工作人员　张龙云

4 月 13 日　星期三　晴

“书香满园”活动体验者·王　欣

今天看到青年志愿者协会正在举办“书香满园”系列活动，这个活动倡议我们远离手机，体味书香的淡雅与隽永。于是我决定参加这个系列活动中的书签制作比赛。突然间发觉，这一学期从头到尾仅仅看了医学课本，竟然没有完整看过一本课外书。作为医学生，不看课外书的理由可谓冠冕堂皇——没有时间！这可能是绝大多数医学生给出的回答。但仔细想来，每天将注意力紧盯手机的时间也没比看课本少多少，便心中戚戚然，决定放下手机，去书籍中找寻乐趣。

这个世界随着网络的普及已经发生了天翻地覆的变化，我们的阅读也走向了碎片化、快餐化、电子化。我们分配给阅读的时间不断压缩，阅读的目的也仅仅是为了找寻必要的信息，享受阅读的乐趣似乎已经不属于这个时代。

可是，这些改变不应该成为我们放弃纸质阅读、深阅读的理由。只有放下心中的浮躁与急切，将自己的心沉淀下来，才能真正走入作者想要呈现给我们的想象的世界。书籍给予了我们去窥探他人人生的可能，让我们在身体静止时仍然可以让思想驰骋在更宽广的国度，比如像《百年孤独》中那个充满魔幻色彩的拉丁美洲。书籍给予我们细细品味生活的机会，让我们懂得《红玫瑰与白玫瑰》中那样的无奈与叹息。

希望此次活动能唤起大家心中的“文学青年”，在书籍的陪伴下勇敢而智慧地走过美好的年华！

作者：医学院 2012 级本科生　王　欣

4 月 14 日　星期四　晴

专家论坛组织者·韩文彬

伴随着阵阵掌声，第 40 期科技与人文面对面专家论坛落下了帷幕，见证着活动顺利举办的我和伙伴们开心地笑了。这掌声不仅是对我们准备工作的充分肯定，更是对这一活动主题的认同与接受。

科技与人文面对面活动的举办初衷是希望实现“思政课的延伸与思维方式的融合”。通过整合不同学科、不同专业的专家资源和学术资源，促进研究生科技与人文思维方式的融合，提高研究生科学研究的创新能力，探索研究生思想政治教育的新模式，实现研究生思想、学术的双向发展，为打造立体多面的复合型人才提供思想的启迪与方法的借鉴。在活动中，我们不仅关注到研究生的学与思，更是立足研究生的日常生活，从实际需求出发，以轻松愉悦的形式实现研究生思想教育的落细和落实。

立足本次论坛，我们选择了“职业规划与就业定位”的对话主题，邀请到挂职邹城市副市长的历史学院邵明华副教授和挂职乐陵市副市长的生命科学学院钟耀华副教授展开对话，通过对话，帮助研究生合理规划自我，准确定位自我，认真准备自我，努力打造自我，坚定成就自我。在对话中，两位老师在三重身份的变换中，结合自己的亲身经历深入浅出地为同学们进行引导和分析：一是以师兄师姐的身份告诉大家如何为学；二是以政府官员的身份告诫大家如何为人；三是以高校教师的身份告诉大家如何为生。

论坛的时间是有限的，但大家的思考是无限的。在仅有的两个小时里，不仅有专家的对话，更有观众的思考。结合论坛的主题与个人的关切点，一个又一个重要且实际的问题抛向了对话的专家，而专家更是结合自己的切身体会与积累感悟，以诙谐幽默的语言答疑释惑。在讨论声与欢笑声中，时间不知不觉地流逝，作为论坛的组织者，这无疑是对我们最好的褒奖。

回首过去，论坛已经持续40余期。展望未来，会有更多的专家莅临论坛展开思想的碰撞与思维的交锋，也会有更多的研究生通过平台开阔眼界，获得真知。作为组织者，我们会认真地准备每一场论坛，也坚信平台的明天一定更大更强！

作者：马克思主义学院2014级硕士研究生　韩文彬

4月15日　星期五　晴

体育学院本科生·张为芳

回想起昨天，科比退役、《太阳的后裔》最后一集、山大六校区一天行，这无疑是我大学里过得最有意义的一次生日。

青春的小火车说开走就开走，汽笛发出的呜呜声，仿佛就是离开山大最贴切的悲鸣。记得刚进大学校园的第一天，脸上写着的是对未来新生活的憧憬，同学之间从沉默无言到谈笑风生，仿佛也就是几分钟的事。转眼我也大三，再过一年就要离开校园，只有当要离开的时候，才知道自己原来对山大这么的不舍与留恋。

刚入校园的我们，永远都是热烈而激情的，时间如流水般逝去，渐渐磨平了我们的棱角。大一时各个校区的情景似乎在我的记忆中渐渐模糊，所以我一直有个心愿，即一天游完山大六校区。对于一个一周5次以上的5公里夜跑者，我更愿意用跑步的轨迹记录下这次旅行。下午3点左右，我从兴隆山校区出发，一双跑鞋、一身运动服、一个手机、一副耳机，我的山大六校区旅程正式开始。作为一个女生，应该懂得如何保护自己，所以这次我没有从比较近的怪坡跑过去，而且选择了市区的几条主干路。从兴隆山校区到趵突泉校区跑了10公里左右，用时一个小时。让我记忆犹新的是，路上遇见一个收破烂的大叔，冲着我说："姑娘，你出汗了休息一下呗，路上注意安全啊。"简单却又令人感动的话语鼓舞着我跑完了接下来的路程。到达第一个目的地——趵突泉校区后，我非常兴奋，因为路程差不多快完成一半了。下午5点左右，我到达了最后一个目的地——洪家楼校区。

5个校区，2小时2分，19.47公里，配速6分17秒每公里，这个成绩对于极少挑战长距离夜跑的我来说还是很满意的。本来准备在中心校区吃完饭，再夜跑回兴隆山，但是鉴于安全性，我还是放弃了这个打算，准备逛逛，然后坐晚上9点的校车回去。这次计划本来没有包括软件园，因为我对去软件园的路不太熟悉，但说来可能真是与六校区有缘分。今天从中心回兴隆山的校车提前了几分钟走，我上错车到了软件园，一下车就懵了。那个时候已经快10点，当时很害怕、无助，身上没有足够的现金，手机也快没电了。想办法回去的时候，我心想着这个生日好生刺激啊。于是我真的在一天之内走完了山大的六校区，这应该是我记忆中最美好和值得纪念的一次旅途。

学无止境，气有浩然，我将继续带着在山大的这份愿景一路前行下去。

作者：体育学院2013级本科生　张为芳

4 月 16 日　星期六　雨

高校结构设计竞赛院选拔赛参赛者 · 李小彤

今天早上七点整，我们小组成员结束了坚持了七天七夜的混凝土模型制作。从繁杂的工作中抬起头来才发现，这场比赛经历的所有过程留给我的，是满满的美好的回忆。

第一次和同学一起熬夜做比赛，第一次一天一夜没睡觉，第一次亲自动手做结构设计……无数的第一次都凝聚在了这次的第十三届华东地区高校结构设计竞赛院选拔赛中。做模具的无知、和水泥的无措、架结构的无奈以及最开始立下豪言壮志时的无畏，种种情绪纷繁复杂，最终都化为了一声叹息。既叹这并不完整的结局，也叹经历的美好，更叹这让人长舒一口气的结束。经历过这次比赛，我从中获得了宝贵的经验，那是单凭看书听课所无法学到的知识，那更是金钱所买不到的财富！正如莎士比亚曾经说过的一句话：经验是一颗宝石，那是理所当然的，因为它常是付出极大的代价得来的。这些代价，值得这些经验和知识的价值！

从连赛题都看不真切的茫然，到集体讨论时产生分歧的烦躁，再到买材料时的辛苦，最终到着手结构赛的疲惫，这固然是我付出的代价，但正是这些才换来了现在的清明透彻。七天没怎么好好休息的头脑，从未像现在这样清醒，回想从研究赛题到做出模型的过程，每一个细节都清晰无比，甚至已经在脑海中想好了如果将来参加类似比赛时的种种做法。这种在历经身心疲惫后的灵台清明是多么难得，这种感觉也让我无比沉醉。

对赛题要求的不了解，加上对专业知识未能完全掌握，准备初期的我们经历了许多的麻烦甚至挫折。设计出的整体结构在制作模具的初期发现不能用，改掉之后的横向两跨纵向三跨结构又因为做工工艺和材料的限制而再次被否决，最终定下了横纵向各两跨的结构，却因为先期计算时未能考虑到连接件和螺栓的具体位置以及水泥的膨胀率遇到了种种阻碍：浇制出的梁和楼板进行拼接时发现，凝固时的膨胀以及模具的误差导致接缝尺寸变小，只能临时改数据重新进行模具制作和修正；钢丝的预埋位置不准确导致了螺栓无法插入；铺上保鲜膜的模具在浇筑后产生的表面是弧形，致使拼装不能达到严丝合缝；浇筑柱子时忘记在根部预留螺栓以便与加载台连接……

制作过程中出现的种种问题让我们防不胜防，身心俱疲的我们几度想中途放弃，可还是坚持到了现在。看到经过自己思考、计算、制作的各块零件能在连接件的作用下拼接起来，心情无比畅快。但在制作工艺、制作时间和制作材料等多重因素的限制下，我们在即将看到黎明的曙光之时停止了工作。虽然有些许小遗憾，但至少没有因为遇到一点儿挫折就停止前进，而是愈挫愈勇，一直奋战到了最后一刻。这对我来说就是一大胜利！

迎难而上，坚持下去，学习经验，吸取教训，这一堂人生的课，值！

作者：土建学院2014级本科生　李小彤

4月17日　星期日　晴

笑林大会参赛者·程　育

昨天的第一场春雨让济南的温度降了好几度，也给我的生活降了温，这两周的忙碌生活终于要结束了。今天是个大晴天，我期待已久的笑林大会初赛就在今天举行。

以相声的形式报名参加比赛，是我深思熟虑了好久才做的决定。我虽然很喜欢相声，但是从来没有尝试过表演相声，今天可是大姑娘上轿——头一回。而且我的性格比较内向，在人前很难放得开，对于相声来说，这是致命的弱点。但是不迈出这一步，就永远没有机会战胜自己。

下午3点，我和我的搭档来到了比赛地点，两位女生正在台上说相声。还好，台下除了评委并没有多少观众，这让我紧张的心情稍稍放松了些许。排在我们前面的还有四组选手，我们换好长衫，静静地坐在台下候场，此刻我的心情却又紧张起来，顾不得欣赏台上的表演，只是一遍遍地背着台词，恨不得塞进脑子里才安心。

很快到了我们上场，我的心一下子揪了起来，可是等真正站到台上说出第一句台词时，我的心突然平静下来，虽然还是不敢直视评委团，因为那会让我更加紧张，所幸台词说得还比较顺溜。然而在中间我们出现了一个失误，我的搭档把我的下一句台词说了出来，然后我就懵了，好不容易缓解的情绪再一次紧张起来，我甚至听到了评委的一声轻笑，然后就慌了手脚。我的应变能力真的好差，还好最后总算是接上了词，但是因为紧张，本来滚瓜烂熟的台词被忘到了九霄云外。就在我磕磕巴巴地说台词时，评委打断了我的表演，他说："总体来说挺好的，就是词记得不熟……"

下台后，我有些懊恼，如果不紧张就不会忘词了，也许效果就会更好一些吧。

比赛结束了，虽然我的表现并不尽如人意，但结果对我来说不是最重要的，人生中第一次站在台上比较正式地表演我所喜爱的相声，迈出这一步就已足够。

作者：政管学院 2014 级本科生　程　育

4 月 18 日　星期一　晴

政管学院创新大赛参赛者 · 谢　颖

崭新的一周，沐浴着阳光的洗礼，一扫周末阴沉连绵的天气。回想起过去的一周，感触最深的还是和伙伴们一块儿准备科创课题的那种忙碌、焦灼却又充实的感觉。

说起来，作为一名大三的学生，还没有真正体验过一次学术课题调研活动，以往的社会实践也大多是岗位角色体验或者社会实践调查，真正论起来，学术性并不是很强。于是，在学院下发本科生创新基金项目申报的通知之后，我们几个志同道合的小伙伴一块儿组织起来，决定开展一次真真正正的学术调研，当作对自己大学三年所学专业知识的检验。

组队很容易，可探讨出一个可行的课题就不是一件容易事了。队长最初想做关于城市出租车的调研，上网查阅了一些相关资料后找老师征询意见。老师在看了我们的课题后，不建议我们就一课题做对策类研究。这既是基于我们目前学术能力还有所欠缺的考虑，也是出于对策建议缺乏广泛适用性的考量——大多数对策仅仅停留在学者的论著中。她更偏向于让我们就一问题原因进行深刻的剖析阐发，这样对我们的专业知识、学术能力更有进益。

在认真听取老师的建议后，我们几个小伙伴坐在一块儿讨论课题的选择。经过热烈的讨论后，我们最终选择了整合城乡居民基本医疗这一课题。有些省市几年前就已经开始进行城居保和新农合一体化的试点，有着大量的具体实践经验，而且国务院今年又最新下发指导意见的通知，都充分说明了这一课题的话题热度。

课题定下来了，接着就是研究设计的撰写。队长就任务进行了划分，给大家一天的时间完成，第二天整合后，我们拿着研究设计的初稿找老师探讨，请教需要修改的地方。老师在简单翻阅课题设计后，立刻指出了我们的缺陷——课题设计涉及的方面太多，缺乏连贯的思路线索。同时老师还给我们提供了一种可供借鉴的有益思路——提出假设，然后通过数据、事实具体求证，从而对假设进行真假检验。我们充分借鉴了这一方法，着重就整合城乡居民基本医疗在实践中的具体实施效果进行分析，发掘其与政策设计初衷或者学者观点不一致的地方，并探究其形成机制，从而为全国更好地推行城乡一体化医疗提供借鉴的有益思路，真正实现城乡医疗的公平化。

我们写写改改好多天，不停地请教老师，中午讨论没来得及午休，晚上熬夜看文献、赶着写课题设计，但这些都不重要了，当今天正式提交我们组的课题研究设计申请书的时候，我知道，我们才刚开始——接下来的半年，我们会坚持着把这个课题调研顺利推进下去，为我们的大学学术调研添上浓墨重彩的一笔。

作者：政管学院 2013 级本科生　谢　颖

4月19日　星期二　晴

千佛山夜行者·王　喆

今天济南的天气格外清爽，一扫往日的雾霾，甚至在中心医院的主楼上，都可以清清楚楚地看到绿地大厦的窗户上反射出的蓝天的颜色。这样的日子怎么能依旧窝在宿舍，窝在令人烦闷的自习室呢？一场说走就走的旅行势在必行。

吃完晚饭，来到千佛山已是晚上8点半。此时的千佛山没有了白天的喧嚣，游人散尽后，只有几个零星的像我们一样的夜行者从黑暗中走来，而很快又隐入了千佛山的怀抱中。望着沉睡的山与佛，似乎突然领悟了一些真理，佛之所以为佛，是因其在大闹中可求清闲，在大静中可求波澜，而人能静，则必如佛。

我们一行人爬得很快，不到20分钟，说话间就到了山顶。山顶的风很大，从山上看夜晚的天空，星星点点，山下灯光璀璨，游动的车灯连缀成一条条昏黄的光带，不觉间暖意升腾。就这样静静地躺在山顶平坦的岩石上，望着浩瀚星空，感觉自己离天空如此之近，晴朗的夜空仿佛让人能伸手摘到月亮。济南这样的天气实在是太难得了，倘若能加强管理，经济发展与环境保护并驾齐驱，让这样明朗的天空再多一些，该是一件多么好的事啊。

下山的时候，路人更加稀少，我们特意选了一条偏僻难走的道路，来增加挑战性与乐趣。面对生活中的难题时也应该这样，积极去迎接挑战，用乐观的心态去面对困难，其中的过程是历练也是成长。人生的路上总会有荆棘，用力去斩断它们，享受这个过程，而不是畏首畏尾，不敢向前。每个人的人生都只有一次，所以，为了不让自己留有遗憾，尽力让生命之花精彩地绽放吧！

作者：医学院2012级本科生　王　喆

4 月 20 日　星期三　晴

SDU 一卡通领取者 · 毛俏婷

前两天的降雨让今天的兴隆山的空气更加清新，天空蔚蓝，道路两旁绿树成荫，眼前的美景让人走在路上心情也不由自主变得愉悦起来。

中午 11 点半，刚出图书馆就发现小树林聚集了好多人，走近一看，原来是在排队领 SDU 一卡通，嚯！这队伍好不壮观！连连绵绵的小队足足从欣园西摆展台的地方排到了小树林。想到最近朋友圈都被 SDU 一卡通的集赞给刷屏了，还有好多不在学校的校友求代领留念，我也就不感到震惊了。根据之前看到的介绍，SDU 一卡通是一张集多家商家优惠的会员卡，想想有了它之后就可以“在济南横着走”，心中也是欢呼雀跃了一阵儿。但是看到这么长的队伍加上听说每轮的发卡数量有限，我默默决定下午早早过来排队领卡。

下午 4 点赶到展台旁，终于等到 4 点半开始领卡，不一会儿就领到了一卡通，心中十分佩服这些负责发卡的工作人员的效率。拿卡走出来才发现，队伍再一次排到了小树林，真是火爆啊。

想想近一年来，在学校的生活变得越来越便利。洗手间不知什么时候出现的镜子、饮水机接水处的防溅水纱布，还有覆盖更加全面的圈存机，再加上这次的 SDU 一卡通……这些都让人感受到学校生活的温暖。以至于有一天和一位大叔谈到在兴隆山生活是否存在不便的时候，脑子里竟然一点儿反应都没有。虽然以前老是调侃我们进了山沟沟，交通不便，但最近生活得越来越舒心，再加上三年来享受着配置完备的现代化图书馆、一人一排桌子的自习室，心里开始有点儿舍不得兴隆山了。

作者：能动学院 2013 级本科生　毛俏婷

4 月 21 日　星期四　晴

国际教育学院本科生 · 王焌郦

还记得初中快要结束的时候，认识了曾轶可，她在我 16 岁的时候发了一首新歌，叫 *Forever 21*，但那时候哪知道原来 21 岁是这么近又这么快的事情呢？虽然每年自己的年龄在不断增长，可我还是像小孩子一样，一到快过生日的前几天就兴奋得不行。凌晨的时候，我再次继续自己的传统项目——听一首《祝我生日快乐》，最好最好的祝福总要自己第一个给的。

听说我是在 21 年前早晨 7 点的时候出生的。清晨的一只白羊，期待着太阳的出现，期待在一日之晨做那些我爱的事情。20 岁这一年，喜欢走很多很多的路，看很多很多的风景，然后慢慢学着怎么让自己变得美起来。

21 岁生日这天，和 217 的伙伴们吃了顿丰盛的午餐，嗨了 KTV，尝了甜甜的蛋糕。能够和 217 的伙伴们一起过我生日的机会，只剩下这宝贵的最后一次，甚至还很怕这就是最后一次。然后我们就会从交点处出发，继续前进着各自精彩的人生。不知道自己 31、41、51 岁的时候，记忆中的 217 是不是还是年轻的模样。那个“贱贱”的亚男爱听相声，美美的蓓蓓引领时尚，傻傻的一澎总被捉弄，博学的小梁开小课堂，胖胖的六妮沉迷游戏。她们每个人都有很多大家都知道的闪光点，但我知道，只有 217 的人才知道闪光点背后的多姿多彩。从遥远的日子来看，希望记忆不会褪色。从近处的日子来看，希望明年生日相聚时大家都心想事成。

Forever 21。

自己大学生活其实已经不存遗憾了，无论是读到心里的、学到脑子里的、走在脚下的、写在纸上的……这些都已经尽力，没有让自己失望曾拥有这样 3 年的大学本科时光了。但未来，更期待自己沉下心来的研究生生活。

相信，一切都是可以的！

作者：国际教育学院 2013 级本科生　王焌郦

4 月 22 日　星期五

“山大日记”栏目组

三年前的今天，“山大日记”揭开神秘的面纱，第一次出现在人们的视野；三年后的今天，它已经承载了成千上万山大人的记忆。

“再茂盛的树木，最初，也不过是由一颗种子开始。”“山大日记”这颗种子经历过三个春夏秋冬，已经长成一棵大树，陪伴着山大人走过了一千多个火热的日子。三年来，共发布日记 5400 余篇，600 余万字；网站总访问量超过 310 万次；1000 余人次在“我的今天”留言板留言，3500 余人次参与文章评论，11000 余人次为喜欢的日记点赞；获评首届全国高校网络宣传思想教育优秀作品特等奖、山东大学首届校园文化建设优秀成果一等奖、山东大学十佳网站等荣誉称号。

在这里，每一位山大人用最纯洁的情感、最质朴的话语、最温馨的感动，书写着真实山大故事，传递着铿锵山大之声——

师者之言，言之谆谆。“为天下储人才，为国家图富强”，是山大师者一以贯之的坚持。他们在这里讲述了一个又一个山大故事，诉说了一段又一段师生深情。

在山东大学 2015 年本科生毕业典礼上，长江学者杜泽逊不禁热泪盈眶：“一晃三年过去，第一届尼山学堂学生毕业了。他们的成绩和学术论文水平之高，证明了他们是国学拔尖学生，将来必定是国学专门人才。”山东大学优秀教师获得者、生命学院教师时永香从张荣校长手里接过荣誉证书，内心喜悦的同时，更醒觉到肩负的使命：“课堂上多少双渴求知识的目光怎能数得清？”

他们把学生唤作“孩子”，便真如父母般为“孩子们”遮风挡雨，在关键时刻握紧他们的手，耐心地教他们坚强，带领他们成长，目送他们远行。

看着操场上挥洒汗水的军训新生，护理学院辅导员潘玫杏在日记中诉说衷情。回首和孩子们相处的三年时光，环境学院辅导员王斌心中满是欣慰。在新生安全教育报告会上，学工部副部长宋作标望着现场的孩子们，想到全国高校校园事故率，从自己多年学生工作经验出发给新生们提出中肯建议。第三幼儿园教师于笑川为一场初雪无比欢喜，倒不是自己多么喜爱雪，而是因为想到“院子里到处充满了孩子们欢快的声音，到处可以看到孩子们快乐的身影”。

远方传来青岛校区建设现场的声音。从无到有，建设者用汗水回应着所有山大人的热切关注、殷殷期盼。

一个晴朗的清晨，从事青岛校区安全保卫工作的李海岩被鸟鸣唤醒，看到大晴天，首先冲入脑海的是“这样的天气最适合工程施工了！”土建学院本科生张瀛心为青岛校区设计了一座美丽的校门，她在日记中说：“青岛校区的校园大门就是要给山大人留下一个不可磨灭的专属回忆——我要设计一个山大人的‘情怀’。”

2015年，国际历史科学大会115年来首次走进亚非拉国家，由山东大学承办。以“承载山大历史”为使命的“山大日记”，记录着隆重的时刻，也传递着亲切的声音。

通过新闻报道，大家知道这场史学盛会为各国学者提供了一个学术探讨的高端平台；通过“山大日记”，人们了解到它更是各国学者爱上中国的完美契机。大会期间，一个济南老人将自己的自行车借给一个美国老人的故事通过“山大日记”使人知晓，并流传为佳话。日记中，美国历史学家鲍德威用“震惊”表达了当时的感受，他感慨道：“因为一次大会，来到一座城市，因为这座城市，结识一个人，因为这个人，更加爱上了这个国家。”

“三严三实”专题党课、抗战胜利70周年，在严肃而庄严的现场，弥漫着深深的思索。

上完“三严三实”专题党课，药学院本科生辅导员张嵩迎“顿时觉得身上的担子更重了”。在中国首个法定“中国人民抗日战争胜利纪念日”，学生刘聪聪无限感慨：“到了今天，历史非但没有被遗忘，反而愈来愈加清晰。”

有人说“山大日记”就像一部交响乐，或慷慨激昂，或温情款款，记录着每一位山大学子的成长足迹，无论你过去来自哪里，现在身在何方，多年后再次聆听，仍会感觉到那一份份真挚的音符在指尖流淌。

这里有相遇时那一刹那的惊叹，毕业典礼上，山大（威海）毕业生代表刘赫喆感叹：“人生最奇妙之处，莫过于一系列的偶然与巧合制造出了命中注定的相遇与缘分。”有初遇时的无限憧憬：“走在队伍里，心里是满满的期待，像是一簇簇炽热的小火苗，跳动，跳动，点燃了青春激昂的心。”有青春飞扬的呐喊：“舞台让我变得不平凡，我知道这次演出只是一个开始。”

这是一个大众创业、万众创新的时代，山大学子吹响时代的号角走进创新创业的队伍中，风采昂扬。

“那些奋斗在创新创业路上的山大人，给在校学子树立了榜样，也给大家提供了许多珍贵的意见和建议。如今，学校成立了创新创业学院和学生就业创业指导中心，山大校园里掀起了一股创新创业热潮。”学生就业创业指导中心的工作人员吴俊在日记中诉说美好愿景。

更有这样一种声音，无声胜有声；有这样一群人，在把平凡延长沉淀，铸成不凡。

也许你在山大生活很多年，但是你未必见过山大凌晨三点钟的星辰。当我们还沉浸在梦乡时，后勤保障部环保科的丁昌已经拉开垃圾清理的序幕，“装载着垃圾的车辆缓缓地驶出校园”。一天的忙碌过后，后勤保障部职工张龙云端起早已凉透的水杯，陷入了沉思：“我不禁又想到那个老套‘工作的意义在哪里’的问题，我们的工作不就是服务师生、让师生满意吗？我们的价值就是师生对我们工作的认可呀！”

……

《山大日记》承载的不仅仅是这些，在这里还有更多有趣的故事、感人的情节等着你来发现。多年以后，当它再次被翻开，里面满载的，将是无可取代的如歌岁月。

作者：“山大日记”栏目组

4 月 23 日　星期六　晴

中心校区食堂工作人员 · 宋吉进

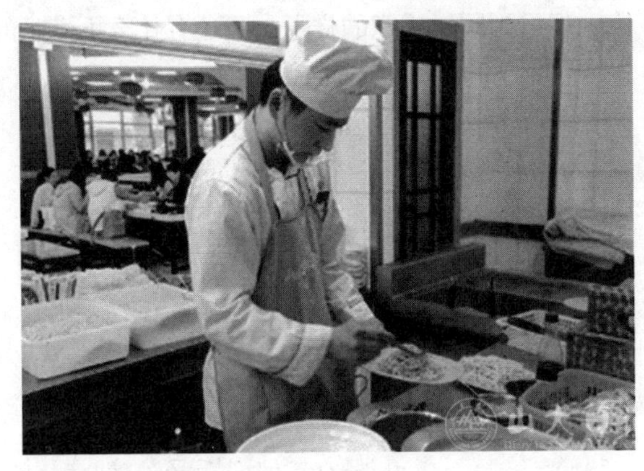

不知不觉间我已经在山大食堂工作四年了，自 2012 年来到这里，这里俨然成了我的第二个家。每天七点钟准时来到食堂，早早打开冰箱把当天的食材放进去，新一天的工作就这么开始了。由于中心食堂的负一层是全天开放的，为了保证同学们可以随时吃到我们的麻辣烫和热干面，我通常会在这个窗口一直站到晚上十点。

四年来发生了许多事情，最近“山大视点”微信推出了“山大面孔”系列，其中的山大食堂记录了包括我在内的一些同事，让我不禁想起了四年来我见过的山大面孔……

他们是羞涩的面孔，每年的开学季我都会认识新的朋友，他们带着好奇和憧憬来探寻食堂的美食，在我负责的麻辣烫窗口驻足，欢呼雀跃地挑选着自己喜欢的食物。我接过他们给我的挑选筐，期望他们能在这里尝到大学的味道。

他们是熟悉的面孔，四年下来有的同学已经毕业，有的同学也从青涩走向成熟。也许同学们不知道，每个在我的窗口买过麻辣烫的同学，我都会认真记住他们的面孔。方寸之间的窗口是彼此之间的默契，有的时候同学会忘记带卡或者卡里余额不足，“同学，先吃着，下次再刷就可以。”山大学子是值得信赖的，也是值得交往的。有的学生会觉得不好意思面露窘色，吃过饭后也会很快过来把饭钱补上。

山大面孔有很多很多，头发花白的老教授、步步生风的年轻老师、和我一样为学生服务的教职工……

有的同学在排队与我闲聊时会问到我为什么每天都乐呵呵的，或者对于其他同学来这个窗口调调料会不会介意之类的小问题。其实呀，我哪里有什么烦恼的事情呢，看着这里的学生和老师，他们早已经成为我生活与工作中重要的一个部分，这里的工作虽然忙碌劳累但简单快乐；虽然每天会为第二天的食材准备到很晚，但看到同学满意的样子，我还有什么不满足的呢？

作者：中心校区食堂工作人员　宋吉进

4 月 24 日　星期日　晴

山大唐仲英爱心社社长 · 杨占君

今天早上，唐仲英基金会总裁徐小春女士、基金会中国中心主任程文琛女士、基金会中国中心项目主管朱莉女士一行来到山大，视察山东大学唐仲英爱心社的工作。作为一名红彤彤的“小唐心”，我与社团的成员一样早早地便对今天充满了期待。这是我们与慈祥和蔼的徐女士的第一次见面，这代表的是基金会对我们山大唐社的肯定，是我们山大唐氏人的荣幸。

徐女士一行参观了我们社团的活动室，了解了社团的各项活动，重点参观了我们的荣誉陈列架及纪念照片墙。徐女士高兴地夸赞了唐社，说它虽然年轻但是很优秀，是最好的社团之一。我们都觉得自己的努力与付出得到了很大的肯定，这将会激励着我们不忘初心，继续前行。

作为山大唐社第六任社长的我，很荣幸向各位领导、老师汇报了社团的成长和发展情况，激动又自豪地向大家介绍了社团探索形成的高校爱心社团新型发展模式。在汇报过程中，徐女士与张荣校长非常认真地聆听，也纷纷露出了赞许的微笑，这让原本有些紧张的我一刹那感到了温暖与安心。汇报的最后，我还代表社团将我们的活动体系框架图轴赠送给基金会，像一个小孩开心地向父母汇报自己的好成绩一样交出了社团的感恩答卷，表达了我们的一片赤诚之心。

是呀，山大唐社虽然比其他高校兄弟社团年轻些，但始终以基金会十六字宗旨和“学无止境，气有浩然”的校训精神为指导，为把社团打造成为有山大特色的高校一流爱心社团而不懈奋斗，这是我们一代代山大唐氏人共同的理想与追求！

在交流发言环节，“小唐心”们纷纷表达了肺腑之言，向老师们倾吐了自己的成长与改变，在场的所有人都深受感动。听了社员们的发言，徐女士开心地说，山大唐社成立虽晚，但发展迅速，短短五年，就取得了惊人的成绩，已经成为一流爱心社团。同时，徐女士也对我们提出了要求和希望，希望山大唐社坚持公益，并在第九届唐仲英德育奖学金交流会上再接再厉，展示出独特的风采。听完徐女士的发言后，我们在兴奋之余也暗自下定决心，一定要精心准备10月份的交流会，争取再创辉煌。

张荣校长高度肯定了唐氏基金会在中国教育、公益事业方面的贡献，并语重心长地向社员们强调了“德育”的重要性，即有道德才有浩然之气。同时，张校长向山大唐氏人提出了希望，他希望唐社能够成为学生模范、校园旗帜、社会灯塔。张校长的这一席话对我们提出了更高的要求，也指明了我们未来发展的方向。我们相信，拥有基金会和学校的支持，还有山大唐氏人的浓浓爱心和勤奋努力，山大唐社一定能蓬勃发展，再攀高峰。

美好的一天总是如此短暂。今夜，我依旧忙碌，忙着浏览今天的照片，忙着认真聆听今日的录音，忙着做笔记，忙着畅想美好的未来。作为一名唐氏人，这段忙碌是那样的甜蜜，让我无比喜悦，无比幸福，便不禁笑了起来，迫不及待地写下了这篇日记，希望将今天变为永恒。

作者：管理学院 2014 级本科生　杨占君

4 月 25 日　星期一　晴

校园十大歌手冠军 · 南星辉

那天晚上，当拿着有点陌生的麦克风站在聚光灯下，我深吸了一口气，脑海里浮现出一个人影，他站在镜子前发了疯似地唱着歌。为什么要那么拼命？他是谁？

是音乐疯子。

这样的日日夜夜已陪伴我一年多，直到今天我再次站在这个舞台上。此时这个有魔力的舞台早已让我忘却了曾经的失败，看淡了比赛的胜负，当时的失落早已灰飞烟灭，此刻的我只想唱好歌。

从开始准备到比赛结束，在这整个过程中，我非常感谢一直给予我帮助和支持的朋友，无论是伴舞还是化妆，或是观众声嘶力竭地为我加油呐喊，都是那么的认真，那么的辛苦。每次站在台上看到你们因为给我加油而嗓子哑到发不出声时，我心里总是会一遍又一遍地重复着对你们的谢意与愧疚，其实那时我的眼睛早已湿润，我很确定那是幸福感恩的泪水，心里满满的都是感动。

对于音乐，我常说它就像太阳，没有了太阳，没有了阳光，人可以继续活着，但是不会活得那么有颜色。而我只想在音乐下让大家知道我心里面的热是什么颜色。我不擅长表达，只有通过疯狂地唱歌来表达我内心的想法。音乐拉近了人与人之间的距离，就是这种魔力让我在这次比赛中结识到了很多喜欢音乐的朋友，不管是不是参赛选手，他们都是那么负责、热情和亲切，使我的紧

张和不安瞬间消失。

我觉得这次的参赛选手都是赢家，都是第一，只不过这一次幸运女神站在我这一边罢了。每位选手的精彩演出都让我大开眼界、大饱耳福。他们在台上比赛的场景到现在还历历在目。

此次比赛中我得到的友谊、关心及认可，远比十大歌手冠军称号更重要。最后，让我怀着最虔诚的谢意说声：谢谢！

作者：外语学院2014级本科生　南星辉

4月26日　星期二　小雨转阴

“山大杯”女排参赛者·吕绮梦

在这个潮湿却拥有美丽夕阳的傍晚，从准备到完赛历时近一月的“山大杯”排球赛落下了帷幕。四战仅胜一场的我们，在比赛结束之后，也三三两两地散了。看着前方被夕阳拉得很长的影子，我突然想到两句不应景的词：“水涨水落，你都要流出去。想走想留，你都要走出去。”

今年的女排比赛，我们学院史无前例地人员爆满：没有特点的某中锋、不帅但很漂亮的昕女神、无死角接球的陈蕾姐、最温柔细腻的珍珍、永远需要补个球的老学姐、瘦弱娇小的婷婷、被我成功圈粉的史逸，还有总是露出迷之微笑的新疆小学妹。很多人在为自己的事忙得焦头烂额时，却还是愿意腾出一个又一个的下午，在球场上玩着聊着，聊过去，聊当下，聊以后。然而聊过的话题，现在回想起来，大都像细碎的沙尘，风一吹就散了，怎么也记不起，很奇怪的是，每个人脸上的笑，却刻在了风里。

印象最深的是上周三那场比赛，我们以2∶0的比分领先，却又被追平，决胜局每个人都紧张得两手冒汗，每次叫暂停只为一起喊一句“能动加油”。最终赢得比赛的那一刻，大家全都跳了起来，欢呼，拥抱。我一直想回忆起那天的心情，却总恍惚地觉得那像是幻觉，那种心情已经不是用一个“百感交集”就能表达的。那天傍晚的一切都是那么美好，花啦、树啦、卅女神啦，连我们走过的白玉兰路都像是用金子做的。

我是一个很不愿面对仪式却总给自己制造仪式的人。傍晚的球赛结束后，我一个人开了场告别典礼，告别将散布全国各地的大四老学姐和搬去千佛山校区的大三老学姐，告别我们共用的太阳和风，告别那些乏味似水的时时刻刻。我也是个私下里一句话都不想说、抗拒交流的糟糕的人，以至于我大部分的笑被归为“敷衍的笑”，在球场上却成为每个人的向日葵，为每个球鼓掌欢呼。是啊，你们都是我的小太阳。

春风吹不到十里，兴隆山的也不行，它哪儿也吹不到，最终只能吹进心里和过往的铭记中。或许只有在隆冬时，我们才会知道，原来我们身上都有一个暖洋洋的春天。

作者：能动学院2014级本科生　吕绮梦

4月27日　星期三　阴

宿管员·许苏娟

这是我来到山大工作的第二年了，说长也不长，说短也不短。宿舍一楼小小的一间房，是我在这个校园的小天地。隔着玻璃，看着同学们进进出出，可能有人会觉得很单调，其实也不然，因为每天都会有不一样的事情发生，每天都有惊喜。

每周都是工作一天休息一天，和同事轮流值班，虽然并不住在附近，但我从没觉得一个半小时的车程是什么问题，因为这种体验是独一无二的。冬寒夏炎，

这种来来回回持续得久了，也就习惯了。来到宿舍，就投入宿舍的工作中，专注就好。

因为每天都和学生待在一起，所以要说感想的话，大多是和学生有关的。每次见面时爽朗热情的问好，每次查楼时的嘘寒问暖，每次意料之外的温暖帮助，每次的关心，每次的微笑，都会让人心里产生一股暖流。这些看似微小的瞬间，都被我们珍藏在心里，每次想起来都感到特别美好。当你的劳动得到了别人的肯定，你在付出的时候就会更有动力。其实我们的工作很简单，每天提醒同学们刷卡进出，每天按时开门锁门，每天准点查楼查房，我们的工作都围绕着同学们的生活展开，同学们的肯定是对我们最好的褒奖。

我们每天和学生相处，也都希望能和学生保持良好的关系，更好地为学生服务。住在一起都像是亲人一样，同学们有什么需要帮忙的地方，比如说借点工具、换些硬币什么的，我们也很乐意。而且和同学们待在一起，时不时交流一下，也可以让我们学到很多东西。同学们来自全国各地，每次听他们讲自己家乡的故事，都会让我们很好奇。我们一些员工聚在一起，也会相约着退休了一起出去旅旅游，看看祖国的大好河山。

在山大的每一天，都让我感受到不一样的精彩，和最可爱的一群人相处，也没什么不满足的。希望每一天都能看到同学们真诚的笑容，感受这份工作最独特的意义。

作者：兴隆山校区 16 号楼宿管员　许苏娟

4 月 28 日　星期四　晴

应届毕业生 · 刘　荔

剪辑完最后一段视频素材，轻轻点击了“保存”，忙活了一个月的法语班毕业 MV——《山大的你》终于要成形了。看着保存进度条缓慢地行进着，明明已经很累了，我却没有什么睡意。

“叮”一声，视频保存完毕，电脑程序按照惯例从头开始播放，这一个月的记忆连带着大学四年的过往一下子被牵扯了出来。

2012 年初秋，济南还是艳阳高照的天，我拖着沉重的行李箱来到山大洪家楼校区，在我眼里，大学的一切都是那么新奇、那么独特。闭上眼，仿佛还听得见校园里沸腾的人声，闻得到空气中蒸腾的热气儿，还摸得到学校各处挂着欢迎 2012 级新生入学的火红横幅，还记得当年初见舍友的拘谨与小心翼翼，还记得第一次导员开会自己手里攥紧的笔和笔直的腰杆，还记得军训时放眼一片翠绿迷彩的壮观场面……容颜会老去，年华会逝去，可是记忆这种东西，只要你活着，它就能像真实场景一样鲜活，让你感觉到突然有些恍惚。

本来是响应学校发动的“毕业生感恩教育”活动而做了这么一个视频，到如今每一帧画面闪过都让人心生感慨。

从 4 月初开始邀请法语系“怀旧金曲小王子”刘洪东主任和“甜歌小天后”卢梦雅老师加盟，到歌曲彩排然后录制完毕，最后在辅导员和高书记的帮助下毕业视频雏形初现，每一步的迈进都让人欣喜而有些感伤。早些年看过很多青春怀旧类小说，以前总觉得怀念旧时光的那些语句特矫情，而当我开始慢慢理解这些句子甚至感同身受时，才发现人的很多感受都是共通的。如果可以，我多想一辈子困在青春的大雨里，重感冒也在所不惜。或许很多经历本身并无意义可言，只是对置身其中的人来说，每一段经历都是独一无二的记忆，承载着不一样的情感，许许多多的经历让我们成长为如今的自己。

今天的我们都是从一开始最懵懂的时候开始，慢慢在山大打磨着自己的棱角，并一步步走到大四这个分岔口。但是大学毕业并不意味着生活的结束，相反，这正是下一段精彩的开篇！亲爱的老师还有同学，千言万语都化为一句祝愿：一路平安，各自珍重！

一首《山大的你》，送给大家也送给自己，纪念我们一同走过的青春，感谢一路陪伴的你。

作者：外语学院2012级本科生　刘　荔

4月29日　星期五　晴

回家感悟者·姜卫航

列车终于开动了。经过了两个月的忙碌，已经没有什么能够比“回家”两个字让我更高兴。虽然一如既往的坏运气还是没能让我买上座票，不过想想家里的一切，还是值得我在拥挤的车厢里站两个小时的。

从这个学期开始，我终于体会到了homesick的感觉，尽管家里距济南也不过一百多公里。之所以这个学期才开始想家而不是上学期，是有原因的。上个学期的我宛如一匹羁押已久的马驹，刚刚摆脱中学教育的缰绳，奔入大学这片广袤的草原中，自然是要撒撒欢的。事实上，上学期我对周围的一切都充满了好奇心，我乐意尝试新事物、乐意与人打交道，因此也收获颇丰，积累了很多经验。而下个学期，新鲜感已渐渐褪去，再也没有了以“小鲜肉”自居的本钱，随之而来的是对生活的适应、司空见惯以及某些方面的得心应手，甚至开始怀念曾经被“羁押”的日子。

一天晚上与朋友的闲谈终于激起了我对家与家里的一切的思念。朋友在四川大学读书，离家更远，回家的机会也更少。他对我的倾诉，慢慢引起了我的感同身受。我也想家了。带着这样一种心情，我进入了一段特殊的忙碌时期。那一周，各科的期中作业纷至沓来，部门的活动一个接一个，合唱团的排练，支教团的夜跑，再加上时不时的班级工作……吃不好，睡不好，每天为各种事情奔走操劳，身体终于吃不消，肠胃开始闹起了意见。那是我最想家的一段时间。忙过那一阵后，身体也渐渐调理回来，我开始明白，即便是回家，也并不能让我把手头的任务抛之脑后——大学生活就是如此吧，想变得更优秀，就忙起来吧。我开始去寻找机会，我想让自己变得更好。现在，除了功课压力，我负责着班级、支教队、暑期调研队的工作，积极参与着部门的任务，同时也在参加合唱团的排练。我仍然很忙，可是，忙也是一种难得的快乐啊。不再去想了。

戴上耳机，耳边萦绕着 *500 Miles* 的旋律，多么应景——“衣衫褴褛，一文不名上帝啊，这样的我该怎么回去这种贫寒，这样潦倒这种日子，这样的我上帝啊，这样的我该怎么回去……”我的家并没有五百英里那么远，我当然也没有衣衫褴褛。所以，是时候回家了吧！

作者：政管学院 2015 级本科生　姜卫航

4 月 30 日　星期六　晴

参观青岛校区留学生·Ali Yussuf Amour

五一假期前，我和同学来了一场说走就走的旅行，一起参观了山东大学青岛校区和中国海洋大学鱼山校区。清晨 4：15，我不得不起床为这场旅行做准备。5：40 左右，李凡和关羽这两位向导带领着我们从中心校区前往济南火车站。二十分钟后，我们到达火车站。检票之后，在候车厅里待了 50 多分钟，火车才缓缓发动，那时是 7：16。由于有人没买到座票，我们不得不实行“轮流坐”制度。坐累了的人站起来让站累了的人坐，也是蛮有趣的。当然啦，当火车快到青岛站的时候，我们的好日子就到头了——座位真正的主人上车了。

At the entrance gate of Jimo Train Station - Qingdao

坐在驶向青岛的火车上，掠见车窗外的道路、建筑物以及其他基础设施，我们能够感受到中国的城市规划发展。9：40左右，我们到达即墨市火车站。似乎为了欢迎我们，连天气都变得格外的好。前方停着的两辆车，将把我们带到青岛校区。司机师傅告诉我们大约需要一个小时，我们把便携式扬声器连接在手机上来播放音乐打发时间。

怎么形容我初见青岛校区时的震撼呢？哇……多么不可思议！青岛校区虽未建成，还处在第一阶段的最后环节，但可以想象，即便不是世界上，这也会是中国有史以来最美丽的校园。规划部门的负责人周先生为我们简要介绍了项目。青岛校区的建筑设计参考了德国式架构的特性。校园可以招收25000多名学生，这里配备现代化教室、宿舍、图书馆、档案馆、博物馆、游乐场、游泳池、健身房、花园等等。当然啦，还有国际旅馆。学校附近有可以容纳2000多名员工的特殊公寓。校园最有趣的部分是“你可以步行去发现鳌山湾海边，享受海风”。

我们花了一个小时逛校园。12 点半我们到青岛市区吃午餐。我们找到了一家穆斯林餐厅，每个人都点了自己最喜欢的食物。酒足饭饱之后，我们前往中国海洋大学鱼山校区。鱼山校区校址曾是俾斯麦时期的军营——1903 年为德国军队而建，那时的青岛是山东德国租界的一部分。最后，我们去了沙滩，自拍纪念。由于时间非常有限，我们早早就赶到青岛火车站准备回济南。

这次旅行好似一个由各种各样看得见的、看不见的部分组成的“艺术品”。有太多的人值得感谢，我应当向他们表达我最真诚的谢意。生而为人的义务，我要提部分为这次旅行提供特殊帮助的人，没有他们的帮助，这次旅行不会成功。

我非常感谢李教授、助教李凡、Larik 和关羽女士，他们给予了我们宝贵的

At SDU- Qingdao Campus
Front- from Left: Elie, Yussuf, Ali, Guan Yu
Back - from left: Waqar, Li Fan, Kashif, Farhan, Zhou and Hassan

建议并指明了这次学习之旅的方向。同样，我很感谢周先生，他组织了我们的青岛之旅。我特别感激国际事务部门和计划部门的支持。

最后，我要感谢这次青岛之旅同行的朋友们。

作者：政管学院 2015 级留学生　Ali Yussuf Amour

5 月 1 日　星期日　晴

医学院本科生 · 胡欣婷

“竹外桃花三两枝，春江水暖鸭先知。”江南的春日诚不我欺。虽未见“日出江花红胜火”，却也有幸目睹“春来江水绿如蓝”。

春光恰正好，韶华不可负。待很多事情尘埃落定后，便想趁年华好好享受一下江南的春日，恰逢好友也想外出散心，于是二人便决定来一场春日江南游。

首先去的是扬州，本以为“阳春三月下扬州”会让她暂时告别失恋的阴霾，然毕竟理想丰满，现实骨感，对于名城扬州，我们不约而同地感到失望。于是打算月夜乘画舫，前往同里。

雨夜游秦淮，醉卧西津渡，渡江下扬州，但无疑姑苏的景致自与他处有别。“上有天堂，下有苏杭”真不是盖的。我在去往同里的船上昏昏欲睡，虽然听过同里古镇很有情调，然后却担心是又一个“扬州”。一路走来，两岸绿柳成荫，运河水波漾漾，眼前的景致在不停变换，好友一颦一笑，不时也呆呆望着窗外，不知是否又勾起了那份不想提及的殇。有些事情并不像海滩上的沙粒那么容易就消逝在一层又一层的浪花中，车轮滚滚向前，一个轮回接另一个轮回，可有些事却无法永远停留在车轮最下方，总是会不经意间一遍又一遍地轮回，直到心已经麻木。我不知道她现在是否又在难过，只希望这次游江南可以让她开心点。毕竟她在我心里一直是个很阳光很开心的姑娘，虽然有时候会变成女汉子。在她的发呆中，斜挂的夕阳将窗外的树影越拉越长，不多久，月神将一层神秘的薄纱披在了同里的桥上，同里的水上，同里的一切上……

到了同里已经很晚了，镇外的同里与我之前去过的地方并无太大区别。因为想感受真正的水乡韵味，所以订了镇里的一家客栈，从船上下来后直接叫了一辆三轮黄包车带我们去客栈。青石古路散步虽好，但是对于行车是极不便的。随着一路的颠簸，同里的面纱一层层揭开，看来这次同里之行真的是值得的。

颠簸的青石古路，窄窄的街道，临河的人家，河两岸的初上红灯，一座座小石桥架在粼粼的水上，水乡多的不光是水还有桥。“小桥流水人家”说的应该就是这样子的吧。残月上苍穹，红灯映水中。小街人未稀，桥边柳依依。这也许是同里给我们这些外乡人最好的迎接。

作者：医学院2012级本科生　胡欣婷

5月2日　星期一　雷阵雨

“两学一做”网络培训示范班学员·仲光鑫

今天是“五一”小假期的第二天，济南的天空下起了久违的雨，为多日的高温带来了一丝清凉，也让浮躁的我们能够暂时静下心来思考。

作为首批参加全国大学生党员“两学一做”网络培训示范班的学员，我非常荣幸，也感到自己身上的担子很重，我们这批人是“以点带面”的点，因此，在学习过程中，我严格要求自己，并在学习之余不断进行思考，提高自己的理论修养。学完课程后，我怀着忐忑的心情进行了在线考试，考试之后在我们学员交流群里跟大家交流分享，也有所收获。

考试仅仅是一个开始，在我们所有的线上线下培训项目都结束后，我们这些人就要更加积极地引导、带动周围的党员同志参与到学习中来，让中央的“两学一做”学习教育更好地延伸到基层党组织，更好地教育到每一个党员。

“两学一做”学习教育是非常有必要的，也是每一个党员而不只是党员领导干部必须要完成的政治任务，这是我们接受党的教育、提高党性修养、坚定理想信念和共产主义信仰的大好机会，我们每一个党员都应该抓住这一机会，不断学习，不断思考，带着问题学，在学习中找到解决问题的方法，争做讲政治、有信念，讲规矩、有纪律，讲道德、有品行，讲奉献、有作为的合格党员。

作为山东大学附属济南市中心医院学生党支部的组织委员，我和其他党支部的负责人按照山东大学医学院党委关于“两学一做”学习教育的部署，制定了我们党支部关于“两学一做”的工作安排，我希望能够在这次活动中真正起到“点”的作用，让所有的党员都能够得到教育，都能够有所思考和启发。

“五一”前夕，习近平总书记在同知识分子、劳动模范、青年代表座谈时发表重要讲话，号召广大知识分子、广大劳动群众、广大青年把自身的前途命运同国家和民族的前途命运紧紧联系在一起，努力为共同理想和目标而团结奋斗。

作为知识分子和青年人，我们大学生是国家的栋梁，是党和人民事业的重要力量，时代在呼唤，我们一定要认真学习专业知识，不断培养创新意识，不断开拓进取，将个人梦想与实现中华民族伟大复兴的中国梦紧密联系起来，在为中国特色社会主义现代化建设和“两个一百年”奋斗目标贡献自己所有力量的过程中实现自己的人生价值。

作者：医学院 2012 级本科生　仲光鑫

5月3日　星期二　晴

“济南惨案”感悟者·王　良

和往年一样，今天上午济南市用拉响防空警报的方式来纪念88年前的那个屈辱和悲恸的时刻。然而，很多同学对于“济南惨案”好像并没有太多的了解。

时隔88年，警报声再次划破济南的上空，就是为了提醒我们，“济南惨案”并不是历史的风尘，我们要牢记历史，勿忘国耻，珍惜现在，守护和平，不辜负时代的豪情，奋发图强。

“济南惨案”，又称“五三惨案”，是1928年日本军国主义为阻止国民革命军北伐，阻碍中国统一而采取的挑衅事件。“五三”事变中，日本军队借口北伐军侵扰济南侨民，主动向中国军人开枪射击，并出动军队占领济南，蓄意屠杀中国军民6000余人。其中，日本人无视国际外交规则，用割掉耳鼻、挖掉眼睛等酷刑残忍杀害国民政府外交官员蔡公时。日本军队继而驻扎济南，对济南市民展开了疯狂的屠杀行动。

今天，在济南市趵突泉公园内有一处“五三惨案”纪念馆。纪念馆里保留了许多珍贵的史料。第一次近距离地接触这些泛黄的老照片和旧史料，我的内心是极度震撼的。其中有一幅照片展示的是日本军人举刀砍杀一个8岁小男孩的情景，原因仅仅是在小男孩的口袋里发现了国民政府发行的纸币。小男孩被绑在一棵大树上，无助且充满恐惧的眼神让人触目惊心。难道，他们真的没有丝毫的人性吗？为什么要向一个稚嫩的孩子举起屠刀呢？

当时积弱的中国好像并没有反抗的力量。日本人在占领了济南后又进一步向国民政府发出通告，结果是北伐军最终没有经过济南，而是选择绕行。多么令人心痛的历史啊！自己国家的军人在自己的土地上竟然因受到外国人的干涉难以反抗而选择绕行！

历史让人沉思，尤其是我们这些生活在这片土地上的人们，更不能忘记“济南惨案”。都说在南京大屠杀中伤亡的30余万人是南京人永远越不过的坎。那济南呢？ 6000多个济南人的鲜血换不来后代的铭记吗？

昨天的济南下了一场小雨，阴郁的天气仿佛是在告慰那些不幸的亡灵。真的希望再一年的“五三”，我们都能够融入纪念的气氛，在防空警报中默默地沉思一分钟。

在泉城广场西侧，有一块巨大的石头日历，时间定格在5月3号。

作者：政管学院2015级本科生　王　良

5月4日　星期三　晴

锻炼者·徐程祥

今天是五四青年节，对我来说是个开心的日子。不是因为“五一”小长假延续的愉快，而是因为今天去称了体重——终于恢复到了过年之前的体重！

想当年，我还是一个十足的胖子。在我小学的时候，大家都叫我“小胖”，小学六年我就一直顶着这样的绰号。初中的时候，我也是胖胖的，当时也没觉得有什么，该吃就吃，午饭、晚饭吃得很多，而且平时没事的时候就吃零食，属于一吃就停不下来的那种，俗称吃货。

直到我喜欢上一个女孩。那是初中的时候，当时年纪小，一冲动就去表白了。但是最后被拒绝了，当然是很难过的，于是我下定决心要减肥。高中时，我开始对自己的饮食有所节制，尽量不吃那些垃圾食品，严格控制三餐饮食，但是由于小时候享受得太多，所以偿还的时候很痛苦。而且我的高中的生活大概就是“家、教室、食堂”三点一线的生活，几乎没有时间来锻炼身体。但是为了追到喜欢的女孩，我每天晚上在睡觉之前都会做俯卧撑和仰卧起坐——然而效果不佳。

进入大学之后，我终于有大把的时间来锻炼身体了。然而，自卑和懒惰占据着我的内心，我很少到体育馆和操场上去运动。大一上学期过去之后，我的体重还有所下降，春节回家很多好吃的铺在我面前，一时间没有忍住诱惑，又断送了好不容易养成的良好饮食习惯。后果就是，居然涨了10斤！我的内心是崩溃的。

就在上个月，我参加了夜跑活动。从此，我每天都在锻炼身体，为的不是别的，就是想有一个好的身体找一个好看的妹纸就够了……我想我已经在路上了！我会朝着这个目标继续努力的。

就是这样，我的青春我做主！

作者：经济学院2015级本科生　徐程祥

5月5日　星期四　晴

保安·方　伟

今年是我在趵突泉校区工作的第九个年头。我们这些“老人”，都习惯称她为“西校”或者是“山医”，显得格外亲切。

今天是立夏，济南的夏天已经来了，天开始热起来了。进出校友门的同学、老师，这两天都换上了短袖。每年都能听到学生抱怨济南的夏天太热，可是西校的情况相对好很多。这是百年老校，路两边都是参天古树，即使正午也有大片的荫凉。

对于我们这些工作人员来说，天再热也要把工作服穿戴整齐，我们是山大的第一张名片。现在还不是很热的时候，真的热起来时，太阳毒得很，我们从屋里端盆水泼在地上，不一会儿就全都蒸干了。冬天呢，在外面很冷。手都冻僵了，还要继续站岗。

我的职责是保证学校的安全，保证学生的安全。看到可疑人员，我们都会跟班长、公安处领导报告；可疑人员或者外来车辆，我们一般不让进入。每天早上七点，我会准时从家里赶到这里来，多半会早来一会儿。下午七点，我下班回家。每天工作十二个小时，每年二三百天，一共九年。

九年的时间，我早就把这里当成了自己的家，同事就是我的亲人。很多每天从校友门进出的老师、领导已经是老熟人了。今天中午我照例拦下外来人员，向他们简单询问情况。有一个车主觉得我们太烦琐，有些生气，言语有些激烈。我还是微笑着，尽量用礼貌的词和他交流，把我们这里的规矩告诉他。一切没问题后，放他进去了。随后进来的是这里的老师，他把车停在门口，在车里向我招手打招呼，问："还要不要检查我？"我给他回了一个礼："您不用，您是老师，绝对安全。"

最马虎不得的是校友门前的这条公路。它不是单行道，是双行道。高峰期的时候，我得时刻注意着，唯恐出半点儿差错。

我的工作很辛苦，但是我知道其他人同样辛苦。开校园巡逻车的同事，要围着整个校园转悠。到了大半夜，我们都下班了，人们都回去睡觉了，他们还要继续巡逻。在处里领导和班长的带领下，我们都在坚守岗位，认真完成任务，一切只是为了学校的安全。

保安，保安，保人平安。西校里都是医学专业的学生，他们也在保人平安。不少工作人员的家就在这所校区里。我们干这份工作，不觉得是在工作，就好像在看护自己的家一样。

感谢这里的每个人，感谢这里的一草一木，让我过去九年的生活，平凡却有滋有味。

作者：趵突泉校区校友门值班室保安　方　伟

5月6日　星期五　晴

控制学院转专业学生 · 王莉丽

下午三点多，我坐在回山的校车上，颠颠簸簸，一切都尘埃落定。困扰了我这段日子的问题终于解决了，是的，我刚刚参加了转专业面试。

从学期开始时无意中听说的转专业，到自己有了这个念头，填写申请表，仓促间参加笔试，勉强过了后，忐忑地去参加面试。原来，有些事没有想象中的艰难。

虽然，我只是在学院内部转专业，变动并不是很大，但是，这一次很开心，战胜自己的胆怯，慎重地去分析，没有随波逐流，而是勇敢地去迎接不可预测的未来。经历了高考的一次人生选择后，大半年的大学生活让我深知，自己的每个选择，或大或小，都是至关重要的，也许就决定了将来的发展和人生旅途的走向。就像这次转专业，每个专业都没有实在的高低优劣之分，只有自己适不适合，热不热爱罢了。转专业时，老师和善地劝告："你之前的专业挺好的呀，很适合女孩子学。"我想说，自己从来没觉得这个专业差，相反，我是觉得这个行业发展前景很好。我也是在两个专业之间权衡好久，考虑相关因素，慎重地做出选择的。在这点上，我是佩服我们班那些成绩优秀的学霸们的，坚定的内心与对专业的热爱，不是人云亦云地去追求那些报考人数特别多的"热门专业"。人在有些时候就需要这种自信满满的状态。转专业从来就不是为了让自己以后能更轻松，哪个专业没有激烈的竞争呢，每个行业里出类拔萃的领跑者都需要付出努力和汗水。面试时老师们说，一切都要做好心理准备。我在努力，让自己能够面对未知的远方。当不可预测的挑战降临时，不惊慌，淡定点儿。

没参加转专业考试之前，总是惊慌，然而当我走完了整个流程，发现人真的是要战胜内心的恐惧的，一切并没有你想象中的那么举步维艰。这件事如此，以后的生活皆然。

作者：控制学院 2015 级本科生　王莉丽

5 月 7 日　星期六　晴

笑林大会决赛选手 · 刘婧文

第四届笑林大会终于在今晚落下了帷幕。

作为山东大学唯一一个全校性喜剧类比赛，笑林大会已有四年的“悠久”历史。作为今晚第一个节目的演出者和一名大学生活已过半的“老腊肉”，我对于自己能够参加山大这样一个享有好口碑的品牌活动感到特别骄傲。

由十大歌手给我们带来了精彩的开场表演后，笑林大会就揭开了神秘的面纱。进入决赛的小品、相声、趣味辩论、哑剧等各类节目给观众们带来了一场视听盛宴。全场观众或惊叹或沉醉，着实陷入了笑林大会的魅力之中。我在后台观看演出时，更是不断感慨山大果然人才辈出，参赛是个正确的决定。

最初我们几个小伙伴聚在一起有了参加的想法，是因为我们一直拥有一个拿奥斯卡小金人的演员梦。今年我们大三，要是毕业之前再不借此机会疯狂一把，我们就老了。

情之所至，心向往之。

我们终于把想法付诸行动，把平日里看《欢乐喜剧人》带给我们的欢乐，转换成了演员背后付出的辛勤劳动。从徒手对着视频抠剧本，到绞尽脑汁改台词，再到加班加点的排练（甚至在小树林都引起了群众围观）。从初赛到决赛，我们付出了时间和精力，收获了欢乐与历练。

不曾体验，怎能懂得台上的一颦一笑、一举一动，都是经过喜剧人幕后的反复推敲与琢磨后才凝练出的精华；不曾体验，怎能懂得大学里不仅仅只有没完没了的专业课和读不完的专业书，还有陪我一起辛苦奋斗、开心玩耍、见证小奇迹和小幸运的伙伴们；不曾体验，怎能懂得人可以囿于一方天地地活着，也可大胆尝试，感受所有未知事物带来的新鲜和乐趣。

我的大学生活因为参与笑林大会，像一张白纸经过五彩缤纷的涂抹后，又被画上了浓墨重彩的一笔。笑林大会赋予我们的不仅是一次演出机会、荣誉，还有那种以调侃和乐观来面对不顺的心态，以及在玩笑的尽头，仍能够思索如何解决问题的社会关怀。

笑林大会这碗酒，我干了，你随意。

作者：政管学院2013级本科生　刘婧文

5月8日　星期日　晴

医学院本科生・曹俊雅

看到日历上画的红圈，忽然想起今天是母亲节了，险些在浓厚的考前氛围里忘记了这件事。拿起手机，和妈妈热聊了一阵后换爸爸接电话，谈话的速度明显就慢了下来。无非是打听一下天气，说说家里的猫有没有出去和别的猫打架，再抱怨一下最近课业的辛苦，最后接受对不努力学习的批评，已然是“四步走”的阵势了。然而当我说：“血液病理论好难背啊，不想学了！”接踵而至的并不是批评，而是爸爸一本正经的话：“我觉得这一部分在理解上确实有难度……”一瞬间我陷入了微妙的错愕当中，不知道什么时候开始爸爸的批评已经成为我学习的动力，这种安慰反而让我有些措手不及。和家长进入了同一个专业是一件喜忧参半的事，关键时刻可以得到有用的建议，但无时无刻不得提防着来自资深学霸的挖苦。想要努力赶上甚至超过“前辈”的心情，大概便是我考试周的重要支柱了。

最近的谈话里经常出现这样的内容：“听说某某市的医院又出事了，爸你注意安全。”通常只会收到一句“嗯”作为答复。但有时候爸爸也会说：“虽然形势是这个样子，但你要记住病人来医院首先是为了看病，而不是找你的麻烦，如果出了什么问题，也要先检讨我们这边有什么做得不对的地方。”我一边答应着，心里却感到非常难过。因为家住在医院后边，目睹医闹也是从小就习惯了的事，甚至有一次站在家里的厨房看见对面的办公室里涌进几十个“全副武装”的人，而爸爸就在隔壁。砍医伤医的事件不断，朋友圈里也积攒了很多同行的愤怒和悲戚，但我最想做的是告诉那些非医学从业者的人们，在这个岗位工作了几十年的大夫，即使是面对现在的形势，心里想的依旧是“病人来医院不是跟我们打架的，首先要检讨自己”。希望立法和相关的保护措施能尽快完善吧，不然若干年后这样的对话变成了“注意安全”“你也是”，该有多么心寒。

今天是母亲节，却写了这么多关于爸爸的事。往往我们会毫不吝惜地表达对母亲的爱，却很少能坦诚地说出对父亲的爱和感激。有时候很羡慕美式的家庭关系，他们可以自如地说着“I love you”，但是换成自己便会脸红到耳根。但我想，如果自己将来变成很厉害的人，让爸爸说一句“不过尔尔”，是不是比把爱挂在嘴边更有说服力呢？

作者：医学院2012级本科生　曹俊雅

5月9日　星期一　雨

齐鲁医院外科教授·牛　军

今天专家门诊日，我接诊了81位患者，看完最后一个病人已是下午6点。回病房看看术后和明天要做手术的病人，到家已7点半了。这是多年养成的习惯，虽然有点累，但对病人的病情了然于胸，内心自觉踏实。跟了我一天的学生突然问我的一个问题，让我心中不免一丝忧虑：“老师，您每天这么忙，门诊、手术，给学生上课，又指导我们科研，晚上还挤时间改写文章，审阅材料项目……您不觉得累吗？现在的医疗环境没能给医护人员更多的保障，这几天先后发生的‘魏则西事件’和‘广东省人民医院陈忠伟主任被砍杀事件’就是例子，咱们这么辛勤忙碌，值吗？”学生的一席话竟让我不知如何回答。回家的路上，我一直在思考这个问题，不觉间也回想起自己的从医经历……

20世纪80年代初，全国恢复研究生培养制度，我以总分第一名的成绩考取了山东医科大学附属医院普通外科的硕士研究生，师从我国著名普外科专家李兆亭教授和寿楠海教授。在攻读硕士学位期间，临床上收治了许多肝内胆管结石的病人，这种疾病因其发病率高、治疗难度大、术后复发率高的特点，是当时胆道外科治疗的棘手问题。由于此种疾病国人常发、欧美人种鲜有，因而也缺乏国外的治疗经验。没有“他山之石”，只能自己摸索创新。通过一次次临床实践，我发现肝内胆管结石就像井下巷道中的煤层，那时我便想为什么不能发明一种“水钻”，既能在直视下将肝内胆管结石击碎又能将碎石冲出肝内胆道呢。历经两年多的辛勤科研探索，我国首台纤维胆道镜碎石清洗器终于问世，一扫国际空白，达到了国际领先水平。之后该清洗器又陆续获得国家专利、国家发明金奖和山东省科技进步一等奖。鉴于此，我被国务院学位委员会破格授予博士学位，有幸成为新中国成立后山东省培养的首位医学博士。

20 世纪 90 年代初，腹腔镜微创技术刚刚在欧美发达国家起步，便引起了我们的关注。1991 年，我们成功开展了国内三甲医院中首例腹腔镜胆囊切除术，随后我又结合熟练的胆道镜技术在国际上首创“腹腔镜下胆囊切除、胆总管切开取石暨 T 管引流术”。该成果弥补了当时发达国家腹腔镜技术的不足之处，使该技术更适合于亚洲人种，发表的多篇国内外论文经国际权威机构鉴定，达到国际领先水平，由此确立了齐鲁医院在全国肝胆外科和腹腔镜治疗及培训中心的领先地位。这一术式也被正式载入国内外教科书，在世界范围内推广应用。

1993 年，在导师的教导和鼓励下，我考取了全球唯一的英联邦皇家外科学院优秀外科医师奖学金，留学澳大利亚。在悉尼大学和钮卡索大学附属医院工作的十余年里，我凭借着自己在国内练就的过硬本领，从住院医师做起，逐步成长，最终考取了国际外科学院（美国）和澳大利亚外科学院“普外科专家”资格，拿到了被 128 个国家认可的普外科专家资格证书和国际外科护照。1998 年，为了进一步拓宽自己的视野，我考取了纽卡索大学医学院，攻读自己人生中的第二个（洋）博士学位，潜心研究数载，我在消化道恶性肿瘤信息传递生物学行为分子机制领域取得卓越成绩，之后又长年兼任纽卡索大学医学院外科肿瘤生物学研究所首席科学家。

2005 年，我响应大学召唤，毅然决然地回到母校。归国后，我将国外先进的诊疗理念和技术带回国内，服务山东百姓，使他们不出国门即可接受国际一流的医疗服务。同时，我带领的科研团队，继续从事研究消化道恶性肿瘤的信号传导的分子机制系列研究，累计发表SCI论文35篇，奠定了我们科研团队在该领域的国际领先地位。

医学发展高歌猛进，外科手术已逐渐从传统的开放性手术过渡至腹腔镜手术，进一步发展至经自然腔道内镜手术（NOTES）。2009年的5月和8月，我们相继成功实施了亚洲首例当今世界最先进的第三代无瘢痕经阴内镜胆囊切除术和阑尾切除术。我们后续开展的一系列NOTES临床试验工作被世界首部经自然腔道内镜手术权威专著作*Natural Orifice Transluminal Endoscopic Surgery*收录，并因累计收治病人数量最大、病情最复杂且治疗效果最好而排名首位。2010年，这项工作再次获得了山东省科技进步一等奖，我本人也连续数年被欧美、亚洲各国以及中国台湾、香港等地区特邀大会发言并进行专题演示，一直担任这些国际学术会议主席团成员。

古人云，不为良相便为良医。作为医生，不仅平日里要对自己的病人负责，在出现重大公共安全危机之时，更需要彰显医生本色挺身而出。作为一名外科医生，我曾先后三次参加过“唐山大地震”“斐济大地震”和“汶川大地震”的救援工作。在灾区工作的日夜里，我和队员们发扬了不怕牺牲、勇于奉献的精神，在极其危险和极端困难的情况下，圆满完成了党和人民赋予的光荣使命。

回顾行医已近40载，接诊病人不计其数，能尽自己的绵薄之力救治患者也颇感欣慰。虽然现在的医疗环境中出现了很多“打医”“伤医”，甚至“杀医”的事件，虽然很多不明真相的群众将不满情绪都归咎于医务人员，使我们备受委屈，但我们“医者仁心”的从医初心不能改，既然走上了这条路，就要矢志不渝，竭尽全力拯救病人，努力践行人道主义精神。应该相信，随着医改不断深入，人们对这些问题认识的逐步加深，医疗过程中的这些令人痛心疾首的问题终能得到妥善解决。

看到山东大学日新月异的变化，我由衷感到高兴。同时，作为山大国际化发展委员会委员，我也希望自己能继续为母校的发展添砖加瓦，愿她早日跻身世界一流大学之列。

作者：齐鲁医院腔镜微创外科研究所所长、教授　牛　军

5 月 10 日　星期二　晴

兴隆山校区食堂工作人员 · 王洪云

又到了下课的高峰期，看到眼前一条条长长的队、一张张急躁的小脸，我手中的动作不自觉地就加快了，要尽可能减少同学们的等待时间。一句“阿姨，谢谢”让我备感温馨，觉得干活也没那么累了。

这已经是我来到山东大学兴隆山校区工作的第十个年头了，也许有人会问我怎么会在这个岗位上坚持这么久，我的回答很简单，就是喜欢，就是舍不得。这里忙碌又充实，虽然也很累，但是有同事们的陪伴。喜欢每次过来打菜的同学离开时脸上挂着的笑容，也喜欢不太忙的时候和来打饭的老师们闲聊几句……

之前有想过换一个轻松一点的工作，可是待在这个地方太久，都有了感情，对这里的每一个地方都充满了不舍。而且在这十年里，我已对食堂里的每一项工作都非常熟悉，加上我自己一个人负责炸酱这一块儿，这个在卫生和速度方面要求很高，应该是一份责任吧，即使很累很忙，连偷闲的功夫都没有，我还是坚持了下来。为了炸酱的保鲜，我需要待在常年温度保持在 20 度左右的冷拼室里对食材进行加工。虽然济南的夏天已经到了，但在冷拼室里还要穿得厚一点儿。冷拼室有些冷，但每每透过打饭的窗口看见同学驻足渴望的小眼神时，我就觉得心里暖暖的，身上的冷气也没有了。

看到过来打饭的同学就像看到我自己的孩子一样亲。我的儿子今年也上大二了，不在我的身边，就希望他自己能在外面吃好穿暖。抱着这样的想法，看着来打饭的同学，觉得更亲了。每年开学季我会看到许多刚迈入大学的新同学，来我的窗口打饭的一些小女孩、小男孩总是趁这个空当跟我打声招呼、吆喝两句，一来二往就很熟

悉了。等这些人搬到别的校区了，我会难过好久，总觉得心里空落落的。不过这些人过一段时间便会回来找我，问问阿姨最近怎么样，我就很开心地跟他们唠会儿嗑，聊聊最近的情况。

山大给我留下了许多美好的回忆，我舍不得离开这些可爱的人儿，因此我会将我的工作一直坚持下去。

作者：兴隆山校区食堂工作人员　王洪云

5 月 11 日　星期三　晴

环境学院本科生・王海澜

晚上 10 点左右，我在知新楼下偶遇四五个来山大游览的同学。在这个不是节假日、不是周末的晚上，匆忙间被拦着问路，我还有一瞬的无措。通过交谈我了解到，他们来济南参加活动，要乘凌晨 3 点的车赶回学校。他们说虽然很累，但能来山东大学的校园走一走，也不枉来济南一次！听到这句话我愣在了原地，看着他们兴奋地指着食堂、指着体育馆的表情，听着他们不能在食堂吃一顿饭的遗憾……他们渐渐远去，直到消失，我才回过神来，继续走向宿舍。

很早就听说，山大也是济南的景点之一。我一直当玩笑，心想我们学校的趵突泉校区、千佛山校区离景点近，顺道来逛逛也不足为怪。但直到这一刻，我才深刻地体会到别人对我们这所大学是有多么的渴望，甚至只是渴望在食堂吃一顿饭，我作为山大人的骄傲在这一刻达到了一个新的高度。我多么担心自己的回答会不得体，让满怀期待的他们觉得山大人不过如此。值得庆幸的是，在我大脑一片空白的时候，还下意识地说了一句“祝你们玩得开心”。在他们赞赏的目光中，我读懂了，他们在说不愧为山东大学的学生！

对于山大，我们有着不少的抱怨：没有空调，宿舍条件差……但我深深爱着这个并不完美的学校，她的不足只有我们自己可以吐槽，我生怕自己的言行对她的形象有一丝一毫的损伤，我想这是我们每个山大人的心声！

作者：环境学院2014级本科生　王海澜

5月12日　星期四　雨

财务部学生助理·郑旭阳

早上7：55，我又像往常一样来到了明德楼C座一层财务部报账大厅——这是我勤工助学的地方。还没到上班时间，老师们已经开始了忙碌的工作。我的职责是协助老师们进行预约，并接收提交的预约单。你可千万不要小看这“小事情”，预约也有着完整的操作流程。进入系统，输入相关的报销内容，选择报销时间、地点，完成打印，一步步缺一不可，而我要做的就是协助老师完成这一系列的操作。

预约报销单仅仅是一个开始，我还需要对这些预约单进行查看，也就是大家说的“初审”。查看时间、签字、盖章、发票等，然后再分类、扫码、分配……最初始的工作，是其他工作顺利进行的基础。当然，初次接触这项工作的我也总是遇到问题：时间过期、手续不全、发票的真假问题……接触的单子越来越多，不懂的问题也越来越多，这个时候老师总是耐心地解答我的疑问，指导我正确地处理问题。

一份份预约单渐渐挤满了筐子，一个个满满的筐子最后

到了老师们手中。在报账大厅里，我们看不到熙熙攘攘的人群，可是老师们面前堆满的预约单无声地诉说着这份工作的辛苦。严谨地对待每一张单子，偶尔打几通电话，告知提交不合格单据的老师前来大厅进行处理，偶尔停下手头的工作，为前来咨询的老师们解答问题。

工作时间的忙碌对财务部的老师们来说，早已是家常便饭。加班的日子更是司空见惯，听老师们说，去年因预算执行任务紧，检查多，从 11 月 2 日起，核算科连续加班 50 余天，每天晚上加班到 10 点。有的老师家住在西郊，加完班到家 11 点，早上 6：30 出家门，家里的锅因没时间洗刷，都长了绿毛。

上星期，我也真实体验到了财务部加班“盛况”。白天忙着审核发票，晚上要完成资产清查任务。我也主动要求留下，协助老师们进行凭证查找、复印整理工作。晚饭时间，我又了解到了老师们生活中的另一面。别看她们对待工作时那么严谨仔细，在业余时间的确很活泼，互相称呼都是“亲”，我觉得她们都特别可爱。晚饭后，老师们又开始了忙碌的工作。一本本账簿被翻开查阅，一张张凭证被分类打印，一一对应，不得马虎。我的加班在持续两个多小时后宣告结束，而老师们的加班却不知道何时停止。

我在走出大厅的那一刻才发现，外面已然漆黑一片，而一层的财务部依旧灯火通明，映照着几个在大厅中穿梭的忙碌的身影……

回顾这段日子，我感受最深的是老师们的责任和付出。对工作内容的严谨踏实，对工作对象的耐心热情，还有对我们学生的悉心指导……在这里学会的责任担当和严谨踏实的态度，都将助我成长，成就最美好的自己。

作者：经济学院 2013 级本科生　郑旭阳

5 月 13 日　星期五　晴

青岛校区启动运行办公室工作人员·顾乃静

今天下午，我将要乘上返回济南的火车，一周的时间转眼就过去了。这是我到青岛校区工作的第一周，日子过得简单而又充实，每天几乎是三点一线——办公室、食堂、宿舍，这就是我一周的生活。以前都是短时出差，这次到青岛校区是受学校青岛校区启动运行办公室的委派来这边驻点工作。

一周前，我坐在从济南开往青岛的火车上，恨不得马上飞到青岛校区，以一个工作人员的身份参与到校区的启动运行中，所有的一切都令人期待。青岛校区的同事们一般乘坐 D6017 次火车，这趟车是 19：51 从济南出发，这样老师们就可以和家人一起吃个晚饭再出发。他们既不想耽误第二天的工作，又想多陪陪家人，能和家人一起多吃一顿晚餐，也许是对家人最好的补偿吧。火车到达青岛北站的时间是 22：20，出了站，大家匆匆到西广场乘坐发往学校的交通车。又是一个多小时的行程，23：40 终于安全抵达校区。办理完入住手续，已经是午夜了。5 个小时的车程确实让人有些疲惫，这让我不得不佩服第一批到青岛校区的同事们。四五年的时间，他们不知道经历了多少次来来回回，为了学校的事业，他们确实付出了很多艰辛和汗水。

校区的夜晚漆黑而又宁静，这里有城市里面体会不到的沉寂，只有公寓有些灯光，忙碌了一天的人们都已经进入了梦乡。我入住的教师公寓坐落在 S9 区域内，房间干净简洁，配备了必要的家具，有 24 小时热水、电视、网络、空调，生活十分方便。新采购的洁白的被褥整齐地摆在床上，给人以家的温暖。站在阳台上凭栏远眺，层峦叠嶂，风帘碧海，淡烟疏柳，就像一幅山水画。闭上眼睛，深吸一口气，空气仿佛都是甜的。不远处，几个村庄散落在青山绿水间，红瓦白墙，整齐排列，恍如人间仙境。

楼下的简易板房是教工们的食堂，6 张圆桌一字排开，干净整洁。一进食堂就闻到一股饭香，让人食欲大增。食堂采用自助餐的模式，饭菜丰盛可口，除了常规的饭菜、水果，早餐竟然还有新鲜的羊奶。到了开饭时间，教工们三三两两

走进餐厅，打卡排队，秩序井然。盛好饭，围桌而坐，边吃边交流工作方案或工程进展。吃过饭，老师们自觉将用过的餐具放到收餐台上，按照类别整齐分好，便于餐厅的工作人员进行清洗。因为办公楼还没有完工，办公室临时设在教学E3区的教室里。房间非常大，大家合署办公，挤而不乱。

在青岛校区工作的五天里，我感受最深的就是每个人都精神饱满，每个人都风风火火，每个人都在高速运转，为校区的启动争取时间。这是一场和时间的战斗，更是一场和自己的较量，有担当、讲奉献、求超越是对建设者最中肯的描述。听校区的同事讲，现在校园里的工作已经走上正轨，很多建筑进入收工验收阶段。一座座楼宇拔地而起，像等待检阅的士兵，期待着学子们的到来。路面已经开始修整，路两边种上了和济南校区一样的法桐树，用不了十年，这些树苗就会长成参天大树，绿荫如盖。现在，校园里面仍然是一片繁忙的景象，工人们正在热火朝天地工作着，各种机械轰鸣，竟然不觉得声音刺耳，倒像是一首建设者的协奏曲。

时间已经到了5月，楼下的倒计时牌显示距离校区的启动还有50多天的时间，已经非常紧迫，启动运行工作已经进入冲刺攻坚阶段。启动运行是一项异常复杂的系统工程，需要协调各职能部门和各个工作组的工作。从启动运行方案的制订到每栋楼宇的使用分配、工作位的配备，甚至是楼宇内房间标签的粘贴，都需要逐项落实，可以说事无巨细。济南的同事们也都在高速地运转着，对于每一项工作都要进行大量的调研、论证和协调。近期学校计划在《关于安排好青岛校区教职工工作和生活条件的若干意见》的基础上出台补充意见，落实青岛校区教师的待遇。校区物业已经进入招标论证程序，临时办公区各个学院、工作组的办公室家具、电脑已经完成招标，校医院建设方案基本确定，食堂和超市以及商业网点建设方案基本确定，教师公寓正在消防验收中，青岛校区迎新工作已形成初步方案……一项项工作都在逐步落实着。

在青岛校区工作的这几天，我体验到了建设者的艰辛，感受了施工现场的火热，也感受到了青岛校区的魅力。青岛校区正在一天天成长，一天天变化，让我们共同期待9月份新生入校的时刻，让我们共同期待早晨的第一缕阳光洒满校园，置身红瓦绿树之间，看海鸥飞翔，听读书声与潮汐和鸣，体会海阔天空的心境。

作者：青岛校区启动运行办公室工作人员　顾乃静

5月14日　星期六　雨

“阿姨节”人物心声互动·刘怀娥　张一景

软件园校区6号宿舍楼宿管员　刘怀娥

我在这待了快三年，平时同学们见着我也客气。不过今天我实在是太高兴了，又是送贺卡、替值班，又要拍照，头回过阿姨节，不仅觉着新鲜，还很感动。

昨天晚上有个小姑娘跑来问我什么时候值班，说是过阿姨节呢，要有两个同学来替我值班，体验一把“阿姨”的工作。我说行啊，那明早8点过来值到中午12点。昨晚下班后，我就把钥匙给了那位同学，然后告诉她怎么给没带校园卡的同学开门。

今天上午我就想：现在不用值班了，多亏了同学们，就觉着他们挺可爱的、挺好的，很有心。没到12点我就回了学校，那两个同学见着我来了，就一个劲儿地说“阿姨辛苦了”“阿姨节快乐”，还送了一堆的贺卡。其实我真不辛苦，和同学待在一起很开心，为同学们开开门、拿拿钥匙、送个药什么的都不费事，我很乐意做。

听说节日是同学们为我们这些阿姨特意举办的，阿姨想对这些可爱的同学们说一声“谢谢”。你们的心意我们都收到了，以后大家有事尽管来找我们，阿姨们不怕麻烦。当然了，大家还要好好念书，不要太晚回宿舍。最后，大家送的贺卡我都锁在柜子里了。谢谢同学们!

“替您守一座城”志愿者　张一景

今天，是我第一次如此近距离地走进这些与我们朝夕相伴的阿姨们的生活，其实，在参加“替您守一座城”活动之前，我也参与了邀请阿姨写明信片的工作，并借这个机会和阿姨有了半个多小时的交流。

阿姨给同学们的寄语并没有华丽的辞藻，却质朴得动人：“同学们要珍惜上学的时光，好好学习，争取考上研究生”，“要照顾好自己，不要让爸爸妈妈担心”，“搞恋爱的时候不要耽误学习”……阿姨和我说，6号楼的孩子们都很乖，都是好孩子，偶尔也有晚归的，但她都不会为难他们，都会把门禁打开只是提醒他们下次早些回来，太晚了在外面不安全。同学们离家在外读书，都很不容易，她也尽量体贴地帮助我们。现在大家的生活条件肯定比她那时要好，但父母供我们读书都很辛苦，我们不能浪费了父母的一番心意，所以应该努力学习而不能虚度光阴。我就说，非常感谢阿姨对我们的照顾。阿姨听了后却连连摆手，表示这些都是应该的，她笑着说：“我是干这个的嘛，就应该认真负责啊！”这一句句朴实的话语背后，是阿姨毫不敷衍的工作态度，更是她发自内心的关怀。阿姨做到的远远不止她的本职工作，她就像一位母亲，带给我们守护，带给我们关爱。

每一个善意都值得被感激。也正因如此，今天能有机会帮阿姨值班，让阿姨享受一次“特权”，我也感到十分开心。恰好阿姨今天上午有个想去的聚会原本可能去不了，这下子便可放心地去了，更让我感受到帮助他人带来的快乐。阿姨们都是最可爱的人，真心地希望她们能够幸福快乐地度过每一天。

作者：软件园校区6号楼宿管员　刘怀娥　历史学院2015级本科生　张一景

5月15日　星期日　晴

经济学院合唱团成员·刘子毅

回想起昨天校园内淅淅沥沥的雨声，中心校区圣昆仑音乐厅那一支支动人的旋律，那一阵阵雷鸣般的掌声，我的内心仍久久不能平复。

在厅外候场的我们早已按捺不住紧张激动的心情了。各个学院参加合唱的俊男靓女，身着颜色风格各异的华美服装，浓妆淡抹的脸蛋上都洋溢着灿烂的笑容，为最终的上场比赛做最后一次的排练演戏。看看镜子里的自己，柳叶弯眉丹凤眼，一袭绣花金色长裙，感觉自己就是今天舞台上的主角。

大家都很珍惜这场来之不易的比赛，因为它的确花费了学院师生们很多的心血。思绪就这样洋洋洒洒，回想起这一个多月以来艰苦而充满欢乐的训练场景。每天晚上都会看到大家匆匆赶往四楼排练教室的身影。排练是很辛苦的，每天晚上都要一连站好几个小时，根据老师的指导一遍遍纠正错误的音准，一次次摸索声部的配合，训练彼此之间的默契度。当自己一句一句重复着相同的旋律，又一句一句出现同样的问题时，心里是很急躁的，但是看到为了比赛同学们依旧如初的奋斗，老师不厌其烦的教导，心里又重新燃起了激情……

音乐厅里又传来了热情的掌声，将我的思绪带回到现场。“下面有请经济学院合唱团队为我们带来《美丽的草原我的家》《沂蒙山歌》。”主持人报完幕之

后，我们整装待发，激动人心的时刻就这样悄然到来了。轻轻地撩起裙角，带着最美的妆容和最甜的微笑，我和大家一起向着灯光闪闪的舞台走去。第一首《美丽的草原我的家》，指挥党瑞琪给我们了一个手势，如风般吹过的前奏，此起彼伏，仿佛将大家带入了美丽的大草原。在我们意犹未尽地体味着草原的美丽时，这首歌接近了尾声，只听掌声响起，观众们用最热情的双手迎来了我们的下一首歌曲《沂蒙山歌》。在三个声部轻盈的伴奏声中，女高声部以嘹亮的嗓音，完美地将风光无限美好的沂蒙山展现在了观众面前，给观众以强大的视听效果。掌声再次响起，声音在整个音乐厅的上方回旋荡漾，是的，这是观众对我们歌声的肯定，也是对我们努力的肯定。我们用最激情的演唱感染了在场的每一个人。

功夫不负有心人，经济学院代表队以 195 分的成绩得到了今天比赛的特等奖，我们的努力终于画上了圆满的句点。大家开开心心地在音乐厅前合影留念，伴着依旧跳动着的雨滴声，第五届合唱文化节落下了帷幕。

作者：经济学院 2015 级硕士研究生　刘子毅

5月16日　星期一　晴

国防生毕业生·穆　青

2016年4月27日，山东大学全体毕业国防生来到了省国防培训基地，开始了为期一个月的集训生活。这是我们毕业前最后的一段旅程。

清晨，手表显示5:30，新的一天开始了。

“坚持！再坚持一下！”早操，迎向朝阳的，是三公里的奔跑，是撕心裂肺的口号声，是一滴一滴顺着发丝掉落在地上的汗水和奔跑过后痛快的呐喊。

“快！再快一点！”内务整理就像一场战争，向悠闲的踱步说“NO”，一路小跑，每分每秒绝不耽搁。为了干净的地面，跪在地上用抹布擦地，不放过任何边边角角；豆腐块、平床单、柜子桌面、墙面水槽，有条不紊、一丝不苟，只为了队长那一句“还行”。

“配合！要学会配合！”队列训练，阳光360度无死角地晒在脸上，狂风卷着沙砾呼啸而来，半个多小时的军姿，汗水浸湿衣背，一遍又一遍的转体、蹲下，一轮又一轮的齐步、跑步，尽管酸痛感袭来，脸颊被晒得刺痛，但那一声声整齐有力的靠脚声已经成为最大的慰藉。

“冲！咬紧牙，向前冲！”体能训练开始，一个三公里奔跑拉开了魔鬼时间的序幕，100米冲刺跑、5×10折返跑、400米变速跑、蛙跳、蹲起、俯卧撑，一组接一组，还没待把气喘匀，便开始了在大坡上冲刺跑。奔跑、奔跑，冲刺、冲刺，在奔跑中，我们学会了成长。在奔跑中，我们开始学着去接受自己的恐惧、焦虑与怀疑，在奔跑中，我们渐渐挺到了最后，做回了自己！

也许你只看到了阅兵式上中国军人器宇轩昂的行进身影，也许你只听到了俄罗斯红

场上中国军人嘹亮的歌唱,其实,这一切风采的背后,都是难以想象的奋斗和忍耐。所有的成功不在于瞬间的爆发，而取决于途中的坚持，纵有千百万个借口放弃，也要找一个理由让自己坚强下去。我们是中国国防生，127 名炼狱的心，127 名战友的情，身边比你优秀的人还在努力，你还有什么资格说“无能为力”。

明天又是新的一天，而我们，仍在大踏步地向前进!

作者：文学与新闻传播学院 2012 级国防生　穆　青

5 月 17 日　星期二　晴

应用逻辑学任课教师 · 苏庆辉

我来自台湾，2013 年 2 月到山大任职，今年已迈入第四年。通过接触山大学生，我发现了两岸大学生之间的差异。

首先，是学习态度方面，在教授“应用逻辑学”时，我感觉到山大的学生非常用功，在人数比例上多于台湾一般大学的学生；其次，是学生的独立思考能力，在教授“批判性思维”时，我感觉到山大的学生独立思考的能力有所欠缺，在比例上多于台湾一般大学的学生。

在“应用逻辑学”课程中，我布置了许多作业，目的是让学生熟悉逻辑系统的操作，并且帮助学生在考试中取得分数。但是作业不要求同学全部完成。让我惊讶的是，在山大几乎全部的同学会把作业写完，而这在台湾是少见的。因为尽管仍会有学生去写作业，但仅有部分同学会把作业全部完成。在“批判性思维”课程中，我设置了分组报告的环节，意图让同学自行设计、规划并呈现报告的题材与形式，但是大多数学生不知道该如何完成；相较之下，台湾的学生通常可以独立完成，并显示出独特的创意。

上述观察是根据我在 2005 年至 2011 年期间在台湾几个学校兼课，以及自

2013年迄今在山大任教的经历而来，或许有些偏颇，但是我相信仍有一定的意义。对台湾的学生来说，至少在我读大学的时代，读书很重要，但是还有许多事情也同样重要。例如，思考未来要做什么、跟其他人相处融洽、谈恋爱、培养其他兴趣等等。人的一生不只是读书而已，对我来说，求学的目的是去增加一个人的可能性，譬如说，若你想当高校的老师，你通常要有博士学位才行，但是这不代表一个具有博士学位的人，一定要当高校的老师，因为ta也可以从商或从政（在台湾，有取得医学博士学位的人去开餐厅的）。所以，求学的过程是在培养潜能，不代表未来的方向。因此，重要的是，你是否思考过你的未来？你想成为什么样的人？你想从事什么样的工作？你的志向是什么？

请注意，这不代表台湾学生认为读书不重要。假设你决定成为一位悬壶济世的医生，读书就不只是读书，还是实现理想的阶梯。总之，读书用功很好，但是人的一生不只有读书。我期许每个学生在努力成为“学霸”的同时，也能够花点时间思考人生中其他重要的事情。

作者：哲社学院副研究员　苏庆辉

5月18日　星期三　晴

世界博物馆日志愿者·刘小萌

5月18日是世界博物馆日。

今天，对我们博物馆志愿者而言，是一个特殊而充满意义的日子。世界博物馆日由国际博物馆协会于1977年发起并创立，旨在推动文物保护与博物馆业发展，吸引全社会公众对世界优秀文化的了解与关注。在这样一个重要的日子里，山东博物馆也开展了丰富多彩的活动，而我作为外国语学院志愿者分队的成员，有幸参与了部分活动，受益匪浅。

今天虽然不是周末，但仍然有很多观众到馆参与一系列的特色活动。最令我印象深刻的是肯尼斯 · 尤金 · 贝林先生的到访。作为博物馆的老朋友以及“非洲野生动物大迁徙”展览展品的捐赠者，贝林先生来到展厅为小学生们亲自讲解。坐在轮椅上的他依旧精神矍铄，从他的讲解中，我也学到了许多新的知识。

在“国际博物馆日”主场活动中，博物馆的资深志愿者做了发言，概述了过去一年志愿者们所做的工作以及取得的成果。作为外语专业的学生，我也参与了发言稿的翻译与整理工作，在这一过程中，不仅锻炼了语言应用能力，更被志愿者前辈们投身博物馆志愿服务的精神所打动。

活动结束了，但是我的心情却久久不能平静。自去年下半年加入山东博物馆志愿服务队以来，我真的收获了很多。来自队友的真挚友情，来自老师的谆谆教导，还有展品带给我的文化震撼……对我而言，博物馆不仅仅是一个志愿服务的大本营，更是一座文化的宝藏、一个提升自我的平台。

博物馆在文物与观众之间搭起了一座桥梁，而我们正是这座桥梁上的砖砖瓦瓦，虽然微小，但充满价值。当我们将古代文明介绍给观众，获得一个个赞许的眼神时；当我们带着文物走进社区，传播地方文化时；当我们培训出小小志愿者，看着他们满怀自信地上岗时：那份自豪与感动，是任何语言都无法比拟的。

谢谢你，山东博物馆。希望明年今日，还能与你同行。

作者：外语学院 2013 级本科生　刘小萌

5 月 19 日　星期四　晴

经济学院毕业生党员 · 张经纬

今天，王秀丽书记为我们毕业生党员上了最后一次党课。

最后一次党课是我们 2016 届毕业生主题教育活动的组成部分，旨在加强毕业生党员教育，充分发挥学生党员的先锋模范作用，帮助毕业生党员提高认识、明确努力方向。

课上，王书记与我们分享了“做合格党员”的一些内容和实现途径。她回顾了“两学一做”学习教育相关活动的实施历程，并对党员发展情况、合格党员的标准、如何学习的问题和大家进行了分享。她说，在新的时代，我们党对党员的标准提出了更高的要求，包含积极分子的培训、入党时的考察等各个过程。在此背景下，做一名合格的党员，就要对自己提出更高的要求，进一步坚定理想信念，提高党性觉悟；进一步增强政治意识、大局意识、核心意识、看齐意识，坚定正确的政治方向。

有句话说：“你由你吃的东西构成。”类似地，你的思想也是由你学习的东西组成的。在山东大学的四年，我们的思想，就是由我们在这几年学到的知识和树立的理想信念组成的。毕业之后，虽然你已经不在山大，但在此过程中学到的东西可以伴随你一直走下去——我想这也就是毕业前夕一系列教育活动的意义所在。

“教育是三十年之后你仍然能够记得的东西”，在毕业这个节点进行的教育，也希望我们能够努力把所学所得保持下去、传承下去，无论是继续读研深造抑或走向工作岗位，都能够牢记自己的入党誓词和理想信念。唯有如此，从党和学校那里接受的、学到的，才能被我们一直保有，并内化为我们人格的有机组成部分。

写到这里，我似乎更加明白“凡我在处，便是山大”这句话的含义了。

作者：经济学院2012级本科生　张经纬

5 月 20 日　星期五　晴

第三届国际学生饺子文化节主持人 · 马崇理

作为一名来华留学的泰国人，我对中国文化各方面都很感兴趣，尤其是饮食文化。虽然最初来到中国的时候，我对中国菜不是非常了解，甚至可以说吃得不太习惯，然而在济南生活了三年之后，慢慢地就适应了下来。饺子是一种具有代表性的中国传统食品，也是最常见的一道菜，它可以包各种各样的馅儿。我一开始吃不惯，但现在它是我最爱吃的中国菜之一。

今天是我们山大留学生非常有口福的一天。从下午三点钟开始，宿舍楼大厅摆满了桌子，桌子上做饺子的厨具俱全，站在中间的是特地从餐厅过来的三位大厨师。饺子文化节活动就此开始了。同学们围着桌子按照厨师展示包饺子的方法试着包出自己的饺子。有的同学本来经常下厨，因此能包出和厨师包的很相似的饺子；有的同学根据自己想象的包，形状各异，各个都充满了特性。

这个活动包括三个环节：饺子文化知识问答、国际饺子文化介绍、包饺子比赛。问答环节中，同学们都积极参与，这一环节让我们留学生了解了许多课堂上学不到的饺子文化知识。第二环节由埃及和俄罗斯同学为我们展示自己国家的饺子，在此我才意识到饺子的普遍性和国际性。在这一环节中，我们尝到了一位埃及留学生带来的具有埃及特色的饺子，她的煎饺受到了同学们和老师们的赞赏。到了最后的比赛环节，无论是个人挑战赛还是中外学生 2 对 2 PK，现场都充满了欢乐的气氛，学生们都积极参与并展现自己的烹饪手艺。环节中最后一轮比赛是 5 人组比赛，我们的夺冠者是来自蒙古国的小组，她们在 10 分钟内能包出 160 个饺子，得到满场一致的赞赏。

今天的活动不仅有纪念品相送，同学、老师以及工作人员也都能够享用现场包的饺子，真是大家大饱口福的一天。作为活动主持人的我目睹了外国留学生对中国文化的热爱以及积极的学习态度，今后也希望能够参加更多校内组织的文化相关的活动，积攒留学经验，成为中外文化友谊交流的桥梁。

作者：管理学院 2014 级硕士研究生　马崇理

5月21日　星期六　晴

讲座聆听者·侯宗慧

今天我去中心校区听了AIESEC的Youth to Business青年发展论坛的讲座，见到了很多优秀的创业人，听了他们分享的故事。无论是从注册会计师转行到创立留学咨询机构的周燕平老师，还是用纯玩颠覆科技教育的幽默的年轻创业家朱紫辉老师，又或者是别样公司校外市场主管年轻有为的张晓东学长等等，我都从他们身上感受到了一种力量，那是青年人的力量。

回来后了解了AIESEC，了解了海外志愿者和海外实习生项目，嘲笑了自己的孤陋寡闻，也很可惜春季纳新时错过了加入它的机会。翻着山大AIESEC的推送消息，突然觉得自己对大学、人生和青春有了那么一点不一样的看法。

很多东西你想不到，因为你从来没有看到过。

很多东西你做不到，因为你从来没有尝试过。

一年前的这个时候我们无比紧张又无比兴奋地期待着高考的来临，因为我们拼了12年只为这一刻。一年前的这个时候我们满怀憧憬地幻想着自己美好的大学生活，有丰富的活动，有广阔的视野，也许还能收获甜美的爱情。因为我们的前12年太多的辛苦，让我们对幸福的全部定义都成了成绩单上的数字，我们不想这样了。

可是来了大学之后，你发现它真的像你期待的那样吗？我们好像还是每天匆匆忙忙起床踩着上课铃奔到教室，上课上自习，有时候帮学生会的活动写策划改文件，考试周开始昏天黑地地背书……这样千篇一律的生活，而且好像也没有遇到那个知心的爱人，发生一段浪漫的故事。然后你开始怀恋高中，就像被遗忘在荒地的蒲公英，某一天被风吹起飘向所谓不能抵达的远方后，才想起自己曾经扎根的大地。

人生的每个阶段都会有挫折，你现在所有的不如意都是真实的挑战，就看你如何面对它。永远努力争取优越，而不是争取完美。如果你碰到问题、困难或者压力，要去享受这些坏事。享受好事非常容易，但是在失败中也有美，因为你确实是在做事情啊。最终这些记忆，以及旅途中遇到的人，会伴随你一生。

记起鲁迅先生说过：“能做事的做事，能发声的发声。有一分热，发一分光，就如萤火一般，也可以在黑暗里发一点光。不必等候炬火，此后如竟没有炬火，我便是唯一的光。”每次读起总是能让我心头一颤，以此共勉。

另外，昨天520，今天521，希望相爱的人都能永远走下去。最近我想，孤独寂寞的时刻谁都会有，忙碌成为单身的原因，大概只是没有找到能跟自己一起向前走的那个人。有时候我会羡慕他们有人陪伴，但更羡慕他们有旗鼓相当的人和自己一起前进。

希望我的伙伴，最后都能找到和自己一起发光的人。希望我也是。

“希望你的笑容都是发自内心的。希望你那么忙，做的都是自己喜欢的事。”

毕竟青春，过分美好。

作者：药学院2015级本科生　侯宗慧

5月22日　星期日　晴

河南省确山县老臧庄小学校长·周　敏

我们依依不舍地离开山大已经一个星期了，激动的心情却久久难以平复，在山大校园、附中、辅仁、一幼学习工作的一幕幕，山大各位专家老师那亲切的面孔、殷切的希望，时时浮现在我的眼前……

百年老校离我那么远，却又是那么近。山东大学对我们来说曾经是那么的遥不可及，可是，当我们铺开崭新的被褥住进山大研究生的宿舍时，当我们拎着水壶走在安静的林荫道路上时，当我们手拿饭卡在食堂里排队打饭时，当我们坐在演播厅里欣赏学子们的精彩演出时，这一切分明告诉我们实现了“大学梦”，实现了和梦寐以求的大学的亲密接触。

通过几天的学习，我们真切感受到了这所一校三地办学的综合性大学“为天下储人才，为国家图富强”的崇高境界，感受到了学校师生对于贫困地区教育的处处关爱之情。当然，极为重要的是业务学习对我们理念带来的颠覆性的改变，这是我踏上三尺讲台十余年来最重要的一课。曾经，我以为，当教师就是要教会孩子学会做人，学会求知，只要把自己的一切毫无保留地教给孩子就好，可是在山大附中的学习经历使我感受到了不一样的教育方式，让我知道以上这些远远不够。走进附中、辅仁学校的课堂，听到的是孩子们稚嫩的声音在激烈地讨论，学生用自己的实际行动诠释着高效课堂下真正的学习状态，自主、主动、合作、探究、开放……垃圾箱上的分类提醒，窗台上的护花使者，粉笔盒上的蝴蝶结……学生已经把学校、教室美化成一个享受学习的温馨家园，从细节上我们看出了孩子们对班级的爱护和班级的向心力、凝聚力，看出了他们的主人翁精神，看出了他们积极向上的学习境界。什么样的力量才会让孩子们的生命状态绽放得如此奔放、恣意、自由？这留给了我深深的思考。赵勇校长的一句话“教育要先从改变理念开始”使我豁然开朗，原来改变学生的生命状态才是最重要的，是的，特别是贫困山区的孩子，这种教育实现的生命状态的改变是多么重要啊！这种改变可以来自家庭，学校、老师当然也更是责无旁贷，无论我们现在基础是如何的薄弱，无论这中间要经历多少困难，我渴望改变，我希望像附中的老师们一样，为学生寻找一个幸福、自由、奋进的学习空间，为孩子们生命状态的改变而努力。

我们是幸运的，也是幸福的，因为我们结识了山大人，在山大领导师生的帮助下，我们的学校在发生着点点滴滴的变化，所有孩子穿上了“山大红”的崭新校服，学前班孩子们的教室装上了空调，留守儿童拥有了可以不再受距离约束、能时时和父母视频交流的“爱心小屋”，贫困学生获得了“爱心助学金”，而让全体师生日思夜想的标准化18班综合楼也正在积极筹备建设当中。

真的感谢山大给了我们这样好的学习交流机会，感谢山大师生对贫困县——确山县老臧庄小学的关怀和支持，感谢驻村第一书记对我们的付出。我们愿以此次学习为新的契机、新的起点，不断开拓。相信在山大的帮扶支持下，经过我们的不断努力，老臧庄小学的未来必定绽放璀璨光芒！也祝愿山东大学永创金色辉煌，再谱绚丽华章！

加油，老臧庄小学！加油，我亲爱的山东大学！

作者：河南省确山县老臧庄小学校长　周　敏

5 月 23 日　星期一　阴

“创青春”省赛金奖获得者 · 黄苏婉

昨天，2016 年“创青春”海尔山东省大学生创业大赛在青岛落下了帷幕。山东大学共有 4 件计划赛作品、2 件实践赛作品、1 件公益赛作品获得金奖，并捧得最高荣誉——“创青春杯”。我们团队智舒科技有限责任公司作为计划赛金奖获得者之一，获得推荐国赛资格。

公布结果的那一刻，所有的队员都无比激动。从最开始的校赛初赛、校赛复赛，到中美创客，再到省赛，历时半年，团队中的每一个人都付出了超乎想象的努力。一遍又一遍修改策划书，一次又一次完善 ppt，为一个财务指标的选用讨论半天，因为一个新的营销渠道的提出欢呼雀跃。省赛前的最后两周几乎所有人都驻扎在会议室，随时讨论、修改、完善方案。“创青春”真的是个神奇的历程，最开始可能谁也没想到能取得今天的好成绩，但就是这样一点一点努力，尽量做好每一件事，一路慢慢走到了现在。寻找代工厂家制作线上 app，向张运院士请教产品技术的革新点，与代理商联系签订意向合作书……很多看起来离大学生很远，似乎凭借我们的年龄阅历很难去做的事情，在全队成员的共同努力下，每一个细节也都得到了完美的处理。我们与项目共同成长。

“创青春”绝不仅仅是一个个人赛，很大程度上，每个项目都代表着山大。在青岛颁奖典礼大屏幕上出现“创青春杯 · 山东大学”八个字样时，作为山大学子，我们都感到无比自豪！

记得之前一个学长说过，其实毕业后回首整个大学生活，能记得的事情并不多，但“创青春”绝对是一件。是啊，“创青春”包含太多，它不仅仅是一个比赛，更是一段青春、人生的历程。它并不简单，甚至一路荆棘，但也许正是这样才值得回忆，才会从心底里感谢那些一直陪伴的人。感谢一直以来胡金焱校长、马德东老师的支持与帮助，感谢校团委马晓琳老师、张熙老师对每一个项目的认可与扶持，感谢经院团委王永军老师的一路信任与帮助，感谢每一个创服工作人员辛勤的幕后工作。

在大众创业、万众创新政策下，学校给了我们太多的帮助与支持：场地支持、专家辅导培训、优惠政策……这些让每一个山大学子的创新创业梦都有了实现的机会。青春不停，梦想不止，省赛不是终点而是新旅途的开端，预祝每一支进入国赛的队伍取得好成绩。让我们一起继续努力！

作者：经济学院2013级本科生　黄苏婉

5月24日　星期二　晴

中心校区12号宿舍楼原宿管员·申书英

前不久，一个原来住在12号宿舍楼的学生打电话跟我讲，她要结婚了，请我去参加婚礼。我一听到喜讯自然是又激动又感慨，高兴了老半天。头一天晚上我从上海赶回来，那孩子非说要给我送请柬，我说送什么请柬呀，我一定去！

我在山大中心校区12号楼当了八年的宿管员，送走了两届毕业生，每一届学生跟我感情都很好。我就觉得，这些孩子们都远离父母，平时有个小伤小痛都挺让人心疼的，所以，我也就尽力和孩子们沟通交流，她们有什么事儿呢，也愿意跟我说。孩子们毕业后，多多少少跟我也有联系，逢年过节也会给我打个电话问候问候。这个学生是之前在我那楼里住的，现在已经毕业了。她平时有什么事

都特爱跟我讲，我平时也赶着有空就跟她谈谈心，时间一长，关系就亲密了。

去之前我就想，能有这么个机会，让我和这些孩子们一块高兴高兴，我很愿意去！当我和另一位宿管阿姨李云到现场的时候，一看，哎呀，小金来啦，小陈也来啦！这些同学们我看一眼几乎都能想起来名字，感觉特别熟悉！好多当时住我那楼里面的、已经毕业的同学都过来跟我打招呼："阿姨好！阿姨好！"我听了特别激动，心里非常高兴，一下子回到了四年前的那种感觉。这些毕业生，有的是从北京赶过来的，有的是从其他工作的地方赶过来的，天南海北的孩子们一看到我，都上来拥抱，她们心里也激动呀。临走的时候，好多我那个楼里的女孩子过来送我，有些男孩子也过来说："阿姨我来送送您吧，我是住在前面 11 号楼的学生。"我听了之后老感动了。

作为一名宿管阿姨，能有机会参加自己楼里学生的婚礼，看着这孩子找到幸福，我自己心里也是幸福的。以后如果还有机会，我一定还会参加的，也希望这些孩子们都能有个好前程。

作者：中心校区 12 号宿舍楼原宿管员　申书英

5 月 25 日　星期三　晴

公卫学院辅导员 · 赵婧婧

今天是全国大学生心理健康日，"5 · 25"是"我爱我"的谐音，代表着"爱自己才能更好地爱他人”。上午，我和一位同学进行了长达一个多小时的心理谈话，也让我对这个节日的内涵有了更加深入的认识和感悟。实际上，我的谈心对象是一个积极进取的女孩子，但是，这个女孩有时候对自己的要求过于严苛了，不免会产生一些压力，所以我时常会找她聊聊天，谈谈近况。

我们的谈心地点约在综合楼前的中心花园，刚见到她时，她看上去有几分疲惫，感觉很累的样子。我问她是不是压力太大，她否认了。之后的谈话中，我了解到她背负了家里很多人的“担子”，于是我请她想象这样的画面：你的爸爸、妈妈、奶奶、姑姑、哥哥的身上都背着一个包，包里面装着属于他们自己的人生任务，你感觉他们都走得很辛苦，于是特别想替他们承担，所以，你就把他们每个人的包背在你身上，加上你的，一共背了6个背包。虽然你非常累，但是仍然坚持着，硬挺着。她逐渐认同了这样的画面。我说：“你看，现在你已经快走不动了，累得不行了，还要继续背着这些包吗？”她说：“老师，其实有时候我知道不需要过分帮助别人，但是如果不帮助他们的话，我就一直不踏实，总觉得挠心。”接下来我了解到，她这个“挠心”的背后，一直有一个观点在提醒她：“你应该去竭尽所能地帮助别人，而不顾及自己的承受能力，这样才能说是一个有社会责任感的人。”所以，她对自己的期待也是“希望自己做一个有社会责任感的人”。以至于有时候，即使自己疲惫不堪，只要有人来找她帮忙，她都会“帮助对方解决问题”。如果不这样做，她会认为“我缺乏社会责任感，这是不能允许的”。

了解这一点之后，我给她提出了建议，就是多关爱自己，承认自己的柔弱，接纳自己，从而改变对待自己的方式，让自己逐渐强大起来，才能有能力影响和帮助他人。整个谈话持续了一个小时，期间有疲惫、困惑，有触动的泪水，从她感激的眼神和轻松的表情中看得出，这次谈话是有效的。我也带着满足、充实，还有对这次谈心谈话的感触，回到办公室，继续我的工作。

辅导员需要时刻把握学生的思想动态和心理状况。谈心谈话当然是一种最直接有效的方式。除此之外，辅导员还应当做到身心合一，真正无条件接纳学生，少说教，深入学生的内心世界，设身处地地为学生解决问题，这样才能建立谈话双方的信任。

今年学校大学生心理健康日的主题是“珍惜生命，绽放生命”。我认为只有先认识自我，接纳自我，能体验到自己存在的价值，乐观自信，这样的人才能用尊重、信任、友爱、宽容的态度与人相处，才能分享、接受、给予爱和友谊，才能与他人同心协力、和谐相处。在这个特别的日子里，我真心地希望每一位山大人，都能关爱自己，关心他人，热爱山大，在创建世界一流大学的进程中绽放生命，为校争光！

作者：公卫学院辅导员　赵婧婧

5月26日　星期四　晴

经济学院学术论坛组织者·张鑫宇

今天下午2:30，经济学院“研究生知新学术论坛”启动仪式在中心校区知新楼举行。从5月15日第一次给辅导员递交策划书，中间几易其稿，到今天论坛圆满启动，作为一个组织者，我感触良多。

作为创新的主体之一，我们研究生扮演着十分重要的角色。商汤《盘铭》曰：“苟日新，日日新，又日新。”学院领导给论坛起了“知新”这个响亮的名字，既寓意着经济学院研究生谦虚向学、不断创新的求学精神，又在激励着经院学子时刻以一种革新的姿态自强不息、创新不已。我们都知道，创新知易行难。“为什么我们的学校总是培养不出杰出人才？”这是著名的“钱学森之问”。从一个活动组织者的角度，经济学院“研究生知新学术论坛”的创办，重视经院学子创新能力和科研能力的培养，为未来的“大师”播下种子，可以看作是山大经院人对“钱学森之问”的一种回答。

论坛启动仪式有条不紊地展开，李维林副书记用通俗易懂的语言介绍了论坛的寓意、宗旨、活动版块和具体活动形式，余东华副院长正式启动了论坛。论坛下设的学术兴趣与视野、学术道德与纪律、论文写作与发表、答辩观摩与模拟等四大版块，以及经济学之路、学术规范教育、学术大咖面对面、审稿人来揭秘等丰富多彩的活动形式，为经院学子提供了春风化雨的环境，滋润着经院学子“经济学之树”的茁壮成长。我作为学生代表在启动仪式后宣读了《山东大学经济学院2015级研究生学术诚信承诺书》。“2015级全体研究生向学院郑重承诺：严格遵守学校学院有关学术诚信和学术道德的相关规定，恪守学术诚信，遵循学术道德，严守学术规范，诚信为学，诚信做人……”这一句句承诺掷地有声，久久地萦绕在我的耳边，表达了经院研究生作为肩负着中国梦的青年学子，践行重信守诺的中华民族传统美德的责任感和使命感。随后，余东华副院长做了题为“研究生学术道德与学术规范”的论坛首期讲座，深入浅出地解读了学校关于学位论文写作与答辩的相关政策，使我对学术道德和学术规范有了更加清醒和深刻的认识，收获颇丰。

论坛圆满启动，小半个月的努力看到了点“小成果”，我的心里暖暖的。经济学院“研究生知新学术论坛”的启动为我们的求学之路播下了一颗种子，提供了春风化雨的环境，相信我们的“经济学之树”定能够茁壮成长、枝繁叶茂、开花结果。

作者：经济学院2015级硕士研究生　张鑫宇

5月27日　星期五　阴

蒋震图书馆阅览室工作人员・谭海燕

今天，我去中心校区文理馆借两本书，偶然遇到一位来自美国的留学生，向我询问如何补交图书超期的欠费。

她以美国人的热情自顾自地说着，因为明天就要回国了，所以赶紧来交欠费。我与她聊了两句，突然发现曾经见过她。

那是一个月前的某个晚上，我在过刊阅览室值夜班，已经快九点了。一个满头卷发的外国女孩大踏步地冲进来，一进来就说要找 1980 年至 2000 年的《济南日报》。她说自己正在写一篇关于济南 1980 年以后的经济变革的文章，从北京的国家图书馆开始找资料，一直找到济南，发现山东大学图书馆的资料保存最全。

我领着她去了报纸阅览室，翻找 1980 年以后的《济南日报》，发现只有最近五年的报纸。外国女孩皱着眉头，怀疑地问道："怎么可能？我不相信中国的图书搜索系统了。"我笑着安抚她："2000 年以前的报纸都放在地下书库了，现在书库的工作人员已经下班，你明天早上来，他们一定在。"女孩半信半疑地皱着眉，问："你们的报纸为什么不放在一个地方？"我解释说，因为报纸阅览室面积小，放不下那么多报纸，所以每年都会定期把旧报移到地下书库。

想起女孩来过刊阅览室找报纸的事情，我赶紧询问她，是否已经写完论文。女孩兴奋地说，资料已经都找齐了，论文还没有写完。我祝她一帆风顺。她笑着向我摆摆手，离开了。

回蒋震图书馆的路上，我又遇到了几位肤色各异的留学生，他们来自世界各地，因为中国文化的吸引而聚集到山东大学。我与他们相遇于偶然，缘聚缘散之间，尽自己的一份绵薄之力。这也是山东大学一贯秉持的山海文化，海纳百川，有容乃大。

作者：中心校区蒋震图书馆阅览室工作人员　谭海燕

5 月 28 日　星期六　阴

千佛山医院实习生 · 赵达旺

古今欲行医于天下者，先治其身；欲治其身者，先正其心；欲正其心者，先诚其意，精其术。此可谓医者仁心。

——孙思邈

写下这篇日记时，已是我在结束今日实习之后又完成了一门考试的深夜。

作为实习医生，我在急救中心的工作琐碎而微不足道，但是每天回来的时候都会瘫倒在床上休息一会儿才能去做其他的事情。在实习的这短短几天中，医院急救中心来过多少位病人，我们就看过多少份诊断结果。

每天的实习生活都会给我带来些许触动，昨天来的患者可能在一个医生的职涯中只是微弱的一点星光，但对于我这位实习医生来讲，真的是深深的震撼了！

早九时许，120急救车送来一位被公交车碾压导致骨盆碎裂、腹股沟处离断、下肢毁损严重的女患者。一入抢救室，上级医师便围了上去，清创、加压包扎、建立静脉通道输血、心电监护、请多科会诊……整个抢救室的气氛很是紧张。在病人情况稍稳定下来之后，病情判断已基本明晰，考虑急症手术截肢以保全生命。可是血库缺血，这时主管医生非常焦急，大喊："联系医务处！联系院长！联系血站！告诉他们没有血这个病人就死定了！"他真的是比谁都着急，因为失血过多，输不上血病人很可能会休克死亡。急诊抢救室的每一位医护人员都在捏着一把汗，诊室外面不断有人说："大夫，我是A型血，抽我的吧！"最终这条消息在朋友圈传遍了，并引起齐鲁晚报的关注，号召全城献血。

上午十一时许，通过协调，血浆及时送到，急症手术后伤者暂时保住了下肢，病情暂时稳定并已转入ICU，有待进一步治疗观察。

经历了上午的生死时速，我不禁感慨：急诊医生真的是在帮患者与死神赛跑啊！在看到病人病情恶化、病危的时候，医生真的是比谁都着急，以比对待自己的亲人还重视的态度来对待病人。生命是脆弱的，作为医者，我们要竭尽全力，为除人类之病痛而奋斗终生！作为一名实习医生，更应该认真实习，勤学临床技能，关心病患，为成为一名真正的医生打下坚实的基础。我相信自己一定行！

作者：医学院2012级本科生　赵达旺

5月29日　星期日　晴

人文社科一级教授 · 金光亿

每周我都要去软件园校区给大一学生讲授三个小时的人类学概论课。讲课是一门技术，更是一门艺术。学院认为，由教学经验丰富的老师给这些不久前结束高中生活的孩子讲授概论课效果会更为显著，因此邀请我担任授课教师。

由于今天的课程准备不太充分，我对学生们抱有一丝歉意。昨天上午，我带的三名研究生进行了论文答辩，下午我又参加了明年毕业的三名学生的开题报告。硕士论文要达到学位要求着实不易。我把三篇论文从内容到用词均做了多次检查，反复确认他们所选案例与论文主题是否相符，所选资料是否需要继续补充修改；我也要求他们的行文精确到每一个字，防止遗漏、错字、重复等情况，甚至对文中重复的表达方式也挑出来进行修正。此外，我还确认引文部分是否恰当运用。之所以如此严苛，是希望门下学生铭记一句话："话可以被改变、被遗忘，但文字一经写下便成永恒，再也不能被改变、被隐藏。"

我认为，对论文的评价不仅是对该生学术能力的评价，也是对导师的评价。但是一篇论文无论如何修改，在审查过程中难免出现纰漏。因此，想要论文达到令人满意的程度就必须下足功夫。也正是这样，每当答辩日期临近，我就会像学生一样紧张与忙碌。学生写作着实辛苦，所以通常在提交论文后便下定决心"再也不写论文"。我在牛津大学完成硕士论文时也说过同样的话，但后来，我又写了博士论文；成为教授后，曾一度下定决心"再也不指导学生论文"，但每次依旧沉浸在导师的角色中。这正是作为一名教师的我应该做的事！

前一天忙碌在答辩与开题之中，我的身体已感疲惫，所以没能对今天的课程做充分的准备。虽然已备好课程大纲，却没来得及整理视听材料和 ppt 展示。早晨七点我乘车前往软件园，由于没有好好吃早餐，整个人都处于一种无力的状态。神奇的是，一旦我开始讲课，身体便不自觉地充满了能量。今天授课的主题是"发展"，我通过列举中南美洲和非洲的事例来说明人类学知识和视角在发展主题下所起到的作用。课堂上，我未能展示任何图片，只是通过书写不太准确的汉语板书进行讲解。孩子们虽然听得辛苦，但每个人都非常认真。有一名一直集中精力听课的学生，当我问同学们有没有不理解的问题时，他没有做出任何回应，这让我非常担心，因为我不确定他是否了解我的授课内容，抑或是对我的讲授心有不满？每当这种时刻我就会有心理压力。不管怎样，课堂结束时孩子们还是给我鼓掌了。然而，我从他们鼓掌的状况中大概猜出了他们对这次课程的理解程度。今天的鼓掌力度似乎比之前的课堂弱，虽然有可能是孩子们鼓掌的时间和我讲最后课程内容的时间相重叠，但主要还是因为我没能把课讲得更细致、更有趣吧。

过于严苛地训斥了研究生，让他们身心俱疲，又没能充分地准备孩子们的课程。大清早就开始疲倦的我，作为一名教授，这周的教学成绩怕是不合格了。真是郁闷啊！五年前从首尔大学退休时，我说“学不厌，诲不倦”这句话应该倒过来，读作“倦不诲，厌不学”，在场听众哈哈大笑。但是今天，真遇到这种状况心里就没法这样想了。眼看就要七十岁，如今还像个孩子一样。孔子曰：“从心所欲不逾矩。”这种时候应当如何解读呢？

作者：人文社科一级教授、哲社学院教授　金光亿（韩国）

5 月 30 日　星期一　晴

金光亿教授学生・田晶晶

同学们都很喜欢金光亿教授讲授的人类学概论课。金教授来自韩国，头发花白，十分和蔼明朗。他说一口流利的中文，时不时幽默一下，讲课也十分有趣。我们私下里也会开玩笑叫他“金欧巴”。这天，我忐忑了很久，因为我想约“欧巴”写一篇山大日记。

下课时，我终于鼓足勇气走到金教授面前。他侧着头，认真地听我说约稿的事情。听到截稿日期，他面露一丝为难之色，但最终还是笑着点头应允。助教学姐耐心地向我解释说，毕业季教授很忙。金教授却冲她摆摆手让她不要推辞，笑着对我说，会尽量在截稿日期之前完成一篇日记。果然，两天后，教授就把日记发了过来。看到教授在日记里用平实的语言写他的忙碌、对学生的歉意、对教学的思考，我对他的敬重又增了一分。

起初我以为约稿是一个简单的任务，或者说我并没有以十分认真的态度来对待。直到教授一遍又一遍、不厌其烦地修改文章，并发邮件与我商量，我才感受到了金教授能够成为“学术大咖”的原因，那就是他有着对于工作的绝对认真和仔细的态度。这样的品质正是我所欠缺的。

我还忘记提前说明“山大日记”对字数的要求，由于我的失误，已经很忙碌的金教授不得不对已经完成的文章进行删减。开始，我感觉到他有点生气，在邮件里批评我没有事先告诉他字数的要求。我很愧疚，有些不知所措。就在我坐在电脑前，犹豫着该怎样措辞向教授道歉时，他已经把删减后的文章发了过来！

金教授就像是一位和蔼的长者，批评我过后又于心不忍，依然帮我把事情完成。我不知所措的心一瞬间得到了安慰，怀着无法表达的感激和愧疚，我飞快地敲着键盘给教授回邮件。突然在另一封收到的邮件里，看到金教授改称呼我为“晶晶”，心里再次被感动填满。

截止到今天，我们一共发出了二十一封邮件，其中金教授发了十封邮件，我发出了十一封。金教授的日记发布之后，我给他打了一通电话，表达了愧疚与感谢。金教授说，他上大学时也做过学生记者，很理解我。他还说更希望我们可以称呼他“金老师”，这样会更亲切一些。

第一次约稿，虽然过程有些波折，但有金老师这样善良的包容和默默的支持，所有的波折和努力都是值得的。

作者：哲社学院 2015 级本科生　田晶晶

5 月 31 日　星期二　阴转雨

政管学院本科生・万文涛

午后的一场大雨驱走了空气中的闷热，最后的一场活动也勾起了我脑海中的回忆。

下午 4 点半，天空开始变得阴暗起来，我和权益部的其他三位伙伴一起等待着去往洪家楼校区的校车，准备去参加本学期院学生会调研权益部组织的最后一次活动——宿舍风采大赛，这也是和学长学姐在一起办的最后一次活动。不一会，天下起了小雨，虽然已是夏天，但雨打到身上，还是有些凉意。

5 点多的时候，坐在车里的我看着窗外愈下愈大的雨，听着嘈杂的喇叭声，望着看不到头的汽车长龙。突然，手机提示音响起，是 QQ 上学姐发来消息："你们带伞了吧？雨好大，你们路上小心点，我坐在报告厅等你们。"

晚上，我们来到了比赛所在的报告厅，偌大的报告厅里坐着三位学长学姐和一组参赛选手。学姐接过我们带来的比赛用品，让我们先坐下休息一会儿。我尴尬地问了一句："选手怎么才来了一组？"学姐苦笑着说："可能大家最近有点忙吧，有好几组退赛了。没关系，我们还是按计划准备进行。"可能只有我们知道，这是她们在学生会负责的最后一个活动。因为最终只有四组选手参加比赛，所以比赛进行了 1 个多小时就结束了。看着我们精心设计的小游戏，还有没用完的道具，一直以来当工作人员的我们决定这次一起参加自己的活动，体验游戏。品尝着同部门的伙伴亲手调制的"黑暗料理"、与学长学姐一起玩"你画我猜"，舌尖上的味道蔓延到内心深处，那是入口时的辛辣、刺激，回味时的甘甜与酸涩。

9点半，我们搭乘回山里的校车，与洪家楼告别，与学长学姐告别。回来的路上，我看着窗外的霓虹灯，仿佛放映着这一年来与学长学姐的点点滴滴。前一秒我还在抱怨又要跑去洪楼和学长学姐一起办活动，下一秒意识到他们今后都不再会催着你去办活动了，感到有一些恍惚。

回到兴隆山，我看到学姐发到朋友圈的一句话："宝宝在职期间的最后一场活动，伴随着突如其来的大雨。两年了啊……”

5月最后的一场大雨，不小心留下了这么多的记忆。

作者：政管学院2015级本科生　万文涛

6月1日　星期三　晴

山大一附小学生 · 高艺菡

今天是我们最喜欢的节日——“六一”儿童节。早晨我一睁开眼便跳下床，跑到窗户前。“没有下雨！”我欢快地叫起来。去学校的路上，我看见什么都想笑。

同学们都早早地来到了学校，有的班级忙着贴各式各样的宣传海报；有的班级忙着把义卖的物品摆放得整齐美观；有的同学则按捺不住激动的心情，偷偷溜到别班的“店铺”，看一看有什么新鲜玩意儿。

“老师们、同学们，大家早上好！”话筒里传来悦耳的声音，庆“六一”活动正式开始了。首先是“出旗”，同学们凝视着队旗，高声唱响少先队队歌。接着是一年级小朋友们最期待的环节——加入少先队，佩戴红领巾。他们一个个挺胸抬头，站得笔直。佩戴完毕，小少先队员们望着胸前随风飘扬的红领巾，露出自豪的神情。

入队仪式结束，“红领巾义卖”活动正式开始，同学们都飞奔到各自的“店铺”。刚开始，大家都比较害羞，操场上的叫卖声不多。老师让我们大胆一些，我便鼓起勇气喊道：“快来看呀！走过路过，不要错过！”旁边的同学也开始推销起来：“同学，你看这个，便宜啦，还有抽奖活动！”我们“店铺”前的人渐渐多了起来。我们班另一组的“店铺”前围了很多人，原来是袁梓宁在说快板“卖艺”，他的快板打得叮当响，嘴里还念念有词。邵俊杰在旁边高喊：“有钱的捧个钱场，没钱的捧个人场！”这时，五（一）班那边敲起了鼓，一时间，鼓声、快板声、叫卖声、笑声、广播里的歌声，各种声音和在一起，真是热闹。我们的红领巾跳蚤市场也进入了热卖阶段。

“山东大学李守信书记来看望同学们了！”同学们都驻足鼓掌。来宾们佩戴着同学们献上的红领巾，一个个笑脸盈盈。原来叔叔阿姨也来为我们祝贺节日呢!

在欢快的音乐声中，“红领巾义卖”活动结束了，我们班的成果丰硕，一部分钱当作班费，一部分钱作为“爱心基金”捐给困难山区的小朋友。在这次活动中我们收获了来自学校、老师、家长的关爱和无尽的欢乐，并将爱心传递给贫困地区的小朋友。我爱我的“六一”儿童节。

作者：山大一附小五年级学生　高艺菡

6月2日　星期四　晴

学生安全管理协会会长·张接胜

20:00，夜幕带走了最后一缕骄阳的余光，习习晚风吹过，为大地带来了久违的清凉。我们，参加今晚学生安管会组织的夜跑看包活动的四个志愿者，准时来到了中心校区足球场。摆上桌子，打开防潮布，准备好登记表和号码牌，开始为夜跑的同学提供存包服务。

桌子刚摆定，便有跑步的同学围拢过来，好奇地打探我们在做什么。一个志愿者刚想扯开嗓门向大家介绍我们的活动，冷不丁上来了一位中年大妈，挤开人群，便把手里拿的大包小包往防潮布上放。这个举动把今晚来做志愿服务的同学搞得有些摸不着头脑了。不过我来组织活动也快两周了，自然清楚这位大妈是“老常客”了，她是学校一个老师的妈妈，在把儿子抚养成才后又过来帮忙照顾孙子，每晚这时候都会带着孙子来足球场玩。说起来，从我们活动开始时的不信任，到现在大家都愿意把包寄存在这儿，大妈也是陪着我们一路走过来的人了。

有大妈的以身作则，志愿者也不用再多做解释了。渐渐地，“老常客”来了，“老常客”介绍的“新客户”也来了。不一会儿，防潮布上堆积如山的大包小包，志愿者来来往往存包取包的身影，在暖黄的路灯下，构成了一幅温馨的画卷。付出和奉献，信任与被信任，成了这幅画卷中最动人的色彩。

组织这个活动源于一个偶然。某天晚上，室友去跑步回来便垂头丧气的，一问才知是装有各种证件和学习资料的包在足球场被偷了。家在外地的他，为了补办证件，足足忙活了两周。平时，在刷朋友圈和空间的时候也会经常见到一些寻物招领的内容，确实，大家高涨的运动热情在足球场遭遇着物品丢失的阴霾。接下来和公安处老师联系后才进一步得知，由于监控设备损坏、人流量大和案发时间多在晚上，足球场成了物品失窃的重灾区。很快，在公安处董老师的支持下，学生安管会组织了夜跑义工看包的志愿活动，不到两天，我们的身影便出现在了足球场上。

因为活动开始得仓促和匆忙，刚开始几天进展很缓慢。来夜跑的同学要么不放心把包交给我们看管，要么就是到跑完了要离开时才知道我们的活动。后来在志愿者和组织活动的同学建议下，我们从开始的只有一个横幅，到后来的桌椅布笔齐备，再到后来规范化的志愿者招募和管理，一项项人性化的服务，也使活动得到了各方的认可和支持。现在，夜跑同学都有了存包到安管会志愿存包处的意识，在足球场捡到东西也都交给我们保管登记。

写到这里，我不禁想到了很久以前看到过的一句话：“用最初的心，做永久的事。”是呀，服务他人，奉献爱心是一件多么美好的事哪！多年后，我们白发苍苍，回首往事，是否还会记得那个在暖黄路灯下来回跑动的自己和那时收获的点滴感动呢？

作者：学生安全管理协会会长　张接胜

6月3日　星期五　阴

生命学院辅导员·綦　亮

自2012年9月充满欢欣地迎接了他们之后，我就担心有一天会失去他们。如今，离别的日子正不紧不慢地向我走来。有些担心，担心我会不习惯没有他们陪伴的日子，又有些难舍，难舍那一份相逢是缘、相知是爱的情谊。

与其心中惆怅，不如写点什么给他们，写给在这个6月即将离开我的学生们。

在校期间，他们思想进步，热爱党、热爱祖国、热爱社会主义，热心志愿服务以及社会实践活动，以实际行动践行社会主义核心价值观；他们学习刻苦努力，基础扎实，受到科研院所和就业单位的一致肯定；他们工作认真负责，勇于担当，以过硬的表现迎接一次又一次任务的挑战；他们尊敬师长，关心集体，乐观积极，遵纪守法。

个性方面，请允许我“小孔成像”，选择有代表性的班长们来完成鉴定。

LCY内敛、温暖，两次与省级荣誉失之交臂，但我见证了这期间他的进步与成长，在我心里他已经当选。

WC潇洒、机智，热爱健身的实验室大男孩，我清晰记得我为其修改的简介，更对其随机应变的表现记忆犹新。

LZ耿直、执着，集体利益当先，奋力争取；不计荣誉得失，毅然坚持。

WEP随和、朴实，任劳任怨的形象深入人心，若我在与他交流的过程中语气重了些，事后往往悔恨不已。

CJW乐观、谦逊，当然印象最深的还是，我着急联系他的时候会拨打另外一个号码。

WP阳光、真诚，虽然现在的班级人数有些少，但是未来在山大读研的班级已经向他敞开了怀抱。

因竞职调岗多了团支书工作经历的CHY，入学初领取教材、办理户籍关系转移，任劳任怨。

因外出交流离开岗位的WHK，动感的街舞迷倒一众男女，也包括在迎新晚会上一睹风采的我。

鉴于生命科学学院2012级本科生以上各方面表现，拟同意其于2016年6月毕业，请上级组织审批。

鉴定人：辅导员　綦　亮

2016年6月3日

作者：生命学院辅导员　綦　亮

6月4日　星期六　晴

口腔医学院本科生·扎西江措

今天又是崭新的一天，在同样的时间与地点，我又睁开那一双总是抗议起床的眼睛，望向窗外的世界，期待在这新的一天能有新的收获。

等我将一切都收拾好，准备去复习那对于学习口腔医学的我来说还是有些复杂的系统解剖学，然而大脑提醒我还肩负着重要的任务，那就是暑期里最有意义的社会实践活动，而今天也是我们实践小组要与相关活动对象（一位藏族老师）取得联系的日子。这个虽不艰巨但至关重要的任务便需要由我来完成。于是我赶紧拿起电话，拨了一个才熟悉几天的号码，是一位济南西藏中学藏族老师的号码，他叫巴次，和我一样是藏族人。作为同胞，与他通电话总有一份亲切感，听着熟悉的藏语，也让远在异乡的自己有了一丝家的温暖。因为我们此次社会实践活动的主题是为少数民族同学普及宣传口腔保健的基础知识，强化他们保护牙齿的意识，所以我们联系老师以确认去学校宣讲所必须准备的相关内容，好让整个实践活动有一个好的开端。很快，老师的电话就拨通了。碰巧的是，老师告诉我因为有学生生病，所以现在正好在我们学校对面的齐鲁医院带学生看病，这更是为我心中老师的形象加了不少分。于是，借着这个机会，我们决定前去医院找老师商谈，这也将是我第一次见到巴次老师，想一想还是有些小激动。在与社会实践队员同时也是老乡的学长张岱潮还有学姐陈文倩会合后，我们向医院出发。

医院就位于我们学校对面，我们几个人不到10分钟就到了老师所在的楼层。我再一次拨打了老师的电话要问他在什么地方时，我看见有一个人也拿着电话向我招手，我知道这就是巴次老师了。老师十分热情，与我们亲切地握手。我们向他作自我介绍后，就找了一个稍稍人少的地方去商谈具体的事项，而我的任务是记录这个过程。我拿着相机记录下老师与我们小队其他人商量的场景，看见小队的学长学姐那么认真且清晰地汇报着我们的情况与要求，我真是对他们十分敬佩，老师也很有耐心地听我们讲。出乎我意料的是，没过多久一切都已经商量好了，老师毫不犹豫就答应了我们的请求，这着实令我们感到高兴与感激。为了不耽误老师的时间，我们在感谢过老师后告别，而我和老师用着我们的母语相互告别，让小队的其他人对我们的交谈十分好奇，询问我与老师交谈的内容。

万事开头难，而我们算是为实践活动的顺利进行开了一个好头，而我也可以安心地去复习系统解剖学准备考试了，相信考试也会像今天这般顺利吧！

作者：口腔医学院2015级本科生　扎西江措

6月5日　星期日　晴

高校研究生辅导员培训参加者·王　敏

5月30日至6月3日，我与生命科学院辅导员张攀攀老师一起参加了由上海高校研究生辅导员培训基地（华东师范大学）主办的2016高校研究生辅导员“科研能力提升与专家化建设”专题培训。五天紧凑又充实的学习和研讨，让我们收获良多。

开班仪式上，华师党委杨昌利副书记介绍了上海高校研究生辅导员培训基地八年来的发展情况和本次培训相关情况。上海市教委德育处李兴华处长介绍了上海市高校辅导员队伍建设的探索和实践，未来五年将启动辅导员能力锻造计划和素养提升计划，将辅导员定位和专业化方向进行具体凝练，使工作更加精细化。接下来的几天时间里，培训以讲座、小组讨论的形式展开，每一堂讲座都是养分十足的干货。华师的教育学教授们分别从角色认知、科研选题的视角为我们讲授了从工作实践到科研路径的转化，以及如何开展定量研究和质性研究等内容。

5天的时间匆匆而过，在聆听专家们讲授的同时，来自全国高校的研究生辅导员也在讨论课上充分交流，增进了友谊。我们认真记录着、学习着，清华大学研究生辅导员（兼职）的高效管理、中山大学辅导员专业化团队建设、东南大学导师参与的全员育人模式都给我们留下了深刻印象。山大研究生辅导员工作的经验做法也得到其他高校老师们的认可，他们还为我们的工作提出了宝贵意见。

回首这次珍贵的学习经历，是对我们习惯性工作的一次职业唤醒，是对我们专业化能力的一次动力提升。“不日新者必日退”，我将会铭记前辈专家们的寄语“研究让我们自己成为工作的主人”，在今后的工作中务实工作、细致服务、创新研究，做一名优秀的“研工人”！

作者：儒学高等研究院辅导员　王　敏

6月6日　星期一　晴

全球史与跨国史研究院成立仪式志愿者·齐　鸽

“叮”，手机屏幕显示“已将最后一位教授安全送至车站，请放心”，我长舒一口气。山东大学全球史与跨国史研究院成立仪式终于圆满结束。

全球史与跨国史研究院的成立是第 22 届国际历史科学大会后，学校为充分吸收大会成果和人才资源、提升学科建设水平的新举措。短短两天，来自国内外的知名教授相聚于此，学术的探讨，思想的碰撞，理论的升华，将为我们呈现一场完美的史学盛宴。学院的各位老师和同学辛勤付出，积极协调，很早就已经开始筹备工作。

会议前几天，从学院外事秘书和辅导员老师那里拿到各位教授的车次时间表后，由世界史等相关专业本科生、研究生组成的接站小分队迅速成立，仔细商讨一对一的人员安排、司机的准时对接、接站注意事项等细节。

接站当天，同学们既激动紧张又兴奋期待，每位同学都做得非常棒，完美代表了学院形象。我负责的是香港科技大学人文社科院院长、诺贝尔物理学奖得主李政道之子李中清教授。提前看了许多关于教授的采访介绍、著作文献，站在接站口的我特别紧张，反复思考应该用怎样的礼仪接待李教授呢？我焦急地等待着生怕错过。忽然看到了李教授的身影，我飞奔过去，握手欢迎李教授的到来。近距离接触后，我发现李教授特别可爱，一直在讲“谢谢”。车上的交流非常愉快，印象最深刻的是李教授为我的论文写作提出的建议：“论文的写作，不是找自己感兴趣的点，而是首先查阅大量的史料数据，在资料中找到新的研究领域。论文写作就像摘果子，不要试图去摘最高的，而要去摘伸手可以碰到的果子。硕士论文是人生的第一部作品，将基础打好最关键。”

第二天一早，在全球史与跨国史研究院开幕仪式上，李教授作为主持人认真总结，让我再次看到可爱的教授对历史的严谨态度。今天清晨，李教授准时来到大厅出发去机场。在路上，李教授十分挂念我的论文写作，并告诉我如果有资料查找不方便可以随时联系他。返校路上，李教授发短信说：“谢谢你的热心照顾，期待再次来到山大！”

参加这两天的工作，最大的感受莫过于历史文化学院领导和办公室、团委各位老师的积极努力，为我们提供这么好的研究平台和优秀的发展资源。学习历史一定要有接触新领域、新理论的热情，努力打破语言的障碍，在对史料的解析中，扣响全球史与跨国史的大门！作为一名历史文化学院的学生，我为学院的发展、全球史与跨国史研究院的成立感到无比自豪！最后，学院的老师和志愿者，谢谢你们！

作者：历史文化学院2015级硕士研究生　齐　鸽

6月7日　星期二　多云

高考回忆者·詹逸珂

今天，一年一度的普通高等学校招生全国统一考试，也就是高考，如期拉开帷幕。昨晚，网上就有了不少高考主题的动态。我不禁回想起一年前面对高考的自己——早上6点起床，平静地吃过早餐，赶到教室；随后，老师叮嘱了一些注意事项；上午8:40，我便略有忐忑但充满自信地穿过警戒线，走进考场，开始了一次惊心动魄、印象深刻、值得回忆的经历。

回头想想自己的高考旅程，无疑是富有戏剧性的。身边有的人超常发挥，也有人感叹壮志未遂，但终于都来到大学，开始了迥异于高中的大学生活。现在考场上展卷写自信、倾学报国家的莘莘学子，也将会如此。在今天这个日益开放的社会里，高考早已不是实现成功人生的唯一道路，“一考定终身”也许已经成为过去，但可以让我们亲身感受个人奋斗的意义，明白自己的道路选择、人生规划绝非他人可以替代。命运的船舵，很大程度上掌握在自己的手中。有毅力，有决心，就有追求梦想的力量和实现理想的希望，尽管或大或小，但总有机会使人生变得美好、丰富而多彩。正如习近平总书记所言，每个人都有梦想，“中国梦”就是由无数个个人的梦想凝聚起来的。

今天，我们为面临人生考验的学弟学妹加油鼓劲，因为高考曾经带给我们巨大的心灵触动。高考之前，我们很难明白读书是为谁而读，我们是为谁而拼命、而努力，而这些，在经历过高考后就会有明确的回答：非为师，非为父母，为己也。不可否认，高考制度有其自身的弊端，比如知识体系僵化、地区录取率不公等，但我们有这样一次宝贵机会，把握好，用尽全力拼搏，今后遇到各种困难和挫折，就会有经验可循，少走弯路。正如一句网络俗语所言，“高考使人此生永无 bug”，虽然绝对，但道理却深入浅出，引人深思。

今天，有高中同学回到了母校——东营市胜利第一中学，回到了那个一年来魂牵梦绕的地方，并拍摄了许多令人感动的照片。送考老师为同学们加油打气，学弟学妹士气高涨。三年奋力拼搏，十二年寒窗苦读，检验的时候到了！祝他们能够凝聚心志，平静心态，不骄不馁，积极思考，集聚智慧与梦想的力量，在考场上书写壮丽的篇章！

作者：历史文化学院 2015 级本科生　詹逸珂

6 月 8 日　星期三　晴

手术室实习生·马　媛

今天第一次产科剖宫产实习，之前见习的时候观看过剖宫产手术，但是现在我作为实习生的身份可以上台帮老师拉钩打结甚至缝合了。自己一个人提前进了手术室，刷好手之后等着老师们来，第一次一个人还是很紧张的，但是又很兴奋。

在忐忑与紧张的短暂等待后，老师们来了，照旧接病人，麻醉，铺单，一切都很顺利。老师们开始穿手术衣戴手套。贴心的男护士也给我准备了合适的衣服手套，我上前准备去取，后面护士长突然大声斥责我：“干吗呢，离无菌台远点儿！”我连忙退回来，却又被批评：“那边也离远点！”我一时站在那不敢移动，护士姐姐来给我穿手术服，台上的苏老师教我戴手套，可是那时候的我是慌乱的，手套的手指头总是塞不进对的孔里，好不容易进去了，护士老师又斥责我手的位置太低不然就太高。“上不过肩下不过脐！”“大拇指不能碰衣服又忘啦！”“手啊不让你乱动怎么又乱动！”护士老师一连串的指导后，我更加手忙脚乱了，那时候我感觉自己真的太笨了！看着一群人盯着你，真的很紧张慌乱，觉得自己什么都做不好，感觉真的很丢人。主刀老师等不下去了，说：“这样不太行啊，你今天先别上啦，回去拿着这套手术服手套好好练好，下次再上吧！”就这样我失去了第一次上台的机会，全程在20厘米之外观摩剖宫产，并反复练习着戴手套。想到之前在手术室里的种种表现，我感觉自己很不争气，很对不起众多老师平日里对我的教导。想到这样的我距离自己心目中一名合格的好医生还相差甚远，我几乎要流下悔恨的泪水了。

晚上和爸妈聊起这次失败的实习经历，爸爸妈妈没有给予我过多的安慰，而是客观地同我一起分析这次事件为什么发生，以后应该如何避免。爸妈说现在的我们总是眼高手低的，因为觉得事情简单就不去关注它了，能够被严批对现在仍处于学习阶段的我们来说是一件好事，若是造成坏的结果，再严厉的批评也无法挽救了。挂了电话，认真回想今天发生的事情，我不禁感慨万千。是呀，我们就是眼高手低，不脚踏实地，有时候甚至急于求成，所以及时的批评才能让我们认清自己，改正错误，在未来的道路上走得更加坚定，这既是对自己负责，也是对以后的工作负责。

作者：医学院2012级本科生　马　媛

6月9日　星期四　晴

端午节感悟者·任奇奇

“端午节快乐！”一大早醒来就收到了远方的小伙伴送来的祝福，我不禁感叹时光飞逝。又是一年端午节，自己已经三年没有在家过端午了，也与远方的小伙伴分别三年了。自从跨入大学校门开始了漂泊而繁忙的大学生活，我对于家乡端午节的印象不仅难以忘却反而更加追忆和怀念。端午节，这个在中国绵延了2000多年的传统节日，在记忆里，除了龙舟竞渡助威鼓响，更深的印象应该就是粽子飘香了。还记得小时候，在端午节这一天里必定会仔细品味醇香的粽子，现在回想起来，那时的情景多么带有朦胧的诗意，是那样的温馨，且耐人回味。现在尽管偶尔会在超市买粽子，但是感觉已经不是以前的味道了。

然而，进入大学以来，端午节的味道似乎淡了很多，没有了节日的氛围，反而更多地被各种考试占据了。每年端午节恰好在六月份左右，今年也不例外，又是要进入考试周的日子，身边的同学大多都投身于紧张的复习当中，自习室成了大多数同学度过端午假期的首选场所。而且，每一年的端午节似乎也总是与一年一度的高考联系在一起，还记得我们高考结束的时候也正好是端午节。回想起来，离我们高考结束整整过去三年了，总感觉高考时的情形还历历在目，赶往考场时的紧张与忐忑，考试过程中的奋笔疾书，考试结束之后大家的欢呼雀跃，同学分离之时的感伤，成绩公布时的紧张，填报志愿时的徘徊，这一幕幕还是那么清晰地印在脑海之中。前两天默默地在网上看着各种与高考相关的新闻报道，自己还会跟着或悲或喜，仔细想来，自己最怀念的可能就是和自己一块为了高考并肩奋斗的同学们以及那段心无旁骛、专心致志为一个目标而努力的时光了，那段时光可能永远都是自己最珍贵的回忆。所以，每一个高考生，相信总有一天，你们会感动于自己曾经的努力，活出你们最想要的样子。

最近在校园中随处可见正在拍摄毕业照的学长学姐们，想想这可能会是自己在大学期间度过的最后一个端午节了，等到明年的这个时候，自己应该也是这个样子吧，一定会对生活了四年的大学校园有千般不舍，渴望用相机留住美好的大学时光，所以从现在开始珍惜在校园里度过的最后时光吧。

作者：政管学院2013级本科生　任奇奇

6 月 10 日　星期五　多云

星火燎原支教队队员 · 王惟可

又是一年端午佳节，然而这一天从一开始就注定与众不同。还没来得及细品从食堂飘来的艾叶的芬芳，星火燎原支教队的队员们便已踏上了前往聊城的长途大巴车。

望向窗外，联合收割机默默在田间劳作，思绪穿过一片又一片的麦地，我仿佛能够看到村中孩子跳着绳，踢着毽子，玩着儿时的那些游戏。有些孩子，生活在老人身旁，家中的壮劳力早已踏入城市，为家里寄回一笔一笔用汗水换来的工钱。也许这些孩子从来没有去过我们口中的一线城市，甚至连离得并不远的济南都不曾有机会游览。我不由得想起了那个放牛娃的故事：放牛、挣钱、娶媳妇、生娃，而生娃最终还是为了放牛。这些孩子渴望知识，渴望改变自己的命运，他们也不甘只做一个无限轮回的“放牛娃”，却又缺少对外界的了解。而我们能做到的，便是把世界都收入一张又一张的照片之中，将科技浓缩进一节又一节的课程里，用我们的夏令营活动做他们的眼睛，带着他们走出村庄，感受世界的精彩。

下了大巴，春雨助学协会会长来车站将我们接到协会的办公室——运河岸旁的一个小门面房。一踏入房内，映入眼帘的便是一个简洁的会客厅。墙上挂满了各种证书、锦旗，以及一个巨大的捐赠榜，记录着每个捐赠超过一千元的爱心人士的信息。角落里还整齐地堆了几摞专门为孩子们准备的书籍。而今天在这里，聚集了协会的理事会成员以及几名协会会员，一同商议今年夏令营的进行计划。在听取了我们对夏令营课程的想法及日程规划，并阅览了我们的活动策划书以及活动安排后，他们对夏令营参加人员、活动流程、授课场地等多个方面进行了更加细致的讨论，并对我们的方案提出了改进建议，明确了我们的职责，为我们签署了此次夏令营活动的接收证明。

讨论中让我印象最深刻的是，在讨论夏令营参加人员的条件的时候，春雨助学协会的工作人员强调夏令营不允许协会志愿者的孩子报名参加，哪怕自己交钱也不允许。从这里我看到的是协会严明的制度，以及协会最纯粹的公益之心。他们取得的成绩，离不开协会优良的作风和完善的规章制度，也使得协会有很强的公信力。

在大学的第一个端午节，我们虽没能陪着家人围在桌前品味着粽子的甜蜜，却不觉孤单。我们的心里充满了对公益事业的热情，何况还有春雨助学协会会员们炽热的爱心。

愿星火燎原支教队永远前行。

作者：机械学院 2015 级本科生　王惟可

6 月 11 日　星期六　阵雨

中山大学夏令营营员 · 陈傲蕾

六月盛夏，羊城广州，时隔一年，我再次来到这个美丽的城市。阴雨绵绵，我却难抑内心的激动，因为，我再次能得此机会，进入被称为“学识的殿堂，灵魂的居所”的中大康乐园。正所谓：“北枕珠江南面市，东友白鹭西朋凰。东西南北千层树，谁识其中是学堂。”矗立于闹市而不喧，隐匿于林中却不乏青春朝气，也许这便是我钟情于此的原因吧！

生在广东，从小便对她略有耳闻，但直到去年才因为“第二校园”的交流机会，走进她，认识她，待她如心中女神般，初见动心。在那时起，我便下定决心要到中大深造。经过一年的努力，关注着她的动态，等待她的通知，参加宣讲会，再到紧张的申请准备，最后等待名单的公布，我终于又有了这次参加中大夏令营的机会。

我背上行囊来赴约，本以为内心激动已减，但当我再次踏进康乐园，仍是难抑喜悦，一花一木，一草一树，熟悉而又清新，恰似恋人久别重逢。雨后校园，大草坪流淌着让人心醉的碧绿；怀士堂前，毕业生驻足留影；教学楼下，是等待自招考生的家长，盼望着，期待着；时隔一年，那时正在修缮的建筑早已焕然一新，那时为之着迷的红砖绿瓦依然散发着古朴气息。交流期间，我曾写过一篇《中大 初见》，如今，我为她再唱一首重逢之歌。这像是一个仪式，更像是我与她之间的故事。在宣讲会时听到了一句话，感觉甚好："山大是我的母亲，培养了我，让我成长；而中大更像是我的情人，我会通过自己的努力，追求到她。"当时并未有所感，而如今竟有所悟，可谓再见倾心。

明天，夏令营便要开营了，接下来便是紧张的行程安排以及导师面试，但无论结果如何，尽情享受这个过程，好好把握这次难得的机会，珍藏这份宝贵的经历。成败与否都还要继续努力，前路漫漫，一切才刚刚开始。

作者：生命学院 2013 级本科生　陈傲蕾

6 月 12 日　星期日　晴

医学院本科生·胡顺风

假期总是短暂的，前一刻还沉浸在家的温馨里，而这一刻便已迈入了学校的大门。

假期只有三天，是一个挺尴尬的时长：回家的话，又因为家离得比较远，在路上就得花费两天的时间，回来后整个人就会很疲劳；不回家的话，我们已经开始实习，没有了寒暑假的时间，下一次回家就指不定是什么时候了。所以，尽管累点，我还是选择了在这三天的短假期中回家看看。

屋漏偏逢连夜雨。上大学后每次回家来学校都是坐火车，第一次碰到晚点，还晚点了一个多小时，看着时间一点点地溜走，算着回家后还有多少时间去看望爷爷奶奶和姥姥，心里甚是焦急。没有别的办法，只能不停地安慰自己，没事的，早上早起一点，晚上晚睡一会儿，时间挤挤总是有的。

回到家中，已经是端午节晚上 10 点多了，习惯早睡的爸妈仍坐在饭桌前等着我，我看到他们熟悉的面容后，路途的疲惫感瞬间不见了踪影。饭桌上是还在冒着热气的饺子和端午节的必备美食——蜜枣粽子，看到这满桌的诱人饭菜，坐了一天车且早已饿得前胸贴后背的我，不管三七二十一，放下书包，拿起筷子就开动了。吃着自己心念已久的饺子，心里有说不出的满足。我是一个对食物挺挑剔的人，吃惯了妈妈包的饺子，外面卖的饺子没有一家是我满意的，我每次打电话听到妈妈说“今天包了饺子”都馋得不行。因此，妈妈即使工作很忙、菜市场很远，也一趟一趟地跑菜市场去买最新鲜的肉和菜，妈妈说：“这是亲闺女的待遇。”其实我心里明白，这一句玩笑话里包含了多少爱。

爸爸妈妈工作忙，我只能自己坐车去爷爷奶奶家和姥姥家看看。姥姥的耳朵不是特别好，每次和她说话都得提高分贝，不管手机的声音开到多大，她都听不清手机另一头的声音。我远在外地，又不能打电话，只能多抽出时间来看看姥姥，让她多看看我，多听听我的声音，因为姥姥说过：“你们不用给我带太多东西，让我多看看你们，我就特别高兴了。”父母对子女的爱总是那么无私。爷爷奶奶的听力还不错，所以我会定时给他们打电话，唠唠家常，每次打电话爷爷总能知道济南的天气，提醒我加减衣服。真的，孩子走多远，长辈的心就会跟多远。

三天的假期太过短暂，还有好多想见的人没有见到，时间到了，只能乖乖地踏上返程的列车。每次看着爷爷奶奶或爸爸妈妈往回走的背影的时候，心里都是酸酸的，而我能做的只能是收回即将溢出眼眶的泪水，把家人的关爱化为前进的动力。

作者：医学院 2012 级本科生　胡顺风

6 月 13 日　星期一　阵雨

政管学院本科生·尹　镜

在闷热的宿舍中醒来，这是济南的六月中旬，虽然今夏已是格外凉爽了，但待在六人间的宿舍里还是感觉闷闷的。这个周是本学期最后一个上课周，对于即将大四的我们来说，并不只是本学期的最后上课机会，也许还是大学四年的吧。

下午的第一节课我们在物理楼的四楼，由于是最后一节课，两个班的同学都来了，课堂上有这么多人除了期末就是开学才有的景象。物理楼四楼正对着下午凶猛的日晒，空调又没法开，同学们大汗淋漓地听了一个展示后，我们又转而来到了一楼教室上课，前后两个大空调，同学们发出了幸福的感叹。而我，也感觉格外舒适，开始留恋课堂。

课间碰到美丽的学姐拉着行李箱，完完全全地离开了。离开了学院，离开了洪家楼校区，到更广阔的天地去。道一声再见，然后挥手告别，剩下的人还要好好努力。愿许下的心愿都可以实现，浮在眼前的未来是想要的样子。

课堂最后，老师总还有些想说却说不完的话，于是同学们鼓掌结束这一学期的这个课程。走出教室，脱离冷气，惊喜地发现阴天了，还有微风，格外舒适。微风没有持续多久，一到傍晚，狂风乱作，沙尘漫天，树叶飞舞，落叶卷入风里面，确实是相当少见的济南的天气。我看见各处都是在奔跑着的人。我吹着风等着一场大暴雨的到来。来了，先是豆大的雨粒打到地上，溅起灰尘的味道，然后越来越急，雨滴更大更密，打湿了地面。雨量越来越大，地面开始出现积水漩涡，风还在使劲地吹。对啊，这才是夏天该有的样子啊，持续的闷热然后来一场暴雨，冲走燥热，带来夏日的清凉。

夏天怕热，六月怕散。时间定格在这一场大雨，有最好的我们，有明亮坚定的眼神，有简单勇敢的天真。毕业带走了什么留下了什么，剩一片感动在心窝，有我最珍惜的朋友，值得纪念的事情，至少这段回忆够深刻。没有哪个港口是永远的停留。终于我们分头走，也很欣慰有快乐有落寞。

作者：政管学院 2013 级本科生　尹　镜

6 月 14 日　星期二　多云转晴

赴德国慕尼黑应用语言与翻译学院交换生 · 王　媛

早上起床以后，我打开微信，发现学姐发来了她前几天在毕业典礼上的照片和一句留言："妹子，我毕业了，你在德国好好照顾自己哟。"我突然意识到时间过得好快，再过两个月交换学习结束后，回国自己就成了大四学姐，而那些一直以来给予我很多帮助的学长学姐们马上就要离开山大的校园去外面的天地追逐自己的梦想。在这里，我想借助这个平台祝福所有曾经在我成长的道路上给予过我帮助的学长学姐们：祝你们一切顺利！

大一军训时，我认识了第一位直系学长，他比我们大一届，是青志协协会的副会长。有时候开完例会，我就会向他请教德语学习方面的问题。那时候我还刚刚高考完，对学习有些不上心，可能是学长发现了我有点懈怠，就提醒我说，他当时大一的时候就是没有认真学习，结果到了大二才知道不管是申请出国交换还是大四保研都需要各个学科成绩优秀，为了弥补当初的懈怠，现在就学得很辛苦。我特别感谢学长那个时候的坦率和真诚，如果没有他及时的提醒，或许我就不会从那时起开始努力学习，不会获得这次来德国交换的机会。

大二下学期，我得知自己获得了来慕尼黑交换的名额时，约了一个大四的学姐吃饭，想要问一些不懂的问题。说实话，之前我和这位学姐并不是很熟，只是在她从德国交流回来后给我们分享经验时见过一面，我还不知道怎么开口问的时候，学姐就主动问我目前申请的情况，跟我讲当初她的交换经历。那天下午我把想要问学姐的问题统统写到了一个小本子里，正反面加起来一共有三页，学姐一直耐心回答我，丝毫没有不耐烦。那个晚上结束之后，学姐坚持要她买单，她说当初她在获得来德国交换的机会时同样也有许许多多的问题想要询问她的学姐，她的学姐就请她出去吃了一顿饭并且耐心地回答了她所有的问题，这已经是外语学院的一个传统了，学长学姐们永远站在后面支持着我们。

上个月我听说新一轮赴德国交换的名额定下来了，有一个学妹加了我的微信，有的时候也会问我一些当初我问学姐的问题。每次问完问题，学妹都很不好意思地加上一句“对不起呀，学姐，又打扰你了”，我仿佛又看到了一年前的我，在自己最需要帮助的时候总是有善良的学长学姐们在我身边一直帮助我。如今我也成了学姐，我也希望自己能够帮助到学弟学妹们。

如今在德国，我认识了许多山大校友，去年山大也在德国成立了山大校友会，大家遍布全德国各个角落，都会互相帮助。来德国之后，我发现山大的印记在生活中反而更深了，随处都有山大校友的足迹。这时候，母校在我们的口中往往是那一段段美好的回忆和一个个曾经帮助过我们的温暖的人。

作者：外语学院2013级本科生　王　媛

6月15日　星期三　晴

外语学院青年教师·陈雅莉

深夜11点的钟声又一次敲响，我起身冲了一杯咖啡，继续工作。近来天气阴晴不定忽冷忽热，就在今天，我还是不幸感冒了！可是期末繁重的工作让我无法蒙上被子大睡一场。看着眼前罗列着的期末考试八套英语试题，紧张地整理、检查、核对……我不敢有一丝一毫的疏忽。英语作为大学的公共课程，每一套试卷都事关全校为数众多的学生，每到期末面对这些试题，我都战战兢兢，生怕出现什么纰漏，影响了学生们的答题。

作为大学里的一名英语教师，每周三的上午，我穿梭于软件园校区和洪家楼校区，在忙碌中收获着感动。软件园教学楼前不知名的花树又缀满了花朵，地上落英瓣瓣，草地上星星点缀着白的、黄的小小花朵，开得恣意、尽兴。洪家楼校区公教楼旁是一大簇一大簇的翠竹，雨后竹叶缀着雨滴，青翠惹人爱。这么舒适的景致，只要从教室的窗口略一探身，便尽收眼底，几乎触手可及，这些都是这个我踏足了近20年的校园随时准备给我的小惊喜。每次收到，都会入眼、入心，在我和她的相契中便会多一分满足。

我爱这份让我累、让我笑、让我时时收获喜乐的工作；我爱我所有忍不住会放在心上的、可爱的学生们。我在他们恒久不变的青春里存续着我自己的青春，我有幸见证他们的成长，庆幸偶尔可以为他们助力，常常为他们鼓劲。

转眼间，又是一年毕业季了。

作为一名普普通通的教师，固守着校园，每年迎来新的面孔，也惜别又一届毕业远行的孩子。有时我会不自觉地回想起第一次登上讲台的时刻，那激动的心情，那略微颤抖的声音，那记忆中最深刻的第一届学生。亲爱的孩子们，你们还好吧？

在这样的日子里，我常常会问自己：你带给过你的学生们什么？你希望自己在未来的那些年轻的心灵中留下怎样的足迹？你真的配称为“老师”么？

当我们第一次踏上讲台，当我们看到面前那一双双清澈的眼睛、信赖的神情，我们心胸澎湃，立下了自己的志愿，我们以为所有的荆棘、所有的顽石都会在我们喷涌的激情前轰然退却，一条指向光荣之巅的道路就此铺就。

但是，现实远没有那么诗意美丽。我们确如一粒小小的沙子，被浪花冲上沙滩，要经受日日的磨砺、夜夜的等待。记得大学时极为风光的学长在毕业两年后重返校园时，告诉我们的一句话是：我学会了忍耐与等待。我在自己 16 年的教学生涯之后，再次咀嚼自己的经历，同样把这句话献给自己和每位同事。

忍耐与等待，是要有耐心，要相信，自己只是一个工人，自己不是赋予生命、让花开放的力量。孩子们的心灵，因其质朴天成而显得顽劣莽撞、棱角分明。作为教师，我们以师长自居，自认高明，急于把我们的人生经验与世俗阅历悉数灌注到孩子们心中；殊不知，当我们好为人师时，我们已经失却了谦卑的心，我们也已经看不见学生身上最本真宝贵的东西。

忍耐与等待，是要忍住自己急于揠苗助长的心态，忍住自己去当太阳、去做雨露的妄想；而是能够弯下腰去，去看那树苗的破土，去听那花开的声音。我能看到花园中百花齐放，他们的美丽，不是为我，但是我已目睹奇迹。

忍耐与等待，是要将自己的生命，真如蚕丝般丝缕剥出，不求每一时的回报，但求每一刻的耕耘。当我面对我的每一届学生，看到他们离开父母温暖的巢，在父母殷殷的期望中，试翼而飞，虽不稳健，却充满让我忘记呼吸的勇气。刚刚拭去与家人惜别的泪水，已经开始用赤诚的心灵拥抱全新的生活。他们上满了弦，拉满了弓，涨满了出发的热情。面对他们，我总是很惶恐，如芒在背。在那样完美的出发里，我的引领，会让他们走向何方？我的言行，会带给他们怎样的影响？

在我的惶惑中，我心中有个声音，告诉我该做的事，该走的路。那声音告诉我，要看到花开树长，先要安静自己的内心，感到心中的渴望，那是早已放在我生命里、要我去做的事。放下自己的执着与恐慌，安心做一支蜡烛，只要点亮自己的芯（心），就会照亮寻找的眼睛。放下自己的妄断与忧惧，安心做一根水管，生命已预备了足够的水源，只要不去堵截活水的奔流，就会成为滋养的工具。

做滋养生命的工具，做传爱心间的微风，聆听花开心田的声音，于我，一名大学教师，足矣。

作者：外语学院青年教师　陈雅莉

6月16日　星期四　晴

西格玛众创空间负责人·张四化

昨天下午两点，西格玛众创空间本学期总结会在软件园校区教学楼5区108教室举行，入驻空间的6支创业团队代表和计算机学院、软件学院学生创新兴趣实验室的成员共计100余人参加了本次会议。作为空间建设的创建者和参与者，在主持本次总结会的过程中，听着各个团队负责人代表在讲台上的依次讲述发言，让我感慨万分！

软件学院2015届本科毕业生张鹏在上学期间成立了济南叶子科技有限公司，他作为众创空间首批入孵企业代表作了首个发言。在毕业前期他的公司获得了一笔千万级的风险投资，还记得当时他把获得投资的消息告诉我时的兴奋，我很佩服他的勇气和闯劲。经过这一年多的发展，他和他的叶子公司经历了不少的事情，之前的创业项目失败了，公司的股权结构也发生了很大的变动。他的演讲比之前在学校的时候成熟了许多，眼神中多了几分坚毅，叶子公司现在正开发一款名叫“校内头条”的产品，看得出他为这款产品所倾注的精力和热情，他的创业还会继续进行下去。

北京迷之科技有限公司是计算机学院 2013 级研究生程传宝和他的本科同学李健一起创办的，目前也入驻西格玛众创空间。传宝在研究生班内一直担任班干部，众创空间的前期申请和建设工作他协助我做了不少，具有不错的综合素质和管理能力，去年下半年有几个事业单位到学院来招聘，收入稳定且待遇不错，我向他推荐让他去试一试，他都婉言谢绝了。李健是他山大本科时期的同学，去年辞掉了在北京某 IT 企业软件工程师的工作，全身心地投入到他们的创业之路，他们开发的产品是一款名叫“Mark Here”的手机 app，目前已经可以在 IOS 的应用商店中免费下载。像这样的团队，我想我必须要支持。

山东景鸿科技有限公司是计算机学院 2011 级博士研究生张琪和 2013 级硕士研究生金岩一起创办的企业。张琪目前博士还没有毕业，金岩今年 6 月份毕业。他们是目前入驻西格玛众创空间内人员规模和业务规模最大的一个创业团队，先后承接过不少的软件外包业务，业务领域范围跨度也很大。他们公司可以说是软件工程专业的学生运用专业知识开展“干中学”的典型代表。金岩在代表公司团队的发言中讲到公司的生存发展与创新实践关系的问题，他们对此问题的理解我认为已经越过了传统校园的围墙，而是真正在为社会的发展提供有价值的服务。

济南特普软件有限公司是计算机学院 2011 级博士生郑阶材创办的。在总结会上，公司的副总经理郭振（计算机学院 2014 届硕士毕业生）代表公司做了发言。他们团队目前也是以外包开发为主，逐步在探索自己公司的核心产品。目前，山大有些信息化建设工作他们也有参与承担。他们最大的诉求是希望公司今后的发展能够得到学校更多资源方面的支持和帮助。

北京九秒科技有限公司是软件学院 2015 届本科毕业生王天琪去年创办的。他们作为学院推荐团队参加了去年教育部主办的“全国大学生互联网 + 创新创业比赛”，公司的主营定位是一款基于社区 O2O 服务的手机 app，该项目在学校比赛环节的第一轮就被淘汰了。当时很多评委并不看好他们的项目，但是他们还是执着地坚持走下来了，不仅拿到了天使投资，还在原来业务的基础上有所拓展。有时候激情就是在这种状态中被点燃的，希望他们能够继续努力加油！

济南澄萌科技有限公司是软件学院2013级在校本科生朱迪创办的。他们的创业项目今年也获得了一笔天使投资，团队的发言代表脸庞比起前面有几个师兄还略显稚嫩，但看得出他们是在为他们自己的理想和梦想迈出坚实的第一步。

众创空间作为近两年国家提倡的一种聚集创新创业群体的载体形式，无疑为当前高校的创新创业教育开展提供了一种新的媒介和培育环境，它的出现不仅丰富了传统校园文化的内涵，而且大大拓宽了大学培养创新型人才的路径和途径。西格玛空间在软件学院原有的学生创新兴趣实验室基础上，强调学生从“玩中学”到“干中学”的培育精神，这些实验室平时不点名，出勤率却很高，尤其是晚上学生没课的时间，实验室成员会自觉聚在一起学习和开发实践项目。这里是软件园校区的翻转课堂。这些创新实验室是建立校园众创空间的基础，众创空间的设立是在软件学院原有学生创新实践平台上一种新的延伸，它可以允许已经毕业的创业团队在此环境中继续实现孵化。创业团队同时又可以影响学生创新团队的发展，两者形成了有效的互动和联系。众创空间也是创新团队的试错空间，给予初创型创新团队容错试错的机会，从某种角度上看，众创空间的建立无形中缩小了高校人才培养与外部社会用人需求的距离，促进和提升了高校大学生自身实现社会化的程度。

有时，我外出参加学习兄弟院校开展的创新交流活动，总感叹我们自己学校形不成一个自身完整特有的创新育人机制和培育环境，但是在今天众创空间总结会结束后，我觉得我们自己的创新育人文化已经形成并日益浓厚，山东大学这些可爱的创新创业者们让我树立起了信心，找到了存在感。

作者：软件学院辅导员　张四化

6 月 17 日　星期五　晴

图书馆自习者 · 黄学瑶

随着考试月的到来，复习大军逐渐占领了各个自习室，尤其是图书馆，几乎每天都是座无虚席。实际上，在趵突泉校区这种情况很早就开始了，一门门的考试接踵而至，每个人都想有一个好地方可以复习功课，这种要求本无可厚非，但是今天在图书馆偶然碰到的一件小事却让我感触颇多，不得不认真思考关于图书馆占座这件事情了。

恰逢夏天烈日炎炎，有空调的图书馆确实是一个上自习的好地方。但随着人数的增多，占座现象就不可避免。其实也不是不能理解，每个人都想在自己喜欢的地方学习，但又不一定每次去都有好位置。可怎么说呢，有时候看着也挺不是滋味的。这两个月图书馆的四楼大厅增加了不少沙发，在里面看书确实舒服，而且也有空调吹着，别提多惬意了，学习起来也格外带劲。可不知道怎么回事，最近基本上难得有位置了，早上八点半到，全都被人占了。值得注意的是，这些座位上只有个别位置有人，其他的都是随便放本书或者放把伞。我甚至都纳闷这些同学是不是前一天晚上就把东西留下来了。

同学们勤奋好学的心情我可以理解，但问题在于如果占了位置一会就有人过来坐的话，别人是不会有太大意见的。但每每总能看见一整天都不见人的，不知道占个座有什么意义。尤其是今天早上看到的一幕，让人很不是滋味。有个位置有人占了，但一直没有人来，于是其他人就坐下了。中午十一点多的时候，一个女生来了，说是她占的位置，很有礼貌地问那个男生什么时候离开这个位置。可能是不知道说什么吧，男生就走开了。如果就这样完了也没什么，可是女生收拾收拾东西，继续放了本书在位置上就背着书包走了，搞得旁边的人都很无语。

图书馆本来就是学校为我们提供的用来学习的场所，如果不学习，占着位置有什么用？如果自己不用还不让别人利用这宝贵的资源，真心觉得无奈。虽然这只是个别现象，但是占座不用座这种行为还是很让人感到无可奈何的，尤其是每天那么早来都没有位置，心里难免有些惆怅。还记得去年和四班上大班课的时候，刚开始也因为占座问题出现了很多纠纷，甚至闹到了辅导员那里。最后经过协调，每次轮换着一个班坐左边半个教室，一个班坐右边。问题就愉快地解决了。

也许图书馆占座的问题不是那么简单，毕竟人多且不固定，但是每个人都应该能做到要么不占座，要么占了座就好好使用，不要让资源白白浪费，这样一来，既可以给自己营造一个好的学习环境，也能给别人提供一个好的学习机会，何乐而不为呢？

作者：医学院2014级本科生　黄学瑶

6月18日　星期六　晴

化学院党委副书记·孙国翠

早上醒来，昨晚2016届毕业生晚会的场景还历历在目。如往年一样，本届毕业生晚会由毕业生自导自演，节目质量相当不错，真正成为毕业生的一场难忘的精神盛宴！虽然晚会的主旋律是欢快的，小品、相声、歌舞等节目充分展示了这届毕业生的大学生活和青春风采，但最后一个由五个学生骨干表演的话剧《临别不说再见》在把晚会推向高潮的同时，也把晚会带入伤离别的氛围。虽说不说再见，但孩子们还是hold不住了，台上同学难以自持，台下同学相拥而泣，四年的同学深情瞬间井喷！晚会最后在大家的激动告别中落下帷幕。

晚会结束，同学们逐渐散去，留下的是筹办晚会的骨干在打扫“战场”。因为担心学生过于激动，晚会结束后我一直站在会场一角看着他们拍照、告别，感受着他们的青春静好，同时也看到了一次不同寻常的扫地。一个男生，不同于其他在捡垃圾的同学，一个人拿着扫帚，从音乐厅最后一排开始，一点点仔细清扫每一个角落，一排又一排。他默默地干着，非常专注，以至于让人不忍心打扰他。虽然我不是这届学生的辅导员，但这同学我认识，是刚才在台上表演激动难以自持的邵威威同学，他仿佛已把刚才的情感都融入了脚下的每一寸地板。当他走到我身边时，我跟他说："威威，我感觉你带着别样的情感在扫地，谢谢你！"憨厚的大男孩不好意思地笑了一下，说："就像在团委帮老师干活一样，还能扫几回？"多么可爱的学生！在即将离开山大之际，他用这种最朴素方式来表达他对学校的恋恋不舍、对学校的爱！这就是我们的毕业生，我们可爱的学生！有你们，相信山大的明天会更好！你们一定会是山大的骄傲！如老师们在开场视频中说的那样：亲爱的同学们，今天我们送你们毕业，明天我们在此等你们回家！

作者：化学院党委副书记　孙国翠

6月19日　星期日　雷阵雨

口腔医学院本科生・刘博慧

6月的济南，酷热难耐。如往常一样，我轻轻地推开宿舍门，疯也似的逃离这牢狱般闷热的宿舍。阳光、蓝天、碧树、鸟鸣……深吸一口气："嚯，活过来了。"

今天是6月的第3个周末——父亲节，正赶上学院组织同学们志愿去老年公寓送温暖，我早早就报了名，想着既然不能回家给爸爸尽孝，索性去老年公寓为老人们送一份关爱，也不失为"孝"吧！

这是我第一次去老年公寓，说实话心里还有些小激动。我们从学校乘车去老年公寓，经过近一个小时的颠簸，"第二人民医院老年公寓"十个大字缓缓映入眼帘……

一走进老年公寓，一股刺鼻的气味扑面而来，我作为一个从出生就和爷爷住在一起的孩子，深知这就是老年人特有的味道。我们把给老人们的水果放下，和负责人说明了来意，负责人很快就会意了，看样子应该经常有像我们这样的志愿者来这里。我们先打扫卫生，熟悉环境，然后就开始和老人们聊天。虽然进门前还很担心，但也许是因为一直和爷爷住在一起，所以对老年人有一种让自己都有些意外的亲切感。“奶奶您今年高寿？”“早上吃的什么呀？”一个个问题脱口而出，拉着老人们的手，我仿佛看到了我爷爷那副浓密的黝黑的眉毛。老年人岁数大了，记性都不太好，重复地问着相同的问题，我们也都一遍遍回复着相同的答案。大部分老年人都会给我们讲他们年轻时的“事迹”，炫耀着他们心中最优秀的儿女。“我有三个儿子，都特别优秀，现在上班特别忙，我住这儿挺好的，不给他们添麻烦，嘿嘿！”听到爷爷奶奶们这么说，我心底泛起波澜，难以平复。的确，这有很多同龄人陪伴，还有护工打扫卫生，为他们量血压、测血糖，一日三餐都照顾得很周到，但这里毕竟不是家。一间屋里看着挺热闹，但我总能从老人的目光中看出些许忧伤。他们虽然跟儿女说着违心的话，但无一不是出于对儿女的爱。这不禁让我想到一个曾感动无数人的短片《我的爸爸是个骗子》。Daddy is just great，but he lies because of me。

父母永远都为儿女着想，他们在我们面前无所不能，尽全力给我们最好，他们为了我们编造了无数个爱的谎言。They are liars because of us。愿天下的子女都能孝敬父母，天下的父母都能快乐幸福地安享晚年！在这个特别的日子，祝天下的爸爸们父亲节快乐！

晚上，走在中心花园，拿出手机，拨出那串熟悉的号码。“喂，爸！在家吗？今天是父亲节，祝您节日快乐……”

作者：口腔医学院2014级本科生　刘博慧

6月20日　星期一　晴

经济学院博士毕业生·贺　洋

离校的日子渐渐临近，在最后的那一天到来之前总会有所期待。在校九年的时光，每年的毕业季我都会作为志愿者送别熟悉的同学，而今年自己终于成了毕业季的主角。学院精心策划的“经彩有你　济忆留年”毕业季系列活动让这个属于我们的毕业季格外的特殊和难忘。

经济学院2016年毕业系列活动包含毕业文艺晚会、毕业红毯秀酒会、毕业典礼三大板块。毕业晚会上，看到熟悉的老师和同学唱着熟悉的校园歌曲时，九年的记忆如一部快进的电影在眼前浮现，那些年我们一同走过的青春时光永远都不会忘记。红毯秀中，一对对同学相伴款款走过，配上高大上的场景布置，让我们自己惊艳到了自己，原来我们的青春一直如此精彩；红酒会上，老师和同学欢聚一堂，端着酒杯在人群中与老师、同学共诉毕业生特有的依依不舍。而当毕业典礼上，与院长共捧毕业证拍照定格的那一瞬间，突然意识到，自己真的要离开了。

九年的山大，九年的青春校园时光，就要结束了。2007年刚入学的时候，正好赶上了经济学院30周年院庆，而如今经济学院又将迎来40周年的院庆。不知不觉间，我陪伴着学院走过了近四分之一的时长。没有哪个时候会比现在更让我感到经济学院如此亲切，也没有哪个时候会比现在让我对经济学院更加不舍。愈发国际化的教学模式，丰富多彩的学生活动，日益浓厚的学术创新氛围，无与伦比的专业性实习实践资源，再加上各位尽职尽责的老师，学院的发展与进步为每一位毕业生的成长成才提供了坚实的基础。每当走在校园里，说出自己是经院人的时候，总要多出一份自信与自豪。

还记得初入校园，心怀激情与梦想一路风尘仆仆地前来报到，对一切都是那么好奇。忘不了第一次当着辅导员和全班同学们作自我介绍时的紧张，第一次负责组织活动时的惴惴不安和手忙脚乱，第一次与舍友彻夜长谈时的激情飞扬，第一次为期末考试准备时的挑灯夜战，第一次领略到经济学之美时的兴奋不已，第一次发表学术论文时的欣喜和自豪。当然，还有第一次和无话不谈的好兄弟们醉酒，第一次在校园里邂逅心爱的姑娘……

在这里，我们收获了最美的青春回忆，收获了最纯真的友谊，收获了勇敢去实现梦想的自信和对生活的感激。就在刚刚过去的一年里，我们还经历了自2008年金融危机以来的第九个史上最难就业季，遭遇了数年来最为严格的论文审核。为了完成科研任务，我们挑灯夜战；为了求得满意的工作岗位，我们辗转难眠。

我们学会了在遗憾中领略圆满，在失落时迎接挑战。此时，即将毕业的我们已变得愈发成熟和坚强，更加懂得责任和担当，也会永远铭记感恩和分享。在这里，我们攒足了一辈子也用不完的能量。

而现在，我们终将要告别这个和我们一同成长、承载了我们青春和梦想的地方。但毕业不代表结束，它意味着我们即将面对一个新的开始，即将迎接新的挑战，即将作为校友与母校、学院共同书写一个更加辉煌的未来。

祝福山大、经院继往开来，再创辉煌！祝愿所有的老师工作顺利、身体健康！祝愿各位毕业生前程似锦、一帆风顺！

作者：经济学院2014级博士研究生　贺　洋

6月21日　星期二　晴

“建筑艺术的历史与审美”任课教师·谷健辉

今天是六月二十一日，中国传统节气夏至。

在夏至这个收获的季节，我也收获着我一学期的教学成果。上上周的这个时候，熟悉的月夜、熟悉的讲台、熟悉的面庞，一学期的课程在同样熟悉的同学们的热烈掌声中结束。但是，对我来说，课程的结束其实意味着我与同学们一对一的交流才刚刚开始。夏至的校园之夜，在燠热中批阅着同学们提交的学期报告，我仿佛看到了同学们青春飞扬的身影。一份份报告的字里行间洋溢着的青春激情与深沉思考，让我时不时将那精彩的文字抄录在手边的笔记本上，我深深地感受到浓浓的收获喜悦。

作为山东大学第一批开设的通识核心课程，“建筑艺术的历史与审美”课开设至今已经满五个年头。粗粗算来，选过这门课程的同学已超过两千人，其中还不乏许多来自世界各地的留学生。虽然自己承担的建筑学专业教学任务非常繁重，但是这门通识核心课程我一直坚持讲了下来。有时候想想，给我动力、给我信心的，恰恰是我和同学们彼此内心拥有的那份对建筑、对美好人居环境共同的热爱。

因这份热爱，作为老师，除了精心设计教学内容，我都尽量每节课提前一小时到教室，播放精心选择的建筑视频，我把这个环节称为“热身”。因为我想，对建筑美的感受、对建筑美的认识，需要在潜移默化中慢慢体味和感悟。令我感动的是，同学们也时常给我一些小惊喜，有时是一个简短却很有内涵的小视频，有时是一份饱含自己对建筑小感悟的ppt，有时是课下和我聊天时对建筑的小看法……这些都让我感到了大家对建筑艺术的热爱和追求。而我，也会在课堂上和课间给同学们推荐建筑书籍、建筑资讯，带来业内热点话题、最新动态，让我们的课程更加有趣、更加充实。最让我感动的是，同学们每节课都会用掌声来结束教学。我和同学们、同学们和同学们，以这门课程为平台，萌生了强烈的扩大交流范围的愿望，我们的微信群、朋友圈越来越大，师生之间、同学之间围绕建筑历史、建筑艺术、建筑思潮、建筑前景……探讨的话题、寻求的协助不再受时间和空间的限制。因为我相信，对建筑的认识越多，同学们能身体力行地发挥专业优势为美好人居环境营造做贡献的主动性就会更强，我们生活的家园才会更和谐、更美好！

每次，伴着明月，伴着风雨，伴着飞雪，在夜色中拖着疲惫的身体走在回家的路上，心里的满足只有作为教师才能感受到。

作者：土建学院副教授　谷健辉

6月22日　星期三　晴

公安处工作人员・董太华

睡梦中，我被手机铃声吵醒，是同事刘滨打过来的，我和他约好6点出发到济南大学西边的前龙庄蹲点守候。因为晚上睡觉做梦，脑海中总在不停地浮现近期中心校区三起盗窃案嫌疑人的图像，我又失眠了。

自5月31日盗窃案发后，学校虽然采取了更加严密的校园安全防范，但6月7日知新楼D区6层学生自习区储物柜内物品再次被盗，多部笔记本电脑被盗，有些同学电脑中存有非常重要的资料。看到同学们焦急忧虑的神情，我决定把情况上报领导并提出了自己的办案思路。在领导的协调下，历城警方刑警和山大路派出所派出精干力量，与学校公安处密切配合展开侦破工作，我感到较为欣慰，同时也感到责任和压力。针对嫌疑人较为熟悉校内环境的情况，我召集相关人员，对嫌疑人进行辨认，夜间凌晨以后，还安排一名科内职工和一名保安队员，在山大南路学校路段进行蹲点守候，待其再来作案时直接抓获。

专案组于6月7日成立，由公安处领导坐镇协调，由我靠前指挥，科内刘滨、杜春兴、段德玺等同志参与调查，侦查工作以历城警方为主，公安处与警方密切合作，全面展开侦破工作。由于近期任务多且繁重，在警力不足的情况下，公安处主动联系市局经文保支队，请求派员支援，保障每天至少有一名公安民警参战。专案组从校内录像入手，调阅大量的视频资料，经过研判，初步锁定了嫌疑人。

但嫌疑人好像故意挑战我们似的，在风雨交加的6月15日凌晨，食堂地下广场复印店的后墙被破坏，校内再发生盗窃案。专案组同志们决定如论无何，也要加班加点查找案件线索。功夫不负有心人，经过九曲十八弯的磨难，我们终于搞清了嫌疑人经过三次转乘出租车到达居住地，期间他故意采取拖掩、隐蔽等手段，手段十分狡猾。为了早日抓获嫌疑人，我们议定，今天早晨6:30前往嫌疑人居住地，在其周边蹲点。

汗水不断往下流，每过一分钟都是难熬。终于，11时许，有个小伙儿出现了。我们在确定他就是嫌疑人后，尾随他至济南大学西门附近将其抓获并带到了警卫室，经初步询问，嫌疑人张××也供述了一起作案事实。

公安处与历城警方通力配合，战高温，斗酷暑，经过15天连续奋战，成功破获山大中心校区重大系列盗窃案。我和同事们由衷地感到高兴。

作者：公安处中心校区公共安全管理科科长　董太华

6 月 23 日　星期四　小雨

毕业典礼学生代表发言者·丁　冉

非常荣幸，能够在今天的毕业典礼上，代表山东大学 2016 年本科毕业生发表毕业感言。写这篇日记的时候，已经是晚上 12 点，距离我上台发言已经过去十几个小时，可是满满的自豪感和荣幸感还没有褪去。

最初在校内网站上看到毕业典礼发言代表选拔通知时，自己很犹豫，后来在学院老师们和身边朋友们的鼓励下，我决定投稿。真的很感谢这些一直支持我的老师们同学们，给了我争取这次发言的勇气。投稿后过了两天，接到学工部老师的电话，通知我继续参加选拔赛，这次选拔赛就是让我们模拟典礼现场发言，在这次选拔赛中我就已经能够流利地脱稿发言了，我想这给我加了不少分。再之后我幸运地成了三个候选人之一，我们三个人后来去了学工部再进行评选，最终我被确定为第一候选人。还记得老师电话通知我成为最终人选让我再去趟办公室时，我当时在小树林，根本控制不住自己的激动，蹦蹦跳跳地就赶去了明德楼。

当我把自己成为发言人的消息告诉学院的老师们同学们后，每个人都替我高兴，不断地嘱咐我这几天好好照顾自己，唠叨我注意饮食注意休息，浸在蜜罐子里的我真的很幸福。也很感谢学工部的老师们这几天一直帮我反复校正发言稿，并且帮忙规范我发言的语调、动作和表情，各位老师辛苦了，谢谢大家的指导。

不同于大多慷慨激昂型的发言稿，我的发言稿是娓娓道来型的，我希望能通过讲述真实的故事来打动大家。我也要求自己在典礼现场一定要脱稿发言，要顺着自己的思路、沿着自己的风格讲述。发言稿的三个关键词是“自信”“感恩”和“独立”，这是我在大学收进行囊里最重要的三样东西，我们每一位毕业生在这里收进自己行囊的会有所不同，但我相信，我们一定都会带着我们在这里沉淀的收获与珍藏的智慧，带着母校对我们的期许与祝福，扬帆起航。

真诚地感谢我们的同窗，谢谢你们的陪伴与包容；感谢我们的老师，谢谢您教会我们知识与成长；感谢我们的母校，谢谢您带给我们所有的美好。未来在眼前满是希望，祝福我们每一位毕业生实现梦想，祝福我们的老师身体安康，祝福我们的母校再创辉煌！

作者：经济学院 2012 级本科生　丁　冉

6 月 24 日　星期五　晴

“留动中国”比赛参与者 · 敖德玛

作为一位留学生参加“留动中国”比赛是一件我永远不会忘记的事情。世界各地的留学生运动员集合在一个地方，我觉得是很有意思的。在今年的 5 月 17 日至 21 日，我们山大队参加了在扬州举行的东南赛区比赛，大家在那里收获了不少东西。第一天下午我们队给观众展示体育艺术舞蹈，受到场下的热烈欢迎。第二天我们队的男生参加了 3×3 篮球比赛项目，打了一场，赢了一场。第三天很重要，我们 10 个队员一起参加定向越野项目，这类项目要求我们既要跑得很快又要脑子清楚。我们队刘教练常常跟我们说：“你们要一直清楚你现在在哪儿，要跑到哪儿。要是迷路了，不要着急，先要找准方向。”

通过这场比赛的训练，我学习了自我挑战锻炼，也拥有了良好的心理准备状态。能够代表山东大学参加这次比赛，我感到了很强的责任感，心里一直想不能犯错，如果犯错会直接影响到我们队的成绩。

借用这个好机会，我来向我们队的舞蹈教练刘老师、篮球的焦老师、定向越野的刘老师、所有队员和国际事务部的老师表示感谢，谢谢你们一直支持我们，你们给我留下了在山大非常美好的回忆。

作者：国际教育学院 2014 级硕士研究生　敖德玛

6 月 25 日　星期六　晴

高校精品高招咨询会志愿者・葛梦茹

为帮助考生全面了解大学和专业，对自己准确定位，科学合理地填报高考志愿，今天，山东商报联合山东大学举办首届“985 & 211 重点高校精品高招咨询会”，80 余所高校在此答疑，为优秀考生搭建一个与 985 & 211 高校精准对接的服务平台。我有幸作为志愿者帮助和见证了该项活动的成功举办。

早上 6：30，我们安全管理协会成员准时在中心校区公安处集合。20 名志愿者全部到齐以后，我们在会长带领下进入山东大学中心校区体育馆——985 & 211 重点高校精品高招咨询会现场。在门口处，我们每个人被分派了今天一天的工作，我被分派到咨询会入口处协助维持秩序。7：30 左右，参与今天咨询会的家长和考生们开始陆续入场。刚开始入场秩序还是很井然的，但是慢慢地人开始多起来后，入口处就有些喧闹和混乱了。我和另一名志愿者就站在入口处疏导人群，避免出现拥堵的现象。今天参会人数特别多，我们忙了接近一个上午，入口处的人群才渐渐减少。

下午，入口处只有零星几人入场。我们几个志愿者趁着不需要维持秩序的空闲时间，一起去场内参观。作为一名大四的学生，我对高考的记忆已经淡化，回想起来的时候也像隔了一层窗纱，毕竟时间已经久远到足够让记忆褪色。可是当我一脚踏进体育馆，扑面而来的场面却唤醒了过往，就仿佛看到了当年的自己，对枯燥高三生活的解脱、对高考后志愿填报的彷徨、对大学的向往与憧憬……以至于，之前一直跟同学有说有笑的我，瞬间竟然沉默下来。后来在场内近两小时的时间中，我遇到了许多家长和考生过来咨询，作为过来人，我毫无保留地为他们一一解答。我想我能为他们做的也就只有这些了。

反思这次活动，于我个人而言，是一次不可多得的锻炼，也是记忆深处的一次遨游，或激动，或伤感，至今仍意犹未尽。于考生而言，为正处于困惑、焦躁的他们带去一份鼓励、一些祝福、一种期待，这也正是他们需要的；于学校而言，能提升学校的影响力，让更多的同学了解心仪的高校。我觉得，今天的活动特别有意义。

作者：医学院2012级本科生　葛梦茹

6月26日　星期日　晴

本科毕业班辅导员·南东周

你们毕业了。

初遇。2012年8月31日，你们从四面八方赶来，才有了我们的第一次相遇。入职不足两个月的我还不明白应该如何扮演好辅导员这个角色，猛地看到“蹦跶”到面前的你们，不由得慌了手脚。第一次召集班会“洋洋洒洒”讲了半个小时，大概意思是讲“注意安全、说好普通话、珍惜大学生活”。后来每次想起这个场景，总遗憾没能给你们的大学开个好头。尽管如此，我和你们这143个人的故事开始了。

相识。军训时光是快乐的，我们慢慢熟悉起来。不畏风雨的训练、学唱校歌、团体辅导、学习校规校纪、内务整理……大学时光在忙碌中一点点打开。兴隆山的妖风、白玉兰路的芬芳、冬日里的雪仗、运动赛场的拼搏，如同白宣点墨，浸润在记忆里。我告诉你们，大学四年很快，一定要利用短暂的时光给自己留下一段美好回忆。后来我明白，这不仅仅是你们的美好回忆，更是我的。

奋斗。不记得有多少美好的奋斗、喜悦的瞬间。你们用自己的努力换来一个个骄人成绩。省优秀班集体、省优秀学生干部、省优秀学生、省优秀志愿者、省优秀社会实践团队、两次校长奖学金、两名十佳歌手、校运会接力冠军……你们在舜歌合唱队、校女排队、多个校级学生组织成为“担当”，为学院的辩论赛夺冠、合唱比赛佳绩、志愿服务评选争优等荣誉增添光彩，你们开展“年会”创意活动、首创学工吉祥物、开展学生组织改革，“敢想敢做”的作风深深烙进新哲社精神当中。作为你们的辅导员，我由衷地精彩着你们的精彩、快乐着你们的快乐。

告别。再多的快乐和精彩也换不来时间多一分的等待，大学四年按时准点地来到了告别的路口。我还没有做好准备，你们也有点儿手忙脚乱。毕业趴上的最后一次点名、聚餐桌前的依依不舍、毕业事宜的忙忙碌碌、合影道别的匆匆不及……我不断模仿着“咔嚓”声，只想把很多很多都变成图片印刻在脑子里。有幸为你们做一部毕业视频，信守承诺瘦回与你初遇时的体重，坚持约定只笑不哭，静候毕业的日子开启你下一段的精彩。

祝福。2016年6月27日，你们向四面八方奔去，才有了我们的第一次离别。祝福你们在自己的人生道路上不忘初心、坚持梦想、奋力进取、收获成功。与你相约在未来的好多次重逢里，我们一起畅谈曾经的故事，回忆成长的印记！

一路顺风！

作者：哲社学院辅导员　南东周

6月27日　星期一　晴

期末考试学生·王　昊

经过几天的复习备考，在紧张和忐忑的心情中，我顺利完成了今天的英语考试，这也意味着期末考试的序幕正式拉开。考场上同学们沙沙的书写声，监考老师轻盈的脚步声，窗外悦耳的鸟鸣声，犹如一首动听的交响曲，谱写着我们奋进的旋律。考试结束以后，有人露出愉悦的笑容，有人着力吐槽试题，而我的紧张和不安又重新出现，临时抱佛脚的学习和不充分的准备，让悔恨之情迅速涌上心头。

我不禁想起蔡元培在就任北大校长时的讲话：“平时则放荡冶游，考试则熟读精义，不问学问之有无，惟争分数之多寡。……光阴虚度，学问毫无，是自误也。”每次读到这句话，都感到如芒在背；也总是在每一次放假前，才能想起自己开学时立下的flag。想法不少，却往往难以落实。

晚饭后的夕阳斜射着校园，一个人静静地漫步在校园，平时总是忙于一些其他活动，难得今天抽出时间来做一些“闲事”，和自己的心灵进行一次对话。诚如柴静所言：“当我们走得太远时，不能忘记自己当初为什么出发。”在大学生活了快一年，心中的梦想早已经模糊，中学时养成的好习惯也早已经成为记忆。

感谢期末考试，让我重新唤醒自己求学的初衷；感谢晚饭后的散步，让我有机会去和自己对话。仰望星空，脚踏实地，在大学，我们应该继续放飞昨日未尽的梦想。

作者：政管学院 2015 级本科生　王　昊

6 月 28 日　星期二　晴

“党在我心中”合唱比赛一等奖团队成员·翁祥栋

山东大学“党在我心中”教职工合唱比赛已经落下帷幕，但合唱带给我们的收获镌刻在我们的心头，弥久不散。

这次比赛以庆祝建党 95 周年、中国工农红军长征胜利 80 周年为主题。我上一次参加合唱比赛还在学生时代，当今而立之年，褪去了学生时代的俏皮和青涩，更能够用心去感受每一个音节后的故事。

决赛赛场十分激烈。17 首歌曲由 17 个队伍演绎，不一样的旋律，却是一样的对党深情之至、感念至深。响动的音律带着每一个人深情回顾党的发展历程，激情体味党的 95 年发展史上的夺目光辉。在合唱中，我们看到党从嘉兴南湖走来，为旧中国点亮了明灯；我们看到在炮火洗礼的年代里，中国共产党用血与火捍卫了一个民族、一个国家，走向了新中国；我们看到新中国建设初期，我们多次遭受西方资本主义阵营的敌视和封锁，但是我们党领导的新中国却迸发出高度的凝聚力，中华民族在建国短期内便挺起了民族脊梁；我们看到改革开放以来，在党的正确领导下我国进入发展的快车道……当中华民族以崭新的姿态屹立在世界东方的时候，我们的中国梦还远吗?

我们的合唱队由专业的王英老师指挥和优秀的朱云龙、崔颖老师领唱，我们有反复矫正唱法的“声部长”们，还有精心选购衣服的傅红涛老师。我唱歌跑调时，有队友专门帮我练习；大家经常为了节省唱歌时间不吃饭不喝水下了班就急匆匆赶来，晚上空腹连续排练三小时；我们的队员来自机关各个不同的部门，人员很难凑齐，但在重要关头大家克服困难排起队伍成为一个完美的大家庭。正应了那句“我们有一流的指挥、一流的领唱，也是一流的团队”。

此次比赛中，李守信书记、陈向阳副书记、曹升元总会计师也倾情加入，我们成了队友……一系列暖暖的小事儿，不经意地留存在因合唱而更加团结温暖的机关团队每一个人的心里!

最终，由我们机关队伍演唱的《唱支山歌给党听》获得了一等奖!

“唱支山歌给党听，我把党来比母亲；母亲只生了我的身，党的光辉照我心。”也许，时间会冲淡记忆；也许，岁月能改变山河；但我心中的信仰永远不会改变。我的信仰就是“没有共产党，就没有新中国”。

我们愿意跟随您而奋斗终生！亲爱的党啊，生日快乐!

作者：校团委工作人员　翁祥栋

6月29日　星期三　晴

公卫学院本科生·乌　仁

亲爱的，请你快点长大。

19岁生日前夜，我想对自己说——

长大了的你，要学会拒绝。

你总认为对方处于弱势，认为对方出于好意，或歹意并无大碍，便不知如何拒绝。但是要记住，只要这件事对自己弊大于利，或者即使有利，也要谨慎思考。因为前十九年的经历告诉你如果连自己都不能维护自己的利益，就没有谁能保护你了。

长大了的你，要敢于做决定。做决定，意味着你要为自己的决定负责，有勇气说出你的选择，有勇气面对这个决定后将要发生的一切，有信心去解决。选择困难是不成熟的表现，想要最好的，又对自己当前的选择不自信、不果断。就像一个哲理故事说，一个老人让三个年轻人在果园里摘下自己认为最大的苹果，并且从入口到出口不能走回头路，三人走出来时捧着不一样大小的果子，这便是机遇。果断地做出选择，是把握机遇的前提。只要是你认真做的选择，那便是最好的。

长大了的你，要懂得倾诉。也许是胆怯，也许是怕丢面子尴尬，也许是觉得自己受伤了很丢人，所以忍着不讲，放弃挣扎的权利。然而恶人愈恶，弱者愈弱。生活没有一帆风顺的，人心中也没有不能说的秘密，倾诉不是为了得到安慰，而是为了释放心灵。

明天，是新的一岁的起点。你可以选择不想长大，迷恋奇幻的童话王国；你可以保持一颗童心，用纯净的眼睛看世界。但是千万不要逃避，要学会主宰自己的人生，看清这世界后依旧热爱生活，热爱自己。亲爱的，相信你一定能做得到。

作者：公卫学院 2015 级本科生　乌　仁

6 月 30 日　星期四　晴

优秀党务工作者·李雨嘉

在我们光荣伟大的中国共产党成立 95 周年前夕，山东大学举行了优秀共产党员、优秀党务工作者和先进基层党组织表彰活动，以此来纪念我们伟大的党率领她的人民所走过的95年风风雨雨，更是以此来鞭策和鼓励我们继续勇敢前行。

我们学院这次受到表彰的，既有教师也有学生。特别是我们的老教授王唯红老师，在退休前夕，被大家推举为本次“优秀共产党员”人选，心情特别激动。当得到参加表彰会的通知时，王老师极其认真地要求中午回家一趟，去换件比较正式的衣服再赶过去参会，师生们知道了都很感动。从王老师身上，我们看到了一名兢兢业业、勤勤恳恳、认认真真的老党员老教授从骨子里面透出的对党诚挚的敬爱！

我这次被学院师生推荐为“优秀党务工作者”人选。我想，这个荣誉称号不仅属于我个人，更属于药学院全体师生们，属于学院所有党员们。没有大家的共同努力和支持，我个人是不会获得这样的殊荣的！

药学院目前正在围绕“十三五”规划和山东大学“学科高峰计划”，大力推进人才培养、学科建设、国内外交流等多方面发展，在这个进程中，学院党委充分发挥主体责任，树立强烈的责任意识，在努力完成学校党委和行政下达的工作任务的同时，明确工作目标，围绕中心任务，认真服务师生，努力激发广大师生的奋斗精神、开拓精神，积极创建既严谨又宽松的学术氛围。同时，积极引进人才，整合队伍，加强合作，全方位谋求学院的快速发展，努力把药学院建设成为在国际上有较大影响的、国内一流的药学院。

表彰会后，大家心情依然很激动，忍不住在金黄色的党徽之下留下了一张充满纪念意义的合影，以此鞭策自己：荣誉属于过去，荣誉称号的取得，代表着更多的奉献、更大的责任！我们只有继续努力，不断提高自身素质，以平和的心态、扎实的作风，为学校各项事业的发展尽心尽力，才能不辜负我们伟大的党所赋予我们的一切！

祝愿我们光荣伟大的中国共产党，带领她的人民，不断地从胜利走向新的胜利！

作者：药学院党委副书记（时任）　李雨嘉

7月1日　星期五　晴

入党积极分子·魏汝嫱

今天是党的95周年诞辰纪念日，我们召开了本学期最后一次班会，班会的内容主要是推选新的入党积极分子。早在几天前，我就开始为这次推优做准备，写申请书，准备竞选发言，我非常希望能成为一名共产党员。而今天，我真的在同学们的支持下，成为一名入党积极分子。

从小父母就在耳边教育我，你要好好学习，争取入党。跟着新中国一起成长的祖辈们对党的感情更是深厚到如亲生父母般的存在。我爷爷是老党员，那时村里还没有几个党员，所以奶奶说那是我爷爷这辈子最骄傲的事情。在长辈们的影响下，加入中国共产党成为一名共产党员的梦想在我心中生了根，发了芽。后来，在经历过多年理论学习与实践经历后，我对党的认识越来越深，对党顽强的生命力和实事求是的精神感到由衷的敬佩。一个人口近十四亿、公民素质参差不齐、新中国成立前还是一个经历了百年战争的小农社会的国家，在中国共产党的带领下，实现了经济腾飞和民族振兴。尽管会有很多来自外部的打压和内部的质疑，但党的执政能力是有目共睹的。

此刻，成为一名入党积极分子，我的心情是复杂的。既因自己离梦想又近了一步，同时又感到自己身上的责任重起来。一名优秀的共产党员要时刻以身作则，用自己的实际行动体现党的宗旨和原则。而我，已经做好准备，向成为一名优秀共产党员的目标努力前进！

作者：政管学院2014级本科生　魏汝嫱

7月2日　星期六　晴

“山大日记”宣传展板设计者·何文琪

终于，终于看到了。

第一次在新闻中心看到“山大日记”三周年的宣传展板时，我激动得不行。这可是我们视觉设计小组辛苦多少个日夜而诞生的成果啊。

这学期我刚加入“山大视点”记者团，成为视觉设计小组的一员。接到的第一个任务就是制作“山大日记”的展板。不同于以前自己可以随心所欲，这一次可要好好构思。我这么想着，就开始了一稿又一稿的设计，小组其他组员也一起交流想法，最后我们确定了一款大方又美观的展板设计。确定了样板，接下来就是全力制作了。有一件事大概只有做图的同学们才感同身受：做图过程中最无力的不是没有灵感想不出来好主意，也不是技术不够实现自己的设想，而是让人无可奈何的渣网速。

开始几天，我都是晚上十点半自习完回到寝室，十一点半开始做图，十二点半大概完成，然后开始上传给组长检查。等我小睡一会儿，迷迷糊糊起来，一看电脑：什么！只传了百分之八？再看看时间，已经一点了，那这是要传到几点啊。唉，只有电脑开一晚了。如果只是开一晚，倒也没什么，让我没想到的是在后来某一天晚上，我照常开始传图，但是小睡了一会儿后突然想看看传了多少时，意外地发现电脑上显示的是上传失败！大概是网断了，上传终止了，看来晚上上传真是不靠谱啊。后来，偶然听同学说早上的网速比较快，我想了想，早上六点收到和晚上两点收到其实没有什么差别，为了防止上传再次失败，还是早上上传吧。于是以后我都早上五点半起床，然后上传图片，再睡个回笼觉。等到六点半闹钟响起时，图片刚好上传完，我直接起床，然后把电脑关机，传图小难题就这么解决啦。

从四月到六月，整整三个月的打磨，“山大日记”三周年展板终于印出来了。首行缩进对齐、图片大小清晰度统一、排版准确、细节装饰位置……一个又一个小细节，一次又一次矫正。最终的成果不愧我们的用心。“山大日记”三周年了，我一直都在关注这样一个好平台，能为它宣传也算是我的荣幸。现在展板巡展已经结束了，但是“山大日记”的精彩，等你继续！

作者：外语学院2015级本科生　何文琪

7月3日　星期日　晴

青岛校区楼宇命名论证代表·彭　鑫

为了给青岛校区的楼宇命名，学校专门组织一批专家学者及师生代表前往青岛校区进行实地考察与论证，我很荣幸作为一名学生代表，首次踏上这方美丽又神圣的土地。一下火车，我马上被这座城市凉凉的海风与清亮的阳光唤醒，它和炎炎夏日的济南形成了鲜明的对比。

我们在食堂吃过晚饭，期间跟建设者们进行了简单的交流，得知他们中待在这里时间最长的已有七年之久，回家的次数也从最开始的一周一次，到后来的半月一次，再到现在的一月一次。他们虽然很兴奋地向我们介绍，提起这个的时候也是在赞美青岛校区的环境，但我内心还是会感到一种酸楚，因为他们也都有父母儿女，即使是气候环境再好，谁不想家人团聚在一起，但他们为了校区的建设“背井离乡”，全身心投入在这片土地上，这又让我对他们产生了更多的崇敬之情。

行走在校园宿舍区，同行的老师们都很兴奋，都说很久没看到过这么亮的星空了。学生宿舍的设计完全符合教育部421的设计标准，本科生4人间，硕士生2人间，博士1人间，我们临时住的教师公寓与校区以后的博士公寓条件是一样的，都是单人间，公寓内有独立卫浴，各种设施一应俱全，虽然房间里也装了空调，但大家都没使用，因为晚上睡觉真的是要盖被子的。

今天上午的活动才是这次行程的主要目的，给校区的楼宇命名。之前的道路命名基本取材于学校章程以及与山大有关的历史元素，这次楼宇的命名原则就要尽量体现青岛校区开放、包容又具有现代化、国际化的特色，为了让专家学者及老师们获得更多的灵感，建设者们带领大家实地参观了校园的建筑物。

参观从学生宿舍开始，宿舍建筑已经全部完工并可投入使用，每栋宿舍楼整体都呈 U 字形，外墙采用类似于朝霞的红色调，既显青春又具温馨。宿舍中轴大道种满了各种花树和果树，错落有致，中间的小道曲折有形，非常类似于美国旧金山的九曲花街。校区博物馆也已基本建好，“鼎承古今”的设计给人以强烈的视觉冲击。图书馆作为学校的中心建筑，目前正在建设中，后期也会很快完工。教学楼是四合院结构，中间进行了很好的绿化，鸟语花香，美不胜收。从鸟瞰图上看，青岛校区整体形状类似于古代齐国“刀币”，在校区的东北侧是则是刀币上弧形的“滨海公园”，这里有漫长的海岸线与碧海金沙，目前滨海公园也已基本建设完成，马上会投入使用，站在滨海公园，面朝大海，感受海风习习，看海鸥翱翔，潮涨涨落，是何等浪漫逍遥。

专家学者们在参观完校园后，举行了楼宇起名的论证会议，每位专家都有自己独到的见解，有的认为名字既要体现历史与传承，又要体现发展与未来的理念，有的提出要避免雷同，显示特色，并给出了以“海”字为主的若干具体名字等。我作为学生代表也向专家们提出了自己对命名的一些想法与建议。

坐落于黄海之滨、鳌山湾畔的青岛校区，还有很多可以讲的故事，我的这次青岛校区之旅感慨和收获还有很多，在此并不能一一列举，以上权作抛砖引玉。亲爱的同学，如果有时间你也来青岛校区转转吧，这里定会让你也乐不思归！

作者：历史文化学院 2015 级硕士研究生　彭　鑫

7 月 4 日　星期一　晴

土建学院副教授·张　波

2016 年 6 月 17 日，对于山东大学平南县治水团队的全体成员而言，是永远难以忘怀的一天。就在那天，我们成功实现了 Y01 出水点的完全封堵！尽管时间已经过去半个多月，但当时的情景回想起来还是历历在目。

那天是到华润水泥(平南)有限公司治水现场的第237天。早上8点，我、张霄、李红伟及张益杰一起从驻地出发，到治水现场去替换值了一晚上夜班的王建伟和唐鹏越。到了现场办公室，所有人员交流了一下昨晚注浆情况，建伟和小唐也整理电脑准备回去休息。这时我的电话响了起来，是现场值班队长打来的："快来，Y01 出水点出现断流迹象！"3 分钟内，所有人员坐车奔到矿坑，见证奇迹的时刻到了！原来声如狮吼、奔流不息，一天能有 7 万 1 千立方流量的 Y01 出水点，断流了！而此时此刻，位于矿坑南面 2.3 千米的浔江（全国第二大航运量的大江，也是Y01的水量补给源)正遭受着42年来最大的洪峰压力，水面高度达到30.7米，超出正常水位 9 米。在这么大水量补给条件下，我们山东大学治水团队历经半年多的艰苦努力，成功实现了 Y01 出水点的完全封堵！现场欢呼起来了！张霄被战友们抛到了空中，我被抛了起来，建伟、红伟也都被轮番抛到了空中！不喊一喊，怎么释放得了这 8 个多月的压力和努力！

这个治水项目所在地是华润水泥（平南）有限公司的水泥原料矿坑，处于岩溶发育强烈、水量补给充沛的广西平南县。随着近几年来矿区地面凹陷开采的深度越来越大，矿坑涌水不断增加。2014 年整个矿区平均日涌水量达 25 万立方米，企业一年排水费用达 800 余万元；2015 年丰水期矿坑全部被淹，使矿坑停采，造成企业重大损失，且连续疏干抽排地下水使矿坑周围地下水位下降，村民水井水量减少，农田缺水，矿山采坑东面、北东面的村庄出现大量的岩溶地面塌陷，造成多个鱼塘干涸、田地破坏，严重影响了周边生态环境。

为了对矿坑涌水问题进行有效治理，山东大学与华润水泥（平南）有限公司决定共同合作，开展科研攻关，全力攻克岩溶地区凹陷开采矿坑涌水的世界性难题。该项目是国内非连续帷幕单体矿坑涌水量最大治水工程，最深钻孔设计及注浆深度达 90 米，对注浆材料的凝结时间及堵水效果都是一个巨大挑战；岩溶地区裂隙发育充分，对于主要过水通道的寻找及防止主要通道封堵后的绕流都是重大科研攻关难题。山东大学于 2015 年 11 月派出了以李海燕研究员为项目负责人，张庆松教授总体负责的研究团队进驻广西平南治水现场，团队成员包括张霄副教授、张乐文教授、我及孙怀凤讲师等，涵盖岩土工程、地质工程、工程力学及地球物理探测等各方面的专业人才。山东大学副校长李术才教授对此项目高度重视，曾赋诗一首，以向所有参战科研人员提出要求："平南矿坑涌水急，山东大学有名医。入深宫兮探蛟龙，注浆堵水显神功！"

面对复杂的岩溶地形，课题组制定了非连续帷幕拦截与关键通道封堵的联合治水方案。为实现治水目标，我们在平南矿坑的大地上写满了文章：详尽的地质调查，充分的水文连通实验，国内顶尖的物探手段探测，细到厘米的钻孔裂隙分析，精准动态的注浆方案实施。所有的努力，汇集成三条非连续堵水帷幕的完成及关键过水通道的揭露。在非连续帷幕堵水保障的基础上，对这一条关键过水通道实施20余天连续注浆，成功的喜悦终于出现了！矿坑Y01这个严重影响矿山安全生产的出水点成功封堵！

晚上收到媳妇的QQ消息："闺女想爸爸想得哭了。"我的眼里也是满是泪，回信写道："告诉闺女，我很快就回去了，我们成功了！先把这几张庆功照片发给她看，让她知道爸爸有多棒！"

作者：土建学院副教授、工程力学系支部书记　张　波

7月5日　星期二　晴

登泰山者·杨潇涵

登完泰山之后，一觉睡到现在，刚醒来的我开始回忆自己的这次经历。

在山下还信誓旦旦的我，被一路向上的石阶磨灭了所有做决定时的意志。刚开始还能蹦蹦跳跳，爬着爬着我就没了力气，觉得腿软而拖后腿，开始向大家提议要休息。

其实我应该感谢黑夜，把周围的一切都包裹了起来，让我看不清我到底走过

了多少石梯，越过了多少艰辛。我只知道我很累，但我不知道这石梯到底有多高，还要有多远才能到达目的地。

下山的时候，望着那一眼看不到边际的石梯，我感到胆战心惊，也觉得昨天的自己是那么有勇气，竟然靠着自己的双腿，爬了四五个小时，一点一点到达山顶。

一路上我都在絮絮叨叨说觉得腿软走不动，一路上两个学长和衍雯都默默陪在我身边。小平平学长总是跑得飞快，站在远处跟我喊加油；贵成学长手电筒的光永远指向身后，为了走在后面的我们能看清脚下的路；衍雯总是默默地站在不远处等我，等我一步一步地靠近。每次我叫嚷着要休息，身边的人总是鼓励我："再走过这段石梯，我们就休息好不好？再到达远处的光明，我们就休息好不？"

我想，没有几个人能忍受昨晚的我的样子，又絮叨又无力又刁蛮还任性。如果没有他们三个陪着我，我可能永远到不了泰山山顶。

我会记得最后到达顶峰的路，我三步一停走得有多辛苦，或许也有些狼狈。我也会记得在那样的情境下，那样不离不弃陪在我身边的你们，让我变得有勇气的你们。

谢谢！

作者：公卫学院 2015 级本科生　杨潇涵

7 月 6 日　星期三　多云

新入职辅导员培训参加者 · 寸凯宁

风扇呼呼吹个不停，平时早已睡下的我辗转反侧难以入眠，脑海中满是这两天新入职辅导员培训的场景，如同一部电影不停在我脑海中回放。

自 6 月 24 日分配到学院，我的内心既激动又忐忑。马上就要成为一名真正的辅导员了，真心希望能够胜任这份神圣的工作，希望能够帮助到我的学生们，让他们更好地适应大学的生活节奏，在大学四年间更好地成长。但是，一想到一下子让我面对好几百人，还是会有些紧张，感觉缺少一些工作方法，无从下手。

怎么更好地开展工作已经成为我们这些“小”辅导员整天担忧、困扰的问题。学校领导非常关心我们这些职场“菜鸟”，专门为我们进行了为期两天的入职培训，培训共八个专题，涉及学生工作的方方面面。

学习开始之前，我还是心有疑虑，担心时间太短，收获太少。因此从第一讲开始我便聚精会神地听讲、做笔记，小心翼翼地生怕错过任何一个关键点，耽误了以后的工作。第一讲由党委学生工作部副部长傅艺娜老师主讲，她从学生管理规定和学生资助政策出发，指出新入职的辅导员要熟悉关于学生的各项管理规定，灵活、合理、恰当地利用学校规定更好地服务学生，督促指导学生完成学习任务，克服困难，实现能力的提升。

紧接着，校团委书记马晓琳老师从共青团在高校实践育人的角度为我们介绍了共青团的工作，介绍了组织开展活动的切入点和方法；公安处中心校区安全管理科科长董太华老师则通过生动的例子指出“安全至上，生命第一”的理念；学生心理健康教育与咨询中心副主任李娟老师为我们详细讲解了心理危机事件的处理方式与方法；直属单位党委副书记赵希波老师结合自己的经验为我们讲述了如何进行新生入学教育；外国语学院党委副书记高弟老师为我们介绍了开展辅导员工作的方式与方法；辅导员工作研究会与培训基地办公室主任夏晓虹老师从职业认知与能力提升层面强调我们新入职的辅导员要对自身角色定位拥有清晰的认识，要学会利用目前已有的资源提升自身素质，重视科研能力提升，将辛苦转化为成果，经验转化为科学。

最后是一场交流活动，学生工作部的老师特意安排了经济学院林竹老师、电气工程学院邱瑶老师、医学院薛冰老师三位年轻而又经验丰富的一线辅导员与我们进行面对面的沟通。三位辅导员结合自己的亲身体会与我们进行了交流。

八场学习下来，我们收获满满。当然，有如此收获离不开百忙之中抽出时间与我们交流的各位老师，也离不开筹备培训的各位工作人员。最让我感动的是学工部的张伟老师，为了筹备这次培训他不幸病倒，但是身体稍有起色他就立刻回到岗位上忙前忙后。真心地对各位老师说一声“谢谢”！

经过各位老师的培训，我们对如何开展接下来的工作有了更加清晰的认识，一定会谨记各位老师的建议，积极工作，尽最大努力关心帮助学生，帮助他们实现人生的理想目标。

作者：新入职辅导员培训参加者、历史文化学院辅导员　寸凯宁

7月7日　星期四　晴

创新实验室负责人·马　乾

暑假即将开始，同学们已经陆续结束了期末考试，收拾好行李准备回家，校园里的身影逐渐稀少。在我们创新实验室里，人不见减少，反而更加活跃了。

创新实验室属于山东大学西格玛众创空间，以兴趣为主导，在嵌入式、移动互联、大数据、云计算、智能软件等方面都有涉及，我们的成员以计算机学院和软件学院的同学为主。实验室成立于2007年，已经有10届学长学姐在这里学习实验，在英特尔杯、微软创新杯等多个比赛中获得的奖项不计其数，从这里走出过的学长学姐保研、留学比例极高，仅今年毕业的12级，几乎80%以上的同学得到了深造的机会，并且在校期间就前往德国、英国、美国等地学习交流。

而我大一的时候就加入了实验室，今年又有幸成为实验室的负责人。加入这样的一个成果丰硕的组织，并在其中留下自己的痕迹，这会是我大学生活中最浓墨重彩的一笔。

学习的内容需要付诸实践，而且我们将来要从事的工作，显然是离不开创新、交流、合作的。来自不同年级、拥有不同知识面、掌握不同技能的同学在这里交流学习，相互提高。这里是我们的第二课堂，在这里学到的，甚至比在课堂上学到的还要多。

我们实验室的格言是“idea是创新的源头，技术是实现的手段”。除了技能

知识的交流，大家还常常在一起碰撞 idea，实验室每周都有一次例会。开会的目的有两个：一是技术交流，二是对近期与我们专业相关的科技新闻进行讨论，例如针对 AlphaGO 和李世石围棋比赛，我们曾经花一整晚的时间，讨论了机器学习的相关问题，并且在接下来的一段时间内，学习了有关机器学习的知识。这样的交流使我们开阔了眼界，增长了见识，更重要的是培养了我们的创新思维。创新在当今时代已经成为核心竞争力之一，有了这样的创新训练，必然在未来拥有更大的竞争力。

在未来的学习生活中，创新实验室必然是我大学生活的一个重要部分，我相信在这种实验室的活跃的学习交流氛围下，我们也能像前几届学长学姐一样，取得令人骄傲的成绩。

作者：计算机学院 2014 级本科生　马　乾

7 月 8 日　星期五　晴

德国男足球迷·朱雨潇

期末考试结束了，除了漫长的考试周终于过去，更令人开心的就是可以心无旁骛地看球了。不等身心完全放松，身为德国球迷的我就已经开始期待起了德法之战。原本打算比赛开始前养精蓄锐小憩一会儿，却因为这场难以预测的比赛迟迟无法入睡，德意志战车和高卢雄鸡在有着无限可能性的足球场上的对垒无疑是值得这般期待的。

凌晨两点四十分，随着闹钟响起，我起身穿上多年前买的德国球衣，那时的德国队胸前还只有三星。准备好零食，调好音量，我等待着四星白衣的出场。赛前出场桥段的仪式感特别让人着迷：球员在球场地下通道里等待出场，互相寒暄，表情各异，或紧张，或迷茫，展现了赛前球员的众生相。看到自己喜爱的球员，便一下子从刚刚起床的恍惚中清醒过来。在裁判和礼仪的引导下，球员进入球场，奏唱国歌。

比赛正式开始，正如解说所讲，这场比赛被视作提前到来的决赛。两支球队的分量和能力使得这场比赛可以说是本届欧洲杯开赛以来最有看头的一场，一定意义上代表了当代足球的最高水平。没有了因伤无法上阵的戈麦斯、赫迪拉和停赛的胡梅尔斯，德国队踢得不像前几场那样游刃有余，但在上半场除了开场的十分钟被法国队抢先压制，之后的三十多分钟的时间完全控制住了场面，整体表现得更出色。就在我已经认定上半场要以零进球结束的时候，裁判对德国队队长小猪的手球判罚无疑扭转了上半场的局势，也扭转了整场比赛。下半场随着博阿滕的受伤退场，缺兵少将的德国队虽然神勇如常，但后防线的临时换人还是让法国队再攻一球。比分来到二比零时，我已经预感到了会是一个让德迷悲伤的结局。

结局早早到来或许是为了让人们更容易地去接受。无论如何，120 分钟保持超高强度的对抗已经是一场视觉盛宴。勒夫、德尚两名主教练制定的战术针对性强，两队球员可以说都出色地贯彻了教练的意图。无论是德国队仍然坚持传控打法，基本控制着整场比赛的节奏，还是法国队犀利的防守反击效率，都使得这场比赛成为一场艰难、虐心的比赛。高质量的比赛最能展示一项体育运动的魅力，而团体项目带给我的感动总是远远大于个人项目。一群有着各自光辉的球员为着同一份荣誉感奔跑、拼搏、兴奋、失落，会没缘由地抹去竞技体育带来的残酷，而增加那份感动。

高手和高手之间的对决，除了能力或许一丝丝的运气也必不可少。伤员、停赛、分到死亡下半区，我相信这是一支有着足够的能力却少了些许运气的德国队。德国队止步四强，只爱战车的我这届欧洲杯观赛也就基本结束了，只是回忆起来犹记得纠结缠绕，回味无穷。

作者：外语学院 2013 级本科生　朱雨潇

7月9日　星期六　晴

文学院1988级研究生校友·吕胜江

7月4日，青岛校友田胜杰来访，畅谈山东大学青岛校区建设事，快慰非常，因有寄托，预祝山东大学新学年别开生面。谨以此词向建设者们致敬。

水调歌头

又做郑州客，
一饮十觞空。
新知旧雨，
都付往事笑谈中。
且去江山指点，
太白诗中说了：
何必问君平！
青岛校园好，
大慰故人情。

栈桥短，崂山远，
每匆匆。
喜闻即墨潮起，
平地筑新城。
近岸天开生面，
学海应操胜券，
朗朗有书声。
修得浩然气，
何处不春风！

“何必问君平”，出自唐代李白《送友人入蜀》诗：“见说蚕丛路，崎岖不易行。山从人面起，云傍马头生。芳树笼秦栈，春流绕蜀城。升沉应已定，不必问君平。”君平，西汉严遵，字君平，隐居不仕，曾在成都以卖卜为生。

“修得浩然气”，出自山东大学校训：“学无止境，气有浩然。”

用《词林正韵》第一部和第十一部，宽韵两部相通。

作者：文学与新闻传播学院 1988 级研究生校友　吕胜江

7 月 10 日　星期日　阴

革命老区实践者 · 赵晓璐

“红岩上红梅开，千里冰霜脚下踩。三九严寒何所惧，一片丹心向阳开。”临朐县蒋峪镇下高家沟 95 岁老党员高安帮家传来阵阵欢笑、串串歌声。山东大学艺术学院歌剧《江姐》的主演王宇辰正在为高爷爷演唱歌剧选段《红梅赞》。和着经典的红色旋律，爷爷含笑拊掌，轻轻跟唱。

今年是中国共产党成立 95 周年，艺术学院积极响应中央号召，组织党员团队，于 7 月 8 日至 11 日赴沂蒙革命老区临朐县蒋峪镇，进行红色教育主题社会实践。实践团由担任团长的学院党委副书记姜楠，院团委书记孔南、辅导员赵根根以及 9 名学生组成。在实践活动开展过程中，我团考察了当地新农村城镇化建设情况，拜访了当地三位新中国成立前的老党员，认真聆听了前辈们的教诲。

三位老党员中年龄最大的已经 95 岁，年龄最小的也已是“85 后”了。刘学孝爷爷是三人中最早入党的。他回忆道，1947 年 6 月他秘密入党，家人都被蒙在鼓里。成为党员之后，刘学孝爷爷的工作主要是在各联络点之间传递前线战事和党内重要信息。那时工作环境非常险恶，靠着“坚决完成任务”的决心，刘爷爷克服重重困难，终于迎来最终的胜利。

高安帮爷爷今年95岁，是共产党的同龄人，也是有68年党龄的老同志。在采访时，他向我们自豪地展示他自己做的烟斗，还示意我们看看他墙上贴挂的儿孙相片，随后动情地说："我现在做这么个烟斗，抽着旱烟每天到田里转转，有了孙子、孙外甥、曾孙子，享了四世同堂、健康快乐的福。可这一切是怎么来的？是因为有共产党啊！"高爷爷与我们一起重温入党誓词，短短80字，字字刻入心中。光荣、自豪与责任汇成一股热流，洗涤了我们的身心，再一次坚定了我们的理想与信念。

陈子平爷爷是三位老党员中唯一一位参加过战斗的。他17岁参加中国共产党的抗日基层部队，1947年6月在部队加入中国共产党，参加过抗日战争、解放战争，一路披荆斩棘，在枪林弹雨中见证者人民队伍的一步步发展。提起当年的硝烟战火以及入党的细节，陈爷爷的眼睛分外明亮。

此次实践活动，让我们对社会主义新农村、对中国近现代革命历史、对中国共产党员的本质有了崭新的认识。不积跬步，无以至千里。希望在今后的学习工作中，能以我的微薄之力，发挥我的光和热，为人民、为祖国、为党做出新的贡献！

作者：艺术学院2015级硕士研究生　赵晓璐

7月11日　星期一　晴

"天使在行动"支教团成员·刘娅星

昨晚队长陈家晋同学和全体队员在教师办公室集合，安排了未来14天的支教事宜。让人头疼的是小学生的作息时间表：早上五点半起床洗漱、跑操、上早读。我们作为督促人不得不和他们一起，这或许是我们上大学来起得最早的一次了。

同学曾在QQ空间发说说，"希望叫醒我的不是闹钟，而是我的梦想"。今天也算实现了。叫醒我们的的确不是一早设定好的闹钟，而是孩子们叽叽喳喳的打闹声，在周围满是田地的学校里听起来是如此恣意快活！努力撑开自己沉重的眼皮，穿上拖鞋去洗漱。一路上亮堂的“老师好”使我嘴角不自觉地上扬。为人师表，或许生活清贫，但这份为学生所信赖和尊重的职业应是他们坚持下去的动力吧。

清晨的阳光柔和而妩媚，宛如一个刚刚成熟的少女，在不经意的稚嫩中流露出一点女人的味道，让人着迷。时间在这里格外缓慢，我们可以看清楚所有孩子脸上的神情，听清楚他们的需要。或喜悦，或调皮，或害羞，或伤心，我们体会这些感情，或同乐，或安抚，在帮助之中学会成长。

一个梳着羊角辫的小女孩问我：“老师，你是从哪里来的？”我纠结了，我该如何回答她的问题呢？“我是河北人，在山东大学护理学院读书”，我不想答案如此公式化，远离他们的生活。然后，我调皮地说：“我来自火星。”周围的小孩子笑成了一片，看着她那亮晶晶的眼睛，我知道我回答出了他们想要的结果。

我们的身份是如此微妙，既是一名在校大学生，又是一名支教老师，与孩子们是如此相近而又千差万别。走过童年时代的我们，了解孩子活泼好动的心性，又想让孩子们踏踏实实地学习。我们该如何做才能真正帮助到这些需要爱和体贴的小朋友呢？不能大声地朝他们喊叫，不能一味善良地纵容，也不能死板沉闷……所幸今天是支教的第二天，一切有待步入正轨。日子还长，等待我们的是在实践中摸索、在相处中成长。

作者：护理学院 2015 级本科生　刘娅星

7 月 12 日　星期二　雨

Lancet 社会实践队成员 · 陈思源

济南仍是闷热，迎面而来的暖风裹挟着湿热的蒸气硬生生钻入毛孔，这注定又是让人精神萎靡的一天，然而我们 Lancet 团队依旧是雄赳赳气昂昂。经过前几日的调研，我们目睹了太多医生脸上无奈却坚强的笑容，那笑容让人不由得心疼！因而此刻大家都明白这项调研的意义非凡，那么多医生选择一生执着，自己又有何理由畏手畏脚，轻言退缩？

今日，我们奔赴济南市儿童医院，这是济南市乃至山东省最大的儿童专科类医院，望着熙熙攘攘的人群，我的目光坚毅了起来——今天又将是一场硬仗！电梯上行至13层，我们从骨科开始了调研，目之所及，变了的是孩童清脆的啼哭声，不变的是一件件行色匆匆的“白大褂”。大家迅速投入工作当中，用简洁的语言说明来意，用干练的行动收发问卷，用翔实的语言解释问题。在我们的努力下，六张空白的问卷变得充实起来，大家脸上也露出了笑容——那笑容是青春的光芒在照亮生命的价值，有着独一份儿的灿烂、独一份儿的从容！

匆匆道声感谢，来不及放松，我们便向下一层跑去，不一样的科室，一样高效的行动。大家用最短的时间跑遍了整栋大楼，在医院的全部科室进行了问卷调研。经过前几日的历练，我对工作已得心应手——笑容伴随着收发问卷的过程不断浮现，即便遇到医生因故无法填写问卷的情况，也能毫不迟疑地粲然一笑，道声谢谢。毕竟我们的目标都是希望祖国的医药卫生事业能不断进步。只要大家都不懈努力，这个目标一定能够实现！通过与医生的沟通交流，我明白了许多。当今社会恶劣的医患关系在很大程度上影响着中国的医生们。他们对现实有太多不满、太多委屈要倾诉，但为了少年时悬壶济世的梦想，他们选择了坚持！曾几何时，他们的泪水也曾肆意流淌，但他们不愿轻言放弃，试着坦然接受，学会了坚强！透过他们的话语，我仿佛看见了那巍峨挺拔的古松，“千磨万击还坚劲，任尔东西南北风”……

我的社会实践活动仍在继续，对医患关系的关注也不会改变。我知道自己做得还远远不够，但我希望通过能自己的努力为患者解决困扰，为医生解除烦恼，让医患关系的明天不再布满阴霾！我是Lanceter，我愿青春无悔，我愿激昂一生！

作者：医学院2015级本科生　陈思源

7月13日　星期三　阴

萤火虫支教团成员 · 邓曦阳

下了车，一派新鲜气象扑面而来。支教的学校没有新闻报道中那样简陋破落的楼房，没有想象中那样低矮逼仄的教室，好像一切都不是我们所预想的样子。

最初到的地方是宿舍楼，这是一栋老年公寓，没错，这是一个“综合性”学校，集幼儿园、小学、初中、老年公寓于一体（略感神奇）。宿舍也不是想象中的样子，没有拥挤狭窄，倒是宽敞明亮。毕竟这是老年公寓，我心里暗自庆幸，却又有几分不适，这的确存在着心理落差。

给我们的待遇倒是很不错，第一晚，学校还未开学，但食堂师傅专门给我们准备了晚饭。不得不说说这顿饭，又是一次全新的体验，第一次吃北方馒头，我第一次真正体会到了油乎乎、咸乎乎、黑乎乎的鲁菜，我绝无嘲弄之意，只是直抒胸臆。虽然听不懂食堂师傅的滨州话，但他宽厚的笑容还是让我们感受到了深深的热情和暖意。还在路上时，“超市”就成了我们关注的热点，当然，吃完饭后的我们直奔了超市——其实只是一个小商店而已。初到一个全新的地方，的确什么都是全新的体验，超市之行也是一次全新的感受。从学校到超市有一小段路，这时天已经快黑透了，视觉的休整换来了嗅觉的灵敏，空气中有粪便和垃圾的味道，有灰尘和污泥的味道，这些都是属于乡村的味道。其实乡村也并不是我们所以为的那样都是泥土和青草的芬芳，都有自然和生态的气息，这种景象也是农村真实写照的一部分。几分钟的路就到了超市，来到了一个有些“凌乱”的小商店，买好东西后，我们又走回宿舍。在超市的对面，我遇见了一个小小的惊喜，这里居然在卖小盆栽，这的确是美丽不可多得的一隅，是一抹鲜亮的色彩。

这里的高温不输济南，半日的路上奔波，我们早已大汗淋漓。我们的确是幸运的——因为可以洗澡。不过，由于水管长期无人使用已经生锈，打开水阀，水管里的水呜咽着嘶鸣着流出来，带着一股铁锈的味道，掺着盐分，味道咸咸的。尽管这水令人唏嘘，可是高温和汗水紧紧逼迫着我们，黏糊糊的皮肤再也抵抗不住水的诱惑。我们洗完澡整理好床铺，快准备睡觉时，突然间，整栋楼的火警警报响了起来，电源被切断，一瞬间只剩漆黑一片。可以想象，初来乍到的我们，住在一个陌生地方的我们，当时多么惊恐万分。大家惊慌地冲下楼，彼此面面相觑，脸上都有惊惶的神色。当然没有火情，不过是虚惊一场。恢复供电后，大家仍然心有余悸，好在并非孤身一人，大家互相安抚，彼此温暖。

初来乍到的我们，新奇、期待、惊慌，同时又深深地感受到了来自同伴的温暖。

夜渐渐深了，灯渐渐熄了，人声也渐渐静了，只有窗外树上的知了还在吱吱地叫着。

作者：哲社学院2015级本科生　邓曦阳

7月14日　星期四　阴

微公益协会走访者·姜逢宇

车还没停下，远远地就看到一名男子热情地向我们招手，他就是我们的走访对象——泗水县微公益协会的会长孙建涛。

我们约定好在协会的总部见面，但是这里丝毫不见公益组织常用的爱心、红十字等元素。这栋三层门市房的牌匾上写着“本道阅读”四个大字。走进门厅，我们发现这里装修古朴，书盈四壁，木桌上还放置着一套完整的茶具。沙发上坐着几个正在读书的人，似乎并没有注意到我们。我们下意识地噤声，若不是孙会长领我们进来，我们还怀疑自己走错了地方。孙会长似乎看出了我们的疑惑，他解释说：一层是协会专门建立的一个读书室，完全免费开放，任何人都可以来这里品一杯香茗，享受阅读时光；而二层和三层，则是协会的办公区域。我开始感觉到微公益协会与众不同的地方了。

在孙会长的讲述中，微公益协会的形象在我心中渐渐清晰起来了。协会规模不大，却蕴含了巨大的能量。资助贫困孩子的爱心人士从海内外赶来泗水县，走进孩子们的家中为孩子们送上必要的物资、善款。爱心人士如此“折腾”，是因为协会自成立就坚持着“不接触每一分资金”的原则，仅仅作为爱心人士和受助孩子间的桥梁。这样做似乎有些“不近人情”，却也给协会带来了极佳的口碑。

孙会长是个内心细致的人，这份精细也注入协会的工作中。协会坚持为每一位爱心人士找到最合适的资助对象，然而这小小信念的背后却是巨大的付出。一周 7 天中 6 天下村调研，制定的个性化档案堆满半个屋子，调研车辆累计行程 2700 多公里，才保证了爱心人士咨询时第一时间推荐受助对象的高效性。授人以鱼不如授人以渔，面对如此多的受助对象，孙会长自然明白这个道理。他带着协会和政府部门积极协调，能找个工作就找个工作，不能工作就送去几只羊羔，让村民养羊，把政府的光伏发电项目带到村子里给村民谋出路等等。既然受资助的人总是不愿宣扬，那就给他们机会，光明正大，自力更生。

协会开始只是默默付出，但是协会的好名声却一传十、十传百，这反倒让孙会长犯了愁。大家都劝他，既然工作干得好，就该抓住机会多宣传，让更多人知道孩子们的情况，孩子们受资助的概率也大些。但是孙会长有些保守，觉得资助对象一定不愿意让自己的信息过度曝光，但是同事们说的确实有道理。沉默还是宣扬？孙会长一直在这对矛盾中寻求平衡之法。现在，协会隐去了每一个孩子的姓名，以唯一的编号取而代之，然后借网络将孩子们的情况扩散出去，这也属无奈之举吧。

孙建涛，90 年代入伍，成为兰州军区标兵连的一名战士，接受部队的教育，在军营里入了党。他还很兴奋地告诉我们，现在他的老首长、老战友都知道了他的“微公益协会”，过两天就要组织考察团来协会考察和资助。曾经，这个泗水人，带着革命老区的淳朴善良走出去；现在，还是这个泗水人，带着更多的同道回到家乡，建设家乡。

“君子务本，本立而道生”，是谓本道。我想，这份淳朴善良就是孙建涛的“本道”吧。

作者：土建学院 2014 级本科生　姜逢宇

7月15日 星期五 阴

“齐鲁之韵”社会实践队队长·杜中玉

七月的济南酷暑难耐，但炎热的天气破坏不了我们社会实践小组拜访济南市吕剧院的好心情。济南市吕剧院坐落于济南市群众艺术馆的二楼，是剧院工作人员进行办公、对外交流和日常排练的场所。这已经是我们第三次见济南市吕剧院的陈涛副院长了，他仍然笑容亲切、热情满满地接待了我们，并带领我们依次参观了排练厅、乐队室和其他日常办公场所。

排练厅里乐队齐鸣，两个年轻的吕剧演员身着戏袍站在排练厅中央认真地进行着彩排，他们在为八月进京演出做着最后一个阶段的准备。参观途中，在排练厅外的走廊里，我们听到了嘹亮悠扬的唱腔。走近去看，是一位较为年长的吕剧演员在教一名年轻的演员如何更加饱满地演绎出那段唱词里的情绪。经验丰富较为年长的老师从眼神、身段到唱词里的轻重缓急，对每一个细节都进行活灵活现的讲解，而年轻的演员一边悉心听取，一边反复模仿试唱。这富有感染力的一幕吸引着我们驻足旁听了好一会儿。陈老师笑着给我们解释：“这在咱们吕剧里，叫‘传帮代’，老一辈的艺术家通过这种形式培养年轻的吕剧演员，好让咱这个剧种代代相传下去。”

代代相传，这是优秀传统文化沿袭至今的要旨所在。但是在我们采访济南市吕剧院宣传科的王老师的过程中，我们了解到吕剧的传承面临着一些危机。在生活节奏日渐加快的今天，能够用心去品味一出戏的年轻人寥寥无几，而愿意长期学习并从事吕剧这一艺术的优秀青年演员更是屈指可数。吕剧作为一种山东本地最具代表性的戏剧艺术，如何吸引更多的年轻人关注它、欣赏它、发扬并传承它，解决可能面临的艺术断代问题，是政府、剧团乃至所有热爱这一艺术的个体需要思索的。

暑期社会实践已经进行到中期，作为国际教育学院“齐鲁之韵·吕剧的现在与未来”社会实践调研团的队长，在选题、立项、联系老师、走访采风、发放问卷这近一个月来的过程中，我在活动中了解，在经历中反思，明白了这样一个道理：偏见往往来源于不了解。在选择吕剧这一调研主题之前，我对戏剧的接触甚少，对戏剧形成了“节奏慢、唱词难懂、老年化的娱乐方式”这一刻板印象。然而，在端午假期时坐在北洋大戏院完整地观赏了一出吕剧剧目《红丝错》之后，我却被演员们丰富的神态、悠扬的唱腔以及贴近生活跌宕起伏的剧情深深吸引，与现场观众一起叫好不迭。

在回校的路上，我和社会实践小组的其他成员交流起今天的感受，谈笑中大家都表达了对吕剧艺术的欣赏。非常感谢他们这一个月来的付出与合作，而接下来的日子我们会把这项调研继续下去，也算是为吕剧的传承与发展尽一份微薄的力量吧。

作者：国际教育学院2014级本科生　杜中玉

7月16日　星期六　阴

航天科工二院暑期实践参加者·蔡笑樱

伴随着北京连绵不断的阴雨天，为期三天的航天科工二院的实践参观结束了，带着依依不舍，我们踏上了返程。

对于大部分人来说，国防军工是神秘的。还记得初识航天科工二院，是在学校就业指导中心举办“国防军工指导周”的时候。那时的我坐在千佛山校区主楼三楼报告厅中，心潮澎湃地听着来自航天科工的领导老师们讲国防、讲航天、讲导弹、讲雷达，所有的一切都让我觉得成为一名航天人，为国家的国防军工做出贡献，是神圣的、幸运的，更是伟大的。为了增加对军工企业单位的了解，我毫不犹豫地报名参加了航天科工二院的暑期实践团，更有幸成为第一批实践团中的一员。

7月12日，我们从济南出发来到了位于北京的中国航天科工集团第二研究院。航天科工二院创建于1957年11月16日，先后承担并圆满完成了我国早期地导弹控制系统和多代地（舰）空导弹武器系统，为我军装备现代化建设和我国综合国力的提高做出了重大贡献。二院分为东西两区，院区占地面积非常大，但各个大门前都有警卫严格把守，所有人都必须持航天二院的工作证才可入内。正式参观实习于13日展开，实践团的成员们是来自天津、西安、南京等五大省市地区的重点大学研究生，大家来自不同的工科专业，几乎涉及了工科各个领域。在与不同学校、不同专业的同学们交流的过程中，我不仅结识到了新朋友，也大大地开阔了眼界。在之后的三天中，我们分别参观了航天科工二院二部以及其下多个研究所，听二院的老师们介绍了航天科工二院的基本情况，感受了我国先进的国防科学技术，了解了中国武器装备的发展历程，同时与所里各位优秀技术工作者进行了深入的交流。

三天的时间一晃而过，二院的实践让我收获许多，好像在我的心底埋了一颗航天报国的种子。虽然现在的能力还非常不够，但我相信，未来的日子里，这份信念将会一直催我奋进。

作者：材料学院2015级硕士研究生　蔡笑樱

7月17日　星期日　阴

千佛山图书馆职工·王　颖

今天是职工暑假的第一个周末，因为未完的工作，我依然匆忙赶到单位。经过昨天的中雨的洗涤，济南有了难得的蓝天白云。虽是三伏天，却如秋天般清爽。没有蝉鸣的喧嚣，我的内心也无比愉悦。

踏进图书馆的大门，我看到经过接近一年装修后焕然一新的大厅，还有大厅内充满朝气和活力的机械学院2013级勤工助学学生。不到8点他们已从兴隆山校区赶到千佛山校区，我顿时感到活力满满。

稍事准备，我将工作人员和学生们按照之前的细致规划进行分组分工，各司其职，一天紧张的工作开始了。千佛山校区分馆是个老馆，由于多次的馆舍调整，书刊放置地分散，有时一本书找三四个书库都未必能找到。为方便师生利用和管理，借这次改造契机，我们计划集中利用假期时间调整书库。

当一天的工作按计划完成，看到学生们略显疲惫却依然挺拔的背影，我忽然想起自己 20 多年前刚入馆工作的情形：青涩的我置身于“书海”，满怀憧憬与欣喜。二十多年来，寂寞时，找一个角落，与书为伴；失落时，信手拈来最爱看的图书。对书的挚爱，也使得我无比珍惜我的工作岗位，勤谨敬业，用心工作。

不忘初心，坚守本真，快乐工作，平静生活。明天，还是一个活力满满的我！

作者：千佛山图书馆职工　王　颖

7 月 18 日　星期一　阴

“紫光阁”计划实习生 · 郝伟栋

上午 8 点，我们一行四人来到了位于北京前门附近的团中央办公大楼，参加 2016 年中央国家机关（“紫光阁”）大学生实习计划启动会，并开始为期一月的实习。“紫光阁”计划由团中央组织，旨在引导大学生通过政务观察、业务实践、特色交流、传播分享，促进青年学生了解中央国家机关工作运转、了解国情社情、坚定理想信念、提升个人才干。今年的实习计划，学校遴选出于新九、刘镓齐、彭鑫和我共四人分别赴中国人民银行、发改委、人社部和最高人民法院进行实习。

启动会上，团中央学校部杜汇良部长希望我们能够在“学”“责”“爱”三个方面做到“不忘初心”：要学在主动，学在细微，学在严实；要有敬业责任、纪律责任、保密责任；要爱在勤奋，爱在融入，爱在分享。北京科技大学和科技部团委书记分别代表参加本次实习计划的中央国家机关和高校做了发言。

会后，最高人民法院团委书记连丹波老师与我们见面，带领我们来到与团中央大楼仅一条马路之隔的最高人民法院。初到法院，雄伟的办公大楼、森严的门禁制度、有序的工作秩序，都让我们紧张又兴奋。

吃过工作餐后，机关党委常务副书记张一丽老师给我们进行了岗前培训。张书记介绍了最高人民法院的职能、机构设置和办公地点，着重提出了在保密、廉洁、组织纪律、着装等方面对我们的要求，希望我们能严格按照全勤制、导师制的要求，在导师指导下细心学习、虚心请教、有所收获。同时，2015 年“紫光阁”计划实习生、2016 年最高人民法院法律实习生复旦大学李超同学作为“过来人”也为我们谈了个人的心得体会，我们也分别与所在厅局的领导进行了见面交流。

“躬逢盛事，昧旦丕显”，这是我大一那年，吉发涵教授在“讲人生”名师访谈中留下的话，希望我们能珍惜机遇、勤奋学习。今年是“紫光阁”实习计划第 3 年，从最初的 5 个部委、5 所高校、38 名学生，到去年的 13 个部委、22 所高校、86 名学生，再到今年的 16 个部委、31 所高校、136 名学生，实习计划的扩大，给了更多同学机会，也体现着国家机关开放度、包容度和透明度的不断提高。明早 8 点，我也将正式开始第一天的工作，希望自己能真正参与进去，了解最高法院的工作运转，也在实践中不断提升自我。

作者：文学与新闻传播学院 2015 级硕士研究生　郝伟栋

7 月 19 日　星期二　多云

政管学院本科生・罗家鹏

回到家里已经十六天了。骑行是我在家中最喜欢的休闲方式，刚刚回到家的前三天，家乡突发大水，封住了大桥和公路，没能去骑行，其他时间我和妹妹每天都会到山间公路上骑行。夏日暖风，绿树遍野，空气中氤氲着一股新鲜的气息，那是竹叶、杉叶混合河水的味道，每一次呼吸都有一种心旷神怡的感觉。在家乡的沿河公路骑行着，精疲力尽，汗流浃背，心中却有一种异常满足的感觉。

清晨，穿戴好全部的装备，趁着天早太阳未出，气温凉爽，我便从家中出发。顺着公路往上，是公路沿河一段，河边的空气尤其清新，令人沉醉。山路难行，尤其上坡路段，九曲十八弯，艰险异常，然而每一次上坡，我都努力骑上去，而非推着车走上去。骑完所有的上坡路已经是双腿麻木，精疲力尽，但登顶的那一刻，我心里面感到莫大的满足，然后顺着坡度骑下去，畅快顺遂。沿河越往上走，路越险，道路越窄，就得越要关注路况，越要密切注意来往的车辆。或许大山深处的公路才最适合骑行，来往的车辆和行人很少，有的时候骑行七八公里对面或侧面才会来一辆车，更多的是摩托车和农用车。整个清晨我们一共骑行了二十公里，七个大陡坡，九个缓坡，回到家中已经是精疲力尽，连走路都有点儿颤颤巍巍了，但胜利的满足感油然而生，畅快淋漓。

生活中每一件事都蕴含着一定的哲理，骑行就如同一个人的一生，有时候顺遂，有时候坎坷，有上坡路的艰辛，有下坡路的顺畅，但值得警醒的是，你认为的艰辛坎坷可能预示的是你在走上坡路，而安逸顺遂也可能昭示着你的状态下滑，在走下坡路。当然事不尽然，不可过度解读，不过情由势变，心由境迁，如此而已。

过两天就得回学校进行考研复习了，这也是我的假期的最后两天，考研之路需要更多的耐心和毅力，要学会享受孤独。考研正如骑行，只有坚持才有胜利，我也相信，只要肯付出就有回报，前路虽然艰辛，但结果必定值得。用一年的坚持做一件感动自己的事。

作者：政管学院 2013 级本科生　罗家鹏

7 月 20 日　星期三　阴转晴

航天科工二院暑期实践参加者・郭永健

犹记得几个月前，学校学生就业创业指导中心组织了轰轰烈烈的军工指导周。通过那次军工指导周，我参加了航天科工二院的宣讲，深深地被二院人的一些特质打动。所以，当就业创业指导中心老师推荐我参加航天科工二院为期三天的暑期实践的时候，我心里充满了激动和期盼。这段经历现在回想起来仍然让我记忆犹新。

12 日一早，我们山大一行三人从济南乘坐火车赶赴北京，两个多小时就到达了住所。没有传说中的雾霾，倒是淅淅沥沥的小雨，为炎热的夏季增添了几丝清爽。

13 日一早，我们到达既定的集合地点，与来自中科大、天津大学、西北工业大学、南开大学等高校的 47 名同学，在罗老师的引领下依次通过人员确认，进入了航天科工二院的内部。一进入二院内部，就感受到与外面完全不同的一种氛围。如果说，二院外的北京城让我感受到了帝都的缤纷多彩的话，二院内的氛围就如毛主席那句著名的话：团结、紧张、严肃、活泼。每一个二院人，都给人一种有事可为、有事在为的感受。第一次会议由二院人力资源部的李部长主持。简短的欢迎仪式之后，李部长讲到了令他感触颇深的“南海仲裁”。他说，在外交努力失败之后，军事实力就是保证，而这份保证之中，就有着二院人的拼搏努力；在我国的国防装备之中，有许多的突破都是二院人完成的，并且还在不断地向前推进。

剩余两天，我们有幸进入了二院的各个厂区。鉴于保密约定，整个过程不拍照，不发表，在此处，我也不再叙述。三天的实践很短，却非常充实，每个研究所、每处工厂，都能给人不同的感受和全新的冲击。我相信，每个二院人都有着相似的经历：十余年寒窗苦读，学有所成，怀揣着强国强军之梦，踏入了二院大门，开启了一种淡定却自豪、忙碌又充实的生活，不断拼搏、奋斗，成长为国家某重点型号的副总师或总师，带领团队向着下一个成功继续进发。

三天的实践一晃而过，但是三天的见闻，让我对二院、二院人有了更多的了解和钦佩，正是有了这样优秀的科研、战斗队伍，才有了我们祖国的安定和强大。借用二院的口号：精导铸利剑，遥感探苍穹！希望毕业后，我也能够在国防军工单位作出山大人应有的贡献！

作者：材料学院 2015 级硕士研究生　郭永健

7 月 21 日　星期四　阵雨

本科党支部负责人培训参加者 · 王清扬

今天是我们本科学生党支部负责人在全国青少年井冈山革命传统教育基地进行培训的第一天。早上八点，我们一行来到教育基地综合楼参加“坚定理想信念，传承红色基因”大学生主题教育实践活动开班仪式。

会上，山东大学党校副校长罗建军对我们此次培训提出了三点要求：第一，要学习井冈山精神，传承红色基因，在了解革命斗争由来及过程的基础上，更要思考作为大学生党员要如何继承革命精神；第二，要严格要求自己，加强党性意识，要做到坚定理想信念，坚持学习理论知识；第三，要相互学习，共同提高。在做好自身学习的基础上，善于从他人身上学习更多长处。

会后，我们开始了第一项学习活动——“三湾改编”情境教学。1927 年的三湾改编是党铸军魂的开端，在课程中，老师为我们详细地讲解了三湾改编的背景、内容和意义。之后，我们还进行了实际情景模拟。全体学员各自以班为单位选举出班长、宣传员、炊事员、安全员等，实地体验了三湾改编的过程。

下午，我们来到井冈山革命烈士陵园对革命先烈表达崇高敬意和哀悼之情。在为烈士们敬献完花圈后，培训基地的老师向我们讲解了刘仁堪、吴月娥等革命先烈的英雄事迹。我们深深感受到了先烈们不畏牺牲的革命精神。他们的鲜血洒向了革命胜利的道路，今天的我们更应该在深深缅怀先烈之时将革命精神延续下去。

今天的最后一项活动是晚上的红歌教学。在历史的新时期，红歌的定义非常广泛，由原来歌颂党、歌颂祖国的历史革命歌曲扩展到了各个时期歌颂美好生活、家庭幸福、爱岗敬业等格调健康、旋律优美、为广大人民群众传唱的歌曲。活动中，我们跟随培训基地的王老师先后学习了《映山红》《游击队之歌》《南泥湾》《我们走在大路上》等红歌。老师的教学形式多样，学员们分别以独唱、合唱的形式展示了自己的学习成果。最后，我们以一曲《歌唱祖国》结束了今天的活动。

第一天的学习活动已经告一段落，仅仅一天的时间已经使我对这片革命圣地产生了深深的敬意。在学习历史、铭记历史的同时，作为经济学院 2014 级党支部负责人，我也开始进一步深入思考新形势下的党支部工作应如何更好地开展。

一次井冈行，一生井冈情。作为新时代的青年，我们一定要让红军传统代代相传。

作者：经济学院 2014 级本科生　王清扬

7 月 22 日　星期五　晴

中美科技创新国际产业园筹备组成员·张佳琦

7 月 21 日，山东大学中美科技创新国际产业园暨山东大学红岛国际创客空间（COCOSPACE 青岛站）在青岛高新区正式启动了！回想一个月前，有幸客串加入山大筹备小组，和青岛高新区、COCOSPACE（可可空间）、中鼎贝特等单位共同筹备的经历，回想昨天此时还在和各方确认议程，一遍遍彩排演练直到凌晨 4 点的场景，脑海不断浮现出的是可可空间创客们的话语：Better Together（在一起，干大事）！

山东大学中美科技创新国际产业园是山东大学中美国际科技创新园的一部分。提起创新园，第一次听到它是在 2014 年 10 月的一次外事接待中。那时知道创新园将设在青岛，由研发园、产业园和创投基金构成，需要与美国高校共同合作，由政府、学校、企业、基金公司等共同合作建设。但是从理念到现实的距离有多远呢?

当今年 6 月得知创新园中的产业园将于 7 月正式启动时，我们这些曾经略知一二的人，着实都兴奋了一把！而我有幸加入山大启动仪式筹备小组，与政府、企业、创客们共同筹备仪式，更是一种全然不同的经历。

这次首先启用的是山东大学红岛国际创客空间，与可可空间、中鼎贝特共同建设管理，也是本次启动仪式的举办地。从讨论装修装饰方案开始，我第一次在叫“Zoom”的网上会议平台主持讨论和参会，从室内功能分区到产业园外观标识，大家开启了一天 12 到 18 小时工作模式。和创客们在一起，我更多感悟到的是创客们实现梦想的无穷创造力和无穷动力！他们工作中看不到拖沓，都是“马上处理”；大到每一个活动标识、活动现场每一面墙壁设计，小到消防栓贴纸，他们坚持自己“无极限”的理念；他们为了在现场实现三屏联动，有两人在后台五屏操作，并调试每一个画面在屏幕的显示比例，启动仪式前 24 小时没有离开操作台，只为确保电脑连接显示全无误。

最让我印象深刻的是可可空间的咖啡师老方。他带领他的团队，严格挑选烘焙咖啡豆，每天早上根据温度、湿度、气压等状况，调整咖啡豆研磨方法，根据每个人的口味、心情调试咖啡。但是他说，作为一个咖啡师，不仅要学调咖啡，也要愿意洗杯子。正如《创业者之歌》所说：

我们是自命不凡的创业者，
我们是不甘平庸的革命军，
我们希望改变这个世界，
我们希望每一个可笑的梦想都能实现……

启动仪式顺利完成了，相信未来中美科技创新国际产业园和红岛国际创客空间将会成为孕育更多梦想、让梦想启航的地方！

作者：国际事务部工作人员　张佳琦

7 月 23 日　星期六　晴

兰州大学来山大交流生 · 赵智超

我是赵智超，是一名已经光荣地成为山大校友的政管学院 2014 级政治学与行政学专业交流生。我来自兰州大学，对，就是拉面很好吃却只要两块五的那所大学。一年前我决定从祖国的大西北走到东部，来山东大学进行交流学习。

曾经，我只想到此次交流会让我看到不一样的大学，会让我学到更多的知识和技能，却从不敢想，在这里，我结识了如此优秀的同学们，收获了这般深厚的友谊。要离开家一样的 415 宿舍、母亲一样的山大了，我舍不得睡了一年的这张床，放心不下我走后宿舍的卫生，不想和 415 的每一个她说再见，还想再吃食堂的掉渣饼，还想在洪楼不大却“五脏俱全”的图书馆中自习读书，还想在傍晚和大爷大妈和室友们一起在操场上锻炼……

犹记得自己第一天到 415 时，确实被洪楼的住宿条件吓到了。因为 415 是较小的宿舍，6 个人显得尤其拥挤。但在室友央央努力地把大家刚搬过来的行李收拾整齐为我腾出一张床时，在室友拿出纸杯给为我搬行李累得满头大汗的爸妈倒水时，在某馨翻箱倒柜为我找她配的宿舍钥匙时，在爸妈临走之际室友们全都出来送行时，许多顾虑都一扫而空了。心，真的被暖到了。哦，对了，后来她们喊我“超哥”。

室友们并没有因为我是交流生而排斥我，反而带着我融入山大。她们带着我参加学校的各种活动。她们让我更快地融入山东大学这个大家庭中，让我真正把自己看作一个“山大人”在山大学习、生活。来山大之前，我有些自卑。大一在兰大时因为一些原因，自己很少参加活动，慢慢地也会觉得自己做不好，甚至有些不自信。但来到山大后，和室友们一起参加各种活动，学院的、学校的，甚至还拿了一个比赛的一等奖。这下有人问我“为什么你行李这么沉”，我就可以回答她“是奖状太沉了”。哈哈！最重要的是在与你们共同参与活动的过程中我又找回了自信。学习上，在与室友们的相互交流中，我掌握了更多学术知识和研究方法。当考试失利时，她们会“泼我冷水”，告诉我哪儿不足，哪儿需要改进，该怎么做，这冷水真的泼得我一下子清醒了，然后走出失落，继续努力。生活中，415让我感到很安心，很有动力，就像全宿舍都拧成一股绳朝上走，这就是她们的魔力！

如今面临分别，对于山大母亲，对于415宿舍，悲伤的离别感言无须多说，只想说：期待遇到更好的你。还想对刚从武大交流回来的章鱼姐姐说，替我照顾好她们。

夜深了，晚安山大，晚安415！“超哥”永远爱山大，“超哥”永远爱你们。

作者：政管学院2014级兰州大学交流生　赵智超

7月24日　星期日　晴

本科招生录取工作人员·朱　强

整理着电脑上的材料，身旁的机器正在打印着通知书，山大2016年度的招生录取工作就要结束了。从7月9日入驻录检工作现场到今天，不知不觉，我在录检工作上已经“奋战”了16天。从最初的新鲜到现在的熟悉，我也慢慢了解了招生录检的方方面面。

每个考生的录取，每一份录取通知书的到来都必须要经过一道关口——录检。这一关，是为了维护考生的利益，为了录取的公平、公正。

“你的每个操作都‘决定’着考生的命运。”记得刚开始接触录检工作的时候，几个有经验的老师总会和我说起这句话。按照教育部的招生录取原则，所有的录取工作都是在网上操作，但是每个录检工作人员需要审核考生信息、模拟投档比例、分配录取专业、汇报拟录取结果，每个环节都需要录检员严格把控。

我们是在7月9日这天来到录取场的，进场的当天下午就开始录取前培训。坦白地说，我对“录检”的最初认识，正是来源于此。在我的认识里，录取工作就是核对后通过的过程，没想到开始的实战就让我“碰壁”，招办老师说的那句

“录检可不是简简单单地点鼠标”让我记忆深刻。

录检直接面向的是各省考试院，要认真学习各省的录取文件，细致了解加分方案、投档标准，这就意味着我们的工作经常要跟考试院“磨嘴皮”。由于多种因素，在录取时难免会有一些特殊问题需要处理，如果录检环节这道关不把好，受牵涉的考生的合法权益就得不到有效保护。从第一天开始，录检现场的电话铃声就此起彼伏。由于与各省考试院的联系并不是想象中那么顺利，第一天我就打了不知道多少电话，反正是感觉口干舌燥、精疲力竭。看看其他人，好像也不比我们轻松，而这还只是“万里长征迈出的第一步”。

有时为了某一省份、某一个考生，我们都要加班加点直至通宵达旦。在与一个省考试院的老师沟通投档时间时，他说道：“我们的建议是，你先准备好宵夜。”可以说，熬夜都是我们的必修课。招生录取全面实行网上远程录取，需要等到各个高校在规定的时间完成提交，才能进行下一个类型的录取，时间延后自然是家常便饭了。

“又完成了一个”是我们的口头禅。每当一个省份的录取工作结束，就像是高考完成了一门考试。每一个录取的结果，凝聚着每个录取工作人员的使命感、责任心。我们用行动为每个考生“保驾护航”。

在录取的过程中，我还见证了 2016 年山东大学录取通知书的产生。通知书的设计不仅要体现山大的文化精神，更要贴近每个考生的心理。作为学校送给每个考生的第一份礼物，也是值得永久收藏的一份礼物，这个通知书的产生经历了多稿设计，大到整体成稿，小到元素的使用、纸张的选择，都经过了多次的论证。“要用心去做，这是给每个考生最好的交代。”

其实，“用心”的不仅仅是通知书的设计，在招生录取的各个环节，我们都秉持着“以人为本”的理念。投档比例的确定是每个录检员一遍遍模拟的结果，专业的调剂也要坚持尽量选择考生相似志愿，每个录检人员会为了一个调剂志愿设计多个调整方案，就为了与考生的志愿更接近。用心，是我们应该有的工作态度，更是我们对每个考生着想最直接的体现。

录取工作渐渐接近尾声，最后一项工作是把录取考生的电子档案打印装袋，服务人员贴心地在我们的工作大厅打开音乐。招办的老师告诉我：“每当这里音乐响起，就是要分开的时候。”我忽然有了一种离别的伤感。

因为工作的纪律要求，每个工作人员都不能和家人相聚。但是在短短的十几天，我们录检的小团体也变成了一个“小家”。我要感谢录取过程中给我帮助的每一个人，让我更加熟悉工作，更加有信心；我要感谢为录取付出心血的每一个人，因为大家的努力换来了这个夏天最好的收获。

我会期待九月入学报道时，每一个新生自信的笑脸，因为这是招生录检工作最好的结果。山大欢迎你的到来！

作者：物理学院教职工　朱　强

7 月 25 日　星期一　晴

苏州创新创业暑期学校学员·王　佳

今天，是为期两周的苏州创新创业暑期学校结营的日子。我很荣幸可以作为暑期学校的学员，也可以作为学校新闻中心的学生记者参与到这次活动当中。在苏州的每一天都洋溢着充实和快乐，也带着收获与美好。今天，这段美好的旅程就要结束了，相信我们来自不同学院、不同年级的 52 名学员，都会带着我们两周的收获，继续发扬创新创业的精神，做知行合一的山大人。

苏格拉底曾经说过：“最有希望的成功者，并不是才干出众的人，而是那些最善于利用每一时机去发掘开拓的人。”正如张荣校长在毕业典礼上讲到的，我们正处在一个呼唤创新、倡导创新、崇尚创新的伟大时代。从“互联网 +”到“大众创业、万众创新”，从“工业 4.0”到“中国制造 2025”，从“创新驱动发展战略”到“建设世界科技强国”，每一个口号和行动，都充分说明“创新”已经成为我们这个时代的重大命题。所以，我想这也是此次苏州创新创业暑期学校举办的初衷。

还记得开营仪式上，浙江大学文科资深教授王重鸣做了题为“创业研究与创业教育发展”的主题报告。王教授说，当代是一个“大众创业、万众创新”的时代，当代青年大学生应当积极响应国家号召，通过创新创业教育不断增强本领。他还以创业能力模型的各个关键要素为例，剖析了创业教育模式的不同侧面，向我们展示了创业能力的结构模型。王教授的报告使我们获益匪浅，为我们的苏州之行带来了一个好的开端。

在接下来两周的学习中，我们参加了很多精彩课程的学习。陈伟老师的“创业项目管理”“透过财务解读经营”两门课程，不仅让我们了解到了很多有关创业的干货知识，更让我们对沙盘模拟经营有了初步的了解。曹非老师的“情商领导力”、方传明老师的“如何撰写商业计划书”等课程都让我们获益匪浅。当然，对同程网、中国基金博物馆、独墅联盟以及华为企业的参观都让我们记忆犹新。

最让我印象深刻的活动还是来自不同地区的青年创新创业项目秀。项目秀现场，来自山东大学、北京大学、香港城市大学、西南民族大学、北京联合大学等高校的十个团队分别进行了项目展示。十个团队及其创业项目各具特色，有致力于节能环保的“纸书造林吧”，有专注高科技新材料的“石墨烯吨级制备及应用”，有聚焦文化产业的“齐韵鸿孚”，有着眼旅游行业的“牛游中国”，还有基于互联网技术应用的“缤纷工作室”“一保通”等等。每一个项目都洋溢着大学生的创新创业精神，也让来自不同地区的同学们有了进一步交流学习的机会。

再次想起张荣校长的讲话——创新是人类与生俱来的巨大潜能，创新是民族生生不息的深沉禀赋，创新是山大百年传承的优秀基因。通过此次暑期学校的学习，我更加坚定自己的信念，那就是作为当代大学生，我们要勇敢地承担起时代赋予的创新使命，书写出绚丽多彩的人生华章。

作者：化学院 2014 级本科生　王　佳

7月26日　星期二　晴

政管学院本科生·蔡　伦

每个在夏天学过车的人都会为烈日炎炎、防晒无门而多发几条说说，内容和之前我幸灾乐祸地看的那些朋友圈动态别无二致。只不过我真正明白学车的辛酸苦泪是作为一名“世一大”学子高分通过科目一后。

经历过洪楼之夏的人都会自带耐热抗暑防旱功能和吐槽属性。本以为回家就好了，但毕竟驾校是一个能让人重“温”洪楼热情似火的地方，教练对车内空调的视若无睹让我想到了寝室小天鹅的默默陪伴。济南的草席将我烤得外焦里嫩、毫无水分，而车顶上十点钟的太阳蒸得我似乎是要发酵膨胀……种种场景历历在目，我知道此刻流下的不是汗水，而是回忆学校时爱的泪花。耳边响起了那熟悉的山大旋律“虽然在远方，还是常想起，漫步小树林，海边迎晨曦”，只不过现在变成了“漫步练车场，排队科目二”的BGM。早知道就不该假借学车之名谢绝社会实践的邀请。

说回学车本身吧，有时候真是觉得自己高分低能，对不起山大的栽培，高分通过的科目一对科目二的学习并没有起到“赢在起跑线”的作用。当别人科目二都可以预约考试的时候，我还在定点停车，生无可恋。以至于今天当教练员好奇又无奈地问起我是哪个学校的，好尴尬，我在纠结是不是该给山大抹黑。

“那个我是山东……”

“不是蓝翔的吧，看着这手艺不像啊！”

“哈哈，我是山东大学的，蓝翔没录取我，分数线不够。”

看着他一脸蒙圈的样子，我以为又得给他解释：“对，山东大学在济南，济南是省会，不是山东哪一所大学，她就叫山东大学……”

“这太有趣了，山东大学这么厉害，你怎么这么笨！我要微笑一下。”

看着他那张耿直的笑容，轮到我蒙圈了，准备好的台词一句句都给吃了。哎呀，打脸好疼！

“我儿子要是能考上山东大学倒好了，只不过他学车确实比你快多了。”

之后整个学车氛围却变得很轻松，除了驾驶的技巧讲解，他更喜欢给我说些天南海北不着调的事，却不乏真知灼见，比如："上帝给你关了空调，但是也给你开了四扇车窗，当然了，上帝就是我……""不要太在意别人说的话，就像学车时没人会认为你能上山大，对不对？"

一位搞文学鸡汤的段子手教练员，跟着他学车对我来说和社会实践一样有意义。哈哈，这很有趣。

作者：政管学院 2014 级本科生　蔡　伦

7 月 27 日　星期三　晴

两岸青年东西文化论坛发言者・王铭琪

不知不觉间，我们在台湾的日程已经过半。今天，我荣幸地作为山东大学代表团成员之一，在 2016 淡江大学两岸青年东西文化论坛中作题为"浅谈基于供给层面的国际贸易理论及其在文化交流中的延伸——以'丝绸之路'为例"的论文展示，现在仍然激动满怀，回忆颇多。

淡江大学两岸青年东西文化论坛是由台湾淡江大学主办的两岸青年文化交流活动，历时六天，自 2014 年起转型为由参与学生发表小论文的论坛形式。昨天另外两位小伙伴已经发表过论文，我今天参与的就是主题为"文化与经贸"的短论文发表会。

上台之前，我虽然心怀忐忑但是也信心满满，毕竟经过了精心的准备，也曾经找老师三番五次地讨论修改过论文。但这是我第一次站在台上向大家展示，而且是和两岸各所高校的同学共同交流，我还是感受到了压力。幸好论文展示还算顺利，后来淡江大学相关专业的老师对我的论文进行点评、提出意见，我们也和在座各所高校的同学进行了思维碰撞，让我觉得无论是在知识上、思维上还是表达上都收获颇丰。

在这短短三天的行程中，让我印象最深刻的还是台湾人民的好客和热情。也许就像一位淡江大学的同学说的："台湾没有内蒙古辽阔的草原，没有北京宏伟的万里长城，台湾有的最迷人之处，是这里浓厚的人情味儿。"记得当我们抵达台北国际机场时，一行人在机场兴奋地拿出山东大学校旗合影，有大叔看到校旗，热情地说："山东大学呀，山东的哦，欢迎欢迎！"大家赶紧回应感谢；记得取台币时 ATM 机出故障，便有师长亲自跑去柜台询问直至问题解决；记得在淡江附近游玩时，有叔叔阿姨看到我们的山东大学队服标志以及淡江论坛的参会证，便驻足搭讪，表达对我们的关心和关切，聊了好久呢。淡江大学的小伙伴更是热情，刚出接机大厅，我们就很快找到了一直等候着的淡江大学同学，活动进行中他们也把我们的行程细致妥帖地安排好。这些都让我们在异乡的土地上感受到宾至如归的暖意。

这是我第一次踏上台湾的土地，我们也还有不到三天的机会继续去感知台湾，期待接下来的行程，希望我们的台湾之行不留遗憾！

作者：数学学院 2014 级本科生　王铭琪

7 月 28 日　星期四　晴

自行车协会 2016 远征队队员 · 叶俊红

又到了我做协理的日子了，今天是从郎木寺镇途径阿西村到若尔盖。心心念念的若尔盖大草原就要到了，内心的激动是难以名状的。一路走来，从塞上江南、鱼米之乡到沙化的黄土，再到植被稀疏的封山育林区、起伏的高山草甸，我发现自己最爱的还是一望无际的草原。也许是去年的呼伦贝尔大草原太打动人心，我迫不及待地想要再一次踏上这片土壤，虽然已不是那年那地那些人了。

骑行不久就出了郎木寺，来到一条不算宽阔的柏油马路，两边是绿油油的草地，阴冷的天配上潮湿的空气，这让刚从甘肃过来的我们不太适应。乌云当空，头顶开始飘起蒙蒙细雨，不一会就变成雨点，打在雨衣上啪啪地响。我看到远处从云层缝隙里露出的亮光，突然生出一股对阳光的敬畏和渴望，巴望着快点进入到那片光亮里去。

耳边的风声呼呼地响，冲锋衣被吹得肿起来了，我需要时不时地趴在车上来减小风阻。我们已经逃出那片乌云，但云层依旧没有散去。我吃力地蹬着脚踏，一边想着骑行在大队里该是多么舒服，一边想象自己是一个孤独的破风手，艰难而孤傲地带着一队人前行。我已无心欣赏两边的草原风光，关注点只在这队人和骑行的快意和痛感。清早，在郎木寺那顿寒碜的早饭已经消化殆尽，饥饿感来袭。多想停止踩踏，在路边躺一躺啊！心中一直默念“快停车吧”，耳边时不时地传来大胖和朱加勇闲侃的声音，我也偶尔插几句，聊天转移了我的注意力。在接下来的一个休息点，我吃了三个包子、半瓶八宝粥和一根士力架。

中午在藏包里吃过晚饭小憩一会儿，下午的骑行就开始了。骑车已经成为我生活的主要部分。我们像掠过的影子，匆匆来到一个地方，又匆匆离开，到底意义何在呢？有时我也搞不清楚，但就像有人说的，最吸引人的是你眼前不断变化的风景。这十几天，从宁夏到甘肃，再到四川，像是在做梦。不知不觉远征已经走完了一半，心里万千不舍。

作者：材料学院 2014 级本科生　叶俊红

7 月 29 日　星期五　晴

Hyper Team 社会实践队队长·邓宇含

下了一夜的雨，天刚亮时的空气干净而清爽。我和我的随行小翻译坐大巴车前往庙尔沟寻找哈萨克族农牧民进行调研。三小时的车程，半途中照例有特警上车检查，不时有一群羊大摇大摆地从车前漫步而过。司机温柔地停车，全车的乘客耐心地等待。这似乎已经被当地人司空见惯的情形，却让我足足兴奋了一个上午。

下了车，脑海中所能弹出的唯一一个词是，辽阔。虽比不上“天苍苍，野茫茫，风吹草低见牛羊”的壮美，这里却因浓浓的哈萨克民族风情而别有一番韵味。我们朝着所能目及的唯一一个毡房走去，是一家牧民。我的小翻译用流利的哈萨克语介绍了我们此行的目的。哈萨克族大叔爽朗而认真，笑着说他会一点儿汉语。大叔全程耐心地回答我们的全部问题，他的汉语比我们想象中的好得多，谈及他们自制的奶疙瘩和熏马肉时，大叔还兴奋地蹦出几句哈萨克语。访谈结束后，大叔硬是塞给我们一包奶疙瘩，让我们路上吃。早就听闻哈萨克族牧民的热情豪爽，今天才算真正体验到了。

辽阔是什么概念呢？一座白色的毡房，门前一匹骏马，远处星星点点的白羊……今天完成的问卷数目并不多，然而反映出的问题却超乎我们的想象。这些农牧民对肉奶制品、盐、油的食用频率和数量是惊人的，然而他们对其与健康的关系并没有多大概念，即便我们在调研过程中向他们指出了一些不正确的饮食习惯，他们也只是笑着点头，但是否真正领悟，我们不敢确定。毕竟在没有遇到慢性病带给他们的困扰前，食物口感似乎更能使他们感到满足。

回家的大巴一如来时，走走停停。不知道挡住我们去路的那群羊还是不是来时那群。但有一点，这次调研的意义似乎更加明确了。

作者：公卫学院 2015 级本科生　邓宇含

7 月 30 日　星期六　多云

“互联网 +”省赛创意组冠军获得者・李翔蕊

今天，“建行杯”第二届“互联网 +”山东省大学生创新创业大赛决赛在山东师范大学举办。山东大学共有四件参赛作品获得金奖，两件作品获得冠军，并包揽了单项奖的最佳创意奖和最具商业价值奖。我们团队智舒医疗科技有限公司作为金奖获得者之一，有幸获得创意组冠军和最具商业价值奖，并获得国赛参赛资格。

“互联网 +”校赛结束后，我们得到了学校团委的参赛培训指导，十分感谢指导老师为我们团队提出很多细致可行的建议，我们也因此完善了商业计划书的细节，并突出了答辩的重点内容。

赛前的准备是最耗费时间的，通过大家的不断商讨，答辩稿和 ppt 在一遍遍修改中逐步完善。由于时间限制，答辩必须准确到每一秒的内容，从而保证视频和动画的完整播放。在准备答辩内容的同时，为准确无误地回答评委老师的问题，我们仍要不断翻阅 200 多页的商业计划书，上网搜集各类与项目有关的资料。在比赛期间，基本上每个队员都只能在凌晨休息，然而比赛带来的压力更大程度上转化为我们的动力，激励我们不断前行。艰辛的准备过程换来了赛场上的胸有成竹和从容不迫，我们的项目也得到了评委老师的一致认可。

在决赛中，比赛要求对随机抽取的对方项目进行评析，封闭进行一小时准备。比赛的难点在于，我们需要分析一个从未接触过的行业，许多专业名词闻所未闻，技术分析更是难上加难。在接到对方项目策划书后，我们将对方项目主要划分为产品技术、盈利模式、市场分析、营销渠道、财务及风险等几大内容，通过明确分工，每个人准备各自的分析框架，进行系统性评析，极大地提高了分析效率，并且保证了项目分析的准确度。最终，我们的评析内容得到评委老师的一致肯定与赞赏，在冠亚季军争夺赛中脱颖而出。

其实，在创新创业这条路上，最重要的是坚持。从团队成立以来，我们一直坚持不断完善我们的项目，数不清有多少个“凌晨 4 点，看文案未眠”的日子，数不清有多少次的团队会议，不知改过多少次视频、ppt 和展板，然而不经意间，我们已经走过了300个日日夜夜。我一直坚信这句话："越努力越幸运"。青春无悔，值得我们为之不懈奋斗，坚持梦想，即使一路荆棘坎坷。

在项目孵化过程中，十分感谢学校团委与学院团委一直以来的大力支持，感谢创新创业大赛的举办，使得我们当代大学生的创新精神、创业意识和实践能力得以提高。最后，预祝每一支进入国赛的团队取得好成绩，让我们一起在创新创业这条路上结伴而行，共同成长！

作者：经济学院2014级本科生　李翔蕊

7月31日　星期日　晴

参与爱心筹款的山大校友·贾慧敏

7月28日凌晨2:53，我的大学同班同学闫玉在微信朋友圈发出求助信息。早上7:39，我准备上班出发时，收到大学同学的信息，询问闫玉的孩子大龙生病事宜，并复制了求助信息，我才惊闻大龙不幸罹患眼癌的噩耗。同为母亲，我能想象到她和家人是怎样的悲痛不甘。读完信息那一刻，我们都不敢也不愿相信那是真的，随即给闫玉打去电话求证。电话接通，一听到闫玉憔悴哽咽的声音，我顿时慌乱了起来，一时竟理不出思路，不知该去如何安慰老同学，下意识中控制住自己已发颤的声音，生怕惹得好不容易坚强起来的她再度崩溃。简单了解情况之后，我便匆匆挂了电话。同窗四年，作为曾经的老班长，我必须做些事情，竭尽所能帮她分担些什么。8:24，我把求助信息发到了班级微信群，号召大家尽所能与闫玉共渡难关：第一，凭自己能力自愿捐款；第二，通过各种渠道把消息转发出去；第三，有其他社会渠道的多提供思路或帮忙联系。消息一经发出，同学们平时忙于生计、不常活跃的班群瞬间变成了帮大龙留住光明的筹划群。几分钟的时间里，同学们转发的求助信息就已刷屏，捐款、众筹与医疗咨询均已启动。不多时，同年级档案、考古、历史等专业的同学们得知消息也纷纷加入到捐款与转发求助消息的队列中来。整个上午，班群里大家群策群力，奔走呼喊，为让更多的好心人看到求助信息。

待上午一番讨论、查证、核实，确定基本筹款思路后，本计划由我与学院老师取得联系，寻求更大范围的帮助。计划还未执行，13：00前后，曾经的辅导员朱伟老师已通过同学们转发的信息得知此事，并随即发出求助消息："从文管学生那里知道此事，心痛、焦急，恳请各位慷慨相助，这是十一年前入学的学生，未想遭此劫难……谢谢大家！"通过朱老师的奔走呼吁，求助信息从历史文化学院2005级学生圈迅速扩散至1998级、1999级、2000级、2001级、2003级、2004级、2007级和在校各年级等师兄弟姐妹、校内老师们的圈子中，进而经由更多人转发到全国各地山大校友群里。16：48，收到闫玉发来的消息，称已收到很多老师、同学，以及诸多素不相识的校友、好心人的捐款。同学情谊，吾师关爱，爱心力量，深受感动！但是，筹集到的数额距离给大龙保眼治疗的费用还相差很远，唯有一刻不停，继续努力！正巧，同班在广州工作的同学将求助信息发布到当地山大人校友群时，了解到由山大一位校友发起创建的校友互助平台可以发起公益众筹项目，并得到了平台的联系方式。16：39，受闫玉委托，我与校友互助平台取得联系，询问核实平台资质与规模可靠后，便当即与平台工作人员对接，筹备发起筹款项目。从项目启动、准备资料、审核认证到正式上线，用时不到一天。29日15：33，《2岁眼癌小孩呼唤光明！帮帮这位山大母亲的宝宝》筹款项目正式上线。

一经上线，项目链接迅速得到了山大校内校外众多老师、校友，以及众多爱心人士的广泛关注，并通过他们得到更大范围的传播。29日16：25，远在安徽的山东大学历史文化学院院长方辉教授了解到事情后，特意给辅导员朱老师打来电话，嘱他代为捐款，并在全院教职工中发起募捐。学院党委刘军书记也从外地打来电话专门询问情况，并交代朱老师具体的工作细节。虽在暑假，全院老师纷纷通过各种渠道捐款，更有很多老师全家动员，一起爱心筹款，转发求助信息。很快，我们发起的众筹项目，就在全校老师圈子中传播开来，很多学校机关和其他学院的老师得知消息，纷纷通过辅导员朱老师代为捐款，并把信息积极转发至各级在校和已毕业的同学群里，让更多的山大人加入到了这次的爱心帮筹行动中。一些老师不会用微信和支付宝，就把孩子叫回家帮着转，在国外访学的多位老师和同学听闻情况后也纷纷奉献爱心。就这样，在学院、学校及全国各地广大校友、爱心人士的发动帮助下，30 日上午 10:00 左右，距发布筹款项目不到一天的时间，30 万筹款就已全部筹集完成。就连校友互助平台的工作人员也为如此捐赠速度和扩散范围感到意外，为山大人满满的正能量点赞。此刻，母校山大的坚实后盾，海内外山大人的友爱团结，不需要再用任何多余的语言去点缀，两天半成功筹款 30 万已是再好不过的例证！

虽然众筹项目已结束，但爱心的传递远未终止，仍有众多学院老师、广大校友、爱心人士陆续通过辅导员朱老师或我班同学发来爱心捐款，或提供最新医疗信息，仁爱善情，感动不已。就如朱老师说的那样："山东大学、山东大学历史文化学院是我们共同的家园！"

在此，摘取我班部分同学的肺腑之言如下：

"身为山大人倍感骄傲！温暖、团结的集体，虽然已毕业许多年，但是大家之间的感情还是那么深，一呼百应，群策群力！"

"感觉自己是个有组织的人，有种说不出的安全感！"

"虽已毕业多年，这里依然可以遮风挡雨！"

"都说同学情最真最纯，真的是深深被感动。在学院、学校及广大校友、爱心人士的发动帮助下，一天众筹 30 余万，为大龙宝宝点燃生命之光。无限的感恩必带来无限希望。我为母校山大点赞。"

"爱心，滴水成海；希望，集腋成裘。有希望，就有明天！"

仅以此篇日记，记录为大龙募捐全过程，给所有捐款的好心人一个交代。在此，也代表闫玉和山东大学历史文化学院 2005 级文化产业管理专业全体同学向所有参与捐赠的爱心人士表达最真切的感谢，拥抱我们永远的母校，致敬我们可爱的老师，点赞我们亲切的校友，感谢所有从未相识却慷慨相助的好心人！

作者：历史文化学院 2005 级校友　贾慧敏

8月1日　星期一　雨

舜歌合唱团团员・龚语嫣

在无论是济南还是北京都要被烈阳炙烤的炎炎夏日里，山东大学舜歌合唱团踏上了第十三届中国国际合唱比赛展演的征程。合唱团从济南出发至北京，抵达当天，便在人民大会堂进行了第十三届中国国际合唱节开幕式的表演，第二日则进行了“民风古韵”新作品音乐会的演出，而后则迎来了舜歌在本次合唱节中的重头赛事。就在昨天刚刚结束的第十三届中国国际合唱比赛闭幕式上，山大舜歌合唱团获得了成人混声组B类合唱团奖项，实现了山东高校合唱团在国际合唱比赛中零的突破。

为了迎接本次国际合唱节，同学们经历了为期两个月的排练。在这期间，老师和同学们在考试周仍坚持排练，甚至还牺牲了自己的休息时间，并在高温和暴雨袭来的暑期进行了集训。就这样，我们准备了六首完整的作品，其中三首为参赛作品。比赛在国家图书馆艺术中心举办，参赛的团队也来自不同国家和地区。比赛前的最后排练，同学们的状态相比之前更加积极，也更加兴奋。作为此次北京之行的重头戏，这次参赛的作品为《齐歌颂赞》《泣》和*GLORIA*，这三首作品在使用钢琴配乐的同时还使用了定音鼓和大提琴，更多样化的音色让作品拥有更丰富的表现形式。我们的比赛不出意外地顺利进行，而且还有超常发挥的表现。相比平时排练而言，团员在比赛中对作品投入了更多的感情，称得上是每个人的用心之作。

回想过去的准备历程，这条路上有着济南难以忍受的高温和暴雨，有着无法克服专业性问题的烦恼，有着老师的教导，也有着倦怠期的疲惫。然而这一路风光依然美好：50人的大团里团员从陌生到亲密的过程让人感慨相遇的奇妙；休息时间排练厅响起三五成群玩着“狼人杀”“卧底”游戏的欢声笑语；晚上加练时围坐在一起等外卖的悠闲；还有济南出现暴雨预警时仍坚持排练的决心。我们一起走过的路那么累，却又那么美。

这次合唱节出征不仅有比赛，还有音乐会演出。我们在人民大会堂与包括外国友人在内的上千人一同歌唱《茉莉花》；在北京音乐厅吟咏宗教歌曲的同时也将山东特色唱给世界；在国图艺术中心里我们选择新作品音乐会中的优秀曲目再度进行诠释，并使用不同乐器、音色、情绪来表达不同的含义、感情和文化。我们唱过的那些歌，唱进了我们的心里，更唱进了每位听众的心里。

一次合唱节能收获到掌声和成绩，离不开身边的良师益友，比如带我们走进这个美妙音乐世界的敬业和蔼的指挥王老师，有时候虽然时间紧张但依然参加排练、并将大提琴从济南背到北京各个音乐厅的匡老师，在参与乐器伴奏的同时仍然一同演唱的可爱的小伙伴，以及陪伴我们走过60多天风雨的身边每一个人。我爱着这群可爱、可敬又充满热情的人，无论现在或是将来，我会依然爱着。

这个盛夏的夜晚注定将成为青春美丽的回忆，就如同清爽酸甜的果子，永远在记忆中保持着诱人的香气。我们随着舜歌一起走过的路，唱过的歌和爱过的人也如同这清爽的果子，在记忆中飘着清香，沁人心脾。

作者：政管学院2014级本科生　龚语嫣

8月2日　星期二　多云

“守护宝贝”实践团成员·石雪晴

昨日的大雨未能消去济南的暑热，入夏以来，天气一如既往地闷热干燥。从市立五院公交站下车，能隐约看到路对面的济南市儿童医院，往回走走，过了天桥，医院的大门就清晰了。一层的电梯门口拥挤着许多人，无疑都在焦急等待着电梯。我们要去的目的地是十楼的血液科，我猜那里有一群可爱的孩子正在门口翘首以盼。

因为是第二次来这里做社会实践，所以一切轻车熟路，与上次来时无异。那外观看似与普通病房无异，实则是一间小学校的地方必然围着许多小朋友，他们趴在窗户旁向里面望着，期待着里面的老师尽快做完消毒工作，让他们进去玩耍。然而今天，走廊里静悄悄的，走近病房学校时，外面还没有小朋友出现；从窗户往里望，也没有老师的身影，看来是我们来得有点儿早。不一会儿，老师过来了，她说刚刚遇到了以前来过病房学校的小朋友，今天要出院了，但是还闹着要来这里玩，在楼下安慰了他一会儿，所以才迟到了。看来这小小的病房学校，不仅是孩子漫长住院时光的心理安慰和精神食粮，更是这苍白无趣的病痛生活中唯一的光亮，以至于孩子们恢复健康要离开这地方时还存留几分依恋和不舍。

进入病房学校，作为志愿者的我们最重要的工作之一就是给各种玩具、用具消毒，因为得了血液病的孩子免疫力比较差，所以认真做好消毒工作是我们能给他们的最好的保护。仔细地用酒精擦拭每一方桌子、每一个凳子，连地面也尽量做到一尘不染，这样才能放心让等在外面的孩子们进来玩。给每个孩子戴上口罩，搬个小凳子，拿个趁手的玩具，他们就能玩得非常开心和满足了。

既是病房学校，便不只是要给孩子们提供玩耍的工具，最重要的还是传授知识。新阳光病房学校创建的本意是不让孩子们因迁延的病程耽误正常的学习以及与其他孩子的交往，故而在儿童医院里提供这样一个场所以供孩子们学习交流，以免泯灭孩子活泼爱学的天性。无论孩子们拿着手中的玩具玩得多么开心，每当老师说上课了，孩子们就会以最快的速度收拾好面前的玩具，安静地围坐在桌旁，认真地听老师讲课。每当老师提出问题时，他们都会积极地回答，或许是孩子的天性使然，又或许是承受了小小年纪不该有的病痛所致，他们急于被关注，急于被认可，急于被夸赞。他们会为回答出老师所提的问题洋洋得意，会在做出手工作品后跟在老师身后只为让老师看到并夸一句："你真棒！"……这样的孩子，怎能不让人多几分心疼和怜爱。

课后的手工制作项目是孩子们最喜欢的，每人一个白色的泡沫纸盘，自由发挥，做出自己想要的色彩和模样。小姑娘拿出彩笔画出一朵朵小花，小男孩拿着剪刀剪啊剪啊……虽然他们每个人都戴着口罩，无法看清他们脸上的表情是怎样的，但是，我清楚地知道，他们双眼弯弯，正在微笑。

作者：医学院 2014 级本科生　石雪晴

8月3日　星期三　多云

政管学院本科生·侯炫佚

济南的夏天在几场暴雨后终于迎来了罕见的清凉。趁着这份凉意，我与几个好友共同相约，参加了一场篮球比赛。这场球的对手是强劲的体育生，虽说我们胜算不大，可是每个队员都认真准备，蓄势待发。

比赛一开始，我就接连投中两球，帮助队伍获得领先。本以为可以继续在场上威风一下，结果“砰”的一下，我跳起下落，踩在了对方球员的脚上，重重地摔在了地上。一时间，脚踝肿了起来，我的大脑完全被疼痛屏蔽，整个人失去了意识。队友们把我送到医院，经过核磁共振检查后，确认为韧带撕裂。自此，我开始了“残疾”的生活。

“残疾”的生活远比我想象的可怕。一只脚不能落地的我，只能靠单腿跳来跳去，没跳几步就累得不行。为了维持日常的生活，我只能借助拐杖和轮椅并且全天都需要人照顾。此时，我才体会到我们的无障碍建设是多么的落后。举例来说，我的宿舍在三楼并且没有电梯，每天我只能靠单腿跳上跳下。教学楼也没有无障碍通道和电梯，我只能求助周围的同学帮我把轮椅抬进去再跳上跳下。

校园之外，社会上的无障碍建设也十分缺乏。比如公交车都没有无障碍的上车通道，许多商场也不配备无障碍洗手间等基础设施。诚然，残疾人的数量相比于健全人士少之又少，但是随着年龄的增长，很多老人也必须借助轮椅才能行动。对于他们，我们的社会是不是缺乏足够的关注和爱护？

除去生活的不便利，“残疾”生活让我感触最深的是“路人的眼光”。在没坐上轮椅之前，我从未想过自己在看到其他坐轮椅的人是怎样的反应，或者坐轮椅的人是什么样的感觉。而当我自己真真切切地坐在上面，在大街上被推着走时，我才体会到那种被看作怪物的感觉。所有人都在盯着我看，老人、中年人、小孩，直勾勾地，眼神没有一点儿躲避。我可以清楚地感受到他们眼中的好奇、疑问和一点儿惧怕。当我路过他们所在的地方时，他们会跳开，离我远远的，好像我是怪物一样。还有人直接跑过来，问我：“你是怎么弄的？”坐在轮椅上的我，虽不期待每个人都向我微笑、对我投以善意的眼神，却从未想到旁人是如此的冷漠和不礼貌。

我只在轮椅上坐了几天，过了几天的“残疾”生活。而那些真正残疾的人，几年、几十年都要承受异样的眼光和不便利的生活。我越来越能理解他们的痛苦，真心希望社会能给他们更多的关注，能更尊重他们、礼貌对待他们、尽自己的力量去帮助他们。罗马不是一天建成的，希望有人能迈出第一步。

作者：政管学院2013级本科生　侯炫佚

8月4日　星期四　晴

“四叶草”调研队成员·钟雪婧

今天是个凉爽的好天气，一大早，我们联系过的器官捐献协调员王老师就打来了电话，说今天可以进行访谈。

去往红十字会的一路上我都有些紧张，我把访谈提纲紧紧攥在手里，要问的问题都标上了序号。但我知道最重要的还是要引导协调员回答和在访谈中发现新问题，一线协调员面临的诸多麻烦，远不是我们纸上谈兵的学生能想得全的。

到达目的地后，迎接我们的是两位和蔼的阿姨，让我心里略微松了口气，随即也不由得想到，协调员这种职业，真的需要耐心、恒心以及平常心。简单的问候后，我们迅速步入了正题。

在访谈之前，我们组阅读了一些文献，写出了访谈提纲，其中不乏“请问您为什么会做这个职业”和“谈一谈您坚持做器官协调员的原因”之类的问题。而实际上，第一个问题问完后，情怀牌就打不下去了。

“为什么做协调员？”“领导安排的。”心直口快的张老师回答得干脆，“本来我就是医院的普通职工，科里说必须调一个人做器官协调员，就让我去了。”

这个问题让在座的组员都不由得一愣。

现在我才真切感受到了什么是“纸上谈兵”：主观臆测的问题不得不临时撤换，而一线协调员们的回答也引导着我们不断发现新情况。实际总是比文献更复杂多变。器官协调员不仅要面临“家属不肯捐”“医院不肯报”的问题，还面临不同省市来自己区域“抢人”的竞争难题，面临着地方医院“无关系，不配合”的问题，以及自己医院业务定额的压力……而协调员本身，却没有一个法律上的合法身份和职称上的合法职位。器官捐献协调员，这座守望生命的桥梁，因为面临着现实中的诸多挑战与背后政策法律的大片空洞，让这个职业发展举步维艰。

两小时的访谈后，两位老师还赠送了宣传册供我们使用，让我们也感觉到她们真的想为这个职业的未来发展贡献自己的力量。一场访谈带给我的不仅仅是解惑，也让我们开始注意调研方法的改进。“理论方法”如何与复杂的现实实际相结合，同样是我该仔细考虑的问题。

作者：政管学院 2015 级本科生　钟雪婧

8 月 5 日　星期五　晴

公卫学院本科生 · 魏艳欣

在济南四年，并没有非常认真地逛过高品质的书城，偶尔去书店也只是歇歇脚而已。济南最近的高温让人更愿意待在充满冷气的自习室里“蜗居”，享受空调带来的凉爽，然而我还是耐不住朋友的软磨硬泡，在闲暇之余步行来到距离趵突泉校区只有几条街的山东书城。

瓦红色的书城在周围居民区的映衬下显得格外显眼，庞大的身形完美地嵌在干净的街道里，书城的门口人流不断，跟着人群，我们也走进了这座充满魅力的建筑。

刚一进门，书城的空调就让大汗淋漓的我们感受到了凉意，顿感舒爽。书城里人满为患的情景着实让我们感受到了泉城人民对知识的渴求和热爱。整个建筑主要有六层，每层图书都按照不同的标准划分，随处可见的图书查询机和工作人员为我们寻找和购买自己心仪的图书提供了便利。此外，山东书城并没有局限于纸质图书的出售和阅读，在书城内还有电子阅览区及签售区，当然还有多种多样的娱乐设备和沙龙空间，这一切都让书城显示出“互联网＋”的活力，也让来到这里的人不仅仅可以享受席地而坐阅读书本的乐趣，更可以和两三好友品茶闲聊，随时交流阅读感悟和心得体会。

整个浏览过程让我最难忘的一幕便是三楼图书阅览区人们席地而坐，沉浸于书本的场景。各年龄段的市民或坐在休息椅上，或靠在木质书架上，更多的人则是席地而坐，静静享受阅读带给自己的安静时刻。这个阅览区虽挤满了人，但安静至极，人们静静地阅读书本，静静地感受这一刻的静谧。很多小孩子也在家长的带领下克服好动的天性，认认真真品读手中书本，虽然有时候还是会顽皮地看看窗外的世界，但是看到周围人认真的模样，又不好意思地低下头继续看书。

每次逛街不到一会儿就会喊累的我这次竟然和朋友不知不觉中走了一下午，两个人面对一排排一列列的书籍不知该从何看起，不禁问自己有多久没认真读一本好书了呢？因此，我们决定改变现状，品读一本好书，重回书香的世界。于是两人各自挑选了一本心仪的书，满心欢喜地返回了学校。

短短半天，相对于书城庞大的书库来说，我们浏览的书籍不过是冰山一角，但是泉城人民对于书籍的热爱程度让我们受益匪浅，我想也正是因为如此，山东人民才得以让孔孟文化深深扎根在齐鲁大地，滋润着一代又一代的山东人。

作者：公卫学院 2012 级本科生　魏艳欣

8月6日　星期六　雨

法学院本科生·尹艺霏

改了两次车票，终于能够提前一天回家。刚进入八月，济南一扫七月的晴空万里，一连几天天气都灰蒙蒙的，在早晨总能发现自行车上落着一层水珠，是夜里下了雨吗？空气中总觉得能挤出水来。潮湿的天气，让身上总觉得裹着一层不知是汗还是水的东西，不舒服得很。离开前又细细地看了学校一眼，洪家楼校区还是一如既往地古朴缄默，粗壮的树干、繁茂的枝叶似是都在诉说着这里的故事。教堂静静地伫立在乌云之下，有种难以言说的庄重肃穆。

而今天格外地阴沉，时不时掉下几滴雨。收拾好宿舍，还没来得及离开，便隔着窗帘听到噼里啪啦一阵响。雨，下起来了。用叫车软件叫了一辆车，没过多久就接到了电话。接起来一惊，没想到是一位语气软软的阿姨，约好西门见。走到宿舍楼门口，雨下得又大了些。我正看着路上的积水发愁，司机阿姨的电话打了过来："同学啊，雨这么大，我进去找你吧。"我心里一喜，连忙道谢，平常叫到的司机都是怕麻烦，更何况是下雨天。司机阿姨很快将车子停到宿舍楼门口，又吃力地帮我把那塞得满满当当的最大型号行李箱搬到车上。上了车，阿姨随口和我聊了几句家常，顿觉得亲切温暖了许多。细细打量起来，阿姨三四十岁的样子，脑后挽着一个马尾，圆圆的脸上总是带着笑意。车子虽然有些旧，但是打扫得很干净，前面的台子上放着太阳花的汽车摆件，还有一个玫红色亮晶晶的发箍。路边积水很多，车子行驶过程中一不小心就会溅起水花。不小心溅到骑车的人身上时，司机阿姨不好意思地说道："哎呀，又要挨骂了。"可爱的样子让我忍俊不禁。

到了济南站，雨势还是不见减小。尽管火车站周围的路段堵得水泄不通，阿姨还是将车挤进了车流之中，尽量让我的路途近一点儿。我心中已经充满了感激，做好了拖着箱子冒雨进站的准备。不想阿姨却将车停在了路边，帮我把箱子从车的后备厢拿下之后，又继续拿着箱子把我送进了车站。路旁的积水已经没过了脚踝，踩进去鞋子湿得透彻，阿姨还尽量不让箱子淋湿，我无比懊悔带了这么沉重的箱子。她见我进了进站口才放心地离开。

我没想到在即将离开这座城市之际，在这瓢泼的大雨之中，内心却流入了无比的温暖。真的很感谢您，感谢您的敬业与温情，也让我明白尽己所能帮助他人、给无助的人们带来温暖是多么美妙的事！

作者：法学院2015级本科生　尹艺霏

8月7日　星期日　小雨

政管学院本科生·钟科律

今天济南刚下过雨，树叶柔软得像明亮的眼睛，凉爽的风吹拂过我的脸庞，带来了好心情。早上我们联系好了小树林支教队的负责人程学姐，准备就支教的一些问题进行采访。

第一次去采访我还是有些紧张，坐在公交车上反复练习着要采访的问题。同时我也清楚地知道，要完成一次有意义的采访，不仅要问出有深度的问题，还要就被采访者的回答做出一定的回应和评价。

来到中心校区，见到了温柔亲切的学姐，我的心也慢慢平静下来。我问出了第一个问题："您在选拔支教队员时，最看重的是哪一点呢？"学姐说，除了一定的专业知识，更看重的是学生的团队意识和责任感，从这些方面能够看出一个学生是否能够胜任支教工作。抛出了第一个问题后，我们慢慢展开了接下来对支教的讨论。在这个过程中，我发现实际采访大多不会按照自己的思路走，因为被采访者不会只回答这单一的一个问题，而会在此之上引申并且触及更多的方面。

今天我们谈及了支教队伍的组成、支教地点的选择、时间的把握，以及在这过程中出现的一些问题及解决方案等内容。这让我对支教有了更深层的理解：孩子们需要的可能不是学业成绩能提升多少，他们需要的是关爱与温暖，和一群大伙伴的陪伴；大学生必须要真正将自己当作一名老师，才能融入课堂；对孩子们进行家访等，加深了解，才能更好地帮助到他们。在问到之前一篇题为“哥哥姐姐们请你们不要再来支教”的微信文章时，学姐提出了她的看法：这的确是支教中一个矛盾的地方，但是可以从三个方面解决：第一，要有充分的准备，确保大学生对支教有完整的认知及心理准备；第二，在家访过程中要采取合适的态度，不能伤害到孩子们的自尊心；第三，要保持和支教地区一定的后期联系。

一个多小时的采访结束了，我收获颇丰，同时也开始思考，究竟怎样才能衔接好支教地学校、支教团队、大学生这三方的关系，提供一种更好的支教模式，让孩子们受益最大。接下来，我们的指南针调研团将针对这些问题继续开展调研活动。

作者：政管学院 2015 级本科生　钟科律

8 月 8 日　星期一　多云

华硕实习生 · 王梓楠

转眼间，暑假已经过去了一半，而我在华硕两个月的实习也只剩下一个月了，想想当初自己放弃夏令营，放弃读研的机会，进入这样一家大公司实习，不免唏嘘一阵。

记得刚有就业念头的时候，经常听到父母叨叨，也时常听到身边的人说要考研、保研等等，心里难免有些动摇，甚至在接到华硕的实习通知时，还在犹豫自己选择就业是否正确，是否适合自己，因为如果我拼一拼的话，保研不成问题。直到经历了这一个月的实习，通过与各种各样人物的接触，我才坚定下来，我心中真正向往的，是外面丰富多彩的世界，是虽然辛苦但却无比充实的工作与生活。

今天，主管找我们实习生一对一面谈，轮到我进会议室时，心中多少有点儿忐忑。在总结了一下自己一个月实习工作的收获后，主管问我人生的规划是什么。听到这个问题，我陷入了沉思，我的人生规划究竟是什么，就连我自己都没有认真想过。从小到大一直是跟着感觉，走一步是一步，小时候天方夜谭似的梦想长大后也只当作一个小玩笑而已，自己究竟想成为什么样的人，想干什么，从来没有一个系统的规划。于是我和主管说，就像现在处于“准大四”的大多数人一样，我也是一个随波逐流的人，一开始想当公务员，后来看见大家都在读研，自己也想读研，再后来参加了一些政府机构宣讲会，又想去政府部门，然后大家又在讨论保研，自己又转向想去保研，最后，看见一些不和谐的东西，不想掺入其中，转而来到华硕找了一份实习。主管听后笑了。她告诉我，其实大多数人都是这样，在人生一个又一个节点中选择了跟随大流，自己没有一点儿主见，而最后他们中大多数人的结果也并不是很好。有些人读了研，却发现自己根本和学术无缘，一条路走到黑，导致自己很累、很辛苦；有些人读研时发现自己不合适，转而又去找工作，而他相对于本科毕业就工作的人来说，又是一个职场菜鸟；还有些人开始去找了份工作，而自己根本没有准备好，导致每天工作很辛苦。所以说，人要有规划，更要有独立性，知道自己想干什么，能干什么，这对一个人的人生来说是十分重要的。

我听了她的话，细细想来确实有一定的道理，想想这一个月的实习生活，虽然累，却学到了大学三年都学不到的东西，不仅仅是职业技能，更多的是对人生、对社会的认识。更重要的是，我明白了一个道理，就是要永远谦逊，要知道人外有人、天外有天。当然，这一个月的实习也让我更加坚定了自己就业的选择，不是说就业比其他选择好，而是当我做出一个选择时，只要自己喜欢并为之付出，总会有或多或少的收获。坚持自己所选择的，谁知道会不会出现幸运的事呢？

作者：政管学院 2013 级本科生　王梓楠

8月9日　星期二　晴

暑假返校学生·黄倩影

从南到北，飞越了2000多公里，我在今天下午两点半回到了济南。飞机落地的那一刻，我还有点儿恍惚，似乎眼前的景象还应该是南方小镇的模样。

科比经常会看到洛杉矶凌晨四点的太阳，而我也时常看到家乡凌晨四点的模样。每一次从家里启程回校，都得早早起来收拾好行李，才能赶上飞机。也许只有每次从家里去学校，我才会认认真真地看着这一刻的家乡。在夏日，总是闷热的南方小城，一场夜间雷雨过后，倒是凉爽舒适。夜风吹过，不远处的竹子随风轻摇，叶子簌簌的声音似乎更让入睡的人们安眠。太阳还沉睡在地平线以下，月亮倒是还为我投下温柔的目光。我站在阳台，望向远方，总是想再多看一眼，在心中多记住一点儿。

楼下传来了锅碗瓢盆碰撞的声音，打破了原本的静谧。那是妈妈在楼下为我准备早饭。每一次离家，妈妈总是准备好多好多东西，劝都劝不住，似乎想把家里的一切都让我带着，总怕我在外边吃不好，缺了穿的用的。最后我实在拿不住了，她才不情愿地停了下来。每一次，我都有些无奈，但心中都充满了温暖，特别幸福，特别感谢总是为我着想的父母。他们毫无保留地给我关爱，做我坚强的后盾。

我每一次离家，都会有些不舍，心情有些低落，但又不想让家人担心。道别的时候，我总是会给他们大大的拥抱，带着灿烂的笑脸转身。总有背上行囊自己走天下的时候，每一次这样道别，是想给他们安心，也是给自己信心。再次启程，脚踏实地地走好大学的最后一年。

“我一路走来，跨越了大半个中国，来到了这里。或许是之前太希望挣脱束缚自己的小天地，对自己将要生活的地方有太多的憧憬，以至于刚刚来到这里，看着有点儿灰头土脸的城市泛起了失望。灰沉沉的天空，干燥的空气，我开始想念几千公里以外的碧海蓝天青山绿水。只有在完全陌生没有任何依托的地方，人才能够更加迅速地坚强和成长。从小到大，我的事情都是自己决定，父母均给以支持。他们的女儿，他们也知道，反对也改变不了我的决定。不诉说失望，因为坚信，既然有人那么热爱的地方，它便有美丽的理由。”

这是我大一入学后在日记本里写下的一段话。那时的我，还是一个懵懂的新生，带着无限的憧憬来到了济南，来到了山东大学。转眼三年，我们依然会抱怨没有蓝天的日子，同样嘟囔晴天的烈日。但是，也是在这三年，我在山大遇到了钻研治学、循循善诱的师长和优秀上进的同学。是他们，让我在这三年中不断学习、不断磨砺，找到自己的方向。因为他们的优秀，也让我在成长的路上变得更加优秀。我是何其幸运。

所以，不必畏惧远方。因为有后盾，因为有陪伴。

作者：政管学院 2013 级本科生　黄倩影

8 月 10 日　星期三　晴

山大迎新实践团成员・杜海霞

今天对我来说是个特殊的日子，因为第一次带着小伙伴来到一座陌生的城市——潍坊，再一次踏进了高中校园——安丘一中。

如今，我已经离开高中校园两年。虽然这里不是我的母校，不是那熟悉的校园大门，不是记忆中熟悉的宿舍楼，也不是那总是刻意板着脸的保安大叔，却有着一股莫名的熟悉，一种对青涩的高中时光的怀念……一切的一切，都在无言地低声诉说，都在见证着一届届学子的成长。

高中承载着莘莘学子的梦想，我曾在高中校园里播撒了一颗山大之梦的种子，经过我三年辛勤耕耘，这颗种子如期发芽。我还记得在得知录取结果时的激动和接过录取通知书时颤抖的双手，正因为我体会过这份心情，所以我作为山大迎新实践团潍坊分队成员来到这里，为未来的学弟学妹们展开宣讲服务，细心呵护他们刚刚萌芽的梦想，助他们快快成长。

不过我相信，不管是他们还是我们，情深情牵之处必离不开他人。我会在想，当年跟我一起寒窗苦读的同学们现在在哪里，是否还像毕业照上笑得那般灿烂？我亲爱的班主任现在在干什么，是否还像毕业那年对我们万分记挂？一年年，一届届，变的是人，不变的是人心。不管走到哪里，我始终对高中校园有一份依恋和牵挂，不管对人还是对周围的一切事物。

依恋终归是依恋，记忆不过是记忆，当我带着使命再次踏入高中校园，还是有了一股物是人非的陌生感。无论如何，都希望这一次的迎新活动顺利进行。作为队长，我压力颇大，这是一次挑战。从来没想过要从这里面得到些什么，但想到即将面对的那一张张“准大学生”们和善的笑脸，我觉得，能以一己之力为他们做些什么，也是莫大的欣慰。

明天，我将以微笑面对一切。

作者：经济学院 2014 级本科生　杜海霞

8 月 11 日　星期四　晴

赴吉尔吉斯斯坦夏令营志愿者 · 刘　雯

八月六日，下午三点，坐标酒店，忙碌的准备工作开始了。简单分工后，我们开始迅速投入“流水线”生产中，你往礼袋里投衣服，我装帽子和胸牌，他负责食物和水。短短一个小时，近二百份礼盒和食物就准备好了，看着一排排礼袋，心中真是满满的成就感。

八月七日，晚上九点，坐标威海站。说巧不巧，老天偏偏选在我们装车的时候下雨，看着大家一个个落汤鸡似的模样，我哭笑不得。所幸到达威海站时，雨势止住，我们之前怕下雨打乱迎接工作的担忧一扫而空。离吉尔吉斯斯坦孩子们到来还有一个小时，我们几个志愿者聚在一起恶补俄语，“谢谢”“你好”“没关系”……“临阵磨枪，不快也光”这句俗话真是太应景了。左等右等，终于一个绿色的身影冒出来，接着两个、三个……不一会儿，一片绿色的“海洋”向我们涌来。每一个经过我们的老师和孩子，都会跟我们微笑着说“你好”跟“谢谢”。这时，突然人群之中爆发了一阵热烈的掌声和喝彩声，回过神来才明白这是他们在表达谢意，倒是让我们不自觉地害羞了起来。就是在这样一种热烈的气氛里，我们安全地把他们送达酒店。

第二天，夏令营活动正式开始。由于行程安排得相对紧凑，孩子们早上起来都睡眼惺忪的。但一到海洋馆，大家一下子就兴奋了起来，很多人说，这是他们第一次见到海洋馆，所以非常开心。吃完午餐，抵达威海一中，果然还是同龄的孩子更容易产生共鸣，两国的孩子们聊得不亦乐乎，无奈时间太紧，看着他们相见恨晚的表情，实在逗趣。下午的海滩活动，虽然在沙滩上热到快要爆炸，但是看到孩子们在水中愉快地玩耍着，我还是忍不住笑了起来。

时间过得真快，第三天的行程结束后，竟然就举行结营仪式了。Party 虽然只有五个节目，但是许多的孩子自告奋勇要登台表演，后来就连老师们也玩 high 了。在音乐中，大家一起跳起舞来。

短短的四天，虽然大家都很辛苦，但心情是愉悦的。在车站，我们互相拥抱告别。有的孩子跑过来合照、送纪念品，我的心里早已被感动占满。几天的相处，孩子们留给我最大的印象就是热情。他们说：“有一天你一定要来我们的国家，不然你会后悔的。”我笑着回答说好。庆幸能跟他们相识，虽然不知道以后是否还有机会再见，但感谢这次机会，让我看到地球上另一个民族迷人的色彩。

作者：威海校区翻译学院 2013 级本科生　刘　雯

8 月 12 日　星期五　晴

台湾大学学术研讨会参会者 · 傅永军

8 月 3 日，我从济南遥墙国际机场乘坐山航 SC4097 航班飞往台北，参加台湾大学人文社会高等研究院举办的题为“东亚儒学研究的视野与方法：论辩与省思”的学术研讨会。我几乎每年暑期都会去参加类似的研讨会，但出席这次研讨会的心情特别急切。这种特别急切的心情实为此次研讨会独特的主题和独特的研讨方式所引起的。

研讨会以“东亚儒学研究的视野与方法”为议题，可谓良工苦心、别具慧眼。熟悉汉语学界儒学和诠释学研究的学者都知道，“东亚儒学”作为学术会议议题，滥觞于 1992 年 9 月由台湾清华大学与日本大阪大学合作举办的“东亚儒学与近代国际研讨会”，这一跨文化视野下的学术议题在黄俊杰教授及其所领导的学术团队的积极推动下，在台湾学界渐成显学。可以说是落英缤纷，芳草鲜美，值得策马入林，探骊得珠。但是，何为“东亚儒学”？它又为什么必要？何以可能？如本次研讨会旨趣构想书所指出的那样，“学界虽多有阐述与批判，并得到一些响应，衍义有之，补充有之，反思有之，虽不到千岩竞秀，却也万壑争流”。时至今日，已经到了该有一总结而以深层讨论的时候。“东亚儒学”研究的领导者台湾大学人文社会高等研究院此时发起研讨，可谓适逢其时，万目所望。

研讨会的学术对话方式，亦可谓匠心独具。主办方会前为被邀请学者提供了三篇靶子论文（分别是台湾大学黄俊杰教授《“东亚儒学”的视野与方法论问题》、复旦大学吴震教授《试说“东亚儒学”何以必要》、台湾师范大学张崑将教授《儒学复兴中知识分子对“东亚儒学”的探讨之思考》），并邀请 7 位学者事先阅读，加以批判或提炼更进一层次的思考，写成简短的评论稿或依此而延伸写成更深层次相关性论文，提交主办方。

学术对话过程分成四个环节：首先由靶子论文作者发表自己的观点，然后由被邀请学者针对靶子论文作者的观点发表自己的论文（我提交研讨会的论文题为《东亚儒学“超中心”的合法性——东亚儒学的经典意识及其诠释学效应》），对靶子论文作者的观点给予评论，提出批评意见；在此之后，再敦请靶子论文作者针对评论与批评意见做出回应，最后是靶子论文作者与批评者的相互论辩，在最后这个环节，亦邀请出席学术对话会的现场参与者发表意见。这样一种特别注重对话与交锋的研讨设计，使得研讨会开得紧张热烈。发言者立言明道，“慷慨发冲冠，弯弓挂若木，长剑竦云端”；辨析者仰观泰山，临视北海，扣洪钟而求其声，思虑问而进智学。一天的研讨转瞬即逝，在所有参与者的依依不舍中圆满落幕。

通过这样的论辩交锋，研讨会在有关“东亚儒学”视域与方法等学术问题上达成了许多重要共识，为最终淬炼出理性且具有普遍性的“东亚儒学”理念及其方法论迈出了关键而坚实的一步。最后，主办方表示，提交本次研讨会的论文，将集结成书纳入《东亚儒学研究丛书》，由台湾大学出版中心出版。

我参加过不计其数的学术研讨会，此次研讨会最令我难忘。

作者：哲社学院教授　傅永军

8 月 13 日　星期六　晴

北京生命科学研究所夏令营成员·郭雪飞

到现在，我在北京生命科学研究所已经连续听了三天的 NIBS 学术报告会。在这里，我强行把自己沉浸在 Science 的世界里，希望能够给自己找到一个从事生物领域研究工作的理由。

第一天，北京生命科学研究所所长王晓东与 Summer Students 会谈，作为生物领域的绝对领军人物，他给一名科学家下的定义是：集大家所成，开历史先河。是啊，当初选择生物专业，不也是希望能成为科学界的幸运儿吗？进入大学以来，接触生物科学也有两年时光了，说实话，中途不止一次想要放弃这种科学家的梦想，学习金融、贸易这样的经济专业，可是犹犹豫豫下也坚持到了现在。生物科学是条崎岖的路，在这条路上，你的付出不一定有回报，你的研究极易脱轨实际应用。但是，它是神圣的，有时候回报远大于付出，有时候实际应用造福世界，有时候它甚至成为一种赌博，输了默默无闻，赢了功成名遂。

在接下来的两天里，NIBS 各个实验室 PI 都对自己的工作进行总结汇报，涉及了生物学研究的各个领域。其中，我最感兴趣的是清华大学罗敏敏教授有关神经方面的研究，利用奖惩、诱惑等各种模拟手段，研究小鼠的兴奋在神经元上传导的相关机制，力求解决人类的抑郁等精神疾病。两年以来，我一直试图寻找生物学研究的意义。或许这次我找到了答案。李文辉老师在进行乙肝病毒方面的研究，寻找乙肝受体，研究其感染机制，寻找药物抑制 HDV 的感染，也许有一天能够成功解决乙肝这一世纪难题。另外，我觉得张志远老师的研究是一种生物制药，通过对其他实验室的基础研究发现具有医学疗效的小分子加工、修饰、扩增，使其成为真正的临床药物。我一直有一个疑问，我们生物学做了这么多的研究，发现了这么多疾病抑制剂，为什么不能发展为临床药物呢？我今天才明白，科学到医学的这个跨越，并没有我们想象中的那么简单。动物和人体存在遗传性差异，而且治疗手段也好，药物也罢，一定要有充足的安全性、保障度和稳定性，这些在基础研究中是很少考虑的。

到今天，来到 NIBS 已经快一个月了，我不得不承认我的小心眼儿，到现在 DNA 电泳时还是小心翼翼、蹑手蹑脚，就怕皮肤接触到 EB 致癌物质，坚持做完实验洗手三遍，简直就要吓出心理疾病了。其实，我到现在才真正感受到了科学研究是一种什么样的工作，枯燥中塑造完美。我一开始接触的是一大堆分子技术，IHC、HE、PCR 等等，觉得生物真无聊，简单重复，但是当我把自己所做的实验放在一个大课题、大背景下的时候，会发现这种实验设计果然巧妙，环环相扣去探寻一种生物模型，这时又会感到生物的奇妙魅力。

我是来寻找答案的，我也找到了我想要的答案，我也会在这条路上继续走下去。

作者：生命学院 2014 级本科生　郭雪飞

8月14日　星期日　阴

医学教育理事会常务副秘书长·李　泉

8月的中旬，已过立秋时节，而周末的北京和济南一样，闷热难耐，沾衣欲湿。坐车路过宽阔的东长安街、庄严的天安门广场和古色古香的王府井大街时，还能看到顶着酷暑在故宫、历史博物馆或国家大剧院“朝圣”的如织的游人，不过可能大多数外地游客不了解的是，在共和国的“心脏地带”，在众多大名鼎鼎的旅游地标之间，其实还有一座相对不太起眼，却在近代中国知识界占有重要地位的文化地标——位于故宫正东400米、王府井大街中央位置的商务印书馆。而今天上午9点半，就在商务印书馆具有百年历史的涵芬楼书店二楼艺术馆，我们山大北京医学校友的系列文化学术平台“博广讲堂”就要举办第二期活动了。

“博广讲堂”系列文化学术活动是由山东大学齐鲁医学部、医学教育理事会和山大医学北京校友群共同策划的。以促进学术文化交流、推动创新协作、关注母校发展、凝聚校友感情为宗旨，主要形式包括医学学术讲堂、论坛、沙龙、读书会等，强调学术性与公益性，而“博广”两字则取自齐鲁医学“博施济众，广智求真”的传统精神。活动主要由北京医学校友自发组织，由校友单位支持赞助，邀请广大校友或非校友专业人士参加。“博广讲堂”意图通过系列文化学术活动，吸引越来越多的在京校友，构建形成北京医学校友间学术交流和资源共享的浓厚氛围和可靠平台。

今天的读书会活动已经是“博广讲堂”今年6月份创立以来组织的第二次正式活动了，作为来自母校的代表和活动协调人之一，我也有幸第二次来到现场参与活动。上午9点，当我提前半小时到达涵芬楼书店艺术馆时，这儿已经聚集了不少亲切的校友面孔。来到这里，你既能感受到久别重逢的惊喜、他乡遇故知的欣慰，也能体味到像多年以前在校园和教室中共同学习工作时的那份熟悉和默契。虽然已分别多年，当年的同学少年很多已在各自岗位上成为全国知名临床专家和卫生系统领导者，但那份同出一门的校友情就像天然的身份密码一样，让彼此一望而知、无拘无束。

上午9点半，第二期“博广讲堂”正式开讲。这次活动延续了以往邀请文化名人解读经典图书的读书会模式，特邀当代著名文化传媒思想家、财讯传媒集团

（SEEC）首席战略官、网络智酷（Zencoo）总顾问、信息社会 50 人论坛成员段永朝先生主讲，以法国著名社会学家弗雷德里克 · 马特尔的畅销作品《主流：谁将打赢全球文化战争》为蓝本，主讲者深入解读和分析了在全球化与数字化的时代背景下，各国文化竞争呈现的新特点、新走向和新矛盾，探讨了对我国新媒体文化发展及与世界文化互动的认识，阐述了自己对物联网及自媒体的滥觞终将引发的互联时代人类文化疆域的重塑乃至人类认知重启的深刻思考。两个小时的精彩演讲将听众带入到一场由文化考古学、比较人类学、社会行为学以及数字媒体和人工智能理论编织而成的独特思想盛宴，展现了主讲者渊博的学养、深邃的社会洞察力和悲天悯人的文化情怀，令人目不暇给而又心生共鸣。两个小时的讲解结束后，现场还进行了精彩的互动交流和签名赠书环节。

活动非常顺利、紧凑而精彩，让所有参加的校友们回味悠长、充满期待，这源于在京的一个医学校友团队的精心筹备，尤其是已经担任军事医学出版社社长的 93 级学妹孙宇，更是身兼活动总策划、总协调和主持人的角色，为传承母校精神、凝聚校友情感而不遗余力。

活动结束了，带着北京医学校友对母校满满的祝福和期待踏上回程。一路上我总在想：学校和医学部的建设、改革和成就，一定有天南地北千千万万可爱的山大人在时时关注、默默力挺，我们绝不是独自在战斗，也绝不应独自前行。

作者：医学教育理事会常务副秘书长　李　泉

8 月 15 日　星期一　雷阵雨

“G20”志愿者 · 张　元

我从来没想过自己有这样一刻，仿佛将祖国的形象扛在自己的肩上，而在这个暑假，我真正体验了一次。

因为要参加夏令营，所以我在7月初便到了杭州。“G20”将于9月4日至5日在中国杭州举行。初次到杭州，我的第一感觉就是“安全”，从火车站的安检、酒店的双重登记，到路口的身份证排查，都让我无时无刻不体会到“G20”这个国际经济合作论坛的紧张氛围。但我仍感觉是遥远的，这是一个国际合作交流的论坛，跟我们这些小人物必然是扯不上什么关系。可就是一个偶然的机会，我竟离它那么近。

一次机遇让我成了美国文通国际合作中心彩虹项目团队的成员，而这次很幸运，我们团队受邀参加“G20”的子论坛“Y20”的迎接仪式，帮助来自20国集团的杰出的“youths”做一场“ice-breaking”活动，增进他们彼此间的了解，以便更好地展开接下来的交流。刚刚听到这个消息的时候有点儿不敢相信，直到到了北京国际饭店，穿上队服，开口说英语的那一刻，才猛然意识到一切都是真的，此刻平静的心里泛起了一丝紧张。

依稀记得活动是在晚上7点，我们在下午2点的时候就集合开会，了解参加活动的杰出青年的背景以及彩排晚上的活动流程。当进行到注意事项的时候，队长慧姐说：“这一次我们最重要的就是做好每一个细节，让世界各国的青年们感受到中国的真诚与热情。”当听到这句话时，不知为何，我仿佛看到了冉冉升起的五星红旗，这一刻那么神圣，而我第一次感受到从未有过的坚定与骄傲。是的，这一次，我们每一个中国人所代表的都不只是自己、团队，更重要的是代表祖国的形象。也就是那一天下午，我几乎发挥到我英语口语的最巅峰状态。

北京的7月暴雨连连，24日晚上也不例外，由于很多航班晚点，活动推迟到7点半才开始。看着来自世界各地，不同文化、不同肤色的人，用同一种语言互相交流、思维碰撞，着实让人感动与震撼。我们教他们讲汉语、做中国的游戏，哪怕他们听不懂我蹩脚的英语，但是仿佛只要一个微笑，所有的差异都不是距离！

就是这样一次简单的经历，偶然却深刻。忽然间发现，世界这么大，我们真的应该出去走走。

作者：政管学院2013级本科生　张　元

8 月 16 日　星期二　阴

阳光志愿服务协会成员 · 张雪贞

大学三年，我加入了几个志愿服务组织，一直参加各种公益活动，在公益活动中，我既是志愿者也是组织者。活动中，我接触了各种群体：残疾儿童、农民工子女、边远地区贫困的孩子们等。在每一次活动中，我都会有很多的感悟与思考，但我所在的志愿组织仅仅是全国众多志愿服务组织中的一个，需要学习与改进的地方还有很多，尤其是与其他的志愿服务组织的交流。在今年暑假，我便决定走进我家乡的阳光志愿服务协会。这是一个全市性的社会团体，无论是在志愿者的招募还是活动的种类与形式上都值得我们好好学习。

在阳光志愿服务协会中心，吴老师为我们讲解了志愿者协会的具体情况。

在众多优秀的活动中，最能触动我的是“彩虹计划”项目。这与我们平时所做的关爱农民子女的活动有相似之处，但这个项目服务对象是监狱服刑人员的未成年子女。他们不像贫困儿童那样的受关注，这些孩子的问题大多表现在：父母服刑期间无人照管；父亲或母亲在监狱服刑，抚养人因病、因残或无经济来源；父在监狱服刑，母亲改嫁或离家出走，跟随祖父母生活；父亲或母亲在监狱服刑，跟随其他亲属生活，家庭经济差，生活困难等。这导致了由于家庭经济困难，他们的学习费用堪忧；亲人入狱带给他们的社会歧视和生活无助，导致他们很难像其他孩子一样顺利完成学业；亲人入狱使孩子在学习上缺乏有效的指导和帮助，很大程度上影响到了他们的学习，辍学现象严重。

在我国社会保障体系中，几乎没有法律依据保障服刑人员子女的人身权利，司法、民政、教育、妇联等部门由于没有明确的责任主体，无法从根本上解决服刑人员子女的生活、就学、就业困难，子女流浪街头乞讨，犯罪率提高等一系列社会问题。阳光志愿服务协会“彩虹计划”服刑人员未成年子女助学项目，就是通过社会公益活动，以生活资助、学习辅导、情感交流为主要内容，组织志愿者与孩子们深入接触，了解所需，助力其健康成长；并为孩子们暑假生活安排丰富多彩的主题教育和实践体验活动，提供亲近自然、文体艺术辅导等体验服务。希望通过这些活动，给予这些孩子精神、心理等方面的关爱，物质方面的帮扶，让服刑在教人员未成年子女时刻感受到来自社会的关心，感受到社会的温暖，使他们健康成长。

服刑人员的孩子是无辜的受害者，应该把父母给孩子带来的伤害降到最低限度。这一天的学习让我受益匪浅，需要帮助的人有很多，我们不能流于形式，无论做任何事情都要走心，带着心中的一份责任感，真正去帮助需要帮助的人。

作者：政管学院 2013 级本科生　张雪贞

8 月 17 日　星期三　晴

白浪河公园游览者·朱　宪

一个城市的绿化水平是其生活质量的标志，潍坊市白浪河湿地公园是潍坊市河流绿化的地标。闲暇的时候到湿地散步，特别是雨后时分，在这天然氧吧里呼吸新鲜空气是十分惬意的。

湿地南北绵延六公里，漫步其中，有“行至水穷处，坐看云起时”的闲适，有“舟行碧波上，人在画中游”的体验。湿地同样不缺少人文景观。远处高塔，秋水云阁，掩藏在近处的树木之中，与周围河流交相辉映，形成“亭台到处皆临水，屋宇虽多不碍山”的独特意境。湿地的景色渗透着生态、平衡的内涵，景观布局天然和谐。

向湿地深处走去，有绵延数公里的文化艺术长廊和国学讲堂。国学讲堂内别有洞天，四合院式的结构，布局大气美观，别有一番避暑山庄的味道。庭院里是满池的荷花，荷花池与周围的景致，气象恢宏，让人觉得如身处宫廷之中。这些景致古今兼取，周围的绿树景观与文化、自然与艺术合而为一。国学讲堂每周邀请国学大师为市民举行讲座，传播国学的精华和思想。在如此清凉而宁静的建筑内，体验诵读古文的乐趣，必是一番享受。

走过国学讲堂，映入眼中的还是最令人亲近的草坪。一场雨后，青草显得格外有生命力，湿润的草坪透着绿色的新意。站在桥上，近距离感受河水流淌的声音。远处湖中，白鹭点水而过，与四周的芦苇、小桥一起，形成了一幅飞鸟点水、青草依依而富有生机的画卷。

踏上观景台，登高望远，湿地景色一览无余。一望而去是绵绵不断的白浪河。万亩生态湿地，被密密麻麻的芦苇丛笼罩其中，无数的绿树竞相生长，与河流一起绵延不绝，自南向北顺流而去，真正让人感受到湿地的景观“虽有人作，宛若天成”。水面还有一点儿雨后的朦胧意味。面对此景，如古人般的诗情画意油然而生。亭台楼阁与碧波水面相互映衬，虽然没有险峻的山川，但是流水与树林，加上雨后的朦胧，足以让人觉得这景色的大气磅礴，顿时胸襟开阔。

我们身边从来不缺少美，只是缺少发现美的眼睛。穿过丛林，寻找片刻的宁静，带着闲适的心情，发现身边竟有如此动人美景，令人赏心悦目、流连忘返。

作者：政管学院 2013 级本科生　朱　宪

8 月 18 日　星期四　晴

政管学院本科生 · 孙永超

就像伏天走向终点一样，我们的社会调研也进入了尾声。经过前期的资料收集、问卷调查、深入访谈等环节，我们获得了许多宝贵的信息，开始了最后的数据分析工作。

初次参加调研的我，原以为最后的分析将会是整个过程最好做的一门功课。然而现实与我所想的大相径庭。我们首先要把所有的问卷资料进行检查核实并为其编码，然后输入计算机，利用 SPSS 软件，采用定量分析的方式进行统计分析，最终结合数据与现状写出报告。整个过程的描述看上去条理清晰，似乎没什么难度，其实步步坎坷曲折。如果说前期发放问卷、进行访谈累的是腿和嘴，那么分析数据、整合报告累的便是脑和心。

首先是对收回的问卷进行核查与编号，这可以算是这项工作里的“开胃菜”。我们回收到近400份问卷，数量虽说并不太多却也给了我们一个“下马威”。或许因为许多被调查者多是赶路或者工作、娱乐的中途停下来填的问卷，他们对一些单选、双选、多选的题目要求没有看清，没有按规定答题。而且，这种情况不在少数，给我们的整理、检查造成了困扰。

忙活了一个下午，我们终于做完了第一步工作。紧接而来的是一个更大的挑战——录入数据利用SPSS分析。我们队里全是大一的“小鲜肉”，大家都是第一次进行大学生暑期调研，就不必谈什么熟练运用SPSS软件了。因此，队长“薛老师”和队员们早就开始拜师学习了，虎哥、小红、彤姐……最终，我们霸占了肯德基的大堂，请了伦哥指导，薛老师和王娜担任主力，硬着头皮，边学边用地把数据一个一个敲进了电脑。

到这里，分析数据的工作看上去已经完成三分之二了，然“行百里者半九十”，越是到最后，越是艰难，越是要认真对待。薛老师将整个队伍分成了三组，根据问卷中三种不同类型的题目，让大家结合着数据结果写出总结。这样一来，我们的工作效率又提高了，大家专攻自己的负责板块，让我们有了深究的机会……

不知不觉，数据的分析工作已经持续了近一个月的时间。走完这一步，我们的调研活动又迈进了一大步。今日回首昨日的点滴，心中那些对工作繁杂的忧虑和抱怨荡然无存，剩下的全是充实与幸福。将宝贵心血和时间用在有价值、有意义的事上，得到的回报自会让人感到心安。

作者：政管学院2015级本科生　孙永超

8 月 19 日　星期五　中雨

山大二院实习生 · 王佳佳

今天是在外科实习的最后一天，回头想想，三个月的实习生活在不知不觉中就溜走了。看着窗外淅淅沥沥的小雨，回想着三个月来的点点滴滴，感觉自己真的成长了许多。

第一个轮转的科室是普外科，至今仍清楚地记着第一天进科时的急促与尴尬，面对一屋子忙忙碌碌的老师，连自我介绍都不知该如何开口，后来好不容易才认清了我的带教老师。记得老师和我的第一次对话是这样的："都转过哪些科了啊？""哪都没转过，这是第一个……""哎，那还得从头教啊！"可不是呗，刚进科的我简直就是一个十足的"小白"，问啥啥不会，干啥啥不对，因此也特别感谢在普外带我的隋老师和"萌"师兄，在他们的指导下我才开始真正接触临床，从一个连化验单都不会贴的"小白"到问病史、写病历、换药、拔管等可以独自进行。

既然在外科实习，那就不得不提一下跟手术的经历了。大家都说实习期间没在手术室碰过灰的人一定是上辈子拯救过地球，显然我并没有，第一次兴奋地跟老师去手术室就被护士姐姐"婉拒"了："今天跟手术的人太多了，没衣服了，下次再来吧。"当时我那个尴尬啊，老师也很抱歉地看着我说："要不你今天先回去？以后再来，以后有的是机会。"就这样，我的第一次手术经历连脚都没踏进手术室。不过后来证明老师说的没错，在普外的确有很多跟手术的机会，普外科的病种很多，也很常见，所以普外的手术量也很大，一场场跟下来护士姐姐都认识我了，有时还会贴心地给我挑小号的衣服穿。正是在普外的不断学习与实践让我在转其他科时能够驾轻就熟，跟上老师的脚步。

另一个让我印象深刻的科室就是泌尿外了，开始去报到时还有些拘谨，觉得一个女生去泌尿外还是有些不好意思，可去了才发现泌尿外忙到根本就没有让你不好意思的时间。刚去的第一天老师还是按照惯例问我都转过哪些科，我说普外、乳腺外都转过了，结果老师很兴奋地说："普外都转过了啊，那一般操作肯定没问题啊。”当时我在心里默默地想，老师你咋就对我这么有信心呢，后来才知道，不是老师对我有信心，而是老师想多给我些自己动手的机会，我完成后他会再去检查并及时纠正我的不足，如果说普外是我的启蒙篇，那泌尿外就是我的提升篇。在老师的细心指点下，我学会了如何真正管理病人，从入院问病史写病历，到做各种检查明确诊断，再到术前准备、进行手术和术后观察与疗效评估，将理论与临床串联起来，所以非常感谢泌尿外的王老师让我体验到一名临床医生的日常工作状态。

刚开始实习时，我的确闹出不少笑话，比如第一次带病人去做胃镜不知道要和病人一起去，结果自己拿着检查单到胃镜室找了一圈没见到病人；给病人换药时被病人的一个个问题追问得哑口无言；由于操作不规范被护士姐姐骂得狗血淋头等等，现在想想，当初觉得羞愧难当的事情如今已经可以当作烘托气氛的自嘲工具了。喜也好，悲也罢，实习中的点点滴滴都是我以后宝贵的财富，提醒着我要仔细认真地走好每一步。

作者：临床医学院2012级本科生　王佳佳

8月20日　星期六　阵雨

奥运会观看者·王　娜

经历了昨晚暴雨的洗礼，青岛的天气格外凉爽，这可能就是人们常说的“一场秋雨一场寒”吧。除了感受到久违的凉爽，还有一件特别令人期待的事，那就是今晚的奥运会羽毛球项目的奖牌争夺战。

吃过晚饭，我就早早地在电视机前等候。昨晚的林李大战意犹未尽，今晚又会有两场精彩的对决。林丹在1/4决赛中打得很艰难的时候，李宗伟就是他最大的力量吧。一句“我不能输，因为我和那个男人之间有个约定”感动了多少人。林丹在李宗伟心中也依旧牢牢占据了最重要的位置——“他是我最伟大的对手，因为有他，我的冠军才有更高的含金量”，让人不禁感叹羽坛“既生瑜，何生亮”。

昨晚的谢幕战以李宗伟的胜利告终，或许那时的超级丹已不忍心再赢他。比赛在紧张与激动中拉开了帷幕。在铜牌争夺战中，面对小将阿塞尔森，超级丹打得十分艰难，有时可以看出超级丹的体力不支，跟不上对手的进攻速度，最终他以 1∶2 负于对手。在金牌争夺战中，面对世界排名第一的马来西亚名将，谌龙凭借体力和速度优势，以 2∶0 拿下这枚弥足珍贵的金牌。多少句“精彩”都不足以道尽这两场比赛，这真是高手与高手之间的较量。这样的结果在意料之外也在情理之中，我想他俩是不是约好要把机会留给更多的人，或者李宗伟想陪着超级丹一起在里约留点儿遗憾。从 2004 年的汤姆斯杯到今天的里约，12 年，37 场对决，他们在诠释着什么是最好的对手。

超级丹是历史上第一位羽毛球全满贯球员。可李宗伟始终还缺一块奥运金牌，在昨晚战胜超级丹后，他的狂吼似在宣泄，“千年老二”这顶帽子，过于沉重了，压着他太久，击败林丹之后，我们似乎看到了蚌病成珠。那一刻，所有的失利都已被光芒所覆盖，他只剩下一场胜利，来圆他的奥运冠军梦，把这颗珍珠镶嵌在皇冠上。可世事难料，比赛中有太多不确定的因素，他又一次看着别人呐喊欢呼。今晚的比赛对于这两位羽坛巨人来说，遗憾肯定是有的，但他们依然是全场的英雄，依然无损他们的伟大，只是江湖再无公瑾斗孔明。

作者：政管学院 2015 级本科生　王　娜

8 月 21 日　星期日　晴

“添翼工程”海外游学项目队长 · 路守望

当我踏上中国文化大学的摆渡车的时候，泪水禁不住涌入眼眶。为了不让他人看到我此刻的脆弱与伤感，我低下了头，努力转转眼睛，强做一副若无其事的样子。其实我心里知道，为期21天的台湾中国文化大学暑期夏令营结束了，我即将与一起生活了21天刚刚建立起熟悉感的小伙伴们分离，而这一别可能是永远。

6月份的时候，“添翼工程”暑期海外游学项目开始报名，我起初感觉自己不够优秀便没有报名，但后来在老师的鼓励下我还是尝试了，并成功被录取，因而我感到十分幸运。我在社团活动方面有些经验，便毛遂自荐担任队长，组织小伙伴们紧张准备起来。团队初建，我们通过破冰小游戏彼此认识；材料申报中，我们注重每一个细节，力求不出差错；培训会议上，我们认真听取经验介绍做好记录；内容准备上，我们将活动切分，有条不紊地进行前期准备。也正因我们充分的准备，山大代表团在8月1日抵达台北后，得以自信地参与每个活动。

中国文化大学的暑期陆生夏令营已经举办了5届，今年是第6届，也是我们山大派学生参加的第一届。作为队长，我十分想通过这次机会向文大、向台湾师生展示我们山大人的良好精神面貌。事实也证明，我们做到了。专题讲座上，我们积极发言与嘉宾互动；专业课程上，我和孙涛作为课代表积极活跃课堂；成果展示中，每一个节目都有山大人的风采，尤其是李怡帆的独舞《雪中莲》备受好评；山东大学艺术学院党委副书记姜楠在结业典礼上的致辞更充分展示了我们学校的良好形象。

本着一颗为小伙伴们服务的心，作为课代表的我对于简单的小事情可以应付自如，但在有些时候还是会不知所措：有时想让班内成员都畅所欲言但是时间却非常有限，想尝试了解每一位同学的思想和提议却没有这种机会，很多我不擅长的境地该如何处理也时常让我犯难。但幸运的是，我有一些好帮手，尤其是海南大学的俞小鹏学长一直支持和帮助着我，班里每个组的组长也都很认真地做好自己的工作，就这样，我们一点点克服各种困难，不断挑战各种活动和任务。

最令我印象深刻的当属成果发表的准备，由于我们学习的是“换位思考·探勘CEO大脑”这一非常理论化、思想性的课程，因此便决定了我们的展示形式和内容是非常难选择的。于是我们一次次地开会进行头脑风暴，不断修改更新节目的创意和内容。在排练过程中，我们一遍遍磨合改进，一直本着严谨认真的态度，这是一个企业的CEO应有的态度，也是我们应该学会的。

聚是一团火，散是满天星，这就是我们山大人的写照，更是游学项目学员的写照。虽然活动已经结束，但我想，这段记忆、这深切的情谊将会一直长存。

作者：管理学院2013级本科生　路守望

8月22日　星期一　晴

口腔医学院本科生·魏佳琦

今天，我和我的8020社会实践团队到达英雄山广场，为这里的老人进行义诊。作为一个五年制学生，尽管我是2013级，也只接触了两门最基础的专业课。今天的义诊意义非凡，不仅是我作为学生的一次社会实践，也是作为一次医生的大胆尝试。由于专业知识所限，在掌握了一定知识后，这次义诊中我的工作就是作为志愿者学长学姐身边的小秘书，来记录老年人口腔问题的真实情况，同时将这次义诊作为我培训后专业知识掌握情况的检验标准。

活动开始以后，很多老人因为不了解义诊的目的只是在观望，所以，在义诊前让老年人真正了解我们的目的，是十分有必要的。于是，我走入他们中间，拿着宣传单对我们的活动进行了讲解。老人们开始参与我们的活动，一边拿着宣传单问我们牙线使用的问题，一边描述自己的口腔问题。在义诊中，我们遇到一些老年人做了烤瓷冠之后疼痛等情况，了解到他们多数在一些小诊所就诊，所以带来了这样那样的问题，而在大医院进行过治疗的老年人，情况就乐观一些。知道这些情况后，我深深觉得，作为一个医生、医学生，拥有良好的专业技术，才是对病人真正的负责。作为口腔医生，还给牙齿的功能和美观很重要，但我们不能忘记，解除患者病痛，本身就是一个医者应有的态度和精神。

今天与老年人接触，让我走出了校园，走出了书本，走出了对患者情况的臆想，真正从基础做起，了解病人所需、病人所痛、病人所求。我想，社会实践最根本的意义，大概就是这吧！我以为我早已忘记了学医的初衷，原来内心深处一直都还记得——“健康所系，性命相托”。

作者：口腔医学院2013级本科生　魏佳琦

8月23日　星期二　晴

“医心惠齿”社会实践队成员·邱小宁

这是整个暑假以来起得最早的一天。习惯了睡懒觉的我，顶着一丝丝倦意，在早晨7点便到了事先约好的地点。之所以选择这个时间点，是因为南方的酷暑天气每天早上过了8点便炎热难当。清晨的小广场，此时却已经达到了一天中的人流高峰期，在习习凉风中晨练的人络绎不绝。看着这么多热爱生活勤勉不息的人，懒散了几乎一个暑假的我不禁振奋起了精神。

不一会儿，队员们也都到了，于是实践活动便按照计划紧锣密鼓地展开了。我们在广场中选了一个相对宽敞又显眼的位置，大家齐力搬来桌子，贴上横幅，摆开椅子，放上宣传单、血压计……一个简易的服务台就搭建完成了。起初，我的内心有几分紧张，因为第一次以医学生的身份面对这么多的人，而学得的医学知识还不够完备，有点儿担心如果有人来咨询回答不上来惹尴尬。然而想归想，手头的活动却没有停歇。

鲜艳的横幅很快便吸引来一批人，我和其他队员们拿着宣传单，热心地向大家讲解关于口腔保健方面的知识，就不同年龄段经常遇到的口腔问题，提出科学有效的解决方案和预防方法。人们或兴致勃勃地听着，或聚精会神地阅读宣传单。应一些不太听得懂普通话的老人的要求，作为本地人的我便用方言耐心地讲解，细心回答大家提出的问题。在此之前，我一直觉得方言说起来有些粗俗，但是当我用方言认真回答问题时，心里却充满了成就感，紧张的情绪也慢慢地放松了下来。

在大家了解口腔保健知识的同时，我也开始为大家义务测量血压，前来测量血压的人们排了长长的队伍，大大超出了我的意料，可见大家对自身的健康状况也十分关注。队员们趁机给在排队等待的人们宣传口腔保健的知识，使等待过程不再枯燥无味。

炙热的阳光也抵挡不住人们积极热情的配合，原计划 8 点半结束的活动一直持续到了 10 点左右才渐渐收尾。整个活动过程还是比较顺利的，并没有遇到想象中的尴尬情况，让我感到十分宽慰。

福建闽清是我生活了将近 20 年的地方，这 20 年来，我从未给过家乡什么回报。今天，我在这个小广场上，用自己的知识为家乡的人民答疑解惑，宣传口腔保健知识，也算是为改善家乡人民的生活尽了绵薄之力。

作者：口腔医学院 2015 级本科生　邱小宁

8 月 24 日　星期三　晴

历史文化学院本科生 · 向京慧

还有三天我就要告别实习了，一个多月的时间，说快不快，但说慢也不慢，实习就要温柔地告一段落了。

怀揣着对实习的好奇，我和同学在 7 月中旬步入交通银行，做起档案整理工作。第一次真正朝六晚六地上下班，第一次感受与同事领导之间的交流合作，第一次近距离接触自己的专业，才知道原来实践和理论有那么大的差距。

作为档案专业的一员，我们学习档案的定义、档案的价值、保存开发等各种知识，但当真正看到满屋子档案材料的时候，这些定义都不存在了。虽然我们记着同一全宗不可分散、不同全宗不可混淆的原则，但到了真正去分卷、整理的时候才知道，原来不单单是我们想象的样子；虽然我们的工作只是帮助银行整理已经整过一次的信贷档案，而这也只是整个档案工作里面的一小部分，但就像其他实习的同学说的那样，我们至少知道了我们学的是什么，到底是怎么回事。通过整理档案，我们充分体会到要保持档案的完整与安全是多么的重要以及文件档案一体化的重要性。如果当初文件在归档的时候能够按照规定和标准整理，是最能保持文件的完整性的，但是这样拆分了时间段来整理，很多时候会找不到相关的信息。因为我们对文件本身并不熟悉，也引起了不少的麻烦，这也是我们需要改进的地方。

由于一直寄生在象牙塔，我从来没有真正地参加过社会活动或者工作，而这一次，填充了我的空白。虽然一起工作的人员不是很多，但是无论人数的多少都会有合作交流。在短短一个多月的时间里，我也经历了与很多人不同工作程序的合作，这个过程有时顺利，有时卡壳。在这个过程中我自己也犯了很多的错误，为同事增添了诸多的烦恼。幸运的是同事都能够互相体谅，并且及时地想到解决的办法。

虽然每天都很累，或者说是疲惫，但真心地说，这个暑假过得值。比起去年暑假在家白吃白喝的一个多月，这一个多月的早起晚睡、腰酸背痛等等，更让我享受，体悟深刻。

作者：历史文化学院2014级本科生　向京慧

8月25日　星期四　雨

石榴园游览者·张　翼

今天一大早我便起来，与家人一起驱车奔向100公里之外的枣庄市万亩石榴园。一个多小时，我们就到了枣庄。来到石榴园，首先映入眼帘的是一块高高的牌坊，进入牌坊之后才能看到石榴园。石榴园很大，依山而布，一望无尽，号称万亩榴园。满山的榴枝，一片青翠，绿光滑亮，翠色欲滴，而在这绿波之中，在那枝杆之上，闪着红花点点，如万点红火，艳丽夺目。

继续前行，我们来到了石榴园的深处，因青檀而著名的青檀寺。青檀寺处在一个山坳里，两边枝叶茂密的山坡飞凌起来，棚一样掩着，成了一幽谷。入青檀寺，香火缭绕。这座始建于唐代开元年间的寺庙，历经多少朝代的修葺翻新，已看不出昔日的面目。我的视线落到了树上。那些从石缝间生长出来的、枝叶茂密亭亭如盖的檀树，勾住了我的目光：一株，几株，苍劲奇岖，百态千姿，给我一种生命强劲的震撼。仔细看那檀树，有的从峭壁上擎起一株，有的从石缝里蜿蜒伸出。一株青檀的根从下边的石缝中蜿蜒生长，在一较大的石缝中长大，犹如一只巨龙在飞腾。在旁边的巨石上，一个巨大的草书“龙”字，更增添了韵味！青檀乍一看是从石缝中迸发，似弱不禁风，细瞅却是树将根须穿过石层，延伸进泥土里。粗壮有力的根须像手指，紧紧嵌进山的肌肤，与大山融为一体，一起呼吸脉动。于是岁岁年年，青檀吸收了大山的滋养和日月精华，渐渐修炼成别具一格的“树精”。

沿着崎岖的山路继续前行，就到了园中“一望亭”脚下，沿着陡峭的台阶，攀登上6层高的“一望亭”，万亩榴园一望无边，一条小溪穿园而过，溪水清澈，在阳光的照射下，犹如一条银色的蛟龙在飞舞。

游览完青檀寺，驾车继续在石榴园中慢慢穿行，一路榴花来相伴。狭窄的水泥路，在园中延伸，延伸！一直在园中穿行了10多公里，才到了石榴园的深处。一路上，300多年的石榴树随处可见，一棵棵枝繁叶茂，一片片花红叶绿。

大自然的气息最让人沉醉，一天石榴园的游览旅程深深洗涤了我的心灵。

作者：临床医学院2013级本科生　张　翼

8月26日　星期五　晴

赴清华大学交流生·李盛结

为期16天的清华大学国际暑期学校走向了尾声。我有幸被选入参加此次暑期学校，和80余位来自世界各地的学员同聚一堂，共同探讨中国环境问题。

16天里，我接触了环境科学技术的前沿知识，聆听了清华大学环境学院院长贺克斌关于“Air Pollution Control in China”的报告、副院长左剑恶对水处理技术的应用和创新所作的概述、意大利前环保部长Corrado Clini对全球水安全和气候变化的探讨、水环境保护所所长黄霞对于课题组膜处理技术研究的讲解等精彩内容。各位老师的报告让我这个小学员对环境问题有了更深刻的了解。

16天里，我和来自中国、菲律宾、意大利、印度、英国、巴基斯坦、荷兰、罗马尼亚的共10位小伙伴组成一个团队，针对北京空气污染问题，提出大胆构想。讨论过程中我们也曾因为文化和教育背景的差异有过分歧，也曾在提交截止日期的前一晚挑灯夜战。最终以“Beijing Green Junkie”的想法，成功地完成了展示和报告书，在背景板前留下了难忘的合影。

16天里，我们把足迹留在了天安门、故宫、天坛、南锣鼓巷、长城、京西古道、奥林匹克公园。作为一名中国学生，我激动地向来自世界各地的朋友们介绍我的祖国——这个有着悠久历史和多彩文化的国家。故宫里精美的器物、京西古道上马致远的词，都深深地吸引着异国朋友的目光。

16 天里，我们参观了高碑店污水处理厂、中国气象台、亦庄国家级经济技术开发区，看到了中国在一步步迈向国际先进的脚步。

16 天的回忆太多太多。印象较深的一件事，是我与来自罗马尼亚和英国的学员互问各国的典型性格是什么。“法国？浪漫！德国？严谨！巴基斯坦？奔放！”而当我问到中国的时候，他们俩给我的回答却是出奇一致的“shy”。哈哈，这就是外国人眼中的中国学生吗？

确实，最开始，大多数中国学生不敢用英语交流，还呈现出一种中国学生扎堆的情况。中期报告时，只有一个中国学员作了展示。而到了最终报告的环节，越来越多的中国学生大胆发问并回答其他组的问题，我也自信地走向了讲台，让大家了解我们组的“crazy idea”。

看到中国学员在最后一晚的 farewell party 上走向舞台，跟着异国朋友的节拍舞动起来，真是件让人高兴的事情！一切都在慢慢地生根发芽！

作者：环境学院 2013 级本科生　李盛结

8 月 27 日　星期六　晴

体育学院本科生 · 房　洁

开学在即，我一大早便和同伴驱车来到了 20 公里之外的少海新城风景区。半小时后，我们便抵达了本次游玩的目的地——少海。这是一个最近几年才开发出来的风景区，选址在风景宜人的新城区，不仅环境优美，空气中也带着一丝丝新鲜泥土的芬芳，令人心旷神怡、神清气爽。

一进门便看到高大巍峨的建筑物屹立在门头上，好不霸气。沿着主道前行，便会看到一片汪洋大海。走上前去，任海风拍打在脸庞上，海风夹杂着丝丝海里独有的湿气，像是回归到了大自然的怀抱。岸边每隔几米便聚集着一群群人工投入的金色鲤鱼，在水中畅游，十分快活，且大小不一，大到巴掌大小，小到拇指一般。循着岸边漫步，不久便来到一座拱桥前。这是一座按照古代的建筑风格建造的拱形桥，颇有古风。踏桥而过，步行 100 米便会看到一座类似雷峰塔的建筑物，占地 20 平米，高 80 米，仰头望去，给人以震慑之感。

绕过高塔，沿着鹅卵石铺成的小路继续前行，就来到了海边的一座小凉亭。在亭中望向远处，是茫茫的大海，坐在石凳上，吹着海风，让人想起了郑智化的《水手》，我不禁也想哼上两句以映衬这极美的情调。之后，便分出好多条路，继续前进，一路有青葱的玉树、细长的小溪、极陡的高坡和平坦的草坪。

一路下来，我们的心情得到了极大的放松。大自然的美景果真可以让人愉悦，难怪一些人会把房屋建在郊外这些风景秀美的地方呢。此次旅程让我们倍感舒爽，都不舍得离开呢。

作者：体育学院 2015 级本科生　房　洁

8 月 28 日　星期日　晴

山东省文博会志愿者・陈光志

山东省第六届文化产业博览交易会在济南国际会展中心盛大开幕。这是一场热闹而又有浓厚文化韵味的城市赶集，是为满足我们现代城市生活的文化经济贸易往来和精神文化享受而举办的。在会展中心正门可以看到“转型升级、融合发展、创业创新”的主题词，各个展区里的参展单位也有契合自己的展览主题，而它们共同的口号是“让文化成为生活”。

上午七点半我们几位同学就到了会展中心，八点多过安检进入高校展区。作为山大的学生，我们很高兴能守候在学校展区旁接受众多市民的咨询。山东大学展览的历史文化学院文化产业学术成果主要有《中国文化产业学术年鉴》和文化产业管理专业系列教材等业界权威作品，当然还有文化产业管理专业学生自主编辑的杂志《文化产业前沿》以及历届山大校长形象创意书签。许多市民来到展台都会驻足良久，详细了解我们的《年鉴》和教材系列情况。对于很多想阅读这些书籍的朋友，我们都会耐心告诉他们获取书籍的渠道。最受欢迎的还是萌萌哒的校长卡通形象书签，现场还卖掉了一些，也算是文化创意催生经济价值的一个小实例。十点左右，省长郭树清先生来到高校展区，走进了山大的展位，对展览情况作了详细了解。

这是我作为一个文化产业管理专业学生走进的第一场文化产业博览会，在这之前对它有过多种臆想，但最真切的感觉是“很有文化”。此次目睹经济文化大省山东省的文博会，我确实感受到了浓厚的文化底蕴，17个地级市各展风采、各具特色。青岛展区的暖色灯光布展最让我喜欢，啤酒与吉他、美食配书籍等慢生活情趣的展示，让人觉得很舒服。还有“时光印记”活字印刷手动体验，每位观众都可以亲手印制一首诗并拿回家，而它从此就是你永远的礼物。潍坊还是教科书里的样子——风筝的国度。临沂展区除了悠扬的沂蒙小调在回响，还有它作为书圣祖居的书法艺术的360度呈现。枣庄展区则走工艺制造的特色之路，展示了乐器制造工艺，如古筝、吉他等。现场的师傅演奏起来，音色优良且动听。鲁班锁的制造工艺也非常精湛，陈列的锁子都加上了漂亮的雕刻装饰，直让人想买一个。济南主展区就非常现代化，呈现的是最新的科技创新成果。但济南的几个市分区则把厚重的老济南特色完美展示给了观众：泉水和老街巷，芙蓉小吃和明湖雨荷茶等等，不一而足。看文博会的17个地级市就看懂了山东，看懂了山东的历史文化、民俗风情。

在这届文博会上，我还见到了来自台湾的高档饰品，喝了台湾的茶，欣赏了台湾独具特色的铜壶制造工艺。茶铜壶有老旧的感觉，壶身有些脱锈，眼睛一看便知。冲绳的朋友也来了，扫个码就能赠送一件小礼物加旅游地图攻略。一楼展区还有来自印度和巴基斯坦的精美家居用品展示，大多是紫檀雕刻的，每件作品都独具匠心，雕饰繁复华美又兼具实用性，南亚与中亚的家居文化在这里得到呈现。一件巴基斯坦工匠制作的黑棕色小提琴挂钟吸引了我，我拿起相机瞄着它不厌其烦地咔嚓咔嚓拍了好久。

在文博会上，还能亲眼看到书画大师们现场创作艺术品。牡丹花一瓣一瓣聚拢又绽开，点、染、渲，一样不少；浓墨字一撇一捺向左又划右，印、款、题，一个不缺。一位老先生用大羊毫笔说要写“竹”字，下笔却是“画”出竹字，两笔竖状显然是画了竹节来代替，真可谓书画不分家。

文博会给我的惊喜很多。参与组织某个项目或者参观某活动之后，我们往往会收获很多，无论是挫折烦恼还是快乐满足，都是可贵的收获。文博会的不足之处，大概就是它的轻车熟路导致展览模式没有摆脱常式。但很高兴它的体验式展览做得不错，VR 技术我就体验了三种：VR 游戏、VR 课程学习、VR 式观展，有趣又有料。参加了文博会我才知道，我们文化产业管理专业可以做如此多有趣的东西，可以进一步深入学习的领域这么广阔，可以承担的社会文化责任又这么切实——让文化成为生活。

我喜欢好玩有料的文博会，我喜欢“有文化”的生活，因为这不取决于贫困或者富足，而在于你要选择的生活态度。

作者：历史文化学院 2014 级本科生　陈光志

8 月 29 日　星期一　晴

西部阳光支教调研团湖南队成员·杨　夏

转眼暑假即将过去，回顾起这近两个月的时光，最鲜活最难忘的记忆是在湖南凤凰龙角村广恩欣欣小学 15 天的支教生活。

一张山东济南到湖南怀化 20 多小时的火车票，一场因南方暴雨晚点 11 个小时的等待，2016年的暑假里，队员们跨过大半个中国，终于到达了支教地点。湖南凤凰龙角村广恩欣欣小学是去年西部阳光的支教地，而我们此行是对短期支教的延续与定点。从我们与校领导交接，初识柴米油盐的艰辛，招生排课到用心上课，我们有过措手不及，但更多的是团队的协作与坚持。一路走来，收获了整个夏天的感动。

我们将报名的60余名学生分成低、中、高三个年级，除了舞蹈、体育、手工是大班授课，其余年级按着接受能力不同安排了语文、数学、社会、地理等课程，在之后的调整中还给每个班安排了班主任。我教低年级的数学，中年级地理、手工课，任中年级班主任，期间还给高年级代过语文和地理课。在每堂课前，我认真准备教案，起先是因为会在课堂上胆怯紧张，后来是希望课堂上每一分钟都对孩子们有价值，哪怕是一瞬间能被记住，也是一种幸福。

与孩子们接触是一种奇妙的过程，当有个小男孩在一群孩子中很羞涩地喊出“杨老师好！”时，我无比开心。下课之后与女孩们一起跳橡皮筋，她们教我跳“白雪公主”，很淘气地笑话我跳得很笨拙。我却一点儿也不生气，因为他们与我开玩笑就意味着已经把我当作自己人。下午放学之后，孩子们会带着我爬山、滚草坪、迎着风对着山谷呼喊，那时候，我们都变成了“野孩子”。在不知不觉中，心与心已经靠在一起。还会有小孩子在闲时走过来陪我写字、备课，和我玩“拉钩成为好朋友”的游戏。孩子们的信任很纯粹，需要我们尽力去守护，我们越来越能体会到支教者的责任。

最后一堂课结束时，我给孩子们讲了三点希望。第一，希望他们主动地探索寻找知识。我了解到这边的孩子很少有接触课外书的机会，于是建议他们看CCTV-10知识科普类节目。第二，每一个学科都是博大精深的，但兴趣是最大的老师，希望他们努力学习自己想学的东西。第三，希望他们努力向更高的平台去发展。讲到最后，连自己都热血沸腾，我不知道他们是否赞同，然而台下很多双亮晶晶的眼睛告诉自己，我的祝福很好很好。

“我和你一样，一样的坚强，一样的全力以赴追逐我的梦想，哪怕会受伤，哪怕有风浪，风雨之后才会有迷人芬芳。”是呀，这群孩子与来自不同城市，但在大学里都脱离了父母和家庭，在独立成长的路上磕磕绊绊的我们，都是一样的。

我们一样有梦想，世界一样需要我们去建造。

一场支教，我有幸与 14 个人结识，带着对支教的初心，克服一个又一个生存和生活上的难题，和孩子们一起成长。西部阳光口号“用爱去折射阳光”不只是口号，也不仅仅是社会实践的目的，在这里，它更是我们 15 人的付出和孩子们内心最真实的体验。

作者：经济学院 2015 级本科生　杨　夏

8 月 30 日　星期二　晴

中心医院实习生・王颢诒

初秋的气息已经铺天盖地了。在济南，季节的容颜虽没有浓妆艳抹，但也在该来的时候肆无忌惮。中心医院院子里落满了乔木的叶子，被夜晚的风刮得没有着落。这里既有挽救成功的欢欣，也有流逝的无可奈何，我看着患者和家属所流露出的喜怒哀乐，那是在面对生死时最真实也最残忍的心情。生者从这里生还，亡者也从这里消逝，还有人在这里挣扎徘徊。

今晚，我亲眼看着一个二十一岁的高壮男子躺在短短的担架推车上，不停地抽搐着，陪同前来的是还没有来得及穿好鞋子的父亲，他佝偻着背，却迅速而熟稔地缴费，向医生描述病史。这是我第一次如此真切地感受到一个癫痫病人的痛苦，他低声呜咽，双手紧握，在抽搐的间隙泪眼蒙眬地看着我，而我除了适时调整他口中缠着纱布的压舌板来防止他咬伤自己的舌头之外，没有任何办法。我很慌乱，而那位父亲却是那样镇定，他拍了拍我的肩膀说：“小姑娘，别怕。”然后扭过头向老师说：“五天之前他摔了一跤，那时候，我还没有意识到那是发病，就急匆匆地走了，谁知道五天之后我回来，他竟然躺在地下。”“所以，没有人知道他在五天中一共发病了几次，对吗？”老师询问道。那位父亲紧紧抿着嘴唇，艰难地应了声："嗯。" "好的，我知道了。"老师不再看向那位父亲，而是冷静仔细地给病人做体格检查、吸氧，我在一旁协助量血压、做心电图、开检查单、叮嘱护士抽血送检。一切似乎都在有条不紊地进行着。我却因为所有人的忙碌和冷静感到害怕，在我看来，一切都是那么不可预判。倘若我是医生，我不见得可以在连续高强度的工作后仍然保持清醒，做出准确判断并且给予治疗，何况患者并不能配合检查；倘若我是家属，我不见得可以在儿子不断发出的低吼声中保持镇定，向医生准确地描述病史，即使他之前已经多次发病。

我以为那位父亲是坚强的，老师向他解释病情的时候，护士向他递上化验结果的时候，推着儿子去做CT的时候，他只是紧紧抿着嘴唇，可是在要签"病情已知"这四个字的时候，我听到了他吸鼻子的声音，很轻。我也以为老师在抢救工作中是不带感情的，我知道他承担着拯救生命的重大责任，紧要关头不可以轻易被病人或者家属的心情所左右而影响判断，可是当那位父亲离开诊室去办理入住ICU的相关手续，只剩下那儿子逐渐平静的呼吸声时，我听到了口罩后面老师叹气的声音，也很轻。

我很想哭。急诊科的实习，使我第一次感觉到生命像一棵默默生长的植物，随时可能以参天大树的姿态给我迎面一击。它如此脆弱，可能会因为大脑里一根微细血管的破裂而消亡，因为一辆汽车的剐蹭而不见，也可能在与癌症的对抗中耗尽。但它又是如此强韧，只要被爱包围，即使身处冰天雪地，也能感到来自生命深处的力量，支撑着它走过泥沼，泅渡彼岸。

明天，那位父亲将去ICU探望儿子，我希望他们一切都好。作为医学生，想到我们将来所要承担和面对的处境，今天就要启程。

作者：临床医学院2012级本科生　王颢诒

8 月 31 日　星期三　晴

泉韵社会实践队成员・程亚旎

流光容易把人抛，美好的时刻总是转瞬即逝，让人难以忘怀，正如我们暑假里充满惊喜的社会实践活动。新的学期马上就要开始了，我一直在想写些什么，来纪念大学中第一次完美的社会实践。

"悦泉城久居羁旅客，润山大继往开来人"，首次与泉韵实践队的邂逅，便令人充满遐想，"泉韵"二字在嘴里细细咀嚼，有其独特的风骨和韵味。于是，既忐忑又憧憬的我，参加了泉韵实践队的纳新面试，幸运地成了这个大家庭中小小的一员。加入泉韵后的第一次见面会，至今使我记忆犹新，由一开始小小的紧张，到后来每个人风格迥异的自我介绍，再到最后的敞开心扉，都让我感受到这个团队独一无二的魅力与激情。互相熟悉之后，我们商讨制定出了此次社会实践的主题——老济南商埠区，开始了我们探索商埠区老济南的旅程。

考试周前夕，队里开始制定策划，然而，因为我没有写详细策划的经验，写出的策划总是达不到要求。后来参考往年的经验，并在队长的帮助下，我终于写出了周密详尽的策划。通过这件事，我的写作能力也得到了大家的认可，我也顺利包下了之后队里所有活动新闻稿的撰写任务。

考试一结束，我们便开始了社会实践的具体任务，在济南闷热的夏季奔向了经二路旁的老商埠区。斑驳的墙壁、古朴的建筑、粗壮的树木，无一不在昭示着这片土地的古老历史。我们兵分几路，探访并与几家商埠老字号取得联系，寻到了这座城市由千年田园都市向近现代工业城市嬗变的历史痕迹。我们也与那些见证了商埠变迁的老人交谈，听他们口中的老济南，然后在脑海中描绘出百年前的开埠传奇。最后，我们分别在宽厚里、商埠博物馆进行了商埠历史文化节活动，向人们展示了济南老商埠的古往今来、前世今生，令更多人关注商埠的韵味风骨和发展现状。

此次社会实践令我印象最深的就是与市民的互动，在商埠历史文化节中，我们举办了有奖竞答、展板展览、问卷调查等活动。在活动过程中，人们对老商埠区的发展变迁产生了浓厚兴趣，我也尽心尽力地为他们答疑解惑。而活动过程中也难免会有市民不配合，但这并不能打消我的热情和信心，相信社会实践的意义也正在于此。

美好的假期已过，社会实践的旅程也将走到尽头，那些流水带不走的光阴的故事，改变了我们，也磨砺了我们。一年过去了，泉韵教会了我很多，我对泉韵的感情也越来越深，接下来，我将继续与泉韵携手前行，发掘济南这座城市更多的魅力。

作者：基础医学院2015级本科生　程亚旎

9月1日　星期四　晴

青岛校区新生辅导员·于　玲

坐在济南到青岛的高铁上，复杂的心情似乎又使我回到了十年前第一次离家前往山大读书的时候。十年前，我是学生，是个对大学怀揣着憧憬和美好期待的追梦者；十年后，我是辅导员，是个帮助学生实现梦想、收获美好未来的造梦者。看着车窗外熟悉的场景一晃而过，心中有对济南的不舍，有对未来的忐忑，但更多的是对青岛校区的好奇和期待，在那里，我将迎来青岛校区的第一批学生。

学校安排了即墨火车站到学校的交通车。进入校园，我看着一座座拔地而起的楼宇，仍然会感叹青岛校区的成长速度。道路已经开始整修，两边栽种着法国梧桐，法桐树形成的小树荫给校区带来了一丝清凉。操场上仍然是一片繁忙的景象，工人们正在热火朝天地工作着，为新校区的启用争取时间。看着整齐划一的校园，谁能想到几年前，这里还是一片未开垦的荒地？

我们的办公室设在E3教学楼，房间内窗明几净。E3楼设置了总值班室、教师服务大厅、学生服务大厅、财务大厅、收发室、学院办公室、会议室等区域，功能齐全。学院办公室内标配了8套桌椅、橱柜，门口处设有洽谈桌，放置了绿植，整个房间干净整洁。教师服务大厅已经开始运行，工作人员热情而亲切，服务便捷而又周到。在这里，老师们可以办理入驻登记、领取钥匙，可以领取办公电脑、打印机，可以领取办公用品，可以进行打字复印，可以进行会议室使用登记……可以说是“一站式”服务。启动运行办公室的老师非常细心，竟然给我们每个人都配好了房间钥匙，准备好了办公用品。办公用品是按需领取，从抽纸到打印纸，从笔记本到剪刀、订书机，甚至是曲别针都准备好了，种类齐全，实现了“拎包入驻”办公。总之，我们能想到的，他们都做到了，我们没想到的，他们也都想到了，让人感到非常温暖。

一到青岛校区，我们就马不停蹄地投入工作之中。6个学院的党委副书记、辅导员与前期进驻校区的学生工作组人员汇合，正式开展工作。楼下的倒计时牌显示，距离校区的启动还有不到20天，青岛校区学生工作面临着新形势、新挑战。由学工部、宿管中心、心理健康中心、校团委以及学院党委副书记，还有我们辅导员组成的19人学生工作小组也进入了紧张的筹备攻坚阶段。从宿舍建设情况到迎新工作的安排，从讨论社区书院制建设到思考学生进入新校区后可能会遇到的问题，我们多次开会商讨，开诚布公，事无巨细，小到桌椅板凳都要仔细斟酌。工作之余，我们也到宿舍楼去查看学生宿舍的建设情况，看着哪个地方有问题，哪个地方可以改进。每一个宿舍我们都仔细排查，力求把各项工作做细、做实，让新生入学后满意、安心。

在青岛校区的日子，简单而充实，每天办公室、宿舍、食堂三点一线的循环往复，却让人有更多的热情和精力投入工作中去。看到每个人为了一个共同的目标而努力，颇有《士兵突击》里钢七连“不抛弃、不放弃”的感觉，温馨而振奋，这应该就是青岛校区的魅力。

早晨，阳光明媚，蓝色天空中滚滚过云，更远处可见青山几叠，好看得像是重影。校园内红瓦绿树，相得益彰。打开微信，看见同行的老师早起散步时，于海边拍摄的日出，一轮红日跃出海平线，阳光铺洒在海面上，灿烂得炫目。随着旭日升起，沐浴在晨光里的青岛校区，美丽得缥缈而又充满朝气，忽然就想起了一句诗：“试问岭南应不好？却道：此心安处是吾乡。”

作者：政管学院辅导员　于　玲

9月2日　星期五　晴

基础医学院本科新生·孙安祺

一花一声倾。这年，我曾在冬日苦读只为品苦寒之香，也曾为理想而放弃醉梦桃花风。只为，只为在菡萏尽处，尽赏泉城风光。

初来山大，便看到门口学姐的忙碌身影，亲切的话语为我们送来山大的第一声问候。及时的整理袋，贴心的小卡包，还有萌萌的小兔子，那一瞬间我切实感受到这就是真实的山大，充满着青春与热情，而非那多次徘徊在我脑海中的遒劲书法与校门。

走到报到处，身穿学院T恤的学长学姐们早已坐成一排为我们送来山大的“拥抱”。一遍遍的流水重复，初秋却还未褪去的骄阳，纷杂而又忙乱的人群，学长学姐们依然耐心地迎接一个又一个崭新的我们。一声轻轻的谢谢都会让他们神采飞扬，一杯水都会让他们感到无比的幸福。我们就这样走着，踏上他们用汗水为我们铺就的山医之路。

这廿载，曾赏国色天香，欣飘逸清扬，终不比君容轻声，相圆已梦。

一树一堂停。坐看青天古树相排甬道，驻停青墙黛瓦，鼓楼余香。

漫步在山大校园之中，两旁的树木枝干相错，投下片片阴凉，一步一树相伴随也不足为过，于是山大的这片小路也便随了这树的名字，青柏相通，银杏纵横。几人才能怀抱的树，伫立在门口，迎接着一张又一张稚嫩的笑脸，又目送着一个又一个坚毅的背影离去，留下的怕是只剩了山大和你。山大见证了你的沧桑，而你更见证了山大的辉煌。

古色古香的楼阁，低矮的庭院，似追忆堂前飞燕不舍相弃。踱步其中，感受到的不是历史的厚重与尘埃，而恰恰是学院的严谨和庄重。古朴的教学楼，似乎与楼内先进的设备不相配套，却恰似慈爱的母亲孕育着年轻的生命。

窗内青砖黛瓦，窗外青影苍山，为山大驻足，留其长青。

一衣一生情。谁念白衣一身轻，情深屡屡几多重。

来到山大便是为了追求自己的理想，成为最好的自己。总有人说医路漫漫，清苦做伴。但这是自己的选择，况且师生做伴，虽苦犹甜。我们的未来还未知，何必让他人成为我们的阻碍？如若不走，何以成路？如已成路，何惧前行？

未来之路且长且体验，且行且珍惜。相信八年的相守，必会得到一生的情留。

相约山大，丹枫树旁，橘香路下。

作者：基础医学院 2016 级本科生　孙安祺

9 月 3 日　星期六　晴

党员先锋岗迎新者・马心月

今天是迎接新生注册的最后一天了。前几日陆陆续续有新生来到这里，给宁静古老的趵突泉校区多添了几分朝气。虽然今天到校的新生数量比昨天少了不少，我们党支部设立的“党员先锋岗”的责任也丝毫不减，大家都十分认真地参与到迎新指引与介绍工作中。今天上午，我也成为先锋岗的一员，尽我所能地为新生们提供所需要的信息。

我佩戴上党员的胸章，站在先锋岗的指示牌旁边，充满了十二分的干劲和热情。我们在服务的桌子上准备了饮用水和纸杯、便携遮阳伞等能够给新生以及他们的家长带来便利的小物品，同时密切观察着，以便及时向他们提供帮助。校园里的新生们在到处兜兜转转，眼中的新奇夹杂着一点点的慌乱，跟我当年十分相像，恍然间，我好像看到了自己的影子。经常会有新生来到我们的先锋岗，询问路线以及周边的超市商场情况，我们几位服务的同学集体出谋划策，十分热心地回答他们；如果是方向感太差的新同学，我们的党员先锋还会亲自为他们带路和搬运行李。我身边的男同学们来来回回帮新生们搬了好几趟行李，也走了好几次远路，但丝毫不说累，也不在意额头上细细的汗，却总是继续对下一个迷迷糊糊转晕了的新同学微笑，然后帮忙带路。当我看到党员先锋岗上的同学全心地付出时；当我为新同学解答疑惑后，听到一声“谢谢学姐”时；当我与转完一圈校园，重新回到先锋岗附近的新同学相见，并会意地相视一笑时……我很幸福我能够来这里为新生们服务，感受到了一种不能用语言具体衡量的意义。

真的，当看到校园中有些小迷茫的新生时，我特别希望我的心声可以传达给他们：大学的一切可能性都值得去尝试，你会从中找到属于你的光芒，所以不要畏惧地去做吧！

作者：基础医学院2014级本科生　马心月

9月4日　星期日　晴

历史文化学院本科新生·张海颖

路漫漫其修远兮，心满满我山大兮。

看似漫长的暑假不知不觉就到头了。收拾行李，出发。

我第一次知道凌晨四点的天空这么美，点点星光闪闪烁烁，散落在暗蓝的天上，笼罩着四野，一如我对大学的幻想。几小时后我到达了学校，果然，大学是美的。一进校园，便瞧见合抱粗的老树，各式的园林小景，承载着历史的老建筑，青春阳光的学长学姐……在这里，古老与现代、历史的厚重与青春昂扬奇妙地融合在一起。在学长学姐的帮助下，我很快办好了入学手续。果然咱们山东人

图为 2016“牵手山大，助梦同行”对聊城新生张海颖进行家访 中间为张海颖

就是好客啊！之前山东大学学生资助中心主办的“牵手山大，助梦同行”生源地迎新活动在我的家乡开展宣讲，并且主动联系了我作为家访对象，详细给我介绍了生源地贷款、校园地贷款流程，强调了各种资助体系。更让我感动的是，我得到了一份意外惊喜——爱心能量大礼包，里面有印有山大标识的本子、信封、宣传单页、军训服装免费爱心卡和灾区临时困难补助等。我想，若在大学能收获感动，那么大学四年就是感动的四年。

大学，是一个相对于中学更高更广的平台，为我们提供了良师、益友、知识。我想，在这里，我离梦想又近了一步。完美固然不存在，但我不放弃追求完美。在未来的四年，我也一定会竭尽所能去完善自己、提升自己，争取成为一个有思想力、有行动力、有独立判断力的山大人。

我，新的山大人，来了。

作者：历史文化学院 2016 级本科生　张海颖

9 月 5 日　星期一　晴

军训开营仪式学生发言代表·罗青阳

从踏入山大校门的那一刻起，与亲朋好友分别的愁绪、来校途中的劳累、内心的忐忑似乎都被稀释了。看着亲切热情的学长学姐，迈着匆匆的步子，我兴奋，我憧憬，我期待。

正如山大校训所言：学无止境，气有浩然。平仄相谐的调子中蕴含的是勇于攀登、敢于吃苦的宝贵精神。《苏菲的世界》中的三个问题，我期待着山大给我一个答案。

大学给我的第一份惊喜竟然来得这么早：非常非常荣幸，我能够被选为新生代表在军训开营仪式上发言！三个月没拿笔的我临阵磨枪写稿子，真是一种别样体验。

写稿时，我问过自己：军训是什么？是无数遍的演练，还是日复一日的朝六晚九？是挥洒汗水的战场，还是恼人的束缚？但我也不得不承认：无数遍的演练是为了追求完美，规律的作息是为了珍惜时光，挥洒汗水可以蒸发不合时宜的娇气，恼人的束缚可以锻炼团队意识。

那不如一挥手上前去，迎接这第一课。

来吧，军训！来吧，汗水！来吧，我的大学！

作者：哲社学院 2016 级本科生　罗青阳

9 月 6 日　星期二　晴

管理学院军训学员 · 马潇杞

我们在无比毒辣的太阳下快要融化，一身又一身的热汗、一次又一次的下蹲、一声又一声的口令让我这辈子都难以忘怀，但最刻骨铭心的一幕，发生在军训动员大会上。

正午的太阳很是尽责，丝毫不吝啬它的光热。应军训要求，我们提前入场盘腿而坐，尽可能一动不动。终于挨到大会开始第一项奏国歌，我们全体起立，这时候我身边的一位男同学因为盘腿太久脚神经麻木，费尽力气站起来后摇摇晃晃，几乎就要摔倒，幸好前面的同学一把扶住，但他仍然还是难以支撑，斜靠在前面同学的身上艰难地站立着！太阳炙烤着，大会进行着，他还是以那个姿势坚持着，如同一尊庄严的佛像硬撑着唱完了整首国歌。然而，接下来更长时间的盘腿坐对已经达到极限的他是一个更大的考验。

大会中我们又一次要全员起立，他几乎完全“站”不住了，他艰难地扶着地，慢慢爬起，却完全控制不住自己的脚，他的脚一度脚尖着地，却因为无力而摔倒，身边两个高大壮实的男同学把他扶起来，然后摔倒，扶住，再摔倒，再扶住……这样可怕的循环惊动了队首的教官，教官匆忙赶来，要他先坐下缓一缓，他却摇摇头，一次次地努力着。在偌大的操场上我像个傻子一样热泪盈眶。是的，一入山大门，从此山大人，这样的精神，才是我们军训的目的，才是我一直想要的山大精神！

作者：管理学院 2016 级本科生　马潇杞

9月7日　星期三　晴

经济学院军训学员·王馨悦

转眼间，我踏着沉重而又轻松的脚步，走过了三天的军训时光。

骄阳下，操场中，阳光下折射着光芒的汗水，无声地诉说着每一个人的全心付出。时间亦在这疲倦但仍坚持的付出中缓缓流逝，换来了初见模样的队列，和对校园的日渐稔熟。

犹记得初来山大时，一切的一切都显得有些陌生。就在这短短几天里，一个端庄、包容的校园模样已在心中渐渐成形。在恢宏大气的图书馆中，浓香的书卷气挟着山大百余年的文化底蕴浸入每个人的心底；在千佛山校区的张衡路、蔡伦路上，那以真理至上的精神点起了科学的光亮；在耳畔那教官声嘶力竭的呐喊与同学们整齐划一的口号里，山大用这样的方式为我们上了刻骨铭心的开学第一课……

这一切的一切，关乎奋斗，关乎拼搏，而这正是作为一个山大人，应毕生奉为圭臬的字眼。奋斗在训练场的每一个动作里，亦是将来四年生活的分分秒秒。拼搏在队列中每一个脚步上，亦是未知旅途中每一个值得为之追寻的梦想。

山大用三天缓步向我走来，带着她的韵味，她的风度，她的气概。接下来的四年，我亦会以同样自信的步伐向她走去，亲近她的内在，感悟她的精神。

作者：经济学院2016级本科生　王馨悦

9月8日　星期四　晴

拉萨骑行者·陈春全

今天，身在校园里的我仍在回忆着暑假里骑行与徒搭的这段旅行，它们也随着岁月的流逝，为我的回忆添上了难以忘怀的一笔。那段日子，我永远不知道下一刻会发生什么，会遇到怎样的人，看到怎样的风景。结束以后，才有了时间和精力去回头看看这段经历。翻看着自己的日记本，一幕幕熟悉的画面又浮现在脑海里。

8月28日晚上8点，经过17天的骑行，终于，我到达了拉萨布达拉宫。“成都—拉萨”的骑行结束，“拉萨—珠峰—拉萨”的徒搭开始。这一天是骑行和徒搭的分界线。

第二天，在拉萨休息一天，我去海天夜市买了背包、水壶和帽子这些徒搭必不可少的物品。30日早上，一个人背着沉沉的背包走出了青旅，开始我的徒搭经历。这是我第一次徒搭，我不知道能不能搭到车，也不知道结果会是怎样。出发后，我坐19路公交车出了拉萨城区，上了318国道。

我一边走路，一边向司机伸出大拇指，一位藏族大叔的私家车停在我旁边，这是我搭到的第一辆车。内心还是有些小激动的。搭车到达日喀则的时候，已经晚上10点钟了，经过一路的颠簸，我冲下车扶着路边的树，吐了。离珠峰还有一百公里的那段路是最难搭到车的，但这时依然要保持嘴角上扬，永不放弃。到珠峰的时候是下午5点，去完珠峰大本营回到住宿的营地，我在世界上海拔最高的邮局给朋友、家人还有自己寄了明信片。凌晨4点，我从床上爬起来，看珠峰的夜空，满天繁星，看得见银河。

我搭了同住一个旅馆的自驾游师傅的车，出了珠峰国家公园，上了318国道。去拉萨的车是很多的，搭车返回拉萨的过程要比前往珠峰简单一些。当走在拉萨的街道上，回头看这段经历，有点儿难以置信。几天前，从这里出去的时候，还什么都不敢确定。现在，已经真的实现了这段徒搭计划。

深入社会，融于自然，挑战极限，超越自我。这是山东大学自行车协会的十六字宗旨。我，一直践行着。

作者：信息学院2014级本科生　陈春全

9月9日　星期五　晴

威海校区海洋学院党总支副书记 · 孙丽霞

在第32个教师节即将来临之际，山东大学隆重举行庆祝2016年教师节暨优秀教师表彰大会，我代表“海豚计划—导师课堂”帮扶学业困难学生项目（以下简称“海豚计划”）来领取师德建设优秀案例的荣誉，这是我职业生涯中第一次和这么多优秀教师并肩站在如此高规格的领奖台上。听了张荣校长的讲话和获奖教师的发言，我深刻感受到教育事业的崇高和教师职业的光荣与责任。

从李守信书记手中接过沉甸甸的奖牌，我心潮澎湃。开展“海豚计划”时，我并没有想要去申请什么奖项或荣誉，只是基于学生的自身需求和学院实际情况，基于多年工作学习逐渐形成的信念——学生面临的所有问题都是他们学习成长的机会：我相信每个学生都有一颗积极上进的心，作为教师有义务唤醒学生心中那个沉睡的梦想，让他看到心底那颗向好向上的种子；我相信每个学生都拥有解决自己问题的资源和力量，作为教师需要启发学生思考解决问题的角度，提升解决问题的意义与价值；我相信改变不可避免，作为教师应该成为学生成长成才的陪伴者、支持者，激发学生心中潜能，每天进步一点点，小变化就会引发大改变。

身为学生教育管理工作者，在双一流建设过程中，工作的焦点不能只停留在培养精英学生身上，也要关注那些需要我们帮助和扶持的学生，因为他们“曾经优秀，不想落后”。“海豚计划”取意于海豚不放弃同伴、不让一个同伴掉队的天性，针对学生挂科率高、学习难度大的课程，邀请本科生导师和学习优秀者进行课业辅导，缓解学生学习压力，增强学习自信心，提高学生考试通过的比例，为“学困生”争取更多的学习补救机会，达到“一起学习不掉队，互帮互助同进步”的目标。

著名哲学家雅斯贝尔斯在他的《什么是教育》一书中写道：教育的本质就是一棵树摇动另一棵树，一朵云推动另一朵云，一个灵魂唤醒另一个灵魂。当我看到学生通过“海豚计划”降低了对课程的畏难情绪，提升了完成学业的信心时，我知道学生们正在朝着自己的梦想奔跑；当我看到通过“海豚计划”促进了师生间更多互动、增进了师生间的情感交流时，我感受到教学相长的魅力。“一个人

右起第 4 位　孙丽霞

可以走得很快，一群人可以走得更远更好。”获得奖励不是“海豚计划”的结束，而是深耕的鼓励，我将和同事们一起，乘着此次表彰大会的东风，继续为学生们的成长成才提供全方位的服务与指导。

我心中有一幅美好的愿景：在学生毕业的时候，我们所有人都能成为更好的自己，成为优秀的山大人。那时，我们将击掌庆贺，庆贺自己执着坚持下取得的成绩；我们将拥抱致谢，感谢所有陪伴者对自己的支持与帮助。“只要相信，就有可能。”我相信，在齐心协力之下，这个美好时刻一定会到来！

作者：威海校区海洋学院党总支副书记　孙丽霞

9 月 10 日　星期六　晴

基础医学院本科生・薛荫荫

今天是一个特别的日子，因为这个节日是为特别的人设定的，而这群人从我们咿呀学语的幼儿园一直到现如今步入大学的伊甸园，都在一直陪伴着我们，他有一个光荣的称号——教师。

9 月 10 日，是我们恩师的节日，他们，或年轻，或年长，或随和，或严厉，一个又一个，从我们的岁月年华走过。他们为我们的人生启航，却甘于如春雨般润物细无声，静默地呵护着我们，给予我们充足的养分，将自己的所有全部奉献出去，却不求馈赠。他们，是莘莘学子的启明灯，不炫耀，不显眼，却弥足重要，不可或缺。

说来惭愧，我在今天也没有对自己的老师有什么特别的问候和邀约，由于手机格式化，所有东西都消失了，连借以沟通感情的手机号也没了，我只能一大早在之前的班级群里发一个红包，让更多的人抢红包，让对老师更多的祝福满满倾泻出来，只愿我的老师节日快乐、安康延年。

我一直觉得教师是一个伟大又无私的职业，伟大是因为它不仅仅是一份工作，更重要的是，它点亮的是一个又一个孩子的未来，给半大点儿的孩子纯净无瑕的绘图上，一笔又一笔，增添亮丽的色彩。而无私，是因为我们的老师用毕生所学教育了一批又一批的学子，可是，大部分的学子也许分别的一两年还会想着以前的老师，可是，之后，三年、五年、十年，会有越来越多的人忘记曾给予自己谆谆教诲的老师，更多的，恐怕只是一个模糊的记忆，一个遥远的梦境。

老师们，你们是我们所有人的恩师，真诚如您，无私如您，静默如您。您，值得我们所有人致以最高的敬意、最美的礼赞。拾起与您有关的记忆，珍藏，妥帖安置。

作者：基础医学院 2015 级本科生　薛荫荫

9月11日　星期日　晴

马克思主义学院新生·黄　敏

来济南的第十一天，开始渐渐融入这座城市。

闷热的天气，迟迟不肯离去的夏日，像极了南方。

坐在图书馆里，清爽的风缓缓滑过落地窗，绿萝的枝叶轻轻摇曳。我停下手中的笔，合上书，欣赏着窗外的景色。高大的梧桐树，温柔的阳光，飞机飞过头顶的轰鸣，一阵阵穿过云层，有点儿灰蒙蒙的天。

难以想象，十一天前我还在南方的家乡，而此时此刻已在梦寐以求的山大图书馆里学习。当初因为喜欢北方，喜欢济南，喜欢山大，就义无反顾地一个人报考了山大，从来不曾后悔，也不曾放弃，结果做到了。来了之后，开始的一个星期特别不适应，无论是气候，还是饮食，都和南方不一样。但庆幸，我遇到了特别好的师兄师姐、同学室友，还有我的导师，他们都非常好，北方人惯有的爽朗、率直与热情，深深地打动了来自南方的我。在他们的帮助下，我慢慢地适应，一起早起去图书馆自习，一起商量在几楼吃饭，一起去操场上散步锻炼身体。

耳边传来熟悉的口号，是正在军训的大一新生。四年前，我也是穿着这一身军绿色踏上了大学的征程。四年后，我不再有这样的开头，但我也作为一名新生在山大开始了新的旅途。我们将有相同的结尾，从此我们都打上了山大的烙印，都成了山大人。

旁边的女孩拿着毛笔一笔一画地勾勒，我戴起眼镜，充满好奇地瞥了一眼，似乎是一首词牌名为《沁园春》的词，真是一笔好字啊，心中不禁赞叹道。这就是山大学子，多才多艺，专心致志。

我收起思绪，翻开书本，一种归属感在脑海中弥漫。

开学的前几天我还在难受得想哭，走在陌生的街道，看着陌生的面孔，听着陌生的口音，对朋友诉衷肠，写着对朋友的思念：尽管人来人往，只是没有你，但挥之不去，全是你的影。

第十一天了，今天的我乃至今后的我想对山大表心意，把对家乡和朋友的思念放进山大的怀抱：喷泉，晚风拂过脸颊，是你的气息，你轻轻诉说着你的历史，让人沉醉，让人着迷，让人为之奋斗，为之努力去“一览众山小”。

作者：马克思主义学院2016级硕士研究生　黄　敏

9月12日　星期一　晴

山大军训团一营二连连长·肖志浩

白驹过隙，一转眼我已经从大一的“小鲜肉”变成了大四的“老司机”。掐指一算，我已经在山大度过了四年的军训生活。每到这样的时刻，我都能在这群可爱的孩子身上看到自己当年的身影，不免触景生情，感触良多。

从前我是一个不安分的人，用我们的话来讲，可以说是“跳”。也许我一直都是一个不安分的人，我也不知道为什么像我这种向往自由、向往无拘无束生活的人会选择当一名国防生。也许是命运指引，也许是一腔热血。总之，当初的决定我记不清了，但是现在我可以很坚定地告诉自己，走上“兵”这条路，我无怨无悔，无悔青春，无悔人生。

我很感谢自己的学员们。每次和他们交流，我都有种回到18岁的感觉。我感觉自己变得更年轻了，更有活力了。在军训的时候，我会遇见各种各样的事情，会经历很多：有时会被学员们夸张的队列动作逗乐，有时又会因为个别同志的不安分而生气；有时会因为学员的不舒服而揪心，有时又会因为学员所取得的成绩而自豪。短短的20天，我会经历各种各样的情感，而这一切都是在考验一个人的智力与勇气。

军训已经进行了五天，细细品味，我发现自己笑过、怒过，但此时此刻写下这篇文章的时候，我感到自己是幸福的。他们都很懂事，也很体贴，时不时地就会让你心里一暖，荡漾起开心的涟漪。还记得有一次，我发怒了，狠狠地训了他们一顿。结果当我回到宿舍的时候，打开手机，我看到了很多消息，内容不是他们埋怨我，恰恰相反，他们一个个都来问我："连长，你还生不生气啦？我们知道错了，下次再也不会这样了。"看到这些消息，我心头一热，嘴角微微上扬。他们真的很可爱，真的很让人感动。

我经常会和我的国防生教官们交流。我很自信地说，我带的是由数学学院和艺术学院组成的连队，这是一个智慧与美貌并存、文艺而不失才情的连队。他们总会说我"又来显摆了，真不要脸"。说到这，我总会付之一笑。在他们看来，这是不好意思的笑，其实我那是发自内心的快乐。我们是智慧与美貌的化身。

不得不说，军训是一件很辛苦的差事。作为一个教官，我不仅要负责学员们的日常训练，同时还要替他们的身体、心理情况操心。我几乎每天都是倒头就睡，然而快到起床的时候就会自然醒来。这一切都是因为肩上的责任。我感谢生活，感谢在我生命中遇到了一群如此可爱的人，为他们付出，我无怨无悔。

作者：数学学院 2013 级本科生　肖志浩

9 月 13 日　星期二　晴

青岛校区新生·王庆鑫

从最初上学起就盼望的这个暑假已经接近尾声。这个假期很长，长到其他同学已经在异乡望月，我仍在故乡与家人欢聚；这个假期很短，短到刚送好友同学一个个离开，自己也要马上启程。这段岁月有欢乐，有悲伤，有欣慰，有遗憾。但不管怎样，曾经的一切都已经过去，新的起点已来到眼前。

作为山东大学青岛校区的一名新生，我的内心充满了期待，同时又感到迷茫。期待的是那碧海蓝天构成的校区图景，丰富多彩的大学生活，来自五湖四海的同学，以及为我们敞开的新的知识的大门。迷茫的是贴吧里网友所描述的并不是很方便的周边环境，将要面对的独立生活，以及对大学生活的安排。也许是习惯了高中那虽然被动却充实的学习生活，也许是已经麻木了父母都为我安排好的作息，猛然间要独立面对这一切，发现自己是那样的无力。有时候我不禁问自己：你连个衣服都洗不好，自己独立，行吗？

行，必须行！懦弱地逃避倒不如勇敢地面对。换个角度来看，问题就是机遇，麻烦就是磨砺。

不会洗衣做饭，那就从现在开始学习，没有学长学姐引路，没有社团，那就自己创建，从零开始。问题是人解决的，方法是人想出来的。问题多的地方，机会不也多吗？与其因为麻烦而忧愁，倒不如自己去解决问题。

说干就干！从第一次西红柿炒鸡蛋放多了水变成鸡蛋汤，到一盘新鲜透亮的番茄炒蛋，手指上的这点儿小伤算不上什么。从一开始寥寥数人的QQ群，到社团筹备组的人员越来越多，海报、LOGO、社团章程……新生中卧虎藏龙，在各位同学的努力下，青岛校区桌游社、动漫社已经雏形渐显，我心中的喜悦难以言表。

现在，我心中的期待已经占据优势，迷茫已缩到角落。还未启程去报到，我却对未来充满了信心。无论前面等待我的是什么，我都会勇往直前。有问题就解决，没有问题就继续努力。也许说这些有些年少轻狂，也许这么讲有点儿大言不惭。然而，新的大学生活在即，我必须向前。山大，我来了！

作者：环境学院2016级本科生　王庆鑫

9月14日　星期三　晴

新闻传播学院副教授·倪　万

2016年9月14日，山东大学新闻传播学院终于迎来了独立建院的仪式。回首山大新闻传播学科发展的历程，从获批新闻学本科专业到独立建院，正好经历了 20 年的历程。1996 年山东大学恢复新闻学专业的教育，当时的中文系也于 1997 年更名文学院。2007 年，我从山大电子工程系毕业后留校至当时的文学院工作，从最初的一名辅导员，逐步成长为一名传播学专业的教师。在这一过程中，我亲历了山大新闻学科的奋斗与成长，回首往事，感慨万千。

山东大学素以文史见长，与新闻学专业同属文学院的汉语言文学专业在山大百年历史上有着极其重要的地位和影响力。而新闻学专业作为山东大学的新建专业，在中国 20 世纪 90 年代传媒大发展的背景下，有着强劲的时代活力。学院最初从 95 级、96 级的中文专业学生中各选择了 20 余名作为新闻学专业的试点教学对象，从 1997 年开始以新闻学专业的名义独立招生本科学生，我很有幸成为这一批学生的辅导员和学生工作管理者，陪伴他们顺利毕业。到现在，也更是见证了他们作为山东大学新闻学专业最早毕业生的发展与辉煌，他们有的赴海外或国内名校攻读硕士、博士，现已成为新闻学教学研究的中坚；有的长期从事媒体工作，已成为国家级媒体到地方各级的媒体骨干；有的在部队、高校及其他企事业单位取得了骄人的业绩。可以说，新闻学专业的毕业生，从一开始就为山东大学的历史写下了辉煌的一笔。

2000 年，山东大学获批山东省第一个新闻学硕士点，从此山东大学的新闻传播学科开始由教学型培养向研究型培养迅速转变。2004 年获得传播学硕士点，2010 年获得新闻传播学一级学科博士点（当时全国新闻传播学一级学科博士点共 15 个，目前 16 个）和全国第一批新闻与传播专业学位点，后获批新闻传播学博士后流动站。山东大学已逐步建立起了山东省唯一的新闻传播学“学士（本科）—硕士（研究生）—博士（研究生）—博士后”完整的人才培养体系，在全国新闻传播学教学科研的格局中占有了一个非常有利的位置。

2013 年，山东大学被中宣部、教育部确立为全国首批 10 所与地方宣传部共建的高校新闻院系的单位之一。在这一背景下建立起的新闻传播学院，得到了宣传部门、教育部门以及学校自身的高度重视，山东大学新闻传播学科也迎来新的发展起点。

虽然她还不够强，但聚集了一批兢兢业业的业务教师，并陆续有国内外名校的博士、博士后加盟；虽然她还不够大，目前仅有二十余位教师，是全国新闻传播院系中规模最小的一分子，但随着独立建院，我相信新闻传播学的师资规模、学生规模及其他的教学科研状况都会提升到一个合理的级别。让我们共同期待新闻传播学科的大发展。

我作为见证了新闻传播学科发展的教师之一，也衷心地祝福山大、祝福山大新闻传播学院 Day Day UP！！！

作者：新闻传播学院副教授　倪　万

9 月 15 日　星期四　晴

基础医学院本科生·王怡心

已经记不起这是第几次不在家过中秋了，高中离家，大学跨省，无数个月圆的日子只能望着天空，祈愿家人一切安好。《月光》中唱道：“月光洒在每个人心上，让回家的路有方向，离开太久的故乡和老去的爹娘。”曾经是那么想离开爸妈，让自己“仗剑走天涯”，可是真正到了离别的时候，眼泪却又不由自主地掉了下来。

夜跑时看到操场上学院为新生精心排演的中秋晚会，这一届的新生想必很幸福吧！记得我入学的第三天，恰逢中秋，还未适应紧张疲惫的军训生活，父母便悄悄离开，临行前才打电话告知我。宿舍小伙伴正趁着吃饭休息的空当儿拉拉家长里短，接到的电话让我们措手不及。是巧合吗？几位家长都在这天离开。打完电话后，我当即控制不住，到走廊里默默流着泪，说来也奇怪，明明高中经历过无数次的别离，现在又这样孩子气。集合时我们马上就要表演中秋班级合唱了，我压低帽檐儿，极力地控制自己不想家，往周边一瞟，发现一些女孩子也在擦泪。估计这就是传统节日的力量吧，秋逢白月正圆时，团圆赏月总是胜过“对月独酌”。

今天读完了龙应台的《目送》，写到“漫山遍野茶树开花”一章时，详细叙述了她父亲最后的饮食起居以及患老年痴呆症的母亲而今的生活状态，“回忆母亲年轻之时，谈笑风生好不欢乐，送走父亲后精神疲惫大受打击”。文中一句普普通通的“时光飞逝”此刻读来感慨万千。我在今年暑假倔强着不回家，要在实验室做实验、学技术，看完这些文字后很想抱抱爸妈，看看他们额上的皱纹与鬓角的白发，“这幸福的每一秒钟匆匆溜走”，上大学后回家的日子只会更少，不会再多，现在的我再也无法像儿时那样粘着妈妈买零食、缠着爸爸看球赛了。

我拿起手机，打开家里的微信群，写下一句：“你们好吗？好想你们。”

作者：基础医学院2014级本科生　王怡心

9月16日　星期五　晴

青岛校友会迎新者·张　欣

早上7点半，我一改放假睡懒觉的习惯，和姬广秋学姐一起驱车赶往和校友们约好的集合地点。经过两周的酝酿和宣传，我们青岛校友会到新校区迎接新生的活动今天就要开始了。在中秋节假期的第二天，30多位校友放弃休息，自愿前往新校区帮助学校迎新，也是为了一睹新校区的真容，毕竟，我们已经期盼得太久了。

8点半至9点，校友们陆续集合在海大崂山校区西门，十多辆私家车都贴上了校友会特意制作的红色车贴“山东大学青岛校友会热烈欢迎新同学入学”，并列队打着双闪驶入青岛校区，沿途十分拉风，别的车都在向我们行注目礼呢。

在我们的会长肖黎大姐带领下，大家很快就进入了“工作状态”。今天来迎新的校友有七几级、八几级的老学长学姐，也有九几级的中坚力量，还有2000年后入学的年轻校友带着孩子前来助阵；大家有的来自济南各个校区，也有的来自威海校区，校友迎新队伍可谓是“老中青三代，跨校区组合”。当大家都穿上

了统一的、带着青岛校友会标志的红色T恤时，就成了新校园里一道美丽的风景。每当一辆大巴车停到迎新区前面，肖大姐就带领大家迎上去，对远道而来的新生和家长们表示慰问，并让大家分别帮着他们拿行李，引导他们到自己的学院迎新点报到，有些甚至在报到后又一路送到宿舍。校友们真挚的情感表达感动了新生和家长们。

在为学校的媒体录制视频的时候，校友们喊出了这样的口号：“山大，青岛欢迎你！山大，青岛校友欢迎你！”我相信，每个人在说出这句话的时候都是由衷的，如果不是毕业后就离开山大、离开济南的话，可能不太理解校友们的心情。我记得有校友打过比方，我们就像离家已久的孩子，想起的都是家的好。谁也没想到，山大会这么快回归青岛，来到了我们身边，山大的课堂、小树林、学生宿舍曾经是所有校友们青春的载体，如今我们在家门口就能重温大学时代了。

今天，在迎新的间隙，大家好好参观了新校区，感到由衷的骄傲，也为新同学们感到高兴，祝愿“小盆友们”在这里度过难忘的大学时光，收获最宝贵的青春。青岛欢迎你！

作者：文学与新闻传播学院2003级校友　张　欣

9 月 17 日　星期六　晴

青岛校区新生・谭金欣

初来青岛是在前天，蓝天、碧海、红楼，山大初印象，美不胜收。

踏入期待已久的新校区，我遇到了第一位学姐，她负责给前来报到的新生和家长指示方向，且不提她长得特别美，也不提她就是我们政管学院的，单凭她与人交流的热情、稳重与亲切便已让我赞叹不止了。在她的指引下，我来到了政管学院的报到地点，相迎的是同样热情、成熟、亲切的学长学姐，我暗自羡慕，要是自己哪一天也能像他们一样优秀，便不虚山大此行。

安顿下来以后，我便接到报到处招募新生志愿者的通知，虽然有些犹豫，也有些害怕，但我还是鼓起勇气去了。从宿舍走到会场以后，我呆呆地不知所措。我的辅导员于玲老师很和蔼，更贴心，她笑着问我有什么事，我的局促感一下子就消失了，她继续笑着鼓励我。我的第一份工作是帮助柳馨学姐收集整理要发给新生的资料，我慢慢观摩，慢慢学习，总体还比较顺利。只是有时候青岛的海风太热情，常常把这些资料弄得漫天飞扬，把我逼入窘境，但学长和学姐们从不抱怨，当资料散落一地的时候，他们是最先弯下腰的人……我注意到，我们学院的报名点前面一直坐着一位女士，她常常在家长休息区和家长交谈，有时候也会和学长们一起做一些事，她总是微笑着，态度和蔼而诚恳，后来我才知道，她就是我们学院负责本科生工作的董雪梅书记。事必躬亲，和蔼温柔，这就是董书记给我的第一印象。后来，我和我的室友一起去帮忙，我们不仅收集整理资料，渐渐地也熟悉了一些流程，甚至可以处理一些状况，我发现自己和别人交流，也能像我遇到的那位美女学姐一样亲切热情，但我唯一欠缺的是那份稳重。最令我感到高兴的是，那位美女学姐看到我来迎接新同学后，给我竖了大拇指并说："做得好！"我的内心感到特别满足。

新校区的夜是独特而美好的。夜幕降临，报到的人渐少，夜风也有了凉意，晚灯传来温暖，每一片灯光下都可以承载一份情怀，我们和学长学姐坐在一起，说了很多很多。在交谈中我才发现，今天一起共事的学长学姐都是非常优秀的人，这里面有院刊的主编聂大神，有ppt做得又快又好的曼莉姐，有长得具有阿信气质的宋学长……很多很多优秀的前辈，都教会了我大学应怎样学习，跟他们一起，惊喜不断，成长不断。

这一天我们干劲十足，所做的工作也越来越顺手，虽然很累，但我们都感到充实与满足。

这就是新校区，青的岛，红的楼，彩色的山大，彩色的青春。

作者：政管学院2016级本科生　谭金欣

9月18日　星期日　晴

青岛校区迎新志愿者·孙先正

从15号随大部队驱车到青岛，算下来已经三天了。一路上多有见闻。油黑的柏油高速路连贯济青，但凡人烟所到之处，逢山铺路遇水搭桥，放眼所见，既有风吹不化的浓雾遮道，又有群山环伺菽麦起伏，还有万米胶州湾大桥横亘东西，广厦高楼直刺天宇。时间总是容易打发的，坐了五个多小时，校车驶入鳌山卫。

一进入青岛校区内，山大的气息——山大红就扑面而来。已经完工的建筑都上好了漆，颜色大体与兴隆山校区的建筑颜色相仿，或者是淡黄色，但是上面的瓦片却一律是红色的，远远望上去很是好看，校区内部的建筑都已经初具规模。从校门口驶入，打眼一瞧，就看见了巍峨的博物馆，周围是体育场、振声楼，往北看，就望见了尚未完工的图书馆，它的外壁上挂满了长短不一的脚手架，工人们还在紧张地赶工期。宿舍楼已经可以投入使用，独立卫浴上床下桌，装潢像宾馆一样。

青岛与济南相比不同者甚多。硬件条件自不待多言，青岛校区的气候和环境要好得多。这里空气更湿润、清新，天空也是蓝莹莹的，往东走就是大海，往南是一些绿茵茵的小山丘。现在还有部分设施正在抓紧修建，可以预见，未来的几年这里会是怎样的蔚然大观。但两地也有一些相同之处，老师还是原来的老师，食堂里的饭菜不少也还都是济南的味道，只是宿舍、食堂的阿姨很多都是本地人了，不能像在济南一样逢人就喊“老师”了。

迎新的工作还是很紧张的。16 号上午迎新工作就已经全面展开了。一排长桌上摆满了各式各样的材料，我们收材料发材料忙得不亦乐乎。学校送来了不少大礼包，里面装着一些生活用品，专门送给新生，这也让我们不由得佩服学校的良苦用心。期间有不少家长询问一些与大学生活有关的问题，比如学习之类的，我们都十分耐心地予以解答。还好有几个新生在一旁帮忙，到了 17 号下午，迎新工作已经基本上完成了。

虽然我现在已经是大三的老生了，但是再次来到迎新现场，我还是很羡慕大一新生们的蓬勃朝气。我相信，在新的校区里，等待他们的是更加美好的未来。

作者：政管学院 2014 级本科生　孙先正

9 月 19 日　星期一　晴

环境学院新生辅导员·信　鸽

作为一名 2012 级刚刚毕业的学生，来到崭新的青岛校区，成为首批进驻学院的辅导员，我想我是非常幸运的。我将和青岛校区一起成长，一起进步。回忆过去，我才发现，这一切似是最好的安排。

原来我不了解你。

初入大学，我不知道还有辅导员这样一个工作，也不知道会有辅导员来陪伴我度过最惶恐、最无措却又最美好、最珍贵的大学时光。在我的印象里，辅导员是一个麻烦与挑战的使者，他总是让我们填写烦琐的表格与复杂的个人信息，总

是带来一个又一个的选拔与奖助机会，总是让我鼓起勇气，去面对一个又一个的挑战。

原来我很羡慕你。

或许是因为可以在大学里接触最年轻、最美好的学生，亦或许是因为我的辅导员深深地影响了我。渐渐地，我开始对学生工作产生浓厚的兴趣，我希望有机会可以体验辅导员的苦辣酸甜，希望像他们一样在培养学生的过程中成为更好的自己。

现在，我成了你，才明白：

缘来你是一份辛苦。

总是觉得，我是一位幸福的开荒者。保资之后，我被分配到山东大学青岛校区，我见证了青岛校区的建设与成长，并有幸成为建设者当中的一分子。由于一开始要在济南、青岛同时开展工作，所以经常两地奔波。暑假都用在了准备迎新策划及工作计划上面。开学后，从迎新现场的布置，一直到将 88 名环境科学与工程学院的新生迎进青岛校区，一份份资料、一件件事情，都是需要我时时顾及与思考的。迎新结束后，家长见面会、新生见面会接踵而至，其中的酸甜只有我自己知道。原来，成为更好的自己，是为了更好地服务于我的学生。

缘来你是一份感动。

在新生见面会之前，我和一位学生的母亲聊天，她说了一句话令我感动至今。她说："信老师，你知道吗？我看你很年轻，又戴着一副眼镜，特别像我女儿，我相信你一定可以带好他们的，加油！"作为一名刚刚大学毕业就带新生的辅导员来讲，最大的心理包袱就是担心因为自己太年轻、不成熟而得不到家长的认可与信任。是这位家长的话让我放下了心里的包袱，自信从容地面对所有的质疑，面对我 88 位可爱的弟弟妹妹。就在昨天英语考试的前一天，负责分发耳机的同学突然告诉我还有 8 名同学的耳机找不到，我一时着急就责怪了他。没想到，一米八几的小伙子突然眼眶泛红，和我说："导员，对不起，我回去征求那几位同学的原谅，把损失补全，对不起。"我的愤怒一下子全都消失了，我感动于他的担当，感动于他泛红的眼眶里深深的自责。

原来，辅导员离我这么近，时时刻刻，点点滴滴；缘来，我成为一名辅导员，我定会与我的学生们相随，陪伴他们度过未来的大学时光。

作者：环境学院2016级辅导员　信　鸽

9月20日　星期二　晴

医学院1951级校友·杨庆余

昨日，山东大学医学院1951级本科校友从五湖四海重返母校，于趵突泉校区举办毕业六十周年聚会活动。作为一名年逾耄耋的山大学子，在有生之年能重回母校，何其有幸！想起昨日的情景，老友相聚，把酒言欢，追忆往昔，畅谈今朝，心中感慨万千，遂今日赋小诗一首以记之。

真情的思念

这里是我的精神家园
不论身在何方
总是魂牵梦萦
这里是我们真情的起点
不论分别多久
思念直到永远
六十年弹指一挥间
第一次相会在
久别的校园
喜悦的泪水盈满双眼
竟认不出对方的笑脸
探望辛勤师长园丁
倾述各自的真情思念
打电话　发信件
寻找多年没见的同学
你是在大洋的彼岸

还是在祖国的边关
出版的“51 级通讯”期刊
把每个人的心声
像吸铁石
紧紧地　紧紧地吸在上面

转眼又十年
第二次我们相遇在济南
心里话怎么说也说不完
成立“校友基金会”
捐赠爱心款
把爱送到同学心间
赠送珍贵的图书
为同学伙伴献上
丰盛的知识大餐
“真情”“饮水思源”
凝成两块美丽的奇石
耸立在迎宾路口
教学楼前

光阴似箭　一晃又十年
第三次我们围坐在
趵突泉边

回想起六十年前
我们在田径场上
各项比赛连连夺冠
校运史上唯一金牌得主
就是我们班
“钢琴独奏”“黄河大合唱”
仿佛就在耳边
难忘的毕业告别晚会
让我们彻夜不眠

忆往日激情岁月
品味人生甘甜
无论是科技领头人
还是当今的白求恩
很多　很多人
就在我们中间

今天我们相聚在这里
为母校百年华诞
为毕业六十周年

别说我们七老八十
今天　我们风华正茂
恰同学少年!

作者：医学院 1951 级校友　杨庆余

9 月 21 日　星期三　晴

开学典礼本科新生代表·苏　山

今天，山东大学举办了 2016 级新生开学典礼，中心校区的体育馆处处洋溢着青春的气息与昂扬的斗志。经过军训洗礼的每个同学，似乎都在翘首期盼着新起点的开始，每个人都变得更加坚定。或许，山大人的精神已经初步刻在了我们心中。

很荣幸我能作为本科新生代表发言，有机会与老师和同学分享初为山大人的一些思考和感悟。当我站在那方讲桌前，心中真的是感慨万千。这方讲桌，不知承载了多少学者教授那饱含哲理的话语；这方讲桌，又多少次年年迎来送往，含泪离别却笑着迎新……山大的确充满了故事。

其实我和山大还是蛮有缘分的。从小申请各类账号的时候，我都无一例外地用“大山”作为网名，朋友们也都习惯叫我“大山”。大山山大，山大大山，数年后的今天，我最终来到了山东大学这个美丽的校园，这冥冥中也是和山大的一种约定吧。

我在发言中调侃地说道：“山东自古出学霸，山大尤甚。”其实我从小也被周围人称作“学霸”，似乎也是“别人家的孩子”。山东大学作为一所百年名校，在专业知识学习方面为每一个同学提供了更广阔的舞台，创造了主动发展的无限空间。张荣校长的讲话很大的篇幅都在提如何去学习，“博专结合”“学思并重”“知行统一”是我们时刻铭记的求学态度。未来四年的主题毫无疑问是学习，学习最重要的是踏实与勤奋。蔡元培曾要求学生“抱定宗旨，为求

学而来”。我想，爱学习的我们来到山大，这也是我们和山大的约定吧。

军训期间，经济学院组织学习了《山东大学章程》。我深深地体会到，一所大学所能承担的不再仅仅是知识的灌输，更是家国情怀的积淀。张荣校长说：“山大是一所有担当的大学。”从办学章程上“为天下储人才，为国家图富强”的办学宗旨，到今日山大向世界一流大学迈进的目标，这博大的胸怀与胆识，已经成为每位山大人的文化标识，流淌在每一位山大人的血液里。虽然现今社会的拜金主义与享乐主义四处泛滥，物质财富似乎成为人们唯一的目标，但陶行知曾说：“我们研究学问，非为只增加一点儿个人的幸福，目的总是要改造社会。”作为山大新生的我们，又怎能不把这种沉甸甸的责任感担在自己的双肩？作为山大人的我们，又怎能忘记母校的“天下观”与“国强观”？这个约定，我们定不能辜负！

我和山大有个约定，这种约定，不止于口头，更在于行动。新的学期已经开始，征程的号角又一次吹响，收拾好行囊，即刻出发吧！

作者：经济学院 2016 级本科生　苏　山

9 月 22 日　星期四　晴

自行车协会成员·邓萌萌

今天是“世界无车日”，自行车协会也乘此契机举办了“无车日，一起骑车吧”的主题宣传活动。夜深了，我坐在台灯下，望着稿纸提笔犹疑。虽然我的专业是新闻传播，可我却不是个文笔好的人，左思右想，还是要将我的今天记录下来，因为我在车协度过的每一天都值得我记录。

上午十点半，我和中心校区的几个主席团成员到达齐园南门布置展台。我们合力把巨大的海报悬在了两树之间，这个过程并不像我打出这一句话这样容易。海报很长，而我们又需要把它绑在树的高处，连我这个个头儿一米七的“女汉子”也犯了难。幸好这时有位男生骑了车过来，他将车子靠在树上，踩着车子的横梁，很轻巧地挂好了海报。我心底不禁产生一种敬佩之情，原来自行车还可以这样“骑”。随后，男生们去搬桌子，我和几个女生张罗着挂横幅、贴宣传单。我全程都是笑着的，因为和这群人在一起，快乐是没有理由的。这快乐好像是因为车协，又好像是因为我做成了这件事，其实归根结底，还是因为车协。我没办法收起不自觉弯起的嘴角，正如我“戒”不掉和车协里的成员在一起时的快乐。

布置好展台后，我们要做的就是尽可能吸引同学到展台处参与活动，如环保知识有奖竞答、义务修车等等。那时已经中午了，餐厅门口人很多，但无奈的是他们都是向餐厅里面走去的，大部分人无暇顾及我们发放的传单，脚步匆匆地奔向餐厅。这可难不倒我们，我们在展台前摆放了许多山地车，还拿着手中的明信片吸引大家前来答题，一时间参与活动的人络绎不绝。吸引人参与活动固然不简单，但是只要我们热情不减，再冷漠的人也不会忍心拒绝我们。

今年是“世界无车日”在中国的第十个年头，也将有第二个十年、第三个十年。我相信，无论是多少个十年，车协都会一如既往地以自己的方式向大家宣传绿色出行的理念，因为这就是车协。无车日，让我们一起骑自行车吧！

作者：新闻传播学院 2015 级本科生　邓萌萌

9 月 23 日　星期五　晴

公卫学院本科生・刘淑娟

大概四个月前，我们十三名同学来到了临沂，这是一个居民幸福指数很高的城市，在这里，我们度过了此生应该只有一次的临床实习。

对于临床的众多工作者们，我一直非常尊敬。当初我上大学时第一志愿是临床七年，阴差阳错被调剂，不能说现在的专业不好，但是临床实习至少能够减少一点儿自己的遗憾。

在科室里给我印象最深的是儿科的宋纪国老师，他总是会非常绅士地教给我们很多东西；我们偶尔犯错，他的处理方法也让我们很容易就能接受。如果轮到他休息，我们总觉得科里缺了点什么。当然了，儿科还有很多为实习生着想的老师，总会考虑我们能不能学到东西。“妇三”是一个让我们觉得节奏最快的科室，大家有自己很明确的代教老师，老师们性格不同，有的温和，有的比较急性子。现在再想来这也是一段很有意思的经历呢，也许将来自己进入职场时，这段经历可以帮助到自己。

我们不到四个月转了五个科室，要说学到了多少专业的东西，只是一点点皮毛，医生真的是一个不容易从事的职业！记忆最深刻的事情？临走的那天下午，我下班迟了一点点，急诊送来了一个出车祸的三四岁的小男孩，满脸鲜血，头颅变形，最终没有抢救成功，所有的家属都懵了，奶奶更是号啕大哭。是的，这个世界每天都会有各种悲剧，但对于这么小的孩子来说是不是太残忍？生命很脆弱，都说“人定胜天”，这四个字在医院却不适用，只能说人力有限，该发生的总会发生，有好几次真的觉得人太渺小。

四个月就这样过去了，一年中的三分之一就这样过去了，这里不是终点，却给我们留下了非常深刻的记忆。谢谢了，这个美丽的城市！这个连出租车司机都止不住夸赞的城市。再见了，临沂市人民医院，谢谢！再见了，我们尊敬的每一位老师，谢谢在我们 20 岁出头时给了我们这样的美好经历。

作者：公卫学院 2013 级本科生　刘淑娟

9月24日　星期六　晴

青岛校区开学典礼本科新生代表·姜舒天

今天，山东大学青岛校区举办了开学典礼，红红的大气球被海风托起，把会场红遍，同学们也都把军训的那股精神气儿带到了现场，都期待着、欢喜着，虽然我们来这里也不过一周，但对山大总有种亲切感。今天，我们的青岛校区终于举办了“成人礼”。

我被确定为新生发言代表，感觉很荣幸，就一直期待着这一刻赶快到来。期待着典礼是因为内心的声音渴望被诉说，我充分感受到山大的温暖，宿舍一流、家乡饭菜、老师辅导。我高中也是在外地住校，也是半年回一次家，当时离家在外不适应很想家，但是山大给我的感受和高中时完全不同——远离家乡而不想家，山大就是我的家！舍友说我的发言充满感情，中心校区的学长也通过视频直播看了典礼，说给我点赞，我想之所以能有感情原因大抵如此，那确实是我内心的声音：感激、庆幸、激动、憧憬，全在其中，丝毫无假。

我一早过来时，工作人员已经在挥汗准备，主持人一遍遍地排练着，老师不厌其烦地给我指导该怎样演讲，志愿者把现场布置得妥妥帖帖，我们都期待着典礼，期待着见证这“成人礼”。正式开始的场面，正应了发言稿中的那句话：“山大让我们拥有更大的发展空间和更丰富的发展平台。”我从小热爱舞台，终于有机会“一展身手”，我在发言时享受着这广阔的平台，诉说着山大人的心声。

刘飞学长说着“找到自己，然后用到自己”，我的演讲中用到了“为天下储人才，为国家图富强”这句话，张荣校长将这一办学宗旨说得更全：“公家设立学堂，是为天下储人才，非为诸生谋进取。诸生来堂肄业，是为国家图富强，非为一己利身家。”我当时就在想，我们每个人也应该这样“省身”：我们来堂肄业，是否想到自己的行为代表着集体的荣誉、自己的未来承载了国家的梦想。我谨慎着，忐忑着，我代表的是全体新生，是我的山大；我坚定着，笃信着，我将会为之带来欣慰与荣耀。

“我的山大就是我的家”。今天，我代表我的家人立下“学无止境”的终身誓言，也暗暗承诺着不负这“浩然之气”。而我脚下的这片土地，我的山大，我的家，确实是有着非凡的意义，因为在这里，山大和青岛有着同一个梦，今天到场来宾也反复诉说着山大和青岛的渊源与联系，那么我身为这里的一员，自然有着一份使命。来自大漠边陲的我，带着梦想和热情的我，踏上这片土地的我，从今天起，将把青春和热血洒在这里，用“洪荒之力”继续前进，只愿不辜负这份诺言。“传山大薪火，树山大荣光”，这是我最后铿锵向上的发声，是我此生耕耘不辍的誓言。

今天的代表发言就是我给自己定的“小目标”，我的大学梦也将由此开始，而全校师生见证了我的梦开始的这一刻，那么我将不再退缩放弃，不再枉度光阴，吾将倾其力求索上下，用其心充实生涯，尽其能一鉴韶华……

作者：法学院 2016 级本科生　姜舒天

9 月 25 日　星期日　晴

大地之爱青岛诗会组织者 · 马晓琳

筹备已久的“大地之爱——走进山大”青岛诗会已经结束一天多了。

每每回味起 24 日晚，鳌山湾畔，凤凰山下，肃穆庄严的青岛校区博物馆前，一位位艺术家的深情朗诵，一种莫名的感动总在不经意间涌上心头……

1958 年，山东大学从青岛搬到济南，58 年后，山东大学和它的一千余名新生选择了这样一种“最山大”的方式深情款款地对青岛招招手，与青岛久别重逢。

我说这种“读诗”的方式“最山大”，是因为山东大学在 20 世纪 30 年代和 50年代的两次辉煌,都是以文史学科为标志的,而这两次辉煌的所在地,正是青岛。因而，在美丽岛城的八月秋夜里，用诗歌展示山大的底蕴和柔情，是我们每一个活动组织者所能想到的给青岛、给新生最美的“见面礼”。

为此，我们精心挑选了山大历史上最有代表性的学人、诗人的经典篇目，用诗歌打破 58 年的断隔，让每一个新生、每一个聆听者寻觅到来自先辈的足迹：作为中国第一所按章程办学的大学，1901 年山东大学堂成立伊始，我们便将“为天下储人才，为国家图富强”作为自己对民族的庄严承诺，而诗会中选择的歌颂古典文学研究专家冯沅君先生的《最后一课》、朗诵诗人高兰先生的《题远方寄来的萧红卡片》以及老舍先生的《慈母》和闻一多先生的《我是中国人》，都表达着在那个挽救民族危亡的战斗年代里，山大人的筋骨与担当。

美好的大学一定由美好的故事组成，先后任教于齐鲁大学和青岛山东大学的老舍先生，是山大历史上最著名的作家之一。在青岛的三年里，他给中国文学留下了包括《骆驼祥子》在内的数十篇不朽名作。我们在开篇“美丽山大”版块选择了他的《青岛与山大》，一方面纪念老舍先生与山大的情缘，另一方面用名家的笔触，带领每一个人领略这所城市独特的魅力。

闻一多和梁实秋堪称山大 30 年代的“双子星”，一个是文学院院长、古典文学研究专家，一个是外文系主任和图书馆馆长、莎士比亚翻译巨擘。梁实秋写于 20 年代初的《寄怀一多》，表现的就是青年梁实秋对远赴美国留学的好友闻一多的深切怀念，此后几经辗转，志趣相投的两个人竟又在杨振声校长的招徕下，重逢于青岛，共同开创了山东大学文学学科的第一次辉煌。

山大有大师、大树、大楼，也有数不清的爱情佳话，我们选择沈从文的那首《我喜欢你》，只是因为，30 年代任教于山大的沈从文，在这里结识了自己终生的伴侣——张兆和。

当然，除了刚刚所列的几首名作，山大的历史以及山大和青岛的故事还有很多很多：“饮中八仙”的佳话、“当代诗魂”臧克家、童第周与山东大学生物学科、“冯陆高萧”与“八马同槽”……无数的故事凝结成了山大与青岛割舍不断的情缘，也铸造了山大的辉煌与荣光。

离开青岛 58 年后，山东大学在鳌山湾用诗歌的方式与青岛久别重逢。作为诗会的组织者之一，我感动于诸位表演艺术家的倾情朗诵，也感动着一千余名新生与我们一起静下心来聆听诗歌的美，与你我产生精神的共鸣。

龙生九子鳌占头，凤凰山下凤凰留。我想，山东大学与岛城的这次相聚，必定会在这片碧海蓝天下接续前缘，实现历史上又一次、更美的辉煌！

作者：校团委书记　马晓琳

9 月 26 日　星期一　晴

国家奖学金答辩者·王　帅

今天，我有幸参与到了学院的国家奖学金答辩当中，独特的经历让我欣喜，也让我决定写下这篇日记来记录这次经历。

自从前一天接到答辩的通知之后，我就一直处在期待又紧张的心情之中，第一次在大学参加这类形式的答辩，我没办法做到心如止水。准备正装，设计答辩展示，组织语言，我认真地准备着每一个环节，希望能借这个机会对自己的大一生活做一个总结。

但我想说的并不是自己的答辩故事。诚然，自己的故事对我来说有独特的意义，但今天让我印象更深刻的，是各位优秀的学长学姐的事迹。

开学之后，我常常惊叹大学第一年就这样悄无声息地过去了。当初设立下的宏伟目标完成了几成，我不忍心去计算。时间的残酷性或许就是你自以为掌控着全局，到最后才发现自己在时间的洪流中已经不知不觉地随波逐流了，而学长学姐的经历让我看到了时间的另外一种可能。他们无疑是时间的掌控者。他们有的广泛参与国际交流，开拓国际视野；有的积极参与社会实践，感悟社会生活。他们是学术先锋，在学术创新的道路上留下自己的里程碑；他们是各种组织的领军人，以自己的魄力与能力带领同学创先进。他们普遍谈吐自然，没有丝毫怯场，听他们娓娓讲述自己的经历，能让你感受到生命的无限可能性。

最让我印象深刻的是一位大四的学姐。听她讲述自己的游学经历，讲述自己前往国外进行灾后重建调研，让人憧憬又歆羡。她带着自己的情怀，在国外设立以自己名义命名的奖学金，希望能够帮助当地的孩子完成学业。这或许是我们很多人都难以具备的魄力，也是我们很难在现今的阶段做到的举动。当看到同龄人中有人能做到这些的时候，或许没有人可以不对比自己，不对自己的生活进行反思。

就像我在答辩时说的，我感谢我所遇到的各行各业形形色色的人，是他们让我看到了人生的丰富性和生活的无限可能。我感谢所有答辩的同学，是他们让我看到了原来不曾想到的大学生活的多重可能性。

作者：政管学院2015级本科生　王　帅

9月27日　星期二　阴

招聘服务办公室学生助理·赵　玲

“您好，山东大学学生就业创业指导中心……”一手接起座机电话，一手在记事本上标注关键词和重点信息。放下电话，双眼紧盯着面前的电脑屏幕，在校园招聘邮箱、就业信息网后台、信息处理登记表、会议信息系统之间灵活地切换，预约场地、登记主表、挂出通知、回复邮件、跟会协调。这就是我作为就业创业指导中心招聘服务办公室一名学生助理的普通一天。

此前，我曾一直认为学校校区过于分散是一大遗憾。如今也渐渐发现，其实学科的专业性集聚令校园招聘更有效率、更有针对性，不过场地的分散加大了预约和管理的难度。为了让招聘单位能顺利高效地开展招聘活动，前期的协调工作离不开学校有关部门、各院系、各专业的配合和帮助。

在挂出每一条通知后，我都会反复确认时间、地点是否一致，生怕因自己的一个疏忽让山大学子失去一次求职机会，或是让招聘单位对山大产生不好的印象。当接起第 13 个电话时，我的声音已经略显疲惫，但转念一想，这可能是一家第一次向山大学子伸出橄榄枝的单位，自己的一言一行都代表了学校，于是便重新打起精神。

你见过夜晚时针指向 11 点的洪家楼教堂吗？没有了聒噪的流行音乐的洪家楼广场，安静到可以听见蝉鸣。由于白天电话咨询事务较多，还有企业来校需要跟进协调场地、设备等，晚上成了处理邮件、核对信息的最佳时间，最近一段时间是校招的黄金时期，加班加点也就成了常态。看着未读邮件一封封减少、单位回复邮件说“你们山大就业中心效率真高”、帮助企业开设分会场同步直播受到肯定时，我内心的喜悦溢于言表。

大三学生，在其他组织中可能已经是“老人”了，而我，一个“老人”，在学期初有幸通过面试进入就业创业指导中心招聘服务办公室，成了其中一滴新鲜的血液。在这个以大三、大四、研究生为主力军的办公室里，有来自中心、兴隆山、千佛山校区各个学院的师哥师姐，作为洪家楼校区的“独苗”，我正在通过不断的学习慢慢成长。希望在未来的工作中，能够帮助更多山大学子斩获心仪的 offer，也能让更多单位走近山大、走进山大，为校园招聘贡献自己的一份绵薄之力！

作者：外语学院 2014 级本科生　赵　玲

9 月 28 日　星期三　阴

青岛校区迎新晚会工作人员·周煜博

在踏上返回济南的大巴车时，“我的山大我的家”悠扬的歌声似乎还在耳畔回荡。半个多月的准备让高度紧绷的神经在结束后的一天也没有完全松弛，那种成功的喜悦与丝丝的不舍仍萦绕在每一个人的心头。

青岛校区迎新晚会在每一个参与者心中都是无比重要的，我们也更愿意把它当成一份礼物送给重返青岛的即将迎来 115 周年华诞的山大，送给为了青岛校区呕心沥血的建设者，更要送给山大所迎来的又一批新同学们。因为这些特殊的意义，我们深感责任重大。

带着这份责任，我们在半个月前就开始了紧张而又忙碌的筹备工作。最开始，选定节目是摆在大家面前的第一道难题。什么样的节目最能代表山大，什么样的节目最能表达激动的心情，什么样的节目最能反映出我们想为山大献礼的愿望，这都是我们在最开始的每日里要思考的问题。筛了又筛，选了又选，一份还算令人满意的节目单雏形终于展现在了我们的面前。这份节目单极具特色：相声《山大师傅经》和歌曲《我亲爱的新山大》都是为青岛校区量身定做的节目，极富青岛特色。青岛校区六位辅导员老师的节目《我有一个梦》深深触动着我们每一个人的心。《建设者之歌》由青岛校区所有建设者代表共同完成，表达了对青岛校区和新同学们的祝福，更给我们讲述了青岛校区建设这几年来所发生的感人事迹。话剧《小鱼山下》重温了山东大学与青岛的历史，威海校区的《红蓝军》展现了威海校区同学们的风采……

9 月 24 日是所有演职人员在青岛集结的日子，也是我们永远都不会忘记的一天。由于大地诗会的演出，我们只能将第一次联排推迟到当晚 9 点半开始。青岛的夜是寒冷的，9 月的海风已经足以凉透人了，我已经记不清那晚有多少人候场时蜷缩着身影，但是我总能看见舞台上下那一个个跃动着的身影。我想，这大抵就是对于苦中作乐的最好诠释吧。更辛苦的莫过于那些从头跟到尾的团委老师了，已经记不清多少老师清脆的声音在这几天渐渐嘶哑，也记不清老师们办公室的灯亮到了夜里几时，我只记得是因为老师们一遍又一遍的雕琢和演员们一遍又一遍的排练，才有了那晚的精彩。当然，演员们的努力也是场下的观众们所看不到的。身上的瘀青从来都遮不住他们舞台上的自信，深夜编排的疲惫也在音乐响起的那一刻戛然而止，寒冷的海风更是兜不住豆大的汗珠，无数个刹那我为他们的精神而感动。凌晨 2 点半，最后一个节目完成了彩排，青岛校区的夜又慢慢地静了下来。

9 月 25 日则是更加忙碌的一天。上午 10 点，晚会开始了最后一次联排，所有演职人员都在做着最后的准备。晚上 7 点，所有嘉宾入席，晚会也正式拉开了序幕。炫目的灯光，丰富多彩的节目，精彩绝伦的舞台表演，让现场的观众们享受了一场非比寻常的视听盛宴。数不清有多少次从场下传来的欢呼，也数不清有多少次热烈的掌声，我相信那欢呼与掌声一定是新生们心中强烈共鸣的回响。

晚上 9 点半，晚会随着一阵又一阵的欢呼和张荣校长的致辞接近了尾声。当然，对于工作人员来说，我们的任务还远未结束，整理道具、收拾场地、回收物资都是我们在晚会结束后的工作。12 点，随着最后一张桌子的归位，我们的任务也终于告一段落，大家拖着疲惫的身躯返回宿舍，望着彼此微信运动中的步数统计，我们相视一笑，道出一声久违的“辛苦”。

当然，青岛之行带给我们的也绝不仅仅是这些，更多的细节让我感受到了这里的魅力。初到青岛校区，我才真正知道了什么是“三面郁葱环碧海，一山高下尽红楼”的优雅。红瓦绿树碧海蓝天，我仿佛走进了桃花源一样的地方。在这里，你可以到海边拥抱清晨的第一缕阳光，体会面朝大海春暖花开的惬意；你也可以走进“鼎承古今”的博物馆，了解山大是如何跨越历史的栈桥再度拥抱青岛；你还可以在夕阳的映衬下走进九曲花街，伴着花香体会这“凤凰山下凤凰居”的曼妙。总之，当你走进这里，心就被贴上了自由的标签，似乎这里的每一草每一木都是富有生命力的。那种感受，不到这里就无法体会。

返济的路上，我一直在思考这场晚会对于我的意义。当我再度回想起那每一个我见过的、我没有见过的为这场晚会辛勤付出的同学，当我的耳畔再度传来那晚的掌声与欢呼，当我再次回头望向那在我视线中越来越小、却在心中越来越大的青岛校区，我慢慢地闭上眼睛，带着微笑，慢慢回味与沉淀这些值得永久铭记的记忆。

作者：历史文化学院2014级本科生　周煜博

9月29日　星期四　晴

国际教育学院赴蒙汉语教师志愿者·李　青

蒙古的夏天真是美丽又短暂，天黑得越来越早，新学期开始的时候，我突然收到了期盼已久的照片——李克强总理访问蒙古接见旅蒙华人华侨、孔子学院和中资企业的合影。不曾想到，我也有与总理同框的一天，回想自己作为汉语教师志愿者的半年多时光，我真切地感受到蒙古国立大学孔子学院是一个很大的平台。

在七月总理访问蒙古期间及前后，我所在的蒙古孔院极力配合中国大使馆，接受了访问前的新闻工作，负责随团记者的各项事宜。访问第一天，总理到达乌兰巴托的第一时间就在成吉思汗酒店接见了中资企业、华人华侨、孔子学院、中国大使馆等各行各业的代表，并合影留念。当和总理相距不过一米的时候，那一刻我的心中无比激动。这个小小的孔子学院，可以面向全国进行汉语招生和教学工作，举办全国性的具有极大影响力的赛事，参与国际性的访问和会议。在这里，个人很小，但是天地很大，放开自己的双眼，拿出一份气魄，收获的将是加速的成长。

半年多的时间一晃而过，我在孔院的日子充实而悠闲，每周一到周四的固定上课、备课以及周末各种文化活动，我和学院的老师、学生们一起，感到充实与快乐。一个学期结束了，看着他们从一句汉语也不会到中英文交杂地交流，我感到开心；我快要走的时候，收到的礼物里居然有三个都是钱包，只因为这些学生记住了我很久以前提到过自己丢了钱包；一些学生马上也要去中国留学……这些都让我感到欣慰，我看到了自己昨日的付出和今天的成果。在这里教汉语，学生真的是一心一意地自主来学习，他们年轻而聪明，努力而坚持，汉语在他们的身上会传递出不一样的精彩，这样的力量是不可估量的。除了汉语教学，孔院还会举办大大小小的比赛、考试、研讨会等等。上个学期举办的蒙古赛区大学生和中学生“汉语桥”比赛，从笔试到初赛以及最后的决赛，简直是精彩纷呈，这样大型的比赛，我们孔院一力承担，虽然自己只是小小的一分子，但是我见识了很多，也乐在其中。

除了工作，令人庆幸的是，在这里我遇到了很多人。孔子学院的同事们在一起，让我们有了大本营。工作上的协调配合，办公室里的说说笑笑，偶尔的互相串门做客，让身在异国的我们拿出更多的真诚。彼此的陪伴，减少了思念家人的情绪，让这里的生活并不那么孤单。我们和当地人的交流并不多，但是因为认识了蒙古学生，在和他们的交流和友谊的建立中，我们更加了解了蒙古人。我和同事们一起自驾去了乌兰巴托附近的草原，那真是个美丽又纯净的地方，我们在某个周末一边喝着啤酒、咖啡，一边聊天，那些只学了一个学期汉语的蒙古学生，与我们的交流几乎没有障碍，我们的话题甚至能聊到巫术迷信、婚礼习俗。在这个国家，我还遇到了很多的陌生人，并且觉得自己和陌生人交谈的能力越来越强。我在学校和健身房里，常常可以接触到很多有意思的人，那些掌握了三门外语能力的人很常见，例如在日本读本科现在在蒙古教英语马上要去中国读研究生的蒙古女生、在蒙古读大学去过北京学汉语我们却用英语交流的越南人。在这里，很多人都想要去中国或者别的国家留学，即使她可能已经是两个孩子的妈妈。陌生人的生活给予我新的视野，看到不一样的生活方式和理念，我正在变成一个更加美好的自己。

在这里实习的同时，我也在不断思考和判断着未来的职业规划，当越来越肯定自己可能一辈子从事对外汉语这一职业的时候，我从心底里希望自己越来越合格，也越来越认真和努力。令我意外的是，这个学期居然有两个学生分别明确告诉我，我很适合做老师，这样的概率让我非常惊讶。以前有的学生也会说我是很好的老师，但大多数都是对于我的性格或者责任感的认可，并不是对于职业身份的直接肯定。我以前在教学中有时候对自己抱有怀疑，对于终生职业犹豫不决，但是在和学生的交流中发觉，虽然对外汉语教学不是一份让人内心特别安稳的职业，虽然我和外国人的交流不能常常那么利索，但是我能一直接触不同的人，了解和自己差异很大的生命个体，这份职业能一直让我接触新鲜的世界，这是一份充满活力的事业。

在蒙古的这段时间里，我常常想念的不仅仅是我的亲人和朋友，还有那个我所熟悉热爱的国家，身在他乡更觉得它分外可爱。我时常盼望着回国的日子，但是同时，我又特别珍惜在这里的生活，这两种看似矛盾的心情却并不让我矛盾。在最年轻的时候，去更远的地方收获成长，才不让人遗憾。

作者：国际教育学院 2014 级硕士研究生　李　青

9 月 30 日　星期五　晴

外语学院硕士研究生·孟　帅

今天晚上收到推送，看到“山大日记”荣获首届全国高校网络宣传思想教育作品特等奖的消息，当时我还与家人一起看电视，我按捺不住心中的兴奋和喜悦之情，自豪地跟家人说道：“我们‘山大日记’拿了个全国特等奖！”

之所以用“我们”这个词，是因为在我心里，“山大日记”就是我的一位老朋友。她与我只是一封邮件的往来，却在我欲吐心中情感之时，提供了一个载体。今天，老朋友获奖，作为“山大日记”最早的一批支持者和投稿者，我想为“山大日记”写一篇日记，作为我最真挚的祝福。

从 2013 年 8 月 24 日发的第一篇山大日记到今天，我共在“山大日记”发过 22 篇。论数量我肯定不是最多产的，论文采更不能和文学院的同学相提并论。但我记得首篇山大日记中的一段话：

“当这一页日记悄悄翻开的时候，许多人不会留意，但在一年后的今天，当它慢慢合拢的时候，里面满载的，将是一个又一个真实的山大故事，一段又一段逐梦、筑梦的美丽日子……

有人说，朋友不是先来的人或是认识你最久的人，而是来了之后再也没离开的人，希望‘山大日记’能成为每一个山大人的朋友。从明天起，让我们一起陪伴她。”

“山大日记”伴我成长。

从大二时为平衡学业与学生工作而焦头烂额的懵懂学弟，到如今即将硕士毕业、其他人眼里的老学长，“山大日记”见证了我的不断进步，如何一步步把学习成绩从中游赶超至前列，如何把手头的工作由做完变成了做好，如何在学习、工作与读书、篮球中找到了平衡点，也记录了我生活中的失意和遗憾，篮球赛失利后的泪水，答辩时落选的遗憾。我们都知道，生活不像甜蜜的电视剧，不是浪漫的童话故事。生活是真切的，是真实发生的，生活中有欢笑，也有泪水。

我伴“山大日记”成长。

从一开始栏目创办时单一的文字投稿，到慢慢创新，丰富形式，开创图片、声音和视频投稿。从学生自发参与，到后来时常可见的重量级学者、嘉宾专稿的加入。“山大日记”正以创新者的姿态，不断推陈出新。有人评价我们山大，说我们基础扎实、作风朴实、做事踏实，但缺少探索与创新精神。我想这是片面的观点，至少放在对“山大日记”的评论上是立不住脚的。以日记为主要形式，在全国高校网络新闻宣传工作中当属首创，本着“记录山大人每一天，见证学校发展每一步”的思想，“山大日记”坚持讲述山大自己的故事。

生活从未有间断，日记能将每一天穿成线，日积月累，终年累成。我想等十年以后，二十年以后，甚至五十年以后，当我们再回首“山大日记”时，历史记录中不光是那些重大的官方报道，在“山大日记”的栏目里，还记录着我们每一个山大人曾经在山大生活、学习的点点滴滴。

明天就是国庆节，再有半月就要迎来母校的 115 周年校庆了，值此“山大日记”获奖之日，在此我愿向“山大日记”、母校和祖国献上我最真挚的祝福。

愿“山大日记”越办越好，愿母校再创辉煌，愿祖国母亲繁荣安康。

作者：外语学院 2015 级硕士研究生　孟　帅

10月1日　星期六　晴

唐仲英爱心社副社长·李　震

10月1日，是伟大祖国母亲的67岁生日，山东大学唐仲英爱心社的小伙伴们追逐着晨曦来到济南西站，怀着一颗朝圣之心，奔赴复旦大学参加“第九次唐仲英德育奖学金交流会”。在学工部荆悦老师的耐心指导之下，经过前期紧张而又完善的准备，山大唐社的小伙伴们对于此次交流会的成果充满信心。

来到复旦大学，对它的第一印象就像这所大学的名字一样——“日月光华，旦复旦兮”。“复旦”二字，一取旦旦努力，振兴中华之深意；二取“复我震旦”，反駄爱国之意志；三取光辉绚烂，自强不息之意。以每天都充满希望的日出，寄寓着兴学救国的宏大理想。

在这里，有的是满眼的绿色，充满着古韵书香，我们山大唐社的小伙伴们遇到了来自全国各地的兄弟社团的小伙伴，虽然在此之前我们并不相识，但是我们都流淌着“唐氏”人的公益血液，所以这次交流会我们对彼此有着莫名的亲近感，我们热情地打招呼，互致问候。相信经过五天的交流会，我们会在这里与兄弟社团的小伙伴们结下更加深厚的友谊，认识更多志同道合的朋友，我们对公益活动的理解也会更加深入，迸发出更多的公益理念，开拓创新公益活动的视野。

这次山东大学唐仲英爱心社赴复旦大学参加“第九次唐仲英德育奖学金交流会”，其一为了展示山大唐社人的风采，其二为了学习和交流，为社团的进步和发展积累经验。总之，这将是一次“公益”之旅、“创新”之旅、“责任”之旅。我们“唐氏”人也将在“服务社会，奉献爱心，推己及人，薪火相传”的公益道路上继续前进。

作者：法学院2015级本科生　李　震

10 月 2 日　星期日　晴

能动学院本科生 · 庞　肖

今天下午，我领到了在西安交通大学交流的成绩单和第二校园学习经历的证书。这距离我离开西安、离开那里的同学们已经四个月了。看着手中的证书，我眼前又浮现出在那里的点点滴滴，一时间，百感交集，思绪万千。

回想自己初到西安这座城市的时候，除了兴奋，就只剩陌生和孤独了。刚办完手续入学的前几天，是最孤单的时候，那时的我十分想念山大，想念山大的同学、舍友、一草一木。那时的我只能告诉自己，没关系，什么事情都得有一个过程，过段时间就会好的。况且来到西安交大这所名校又不是来玩儿，有磨难是正常的，挺过这个阶段就好了。

事实的确如此，可爱的舍友、同一个专业班的同学，还有和蔼敬业的老师们，都给了我很多帮助，让我在西安渐渐找到了归属感。刚开学的第一个周末，舍友元元就带我去了大雁塔，给我介绍大雁塔的历史，我们一起看大雁塔的喷泉表演，一起吃广场边上的小吃。舍友芳芳和可可，每当我孤单时总会及时出现，我们一起去自习、上选修课，一起去吃饭、看电影，一起去兼职、面试，一起去 K 歌，一起养小动物……还有我的专业班同学，他们也给了我非常多的帮助。我们会一起去日租房聚餐，一起去外地郊游。还有我的学霸同学，俗话说“有困难，找学霸”，和学霸一起自习到深夜，他们在学习上可真是帮了我不少，还记得考试前的我们一起组队去小池塘喂鱼求高分，一起在兴庆公园散步释放心情。最后一科考完的时候，班级举行了聚餐，酒菜下肚后还照了一张大合影。

已经回到了熟悉的山大，看着手里的成绩单和证书，突然很想感谢我亲爱的母校给了我这么一个出去走的机会。在大二交流这一年，我真的是收获很多，成长了很多。此时的我已经大三了，只能在心里默默告诉自己：“大三，继续努力。”

作者：能动学院 2014 级本科生　庞　肖

10 月 3 日　星期一　晴

“山大日记”编辑·尚玉茹

十一国庆假期到来，身边的小伙伴都陆陆续续回家了，宿舍也只剩下我这个内蒙古人和另一个海南的姑娘。看着舍友收拾行李，我突然想，如果自己家离学校近一点儿该多好啊！这样我一定马上买张车票来次说走就走的回家！无奈也只是想想罢了。假期并没有什么特别想去的地方，于是就选择了平凡却又不可或缺的工作——值班。

今天已经是值班的第三天了。回想起第一天值班时，早上 6 点被闹钟叫醒，心里虽有一万个不情愿，还是老老实实起床去赶校车到中心校区值班。在车上也会想：这么美好的假期，本该好好睡个懒觉，然后躺在床上刷一上午韩剧，中午再叫个外卖，多么完美！可现在却是大清早赶校车，心里的落差还是有的。校车经过 30 多分钟的颠簸，终于到达目的地，看着离上班时间还有十几分钟，我飞奔去食堂买了早餐，又一路小跑到办公室，好在没有迟到。打开办公室的门，开电源，开电脑，签到，一系列的动作完成后，我终于能够坐下来一边吃早饭一边阅读邮箱和编辑后台的日记稿件。

稿件的数量和往常一样。我一篇一篇地打开、编辑、录入，不知不觉也被这些日记的内容所吸引。有的同学通过网络直播观看了升旗仪式，有的同学去看了电影而心有感触，还有的同学参加了唐仲英爱心社在上海的见面会，看着每个山大人记录的过去一天都是那么精彩、充实，我竟有点儿惭愧自己之前想在床上躺一天的想法。尼采说过：“每个不曾起舞的日子，都是对生命的辜负。”我们这些朝阳般的青年，更应该趁年轻去经历，去体验生命的多姿多彩，怎么能贪恋温床！想到这里，我突然觉得自己的工作也是有意义的，顿时也有了精神。

编辑完稿件，已将近下班时间。匆匆吃过午饭后，继续回到办公室值班。这样的值班生活，到现在已经是第三天了，可是明天还要继续啊！所以，加油吧！

作者：能动学院 2015 级本科生　尚玉茹

10月4日　星期二　晴

徒步旅行者·牛仔健

10月2日清晨，济南像往常一样逐渐苏醒。我背起行囊，穿过愈渐熙攘的人群，向远方的目标走去。

85公里，这是我将要面对的距离。我知道将有无数艰难险阻，但我也坚信我将站在终点，收获颇丰。10月1日，我年满18岁，所以我想用这85公里不间断徒步作为我的成人礼，以此献给我将面对的漫漫人生路。

前30公里心浮气躁求胜心切，导致迷路荒山，在墓地中穿行良久才出去。之后便是无尽的脚痛、抽筋与孤独。我努力地忽视它们，继续前行，一步一步缩小自己与终点的距离。

临近中午，我断水断粮，艰难地拖身前行。头顶烈日，身体缺水，好像被蒸发般精神恍惚。我从未像现在这样渴望水，很是体会了无水时人们的痛楚。下午4点到章丘时才买到水，我真的想跪倒在这难得的幸福边。

稍事恢复，装满行囊后，我离开章丘，前往终点。拐上309国道已是天黑，过了一个收费站后便再无路灯。右脚跟腱处此时剧痛，我只得打着手电瘸拐前行。走到11点，好不容易发现一处亮灯处，我便在铁冰冰的健身器材上迷迷糊糊地入睡了。虽然在寒冷中不住地颤抖，但我还是感到了难得的温馨……

11:14，我于梦中惊醒，此时路灯熄灭，梦到的许多同行者随着梦的结束而消逝。我真的要垮了，我开始抽泣、颤抖，在马路中间疯了似的瘸行。真的想家了，想宿舍了，想所有亲切的面孔，想白日里温馨的世界，我真的不想在这无尽的黑暗中忍受痛苦与煎熬！

2点，3点，4点，随着时间的流逝，我逐渐变得冷静。也许是体力透支，也许是精神恍惚，我开始麻木，我只是前行。受不了了就席地而坐，虫子爬进身体，野狗向我狂吠，我都无动于衷。我真的累了，无数次想拦辆车就此放弃。可我不甘，不甘一路的辛苦化为泡影，不甘满腹心酸没有资格被倾诉，不甘成为逃兵和懦夫！冥冥之中我感受到一种力量支持我不被打倒，叫我一步一步，永不言弃。

没错，于黑暗中崛起，去迎接新的光明！

不知过了多久，当我休息完抬头后，天色初亮。我马上起身，忘记一切痛苦，一瘸一拐，忽视他人异样的目光，向最后一程发起冲锋！

10月3日早上6:38，我征服了85公里路程，到达了淄博周村。望着身后的太阳那熟悉的一角照常升起，25个小时的心酸苦楚在内心升腾，然后喷薄而出：我做到了！我就在这儿！

每个人的人生都是一场孤独的旅行，唯有自己克服，但也唯有自己享受那份成功。也许我这一路没有诱人的风景，没有甜美的果实，但我挑战了自己，收获了他人难以体会到的成功。

我与世界相遇，我与世界相识，我必不辱使命，得与众生相聚。

作者：外语学院2016级本科生　牛仔健

10月5日　星期三　晴

经济学院本科生·李雍珩

表弟家刚乔迁新居，小时候我家和表弟家是邻居，所以晚上要和他一块回他家参加“燎锅底”。白天和表弟到处溜达，国庆假期，街上人头攒动，好不热闹。在外面转了许久，天色渐晚，便和他一起前往他家。

在回家的路上，和表弟聊起小时候的事情，突然有种恍若隔世的感觉，黄粱一梦十余年。童年时期的点点滴滴涌上心头，历历在目。上小学的时候，天总是很蓝，日子总过得太慢，那时候的暑假就是空调、棒棒冰和电视；那时候的放学就是我们勾肩搭背去校外小卖铺买五颜六色的辣条和饮料；那时候的邻居就是大人经常互相串门，大一点儿的小孩照顾小一点儿的小孩。

如今，往日的邻居们都已各自搬了家，以往的几次聚会也因为各种原因我都没有参加，想到时隔这么多年再次见到以前的邻居们，心里有点儿不安，但更多的是期待。电梯很快到了顶层，出了电梯门，看见鞋柜那里已摆满了鞋子。拖鞋已被穿完，看来这次来的人不少。

因为来的有点儿晚，忙了一下午的姨夫已经把饭菜一盘盘端了上来，大人小孩各一桌。和各位长辈一一打过招呼后，作为年纪最大的两个男生，我和表弟自然要去大人那桌敬酒。且借琼浆玉液，追忆过往曾经，所以北方的饭桌上，关于酒的礼数繁多，这也算是一大文化，正所谓“世事洞明皆学问，人情练达即文章”。敬完一圈，返回到我们那桌，又和各位弟弟妹妹举杯同庆，不过这次我俩是啤酒，他们是果粒橙。酒过三巡，表弟的新家里人声鼎沸，一时间觥筹交错。大人小孩各一拨，谈古论今，不时传出一阵又一阵的笑声。

不知不觉已经到了晚上十点钟，各位叔叔阿姨纷纷告辞，表弟一家一一送别。我和我妈最后离开，回家的路上明月高悬，清风徐来。这时，我突然想起来不知在哪儿看到的一句话：人生无非是“聚散得失”。不过有的聚是隔了台湾海峡六十年后的夫妻重聚，有的散是古稀老人的车站送别，程度有所差别，但无外乎这四个字。多情自古伤离别，但人生各有战场，你的问题我的麻烦已不一样，古往今来无不是聚少离多。大学也参加过不少聚会，但像这样的老友聚会实属难得，正所谓“人生得意须尽欢，莫使金樽空对月”，不知下次相聚是何时，但这次相聚已经尽兴。

作者：经济学院 2014 级本科生　李雍珩

10 月 6 日　星期四　晴

能动学院本科生・曾焕诗

国庆长假头几天我一直待在学校，没有约上三两好友去天南海北欣赏祖国大好山河，没有出门看上一部热映的电影，只是偶尔看看闲书，晚上跑跑步。没有舍友的陪伴，一个人的日子还是过得有点儿慢。

也许这样的日子欠缺了点儿乐趣，我的心头便有了开启一场说走就走的旅行的冲动，抛开不必要的顾虑，在网上简单地搜寻一番后，便定下了目的地——章丘朱家峪。一个人，一天的时间，一趟列车，一种心情。

本来就对古建筑、古文化感兴趣，得知朱家峪是“齐鲁第一古村”后，心里那份激动更是难以压抑，告诉自己路途再艰辛也要走一遭。买好往返车票，收拾了一下背包，第二天大早醒来，独自走在雾蒙蒙的白玉兰路上，微微冷意令我加快了步伐。我带着满心期待，坐上 K52 次列车，窗外依旧是熟悉的风景，似乎秋意更浓了些。从学校出发到抵达章丘站，一切都顺利进行，比以前任何一次出行都要轻松，不刻意的安排，一切看起来都是刚刚好。

我只身一人来到一个全新的环境，靠手机地图找到了客运站，找到了前往朱家峪的公交，此时的天空多了一抹亮蓝，手机屏幕上倒映着阳光，刺眼得很。我坐在公交车上，细细观察章丘与济南的不同，恨不得把走过的路都深深记在脑海里。

我徒步 3 公里抵达景区，购票入场。首先映入眼帘的是满地的葫芦和南瓜，朴素的乡土气息扑鼻而来。踏着古道，跨过古桥，村里的古祠古庙、古宅古校、古泉古哨，好似沉睡，却有呼吸，村里的所有所有让我有了探索的欲望。听着别人的导游述说着发生在这里的故事，才得知朱家峪将闯关东文化、知青文化和古村文化很好地融汇到一起，当年火爆的电视剧《闯关东》就是在这里开机的，在村里行走时就像在观看电视剧一样，画面感十足。

村里的建筑原料主要是石头和黄黄的泥土，是北方典型的山村型古村落，可以想象到当树上叶子全部枯萎脱落时，光秃秃的树枝加上黄黄的土墙将村落的萧条一一勾勒时的场景，这是在南方不可能见到的。

一路的山楂，红火火；一路的韭菜煎饼，香喷喷。好喜欢这个村落给我的感觉，远离尘世的繁华，将喧嚣换成泉水流动的声音，细心品味这里沉淀的历史，一点点了解山东的文化。如果可以，我想看看冬天的朱家峪，一个飘雪的日子，还是一个人，另一种心情。

作者：能动学院 2014 级本科生　曾焕诗

10 月 7 日　星期五　小雨

心内科实习生 · 沙勇芳

人是一种群体动物，就算是患自闭症的病人，他们也是想理解和模仿周围人的行为的，也是不能脱离群体的。所以在生活中，免不了与人接触，特别是在医院这个悲欢离合的集合地，由不得你不观察，由不得你不触动情感。可能是因为场所和病种限制，在心内科病房里的都是七八十岁的老人，所以对我触动最深的是老人。

这里有详细询问病人病情的家属，也有因为家庭状况不好而放弃治疗的家属。老师们（老医生们）发现人们对于孩子的治疗总是愿意倾家荡产，与对老人治疗时的选择形成强烈的对比。老人们往往也不重视自己的价值，不少重病的老人会自愿放弃治疗。在我看来，一位位老人的去世，常常标志着一个家庭亲密关系的结束。这些失去父母的中年人除了清明节祭奠老人，其他时候可能一年都见不上一次。当年流着鼻涕追着哥哥姐姐一起上树入河的时光，或许只能在他们自己步入老年的时候才会不停地在回忆里荡漾。老人是一个大家庭亲情的纽带，应受到我们年轻人的敬爱。

我遇到过这样一位拥有不少财富的老人，说她想得开也罢，寒心了也罢，并不愿麻烦她的儿女。她说："他们一聚集起来就会在我的床前争吵，没完没了。我有钱，我可以自己支付医药费，所以，我不用通知家属。"细思其中缘由，怕不过是利益的争夺和责任的推诿。妈妈常说，不要把人想得过于坏，也不要把人想得过于好。在面对这个老人的时候，我不想站在道德高度上指责什么，只是觉得，这样也好，在这里有病友可以交流，有护士照顾自己，还可以请护工，只是情感上觉得有些灰心罢了。

我虽然并未经历过缠绵病榻的老人的痛苦，但是活到二十多岁，我们的父母即将步入老年，我们祖母辈的生命正在慢慢凋零。敬爱他们吧！我们即将毕业为自己打拼未来，但也要抽出时间关爱自己的长辈，千万不要重蹈无数先辈的"子欲养而亲不待"的覆辙。不要让你的父母和祖父母像上面的老人一样只有钱，其他却无所依靠。儿女双手的温度才是最好的抚慰。

请老人们也看重自己的生命，为了告诫年轻人前方的路上有些硌脚的石子，也要积极地活着。

作者：临床医学院2013级本科生　沙勇芳

10月8日　星期六　晴

自行车协会成员·韦莹娇

国庆假期期间，我参加了自行车协会组织的十一拉练活动——“济南—青岛，我和青岛校区有个约会”。历时3天，回忆往事，历历在目。

这次拉练比以往任何一次拉练的难度都大。第一次用二八档疯狂踩踏，却还是跟不上，“体力渣”。第一天夜骑，在傍晚6点的微光中，打着手电一路前行，直到晚上7点半才到达第一天的目的地。

第二天一早天空便开始下起小雨，本以为只是阵雨，不料雨越下越大，持续了一上午。大家在雨水的冲刷之下奋力前行，全身都被淋湿溅满了泥也没有停止踩踏。冻着、饿着、累着，但是却不曾放弃双腿的奋力蹬踏，雨水和汗水混合在一起，只知道要一直向前。

第三天是最后一天的骑行，单日里程为三天之最。傍晚6:30左右，整个大队才全部到达青岛校区。当看到不远处山大青岛校区金碧辉煌的大门的时候，我们明白了这三天来的风雨兼程——只为了在另一边的山大。

4号上午，车协在青岛校区举办了社团交流会，还在海边给偶遇的学弟们普及了自行车知识。

这次去青岛校区突然发觉，其实，这世间有一种旅行是——“目的地并不重要，他真正的愿望其实是想离开现在的地方”。

“想离开现在的地方”，不是为了地点的变换，不是对于现状消极的逃避，不是为了那几张发在朋友圈里的在“别人待厌的地方”的自拍。只是觉得，世界有这么多种可能，你为什么只选择一种？

世界是一个开放的“入口”，奇妙在于对未知的迸发。旅行只是认识世界的一种方式。也许旅行的意义不在于目的地，而在于在旅行过程中的未知，在于旅行经验的“陌生化”效果。你会发现原来这个世界除了我们的价值观念，还有不同的价值观念，除了我们习惯的看法，还有不同的角度、看法。

旅行对于世界观的意义也是一种现在视野与历史视野的“视野融合”，在这种视野融合的过程中，以往的视野也必定要矫正、扩充，然而也正是在这种对于以往视野的矫正和扩充之中，你在参与，你在建构，更有甚者，你也在颠覆自己以往的世界观。会有人认为，这么容易就颠覆的叫世界观吗？！然而意义不在于世界观是不是那么容易被颠覆，而在于世界观是如何被你自己建构起来的。

“我们怀着谦卑的态度接近新的地方。对于什么是有趣的东西，我们不带任何成见”，这才是旅行的正确打开方式。毕竟，世界有这么多种可能，你为什么只选择一种？

作者：文学院2015级本科生　韦莹娇

10月9日　星期日　晴

政管学院本科生·孙　可

记得大一时，思修老师让我们写大学四年的成长计划，大二班主任又启发我们给自己立了flag。这一晃，就大三了，无论老师还是家长，都把我们当成拥有成熟理性思维的大人了，再也没有人追着我们定目标、定理想了，也意味着我们要真正为自己的决定负责任了。

大一大二时总觉得未来离我们很遥远，我们只要踏实读书，做好眼下的事情就可以了，可是到了大三，人生的重大抉择仿佛一下子呈现在我们面前，使我们感到措手不及。保研吧，专业知识不够扎实；考研吧，英语这个短板我也没什么把握；找工作吧，这年头一个本科生就业有多大竞争力，大家都心照不宣。感觉所有的路都对我关上了大门，我被现实泼的冷水弄得有点儿蒙圈了。补退选早已经结束，最终我还是放弃了我心爱的双学位，这个过程并没有那么简单，就像是蛹忍受着巨大的疼痛破茧而出才能成蝶一般。

过去的我，有点儿自负，以为付出了努力就什么都能做到，但是上学期惨不忍睹的专业成绩单让我跌落谷底。虽然受了点打击，但是比我优秀的人都比我更努力了，这样的结果我也要坦然接受。我也慢慢清楚地认识到，我的精力也是有限的，并不能事事做到完美，我开始有了放弃双学位的想法。周围的朋友都劝我，你再认真考虑考虑吧，你为了双学位付出了所有的双休日还有两个暑假，现在放弃多可惜呀。我意志也很动摇，我从来不是一个半途而废的人，而且最不愿意承认自己能力的不足，可是人生那么多好的结果，你不能贪心选择都要，适当的放弃才是智者的做法。当时选择了外省并不承认的双学位，出发点就是开阔眼界，激励自己双休日不要蹉跎岁月，其实我的目的也已经达到了，我并不后悔，如果再来一次，提前预知我有一天会退掉它，我可能还是会选择它。就像吕老师说的，学习不要那么功利，不要只是单纯为了一个学位或者证明，知识对自己解决问题能力的提升才是最重要的。我也不想大学本科的四年按部就班碌碌无为，那么即使拿到了双学位，也只是一场空。我所希冀的是，当谈论到专业相关的话题时，我能有自己独到的见解和专业的认识，能丰富自己的内涵，而不是考试周临时抱佛脚得到的成绩。

下个周末双学位暑期的课程就要考试了，看着周围还没有放弃的室友们，佩服且心疼，希望她们的努力都能获得好的结果，也希望自己依然能有机会重温双学位的知识，以后的人生道路可以走得更加自信而迷人，大家都要如愿以偿啊。

作者：政管学院 2014 级本科生　孙　可

10 月 10 日　星期一　阴

基础医学院本科生 · 闫翔宇

翻一翻日历，山大竟已经走过了近 115 个年头。

作为一个土生土长的济南人，我从小时候便已知道山大。只不过，由于年少懵懂，那时山大在我心中的印象只是多少个放学的傍晚与朋友嬉笑走过的梧桐道、周末绿茵场上与同学踢球挥洒的汗水。而现在，我真正变成了一名山大人后，山大对于我来说，是军训时同学们踢着整齐的正步时的飒爽英姿，是饭后背着书包步履匆匆赶往自习室时夕阳斜射的背影。

我为自己能够在家乡上大学而感到庆幸。但更为庆幸的是，我遇到的是你，山大。小时候数次经过你的门前，到现在真正走进你，我也转换了身份与角色，从旁观者变成你的一员。是山大让我能够学自己喜欢的专业，同时，又满足"父母在，不远游"的愿望。脱下高中的校服，穿上严肃的白大褂，享受这肩上的责任与担当，也许，这就是你给我的第一份礼物。

"学无止境，气有浩然。"你在传授我知识的同时，又教我做人、做学术的态度。确实，大学的意义本就不该止于解惑，而要在传道授业的同时，帮助我们成为有温度、会思考的人，成为有自己想法与坚持的人，成为合格的山大人。

再看看你。从 1901 年建校开始，一百多年来，社会环境在变，时代在变，不变的是你始终致力于塑造一批又一批的优秀学子。115 年的风雨兼程，时间愈久沉淀愈厚重。像一棵根深叶茂的大树，根扎得很深，撑起一大片阴凉，让学子们能够安心在你的庇护下专注于学术。你的枝干中流淌的是道德的泉流，一片片树叶撒播着知识的海洋。记录光荣，承载梦想，孕育希望。115 年在历史的长河中也许只是瞬息而过，而对于每一代的山大人，与你在一起的一分一秒都值得我们珍惜。还会有下一个 115 年，215 年……以后的每一个山大人，应该都会和我们一样，在盼望着你的生生不息。

我有时在想，你教会我那么多，那我又能给予你什么呢？或许我什么也给不了你，我能给的只有我对你的一腔深情与热爱。

未来八年，山大，请多指教。

作者：基础医学院2016级本科生　闫翔宇

10月11日　星期二　晴

财务部工作人员·魏龙华

十一假期已过，济南秋意渐浓，在一如往常地步入山大南路27号的大门时，我忽然有一瞬间的恍惚，仿佛下一秒就会咬着食堂一楼的鸡蛋饼，裹挟在那些步履匆匆又朝气蓬勃的身影中，赶在早课铃响之前踏进教室。恍惚过后，我意识到，我的目的地不再是知新楼明亮的阶梯教室，而是明德楼一楼的财务大厅，而我也由初入山大时那个懵懂稚嫩的少女成长为可以自食其力、为同学老师们提供服务的山大财务部的一员。

来到办公桌前打开电脑，略作整理，我便开始了新一天的工作。今天感觉比其他工作日更为忙碌一些，再加上刚刚结束的十一长假，办公桌上未审核的报销单据俨然比平时增加了不少。不要小瞧了这一份份报销单，大到学校、学院的经费划拨调转，小到老师、同学的调研出差，偌大学校经费周转的方方面面，都事无巨细地浓缩在了这一份份小小的报销单上。

近期，国家和学校相继出台了差旅费、会议费等一系列规范和强化经费管理的新规新政，加上年度预算执行任务日益紧迫，核算科的工作任务也随之加重。每月制单数频频刷新纪录，报账大厅总是熙熙攘攘人来人往，办公案头总有待审核未处理的各类单据，以至于我们不禁自嘲：会计人员都有一种神奇的天赋，就是不论办公桌多大总有办法把整张桌子都铺满。然而自嘲背后，我们也深知，这些经由我们审核报销的单据，见证了山大发展进步的点点滴滴，记录了师生专注教学、科研工作的辛苦历程，也承载着我们作为会计从业人员按章办事、合规严谨的岗位职责。

虽然正式入职的时间并不长，但我已经习惯并喜欢上了财务部井然有序又紧张忙碌的工作氛围。我庆幸自己有机会能够继续留在这方教我读书、伴我成长的校园中继续自己的梦，实现自身的价值。青春读书处，毕业不散场，我与山大，从未走远。

作者：财务部核算科工作人员　魏龙华

10 月 12 日　星期三　小雨

赴中山大学交流生·朱　颜

不知不觉，在中山大学交流的日子已近半。

广州永远是热气腾腾的。十月，太阳还是那样明晃晃得有些刺眼，没有兴隆山上刮得脸疼的山风，也没有让人不知所措的近 10 度温差。无论是穿着短裙的姑娘，还是汗流浃背蹬着单车从身旁飞过的男生，都让人觉得夏天就停在这里了。

室友告诉我广州是没有秋天的。是啊，校园里那不知名的黄花到现在还开个不停，落了一地，又开了一片，丝毫没有松懈的意思。草草木木都还绿得发亮，没有一丁点儿的秋意。第一次体验这么长的夏天，想着也许十一月还能吃冰淇淋的我有些许兴奋，却老感觉缺了点儿什么。

直到今天，广州下起小雨。我被冷起了一身鸡皮疙瘩，上课前匆忙换上薄薄的毛衣，心里释然，秋天终于还是到了啊。突然想起北方的秋天。

北方的秋天总是来得凶猛而嚣张。回忆大一第一次经历北方的秋时，“一叶落而知秋”的感触分外深刻。树叶由绿变黄仿佛只是一夜间的事。昨天还穿着短袖，今天就已经裹上厚厚的毛衣。兴隆山校区的风总是比其他校区凶猛很多，我们笑称敢散着头发出门的女生都是勇士。秋天里，天总是黑得特别早，那条和朋友们裹着围巾搓着手去上课走过的白玉兰路，那些踩着落叶发出的脆脆的声音，那为了取暖组团去吃的鸡公煲的香味，在广州的这场小雨里都突然清晰了起来。当时冷得想逃离的秋天，在回忆里变得好暖。

前些天联系小伙伴们，一如既往地聊着天气、学习、心情和生活琐事，什么都没有变，只是多了一份想念与牵挂。虽然在不同的地点做着不同的事情，但是有你们感觉真好。接下来的日子也一起加油吧，希望下学期遇见更好的你们和自己。

作者：政管学院2015级本科生　朱　颜

10月13日　星期四　晴

百岁老人·孙步新

100年前的10月13日，我出生于河南省汝南县。我2岁丧父，8岁丧母，14岁那年我只身一人来到开封考入北仓女中。因我没有生活来源，学校照顾我中午休息时间在校小卖部勤工俭学，每月给我4个银圆。另外我还代表河南省参加华北及全国运动会，获得的奖金也帮助我完成了6年中学学业。

后来，我考取了公费师范体育生（西北联大），毕业后成为一名大学体育老师。我虽孤身一人，但在中学、大学及在社会上总能得到好心人的帮助。中学住校，过节时总有人向我枕头下塞银圆、月饼、点心，星期天也常有同学邀请我去她们家吃饭。七七事变后，我在北京无钱购票回河南，幸好遇见高中同学资助我20个银圆返回家乡。以后我去过兰州、青岛等多地任教，也得到众多好心人的帮助。

1953年我被调来山东工学院任教，距今已63年，我一生中大半段都是在山大度过。十天前，我儿子用轮椅推着我在千佛山校区体育场转了转。走在这熟悉

的老地方，看着这些不熟悉的新建筑，我感慨万千。63年前的那两间小平房（一间教研室、一间器械室），射击场和炉渣铺的体育场都不见了。现在是新的体育场、体育馆和图书馆。马路北面原七号楼也拆掉了，现在是一幢新建的现代化大楼。看着这巨大的变化，我不禁浮想联翩。

我很幸运，1966年退休，1992年又办理了离休。我已有50年未工作，但国家、学校一直很照顾我，离休金不断上涨，还有各种老人补助、津贴，前年又增加了社会居家养老服务，我也不必担心医药费，我很幸运，也很幸福。

现在我身体尚可，记忆力也还好。想想我能活到100岁，可能得益于三点。

第一是众多好心人的相助、相伴。没有这么多好心人相助、相伴，我不可能从一名孤儿顺利考上大学，并成为一名大学教师。

第二要有好的心态。心要放宽、放稳，平静地看待周围的一切和快速变化的世界。

第三，要有良好的生活习惯，生活有规律，老年人要避免大的情绪波动。

现在国家逐渐强大，人民不断富裕，医疗条件连续改善，我想每个人都会有更幸福的人生，更加长寿。

今早校各部门有关领导来看望我，送来慰问金、花篮和生日蛋糕，我向他们表示衷心的感谢。

作者：离退休教职工、原山东工学院体育部教师　孙步新

10 月 14 日　星期五　晴

管理学院本科生·吴　洁

老舍说："上帝把夏天的艺术献给瑞士，把春天的赐给西湖，秋和冬的全赐给了济南。"向来喜欢济南的秋，温度适宜，天高云淡。更喜欢学校的秋日夜景，喜欢在一天忙碌的课业后晚上来到操场上跑步锻炼。

我是这个学期刚搬到中心校区的，在原来的校区也时常到操场上跑步锻炼。但是，有一段时间校园内频繁发生操场丢包的事件，我很担心自己的物品丢失，于是每天跑步前都要先回到宿舍将书包放下后再去操场。这样一来就麻烦很多，渐渐地就很难坚持下去，少了不少锻炼的时间。

来到中心校区以后，我发现有一个叫学生安全管理委员会的组织在举行夜跑存包活动。他们的志愿者会每天晚上提前来到操场摆好桌子、防潮布等，专门为夜跑的同学提供存包服务。通过和那里的志愿者交流，我得知由于监控设备损坏、人流量大和案发多在晚上，操场成了物品丢失重灾区，引起了同学们的恐慌。他们为了避免这样的事情再发生，为了给同学们营造一个安全的环境，减少同学们的担忧，特意开展了这项长期进行的活动。我觉得这项活动很有意义，有了他们的帮助，我们就可以无忧无虑地跑步了。

风起月明，淡黄色的路灯灯光洒在绿油油的草坪上，泼在红色的橡胶跑道上，远远地看着存包处安管会的志愿者们来来回回存取包裹、清点包裹的身影，突然很感动。他们默默付出，我们彼此信任，在山大有这样一群人相互温暖着成长，这也算是人生中最幸运、最幸福的事了吧。

真心感谢安管会，感谢这个有情有义的组织，从同学们的需求出发，全心全意为同学们服务，很贴心。祝愿安管会发展得更好，也希望在山大以后会有更多这样的组织出现。

作者：管理学院 2015 级本科生　吴　洁

10 月 15 日　星期六　阴

化学系 1986 级校友 · 闫　玲

三十年前，山大的校园里迎来一批青春的面孔，那就是我们这届 86 级的同学，那一年我们 18 岁，我们怀揣梦想，背负希望。图书馆、公教楼、小树林留下我们读书的身影，食堂里、俱乐部留下我们欢快的笑声。

三十年前，我们青春当年，风华正茂；三十年后，我们历尽风雨，枝繁叶茂。十八岁青春梦想，三十年风雨彩虹。

2016 年 10 月 15 日，是山大 115 周年生日，115 个寒来暑往，115 载灿烂辉煌。金秋十月，化学院 86 级 40 位学子，从祖国各地，怀揣师恩，齐聚校园，为母校庆生。

走进山大校史馆，自豪感油然而生。山东大学是中国高等教育的起源性大学。115 年前 10 月 15 日这一天被定为我们校史的开端，原来是因为在这一天光绪皇帝御批成立“山东大学堂”。

台北故宫博物院里珍藏着山东大学的章程，其中两句即“公家设立学堂，是为天下储人才，非为诸生谋进取。诸生来堂肄业，是为国家图富强，非为一己利身家”。两个“是”两个“非”，确实代表了当时我们中华民族救亡图存的那种志向。

山东大学为国家贡献了 13 所大学，培养出近百位院士。校史馆让我们第一次深度了解山大。如果说一个人的成长是一部电影，那么一个学校的成长便是一部记录社会、文化、经济、政治发展的纪传体史书。作为一个山大人，不仅仅是幸运，更多的是为母校增光的责任。

“情归家园”，这场筹备已久的山大 115 周年庆生晚会，在击鼓声中开始了。舞台上绚丽的色彩把整个体育馆照亮，观众席上无数挥动的荧光棒汇成一片欢乐的海洋。

今天是你的生日，我的母校，我们 86 级校友为你骄傲，为你自豪。

晚会共分四个篇章，峥嵘岁月：一首毕业歌带我们回到理想之光绽放的年代，少年强，则国强；光荣梦想：青春的舞步让我们想起那意气风发的年代；青春飞扬：留学生的中国范儿、啦啦操的盛开，山大在这里等你温暖全场；情归山大：一幅“凡我在处便是山大”表达了我们所有校友的心声和对母校的情怀。

百余年的华章，百余年的欢腾。在深秋浓烈的校园，我们见证了你的绽放，祝福母校未来辉煌。

作者：化学系 1986 级校友　闫　玲

10 月 16 日　星期日　晴

职业发展联盟学生・杨金鹏

“同学你好，参加讲座请这边签到……”我提前一个小时到达活动现场，调试好多媒体设备，签到答疑，微笑而又有条不紊地处理活动现场的事务。我作为学生职业发展联盟的现场负责人，这样的工作已经再熟悉不过，在活动现场看到干事们认真积极的态度、嘉宾和同学满意的眼神，心里是满满的成就感。

学生就业创业指导中心举办 2017 届毕业生就业指导月以来，平均两天一次的讲座或比赛，老师刚柔并济的指导以及大家的配合，让忙碌的我感受到家的温暖。事无巨细，生怕出现任何的差错，努力把一切做到完美。做好签到表、ppt 的模板，尽己所能给予干事们包容和指导，每一次的活动，对我来说也同样是历练和成长，乐在其中并且感悟颇多。又一场讲座圆满结束，我从最初的战战兢兢到现在的娴熟沉稳，主席、负责人的头衔更多的成了一种责任、一种担当。

学生职业发展联盟面向全校同学进行就业指导，就业指导老师的专业指导总是能让我如沐春风、茅塞顿开，而与职场相关的工作也决定了现场工作的特殊性。为更好地做好毕业生的就业指导服务工作，我对自己提出了更加严格的要求，反复确认时间、场地，现场运筹帷幄，及时处理突发情况，给嘉宾提供最大的服务和帮助，这些都已成了工作的常态。

晚上十一点，知新楼的“小怪兽”还在亮着，回宿舍的路上，总结经验互相打趣成了我们几个负责人的日常，几个雀跃的灵魂凑在一起，一起准备职业生涯规划大赛，一起熬夜准备物资，学会成长担当的同时，也收获了有爱的大家庭。

在职联的第二年，对职联的感情也越发深厚，希望在未来的工作中，可以尽我所能帮助到更多的山大学子实现就业，为职联贡献自己的力量！

作者：物理学院 2014 级本科生　杨金鹏

10 月 17 日　星期一　晴

齐鲁青年科技论坛参加者・霍刘杰

2016 年的深秋——收获的季节，身在遥远的大洋彼岸，一封来自山东大学第一届青年科技论坛的邀请邮件，似乎一下敲开了那颗在外游学近十年，辗转世界各地之后，尘封许久的回归之心。

自从 2008 年在天津大学获得学士学位后，和众多渴望知识和开阔眼界的同学一样，我选择了留学之路。我的第一站——德国，一个充满严谨的国度，一待就是六年，带着获得的硕士和博士学位及自己人生中最重要的那个人，我再次决定来到半个地球以外的美利坚，完成每个人心中都有的那个美国梦。又将近三年过去了，我收获知识的同时，又和妻子收获了我们人生中的第一个爱情结晶。就在这时，我收到了之前提到的那封邮件，心中有个声音告诉我，是时候考虑回国看看，回国工作了。山大老师的耐心和热忱服务让我印象深刻，似乎让我感受到了这里——作为中国儒家文化起源的齐鲁大地那一份特殊的文化底蕴和人文气息。

10 月 17 日早 9 点，主论坛在山大学府大酒店准时拉开序幕，不论是张荣校长的讲话，还是青年人才代表的讲话，无一不鼓舞着在场一颗颗激动的归国之心。据我所知，海外游子大多怀揣着一颗报国回家之心。毕竟这里才是我们的家，科

研无国界，但是科学家绝对有国籍。随着论坛的进行，山大各项人才计划被大家一一熟知和了解，从中也看出了山大作为国内一所拥有悠久历史底蕴的重点大学，对人才的渴望和真诚。这一点，从这两天山大从上到下学生和老师的接待热忱中也足以看出。下午 2 点半开始，我和其他五位青年学者来到山大生命科学学院以及国家微生物技术重点实验室进行分论坛的报告交流。通过倾听其他来自全世界各地的青年学者的报告，我受益良多，同时也创造了今后互相交流的可能。

虽然仅有短短一天时间，我从中切切实实地感受到了山大这次举行首届青年科技论坛的成功，也坚定了通过申请各项青年科技人才计划回国工作的坚定决心和信心。再次，再次感谢山大生命科学学院的邀请，感谢各位山大领导，感谢老师和同学为这次活动付出的努力，在山大 115 周年校庆之际，祝愿山大发展成国际上具有重要影响力的重点高校！

作者：美国伊利诺伊大学化学系博士后　霍刘杰

10 月 18 日　星期二　晴

拾金不昧者・杜武东

漫步校园，秋日午后的山大静谧安详。微信的铃声犹如一把利剑划破这安静的氛围，我意外地收到了同学好友一条条祝贺的信息，朋友圈亦被一则学院新闻刷屏。我刚开始有点儿丈二和尚——摸不着头脑，直到收到了一份意料之外的感谢。

半个月之前，我有幸参加了山东省档案局和山东大学历史文化学院联合举办的“社会记忆与档案资源体系建设”高级研修班的志愿服务活动，虽然只有短短几天的培训，却收获颇丰。在活动结束整理会场时，我在最后一排的座位下面发现五百元现金，微微惊讶过后，我迅速回忆是谁坐在这里，噢，应该是来自聊城大学档案馆的王凤刚老师。研修班已经正式结束了，各位参加的老师马上就要踏上归程，我马上电话联系了王老师。果然是他遗失的，而且万幸的是他还没有离校，我便赶在王老师返程之前归还给了他。王老师告诉我这些钱他本以为是逛街的时候遗失的，肯定是石沉大海了，没想到会失而复得。这本是一件微不足道的小事，如果不是这封突如其来的信件，我都已经忘了这件事，没想到王老师还记在心上。在意外之余，我也收获了一丝感动，感动的是王老师的这份感恩之心吧，我想人与人彼此之间的信任与友爱就是这样形成的。拾金不昧是中华民族的传统美德，也是我们每一个山大学子所具有的基本素质，换作任何一个人都会毫不犹豫地这么做。

一份意外的感谢，收获一份真挚的感动。

作者：历史文化学院2013级本科生　杜武东

10月19日　星期三　晴

双学位学生·魏进红

“自己选择的路，跪着也要走完”，曾经被我认为如此非主流的话，现在却真真实实地发生在了我身上。

大一结束时，我看到大家都报了双学位，脑子一热就报了名。那时候我对双学位并不是很了解，只是觉得大学生活中，除了我的本专业，广泛涉猎点儿别的知识总归是有益的，这一决定却对我后来的学习生活产生了非常大的影响。

双学位除了要在每个暑假上课，每个周六和周日也要上课，这也就意味着，除了法定节假日，我没有其他的休息时间，对一名爱玩的学生来说，这是何等的痛苦啊！但既然选择了，就得坚持下去。

我开始从每天睡到七点半到早上六点起床，以最快的速度洗漱，然后到小树林晨读打卡，开始一天忙碌的学习生活。平时还好，只有周六周日才涉及双学位，但是前几天老师临时通知考试，面对突如其来的“噩耗”，我慌了，因为暑假的课程我已经基本忘得差不多了，而且用一周的时间复习六门课，简直就是不可能的事。

一周以来，我不断压缩我的时间，从早上六点到晚上十二点，几乎把所有的空闲时间都用来复习双学位课程。当早上舍友都还没起床的时候，我已经悄悄地走掉；当晚上舍友已经进入甜蜜梦乡的时候，我却还在“挑灯夜战”……就这样，今天下午，我终于完成了我的第一次双学位考试。

现在回想起来，一周的时间不长，却真真正正地让我改变了很多，也让我认识到很多。一个人想要得到自己想要的，想要实现梦想，就要为此付出比别人更多的艰辛和努力，只有这样，才能不断缩短梦想与现实的差距。

以后这样的日子会更多，但是我不会畏惧，因为这段时光会让我过得充实而快乐，这才是生活最原本的模样。既然这是我自己的选择，那就要义无反顾地走下去，我相信，总有一天，我会成功的！！

作者：外语学院 2015 级本科生　魏进红

10 月 20 日　星期四　阴

青岛校区图书馆教师·李修波

每周四，我都会行走在去青岛的路上。这不是一场去看“八大关”或“第二浴场”的旅游，而是一次行程急促的教学之行。

今天和以往的周四一样，5 点多钟就起床，开始做去青岛校区的准备。早饭根本来不及吃，只能带上一些方便食品。教具和课件是万不可少的，检查再三，以保证带齐。

6 点左右从家出发，去赶 7:16 的动车。用滴滴叫了出租，20 分钟后到达济南火车站。取票、验票、安检、候车、检票、再候车，一大串的手续、等待和忙碌后，终于“坐上了去青岛的动车”。

一路无话。9:55，动车到达即墨北。出了火车站，直奔山东大学班车停放点。幸运的是，顺利找到了班车。其实，就是找不到班车，心里也不会慌，即墨北火车站发往山东大学青岛校区的 136 路公交半小时一趟，乘坐非常方便。

10:55，班车停在了青岛校区凤凰居教师公寓附近。办完教师公寓的手续才意识到，是时候去安抚一下饥肠辘辘的肚子了。

青岛校区的食堂在校园南北中分处的东北角。刚过 11 点，食堂用餐的人还很少。碰到几位相熟的老师和同学，简单打个招呼便直奔面食窗口，来了一大碗刀削面。

11:33，回到教师公寓。简单休息一下，以缓解因太过早起而导致的困倦和疲惫，保证下午上课时的头脑清醒和精力充沛。下午 1 点，走出教师公寓，赶往 E2102 教室。

到达教室后，离上课还有 8 分钟，先检查投影、电脑、无线麦克风是否正常。期间，法学院 2016 级的同学们已经陆续坐满了教室。下午 1:30，课程正式开始。

今天课程的教学内容将涉及搜索引擎检索命令和文献类型的识别。这是“文献检索”教学的一个重点，也是一个难点。检索命令和识别文献信息类型是全面、准确获取文献的前提，善于应用才可以做到获取文献时的事半功倍。在近两个小时的课程中，我试图将检索命令和文献类型识别的相关知识，尽可能多地教授给这些爱学习、爱山大的孩子们。

当我宣布下课的时候，掌声在教室里轰然响起。也许，这是我和 150 位同学共同激动的一堂课吧。同学们，谢谢你们喜欢这门文献检索课！仅此一点，就不枉我一日内数百里的这趟奔波。

按照正常时间下课，没能赶上下午 3 点半的 136 路公交车。好在天还不冷，我就近在公交车站找块石头坐下，等4点钟的那趟公交。傍晚5：10左右，136路公交车将我顺利送回了即墨北站。

返济的动车晚上7：15发车。晚上9：54，动车到达济南。搭出租回到家时，已经是晚上10：40了。进家门时，我把动作尽可能放得轻微些，不愿去惊动早睡了的家人。到此，青岛校区一天的教学行程才算真正结束了。

今年是青岛校区运行的第一年，作为青岛校区教学工作的首批参与者，我今日的行程，应当只是青岛校区大部分教职工日常行程的一个缩影。正是这些人共同辛勤地努力，才保证了青岛校区教学工作的正常运转。青岛校区濒临大海，肯定也有些教师会像我这样，根本没有时间去海边吹吹海风，或者赤足到微热的沙滩上散散步。我们能做到的，只有站在青岛校区空旷的校园里，远眺一下因海而洁的蓝天，听一听因海而柔的微风。

青岛校区一直和我们在一起。每天都能看见那些在路上为青岛校区奔忙的人们，青岛校区美丽的校园也早已烙上了辛苦工作者们的身影。不知不觉，我们已经成为青岛校区的一部分，勇敢、坚韧地陪着青岛校区成长！

作者：图书馆职工　李修波

10月21日　星期五　阴

山东论坛与会学者·孙卫国

当我写下标题时，不禁一笑，确实，这是一篇特殊的日记，因为是“受命”而作的日记。如果不是“山大日记”老师的邀请，这篇日记肯定是不会写的，因为我写日记从来都是三天打鱼，两天晒网。读《胡适日记》《顾颉刚日记》等名人日记，每每惊异于他们的毅力，不管多忙，他们每日是必写的，我恰恰缺少这样的毅力，所以我的日记总是断断续续、零零散散的。

十年前，第一次来山大开会，此后，跟历史学院陈尚胜教授等先生们有比较密切的学术往来。十年后的今天，第一届山东论坛，由山东大学与韩国高等教育财团共同举办，中外学者众多，嘉宾云集，我能与会，深感荣幸。山大接待工作相当细致，安排以研究生、博士生为主的志愿者，做到一对一的服务，特别指派志愿者前往机场、火车站接机，这样的接待规模，现在很少见。会议的组织与安排相当细致。住宿与今天的会议都在山东大厦。九时，陈尚胜教授陪同我们进入会场，陈教授介绍说："这里就是山东的'人民大会堂'。"确实，每个大厅都有名字，如"德州厅""济南厅""烟台厅"之类，人民大会堂不也是由各省命名的厅吗？找到座位时，忽见福建师大的谢必震教授在座，谢教授笑着说："十年前，我们就是在山大的会议上第一次见面，没想到过了这么多年，今天又见面了，真高兴！"我又焉能不高兴呢！

九时半，会议正式开幕，由山大副校长胡金焱主持，山大校长张荣、韩国高等教育财团总长朴仁国先生与山东省副省长夏耕分别致辞。本次论坛主题是"东亚命运共同体——历史、现在与未来"。山东地理位置特殊，历史上就是联通中日韩的主要纽带，而今在中日韩的经济、政治交往中也发挥着越来越重要的作用，此次论坛的举办，正当其时。远远看到山大的校长、副校长都很年轻干练，由他们领导的山大也显露着勃勃生机，而山大在东亚的交流与合作中，也越来越显示出重要性。

接着是大会报告，印象最深的是外交部原部长李肇星先生的报告。以前只是在电视里面见过李外长，这是首次见到李外长本人。他迈着大步走上演讲台，与主持者朴仁国理事长热情握手，显示着山东人的热情与豪爽。李外长回顾了自己的成长过程，自言出身贫寒，经过多年的不懈努力，最终成为中华人民共和国的外长，这本身就很催人奋进。他又讲了身为外交官时的诸多见闻，语重心长地说：大家都应该爱国爱家乡；要尊重百姓，爱护人民；还要永远学习，要有发展的理念——本次论坛的主题就是一种发展理念的体现。我寻思着，原来外长竟然如此平易近人，年逾古稀，依然散发着积极向上的正能量。

在下午的分论坛上，我也作了论文宣读。第一次听到南京大学刘迎胜教授的学术点评，也第一次接受刘教授的批评。刘教授眼光独到，评论犀利，对于问题的把握相当精准，我内心非常敬佩，更深表感激之情！从刘教授的点评中，我体味到老一辈先生们深厚的学术底蕴、治学的严谨、处事之认真，要成为一位顶尖的学人，确实不易，要像李外长所说的：永远学习，永不止步。

作者：南开大学历史学院教授　孙卫国

10 月 22 日　星期六　阴转小雨

山东论坛与会学者·田　杨

由山东大学和韩国高等教育财团主办的“山东论坛 2016”于 21 日在山东大厦拉开帷幕。这是我当天参会的一点感受。

开会的目的在于交流。这种交流不是只限于会议发言时间内的。发言时间毕竟有限，在压缩的时间内只能展现自己认为是最精华的部分。不仅如此，台上的发言者与台下的参会者是一种指向性的主体和受众的关系。有的会议会安排一定的点评或是讨论时间，但按照会议“惯例”，最后一个发言者都顶着“时间有限”的压力，会议场上的自由对话时间非常有限，几乎是可以忽略不计的。但会议的作用在于它搭建起一个交流的平台，从会议设想开始，其影响会一直持续下去。会议前的筹备和组织是一种交流；会议过程中的聚餐和茶歇时间是有效的交流时间；会场上老朋友的叙旧和新朋友的结识，预示着会议后持续的交流和新合作的开始。这种不局限于空间和时间的可持续性的交流和学术圈子的扩展，是会议主办方和参与者最大的收获。当然，我也是受益者。

我在韩国学中央研究院（相当于国内的中国社科院）获得社会学博士学位。我的导师一直从事不同国家的村落比较方面的研究。这次他也收到山大的邀请前来参会。他参加的是“东亚的社会变迁与合作”分论坛下的“东亚社会发展与转变”议题。参加这个议题的学者都是国内外社会学圈子里的大咖。中国社科院社会学研究所的王春光研究员是最早提出“半城市化”和“新生代农民工”概念的社会学者，做流动人口研究的人无人不晓。近年来他致力于反贫困研究，特别是对农村扶贫事业有一些独特的见解。他在这次会上的发言题目是“中国的社会保护体系：现状与未来”。用“社会保护”这个概念来代替“社会保障”，这也是一种学术创新吧。还有我们山东社科院省情研究院的李善峰院长，他是梁漱溟和乡村建设运动研究的资深专家。他的发言题目是“东亚发展与村落社会共同体重建”，提出东亚共同体的建设应从中日韩共同面对的村落社会重建问题入手，而梁漱溟先生八十年前提出的通过复兴儒学重构东亚的区域社会和文明的构想仍然发挥着巨大的影响力。我的导师韩道铉除了对韩国的宗族村进行研究，还对越南古村落进行了二十多年的追踪调查，对中国温州市永嘉县溪口乡的几个村子也进行过蹲点调查。他这次从社区建设角度，通过对韩国案例的分析提出社区建设需要传统文化与现代文明的对话。

如前所述，交流和获益不局限和止于会场之内。会议开幕式前学者们之间的问候式交流，午餐时间餐桌上不同学术圈子内的交流，欢迎晚宴是亮点，掀起了本次会议交流的高潮。餐前山大交响乐团的演奏用非语言的方式发出了感情交流的邀请，也为参会学者更加深入的交流进行了预热。果然，交流一直持续下去，欲罢不能。晚宴结束，外面也下起了雨，但这丝毫不影响大家要继续下去的交流之情。我们几个也撑起了伞，在附近寻了一处喝茶的店，继续聊了起来——为明年韩国的相见做筹划。等我们 10 点半左右回到山东大厦的时候，正好碰见大批的韩国参会者也陆续回来。要不是 22 日还有会议日程，喜欢喝一杯的韩国人应该还在一起欲罢不能吧。

作者：山东社会科学院助理研究员　田　杨

10 月 23 日　星期日　雨

环境学院本科生・李会会

来到大学已经一个多月了。

青岛校区第一年启用，没有学长学姐的指导，我们摸索着大学生活的模样，一切充满着挑战：新的教学体制，新的管理体制等等。大学，带给我们太多不一样的感受和体验。

校学生会、院学生会、社团，可能还有勤工助学，这些都是学习以外的其他活动，许多人都参与其中。曾经，我会因操心社团建立而无法在课上认真听讲，会因为一大堆会议堆在一起而熬到深夜，我和很多人一样，在新的生活中努力适应。

昨晚，在去食堂的路上，我的一位朋友对我说："我们现在累成狗，一些人可以选择好好学习，然后支配自己的自由时间，是不是那才是真正的所谓的大学生活？"我只是想说，大学生活千姿百态，每个人都有属于自己的丰富的大学生活，既然选择了其中一条，那么，就要踏实、认真、坦然、有觉悟地走下去。大学里很多优秀的人最终无法保研，那便是没有选择好，就算选择好，也没有坚持下去。现在的我们已经成年了，做事要稳重了，也要学会挑战和改变自己了。

我不想一直安逸，但我更不想每天在急躁中烦恼。真正有能力的人既可以搞好学习，又可以搞好学习之外的事，既然想证明自己是有能力的人，那就拿出你的热情，做好每一件事。

我们渐渐长大，要学会冷静地、沉着地去做事。学着去处理生活的困难，不要轻言放弃！当我告诉爸爸我所做的事，爸爸说，多做些事是好事。我能感受到，那是过来人的一种期许。看看那些过来人，都是在困难中挺过来的。不管是此时，还是大学今后的生活，遇到难关时，再忍忍，深呼吸，让自己的心中充满信念。挺过去了，就成长了。

希望与大家共勉，青岛校区，一种挑战，一个机遇。

作者：环境学院 2016 级本科生　李会会

10 月 24 日　星期一　雨

软件园校区体测员 · 罗金荣

一谈到体测或许就会让大家深深感叹不想去参与，听到过周围很多同学都有这种抱怨，不知道这是不是代表大部分同学的想法。虽然我们体育学院的学生不用参加体测，但是体测的任务是由我们体育学院的同学去执行的。这是我们的实习任务，也是一门必修课程。

刚开始我还觉得体测比较轻松，可一天下来，就觉得我的想法是错的。十二点就搭乘校车去软件园，有的同学午饭都来不及吃就上了校车。一下校车我们就直奔器材室，等待领取器材和分配任务。我参与的测试项目是八百米和一千米，这个项目在校区外面的田径场里进行。器材比较多，有的还挺重，加上今天的天气稍微有点儿冷，更给我们的测试任务增加了难度。

室外温度比较低而且有风，我们的手都有点儿僵硬，敲不了键盘，但我们从没有懈怠过。八百米和一千米测试三十人一组，我们完成一组测试很费时间。首先要把校园卡上的学号和信息一个键一个键地录入进去，跟以前的直接刷一下校园卡就行的情况完全不一样。一个同学通过电脑去收集参与测试学生的信息和核对校园卡，另一个同学则需要把所有信息通过十几个步骤录入计时系统，结束后还需要计算成绩分类统计保存。过程看似简单，操作起来却很耗时间，加上不断地有同学过来问问题，着实有点儿忙乱。就这样，我们完成了一下午的测试。

快要测完时，校车也即将发车，我们加紧测完，收拾东西，一路小跑去存放器材，再赶校车。回到兴隆山校区时早已下起了小雨，大家也带着有点儿疲劳的身体奔向了食堂。

作者：体育学院 2015 级本科生　罗金荣

10 月 25 日　星期二　晴

基础医学院本科生 · 刘　昕

实验报告还没写，老师讲课的 ppt 还没刷，两千米跑步还没打卡……虽然待做的事情还有很多，但还是抽出时间写下这篇日记，只是因为今天是我第一次抽血啊，是第一次抽别人的血，是主动而不是被动，是活生生的人而不是动物啊，激动的心情直到现在都没有消退。

今天的遗传学实验是全血 DNA 的快速提取，是要从肘正中静脉抽血，然后分离提纯血中白细胞的 DNA。后面的操作简单顺手，难在我们都是第一次抽取人的外周血。老师讲解示范后，血管较细的同学向老师求助，而胆子大的同学已经跃跃欲试，开始对身边的队友下“毒手”了。我当然是后者，此时心疼下我可怜的队友没机会找老师。我按照老师所讲的一步步操作：先绑止血带，然后用碘酒在血管附近较大范围消毒，再用酒精小范围消毒，最后用干净棉签擦干入针的位置；队友握拳后，我用针尖瞄准略鼓出的血管，一狠心正好扎进血管，看到回血后便放心地抽够了实验所用的量；最后拔针也不能疏忽，先用棉签按住针口，然后顺着针的方向拔出，再继续按住棉签五分钟，整个过程就圆满了。

回过神来发现自己都忘了紧张，按步骤完成了抽血的过程，其实这样也是对队友的负责，毕竟紧张和心疼都没用，只有按规定冷静操作才能把损伤降到最低，才是真正地保护被操作者。在以后的实验或者实习中，肯定还会有很多的第一次，我希望我都能像今天一样顺利完美地完成，努力离临床医生越来越近。

写到最后，真的非常感谢我的队友，感谢她明知道我是第一次抽人的血却对我无条件地信任，感谢她没有在我操作时有过度的反应而是默默地支持我没有让我紧张，一切一切回想起来都超暖心。

作者：基础医学院 2014 级本科生　刘　昕

10 月 26 日　星期三　晴

图书馆信息咨询中心工作人员 · 孙文岩

下午上班，刚一踏进工学馆大厅，就发现前台处有一位外籍男士，与读者服务部的工作人员正在用英语一直说着什么。想到自己在手机上跟学了几个月的英语软件，正好是练习的好机会。我便大胆地走上前去跟他打招呼，“Hello，what can I do for you”。这一下可解围了，这位外籍友人立马眼睛一亮，像见到了救星一般，冲着我叽里咕噜一通说。凭着一点英语基础，我听懂了他的目的：来借一本外文书。书名和作者都写到了笔记本上，他急忙拿给我看。搞清楚后，我说“Please follow me”，将他带到查询机前，演示如何使用我们的图书馆馆藏目录检索系统查找文献，记录索书号、馆藏地、是否在架等关键信息。

“书到用时方恨少”，英语到用时也恨生啊。我一紧张，中文里面夹英文，英文里面夹中文，连比划带说，竟然让这位老外明白了。但每想到一句话，要用英语说的时候就发现表达不出来，不是单词忘记了，就是句式不会。以至于我跟他解释，你的校园一卡通就是借阅卡，第一次使用时要开通，要自己设置一个密码，怎么也想不起来开通用英语怎么表达，密码用英语怎么表达。情急慌乱之中竟然把密码说成了英文检索时经常用到的一个词：Keyword。经过简单的英语交谈，我了解到他是来自巴基斯坦的留学生，将在我校材料学院进行三年的硕士研究生学习，导师指定了图书让他借阅。

查找到图书的具体信息后，考虑到由于工学馆馆舍改造，图书倒架造成英文图书不好找，加上他“人生地不熟”，我又领着他在书库四处寻找，最后还是在工学馆贺馆长的帮助下顺利找到。指引他开通借阅卡后，又告知借期、还书日期等注意事项。临走时这位巴基斯坦留学生叽里咕噜说了一大通，我只大略听懂了，他说初来乍到的，多亏遇到了我，万分感激云云。我也连连对他说“You are welcome，you are welcome”。

虽然是用半生不熟的英语，但也圆满解决了问题。下一次我肯定会表达得更顺畅一些。

作者：图书馆信息咨询中心工作人员　孙文岩

10 月 27 日　星期四　小雨

范曾日献花学生代表·沈　馨

崂山之麓，鳌山湾畔，青春山大。今天下午，偌大的青岛校区校园里透着一股别样的气氛，一切都静悄悄地，仿佛在等待着什么。

他一下车，所有人的目光就不由自主地追随了过去。花白却整齐的鬓发，简单却精神的着装，这位年近八旬的老人以一种老艺术家独有的气质出现在众人眼前，出现在美丽的山大里。是的，他就是当代杰出的艺术家、思想家、教育家——范曾先生。

很荣幸地，我作为学生代表肩负起给老先生献花的任务。我踱步向前，把花递到他手边，说："先生，欢迎您来到山东大学。"他接过花，和蔼地微笑，轻声道谢。与先生的片刻接触中，我深深地感受到先生身上的文化气息以及难以形容的亲和力，心中对这位艺术家又多了几分敬仰。

不顾舟车劳顿，范先生便迫不及待地开始了与同学们的分享会。先生从无限的宇宙谈起，由宇宙之大引出人之渺小。在巨大的未知面前，人类或许永远不可自号主宰，谦卑是我们应有的姿态。谈及文明和文化的发展与毁灭，先生感叹印第安人的消失，赞美我国古代周朝大同思想的进步性。先生特别指出，人之所以有别于动物，正是因为人懂得思考。思想的力量让人变得与众不同，让人变得伟大。回归到初心的话题，先生着重讲解了儒家一脉相承下来的至善心理，孔孟也好，朱子、王阳明也罢，历代的儒家学者最终追求的都是至善，大师们想要交给历史、交给炎黄子孙的也是这份至善，这份纯真的初心。

每个人都有自己的初心，每个人的初心都至少是善的，是纯粹的。与生俱来的初心值得被珍惜和保护，也许是一份朴素的信仰，也许是一种追逐的勇气，也许是一片不灭的热忱……总之，在浊世中守一份真诚，守一份执着，守一份美好，是一件极其不易，但又因卑微而伟大的事。愿每个人都有一颗黄金般的心，愿每个人都守住自己的初心。宇宙无限，初心不朽，先生今日的一席话大概是这个意思吧。

近三个小时的分享会转瞬即逝，分享会的最后是现场互动环节。同学们就如何看待儒家传统与现代青少年生活疏离和大学生如何看待宗教等多个问题进行了提问，范先生都一一详细作了解答。最后，在副校长张永兵风趣而不失哲理的致辞中，同学们愉快地结束了今天这场分享会。

这样一场别开生面的分享会让我获益良多，感恩范先生，感恩山大，希望往后还有更多这样的机会。

作者：法学院2016级本科生　沈　馨

10月28日　星期五　阴

党校工作人员·白向忠

备受瞩目的党的十八届六中全会开启了全面从严治党的新篇章。今天上午认真学习了《中国共产党第十八届中央委员会第六次全体会议公报》后，感到全会精神意义重大，影响深远。全会审议通过的《关于新形势下党内政治生活的若干准则》和《中国共产党党内监督条例》，必将推动全面从严治党落细落实，在全党激荡起强大的正能量。可以预见，从今天开始全党都要认真学习贯彻落实这次全会精神，只有学深悟透，才能武装头脑、指导实践、推动工作。

联想“两学一做”学习教育、习近平总书记“七一”重要讲话和在纪念红军长征胜利 80 周年大会上的讲话，我深深地感到学习贯彻落实党的十八届六中全会精神，一定要高度重视全面从严治党向基层延伸的“最后一公里”：基层党支部建设。

最新数据表明，目前全党拥有 8875.8 万名党员，分布在 392.4 万个党支部。这 392.4 万个党支部就是中国共产党这棵参天大树的树根，深深扎根在全国各行各业各族人民群众之中。基层是党的执政之基、力量之源，思想建党和制度治党相结合要靠基层党支部去贯彻落实、落细到位。

今年是红军长征胜利 80 周年，红军长征胜利的一个重要原因是“支部建在连上”。在风雨如磐的长征路上，“支部建在连上”充分发挥了战斗堡垒作用和党员的先锋模范作用。长征胜利启示我们：走好今天的长征路，必须坚持全面从严治党，而且要把全面从严治党落实到每个支部、每名党员。

穿越历史的沧桑巨变，我们更加深刻地认识到，党支部是党在社会基层组织中的战斗堡垒，是党的全部工作和战斗力的基础，是党联系群众的桥梁和纽带。党支部建在哪里，党建工作就要做到哪里，这是“支部建在连上”这一“红色基因”穿透历史、指导现实、影响未来的巨大力量。无论过去、现在和将来，基层党支部建设都是我们全面从严治党的政治优势、政治基础。

“两学一做”学习教育以党支部为基本单位，以“三会一课”等党的组织生活为基本形式，以落实党员教育管理制度为基本依托，致力于培养造就一支“讲政治、有信念，讲规矩、有纪律，讲道德、有品行，讲奉献、有作为”的合格党员队伍，进一步解决党员队伍在思想、组织、作风、纪律等方面存在的问题，保持发展党的先进性和纯洁性，确保党始终成为中国特色社会主义事业的坚强领导核心。

党支部书记这个目标群体是“两学一做”的责任主体，是全面从严治党的骨干力量。党支部书记不仅要做合格党员，更要做合格党支部书记。但是这个目标群体并非人人都清楚应当做什么、怎么做。所以，要借“两学一做”学习教育的机会，乘党的十八届六中全会的东风，强化“四种意识”，对党忠诚、为党分忧、为党担责、为党尽责，确保在思想上政治上行动上始终同以习近平同志为核心的党中央保持高度一致，竭尽全力完成党交给的职责和任务。

严肃党内政治生活是我们党的优良传统和政治优势，也是全面从严治党的基础。党要管党，首先要从党内政治生活管起；从严治党，首先要从党内政治生活严起。不忘初心，继续前进，基层党建，任重道远。

作者：党校工作人员　白向忠

10 月 29 日　星期六　晴

中国武术文化课教师 · 郑春梅

讲台对于我来说，有着非凡的魔力和象征性。

作为一名有着 14 年教龄的教师，每每站在讲台上时，我依然充满着如最初工作时的激情和忘我。无论有多少烦恼和不悦，只要站上讲台的一刹那，一切都会被抛到九霄云外。那时，眼里、心里只有坐在下面的学生和授课内容。一年一度地重复着、投入着、付出着、收获着、成长着。

这学期，我又一次在趵突泉校区开设了“中国武术文化”这门通识核心课程。当初我在进行课程设计时，觉得应该融理论、实践、英语为一体，使得同学们在中国传统武术文化的长河中畅游的同时，又能学习一套简短的武术套路，亲身体验一下武术实践的魅力。在武术不断走向国际化的今天，我们要学会用不同语言将中国武术文化诠释给世界。因此我采用了双语授课的方法，让同学们在了解中国武术思想内涵和民间文化传统以及各个流派武术特征的同时，也学会用英语去表达“文武双全”“医武同道”等专业术语。

在这门课程的教学过程中，我特别注重培养学生的团结协作能力和提高学生的英语水平。来自不同学院、甚至不同校区的同学需要组成不同小组，相互协调、配合共同完成某个主题的双语 ppt。为了锻炼学生的口语表达能力，演讲前每个人都必须用英语进行自我介绍，演讲也是使用双语。除此以外，在对 ppt 进行点评时，我会给学生指出语法错误并改正，并提炼出有利于四六级英语考试的好词好句。因此，同学们在学习武术文化的同时，也提高了英语水平。

师者，传道、授业、解惑也。作为一名教师，最高兴的事情其实就是看到同学们或者沉浸于知识的海洋；或者经过点拨茅塞顿开；或者针对一个问题，争得面红耳赤，形成课堂上“百家争鸣”的局面。我也一直觉得每一次课都是一次愉快的旅程，师生互相交流、共同成长，自己就像一名导游，一路上不断地讲解、答疑，带着同学们欣赏沿途的无限风光，共同领略中国武术文化之美。

我很庆幸，自己是一名教师。同学们的不断成长和对课程的喜爱，是最令我开心、满足、幸福的事情。

作者：体育学院教师　郑春梅

10 月 30 日　星期日　晴

学院运动会参与者·姜匀婷

大概“傻熊上树”最能贴切地形容今天的我了。

“下一个，062 号，姜匀婷”，裁判员话音刚落，我右臂摆起，左脚后蹬，“唰”的一声弹出，几个大步后，猛地踏板，跃起，“啪！”的连串闷响，重心不稳，向前踉跄几步，摔在了沙坑里，痛得龇牙咧嘴，心里想着，不能怂，不能怂，说疼多丢人！三轮跳远比赛，我就在自认为帅气实则很狼狈的笨拙姿势中继续着、重复着跳起、跌落的步骤，但心里自己傻乐着。

第三轮 ending，“噩耗”传来，我沉迷于起跃不能自拔，错过了女子 200 米的初赛。我慢吞吞地在操场中间走着，看着不远处同学们热切期待的脸，听着耳边响起声嘶力竭的加油声，沮丧、失落、懊恼一时间全都灌进身体。此时，已知跳远没拿到名次的我，上午只剩下拔河一项了，心里暗暗给自己鼓劲，不能再搞砸了！

忐忑了很久，害怕再次摔倒，我战战兢兢开始我们的荣誉之战。也许，这世界上最令人烦心的定律叫作墨菲定律吧，过度用力导致脚滑四仰八叉呈龟仰状着地，向天空致敬——没错，我又摔倒了。中午细想，越想越气，为什么辛苦一上午，连一分发展分都没拿到！正恼着，就看到两个小孩子在翠桐路旁戏耍，游戏很简单，他们却笑得很甜，我不禁想，孩子们什么奖品都得不到，为何依旧开心？

回忆，飘到了我的那时。那时，我常常在奶奶家后的山坡上和小伙伴不知疲倦地嬉笑打闹，牵着狗奔跑，疯狂到也不知是狗牵着我们，还是我们拖着狗。那时，我的内心总是充满了乐趣，一朵花，一株草，总能带给我满满的幸福感；那时，我们的汗水滴落在田野里，即使累到瘫倒，也能看着彼此的脸，"扑哧"一声，被对方的小脏脸逗乐。那时的我们，天真、烂漫，从未把玩乐当作一种辛苦，哪里还在意自己得到了什么奖励？回忆往昔，我仿佛重新感受到了那份充实、满足和快乐。

如今，不禁感慨，果真像罗大佑唱的"流水带走光阴的故事，改变了一个人"一般，时光的洗礼，洗掉了天真，搅碎了烂漫，也冲淡了快乐。想着想着，便释然了，不再为发展分而恼。只是，想问自己，从何时起，我的玩乐开始变得如此功利？

作者：公卫学院 2015 级本科生　姜匀婷

10 月 31 日　星期一　晴

中外文化嘉年华演出者 · 李晨煜

旋转、跃起、翻腕、垫步……用肢体的语言书写美丽的步伐和旋律。当台下掌声热烈响起的那一刻，我知道，我做到了。

对来自新疆的我来说，跳民族舞并不是一件很难的事情，可是要把Popping、Breaking、Locking和民族舞放在同一个舞中并将节目在两分多钟内展示出来，的的确确是一次大胆的尝试。在编排上请教了各种优秀舞者，可是阻力、困难还是不断，很多次想放弃，可最后都是大家的坚持让我确信我们可以，我可以！

演出前一天晚上，我真真切切地想放弃这个晚会的演出。受过委屈，却很久没有因为委屈变得如此不理智，甚至拍了来劝我的学弟的背，自己都被自己的crazy吓到了，脑子也懵了，反应过来后非常想说一句抱歉。在排练室待了许久，我冷静了下来，我不想辜负那些期待我们站在舞台上的目光。

终于到了演出当天，本不该紧张的我，却因为很多棘手的事情弄得慌了神。当天的表现挺令自己失望的，从音乐响起的那一刻，我就如同没有听到音乐一般没有了感觉，所幸没给大家拖后腿。有学妹因为演出当天生病没能来到晚会现场，我们不得不在最后1个小时内将整个舞蹈换了队形。心里没有底儿，却一切顺利。当我在舞台上听见最热烈的欢呼声的时候，觉得之前的一切努力都值了。音乐无国界，我想我们做到了用音乐感染每一个中外友人，我们用舞姿征服了每一位在场观众。

当我演出完坐到台下看节目时，收到了因病没能参加演出的学妹的短信。“学姐你明年还组织节目吗？明年我还想继续跟着学姐跳。”我没有回复她，心跳漏了一拍，复杂的心情难以言表。总以为我对她们非常严格，严格到自己都受不了自己。可是在哭泣的时候，会有人在我身边陪着我；在发脾气的时候，也会理解节目集体的需要；在严格要求的时候，他们也会懂得我在让他们体验也许是今后人生中不会再有的一件事。在结束的时候，有人说了一句：“明年我还跟着你跳！”那种感动是我对这个节目付出的最无悔的回报。也正是因为训练，让我结识了一个又一个优秀的同伴，我们一起变得更加团结，更加舍不得离开。

虽然我们来自不同民族，有着不同肤色，但这台晚会用音乐、用舞姿打开了世界之窗！

作者：国际教育学院2015级本科生　李晨煜

11 月 1 日　星期二　晴

管理学院本科生 · 李子慧

会计一班，从九月份刚开学到现在，这四个字就像单曲循环一样始终萦绕在我的脑海中，伴随着欢笑而感动的音符。

专业分流，让我们与相处了一年的小伙伴彼此分离，再次融入新的班集体。新的校区、新的班级、新的舍友，刚刚用一年的时间熟悉了兴隆山，却又要重新开始，对于适应新环境相对较慢的我来说，有时想想总觉得很残酷。

新班级人数相对较多，六十多位班级新成员在同是“陌生人”的十名班委带领下，摇摇晃晃地树起了一个班集体最基础的骨架。然而，现实并没有给我们充足的时间去相互认识和了解。学期初繁多的杂事还没有收尾，合唱节比赛、优秀班集体答辩就接踵而至，作为组织委员的我对今后的班级管理不禁感到一丝担忧。

但是，接下来发生的事情，却真真实实让我在凌乱的头绪和烦躁的心境下收到了一份感动和美好。

合唱节是管理学院每年举办一次的大事，就此学院老师专门开会号召各班的班长和文艺委员要切实负起责任。的确，在班委线上线下会议不断的节奏下，我们班的班长和文艺委员一直在为合唱节的事情忙碌。可让我没想到的是，班里六十多个人每天晚上在地下车库的排练，总是班副和团支书先到场，组织和维持排练的秩序。没人强迫其他班委必须要这么做，就算合唱搞砸了怪罪下来，也会有负责传达和宣传的班委——班长和文艺委员顶着。但是大家都这么做了，没人觉得这是一种义务外的奉献，而就是应该担起的责任。记得一次排练进行得不是很顺利，到晚上十点多了还没有结束，团支书显得有些着急，冲后排的男生吼了一句。这时，班副在旁边不停地小声劝她控制情绪：“别这样，今天大家都很累了。”我在旁边听到这句话，又想起他们一直都是尽力把讨论放在班委会中，而在排练中“秒下结论”少耽误同学们的时间，一股感动和心疼就猛然涌上心头。时刻考虑的是同学们的劳累和辛苦，这句话放在他们身上，真的再合适不过。

好事多磨，合唱节还在紧张筹备，优秀班集体答辩又紧跟而来。处于婴幼儿时期的班级，拿出的每一份资料都需要临时统计，而这繁重的初步收集工作，无疑就落到了舍长们的肩头。一天下来三四个任务，都要求在两天内上交齐全，可每天的课业、工作和排练一点儿也没有减少。尽管我对舍长们的辛苦心知肚明，但为了答辩资料的顺利收集，我不得不一遍遍严声厉色地催促他们必须尽快完成任务。结果并没有发生我担心的事，我不仅按时收齐了资料，而且没有听到一句对班委苛责的抱怨。

我向来是不会在短时间相处中产生“感动”这种情愫的，但在会计一班每个人的相互理解和共同努力下，却让我爱上这种疲倦的欢笑。合唱节排练的歌声还在嘹亮，“那年那会那些事”的公众号更新分享我们的故事仍在进行，会计一班的感动也在继续……

作者：管理学院 2015 级本科生　李子慧

11 月 2 日　星期三　晴

历史文化学院“悦跑青春”大赛参赛学生代表・张文杰

为了鼓励同学们在钻研学术之余积极锻炼身体，前两天，我院研究生会和学生会联合举办了 2016 年历史文化学院“悦跑青春”大赛，我有幸代表全体参赛同学发言。当天，虽然是晴天，但是气温已经接近零度。在这样的季节，鼓励大家走出宿舍，走上操场，似乎更能体现此类活动的意义。大家的热情并没有因为天气的寒冷而有丝毫降低，都排好队伍，等待活动的进行。在发言中，我谈了自己跑步锻炼的经历和感受，引起了很多同学的共鸣。

从去年入学开始，我就注意体育锻炼，晚上下自习后，都要到操场上跑 10 圈，用时 30 分钟。跑完之后，我会在本子上记下来，做到心中有数。我基本上能够每天坚持。刚开始的时候，跑完会腰酸腿疼，躺在床上浑身难受，但是坚持半个月之后，就一点儿事都没有了，形成了习惯，不跑反而不舒服。

坚持跑步，我受益颇多。首先是体质明显增强，整个人的精神状态更好了，大脑的思维也比以前活跃了。此外，还有一个更明显的好处，那就是减肥成功。刚入学的时候，我体重 180 斤，我的这张脸，长度和宽度是相等的，在大约半年的时间里，成功减肥 40 斤。

有的同学说："现在学业负担这么重，我要上课，要看书，要写文章，要参加学术会议，有那么多重要的事情要做，每天都忙得焦头烂额，哪有时间锻炼身体呢？"我认为，以任务重、时间紧为由而拒绝健身，是一种短视的行为。身体是革命的本钱，如果没有一个好身体，即使有挟山超海之志、经天纬地之才，那也难以施展，起码要打折扣。陈寅恪是公认的史学大家，"以陈先生天分之高，学养之深，语文工具之博备，诚为旷世难得之人才"，但是他的研究成果从数量上来看和他的才华很不匹配，严耕望分析说"最基本的原因是身体健康太差"，这一论断发人深省。

如今，我们的"悦跑青春"大赛仍然在进行中，对于大多数同学来说，主要的问题不是运动量太大，而是运动量太小；不是跑得太快，而是根本不想跑。此次活动的目的就是要增强大家的健康意识，鼓励大家走下网络、走出宿舍、走出书斋、走上操场，把锻炼身体真正当成一件大事来做。我相信，在坚持一个月之后，参赛的同学们都会像我一样，拥有崭新的体验，看到不一样的风景。

作者：历史文化学院 2015 级硕士研究生　张文杰

11 月 3 日　星期四　晴

赴和歌山县立医科大学交流生 · 吴柳柳

踏上大阪回济南的飞机时，向这片土地挥一挥手，我想我是真要结束这八天的和歌山县立医科大学之旅了，有不舍，亦有对未来的憧憬。

怀着对外面世界的好奇，我通过樱花项目来到和医大，度过了非常充实的8天。时间转瞬而逝，学到了知识，体验了异域文化，结交了朋友，并被这里的校园环境和氛围深深感染，使我怀有再次踏入这个校园的愿望。我想，我还会回来。

第一天经过一个小时的车程来到这里的场景还历历在目。蔚蓝的天空，几朵白云点缀其中，随手一拍便美得无法言喻。几乎没有高楼大厦，两三层足矣。和歌山市不比东京、大阪繁华，但它的“温文尔雅”令人深深折服。九点上班，道路狭窄却从不拥挤……一切都那么井然有序。

日本人对文化的态度值得我们深思。他们认为华冈青洲是将麻醉用于外科手术的世界第一人，当他们讲起时，是那样地自豪、那样地坚定。为什么一千多年前的华佗并不被他们熟知？我想，我们是要好好反思了。他们对传统文化的尊重亦让人敬佩，他们专门设有茶道课程，日本学生在用茶时的讲究与熟练程度让我惊讶。日本的垃圾分类可能是让我们比较头疼的一件事，日本街道上垃圾桶并不多，但一旦你看到垃圾桶，那就是一排，各种分类。日本的环保意识可见一斑，它就是这样一个生活得一丝不苟的国家。

这几天，我接触最多的就是和医大的学生了。对于英语都是非母语的我们来说，交流可能是很大的挑战，凭着一些大家熟知的单词和不太熟练的句子，我们进行了一次又一次的交流。也许要解释很久，也许说话时用整个身体表达，但当对方终于明白你的意思时，是那样放松和开心，所以每次的餐桌上都能听到大家爽朗的笑声。几天的参观学习以及交流，我们了解了他们的学习模式，体验了他们的校园生活，见识了他们的地域文化……更重要的是收获了珍贵的友谊。正如欢送会上老师所说，祝愿我们两校友谊地久天长。

八天紧张忙碌又充实美好的日子就这样过去了，许多画面现在回想起来还是会让人情不自禁地微笑起来。这八天，我想不仅是对我知识方面的拓展，更是对我的思想态度产生了一定的影响。祝贺和歌山县立医科大学交流学习圆满结束，祝愿我们的友谊地久天长！

作者：护理学院2015级本科生　吴柳柳

11 月 4 日　星期五　晴

管理学院本科生·杨　浩

今天的前半天，我们班就像平常一样，安静地上着课，调皮地开个玩笑，甚至在下午第一节上课时，大家还是很平静的。直到下了课，一起来到排练了很多次的知新楼地下停车场，进行最后一次排练时，我的心才随着兴奋的同学们，渐渐地蒙上一层不知道该怎样形容的情绪。“现在有点儿紧张了。”舍友有点儿慌张地对我说。这是最后一次排练，同学们都很认真，跟着伴奏大声唱着，我仔细听着微弱的伴奏声，在心里默默打着节拍，把不熟的歌词多念了几遍。

之后就是彩排了。到了音乐厅之后，我才发现我们班的人真的很少。工商管理的班可能有五六十人的样子，上台之后立刻霸占了所有的歌唱台阶；而我们班只有十九个人，只能站两排。匆匆忙忙上台走了一遍，我们就该回去换衣服化妆了。因为只有四十分钟的时间，我们不约而同选择了买点儿面包待会儿吃。换了长长的礼服裙，拎着高跟鞋，边走边踩着裙摆，我的内心既兴奋，同时又有些小小的紧张。

歌唱节是管院的优良传统，今年已经是第三届了。管院大二全体学生都会以班级为单位参加这个活动。活动开始，由老师和赞助人发言，并宣布期间会有抽奖活动，引爆了全院的热潮。

我们班作为第二个出场的班级，早早地就去后台等待。因为我们班选的歌是《山大校歌》和《天耀中华》，是两首需要气势的歌，而我们班人又比较少，所以班长对我们说：“大声喊出来吧！我们可以以一抵十。”“还紧张吗？”我问舍友。“不了，毕竟就这一次，不是吗？”上台的一瞬间，当灯光打在身上的时候，我整个人都僵住了。在一举一动都会放大百倍的台上，我一定要保持庄重。伴奏响起，我大声唱了起来，旁边的同学们也是用了很大的声音，达到了没有想到过的惊喜效果。其他班的表演也很棒，有很多班配了舞蹈和乐器伴奏，更有独唱歌唱，掀起了全场大合唱。

结束后，我们班获得了优秀奖，同学们兴奋地合影留念，想把喜悦激动的瞬间、辛苦排练化成的满足都留在记忆中。

作者：管理学院2015级本科生　杨　浩

11月5日　星期六　晴

校园体验月活动志愿者·何晓雨

来到山大已一年多了，慢慢地习惯了这里的天气、这里的风景、这里的人……这里发生的一切都是生命里浓墨重彩的一笔。没进来的人憧憬着，离开校园的人怀念着，身在其中的我们，则体验着这一切，并将迎接更多优秀学弟学妹的到来。为了让更多的人全面地了解山大，每年的春秋两季均会有校园体验月的活动。

前几天，我们迎来了山东大学秋季校园体验月活动。我和另外两名同学担任志愿者，引导、陪同来自淄博一中95名优秀的高二年级学生在山大中心校区度过愉快的一天，同行的还有淄博一中的数名教师。上午8点，我们在体育馆北侧接到来自淄博一中的一行人。在和老师大致说明一天的安排后，我们正式开始游校园。我们的第一站是位于知新楼的校史馆和博物馆，在讲解员的解说下，这一群可爱的孩子对山大有了进一步的了解。紧接着，我们穿梭在阳光正好的校园里，依次参观了化学学院的实验室、生命科学学院实验室和晶体所。在山大老师的讲解下，同学们了解了自己感兴趣的一些专业信息，也建立起对大学生活进一步的认知。一路上，同学们说着、笑着、闹着……

中午12点，同学们在齐园三楼愉快地用餐。午餐过后，我们并没有停下脚步，接着前往理综楼的115教室，开展了校友交流会。下午3点半，充实而又美好的校园体验活动接近尾声了，我们送淄博一中一行人到体育馆北侧。留影后，意犹未尽的他们乘车返回淄博了。

一天的陪伴，不长不短，很开心，很充实。看到一群穿着校服的高中生，难免会怀念自己的高中生活，多想再回到高中校园，多想再穿一次放在衣橱最里层的校服；那年的高三，那里的老师，那群一起走的同学……再怀念也只能珍藏在回忆里。此时的我们，要认真地“书写”大学，愿多年后，大学校园也是我们久久怀念的地方，这里的人，这里的景，这里发生的一切。

作者：环境学院 2015 级本科生　何晓雨

11 月 6 日　星期日　晴

才艺新星大赛冠军 · 孙建壮

第一次拿的奖还是幼儿园的时候拿过的一朵小红花吧，这次竟拿到了山大 2016 年才艺新星大赛的冠军，先让我去跳个舞庆祝一下。按照惯例，先要说获奖感言的啊，首先我要感谢文艺部的同学，感谢今天负责对接我的姑娘。感谢评委，感谢给我助威的体院粉丝团，感谢我的化妆师，还有感谢所有到场的观众。

尤其想感谢的是文艺部的那位师姐，要是她没有记起我，我就很可能无缘决赛了。因为预赛的那天我刚好有个志愿者活动，所以没能去初赛比赛现场。跟负责人打电话进行了沟通，文艺部的负责人商量之后让我录个视频。发过视频几天后，我去找学长问我的情况如何，学长跟我说评委看过了并建议我以后录视频不要太靠近镜头。我听后感觉自己应该进不了决赛了，当时心情很失落。过了几天，突然收到进决赛的短信通知，我很惊讶，也很激动。决赛有一个环节是一分钟的 show time，是选手自由发挥不限制才艺类型的一个环节。那几天，我反复挑选，想找到一首简单的、时间短的舞曲，却一直没找到合适的。到了比赛前几天，高中学舞蹈的同学向我推荐了一段简单的舞曲，我试着把歌曲缩到一分钟，大概练了一上午，动作就那样马马虎虎，心里想着：反正自己又不是什么专业练舞蹈的，对自己真的没有要求太高，能简单地完成一分钟的舞蹈表演就可以了。

彩排当天，看到大家的第一遍彩排，我惊呆了，他们个个都很棒，当时感觉自己进不了决赛了。轮到我上台，我听见同学在为我欢呼，我慢慢放松，认真地唱完了第一首歌。听到主持人公布成绩的时候特别紧张，“8号选手孙建壮，9.62分！”听到这个成绩，我都想叫出来了，和分数一样高的是我们体院同学的嗓门，他们为我的加油呐喊声让我特别感动。

第二轮比赛中，歌唱得还不错，但有些细节处理得不到位，下台后，看到朋友王涵给我竖起大拇指，感觉心里踏实了不少。到了show time的环节，灯光凝聚，音乐响起，跳着跳着，我就感觉不对了，音乐不对啊，脑子一懵，原本的舞蹈动作都做不出来了，就顺势现场跟着节奏瞎跳起来了，但是效果还不错，观众和评委都因为我有趣的动作捧腹……然后实在是编不下去了，就这样结束了。

到了最关键的公布结果的时候了，我以为自己表现得挺差的，应该是没希望得奖了。先是公布三等奖，念了三个人的名字，没有我。公布到二等奖时，还是没有我，我真的懵了，心里想着难道我是第一？不可能吧？这概率不大啊，那就是没奖了。旁边的工作人员在那儿问，谁是第一啊？谁是第一啊？主持人一连说了好几遍我的名字，孙建壮，孙建壮，孙建壮……

作者：体育学院2016级本科生　孙建壮

11月7日　星期一　雨

文学院啦啦操比赛组织者·冯佳音

组织啦啦操比赛？还要去跳？好难啊……本科时上健美操课的一幕幕又浮现在眼前。作为文学院体育部的一员，在得知这个消息时，我眉头倒是没皱，只是内心已狂风四起、惊涛拍岸！然而念及今时不同往日，成为研究生都已一个月了，怎能不拿出“千磨万击还坚劲，任尔东西南北风”的竹子精神呢！而且想到要组织同学们参加这个在全校进行的比赛，内心还是为成为体育部的一员而小小地自豪了一下。

我本已做好了荷枪实弹、全副武装地打一场硬仗的准备。然而从动员同学们参加比赛开始，我慢慢地发现其实这并不是一场战斗，它更像是一次旅行。像在旅途中一样，我认识了很多有趣的人，经历了很多美好的事情。与此相比，训练的辛苦、时间的紧张、对比赛的担忧……各种负面情绪都成了旅途中的小插曲。

还记得刚开始训练时，我们找不到有镜子的专门训练场地。即便如此，也没有一个人抱怨。当我们在体育馆外刺骨的寒风中排练时，大家一边喊冷却也一边卖力地跳。第二天，有同学和我说她的嘴唇都裂了。然而在发现了一个阳光照耀的很温暖的排练场地后，她却又像个孩子一样禁不住咧嘴笑了起来。类似的令人心酸却又让我觉得非常暖心的细节还有很多很多。即便生活马不停蹄，不知这些事情会退到记忆的哪个角落，然而因着什么突然忆起的那一刻，总会觉得暖暖的吧。

除了我，另外一位体育部的妹子可谓我们的总导演。从选曲到编舞再到教大家跳舞，她很专业也很用心。她总让我联想到中国的水墨画，低调含蓄而又满含意韵。还有我们不计劳苦、自愿为大家服务的队长，忙着实习却仍然会抽出一整个下午指导我们排练的学长学姐……

一次旅行其实也是一次大胆的探索。面对未知，我胆怯过、担忧过、退缩过，然而走着走着，我发现这路上的景色不仅不坏，反而还挺好。这大抵就是这次啦啦操之旅的奇妙之处了。

作者：文学院2016级硕士研究生　冯佳音

11月8日　星期二　晴

管理学院本科生·陈婉玉

作为中心校区的一名学生，深有感触的是这里白天夜晚不间断的热闹场景。

大一时在兴隆山，一天也见不到几辆车，而这里车来车往，甚是频繁。

虽然我是一个喜欢热闹的人，但是，校园里疾驰而过的电动车、自行车以及艰难行进在狭窄道路上的汽车，都让我觉得很不安全。尤其是现在许多学生走路不看路，只顾盯着手机屏幕看，车子都要撞到眼前了，也不知躲让。而且，更让人忧虑的是，校园里部分车辆的行驶速度是偏快的。每天都有大量的校外行人、外卖小哥骑着电动车奔走在中心校区的各条道路上。可能对于外卖小哥来讲，时间就是金钱，意味着更多的订单；对于校外行人来讲，骑快一点儿就能早些回到温暖的家。但是对于每一个出现在中心校区这个美丽地方的人来讲，安全才是最重要的。

没有安全，一切都是空谈。

正值管理学院第八届志愿创意项目大赛举办之际，我们志愿者团队决定从校园交通安全的改善做起。自11月2日以来，团队就开始跟中心校区公安处联系，从公安处了解到不少校园交通情况并得到许多宝贵的建议，公安处的董科长对我们的热情提出了表扬，并表示将尽可能对我们的活动予以人力、物力支持。随后，我们便开始策划活动，联系学生安全管理委员会，与其达成合作协议并取得资金支持。我作为队长，这几天自然少不了一番奔波操劳，不过，得到安管会的援手，真的让我很开心。

未来几天，我们将在中心校区的各个交通要塞摆上设计好的创意展板，相信一定能吸引大家的眼球，达到提醒行人注意交通安全的目的。另外，在11日、12日、13日三天，我们会摆展台进行卡片义卖和募捐，并将所得资金全部用于改善校园交通安全，希望到时能够进一步引起大家的注意，践行“遵守交通规则从我做起”的准则。

我们的团队有一个高端大气上档次的名字，叫“老司机不开快车”，团队每一个人都是那么优秀努力，很高兴能与他们一起开展这么一项有现实意义、有实践价值的志愿活动。希望通过我们的努力，校园里不会再出现交通事故，中心校区能够呈现最热闹最祥和的景象！

作者：管理学院2014级本科生　陈婉玉

11 月 9 日　星期三　晴

消防运动会学生志愿者 · 李弘扬

11 月 9 日，在消防日这一天，学校在中心校区举办了消防运动会。我很荣幸作为学生安管会的一名志愿者参与到这个活动中。活动快开始的时候，来自各个学院的同学们汇聚在蒋震图书馆楼下，好不热闹。临近深秋，阵阵寒风却吹不散参赛者的热情。

开幕式上，张永兵副校长的“1、0 理论”让我深受感悟。是啊，健康是 1，没有那 1，后面再多的 0 也没用。公安处桑处长宣布活动正式开始后，所有人的目光都被一辆举高车吸引过去，两名女生在一名消防武警的陪同下，乘着云梯不断升高、转弯，直至手可触摸蒋震之巅。此时作为负责拍照的志愿者，我又被另一处声音所吸引，临近一看原来是在展示消防器材，围观的师生们纷纷上前触摸这些平日不常见到的器材，在旁的消防武警也在耐心解释着。

在各消防人员进行比赛演示后，竞技正式开始。首先是着灭火服项目，男同学干净利索地穿上灭火服，而女同学也不甘落后，着装后的他们就像一个个绿色卫士，精气神十足！“咔嚓咔嚓”，我一个快拍，记录下了这群可爱的人儿。“加油，加油！”我循着声音匆匆跑来，原来是消防水带连接项目进行着，运动员将卷起的水带一抛，华丽的弧线便在空中划过，留下的是他们极速的身影，有的运动员在跑步过程中由于组装水枪喷嘴分了神，路线也跑偏了，我不禁为他们暗暗捏了一把汗！“不要放弃，快，调整……好！”当运动员在负责计时的志愿者的鼓励下冲过终点线时，两人微笑对视的画面永远留在我的镜头中。视角转向安全绳打结项目，镜头中的裁判员一边对运动员讲解比赛规则，一边示范着正确手势，看到他如此认真负责，真想为他点个赞！我想，那一双双结儿，不仅套住了安全，更套住了大家互相的心意。

深秋季节，大家的热情并没有被寒意所困。这次比赛的很多志愿者都来自学生安管会，非常感谢他们，也感谢在寒风中默默坚持的各位消防战士和裁判们。

最后，经过激烈比拼，获奖同学站上了领奖台，我打心底为他们感到高兴，我还想告诉未取得名次的同学，人生难免失意，但只要不抛弃不放弃，成功就在远方!

作者：管理学院 2015 级本科生　李弘扬

11 月 10 日　星期四　晴

政管学院本科生・徐富超

11 月 10 日，男生节，这个日子在洪楼校区格外热闹，我们班也不例外。还记得去年刚刚专业分班后，得知我们班有 5 位男生 17 位女生时，一个理科班男同学一脸羡慕的神情。然而在文科院系这样的男女比例分布是再正常不过的，对女生来说也不是什么特别激动的事儿。但一年相处下来却发现我们班这五大男生各有各的特点，在 22 人的班级里也一直有他们自己的声音，他们还用男生的担当支撑起整个班级的脊梁，一丝也不比其他院系的男生逊色。

1 号男生我们称之为“冉哥”，他是我们班的班长，“心宽体胖（pàng）”，年龄长，做事稳重，性情豪爽，虽然是汉族人但有着蒙古汉子的真性情，这可能跟冉哥家就住在内蒙古长期被熏陶所致。在以他和团支书为中心的五人班委小组的领导和全体同学的努力下，我们班斩获了一个个“优秀班集体”“先进团支部”的荣誉。哦，对了，冉哥是五人班委团体里唯一的男生。2 号男生经常跟冉哥一同出没，但比冉哥的块头小，身材圆嘟嘟的，人很寡言，基本不怎么跟女生交流，行事极其低调，我们姑且称之为“洁哥”。洁哥虽然做人低调但做事可是一点儿不含糊，正所谓“真人不露相”。他学的是政治学，对经济学却尤感兴趣，小小年纪对股市颇有研究，在全国性的很多比赛中斩获佳绩。我也只能说一句“小女子佩服”。3 号男生“涛哥”很有个性，来头也不小，据说是衡水中学毕业的，曾经就因为这一条我就觉得他自带光环。涛哥对体育赛事非常热爱，不管走到哪儿都是一只手机看赛事，激动之余还会一声叫好惊动四周目光向他这里投射。4号男生是萌萌哒的茂林，不知道是不是贵州人自带“逗比”特效的缘故，他总是很搞笑，每次课堂展示都把大家逗得哈哈大笑，甚至他一开口就能感受到他浓浓的调侃口音，因此他总是大家的开心果。茂林外表搞笑，内心其实还是比较细腻的，人缘也不错，学生工作也有一手。5号压轴男生是“乾哥”，个子高高的，身子细细的，代表着我们班男生的“最高点”，哦，不对，应该是全班的“最高点”。乾哥来自潍坊，不知道是不是因为老乡的缘故，我总觉得他有一种莫名其妙的亲切感。如果说乾哥对历史很感兴趣的话，那他对动漫和漫画就是超级感兴趣。其实乾哥虽然很瘦，但他对体育爱得深沉，有好几次我从体育场经过时，都能看到他穿着白球衣在篮球场打篮球的身影。

以上就是我们班各具特色的五只“班宝”，可能我对他们的了解并不是那么全面，但每个人都有每个人的个性，大家相聚一班就是缘分，于是彼此之间也都很珍惜。还记得前不久全班到青岛教学实习，我们班的男生外出时总是帮女生提包、打车、买早餐，自觉走在女生的外侧和后面、前面保证女生的绝对安全，女生们自是感激。所以今天男生节，我们四个班委就代表班级女生们为男生们买礼物，送祝福，此刻想对他们说：“14级政行班的男孩子们，男生节快乐哦！”

作者：政管学院2014级本科生　徐富超

11月11日　星期五　晴

马克思主义学院硕士研究生 · 咸友芹

今天，在朦胧的夜色中，我又一次地回想起了昨天聆听的那场思想盛宴。科技与人文，不同学科间的思维火花的碰撞，总是让人有意想不到的收获。在科技与人文面对面工作室举办的第43期专家论坛中，王韶兴教授和孟祥旭教授妙语连珠的讲述，和对现场同学提问问题的辩论式、升华式的回答，让我受益颇深，对思维方式的差异和结合产生了更深的认识。

从高中选择文科以来，我的思维能力便在文科的道路上渐行渐远。一直以来的文科思维，让我始终处于一个形而上的思维的世界中，缺乏多方面延展的思维。对问题的思考或许注重理论上的思考，就像是个学究似的，所以，很多问题都得不出答案。记得自己自从高中一来，一直在思考两个自认为很深奥的问题——“人生的意义是什么”“究竟怎么定义幸福”，这两个问题到现在也还困扰着我。这种形而上的纯思考，似乎总是徒劳无功的，一直在自己的圈子里走不出来。我也问过一些同学，当然同学都是文科的，同学们的回答也各异，但没有一种能给我醍醐灌顶的感受。但，这一次，听了两位教授的讲座，自己心里隐隐有一种触动，文理思维的差异，思考问题时似乎可以称得上截然相反的方式，让我猛然有了思路和想法。讲座后与一起聆听讲座的各个学科的同学们交流，他们对这个问题的回答让我诧异，也给了我一种新的思路，或许，对于这个问题，我不应该过多去定义和追寻它的概念。所谓的幸福，每个人定义不同；所谓的人生意义，每个人也不尽相同。有人定义幸福，吃饱喝足是幸福，儿女双全是幸福，子孙满堂是幸福，富丽堂皇是幸福，宝马奔驰是幸福……每个人都不相同。人生意义的定义又是各不相同，甚至有好多人都没有思考过这个问题，思考这个问题又有什么意义？

或许，纯粹的思考没有多大意义，但只专注纯实践而少一种灵魂，也会出现越有才能越会走错道路的情况，就是因为缺乏一种人生意义的定义和追求。所以，两个方面都是不可少的，无论是对于自己的健康成长，还是往大了说的对于社会的发展。

这种科技与人文的交流，不同学科的专家级的辩论、学生间的沙龙，不仅能丰富我们学习生活，更会扩展我们的知识面，锻炼我们的思维方式。

科技与人文，不同学科思维方式的碰撞，期待更多聆听的机会。

作者：马克思主义学院2016级硕士研究生　咸友芹

11 月 12 日　星期六　晴

赴台湾交流生 · 李　璐

转眼间来到台湾交流已经两个多月了，这段时间里有很多有趣的事情和感受值得去回味，现在趁机简单地捋一捋。

来到台湾，你会发现，这里的路和街道，很多都是以大陆的城市来命名，河南路、青岛路；这里北部经济发达，南部传统气息浓厚；这里的小吃很多，重庆火锅、巴蜀麻辣烫、天津葱抓饼、四川牛肉面也都格外受欢迎，只是价格上比当地小吃贵很多；这里的人都很热情，喜欢问你来自哪个省，然后告诉你他的祖籍；除此之外，这里的风俗习惯、文化礼仪，和我们没有什么两样，所以，在这里会感到很亲切、很熟悉。

因为交换的学校在台中，刚来时有位特别好特别热情地道的台中小哥带着我们玩，所以台中我们几乎是玩遍了，而且吃遍了当地人最爱的地道美食，还和这个台中小哥成了朋友。从他口中得知，他很爱大陆，因为大陆美食太多。他去过大陆的很多地方，有的地方甚至比我们还熟。在他身上，我感受到了台湾男生的细腻、耐心、体贴。

接下来的时间里，我去了南投的日月潭、清境牧场和《那些年》里的彰化县精诚中学，到垦丁看李安的《少年派》中最后着陆的砂岛，到恒春古城看《海角七号》电影中“阿嘉的家”。到旗津半岛看日落；在嘉义的阿里山森林小火车里晃晃悠悠地去看日出；在台北参加龙应台老师创办的讲座，夜爬象山看台北夜景，坐着火车从瑞芳到平溪，走过《那些年》里柯景腾向沈佳宜告白的石桥、一起吃鸡蛋冰的小店，再到十份看天灯，骑着台式电瓶车去看瀑布，路过梁静茹 MV 里的“暖暖”车站；再到九份，感受《千与千寻》中那座灯火通明的美丽的山城……

在这里生活一段时间，最大的感受是——“方便”。我们宿舍楼下就是台湾最大的夜市，还有各式药妆店、动漫周边店、宠物店等；交通很方便，一张悠游卡可以免费搭公车、台铁等，满足你的各种出行需求。这里的学生很爱运动、爱活动，大学的通识课程设置多以出去实践为主。见到过一所大学的开学典礼竟然跟夜店嗨趴一样，请来当红的明星主持人，由社团自己组织，随性又可爱。

说了很多，但我还是很想家。期待着踏上回家的路，同样也期待着，来年的春天，邂逅山大的一树海棠。

作者：历史文化学院 2014 级本科生　李　璐

11 月 13 日　星期日　晴

马拉松爱好者协会拉练者・韩冰玉

中午 11 点半，青年桥站，出发。晚上 10 点，坐在宿舍床上，对着屏幕敲下这篇日记。小腿还有点儿酸，心情却还是雀跃的。

策划了好久的鹊山拉练，今天终于和大家见面了。

六大校区的小伙伴们，马拉松爱好者协会有史以来最大的拉练队伍，挤了半个多小时的公交后，终于到了黄河大堤。于是，开跑。作为一个平时配速在 7 分以上的小白，背着好重的包，配速 6 分半，不是太容易的事情。好多次，腿酸到迈不动，想站到一边，撂下一句，我跑不动了。可是，作为一个马协人，怎么能轻易放弃呢？山大马协，坚持不懈。这句话，在我脑子里单曲循环。终于，鹊山出现在我们视野里，越来越近，越来越近。4.34 公里，我们成功了！

强哥说："鹊山是我爬过的最有意思的石头山。"站在鹊山脚下，我无比怀疑这句话有多少主观性。无比不起眼的一座小石头山，光秃秃的，顶上象征性地插着两座小亭子。不一会儿，我就意识到，原来强哥说的是对的。一路有坎坷、有平坦，我们摆各种搞笑的 pose，互相调侃，逆光拍悟空的剪影，三面会旗飘得哗啦作响。有的地方很难上去，就会有体力好的男生先上去，再把每个人一个个地拉上去。那种把自己整个身体的重量都放心地托付给他，毫无保留的信任感，真的有语言无法描述的美好。

两个多小时，和鹊山说再见了。紧赶慢赶，我们赶在落日前，到了黄河浮桥，好领略“长河落日圆”的壮景。有南方的小伙伴第一次见到黄河，由衷地发出了感慨：好黄啊！

糖醋鱼、拔丝地瓜、风味茄子、毛血旺、土豆丝、杂粮小炒、香芋地瓜丸，拼凑起了马协大家庭一次温暖的聚餐。听小伙伴们自我介绍，听强哥聊马拉松，聊马协的过去和未来，热血沸腾。

大堤，铁轨，火车，森林，村庄，鹊山，黄河，落日。今天，它们给了我们多少奇迹般的记忆啊！很喜欢村上的一句话：即便上了年纪，倘若在内心深处仍保留着这样一幅幅栩栩如生的画面，那就如同体内始终点燃着一盏暖炉，不会孤寒地老去。感谢鹊山，感谢今天一起拉练和辛苦组织的小伙伴们，感谢马协，教会我坚持不懈，互相扶持，给了我一份暖炉般的，让我即使在年老后回忆起来也会嘴角上扬的记忆。

马协，让我们一直跑下去。还有那么多的美好，等着我们去创造啊。

作者：基础医学院2016级本科生　韩冰玉

11 月 14 日　星期一　晴

曲阜“三孔”研学游参与者 · 李金烁

历史文化学院每年都会举办一次省内的实地研学游，本次活动的目的地为山东曲阜的“三孔”。清晨，天还未大亮，我们就从中心校区出发，经过约两个小时的颠簸，我们到达了著名的世界文化遗产胜地——“三孔”。“三孔”即孔庙、孔府、孔林，作为曲阜的文化标识之一，孔子曾经在这里生活、讲学，创立儒家学派，开创私学。“千年礼乐归东鲁，万古衣冠拜素王”，这里是最能体现儒家特色的物质载体。

我们到时，孔庙门口高高的“万仞宫墙”外已经挤满了游客。孔庙是公元前478年为纪念孔子而兴建的规模宏大、气势雄伟、具有东方建筑特色的古代建筑群，千百年来屡毁屡建，凝聚着历代劳动者的汗水和智慧。如今，孔庙的五殿、一阁、一坛、两庑、两堂、十七座碑亭与四周的高墙、黄瓦红垣、雕梁画栋、参天古木相映成趣。我们一边欣赏着孔庙的自然人文景观，一边听着导游的解说。每一处建筑设计的细微之处都独具匠心，我们不禁被前人的智慧所折服。很幸运，我们赶上了一个深圳投资开发集团的祭孔大典，祭祀者身着红白相间的汉服，庄严肃穆。

紧接着，我们参观了孔府。孔府本名“衍圣公府”，是孔子嫡长孙的衙署。千百年来，随着孔子后世官位的升迁和爵位的提高，孔府建筑规模不断扩大，是中国仅次于明清皇宫的最大府第。无论从建筑风格还是规模上，都体现着“圣人家”的气派。这里有着“某某门低于十八周岁的男性不得入内”的禁忌，我们感受到了森严的等级尊卑和界限分明的伦理法度，但同时，灰瓦白墙，竹影交错，壁垣之间又尽显闲情逸致。

最后一站是相隔较远的孔林。孔林本称“至圣林”，是孔子及其家族的墓地，几千年来葬埋从未间断，是目前世界上延时最久、面积最大的氏族墓地。相传孔子死后“弟子各以四方奇木来植，故多异树，鲁人世世代代无能名者”，时至今日，人们仍叫不出孔林内一些植物的名字。孔林的内设景观相对单一，整个景点仿佛都被大大小小的石碑和高高低低的植物笼罩在一个渺远的笼子里，气氛也沉闷了许多。参观过程中，我们深刻地感受到了千年的儒韵和历史的沧桑。

作为文化产业管理专业的学生，本次活动让我们走出书本，把文史知识同实际的遗产遗存相关联，在近距离地感受儒家文化的同时，还学到了对人文遗产资源如何正确地保护和合理地旅游开发等一系列内容，进一步加深了对本专业学习的认知，更是大学里一次难忘的记忆。

作者：历史文化学院2014级本科生　李金烁

11 月 15 日　星期二　晴

管理学院本科生 · 孙　悦

今天，为期 8 天的志愿者创意活动圆满结束，晚上大家坐在食堂负一层里，一起总结这次活动，整个过程虽然忙碌但却充满快乐。

回顾这几天，在校园内，我们举行了文明旅游知识问答和以旅游文明为主题的小型辩论赛，尽管场地有限，但同学们依旧热情满满。旅游文明知识问答分线上与线下，线上制作问卷，从而可以让更多的人参与到问卷中来；线下到同学的宿舍里让他们作答，并赠送精美的明信片，通过现场的参与，我们更能看到大学生对旅游文明的热情与积极向上的态度。辩论赛规模虽小，但趣味无穷。

当填写问卷的同学与舍友欢笑地讨论着问卷中的问题的时候，当他们遇到纠结的问题渴望正确答案的时候，当他们兴致勃勃地与对方辩手激烈辩论的时候，我看到了文明在他们的眼睛里，在他们的心里。是的，旅游文明离我们并不遥远，一份问卷，一场辩论，我们便离它更近了一步。

在校外，我们到趵突泉、大明湖、黑虎泉等济南著名景区，对景区附近的居民和景区游客进行了采访。我们还邀请游客们在横幅上签下自己的名字，作为文明旅游的承诺。签完字后，我们开始了以趵突泉为起点，途经大明湖、黑虎泉的徒步活动，希望更多的人能关注到我们，关注旅游文明。一步一文明，我们用脚步，去丈量文明的长度。

星星之火，可以燎原。通过这次活动，对于“志愿”一词，我有了一个更深的认识。它并不一定是多么官方的组织，并不一定有多么大的规模，只要你有想法，有做志愿的热情，你就可以做自己喜欢的志愿活动。纵然阻碍重重，当最终小有收获时，内心也会感到踏实与满足。

荣誉或许没那么重要，能够做一次自己策划的志愿活动，能够为旅游文明贡献一份力量，我们就很开心。

作者：管理学院 2015 级本科生　孙　悦

11 月 16 日　星期三　晴

基础医学院本科生·王　冰

相信“双十一”过后，剁手党们就会在宿舍里焦急又兴奋地等待快递小哥的短信。由于快递收发点就在我们宿舍楼下，我得幸又一次目睹快递大军带来的视觉震撼。如果你在拿快递的时候稍停一下，就会发现无论快递小哥多么手忙脚乱却依然跟不上剁手党们取快递的速度。

所以，我们班今年搞了一件大事情！

经过我们班级的志愿服务队和快递小哥的沟通，我们决定动员全班同学去帮“四通一达”分发快递。而我，嘻嘻，很荣幸是其中一员。我去的是中通快递，相比于其他快递公司，我觉得中通家的快递最多。在这里我 get 到了一个新技能，在帮小哥给快递编号时，终于明白了为啥有好几百个快递，快递小哥也能第一时间把短信发送到每个人的手机。虽然我至今仍然不知道那是什么软件，不过又一次体会到了“科技是第一生产力”这句话的正确性。

但是，在这其中，也确实遇到了很多问题。比如，有的同学在网上查到自己的快递正在派件，可是却没有收到短信。其实，由于软件的问题，真的有可能是把短信发到了别人的手机上，这也解释了为啥有人没有快递却收到了短信。不过这些都是小概率事件啦！再比如，“双十一”期间，快递量剧增，有可能在网上查的已经在派送中，却没有收到快递小哥发的短信，这有可能是您的宝贝还堆积在历下区站点的仓库里哦。这时候，不要着急啦，既然选择了在“双十一”这个特殊的日子里买东西，就要耐得住性子多等两天嘛。

经过这次的志愿服务，我对快递小哥也多了几分理解，也希望大家以后收快递时能对小哥说声“谢谢”，毕竟，人家也不容易嘛。

作者：基础医学院2014级本科生　王　冰

11月17日　星期四　晴

历史文化学院教师·刘玉平

今晚看完央视播出的《绝命后卫师》最后一集后，我心潮起伏，久久不能平静，于是写出下面的文字。

湘江战役，以前从历史资料上有所了解，但没有生动直观的印象。红军第五次反围剿失败后，被蒋介石调集重兵设下的四道封锁线围困于湘江以东的狭窄地带。在生死攸关的时刻，红五军团第三十四师被任命为后卫部队，承担了掩护红军主力部队和中央机关突围的重任。为了突破封锁线，打破敌人的围追堵截，第三十四师翻山越岭，与数十倍于己的国民党军周旋，多次浴血奋战。最后，以6000余人全军覆没的沉重代价，胜利完成了断后任务，掩护主力红军渡过湘江，为中国革命史留下了惊天地泣鬼神的篇章！

这部电视作品给我的感受首先是真实。一是基本符合中国近代革命历史事实。第三十四师作为后卫以血肉之躯谱写的惨烈篇章，是1934年11月至12月发生的整个湘江战役的重要组成部分，师长陈树湘、指战员们和所有有名、无名的红军战士，都是真实的英雄人物；二是符合文化艺术的真实性原则。电视剧通过第三十四师英雄群体塑造和一系列故事情节描述，艺术化地呈现发生在20世纪30年代的艰苦卓绝的红色革命斗争，有血有肉，合情合理。

第二点体会是感人。被敌人称作“魔鬼部队”的第三十四师，在40多天断后时间里，经常面对几倍甚至十倍于己的有飞机大炮汽车配合的敌人的围追堵截，几乎每一天都面临生与死的考验，为了赢得时间，经常连夜徒步翻山奔袭，他们忍受着疲惫和饥饿，但从指战员到普通战士，这群闽西客家和湘南子弟作为一个群体，为了一个目标即劳苦大众翻身而战，英勇无畏，誓死不退缩。当时，湘江渡口已被敌军封锁，第三十四师余部无法追赶红军主力，几次激战后弹尽粮绝，又遭到三股民团势力围攻，所剩无几。但是，他们践行了自己“为了信仰而活着”“为苏维埃流尽最后一滴血”的誓言。英雄群体感人至深！

这部电视剧塑造的个人形象都有鲜明的个性特点，个个都有亮点，但又绝不是“高大全”。他们因不同的家庭出身带着不同的故事加入红军，面对血淋淋的残酷现实开始也胆怯怕死，但顽强活着回老家的念头，经过你死我活的、生死瞬间转化的战争，锻炼和教育他们成长，终于使他们认识到“生活的理想就是理想的生活”。多处受伤的师长陈树湘最后被民团俘获，他忍着剧痛拧断肠子自杀，其惨烈之举令人动容！看完这部电视剧，让人深深懂得：人活一口气，军胜一个魂。

电视剧的剧终画面定格于中国工农红军的军旗。她，被无数次硝烟熏黑了，枪林弹雨在上面留下很多空洞。但，她永远高高飘扬在每一个红军战士心中。因为，旗帜是无数烈士用鲜血染红的，旗帜就是方向，旗帜就是信仰。

今天我们纪念红军长征胜利八十周年，当代中国共产党人继往开来，带领全国人民奋进在民族复兴的新的长征途中，我们仍然要高举着这面伟大的旗帜。因为，旗帜就是理想，旗帜就是信仰。

作者：历史文化学院教授　刘玉平

11 月 18 日　星期五　晴

"山大日记"建设发展座谈会代表 · 何　淼

生命是一条奔涌不息的河流，我们只是那个过河人。山大是一座亘古青翠的山峦，"山大日记"只是山间一株翠色的幼芽。诚然，与山大 115 年的历史长河相比，一代代山大人只如一朵朵浪花，逐浪远去。无论过往是多么得璀璨、深刻，抑或平淡、静谧，都终将掩映在历史的旧卷里。2013 年 4 月 22 日，在一个春和景明的日子，"山大日记"在众人殷切的目光中诞生，肩负起了"讲述山大故事，记录山大历史，弘扬山大精神"的使命。自此，哪怕再平凡的山大人，也有了绽放生命、记录生活的舞台。而你我，都有可能是那个书写者、见证者。

与"山大日记"的相识，是冥冥之中的缘分。我和她一样，生于人间四月天。她的诞生日，恰好是我的 20 岁生日。那一天，我刚好收到了山大硕士研究生的录取通知，意味着我与山大从此有了生命的关联，欣欣然打算书写属于自己的"山大日记"。而"山大日记"亦是积蓄了满满的能量，在山大党委宣传部、新闻中心的指导下，在一群有志之士的精心运作下，作为全国首家以日记为形式的网络宣传渠道，来到人们的视野，只为一场盛大的绽放，只为一生无悔的镌刻。

在不知不觉中，"山大日记"已经成长了三年多的日子。她与山大的历史，又何尝不是我与山大的历史。三年来，她从一粒种子，出落成嫩绿的幼苗。而我，也从一名青涩稚嫩的硕士生，成长为沉稳笃定的博士生。唯一不变的，是对山大的热爱，对文学的热爱，对新闻宣传工作七年如一日的坚守，以及对"山大视点""山大日记"始终如一的关注。我热爱她们，她们也不曾辜负我。通过"山大视点"的平台，我不仅为文字找到了一方精神的家园，更结识了许多优秀的老师以及热爱文学的朋友。无论是"山大视点"认真负责、善良可亲的万广远老师、刘梦冬老师，抑或是发自内心热爱自然、热爱生活，用美好的图文多次打动读者的纪红老师，抑或是校园里热爱文学、乐于书写的文友。当我翻阅这几年来厚厚的《山大日记》，感受到的不仅是丰富的历史，更是充满温度与情怀的灵魂。

十分欣喜与幸运，收到了"山大日记"栏目建设发展座谈会的邀请，在这样一个诗意与金黄并存的初冬。午后的阳光还算和煦，明德楼附近的银杏树，尽是璀璨的金黄，美得令人心动，不禁驻足、拍摄。而后，满心欢喜地走向会议室，见到了早已相识，却还未来得及相见的老师。但“山大日记”的魔力便在于此，只因一份共同的热爱与期盼，初遇也会是一见如故的美丽。在座谈会正式开始之前，收到了一份来自“山大日记”的礼物：三本沉甸甸的《山大日记》，记录了三载春夏秋冬的山大故事；精心制作的山大信笺，书写着日记里摘录的经典句子；印有“山大日记”标志的纸笔，激励着我们坚持书写与记录。

在座谈会上，校党委常务副书记李建军、新闻中心副主任李欣、校外媒体代表、各职能部门负责人、教师代表、学生代表等与会人员纷纷就“山大日记”的建设与发展谈了自己的感悟与建议。从他们的话语中，我感受到人们对“山大日记”深深的关切、浓浓的情愫。尤其是当我得知“山大日记”获首届全国高校网络宣传思想教育作品特等奖的这一喜讯时，内心充满了骄傲与喜悦。但“山大日记”并未因此而自满，而是以此为动力，在精益求精的同时，反思可能存在的问题。今天的会议，便是如此，那么多领导、工作者、喜爱者，齐聚一堂，谈及“山大日记”所承载的文化、温情与记忆，谈及所有美好的事物都应有现实的承载，谈及“山大日记”的新闻性、历史性，谈及“山大日记”是最丰富、生动、真实的山大校史。关于未来的发展，与会人员也各抒己见，从手机app、微信公众号运营、线上与线下活动相结合、“山大日记”文化产品制作等方面提出恳切的建议。

历史不是一天、两天，也不是一年、两年，但点点滴滴的现在都是历史的重要组成。“山大日记”对作者、内容都没有严苛的条件和要求，只要你是用心生活、心中有爱的山大人，任何平凡的故事都会是日记里温馨的一页。在辽阔的生命中，总有几朵祥云为你缭绕；在充满爱与呵护的土壤中，“山大日记”的幼苗也必将成长为一棵茁壮常青的大树。在悠久的山大岁月、厚重的“山大日记”里，愿你我都是那个故事的演绎者、历史的记录者、用心的书写者。

作者：政管学院2016级博士研究生　何　森

11 月 19 日　星期六　小雨

星光达人秀大赛参赛者·王　黎

紧张充实的一天刚刚过去了，凌晨躺在床上静静地回忆。

作为一个前一年文体发展分近乎满了的大二学姐，我和我的学弟学妹们一样，都是第一次走上了星光达人秀复赛的舞台，以一名 Dr. Cats 团员的身份。

从我们报名、准备初赛，到接到晋级的通知、准备复赛，只有短短的两周，为了更好地提升，我们比赛采用的都是新学的曲子，所以排练的时间很紧张，每一次都是几个小时，每个人都很努力，结束之后，几乎都是哑着嗓子出来的。我们还好一些，有时候可以坐下唱或者休息，而亚杰学长几乎都是从开始站到结束，想着怎么让我们唱得更好，很多细节要反复推敲，还要想着排动作，真的很辛苦。

虽然今天有特殊的安排，但不例外，周末起得还是很晚。上午参加了心理知识竞赛之后，吃过午饭就回宿舍化了一个简单的妆，急匆匆地收拾好东西，带上衣服，和同学一起坐校车去山里准备下午的彩排。因为我们到得比较早，彩排开始之前走了一遍过场，调了调麦架。之后人来齐了，又彩排了一遍。不得不说，星光达人秀真的很精彩，高手云集。整个下午我们除了彩排和吃饭，就是排练了。练了一遍又一遍，饼饼姐和勇坤学长努力地调整和完善着细节，所以晚上的正演我们表现得还是很棒的。

在这样的一个下午，我不仅收获了满意的答卷，更体会到了暖暖的情谊。平时不太熟悉的同学，都在这样一个契机下渐渐熟络起来，相互关心、照应着。我觉得，这就是集体活动最大的意义吧。我们是否会进入决赛，是否会拿到名次，并不是很重要。因为有爱，所以值得。

作者：基础医学院 2015 级本科生　王　黎

11 月 20 日　星期日　晴

“创青春”优胜杯获得者·陈祥华

11 月 20 日上午 11:15，返程。在飞机上，看着起飞时渐渐变小的机场、田野、城市，那种加速升空的感觉像极了这一年的“创青春”，会有失重的痛苦，但同时，也飞向令人向往的天空。

挑战杯结束了，全国银奖，山大捧起了首座“创青春”优胜杯，身边的人或多或少都有感慨，其实在我答辩完的那一刻，唯一感受到的就是身上的一阵轻快，那种久违的放松，想想之前备赛的时光，突然觉得自己很幸运，可以一直坚持到今天。记得省赛时，连续的熬夜赶资料身体已经非常不适，有一晚实在是熬不住，但第二天还要辩论，就想先休息俩小时。回到宿舍睡下后，不知过了多久，我猛地醒过来，我知道肯定不止俩小时了。一看时间，果然，凌晨 3 点半。我赶紧下床，打开电脑，登录 QQ 的那一刻，很多条消息连续发出的那种吱吱的声音马上传来。我急忙打开了静音，但是那种电脑运行时风扇转动的声音依然在深夜里听得非常清楚，耳边传来电脑运行的声音和舍友的鼾声，心里真是一阵心酸。但还是一直赶资料，直到早晨去上第一节课。类似的经历在这一年的赛程里不断地重复上演着，虽然很累，但后来想想，也为自己能有这样一份经历感到开心，相比于此，如果自己大学里连一份奋斗的经历都没有，反倒是一种缺憾。

挑战杯带给了我太多，荣誉、经历、眼界、朋友等等，还记得老师一次次的培训，为我们改企划书、改 ppt；还记得小伙伴们一天天熬夜改资料、出场展示，在兴隆山校区、千佛山校区、中心校区、青岛、苏州、成都，让我感受到像战友一般的情谊；还记得各个团队在一起相识相知、互帮互助，一起为山大的捧杯尽自己最大的努力。相比于荣誉，这份难忘的经历、这些结识的大神、能力的提升，还有作为一名山大人的自豪感，更值得我们每一个人怀念、珍藏。能有幸从校赛一路走到国赛终审决赛，非常感谢李校长、王琦老师、梁艳红老师等指导老师的大力支持、小伙伴们的团结，还有其他团队的相互扶持。有你们，有我们，才有岩创，才有 5 个全国银奖，才有优胜杯！

这个银奖有点儿重，它凝聚了我们团队，包括老师、同学、对手的一段美好的记忆，承载着这一年许许多多人期待的目光、奋斗的汗水。“创青春”，是赛事的结束，也是创新创业的开端，我们会一直走下去，就像秦书记说的，我们在路上……

作者：土建学院 2014 级本科生　陈祥华

11 月 21 日　星期一　雨

青岛校区才艺新星大赛冠军·孟雅婷

随着数响礼炮声响彻会场，我们的才艺新星决赛终于落下了帷幕。站在舞台上，我回想了很多事，内心波涛汹涌。这其中既有为自己能获得如此殊荣的高兴，又有作为文体部一员在付出后获得回报的满足与无怨无悔，更多的则是对老师、同学们对我的支持的感恩。

身为文体部的干事，我对这次比赛的感受要比其他普通选手来得更深刻。这次大赛作为我们大一新生进入青岛校区后自主举办的第一个大型才艺比赛，受到了无与伦比的关注与重视，大部分的压力也就压到了文体部头上。从一个多月前我们所有的干事就开始着手策划案的编写、改进，负责人更是忙得焦头烂额。比赛当天，我们早早地来到了会场，从搬椅子到挂幕布，从试音到安排选手彩排，一整天下来，许多人忙得饭都没时间吃。不过，最后几乎完美的、堪称晚会的大赛则让我们觉得，一切都是值得的。

再来说说我身边的人。初赛的时候我跳的其实并不是决赛时的《极乐净土》。初赛后，文体部部长（也是我的好朋友）找到了我。她希望我找个搭档一起表演，但是我被这个提议弄得不知所措。在几乎绝望时，她提出让我与乐器组的李友轩一起合作表演《极乐净土》。当时，这一奇异的想法惊讶了我们所有人，因为我们从来都没有合作过，这阴差阳错的组合是她一手促成的。不过事实证明，她的确是非常英明的。感谢我的好姐妹！还要感谢我棒棒的搭档——李友轩同学。没有他这么强势的二胡伴奏，我的舞蹈肯定也是平淡无奇的。还要感谢我文体部的同事们。没有你们的精心布置和引导，这个比赛根本无法顺利进行。你们的付出给选手们提供了最优越的比赛环境。最后必须感谢的还有远道而来的学长学姐、抽出宝贵时间来看比赛的老师和在场的所有给我们加油助威的观众们！你们的到场是我演出最大的动力。

只要你敢尝试，没有什么是不可能的。我在报名参赛的时候也没想过结局会这么令人惊喜。所以，凡事都要敢于尝试，说不定惊喜就会在下一秒敲响你的大门。

作者：政管学院2016级本科生　孟雅婷

11月22日　星期二　小雪

文学院本科生·于　洋

自从中学时代学过老舍先生的那一篇《济南的冬天》，我便一直憧憬着在济南邂逅一场冬雪。如梦幻般的雪景映衬着整个校园，大地披上一层洁白的冬日舞衣，风之精灵摇曳着，欢快地同未落尽的秋叶相嬉戏……无关其他，单是想想就让人心醉。本来我也只是想想而已，谁曾想大自然会这么奇妙，总是在意想不到的细微之处带给我们心灵的触动和真实的感动。我进入图书馆自习室时还是蒙蒙细雨，没有一丝前兆，出来时世界已变成童话里的王国，晶莹的雪花悄然落于各处，美得高雅，美得纯洁。

漫步在大成广场周围的花树之间，如今已是身着白色礼服的花树并没有因为雪的到来而徒增悲怆，有的是更加明艳的自信与迎风斗雪的勇气；松柏是不消说的，厚厚的一层白雪是他们的征衣，也是他们品格的最好证明；杨树叶虽没有那么顽强，却也孩子似的调皮捣蛋，伴随着冬之恋歌缓缓飞扬，谢幕秋的肃杀，演绎着冬日的舞韵；最可爱的要数路边低矮的花草了，她们是雪王子的舞伴，她们是冬公主的好姐妹，她们用最后的光彩暗示着：如果冬天来了，春天还会远么？

纷纷扬扬，寂静无声，不大也不小，恰到好处的这一场大自然的天地交响乐。将人的思绪带向远方，带向过去，带回故乡……不知大明湖中可有绝佳的观雪亭，如果有，能不能拥有像张岱一样的奇遇，会不会有人愿同我携一壶清酒，于亭中吟赋那风雪中的中华古韵。或者更幸运，天地间独我一人，享受这冬日的大寂寞和内心的大充实……就这样想着，不由得扑哧一笑，笑自己的幻想，笑这幻想的真实，笑那被自己所感动的情怀，而更多的，则是欣喜于飞雪给人的愉悦和满足。

一路走走停停，感受着鞋子踩在雪地上的惬意，“嘎吱嘎吱”，这声音让你的脚步放得更轻、更缓，生怕搅扰了这些沉睡的精灵。徘徊在小树林的曲径，用手指轻轻地在布满积雪的石桌上写下一句诗：“晚来天欲雪，能饮一杯无？”本打算题上自己的名字，但转念一想，这诗，这雪，这景，大概已足够了吧？再多即是破坏和占有，于是就收了手，默默地许下一个愿望，任它们消失在风雪之中……

终于回到宿舍，几个南国来的同学已经高兴得不成样子，欢呼着、叫喊着，手舞足蹈！“快！快！快！我们快出去！这还是我第一次看到真的雪呢……”于是我们相互推搡着，向着操场走去，都好像又年轻了十岁。啊，这大自然的馈赠是多么的丰厚啊！

作者：文学院 2016 级本科生　于　洋

11 月 23 日　星期三　晴

哈萨克斯坦留学生·法路忠

我叫法路忠，来自哈萨克斯坦，是国际教育学院高级 101 班的学生。今天我非常开心，因为学校为我们举办了“汉语大舞台”活动。每位表演者、每一个班的表演都非常精彩。

以前我参加过各种各样的比赛和活动。我个人觉得不论比赛还是表演，都是一种学习。中国人常说，台上一分钟，台下十年功。参加这样的活动，可以从中学到更多的知识。而且，如果你不常参加此类活动，也很难知道自己的汉语到底达到了什么水平，和其他同学相比还有什么差距。

今天的表演非常好。有的人唱歌，有的人跳舞，有的人表演短剧或者小品等等。我的室友来中国还不到三个月，可是他已经能在这个舞台上演唱中国歌曲，真是了不起！在这么短的时间内背下来一首中文歌真是太不容易了！我们表演的短剧《灰姑娘》也大获成功，获得了同学们的喝彩。我们班的老师们也专门来看表演，让我们非常高兴和感动。

在老师们的帮助下，我们留学生的汉语水平一天比一天高。在这里我由衷地感谢各位老师。有他们的帮助才有今天汉语说得还不错的我。看完“汉语大舞台”，我感到山东大学的留学生都有学习的热情和干劲儿，他们真棒！

作者：国际教育学院高级 101 班　法路忠

11 月 24 日　星期四　晴

经济学院研究生合唱团成员 · 刘希茜

晚上在宿舍静静坐着，脑海中浮现出今天合唱比赛的一幕幕……

早上六点钟出宿舍的时候，天还没亮，看到悬在天空那端的一轮明月，周围陪伴着几颗闪闪的星星，天气难得这么好，心情也跟着飞扬起来。化妆、开声练习、赛前预热……一切都有序地进行着。

候场的时候，浓妆淡抹的我们已经压抑不住紧张激动的心情，互相鼓励加油，那一刻突然被触动到了，经过这一个多月的排练，原来大家已经彼此这么地熟悉。音乐厅里传来热烈的掌声，“下面有请经济学院合唱团为我们带来《大青藏》《时间都去哪儿了》”，主持人报幕的同时，亲友团已经开始为我们呐喊助威。轻轻撩起裙角，带着最美的妆容和最自信的微笑走上舞台，坐在钢琴前，心里的些许紧张随着一声声“尼訇玛尼訇”慢慢散去，像平日的排练一样剩下的只是对歌曲的投入。第一首曲终，指挥转身向观众示意的时候，台下的掌声让我感受到这些天的付出是值得的，也安定了我的心，手指慢慢开始弹奏第二首歌曲。男高声部作为主旋律开始轻轻地诉说起故事，随后女高声部在男低声部地伴随下也开始吐露着心声，逐渐四个声部完美配合进入高潮，我指端的力度也配合着大家的情绪不断变化着。当尾音渐渐消失，一张张笑脸绽放在眼前，我觉得此次的比赛已经是圆满的了，没有留下遗憾。

结束来得那么突然，心里空落落，泛着心酸，今天晚上好像还是要匆匆赶往教室排练，好像还是能见到那些熟悉的面孔。这一个多月，每个人都在尽自己最大的努力来对待这次比赛，尤其是最近一周每天晚上站在那里三个小时，甚至还会单个声部再加练，一遍遍地纠正音准、节奏、气息问题，一次次地训练各个声部的默契度，有过很累很烦的时候，但是没有人想要放弃，大概是我们产生了一种共同的信念——一定要做好这件事，我们也的确做到了。

得到总是和付出成正比的，精彩的比赛落下帷幕，经济学院最终以 96.5 的高分夺冠，成功卫冕，给这段难忘的回忆画上了完美的句号，将难过和不舍藏在心里，做一个大大的笑脸将其封存。

作者：经济学院2016级硕士研究生　刘希茜

11月25日　星期五　晴

校长奖学金学生评委·何雨涵

今天下午，第一次作为山东大学校长奖学金学生评委，带着些许新奇，来到邵馆报告厅参与评审活动。说是评审，不过是来观摩罢了，十分期待一睹学长学姐的风采。

一开始，真的震慑于他们的气场，他们在台上表现得如此自信，风度翩翩，气质优雅。每个人的履历表都有故事，从学校各项奖学金的获得、学生组织的活动、班级职务、社会实践再到科技创新项目，惊叹于他们竟然在短短两三年内获得这么多荣誉。或许荣誉本身只是在短期内会受到赞誉，但他们为之付出过的努力，表现出的勤奋、求知、好学以及进取精神，却令人难忘。我觉得应当受到表彰的，是这些荣誉背后的故事。

三十个竞选者，来自三十个不同的学院，不同的学院呈现出不同的风格。理工科的如控制、材料、软件，亮点在于他们在各项科技创新大赛中都获得了重要奖项；文科的如法学、艺术、政管，则偏向于社会实践、学生会工作等不那么技术性的方面。当然，各有所长，各展其能，每个人都有自己的特色。

就我个人而言，越到后面，我越注重选手表现出的个人魅力和气质。从他们的着装、走路的风格、在台上的气场，到他们答辩的语气、和观众的眼神交流以及以此表现出的整体形象，都十分影响我的判断。而我所欣赏的气质，是那种自信而不过分张扬、平易近人，能始终让人感到对世界充满善意的类型。他们的学业都很优秀，所以我的关注点在于，除了学习，他们是否还对生活保有一份好奇和热爱，除了学习中的理性，是否仍然有最初人们都会有的感性的情感。我认为，高才生越应该对这个世界的方方面面充满爱心和探求心，只有这样才会是一个完整的、鲜活的人吧。所以当看到他们的各项社会实践时，我就很开心，他们是在现实中行走的，而不是只走在大学校园内的象牙塔里。

天睐有才人，果然我还是会欣赏一些奇葩、“另类”。其中有位竞选者我印象深刻，是来自 2014 级泰山学堂的一位同学。他实在是很有才，从言行举止以及他所列出的自己获得的各项成果可以看得出来，这种才能不光是含有勤奋的成分，更让人感觉到有一种天赋，这种天赋是常人没有的。他的学生工作不算出彩，在该方面获得的荣誉并不算多，但他的课业成绩实在高出同门前辈很多，获得荣誉的科技创新项目也是十分前沿并且专业的，这就足以让人对他另眼相看。非常可爱的是，本来答辩结束后还有一个评委提问环节，他答辩完后，居然就下台了，还好大家及时把他叫住，他才意识过来，又回去接受评委的问题。他的回答也特别有意思，居然说自己拿的那个被评委们很看好的奖项其实拿得很简单，全场都笑了，这也太恃才放旷了吧！不过，也许对人家来说它本来就不难呢。总之，我十分佩服这位同学。

印象深刻的当然不止这一位，还有来自管理学院、艺术学院、药学院的几位女同学，她们的美丽温和的气质都让人深深折服，她们的微笑亦让人流连忘返。

最后，我选出了自己认为特别优秀的十八位同学，提交了选票。虽然整场评审长达三个小时，但我觉得非常有意义。从选手身上，我看到了积极向上的部分，惊艳于他们各自别具一格的经历，佩服于他们获得的各项荣誉，更让我见识到了新一代大学生应有的风采，激励我们为自己的生活不断进取、奋斗。

“恰同学少年，风华正茂。”我们大学生真的应该把握好这大学生活，不负青春年华！

作者：政管学院 2015 级本科生　何雨涵

11 月 26 日　星期六　晴

学生代表大会代表·田　雨

今天是山东大学第三十四届学生代表大会及第十六届研究生代表大会举办的日子。作为大会筹备组的一员同时也是软件学院的一名学生代表，我怀着期盼与激动的心情，终于迎来了这一盛会的到来。

清晨 6:40，我满怀着自己期待的心情，身负着软件学院学子寄托的代表重任，登上了本次学生代表大会开往中心校区的专车。在经历过清晨路途上莫名的激动之后，我终于和来自软件学院的其他代表一起，以学院代表团为单位，领取到会议材料同时进入会场。在分发的物料当中，与会代表每人领取到了代表证、校徽、学习材料、学生会（研究生会）工作报告、权益工作报告、笔记本、笔以及水。本次学代会的用水上被特意贴上了学生会印制的节水帖，以防止出现会议用水的浪费现象。

上午 8 点整，我们在学生会主席刘飞的主持下，开始了今天的大会预备会议。我们听取了大会的预备情况总结，审议通过大会代表资格审查报告（草案）及大会秘书长、副秘书长、大会筹备委员会名单（草案），最后审议通过了大会选举办法（草案）。

经过紧张的预备会议之后，我们终于迎来了今天大会的重头戏——山东大学第三十四届学生代表大会与第十六届研究生会的开幕式。在奏唱国歌之后，与会代表与到场领导、嘉宾、列席会议留学生一起听取了大会执行委员会关于第三十三届学生会工作报告、第十五届研究生会工作报告、学生权益工作报告。这三个报告从学生会与研究生会的角度，回顾了山东大学过去两年间的学生活动与学生参与学校建设的历程，给与会代表做了关于两年度学生权益工作的报告。从我个人的角度倾听，三个报告以踏实的态度、接地气的话风，给我呈现了在过去两年间学生积极为学校献言献策的盛况。

开幕式的高潮在于我们亲爱的张荣校长的讲话。张荣校长在讲话中鼓励我们山大学子多多参与学校政策讨论，在网络媒体与线下会议中积极提出有效提案，将我们学代会的举办作为学校与学生间真诚沟通的契机，为我校的校风、学风建设贡献自己的力量。在聆听张荣校长的讲话之后，我更加坚定了自己作为学生会学生干部的一员，积极为山大学子放声献策，为我校建设成为双一流大学而不懈努力的决心。

之后的第一次全体会议中，我们在学生会主席刘飞的主持下，审议并通过大会总监票人、监票人、总计票人、计票人名单，同时选举产生第三十四届学生会常任代表委员会和第十六届研究生会常任代表委员会。

下午的分会场会议，我所在的第六代表团在学生会的两名副主席的主持下，完成了有关提案的讨论。整个分团会议在各个学院学生代表的讨论下，完成了大会赋予我们审议提案的职责，为切实落实学生权益工作的实施打下基础。最后的闭幕式中，我们跟随研究生会主席一起作了大会倡议，并在山东大学的校歌中拉下此次大会的帷幕。我十分有幸能够参与到这次盛会中去，切实感受到本次学代会的务实与庄重。

其实从两个月之前，作为学生会的一员，我便作为筹备组成员之一，被山东大学团委委以重任，组织策划举办本次学生代表大会及研究生代表大会。本次大会的筹备工作可谓细致入微，本着一切以学生利益为重、方便与会代表的原则，团委以及第三十三届学生会、第十五届研究生会积极展开内部工作讨论与总结，制定详尽的大会活动细则，回顾总结过去，向各位代表作出完备的工作报告。所以在本次大会完满结束之后，我愈加期待下次山东大学学生代表大会的召开，愈发对于我们建设成为世界一流大学的目标充满信心！

作者：软件学院 2014 级本科生　田　雨

11 月 27 日　星期日　晴

全国外交礼仪大赛获奖者·马星旭

今天是外赛的最后一天，在前一天的预赛之中，艰难胜出的我们和北外、北航等6所高校进入决赛——这是历年来山大在外赛上取得的最好成绩。尽管如此，在面对决赛的题目时，我们仍旧不敢掉以轻心，而是通宵准备，力争为山大争取更高的荣耀。

决赛的第一环节是客观题。答对了半数题目的我们仅次于北外，处于全场中上游水平。第二环节为多方谈判，由于这一环节一直由队里的一位同学负责，所以尽管我们的题目不是特别有利，但依靠对赛题的分析和把握，仍旧发挥出了较高水平。第三环节为情景模拟，虽然我们抽到的题目比较抽象，但是工作人员扮演的角色并没有刻意难为我们。因此综合三个环节得分，山东大学以全国第二的成绩拿下第十五届全国大学生外交外事礼仪大赛二等奖。

半年来的备赛经历一晃而过，历历在目，恍若隔世。从校内赛的青涩，到手边翻烂了的外交史资料，再到外交学院“中国外交官的摇篮”下的合影，一幕幕就像一部漫长的电影，又像一场梦境。谢谢小伙伴们半年来的不离不弃，谢谢助攻的学长学姐和外院学生会知行部的部长和干事们，谢谢孟爷爷和王璐璐老师的指导与关切，没有你们，我们不可能走得这么远。成绩固然是努力的证明，但是在这一过程中的感动、收获与坚定，足以一生铭记。

作者：外语学院 2015 级本科生　马星旭

11 月 28 日　星期一　晴

“善行 100” 志愿者 · 隋双媛

回想这个周末，对我来说有着不平凡的意义。因为我和舍友以及另外几个来自不同校区、不同学院的同学一起参加了由中国扶贫基金会主办的、山东大学自强社组织的“善行 100”街头劝募活动。

早在大一就听说过“善行 100”这个活动，它自 2011 年开展至今已有 5 年历史，成功举办过 9 届，在全国 31 个省 106 个城市开展，由 816 所高校参与，总共筹集善款 3584 万，是一个有着广泛影响力的爱心志愿活动。

在街头劝募开始之前，我就已经做好了一定的心理准备，知道“善行 100”这个活动是很有难度的，极有可能出去一上午甚至是一天都没有成功劝募到一分钱，还会被行人误会是骗子，怀疑这个活动的真实性……

然而当真正走上街头开始劝募，我才意识到这些感受其实是那么真切、那么强烈。起初，我和小伙伴们去了大润发门口，当我们鼓起勇气、面带微笑走上前去开始向过往的行人介绍善行活动时，很多人都以为我们是发传单的推销员，甚至不等我们开口就摆摆手离开。还有一些人虽然愿意驻足听我们讲，但一听到要捐钱，转身就走。

在遭受了那么多的冷漠和白眼之后，一种无力感和悲观的情绪慢慢从心底产生，面对行人的误解和鄙夷，我们也会感到委屈甚至愤怒，心里渐渐开始打怵，不敢上前，怕再被人拒绝。好在小伙伴们相互鼓励，彼此打气，针对在大润发的失败经历，我们及时总结教训，调整劝募策略，又去了银座商城开始了新一轮的劝募。刚到银座没多久，我就看到了一个大姐领着她的女儿逛街，我鼓起勇气走上去向她介绍我们的活动，令人喜出望外的是，大姐人非常好，没有丝毫迟疑就捐了 20 块钱给我们。又过了一会儿，一个领着孩子的大哥也捐了 20 块钱。好心的大哥大姐重燃了我们劝募的激情和信心，也让我明白，原来温暖的感觉是那么美好，一个人、一句话、一个举动能带给别人无尽的爱与感染力。

虽然我们一上午只募捐到了 60 块钱，但这些都是好心人善心的凝聚，也许个体的力量是微小的，但是公益是伟大的，它能将平凡的力量汇聚起来创造出不平凡的奇迹。我也始终坚信，这个世界之所以温暖，正是因为有人们的爱和善行在涌动。

感谢“善行 100”，让我能够尽自己的一份力量帮助贫困山区的孩子，并且给我一个机会亲眼见证这个社会的良善和美好！

祝天下所有的好人一生平安！

作者：法学院 2015 级本科生　隋双媛

11 月 29 日　星期二　晴

化学院新生辅导员·吕永胜

“我相信我就是我，我相信明天，我相信青春没有地平线……”周日晚，在热烈激昂的歌声里，化学与化工学院迎新晚会进入尾声，演员和工作人员们伴着飞扬的烟雾和泡泡走上台，共同唱起同一首歌。这一刻，作为新生辅导员的我也分明感受到因这场晚会而凝聚起的集体的力量，以及那份蓬勃绽放的青春光彩，心中泛起欣慰和喜悦。

短短两个小时的晚会，却是演员、负责人和工作人员们努力了近两个月的结果。一审到四审，再到当天的四次彩排，我见证了一个个节目从略有雏形到臻于完美的变化，也看到了学生们的认真负责，不畏辛苦。审核过程中，有时没有足够大的场地，演员们在大厅或者室外排练演出，虽然天气寒冷，却依然注意细节，努力展现着最好的一面。

辛劳的付出终于换来回报，当天下午，我开始查看晚会的排练和准备情况，现场忙碌却并不繁乱，负责人各司其职，而演员们经过上午的排练和对新场地的熟悉，也已经准备就绪。道具组、话筒组、追光组、后勤组、迎宾组、催场组，各个小组都在自己的位置上忙碌着，现场气氛紧张而兴奋。

晚上 6 点半，“我们的故事”迎新晚会正式开始。场面盛大的开场舞引领着故事的开篇。学生们各展才艺，歌声悦耳和谐，舞蹈活力勃发，情景剧和相声不时引发台下成串的笑声，微信墙的互动更是助燃了欢乐的气氛，我也融入了现场的氛围中。故事的讲述者不仅有歌曲、相声、舞蹈演员，还有心系新生的老师带来的歌曲和朗诵，军训军官的到来则重新让学生们回味起了那段累却快乐着的军训时光，而院长的致辞让同学们更加清晰未来的路。“我们的故事”迎新晚会让新生们对山大充满信心，充满爱；对化学与化工学院充满期待，充满情。表白山大、表白化院、表白青志协、表白院长、表白……也成了微信墙上的关键词。在如此欢快的氛围中，我也在微信墙上留言——“表白 2016 级新同学”。

晚会结束后，学生们有序地整理道具、收拾场地、回收物资。我看到了我的学生们眼中的闪闪泪光，的确，大一生活虽然还未过半，但他们已经留下了那么多深刻的痕迹和难忘的记忆，品味起来必然是丰富的滋味。对于我而言，和新生们一起走过初入大学的光阴，已经不是第一次的体验，但他们依然给我带来了许多新的感受。

迎新晚会结束了，但学生们的大学之旅未完待续，青春正好时，故事开始处。少年壮志当擎云，愿他们勇敢追梦，继续带着这场晚会中展现的追求卓越、不畏艰难的态度，走好接下来的道路。

作者：化学院新生辅导员　吕永胜

11 月 30 日　星期三　晴

意大利留学生 · 澳　微

昨天晚上，山东省京剧院举办了“京剧进校园山东大学留学生专场”，并邀请山东大学国际教育学院的师生赴现场观看，这其中也包括我们——来自 96 个国家的留学生们。由于本次表演是特别为留学生安排的，剧场爆满，场面火爆，留学生们都踊跃地参与其中。

在此之前，我们都没有真正地在现场观看过京剧表演，很多学生只是在电视上看过，有些甚至从来没看过。这是一次千载难逢的机会，我们都很幸运得到了这次机会。

我是个京剧的门外汉，昨天也是我第一次现场观看京剧表演。出乎意料的是，我不仅当了观众，而且还上台表演了。

昨晚，正当我和同学们在座位上享受表演时，老师突然邀请我和另外几个同学上舞台和演员一起表演。我们感到又激动又惊喜。主持人让我们在舞台上模仿京剧演员的动作，然后猜测她动作的意思。那一刻，我十分紧张，深切地感受到舞台上那几十盏灯向我投射来的热流。彼时，我突然明白了京剧演员们的辛苦。“台上一分钟，台下十年功”，演员们刻苦的练习，只是为了带给观众更好的视听体验。有演员表示他们已经练习了 18 年，不过仍感到稍欠火候，这让我对他们有了更深的佩服与尊敬之情。

一直以来，我都认为京剧是中国文化的精粹，昨晚有机会体验中国文化最精彩的部分，我很高兴山东大学给了我们如此美好的经历。

作者：国际教育学院高级一班　澳　微

12 月 1 日　星期四　晴

“世界艾滋病日”启动仪式参与者·陈琳琳

今天是 12 月 1 日，也是众所周知的“世界艾滋病日”。为了响应学校对于防控艾滋病的宣传，15 级化学基地班全体成员在刘蓓蓓辅导员的带领下参加了由济南市疾病预防控制中心和山东大学卫生与健康服务中心联合举办的山东大学艾滋病防控健康教育周活动的启动仪式。

上完一、二两节课之后，我们便结伴来到食堂南门小广场，在辅导员的安排下有秩序地排队，等待着活动的开始。活动在上午 10 点正式开始，两条高高的竖幅随风飘扬："山东大学艾滋病防控健康教育周活动，携手抗艾重在预防健康山大共建共享"，突出了此次活动开展的意义和目标。来自山东大学的两名本科生用幽默风趣的话语主持了此次启动仪式，带动了全场的热情，让同学们在有趣的小互动中既了解又加深了对艾滋病的认识，又通过自己的前期知识储备赢得了实用的小礼品。主持人在进行简短的开场白之后，便开始提问有关艾滋病的简单科普知识。站在第一排的我，在听完问题之后，一边将手举起来，一边情不自禁地笑了起来，毕竟这个问题套路太深啊。因为主持人在开场白中刚刚介绍到今年的 12 月 1 日是第 29 个"世界艾滋病日"，而这也恰恰是问题的答案。在回答完问题之后，我很开心赢得了实用的小礼品。这时候，全场的气氛也被带动了起来。在主持人接下来的提问中，大家都踊跃发言。让我更加开心的是，在后来提出的几个问题中，我是可以通过自己的基础知识储备和高中生物知识积累轻松回答出正确答案的。活动进行中，有些回答问题的同学被请到台前来回答问题并领取奖品，结果真是"自古深情留不住，只有套路得人心"呐！被请上来的同学同时收获了"再回答一个问题"的大礼包，这使得台下的观众哈哈大笑。

我和我们班的班长、副班长站在第一排，热烈地讨论着主持人提出的各种问题，并在讨论出正确答案之后，高高地举手，积极地参与着活动，真是很有趣呢！感谢山东大学可以举办这种宣传预防艾滋病的活动，通过简单的有奖问答，调动了同学们极高的热情，让同学们放下谈"艾"色变的恐惧，直面艾滋病，学习关于艾滋病的知识，对于保护自己和保护他人有了更加深刻的思考，同时通过自己的一份努力，宣传和推动健康校园的建设，从而让每个山大人在美丽的山大校园中更好地成长。

在参加完活动回宿舍的路途中，我发现今天的阳光特别明媚，在沐浴着暖暖的阳光时，突然想到了不幸感染艾滋病的患者，内心颇感凄凉。想到这里，我就更加坚定了参与艾滋病预防的宣传和实践的信念，也希望有更多的人可以通过自己的一份力量共同建设更加美好的有爱无“艾”社会！

作者：化学院 2015 级本科生　陈琳琳

12 月 2 日　星期五　晴

莎剧《哈姆莱特》编排者·陈曦之

由英国驻华大使馆主办、山东大学承办的“永恒的莎士比亚”纪念莎士比亚逝世四百周年系列活动已经过去了两天。然而回想起两天前的事情，以及这两个月来的日子，我的心绪始终不能平复，不善辞藻的我当真是感慨万千呀！

作为山东大学尼诺剧社的社长，大约三个月前，我像往常一样，来到团委办公室与老师商量一些社团的日常事宜，然而当我走出团委办公室的时候，心情却像一个充满了气的气球一样，欣喜与激动得简直快要炸裂开来了。因为我从团委老师那里收到了一个天大的好消息，英国驻华大使馆将要在山大举办一个纪念莎士比亚逝世四百周年的活动，活动中包括一场莎剧的公演，这给了我们剧社一个千载难逢的机会，排练一部莎剧，并且在圣昆仑音乐厅举行公演。

刚一出办公室门，我赶紧把这个消息告诉了剧社的成员，闻知此事，剧社像是炸开了锅，人人摩拳擦掌，跃跃欲试。然而这么大的一个工程，光有热情当然是远远不够的，千里之行，始于足下，我们要从头开始，一点点地将莎剧公演这个庞然大物拆分成一件件的小事，先砌一砖一瓦，再建高楼大厦。

来得早不如来得巧，尼诺剧社刚好在今年新建了一个下属组织——Hello Nero 演员团，这使得我们的选角不必再大海捞针般盲目寻找，充裕的演员团资源从各方面给莎剧提供了强有力的支持。选角完成后，从欧陆留学归来的戏剧学博士冯伟老师也加入了我们剧组，冯伟老师的加入不是让我们上了一个台阶，而是整整上了一层楼，不论是从对莎剧的理解还是对更细微的东西的解读，冯伟老师的加入让我们真正有机会将这次莎剧公演做成一个可以让人琢磨玩赏的艺术品，而不仅仅只是一场学生话剧的表演。

我们的足迹在时针的针尖上挪动，在学院领导和团委老师大力的支持下，我们的排练按部就班地进行，我们在一个个排练场地留下印迹。

哲社楼漆黑教室中荧幕上闪动的德语版《哈姆莱特》，中心校区形体训练室里留下的“全家桶”，艺术学院地下画室突然响起的*PPAP*，洪楼大活心地善良的阿姨，外院楼大厅哭红的眼眶和舞动的“赵四”，以及后来在邀请的舞台指导老师的梦幻小屋里的难忘排练。

你问我什么是尼诺剧社的《哈姆莱特》，这就是尼诺剧社的《哈姆莱特》。

一群最桀骜不驯的人一起进行的一场最虔诚的跋涉。

它终止在*Gentle Melody*的歌声中，是我一辈子最骄傲的愚蠢。

作者：外语学院2015级本科生　陈曦之

12月3日　星期六　晴

赴华东师范大学交流生·臧云行

转眼就到了考试月，这意味着我在华东师范大学的交流生活也快修满了一学期。在华东师范大学交流的这段日子是充实而独立的。

充实的交流生活。

课程安排紧凑。华东师范大学的课程与山东大学的课程是有很大区别的，我在这里的交流时间只有一个学年，如果想了解和学习这些课程就需要付出更多的努力。跨专业和年级选课是华东师范大学的特色，也给交流生的我们提供了便利（我现在同时跟师弟、师姐、美术系以及经济学院的同学一起上课，这样我可以在最短的时间尽可能多地学习我感兴趣的课程）。

兼职。华东师范大学专门有一个“华师大家教中心”，同学们可以通过该平台领取家教任务，使同学们找家教变得规范化并且更加便捷。我也通过该平台找到了一份兼职，足够支持自己的生活费。

与新同学的无缝连接。

迅速适应新环境。作为交流生的我在华师大相当于插班生，一开始我还很担心怎么融入新的班级。与同学们一接触，大家相同的运动兴趣使我很快就与华师大的同学们打成了一片，新同学还举办了迎接交流生仪式。在互相的帮助和了解中，我在华东师范大学迅速找到了自己的位置，并且朋友也多了一大波。

交流学习知识。一起从山大交流过来的英语系同学与我们保持着紧密的联系，我们组团旅行、拼单。我们怎么会放走这个学习英语的好机会呢？跟着我们运动是不是也越来越频繁了呢？

可爱的新同学。认真负责的小胖班长（一开始的交流生活多半依靠兢兢业业的班长），爱开玩笑、搞怪而善良的414宿舍，古灵精怪和大大咧咧的班花，以及活泼的班草们……

背井离乡迫使独立。

第一次出山东省，这一去就是半年的时间。虽然思乡，也确实锻炼了我独立生活的能力。第一次坐高铁、地铁，第一次到上海，第一次兼职…这些都是自己一个人完成的，回想一下还有点儿小得意。陌生的城市和新同学，从疏离到熟识，从迷茫到清晰，从不适应到渐渐喜爱……我对未来交流的日子也越来越期待了！

通过学习对比，华师大学生的学习氛围很自由，山大的学习氛围则是充满文艺范儿的，两者各有特色。我的山大，我的家。想念你的美，想念你的好。

作者：体育学院2015级本科生　臧云行

12 月 4 日　星期日　晴

赴南京参观者 · 马艾彬

“以吾人数十年必死之生命，立国家亿万年不死之根基，其价值之重可知。”29 个字，写尽了先生一生的信念。之于我，先生的形象是存在于中国近代史课本中的一代伟人，威严正气、心有大义。习近平总书记曾说先生是“伟大的民族英雄、伟大的爱国主义者、中国民主革命的伟大先驱”。我不是很懂，但这次跟老师和其他活动党支部的 8 位伙伴去往南京，在这片土地上真切地感受到了先生的这“三个伟大”。

纪念孙中山先生南京之行的第一站——总统府。在这一片江南园林的建筑群中，有很多图片文物展览，详尽记述了先生一生中的精彩片段。在那一张小小的长桌前，先生毅然领导辛亥革命、不断完善革命理念的画面深深印刻在我的脑海中。

今天上午，我们前往中山陵拜谒先生。在雪松桧柏的环绕下，我们一行人走进了主建筑物“祭堂”，里面的风格古朴大气，无论是“三民主义”还是“新三民主义”，都为民主共和立下过汗马功劳，望着先生的雕像，我们不禁肃然起敬，连鞠三躬！

与南京农业大学动物医学院研究生会的交流也为我们此次实践活动增添了一抹亮色，不同的工作方式、不同的学习思路和不同的活动举办都让两个组织碰撞出强烈的火花。此次交流共享，不仅让我们开阔了视野，更让我们建立了友谊。

短短的旅途，却收获了满满的信念与感动。我们 9 位活动党支部的成员，在这两天内互相帮助、互相爱护，不仅增强了团队凝聚力，更使我们的思想与心境得到了提升。斯人已逝，但不忘的是思想与智慧。今天，我们纪念孙中山先生。我想最好的纪念，应该是像先生一样用心与行动去热爱祖国。我们这年轻的一代，挺起我们的脊梁吧，用一颗赤诚的心前行吧！

作者：药学院 2015 级硕士研究生　马艾彬

12 月 5 日　星期一　晴

首届研究生才艺大赛参与组织者・褚肖依

秋风飒爽，伴着岁月的步伐，渐行渐远；银装素裹，合着时间的节拍，姗姗而来，但是在“呼啦呼啦・飞扬的青春”2016 山东大学首届研究生才艺大赛决赛的现场，却能感受到浓浓的暖意和如火的热情。

12 月 4 日一大早，校研会文艺部和网宣部的小伙伴就来到了音乐厅进行舞美的装饰和灯光音响的调试。之前我们说，“带你去看一整片星空”，所以在舞台装饰上挂了漫天的星星和满是星空灯的幕布。当灯光关闭，舞台上布满星星的时候，心里全是感动。经过一整天的准备和两次彩排，每个人既紧张又期盼着晚上的到来。

晚上 7 点整，中心校区音乐厅，随着激情雄壮的排鼓表演以及热辣活力的街舞表演，才艺大赛决赛拉开帷幕。

决赛参赛节目类型多样，且精彩纷呈，高潮迭起。器乐合奏《雨碎江南》首先将观众带入了古典清幽的烟雨江南，二胡、竹笛、古筝，相似又迥异的乐章在钢琴如泣如诉的映衬中娓娓道来；相声《谈笑风生》风趣幽默，让音乐厅笑声不断，赢得阵阵喝彩；古筝弹唱《红颜旧》，歌声含情，伴舞柔美；原创歌曲弹唱《月亮》，伴着屏幕闪烁的歌词，让观众感受到了原创作品的魅力；爵士鼓点舞 *Jazz Around You* 刚柔结合，动作到位，点燃了现场观众的热情；歌曲《车站》《月半小夜曲》、串烧《未完待续》……或深情款款，或高亢嘹亮，牵动着现场观众的心；剑术《天心剑》剑法刚毅、脚步利落；啦啦操 *Legal High* 以动感的旋律、热情洋溢的舞姿，展现了青春的活力，张扬着年轻的魅力；古琴独奏《关山月》伴着缭绕的烟雾，让观众进入了“挥手一片关山月，抚琴三巡有雁声”的悠然世界；器乐合奏 *If You* 东方与西方融合，古典与流行碰撞；小提琴独奏《花儿为什么这样红》悠扬婉转；钢琴四手联弹《指尖上的芭蕾》，琴声优美，芭蕾伴舞灵动优雅；吉他弹唱 *Love Yourself* 以精致的女声为比赛画上圆满句号。大赛过程中，穿插了四轮抽奖互动环节，将现场观众的热情一次次推向高峰。大赛共评出一等奖3名、二等奖5名、三等奖7名、最佳人气奖1名。

作为校研会文艺部执行部长，本次比赛从10月15日开会确立要举办，到12月4日决赛完满落幕，共经历了整整50天。50天里，从最开始的前期策划、人员分工，前期宣传，到初赛举办，中期宣传，再到决赛举办，我们开了无数次会，提出了无数个想法；写了很多次策划，也推翻了很多次；遇到了很多的问题，也有很多的小伙伴伸手相助。但当最后的结果呈现在我们面前的时候，顿觉之前的辛苦和不同意见的磨合，全都不算什么。

2016年就快过去，很高兴在岁末能有这样暖心的活动，研续梦想，青春永远在路上。

作者：新闻传播学院2016级硕士研究生　褚肖依

12月6日　星期二　晴

幼教服务中心工作者·王梦晨

今天，是我研究生毕业的第156天，是我来到山东大学幼教服务中心工作的第121天。初入职场，没有了我曾熟悉的人和事，一切都是全新的感觉。我是否受大家欢迎，我是否被这个团队所接纳，我完成的每项工作任务是否能获得认可，也是我最需要努力的目标。

今天又是一个普通的工作日，却让我回想起自己初入职时121个日日夜夜……

记得刚来到幼教服务中心的时候，一位老师急匆匆来到中心办公室要求打印一张带有“幼教服务中心”红色标头的信笺纸。我在忙碌中赶紧接下这个紧急任务，打算用Office Word来排版信纸，并彩色打印。但是一连打印了好几个版本，都不是这位老师所要求的样子，也使得这位老师非常焦急，对我们办公室的工作效率提出了质疑。我感到非常忐忑不安，担心由于我个人的工作不利会给集体抹黑，害怕我的工作能力受到质疑，因此，我感到前所未有的失望、不自信，甚至开始怀疑自己的能力。

令我感到温暖的是，张卫东主任知道这件事后，与我促膝谈心，没有我想象中的训斥，没有我担心害怕的苛责，而是向我娓娓道来一个理念：幼教服务中心团队文化是“团队合作，激励伙伴，相互扶持，勇于担当”的“雁行”文化，每一位都是这个团队中不可或缺的成员，都有不可替代的作用。困惑和困难是每位成员不可避免的，但是，勇于说出来并积极解决才是最可贵的。张卫东主任亲切的话语给我鼓足了工作干劲，这种“头雁”不抛弃、不放弃每一只“小雁”，为每一只“小雁”树立自信的团队精神，让我感动与自豪。

我尝试以“小雁”的视角，重新审视了自己，认识了团队。在“两学一做”的大背景下，中心党支部开展了党员“一带五”教育活动，我是“新里程号”小组成员，张卫东主任是我们的“头雁”，她不仅带领我们学习《习近平总书记系列重要讲话读本》《习近平总书记在纪念红军长征胜利80周年大会上的讲话》等文章，而且把我们工作中遇到的问题，通过“一带五”为我们提供了一个学习交流的互动平台，把自己想说的话、想得到解决的问题，可以用“一杯清茶、一通电话、一封邮件、一条微信”得以表达。不需要太多资源，也不拘泥于形式，就搭起了一座心灵沟通的桥梁，让我的心离团队越走越近、让我的情在团队里越来越浓。我万般感慨，很荣幸搭上了这班列车……

今天，我伏案所思，心里万分感激，以“小雁”的情感，重新体悟了山东大学幼教服务中心团队的“雁行”文化的内涵，体悟了“山大幼教品牌”和“山大幼教人”的真谛。猛然间发现幸福就是这么“温暖”，感谢“头雁”让我有了一颗善于发现幸福的心灵，我会努力与团队比翼双飞！

作者：山东大学幼教服务中心职工　王梦晨

12 月 7 日　星期三　晴

兴隆山校区宿管阿姨 · 张庆玉

从今年三月份来到这里，到今天为止已经大半年了，时间不长，我却已经喜欢上了这份工作。宿管阿姨是一个充满温暖、充满爱的职业，在和同学们的接触中，我深深感受到了这一点。

每到一个新环境，总会有诸多的不适应。小小的值班室里就自己一个人，心里总是觉得空落落的。“阿姨好！”“阿姨好！”同学们进出宿舍时一口一声“阿姨”，叫得我心里暖暖的，空落感也不见了。渐渐地适应这份工作之后，我开始享受它带给我的快乐。

早上来到宿舍和同事交接班之后，我会先查看一下备忘录，以免落下什么，随后便开始投入一天的工作。我打扫完卫生之后，便坐在值班室里看进进出出的同学们，看她们一个个年轻的笑脸，心里也是暖暖的。

3 号宿舍楼的热水器经常出问题，这不，今天又坏了，这可急坏了需要用水的同学们。我看见后觉得这样下去可不行，便对同学们说：“到阿姨屋来，我给你们烧开水。”这下同学们个个露出了笑脸，一个接一个到值班室里让我帮忙烧开水，一口一声“阿姨”，叫得我心里美滋滋的。待同学们走了之后，我便联系热水器的维修人员，让他们尽快来维修，可不能再耽误同学们的用水。

下午同学们大部分去上课了，我闲来无事便喜欢看看书，俗话说，书中自有黄金屋嘛。不多时，一个维修暖气的人来了，对于外来的陌生人员可马虎不得。我确认了他的身份后，便带他去了要维修的宿舍。该寝室的同学不在，我也不放心就让维修的人自己一个人待在这里，便带他找到要维修的地方，等他修理好走了之后，我才松了一口气。安全问题是宿舍的大事，对于外来人员的出入尤其需要注意。除此之外，3 号宿舍楼还有一个活动室，兴隆山校区社管会每周都会有好几天在这里开会，人员出入登记便尤为重要，不可放松警惕。

短短几个月的时间，我和 3 号楼的同学更加熟悉了，经常会有同学到值班室里来陪我聊聊天。看到这些孩子我总是感到特别亲切，跟他们聊天就像跟自家孩子一样放松愉快。一天又过去了，虽然枯燥，却心满意足。

作者：兴隆山校区 3 号宿舍楼宿管员　张庆玉

12 月 8 日　星期四　晴

青岛校区学生工作组工作人员·宋继斌

看到习近平总书记在全国高校思想政治工作会议上发表重要讲话的新闻刷爆朋友圈、微信群，又找到新华网、凤凰网把相关新闻看了一遍又一遍，心里有一种说不出的激动。

原因很多，其中之一是习近平总书记重要讲话必将在未来十年对我国高校发展产生极为深刻的影响。二是自己本身工作在高校思想政治教育的一线，是落实习近平总书记在全国高校思想政治工作会议上重要讲话精神的基层工作者。学习了讲话后，我一直在思考几个问题，自己所从事的工作，在自己的工作岗位上，能为高校思想政治工作做些什么？怎么才能做得更好？

回头一想，从 2011 年工作以来已经是第 6 个年头，从工作开始就在党委学生工作部从事学生管理工作，今年 8 月底来到青岛校区又承担了学生资助工作，另外，作为“学生在线（青岛）”这一学生组织的指导老师和负责 2016 级法学 1 班教育培养工作的兼职辅导员，我又有了自己的亲学生，能够有更多的机会近距离地接触了解学生、教育引导学生、管理服务学生。结合自己的工作体会，就如何贯彻落实习近平总书记在全国高校思想政治工作会议上的重要讲话精神有几点想法：

第一，要有承担民族大任、社会未来的使命。习近平总书记在大会中讲到高校思想政治工作关系高校培养什么样的人、如何培养人以及为谁培养人这个根本问题，如何理解和贯彻总书记的这一重要论断，作为基层的学生工作老师，我认为要充分认识教育好、培养好大学生对民族、对社会、对未来的重要性。刚入大学的学生年龄一般都在 19 岁左右，正处于世界观、人生观和价值观成熟稳定的重要时期，也是积累专业知识、打牢人生基础的关键时期，这一时期的教育关系他们未来人生道路的走向和走法。同时大学生是接受高等教育的群体，也是未来挑起社会大梁的重要群体，因此，对大学生的教育使命光荣、责任重大。

第二，要有围绕学生而工作的意识。大学因学生而起，学生工作更是为学生而工作，就像习近平总书记讲到的，把思想政治工作贯穿教育教学全过程，实现全程育人、全方位育人。结合到学校和自身，也就是讲，课堂传道授业要育人，学生管理资助要育人，指导学生组织要育人，作为兼职辅导员要育人，大条大框、细枝末节，都是在围绕学生而工作。有了这种意识，对学生的服务态度也会自然而然的、发自内心地变好。

第三，要有教育好、管理好、服务好学生的能力。考入山大的学生，都是优秀的学生，作为老师如何让这批优秀的学生更优秀，首先也是最为基础的就是自身硬，要有足够的能力让学生认可老师、信服老师，这样的教育管理服务才更有成效，今后要广泛阅读，下好学术的功夫、调研的功夫、实践的功夫，边工作边提升自己，不断让自己跟上时代发展的形势，满足学生发展的要求，从由学生听从老师教诲的思路转变到从学生的需要反过来促进自身提高的思路上来，从而不断增强教育好、管理好、服务好学生的能力。

第四，要有教育引导的新鲜方式。习近平总书记在大会上讲到，要运用新媒体新技术使工作活起来，推动思想政治工作传统优势同信息技术高度融合，增强时代感和吸引力。目前，这一点已成为做好学生工作必不可少的内容和技能之一，自己也特别有共鸣，现在做学生工作已经完全离不开像微信、QQ、微博等新媒体新技术，同样的内容换一种方式表达就能让学生更容易接受，通过新媒体新技术将教育引导日常化、趣味化、普及化。

第五，要有反映意见的畅通渠道。畅通学生反映的渠道能避免简单问题复杂化，避免将小问题积少成多困难化。来到青岛校区，新成立“学生在线（青岛）”，没有老同学传帮带，大一的新同学编程、PS 等技术更是零基础，刚开始做出的产品难免质量不高，这时有个别同学在网络上对“学生在线（青岛）”

发布了一些语言比较直接的建议。后来，学生建立了“学小线”QQ群，欢迎同学们在这里对我们提出各种各样的意见，并借助一个活动邀请了近三百名学生入群，后来在群里经常有人提一些有益的建议，也没有再出现过在网上其他严厉的批评。

最后，在我看来，大学老师还应该拥有一种情怀，那就是围绕学生而工作、为了学生而高兴、作为老师而幸福的感情和感受，这种情怀应该伴随大学老师这个职业一生。

作者：青岛校区学生工作组职工　宋继斌

12月9日　星期五　晴

马克思主义学院博士研究生·赵李叶

早晨出了宿舍，冷风袭来，不禁打了一个冷战：泉城已经渐渐有了冬天的味道，今年的冬天，怕是要格外冷了。抬头望见成排的枫树不再有以往的翠绿颜色，沙沙作响的树荫已不在，现在的枝头挂着几片依然坚挺的叶子，一阵风吹过，竟也摇摇欲坠。远远望去，萧瑟的景色原来也是这般美好，枯黄的树枝似乎在叫醒山大学子对于春天的渴望。

吃完饭加快步伐跑到蒋震图书馆，才发现，今天来得真早。416还有大片的座位空在那里，走廊上也只有零星早起的学子在准备着期末考试。徐老师曾说，当她回忆自己的生活时，只有本硕连读的那几年最让她向往，因为只有那个时候，才能真正静下心来看点儿书，写出自己的感受。我想，老师说起这些的时候，内心是羡慕此时的我们的。的确，现在我们有大把的青春时光，有太多的年华岁月，有太多没有完成的梦想和可供回忆的美好时光。在这里，我们有自己青春的嘹亮歌声，有自己最美的似水年华。有太多的不能辜负，在告诉我们：少年，珍惜自己的青春时光，珍惜自己可以安心学习的岁月。

是啊，在写着期末课程论文的时候，更多的是在书写着自己的真实感受。高中时语文老师说，她最喜欢的一句话是：琢磨琢磨，如琢如磨。这是在说做学问的感受。以前的自己不懂得怎么做学问，亦不知道做学问有着太多的欢乐。现在的自己，都感受到了。还记得本科初次碰到论文时，竟然孩子般地将论文写成了散文，结果被老师叫到跟前语重心长一番教导。现在想想，多么可爱又多么欢乐。

如今，自己即使喜欢随处记下自己的所想所感，也再不会将散文融入论文。现在写着论文，很庆幸，自己能够选择这条道路，与伟人对话，与文人为伍，与同伴为友，与日月同明。

感动着，欣喜着，思考着，前行着。

在路上的我们，为自己加油。

作者：马克思主义学院2016级博士研究生　赵李叶

12月10日　星期六　晴

政管学院本科生·杨　喆

昨天，在洪家楼校区七食堂二楼召开了“青春之声——走进餐厅”洪家楼食堂经理交流会，这次会议旨在对前段时间各个学院上交的提案作出答复，同时交流分享各个学院对于洪家楼食堂的改进意见。参加这个会议不仅让我对洪家楼食堂有了更新的认识，也让我更加喜欢这个如家般的餐厅。

这次会议由调研权益中心承办，邀请了洪家楼食堂的各位经理和负责人老师，各个学院代表和优秀提案人也参与了本次会议。我有幸作为政管学院权益工作负责人参与了本次会议。

会议开始后，首先由负责食堂工作的石主任向我们介绍了洪家楼食堂的机构组成、这一年的运营情况和菜品采购、处理等流程；随后，各学院代表发言，对食堂工作提出了很多改进意见和建议；最后，石主任对这些建议意见一一作出回应，并提出了许多改进的方法措施，并对同学们的到来和关心表示感谢。

石主任如是说："说实话，开会时我是很忐忑的，因为在济南六个校区中，洪家楼食堂是条件最差的一个，还面临着和周围的山大附中共用食堂的局面。可是同学们并没有尖锐地提出这一点，反而给我们食堂提出了很多具有建设性的意见，比如说，开办公众号定期评选菜品等等，这一点让我觉得非常感动，大家一定都是热爱生活的人。"

对从兴隆山校区搬来的我们来说，洪家楼校区的条件确实不尽如人意，但是正如很多学长学姐所看到的那样，洪家楼校区的食堂正在一点点地变好。有同学说，尽管洪楼附近很繁华，可是他还是愿意在食堂用餐，一是方便，二是放心，三是洪楼的菜品比从前好了很多。

四年，食堂是我们就餐的主要根据地，其重要性不言而喻。近几年来，洪家楼食堂方面做出了许多改进，如每年定期召开的食堂经理交流会、菜谱大赛等，就足见食堂管理人员的诚意。热爱美食的人也是热爱生活的人。只有学生和食堂方面有更多的交流，让食堂更多地了解学生们的诉求，双方知己知彼，才能共同进步。相信洪家楼食堂将会越来越好!

作者：政管学院 2015 级本科生　杨　喆

12 月 11 日　星期日　晴

添翼工程美食课参与者·刘　浩

今天下午在中心校区的一多餐厅进行了添翼工程的美食课——学做西餐。我和小伙伴早早地坐校车来到了中心校区，吃过午饭后来到四楼的一多餐厅，很多一起上课的同学已经到了。我们在餐厅经理的带领下首先换上了厨师服，带上了厨师帽。很多同学已经忍不住拿出手机开始自拍了。看看自己穿戴整齐的样子，还真有几分大厨的风范。

在经理的带领下，我们来到了厨房，开始和师傅学做第一道菜——法式甜点拿破仑。首先师傅为我们介绍这道菜的主料——酥皮。酥皮呢，要经过三次的压薄层叠，看着薄薄只有几毫米的酥皮实则有五十几层。然后师傅拿出蛋黄液轻轻地刷在酥皮表面，并告诉我们说："刷上蛋黄烤出来的酥皮就是我们常见到的金黄色。"然后师傅又在酥皮表面轻轻划出网格，网格线是为了让酥皮烤出来更加美观，师傅说道："谁想来试试？"开始大家还有些矜持，当有一位同学试过之后，大家都踊跃尝试。我在刷蛋黄的时候用力有些大，把酥皮差点儿弄出烤盘，就听到旁边有位同学小声地说："好暴力哦！"果然我们这种工科男不适合下厨房，看来还是车间更适合我们。刷完蛋黄，师傅把酥皮放进烤箱开始烘焙，并告诉了我们烤制温度和时间——200 摄氏度、9 分钟。

在烘焙的时间里，师傅交给我们怎么制作卡仕达酱，首先加入稀奶油和纯牛奶，比例1∶1，再加入一些配料然后搅拌均匀就可以了。这时候酥皮已经烘焙好了。烤好的酥皮膨胀起很多层，就像千层饼一样。接下来师傅将卡仕达酱均匀挤在酥皮上，然后加上火龙果、蜜桃等水果，再挤一层卡仕达酱，加块酥皮盖在上面，重复上面过程一直到整个甜点有四层高，最后一层呢，上面加了一些樱桃酱，让甜点看起来更美观。只剩最后一步了，撒上一些糖粉，大功告成！师傅示范完毕，接下来就将舞台交给我们了。

自己在做的时候笑话百出，不是将酱挤到了外面，就是整个甜点歪歪斜斜。不过好在最终完成了菜品。吃到自己亲手做的甜点果然很不错。

师傅又教给了我们做蛋包饭和虾焗饭，我们也亲自动手完成了蛋包饭和虾焗饭。这次的课程在我们吃掉自己亲手做的菜品后也就结束了。能够自己亲手做一次西餐，这种感觉很棒。自己亲手做的东西吃起来有着不同的味道。

作者：能动学院 2015 级本科生　刘　浩

12 月 12 日　星期一　阴

台湾淡江大学来山大交流生 · 刘宗恬

“哎，听说你要去交换，干吗去对岸啊？到日本、欧美、韩国交流，还可以顺便练练语言。”当我确定要来山大交流的时候，身旁的朋友总是问我这个问题。

“对啊，为什么要去大陆交流，花半年的时间，真的有意义吗？”交换的 140 天里，我不停地反问自己。

对山大校园的第一印象就是好大。还记得刚来的第一天，我要去理综楼上课，看着老师发给我的地图找了好久还是找不到教室在哪里。问了几个同学，没有人听得懂我浓浓的台式口音，当时的心情真的是超级崩溃。好险，经过半小时的寻寻觅觅，终于在打钟的前一刻找到教室。

身为正宗的南方人，说实在的，北方的食物，还真有点儿吃不习惯，太油、太咸了。不过不得不赞叹，山大食堂的早餐真的是超级好吃呀，不论是热热的鸡蛋灌饼配上刚刚烤好的烤肠，还是甜滋滋的糖饼加上一碗济南正宗豆腐脑，或者是咸咸脆脆的海带饼和着鸡蛋汤吃下，多少个早起的早晨都是为了这些小美味，我回台湾后，最怀念的绝对会是它们。

“哎，你都几点起床啊？”有一次我在公车上，问班上的同学。

“我啊，7：20 一定起。”他想了一下回答。

“啊，你都不会想睡觉吗？要是平常没课，我可以睡到中午再起床吃饭哎！”我吃惊地说。

“我也可以啊，只不过这样的日子，未免也过得太舒坦了吧。”他是这样回答我的。从小生活在台湾，快快乐乐地学习、平平安安地长大一直是我生活的重心，就连上了大学，对未来的方向、将来要从事的职业，我也都没有任何的想法，一直秉持着船到桥头自然直的信念。过去大一、大二，也都是在参加活动中度过，但是看着山大的同学，早上 8 点就去图书馆排队，没课时都往自习教室钻，连大一的学弟学妹，才刚进入大学，就把大一到大四要培养的能力、要考的证照、要参加的活动，列得清清楚楚，我不由得惭愧，天啊，之前到底是浪费了多少日子，多少自己的时间，做些对未来职涯没帮助的事！

这就是成长在13亿人口中和生活在2300万人口中的差别吗？我不知道，但是我能确定的是，在过去的日子里，我过得实在是太舒坦了。和山大学生相处的这段时光中，时时刻刻感受到自身的不足，不论是能力，还是积极性，我都比不过身旁的同学。来山大以前，我都自认为自己还不错，有着还不错的成绩、还不错的课外表现、还不错的人际关系，如今，我才知道，我的还不错，不过是井底之蛙的自我优越感。

来山大交流，对我来说是人生中很特殊的经历，我开始离开熟悉的台湾，开始认识压力和孤独同时袭来的感受，开始学习自己照顾自己，不论心理和生活都是。一天山大人，终身山大魂。山大是我遇见很多很优秀的老师、同学的地方，尽管不是每个人都留给我美丽的回忆，但他们都教给了我很多人生的“功课”。面临交换生活的尾声，现在，我可以很自豪地大声告诉远在对岸的台湾朋友：“对，我不后悔来山大交换，要是有机会你也来试试吧！”

作者：经济学院交流生　刘宗恬

12月13日　星期二　阴

政管学院本科生·梁艳艳

距离我上个月赴北京参加的第十届北京外国语大学模拟联合国大会结束已经有一段日子了，但时常还是会想起那些天的点点滴滴。

在这次会议中，我被安排为新闻社主编。对主编这个工作，我是毫无经验的，所以十分焦虑，也对自己能否胜任充满了担忧。不仅如此，在出发之前，作为一个需要整合各个会场信息的新闻社主编，面对五个微信群消息的轰炸、虽未谋面的主席严格的要求、无数亟待阅读的背景文件的堆叠如山，我的内心真是狂乱到无以复加，用几个词来形容，就是：纠结、担忧、难熬、虚。

说真的，我参加的模联会并不多，也完全没有像那些模联大神一般在会场中有如鱼得水的感受，但是考虑良久，我还是决定赴这一场北外之约。临行前，我就告诉自己、激励自己：即将到来的三天，将不会是好过的三天，如果你不想白白浪费时间金钱和精力的话，你就要无所畏惧。不妨用口中一直念着的一个词给予自己力量：FEARLESS。事实证明，我做到了！于是乎，一切在来了这里之后都变得不一样了，这里的一切也给了我不一样的作为模联人的体验。

首先是有幸遇到了各路“英雄豪杰”，他们的高学术水平、高标准严要求让我见识到了什么叫细致认真，什么叫英语大神。还有严丝合缝的逻辑，岿然不动的台风，深入挖掘的思考……他们燃起了我即日开始锻炼口语的斗志！

这期间，对我来说最大的挑战，还是规定的每天主编对于记者报道的总结发言。起初，我真的对这个发言特别在意、特别紧张，在十分钟的准备时间中尽量完整地记下我想说的话，然后一遍一遍地念、一遍一遍地背。但是次数多了之后，我发现自己完全可以做到在其他社主编开始发言时才开始着手准备讲话稿，而且可以在只记下关键词的情况下在台上海扯一通，毫无紧张感。在这个过程中，我发现了自己的潜能，找到了以前未曾有过的自信。

这还不是全部。那天发微信发到凌晨两点多，就在床上发了条说说调侃自己：除了神经时刻紧张，发言稿新闻稿随时待命，信息稍不留意时刻爆炸，流量电量随时烧到承受不起，我还能睡五个小时呢，真开心啊！

或许这就是新闻人的“宿命”吧，挖材料挖到人神共怒，熬夜熬到天昏地暗，写稿写到地老天荒。或许我是十分乐意全身心投入自己中意的文字工作所以才有这般自嘲的乐趣，或许我是深受这次经历影响从而获得了对于未来路线规划的启发，所以就算是再辛苦也充满了向前冲的动力。

而如今，是时候回想回想当时自己劝勉自己说要见贤思齐，自己鼓励自己说要无所畏惧；是时候品咂品咂当时自己收获的满满自信和满满动力，方才能在须臾忘却之间，仍能觉着深受鼓舞，向那个自己向往的广阔世界大踏步而去。

作者：政管学院2015级本科生　梁艳艳

12 月 14 日　星期三　晴

历史文化学院迎新晚会演员·杨　化

精心准备了三个月的迎新晚会完美落下帷幕，一路走来，我们收获了太多太多……

一开始，我只是抱着好奇的态度报名了一个小品，这是我们班同学自己策划编剧的。刚拿到剧本，我发现自己只有一小段剧情和为数不多的几句台词，于是没怎么放在心上。

很快，剧组的同学建了群，我们经常在里面交流经验以及发送排练通知。同学们都对自己的角色有了更多的认识，这时候我们迎来了第一次排练。

虽说演技生涩而浮夸，但能看出来我们都使出了十二分力气。就这样，我们一次又一次地对台词、模拟情景再现，自我感觉差不多了。然而第一次接受检查的时候，老师给我们指出了不少问题，有些甚至是台词和逻辑上的毛病。我们有些灰心丧气，组长及时安慰说我们已经很棒了，稍加修改就很完美。

终于到了彩排的时间，我们作为演员兼工作人员在音乐厅准备了一整天。看着原本空空荡荡的音乐厅被我们拉上彩带、装好 LED 屏，再一丝不苟地调整灯光、调试音响，每个人都感觉到了一种满足。作为院里的一分子，能为大型活动做出自己的一点儿贡献，是多么幸福的事情啊！如果说一个学院是一堵墙，我们就是这墙上的砖，少了一块，学院都不能保持完整。

迎新晚会叫“石榴花开”，谐音“16 花开”，寄予了老师和学长学姐们对我们殷切的希望和温暖的祝福。

上台的时候还是很紧张的，宽大的舞台上只有我和搭档。我努力平静自己紧张的情绪，告诉自己只要不出差错就好。幸好我们表演得比较成功，背过多次的台词轻松地涌到嘴边，我们配合得天衣无缝。下台的时候，心里有些开心，毕竟这是第一次上台，而且我们整个剧组都做得很好，台下掌声一片，剧中主要人物还因为大胆的装扮险些成了网红。

整个历史文化学院的迎新晚会结束了，而我们作为参与全程的一员，已经将这份感动深深地留在了心底……

作者：历史文化学院2016级本科生　杨　化

12月15日　星期四　晴

“善行100”活动负责人·王肖宇

2016年12月15日，凌晨2:02，董明珠楼110。

历时7周，近两个月的“善行100”活动，终于，结束了！

在通宵自习室审核完最后一遍成绩，关上电脑的那一瞬间，许多感慨顿时涌上心头。太多的话想说，却不知从何说起。我一直是个不太会表达感情的人，只能靠文字诉说此刻的情感。

犹记得10月初北京的培训，原本抱着去玩一玩态度的我却收获了许多。从“善行100”项目的介绍、来自高校优秀负责人的分享到中国扶贫基金会赵阳老师的激励等，我收获了太多经验和感动，并悄悄暗下决心要把这学期的活动办好。可事情并没有我想的那么顺利，由于校庆，“百团大战”推迟了一周，而“百团大战”的那天由于天气等原因，我们自强社纳新进来不足200人。原本要和全国130所高校同步启动的“善行100”项目，不得不延后一周。那是我最难熬的一周，我仍记得当时的慌张和不安，还记得指导老师荆悦对我说，不要压力太大，这件事尽力就好。可是我仍然每天晚上辗转反侧，都在想如何开始宣传、如何招募志愿者。发传单、摆展台、刷朋友圈、刷楼等都用了一遍。我试着尝试新的方法，从团队报名入手，开始联络青志联和社团的负责人。那几天几乎每天QQ信息量爆炸，对于各种问题的咨询，我都一一耐心解答，可到最后，愿意参加的只有来自公卫的两个团队和数院青志联，不过第1周志愿者人数还是很可观的，QQ交流群人数达300名左右。可我对志愿者流失问题的担心却没有减少。很多志愿者在收到拒绝后就丧失了信心，如何激励志愿者和进一步招募志愿者又成了我思考的问题。

功夫不负有心人，在我们自强社所有人的共同努力下，越来越多的团队加入进来，单个志愿者人数越来越多，QQ交流群人数近500名，单周志愿者人数最高突破100人次，单周劝募成绩最高突破4000元。“善行100”破万元的消息不仅得到了校内媒体的报道，还得到了山东教育新闻官方微博的报道，最终以17100元的劝募成绩结束，为160多个贫困地区孩子送去温暖。

6周正式活动，我参与了整个过程。除了收获经验，还收获了许多意外的感动。“学姐，今天我碰到了一位山大的校友，听说我是山大的，就立刻相信了我，捐了一个包裹。”“肖宇，我今天碰到了一位奶奶，她耐心听了我的介绍后，在我们展台那里停留了很久，很想捐一个，可是说自己没那么多钱，问我能不能只捐20块。”“肖宇，我今天遇见了我们山大一位80多岁的老教授，捐了一个包裹后不愿留名字就走了”……每当看见这些留言，深夜在冰冷屏幕前整理数据的我都会流下感动的泪水。

关上电脑的那一刻，我内心更多的是感谢，感谢志愿者们寒冬早起，感谢志愿者们一次又一次被拒绝后的坚持，你们是这个冬天最美丽的身影。感谢这个冬天温暖的相遇，我曾和你们共享感动，共同成长。

作者：管理学院2015级本科生　王肖宇

12月16日　星期五　晴

基础医学院本科生·马　畅

明天又是一个周末了，ABO血站的最后一次志愿服务也将到来。回想着这一年来我在血站的点点滴滴，心中万般思绪涌来。

作为一个医学生，我有幸成了山东大学医学院的ABO献血服务站的一员。

在那里，我服务着，也成长着。

从一开始，被面试，被选拔，到走近血站，进行一次次的志愿行动，从最初的好奇、紧张，到后来的熟悉，不变的，是那份热情与执着。

血液能否很好地更新换代与人的健康息息相关。在血站，我的一大任务就是跟有意愿献血者讲述献血的好处。心血管疾病的发生很大程度是与血液过度黏稠分不开的。献血 200 ～ 400 毫升，在不影响健康的前提下，可以降低血液的黏滞度，并且增强造血机能，促进新陈代谢。每次跟他们细心解释完毕，看着他们心头的疑惑烟消云散，我是欣喜的，毕竟多一份血源，可能又给另一个人带来生的希望。我体会着，也许就是短短的几句话，就能解除很多不必要的疑虑。我感悟着，交流沟通的魅力。

还有那么一些人，他们会直接地毫无疑问地来血站就要献血。固然感动于他们的热心，但是我也不会盲目地就让他们献血。或许有人已经超过了最大献血年龄 55 岁，或许有人体重不足 50 公斤，或许有人半年内刚做完大手术。他们想要助人的心我理解并感动着，但是这时候献血可能对他们身体有害，我便会劝阻他们先不要献血，先养好自己的身体为重。每当这时，总会想到一句话，人间自有真情在，或许这句话用在这儿就足够贴切吧。

助人亦是助己。我学到了与人的沟通方式，更进一步了解了与血液相关的常识，例如血型测定的方法、血液传染病的筛选、新鲜血液的保存等等。还有血站姐姐、医学院小伙伴的陪伴，他们的陪伴，也是一段难忘而珍贵的回忆。

想到明天，又是周末了，这学期的最后一次志愿活动，也可能是我最后一次在血站的志愿服务。或许那之后，马上去医院实习的我将不会再有去血站服务的时间了。可是还有学弟学妹们啊！就是应该这样，一次次将志愿的火炬传递下去。总会有人，续写这个温情的故事。想到这儿，我的心情又愉快了许多。

作者：基础医学院 2013 级本科生　马　畅

12 月 17 日　星期六　晴

青志协暖冬晚会记录者·李坷帆

基础医学院青志协 12 月份有一个传统的活动——“暖冬行动”，通过一系列的活动来感谢为趵突泉校区默默奉献着的宿舍阿姨、食堂大叔、清洁人员等等。昨天，青志协举办了暖冬晚会。

当我听到这是今年以青志协名义举办的最后一个活动的时候，我不知道是怎样的心情。来到大学已经三个多月了，对于青志协这么一个组织，从陌生到了解再到依赖，这其中经历了太多的故事。

晚上 6 点，我匆匆地入场，开始了我的工作。作为青志协新闻部的一名成员，我很荣幸这个特殊的时刻将由我来记录。在主持人的宣布下，暖冬晚会也开始了。节奏轻快的拉丁舞、空灵动听的演唱、满怀深情的朗诵、让人捧腹的小品以及令人眼花缭乱的广场舞等精彩纷呈的节目，博得了在场观众的满堂喝彩，不断将晚会推向高潮。

我们还为参加晚会的来自后勤各个岗位的劳动人员煮了水饺。氤氲的热气、鲜美的味道，为晚会增添了温馨感，让每个在场的人都为之感动。对于这些起早贪黑的劳动人员来说，这些暖心的举动便是对他们工作最大的支持，不少人眼中溢出了热泪。晚会最后，我们特别准备了手语操《爱因为在心中》献给无私奉献的劳动者们，以表达我们对他们的敬意和赞美。在晚会结束后，我们还给在场的劳动人员赠送了小礼物，这些小礼物都是由基础医学院的学生亲手制作，以表达对劳动人员由衷的感谢。

让我印象深刻的是，东吴物业谢经理谈道，为了不打扰同学们的学习，保洁人员每天深夜和清晨开始工作。但他们从未抱怨过，一丝不苟地坚持在自己的岗位上，平凡之中折射出伟大的光芒。在我们的身边，总有这么一群人，不辞辛苦，兢兢业业，倾其所有为我们的美好生活努力地默默奉献着，无论严寒酷暑，春去秋来，始终在那里，不曾动摇。他们就是可亲可爱的劳动人员，岁月在他们的双手和脸庞留下了不可磨灭的痕迹，也让我们在心中永远记住了他们。

我总觉得青志协有一种不同于其他组织的魅力。在这里，你可以卸下所有伪装，感受到一种真正的家一般的归属感。也是在这里，让我明白了生活之外还有生命的意义。无论明天会如何，我始终会不忘初心，一路前行。

作者：基础医学院2016级本科生　李坷帆

12月18日　星期日　晴

自行车协会晚会参加者·杨　思

今天是一个特别的日子，因为今天是我们自行车协会一年一度的冬至晚会的日子！为了迎接这个令人期待的冬至晚会，所有人都付出了很多。在此我感谢所有的工作人员的无私付出，因为没有你们，就没有今天这个盛大的冬至party。

下午1点半的时候，冬至小组的成员已经到了预先订好的酒店，为接下来的盛会做准备。摆放桌椅、场地装饰、设备调试、舞台布置等等，在准备的同时，各校区有节目的小组也早早地来到了现场准备彩排。下午3点，参加冬至晚会的小伙伴们开始陆续进场了。为了让小伙伴们玩得开心，我们在门口设有引导者，带领小伙伴们正确到达聚会地点，然后让大家在签名墙处签字，记录下这个汇聚了众多人的冬至盛会，并在会场门口设有咨询台，解决大家遇到的一些问题。在大家进场的同时，工作人员也在有条不紊地为接下来的冬至包饺子大赛做准备，细心的工作人员还为大家准备了各种小零食，好给大家解闷。

下午4点，盛会正式开始，在有秩序地洗完手之后，大家便开始了包饺子。作为一个只会吃饺子的南方孩子，此刻的我是非常羡慕的，看着由一团面团而转型为一个个精致的饺子，我感觉很神奇，尤其是对我们桌的几个男生，真的是无比崇拜啊，可惜手残的我总是学不好……包完饺子之后便是饺子的造型了，在大家都绞尽脑汁想造型时，我们决定摆个滑稽脸的造型，虽然最后没有获奖，但在这个过程中，我们收获了很多开心的小瞬间，我想这便是这个盛会的意义吧。

吃饺子时，各种奇形怪状的饺子和馅料不同的饺子，让我们回味无穷。当然，在吃饺子的同时，我们各校区的精彩节目也开始了，他们有的唱歌，有的跳舞，有的弹吉他，还有表演小品、魔术的……各种表演应有尽有。最后拍大合照的时候，每个人大声地喊着“一二三，车协”，真的特别感动。

我想在大学，或许也只有这个伟大的车协能带给我这样特别的感受……在大家的齐心协力下，晚会取得了圆满成功，一直努力吧！

作者：基础医学院2015级本科生　杨　思

12月19日　星期一　霾

双学位奋斗者·邵镭雨

时间真的过得很快，思绪却总是跟不上时光的步伐，需要很长的时间来缓冲一下。是啊，随着暑假和这学期的双学位结束，自己已经学习了两学期的金融双学位了。细细想来，这段时间经历了很多的事。双学位，总该在这个快接近新年（元旦）的日子里，写些什么来留给你，这里有很多话想说给你听。

两个学期的学习，让自己着实开阔了眼界。经济的研究分析方法与我们本专业的很不相同，他们习惯用数据去支撑自己的观点，我们的学科更偏重一种理论上的辩证思考。这个世界本来就是个万花筒，一个镜头拍下的只是方寸之间，我很庆幸我当时的选择，让自己可以看到更广阔的世界。写到这里，想起《平凡的世界》里孙少平在给农村小学生上最后一堂课时，在黑板上给学生写下了“世界”二字，如今的自己更加能明白他这堂课的含义。我们往往受自己经历知识的限制，以为我们观察到的就是整个世界，其实，我们都是那个可怜的自大的青蛙。只有自知无知，才会有新的突破。

很多人一提经济学似乎想当然地就把它与钱画上了等号，每当这时，我总会很无语地笑笑，经济学是研究钱，但仅仅等于钱，那该有多狭隘、偏见与短视啊，就像老师说的："经济学交给你的是一种思维方式，我们学习到的最重要的不是经济知识，而是你懂了经济学知识后，会用一种新的角度去看待这个世界，会知道哪些是正确的、哪些是不对的。"学习经济学，让自己纠正了原来的认识，也让自己真正看清自己在努力追求的是什么，老师的这段话我也许永远都不会忘。

仍然忘不了暑假修双学位时发生的事，那时候的自己白天要上一天课，晚上还要出去调研。当时参加了两个社会调研，一个是济南市自行车，需要晚上骑着自行车在济南大街小巷里穿梭，还记得那次下大雨困在路上，晚上11：30才回去。那段时间很累，但真的很充实，也许我以后暑假双学位期间不会再给自己加那么多的任务，但我还是很喜欢那个如初生牛犊、敢想敢拼的自己。

还记得刚报名时大家蜂拥而至，当时学长学姐还预测说："虽然报名那么多人，并没有多少人能坚持下来。"一晃半年过去了，我们剩下的人都已经互相以"战友"相称了，我们把那些退了的人比作战场牺牲的人，很庆幸我们还活着，还在坚持一线作战。其实大家都知道双学位很苦、很累，但我感觉如果你把修双学位比作一个很好玩的游戏，一路过关升级，你越累，学得越难，就会越有挑战性，那种征服感让人很有动力。

时间很美，因为里面承载着回忆，不管好的、不好的，都是你走过后留下的脚印。每当经历过一些事，自己总喜欢停下来去反思自己，让自己有更好的状态出发。双学位，不是已经和你相伴两个学期了吗？虽然少了暑假，少了周末，但还是想和你走下去。千言万语就一句话：陪伴是最长情的告白。

作者：政管学院2015级本科生　邵镭雨

12月20日　星期二　阴

深圳研究院2016级人力资源专业学生·陈诗敏

青春，是人一生中最美好的一段岁月，充满着朝气蓬勃的生机，带给人力量，让人筑梦、追梦、圆梦，从而蜕变自我、逐渐成长！两天一夜的圆梦计划骨干学员培训交流营慢慢地落下了帷幕，不知不觉中，我这懵懵懂懂的小丫头感觉又长大了，以一种空杯的心态去学习、聆听、团结、创新、感恩，这无声无息的蜕变都归功于在这次训练营里认识的每一位同学、老师、教练，真诚地感谢你们。

还记得曾经年少的自己，做事总认为自己的想法就是对的，很少会静下心来去倾听别人的意见。而在这两天培训中，每一个活动都需要团队的力量，需要大家出谋划策，并不是凭一个人的想法就能解决问题。就如在“急速60秒”游戏中，怎么样才能最快、最准确地将30张用了各种其他图案、文字代替的牌找出来并按顺序摆好呢？我自己第一时间的想法就是每个人找自己知道的牌，并没有分工。但是我们一个组里还有11个人，他们还有自己的想法，就是先找出所有牌代表的数字，然后分配到每一个人谁负责哪一些牌、谁负责收牌，最终我们小组以19秒的成绩拿到了第一名！那一刻我深深地感受到聆听他人想法的重要性。在之后的活动里，我开始慢慢地静下心来去倾听别人的观点，去想别人为什么会这样想。我想在往后的道路上，懂得聆听不同的声音将是我一生都需要学习的。

让我最震撼的莫过于团队团结的力量，170多名学员围成一个大圆圈，同时握住绳子顺时针摇摆和摆出各种动作。开始摇摆、停止收回，那一股似潮起潮落的力量深深地烙在我的记忆里。因为在自己的工作、生活中，碰到过不配合、没有团队意识的人，所以这股力量将会一直支持我在往后的日子里，尽自己最大的能力去让班级和工作的团队更有凝聚力。

这两天的一场晚会也完美地诠释了“创新”这一词，一支队伍只有一个小时的时间编排节目，最终的结果是，我们自编自导自演的舞蹈、小品、阅兵等等节目毫不逊色于一场精心准备的晚会。创新思维是我自己所缺乏的能力，一直以来自己的圈子太小，见识少，思维相对狭窄，这一场晚会给了我一些小点子，自己也可以在往后的策划活动中继续创新了。

虽然说自己的朋友也很多，但大多数都是同学、同事，而这次训练营让我结识到来自各大高校各行各业的朋友，如珠宝、红酒、电网、无土栽培等各种行业的。知识增长了，视野开阔了，还得到了大家的帮助，收获了友谊！能认识那么多朋友，我真的感到特别开心，以真诚相待收获友谊长青之树。

感恩，我认为也是为人处事很重要的一部分，要常怀感恩之心。如果不是山大给了我这次参加圆梦训练营的机会，那我的见识依旧短浅，也不会有那么深的感触，更不会认识到那么多朋友。所以，真心感谢圆梦办，感谢山大深圳研究院，感谢在这两天认识的每一位朋友，是你们让我成长了！

这一段美妙的青春圆梦旅程将给我的人生画卷染上一道绚丽的色彩，让我慢慢地蜕变、成长，我相信，终将有一天会破茧成蝶！

作者：深圳研究院2016级人力资源专业学生　陈诗敏

12月21日　星期三　小雨

临床医学院本科生·张金磊

今年11月下旬以来，以“树诚信，促学风”为主题的诚信状主题教育活动如春风一般吹遍整个山大，临床医学院积极参与，根据大家都已步入临床的实际情况，积极开展了以“7点前为患者抽血”为主题的体验式活动，得到了绝大多数同学的认可并积极参与，而我作为其中的一员，感触颇深。

作为山东大学唐仲英爱心社的一名老社员，看到“诚信状”这三个字，既熟悉又自豪，熟悉是因为这曾是我在职期间爱心社的品牌活动之一，也是我身体力行参与的活动之一；自豪是因为如今她以校级活动普及全校，既是对我们爱心社团的肯定，也是对我们爱心社团新社员的激励。

医学教育由于其特殊性，对于实习不仅要求高，而且时间长。这是我们从学校步入医院的第一步，也是我们由“知”向“行”转变的第一步，迈好这一步，对我们来讲至关重要。而作为山东大学齐鲁医院的教学传统——实习生承担抽血任务，更是给了我们以一名大夫的身份单独与患者面对面接触的机会，把这件小事做好、做细、做精，是我们步入临床之后的第一个任务，所以，任务完成好坏，在一定程度上将会影响我们以后的职业生涯。

为什么要在7点之前抽血呢？因为绝大部分血样检查都需要空腹，即抽血前一天晚上12点之后禁饮食，第二天早上抽完血之后再吃早餐。早一分钟给患者抽完血，患者就可以早一分钟喝水吃饭，尤其是对于呼吸和消化系统疾病患者，早一分钟喝水吃饭，就可以早一分钟减轻一点儿不适，而对于早上要排号做CT等检查的患者，早一分钟抽完血，就能早一分钟去做相关检查，尽可能缩短患者的诊疗过程和住院时间。印象最深的一次是11月26号在骨外科，那天是周六，早上一共有21个患者需要采血，其中一个受凉发烧咳嗽，手术推迟，复查血样，还有两个需要去排队做CT检查。5：40起床，6：10到医院，发烧咳嗽患者见到我进病房的一瞬间眼神里露出的欣喜和患者家属言语上的感谢，让我感到很安心、很自豪！

健康所系，性命相托，我将不忘初心，牢记尽管医学是一门严谨的科学，但是医生本人对病人的爱心、同情心及理解有时比外科的手术刀和药物还重要的理念，始终保持这份热情与主动。

作者：临床医学院2012级本科生　张金磊

12 月 22 日　星期四　雨

基础医学院本科生·付梦迪

连续三天的重度雾霾，终于在一天一夜的冬雨后，消散了些许。清晨，踏过湿漉漉的地面，闻着潮湿阴冷的空气，看着雾蒙蒙的天空，去上病生实验课。

今天，最最重要的事情是病生实验课后，我们要第一次行使自己的选举权，去选举历下区的人大代表。我国公民年满十八周岁才有选举权，所以班里的同学都很激动，毕竟大家都是第一次真真切切参与国家大事。在忙碌的实验过程中，总能听见身旁的同学悄声谈论着选举人大代表的事情，或好奇，或激动。在做了淤血性水肿和乏氧性缺氧两个实验后，终于可以去综合楼投票选举人大代表啦。

离开实验室，走在中心花园的小径上，雨还在断断续续地下着。隔着很远就能看见综合楼门口有很多人。拿着选民证，快步走进综合楼。学长学姐、学弟学妹们都冒着雨，有秩序地排着队，我赶紧站到了队伍的尾端。半个小时后，轮到了自己，凭借选民证，领取了选票，认真填写后，将选票投进了投票箱里。

近期，全国陆续开始人大换届选举，有的地区的大学生浪费选票，“花式”弃票，对于这种现象，我觉得大家应该珍惜自己的选举权。

作者：基础医学院 2014 级本科生　付梦迪

12 月 23 日　星期五　晴

公卫学院辅导员·班梦姣

写下这篇日记之前，我以为我会用最华丽的辞藻来记录我激动到热泪盈眶的心情，直到真的落笔，才发现好像没有什么语言可以形容我那时的心情，此时此刻，我只想说，我为你们骄傲——学生会的娃娃们。

2013年工作调整之后，我从研究生辅导员回归到本科生辅导员岗位，也开始了学生会指导老师的生涯。讲真，孩子们带给我的感动已经不是一次两次了，而这次的“相约健康，愿卫一生”元旦暨迎新晚会，更是让我这个有8年教龄的老辅导员激动得一塌糊涂。

晚会开始的时候，舞台上彩排时不怎么会笑的几个跳舞姑娘，笑得格外甜，我身边的分管主席悄悄和我说：班姐，我怎么这么想哭呢。我搂着姑娘，默默想着，姐姐我也要哭了呢，看着几十口子人辛苦一个多月的晚会就这么盛装开幕了，激动与自豪溢于言表。

整台晚会有条不紊地进行着，有研究生活力四射的啦啦操，有本科生唯美动人的器乐奏唱，有器乐团的合奏，有街舞社的劲舞，更有省疾控中心老师们动人的朗诵和志愿服务社区爷爷奶奶的红歌大合唱。值得隆重介绍的，还有学院领导和办公室老师一起表演的《时间都去哪儿了》，如果你以为这是一首简单的歌，那就大错特错了。首先，这首歌由李士保书记亲自填词，合唱结束，老师们又带来了三段鬼马精灵的舞蹈，简直嗨翻现场有木有！会后朋友圈被这段视频刷屏了，娃们说，没想到我们是这样的老师，这么可爱，这么无距离。

台上一分钟，台下十年功。一台精彩的晚会，离不开每一个工作人员的辛勤工作。作为“80后”，我们这一代被前辈们说自私说了30年，“90后”甚至“95后”的娃娃们又被“80后”说冷漠自我，然而与“95后”朝夕相处的我，却觉得他们可爱、正直、用心、勤奋。台前，学生会几十口人不断为了舞台设计、暖场视频、节目编排、背景喷绘、赞助筹集等工作一遍一遍地修改，一遍一遍地改善，在临近期末的时刻，他们没有一句怨言。

台上，会场布置组自制的气球圣诞树和小彩灯很有feel，音频组有条不紊地播放音乐和视频，黑衣人跑前跑后地搬运各种道具，灯光组站在最远处把握着现场的彩灯氛围，催场组没能完整地看过一个节目……还有很多很多，还有冒着严寒借还衣服的服装组，还有拉来给力赞助的公关部，还有每一个认真彩排表演的小演员们。你们真的很棒！

晚会已经过去几天了，然而回想起来，眼前都是娃们认真工作的身影，十八九岁青春的气息，新的一年就要到了，让我们像那首歌中唱的，让我们红尘做伴，活得潇潇洒洒，策马奔腾，共享人世繁华！

作者：公卫学院辅导员　班梦姣

12 月 24 日　星期六　晴

公卫学院本科生·王雪鸿

省疾控元旦晚会的忙碌随着那一晚最后歌曲大串烧音乐的结束而落幕。真的是人越大责任越多，感触就越多，去年的我和今年的我，似乎有些不同了呢。从去年懵懂无知的小干事到今年的节目负责人和工作组负责人，承担的多了，付出的多了，收获也多了，感动也多了。

作为工作人员，我看到全体学生会成员，从老师到主席到部长再到干事，所有人为这台晚会的付出；我看到台前幕后演员们的努力；我看到所有人由衷的笑容。作为催场组的负责人，我们提前熟悉节目和演员，在后台跑前跑后，保证晚会顺利进行，到落幕的那一刻，所有的辛苦都是值得的。

作为演员，这支舞蹈，我们不知道排练了多少遍，从最开始学动作，到纠正，跟音乐，排队形，剪音乐，选衣服，到最后现场彩排，这背后的付出只有自己最了解。当我站在舞台上，站在灯光下，跟上节拍，扬起笑容，我才明白之前所有汗水的意义，观众的掌声和欢呼就是最好的回报。

省疾控的老师很好地诠释了青春永驻，她们在舞台上和我们一样活力四射，只要有一颗年轻的心，青春就永远不会散场！

最近特别喜欢听陈奕迅的《陪你度过漫长岁月》，里面几句歌词印象特别深刻：“陪你把沿路感想，活出了答案；陪你把独自孤单，变成了勇敢。”

只要有努力奋斗的念头，只要有心中不灭的热情，只要有暖心的朋友和团队的共同努力，梦想的花就一定会绚丽地绽放，青春就永远不会散场。

作者：公卫学院2015级本科生　王雪鸿

12月25日　星期日　雨

校园长跑比赛参加者·刘桂均

今天上午举行了2016年山大冬季校园长跑比赛，有幸参与，在寒风中奔跑，让我收获了许多。

我一直是一个讨厌跑步的人，尤其是长跑，坚持不下来，不只是身体上，更多是心理上，高中的时候800米跑完一圈我就会想停下来，开始走。总是想，“算了吧”。

“只能跑一圈就停”是我高中800米的魔咒。行百里者半九十，我真的是那个到九十就放弃冲刺的人。到了山大，学校体育课上开始组织我们跑三千米。我想把我的改变从这三千米讲起。一开始对三千米真的是无法接受，我记得我当时待在座位上，把三千除以四百，把“七圈半”这几个字在脑袋里念了又念。真的是无法想象。我第一反应是退缩，当时我想，能不能请假？答案当然是不能。体育课的三千米，我前期基本都是磕磕绊绊、勉勉强强地熬过。好多次体育课之前，都特别害怕，有时候甚至会矫情得想哭，因为不想面对跑步这个问题，更不想面对那个为什么总是不够勇敢的自己。

但是有一次，我坚持下来了。有一个特别可爱的小伙伴跟我一起跑，我们一起迈着步子，跑了一圈，又一圈，我想停下来，每次一有点儿难受我就想，要不停下来走一会儿吧，但我身旁有一个呼吸声，有一个步伐声，它好像是鼓点，一次次把我的放弃击下去。那之后，好像隐隐约约明白，原来再长的路，坚持不了的时候再坚持一下，也就跑完了。

今天三千米越野，没有了圈的概念，只有起点和终点，只有脚下的路。寒风扑面而来，裸露的皮肤冷得快失去知觉，遥远的终点仿佛根本到不了。但是我听自己的脚步声，听自己的呼吸声，听自己的心跳，一路听着，路也就短了。

也许，这样一条路，让我想起了今何在在《悟空传》里讲的悟空的那个梦想。“我飞起时，那天也让开路，我入海时，那水也分成两边，再无可拘我之物，再无我到不了之处，再无我做不成之事，再无，我战不胜之物。”

我想，我现在，挺喜欢跑步这件事了。

作者：环境学院2016级本科生　刘桂均

12月26日　星期一　雨夹雪

新生成长计划志愿者·张小羽

阴沉的雨天，总是带着忧郁的味道，让人不得不向记忆汲取些许温暖，好赶走阴霾的笼罩。

一次偶然的机会，我接触到了新生成长计划，学长学姐们亲切友好的鼓励与引导，伴我度过了大学初期的迷茫无措。怀着温暖与感激，我选择留在新生成长计划当志愿者，把学长学姐们的关爱与支持传递给学弟学妹们。再次接触成长计划，是以学姐的身份，完成薪火相传的任务。坦白地说，我是不愿把这叫作任务的。因为这是我内心十分愿意做，并因它而感到快乐的事儿。还记得新生群刚建立的时候，群里学弟学妹们一个个的都在问“新生成长计划是干什么的呀？我们要做什么吗？”这样的问题，我们总是要回答无数遍。“学姐，我怎么没有收到选课的通知啊？”“学姐，这个网站怎么打不开呀？”“学姐，我说的事儿同学们都不在意怎么办啊？”……各种各样的问题，我发现自己快要变成百事通了。

那段时间，我的生活全被学弟学妹们占据，但是我乐在其中，因为被人需要的感觉也会让人很感动。很遗憾，因为个人原因，我没能陪伴他们度过每一期的成长计划，没能看着他们在成长计划里一点点地收获欢笑感动，一步步从当初的害羞内向成长为最后的落落大方。但我仍记得人际交往活动中他们略微拘束却真实可感的情景表演；时间管理活动中信誓旦旦地定下的活动目标；最后一次大联欢中敞开的心扉和不舍的眼神。

感谢亲爱的学弟学妹们，给我一次关心你们的机会。也许我做得并不好，没有时时与你们同在，没有想出好玩的话题与你们在群里畅聊，没有在生活中给予主动的问候。谢谢你们的纯真、可爱，也教会了我简单、快乐。愿你们有一个充实精彩的大学生活；愿你们生活中有更多欢乐、感动；愿你们成为勇敢的孩子，去追逐，去体验！

作者：药学院 2015 级本科生　张小羽

12 月 27 日　星期二　晴

环境学院本科生 · 王　茜

昨天下午，下雪了。入冬的第一场雪，姗姗来迟。

下午四点，在振声苑教室自习，不经意地抬头，看到窗外一闪而过的雪花，没有如鹅毛般的张扬放肆，只是小小的，在大风的裹挟中划过人们的视线，悄然而逝。转身看到右手边的人，高中同桌，一脸疑惑，依旧在思考那道难解的 Java 习题。整个教室寂静无声，只有纸与笔的摩擦声和敲击键盘的声音，突然觉得，像这样埋头苦读、专注学习的时光是那样的弥足珍贵。六个月前，同一座城市，同一所高中，我们和所有高三生一样，刷题、背诵、演算，挑灯苦读，狂灌咖啡，我们见证了彼此所有的失意和辉煌，也曾在对方崩溃落泪时送上拥抱和鼓励。而现在，即将迎来崭新的 2017，我们还可以坐在同一间教室，为又一次考试努力，期待彼此成为更好的自己。

今天上午九点，气温零下，妖风呼啸。来自大七中的四个人，站在冷风中瑟瑟发抖，却依然紧紧抓住手里的纸片——2017高考加油，在镜头前表达着内心最真诚的祝福。为即将高考的学弟学妹拍摄加油视频早已成为一个传统，但我更愿意把它作为一个神圣的仪式。有人说最好的大学生活在高中生的眼里，的确，在成绩跌落谷底、连续考砸的巨大压力下，看着学长学姐从不同城市、不同大学送来的鼓励和加油，泪如雨下。很庆幸，当初坚持下来的自己。今天，如果来自山大青岛校区的学长学姐的加油能给正在挣扎、痛苦的学弟学妹带来一丝鼓舞和激励，哪怕只有一个人从中看到希望，那也是一件美好而有意义的事情。

一直很喜欢一句古语：但行好事，莫问前程。因为始终相信，做好当下，时间定会回报你一个锦绣前程。每个认真生活的人都该被世界温柔相待。

作者：环境学院2016级本科生　王　茜

12月28日　星期三　晴

泰山学堂工作人员·刘振美

2016年在或平静，或兴奋，或激动中又走到了年尾。其间，在学堂发生的许多人或事至今让我难以忘怀。

一年来，我感动于泰山学堂教授小组的老师和任课教师们的奉献精神。2016年10月份，我对泰山学堂任课老师的教学成就感、荣誉感进行了问卷调查，发现老师们的教学成就感无一例外地全部来源于自己所教授的对象——学生：部分老师认为他们的成就感来源于同学们有学习热情，课堂上积极响应，课后积极探讨，师生能形成良好的互动；有的老师的成就感来源于课程的内容对学生的科研工作能起到直接的作用；还有的来源于学生的认可，如有的老师写道：“学生私下写给我的评价，他们说很喜欢这门课程和我的教学方式等，我觉得这对自己是莫大的鼓励。”没有一个老师提到物质报酬问题。看到问卷结果，我感动了好久，于是老师的问卷的汇总版成了我手提包的常驻大使，在家没事时我常常会怀着崇敬的心情拿出来拜读一番。还有今年春季的运动会期间，一位老师为了不耽误学生的一堂课又能兼顾到运动会，自己开车跑到兴隆山给学生上课。正是学堂里这些甘于奉献的老师们的努力，才使得学堂这几年快速发展。

一年来，我也常因泰山学子的优秀表现和取得的优异成绩而兴奋。2016 年，我们有一名毕业生以全额奖学金被世界排名第一的 MIT 录取；4 位学生考上了巴黎高工，众多学生被世界名校录取；在凤毛麟角的能够受邀出席苹果全球开发者大会（WWDC），并获得 WWDC 奖学金的同学中，我们的泰山学子荣占一席；在今年全国大学生数学竞赛中，有两名泰山学堂学生获数学专业高年级组一等奖（全国各大学该组共获 10 个一等奖，其他 8 名大学生分别属于 8 所大学）；有多名学生在毕业时在 SCI 发表了多篇论文；我们大二学生熊锐主动参与教学设计，从大一开始就根据自己的学习体会，编制习题集送给同学及学弟学妹们，今年更是写出了 200 多页的《数学入门》教材送到了教授小组老师的手里；我们 2010 级在牛津读博的学生郗广宇主动回馈学堂，近期回到学堂为学弟学妹们分享他在牛津这几年来的研究成果和一些他认为本科阶段就应该学到的知识；还有看到同学们在午餐会、科创答辩中的精彩表现，这些都使我兴奋不已。

新生的选拔也是产生故事的地方。我们的院长彭实戈院士一向重视学生选拔工作，每年选拔前都亲自给学生面试官培训。数学的选拔他也是要亲临现场的。数学取向的面试每年要分 3 个专家小组，参加面试的学生要陆续参加这 3 个小组的面试。确定最终人选的时候也是大家讨论最热烈的时候。先将这 3 小组的前 15 名学生取交集产生部分新生。剩下的名额，大家根据每组的成绩及表现进行讨论，在意见产生分歧时，每组都将自己认为的好学生向彭院士汇报介绍。这时可能出于礼貌，本校的专家一般是不好意思去抢着汇报的，主要是外校专家向彭院士汇报，最后综合大家的意见，由彭院士亲自在黑板上圈定录取名单，并要求工作人员拍照，而且自己也亲自拍一张，算是选拔结束。圈定录取名单后，大家还意犹未尽，学生面试官和部分老师常常还在黑板前热烈讨论选拔过程中发生的趣闻轶事及某某学生的表现，有时甚至到了忘乎所以的程度。今年数学面试结束时已是晚上7点半多，我们的刘守民老师就因为选拔结束后与学生面试官一直在热烈讨论，讨论半个多小时后发现房间里只剩下了他和几个学生面试官，老师们早就不知道去哪里了。

除了兴奋与感动，一年来还有许多工作中的未知需要或正在求解：泰山学堂如何领跑本科教学？怎样的培养方案能把学生培养成具有家国情怀的未来领军人物？怎样的政策能促进学生的国际化培养？怎样的制度设计能形成良好的学术氛围？管理人员如何助力老师，使他们更有成就感？等等。这许多的未知等待着我们在新的一年继续不断探索和前行。

作者：本科生院泰山学堂专职副院长　刘振美

12月29日　星期四　晴

蒙古国来山大留学生·悦　然

人生当中最重要的一段时间就是学生、青年时代。我很高兴在我珍贵的学生时代，自己能在山东大学读书。山东大学是中国最有名的大学之一，来到山大读硕士对我来说是很难得的机会。在山大的三年时间里，除了学习，我在生活和个人发展方面的能力也得到了锻炼。时间过得像流水一样，一转眼就到了第三年，快要毕业了。我到现在还没忘记接到山东大学的入学通知书后高兴得哭了的感觉、等着开学的日子焦急到睡不着觉的感觉、终于来到山大以后感动的感觉。虽然已经过去了三年，但是那些日子在我的心里像昨天一样，一直新鲜地存在着。经过三年的时光，我已经是山大人了，虽然很舍不得山大，但是总是要走的，现在我要好好写论文，争取顺利毕业。

我打算写的论文题目是“中国‘一带一路’倡议与蒙古国的机遇”。在准备写论文过程中，山大又给我送了很大的一份新年礼物，就是山东大学留学生“一带一路”研究会。今天我参加了山东大学留学生“一带一路”研究会的成立仪式。这是一个以中国“一带一路”倡议为课题研究对象的留学生学术组织。研究会成员主要来自“一带一路”沿线国家，是山东大学“品最中国文化，享最中国机会”的留学生特色培养模式培养质量提升的重要项目之一。我很荣幸参加今天的活动，今天在很多教授、各国同学们的面前发言的时候虽然特别紧张，但是在老师和同学们的鼓励下我很快镇定了下来。

我觉得今天的活动是“一带一路”倡议的互联互通项目中增进沿线各国人民的人文交流、互信互鉴的实现。我希望通过这个研究，我们一边和沿线各国留学生交流，一边获得有关“一带一路”更多的信息。我希望，我们留学生通过这个研究会为自己的国家做出贡献。

作者：政管学院2014级硕士研究生　Tuvshinsaikhan Bayarzaya（悦然）

12月30日　星期五　晴

“山大视点”记者团团长 · 于　晴

匆匆忙忙，又到了岁末年终，“山大视点”也迎来了她十六周岁的生日。视点人用一场简单欢乐的联欢晚会为她祝福，在歌声与笑声中一起度过了这美好的夜晚。

与其说是联欢会，它倒更像是个家庭聚会。没有刻意的准备，没有反复的彩排，在考试周速成的晚会看上去似乎bug有点儿多，不过好在自家人在一起，“气氛好就够啦”，何况还有那么多感动的事情值得一一道来呢。

和老师们商定时间时，他们总会说“听你们的，你们定”。可要知道，老师们每日工作有多辛苦繁重，却一定坚持以我们为主。像是宠爱孩子的家长，眼里满是支持与呵护、信任加理解。从各校区辛苦赶来的视点老成员们，看到

你们真的太开心了！璇姐说她好像从没离开过视点，我得说，不是好像，是事实。从我加入记者团的那天起，就深深记住了这个爱视点的璇姐姐；晓燕，视点的最美工科女，没有做视频的经历但只一声请求，便毫不犹豫地接受，一句“放心吧”让我一整天都感到安慰；还有赵德、杨璇儿、刘茜、周全……回想起我们在视点共同努力的经历，总是感觉既熟悉又温暖。还有很多没能赶来的学长学姐用视频记录了温馨的寄语，距离隔不断思念，和你们对视点的牵挂一样，视点也在惦记着你们。

当然，更要感谢你们，仍在视点奋斗着的可爱的孩子们，是你们的全力付出支撑起整个晚会的精彩。感谢一梅和雍珩，简陋的晚会有你们慷慨激昂的主持顿时高端许多！感谢颖轩，两个月前我还在为混乱的值班表懊恼，今天你让我看到了一个耐心倾听、细致周全的综合事务；感谢西柚，鞍前马后、分内分外默默做了好多准备工作；感谢我远，顺利借到设备解决了好大的难题，精心准备的节目更是让人耳目一新；感谢我红，又一个默默无闻却会全力支持的好孩子，记不清一起在深夜从中心走回来多少次了……

这只是视点风风雨雨十六年中的一天，漫长的岁月中，一代又一代视点人秉承着视点踏实严谨、精益求精的品质，在这片用爱与责任浇灌的热土上辛勤耕耘、互爱互助，挥洒下青春的汗水，印烙下前进的足迹。是视点，让我们缘聚在一起；是视点，给我们施展才华的天地。室友以前问我是不是卖给视点了呀，当然不是啊，是长在视点啦！

元旦后，“山大视点”新版网站就要正式和大家见面啦，真心祝愿我们的视点越办越好、前程坦荡，祝愿我们的视点人健康快乐、学有所长。风里雨里，视点陪你，守护山大，守护你。

作者：政管学院2013级本科生　于　晴

12月31日　星期六　晴

蒲公英小棉袄冬令营队员·刘云照

10月15日，在公教楼，完成了蒲公英的第一次面试，心中不再满是紧张，表达完了自己对冬令营的向往、想法和期待，长长吐了一口气。

10月22日，完成了第二次面试，此时的心却悬起来了，因为自己对这次参加冬令营机会是如此在乎啊，基本上是大学里最后一次去参加支教活动的机会了。

10月24日，面试结果出来了，看到最终录取名单上自己的名字，感觉心都亮了。

10月29日，第一次见面会，虽然大家互相之间都不是很熟悉，但是我们的心都是火热的，因为要和这群可爱的人一起准备冬令营，一起去见那群可爱的孩子们，一起为孩子们带去不一样的冬天。

加入蒲公英，我感受到的是专业、规范、热情和负责。蒲公英已经进行过多年的支教活动和冬令营活动，从面试过程、准备过程、活动过程处处都彰显着专业和规范。在准备过程中每周都要召开一次例会，这无疑是一个漫长且艰辛的过程，例会要尽量照顾到每一个人的时间，每个人都要空出一个晚上来参加例会。

队长每次在开会之前都要花很长时间为我们做会议规划，会议过程中要在一定时间内完成各项讨论和安排，每个人都必须集中精神来认真记录每一项任务和安排。但是正是一次次的例会串联起我们准备冬令营的过程，从团队建设到课程设计，从撰写教案到准备物资，从申请基金到策划定型，我们的小棉袄在一次次的例会和线上讨论中一点一滴地成长。

在团队里，我们每一个人都是管理者和被管理者，每个人都有自己的任务，带领大家完成课程、活动、宣传等各方面的建设，大家一点点地努力，让我们的团队更加完善。在准备过程中，大家互相帮助、互相体谅，经历了从陌生到熟悉的过程，建立了深厚的友谊。

我们的教案要经过初步撰写、第一次审批、初次修改、第二次审批、教案互评、最终成型的流程才能呈现出最终面貌。对每一个环节的严格要求是我们课堂和活动的质量保证。在我们的团队策划递交给工作团成员修改的时候，批改版中的 100 多条批注震惊到了我，每个错别字，每处语句的不通顺都被认真指正。这种负责的精神让我由衷地感到敬佩。

蒲公英还会在准备过程中为每一位新成员提供提升自我的机会，让我们能够提升自己的能力来为冬令营做好准备。我们的队员在月亮湾开展过素拓，在小学担任过老师为孩子们试讲、授课，在绘本馆为孩子们讲过绘本，还接受过“美丽中国”导师的经验传授和指导。每一次的例会都有工作团的成员为我们提供各种指导，辅助会议的进行。准备冬令营的过程略显漫长，但是看到我们的队伍逐步成型，出发的日期也逐渐临近，一切辛苦和疲惫都化作期待和感谢。

12 月 31 日，2016 年马上就要结束了，2017 年就要来到了，马上就要踏上前往安徽的路，心中洋溢着的是期待和欣喜，我们愿意将爱和温暖带给孩子们，愿我们的努力能给他们带来一个不一样的冬天。欣喜相逢，这个冬天让小棉袄来温暖你我。

作者：管理学院 2014 级本科生　刘云照

附　录

“山大日记”是怎样成为网红的

刘梦冬　万广远

“基础医学院的孙安祺同学，相信你八年的相守，必会得到一生情留；哲社学院的罗青阳同学，请别忘了在接下来的这几年时光里，去慢慢寻找《苏菲的世界》中三个问题的答案；历史学院的张海颖同学，你的勇气和决心，让我们倍受鼓舞。”

2016 年 9 月，在山东大学 2016 级本科新生开学典礼上，校长张荣如此鼓励三名新生。现场有六千多名新生，张荣为什么能准确地说出这三名新同学的梦想？原来，他们在入学之初都发表过“山大日记”。

“山大日记”，是山东大学新闻中心创办的全国高校首家日记形式的网络宣传栏目，被山大师生校友亲切地称为“山大人的精神家园”。2015 年 12 月，“山大日记”获得了首届全国高校网络宣传思想教育优秀作品特等奖。

创办“山大日记”的想法萌生于一次感动。2012 年末一个大雪的清晨，电台播放了这样一条新闻：一位卖报纸的老大爷在大雪天依然坚持出摊，记者问他为什么，他说，许多人已经习惯了买他的报纸，每天出摊是自己对这些人的承诺。

“我们的校园里是不是也有许多这样平凡而不平庸的人呢？学校正在建设世界一流大学，这条路要靠每一位山大人一步一个脚印地走上去。也许我们可以做一个平台，记下这些故事。”山东大学新闻中心的同事们经过酝酿，最终确定在山大官网上设立栏目，取名为“山大日记”。

2016年10月29日，“讲台对于我来说，真是有着非凡的魔力和象征性”。30日，“大概‘傻熊上树’最能贴切地形容今天的我了”。“对来自新疆的我来说，跳民族舞并不是一件很难的事情”……每一天都有精彩上演，“山大日记”自上线以来，已经从未间断地记录了1300个日子中发生的6500个故事。

“今天的日记就是明天的校史，而且是最生动、最鲜活的校史。”如今，每当山东大学有大事发生时，栏目组都会积极约稿，特聘教授受聘、党代会召开、重要学术会议召开、青岛校区建设、校庆日、大型典礼、重大科研成果发布……“哪怕困难重重，甚至语言不通，”“山大日记”栏目负责人说，“重要的时刻必须留下来，这是我们的责任。”

“是‘山大日记’栏目组吗？我是国际历史科学大会的志愿者，我刚刚听到一件事，我想你们可以约他写日记。”2015年8月25日中午，一名志愿者提供了一条“线索”：24日，参会的美国历史学家鲍德威教授乘公交到山东大厦开会，结果坐过了站，步行返回会场的途中，偶遇一位济南老人。济南老人得知鲍德威要赶时间后，主动把自行车借给他，约定大会闭幕后归还。

“山大日记”栏目组立即派记者采访了鲍德威。26日一早，由鲍德威口述，记者代笔撰写的日记一经发布，立即吸引了社会媒体的目光，纷纷追踪报道，还引发了一场对那位济南老人的“全城搜索”。鲍德威的“金句”之后多次被引用：“这次因为一次大会，我来到一座城市；因为这座城市，我结识一个人；因为这个人，我更加爱这个国家。”

2015年12月，“山大日记”获奖的新闻播出后，外国语学院孟帅同学发来一篇日记：“我们的‘山大日记’拿了个全国特等奖！”他说，虽从未与小编老师谋面，但是在他心里，“山大日记”已经是一位老朋友了。自栏目创办，孟帅共发布了23篇日记——从2013年的本科生，变成2015年的研究生；从“跟她在一起的第999天”到“今天是我的生日，人生第22个年头”；从“意外接到一个陌生来电”到“终于等来费列罗的实习offer”。在他看来，“山大日记”提供了一个倾诉心声、表达真情的载体。

“山大日记”在山大“红了”。作为一个慢热型网红，“山大日记”结下了许多朋友，有幼儿园小朋友，也有百岁老人；有初来山大的“新人”，也有一家四辈在山大的“老人”；有师生，有校友；有黄皮肤、白皮肤、黑皮肤；甚至还有“喵星人”……他们用不同的方式，表达着对这个栏目的喜爱。

本文刊发于《大众日报》2016 年 12 月 15 日第 11 版

后　记

这是一个百花烂漫的春天，这是“山大日记”陪伴大家走过的第四年。经过“山大日记”栏目组的辛勤努力，2016年366篇日记头条即将付梓，每年的这个时刻，对“山大日记”栏目组而言，都会有种精心呵护一年的花儿欣然盛开的喜悦感与满足感。

做“山大日记”的编辑工作是幸福的，它让你的每一天都是新鲜而充满期待的。每天打开电脑，第一件事情便是进入专门的邮箱里去查看当天的“收成”，那一封封的邮件是一个个未启封的故事，吸引着我们迫不及待地去细细品读、编辑。漫步于字里行间，很容易被带进各种各样的情绪中，或开心，或励志，或思考，或感动，身临其境般细嗅着山大人的种种情感体验，这种精神滋养与心灵灌溉所带来的幸福感是溢于言表的。编辑得久了，越来越觉得“山大日记”的编辑平台像小时候家中的晒麦场，带着麦仁儿与麦秆儿清香的日记被一篇篇送到编辑平台上，我们则手持编辑原则和择稿尺度，仔细地翻晒、扬场，字斟句酌，精挑细选，力争将最饱满的日记果实展现在读者面前。日记编辑发布后，屏幕上点击率后面不断上升的数字、日记评论区的踊跃发言、校内外读者的关注和称赞……我们小心收藏着所有编发日记过程中邂逅的喜悦，一起分享着、前进着……

当然，也不是没有其他情绪的，来稿少时会紧张，怕没有合适的头条；一段时期内的日记主题单一时会焦灼，怕不能全面展示山大人的日常；被埋在来稿的海洋中时，偶尔地，也会有游离于稿件内容之外的疲累。“山大日记”，这个安放着山大人日常生活的精神平台，始终牵动着我们最敏感的工作神经。

对栏目组来说，“山大日记”像是需要日日呵护的自家孩子，对它的牵肠挂肚已经成为一种自然而然的职业习惯。每逢学校里有重大活动或者有纪念意义的新闻事件时，“约篇山大日记”成为栏目组成员大脑中无须思索便会自动跳出的工作内容；寒暑假或者节假日期间，为保证不开“天窗”，从审稿、择稿到约稿，栏目组在工作安排中为“山大日记”上了一道又一道的保险，唯恐思虑不周影响日记的正常发布。令人欣慰的是，“山大日记”这一品牌栏目广为人知后，已经极少有无稿可发的情况发生了，相反，遇到有纪念意义的事情时，很多单位或者师生员工会主动联系栏目组投稿或帮助我们约稿，这种时候，就会油然生出一种自家孩子人人夸的窃喜与自豪来。

每年寒假期间，栏目组老师们都会多一项“寒假作业”——校对“山大日记”头条。年终岁末，在爆竹声声中重新回望一年来形形色色的山大人的生活，别有一种丰富而多元的获得感。及至开学，经过二次校对、研讨、配图、排版等多道工序的精心打磨后，一篇篇在每天上午十点准时与读者见面的日记，经过一番更精心的修饰打扮后，在韶光明媚的春天，全部汇聚于此，期待着与更多的读者相遇、共鸣。特别开心的是，我们是中间的“牵线”人。

如今，这本凝练着2016年山大人的精彩时光与奋斗梦想、倾注了栏目组全体编辑人员热情与辛劳的书即将出版了。拿起这本书，摩挲、翻阅、难舍，种种情绪难于尽言。我们深知，366个相伴的日子里，“山大日记”给予我们的，远比我们付出的多得多。366天的相知相伴，366个故事中的动人心弦，与其说我们细数着时光，日日维护着“山大日记”，不如说，点点滴滴中，“山大日记”一直在伴着我们成长、成熟。

万语千言难诉。在新书出版的喜悦中，在与“山大日记”继续结伴的道路上，我们约好了，下一年，不见不散。

图书在版编目（CIP）数据

山大日记．2016 / 李建军，李平生主编．-- 济南 ：山东人民出版社，2017.5
ISBN 978-7-209-10565-1

Ⅰ．①山… Ⅱ．①李… ②李… Ⅲ．①新闻－作品集－中国－当代 Ⅳ．①I253

中国版本图书馆CIP数据核字(2017)第070624号

山大日记．2016
李建军 李平生 主编

主管部门 山东出版传媒股份有限公司
出版发行 山东人民出版社
社 址 济南市胜利大街39号
邮 编 250001
电 话 总编室（0531）82098914
市场部（0531）82098027
网 址 http://www.sd-book.com.cn
印 装 山东省东营市新华印刷厂
经 销 新华书店

规 格 16开（169mm×239mm）
印 张 33
字 数 440千字
版 次 2017年5月第1版
印 次 2017年5月第1次
ISBN 978-7-209-10565-1
定 价 49.00元